AMTRAK WARS: IRON MASTER

美铁之战 3

铁大师

[英] 帕特里克·蒂利 著

黑曜 超侠 译

天津出版传媒集团

百花文艺出版社

图书在版编目（CIP）数据

美铁之战. 铁大师 / (英) 帕特里克·蒂利著 ; 黑曜, 超侠译. -- 天津 : 百花文艺出版社, 2018.9
(科幻文学馆)
ISBN 978-7-5306-7548-9

Ⅰ. ①美… Ⅱ. ①帕… ②黑… ③超… Ⅲ. ①科学幻想小说-英国-现代 Ⅳ. ①I561.45

中国版本图书馆 CIP 数据核字(2018)第 196861 号

铁大师
TIEDASHI
［英］帕特里克·蒂利著；黑曜，超侠译

出版人：张纪欣
选题策划：成 全　　**封面设计：**魏程程
责任编辑：成 全
出版发行：百花文艺出版社
地址：天津市和平区西康路 35 号　**邮编：**300051
电话传真：+86-22-23332651（发行部）
+86-22-23332656（总编室）
+86-22-23332478（邮购部）
主页：http://www.baihuawenyi.com
印刷：山东临沂新华印刷物流集团有限责任公司
开本：880×1230 毫米　1/32
字数：400 千字
印张：18.625
版次：2018 年 9 月第 1 版
印次：2018 年 9 月第 1 次印刷
定价：55.00元

如有印装质量问题，请与山东临沂新华印刷物流集团有限责任公司联系调换
地址：山东省临沂市高新技术产业开发区新华路 1 号
电话：(0539)2925659
邮编：276017

目录

注:为忠实于原著,全书的英制单位均按照英文原文比对,不再换算为公制单位。

摘 要

第一家族机密档案中断章，存于联邦智能中心——主机哥伦布软体内。

限阅级别:FF-1至FF-5

铁大师:此词汇由变种人所创。

类属人种。皮肤光嫩,无体毛。散居在东海之滨,控制了自缅因到北卡罗来纳的大片美洲领土。其地上统治疆域,通常称为尼桑,西至阿巴拉契亚山脉以西，向北自俄亥俄边界延伸至伊利湖畔名为克利夫兰的导航坐标点。

铁大师是从形形色色的亚洲人分支中起源而来。在大劫难之前,他们就非法移民至此,后来又逐步融入东北地区的各大城镇中。公元二三〇〇年至二四〇〇年间,亚洲的船民源源不断地来此,形成了多次移民潮,每次规模虽然不大,但意义却不小。他们使用的语言被称为“日语”。他们移民之后,通过融合当地与他们血统相近的原住民,迅速扩张发展,至今,他们的种群占有绝对优势,成为当地的支配性力量。

从进化论的视角,铁大师在寻道民和变种人之间,变种人是最下贱的人种。因此，按照官方分类学说，铁大师也属于贱等人种。但他们还是具备阅读、写作、计算等能力和高级操作技能，精通农业、渔业、木材及金属加工（如武器制造）、编织，以及利用加工过的石头木块建造房屋等能力。

所有低端人种和低端物种都存在着基因突变，铁大师自然也不能独善其身。他们的基因突变之后，逐渐使得自身具备了抵抗辐射的能力。但低等人种和低级物种的免疫力也会因此对其他生理机能产生副作用。铁大师就是深受其害者，他们因为免疫力的副作用，变得体型较小、皮肤发黄、通体无毛。这些倒是其次，危害最大的是，他们的循环系统具体表现为血友症的高发率以及血管壁的脆弱性，所以他们的血管很容易在压力下破裂，大出血，甚至致命。

但他们已经试图通过修炼武士道来战胜这些先天的缺陷。他们学会了严守清规戒律，使得生活过得自然平静，不激动，不发怒，更是使自己在死亡来临时显得淡定而从容。

铁大师的社会是金字塔式的等级森严布局，此结构源自十七世纪。位于金字塔塔尖的是占有支配地位的战士，也就是武士阶层，在他们之下，等级依次降低，分别为治理官和书吏、手工业者、商人、农夫。位于金字塔最底层、支撑着整个庞大的金字塔的，是不计其数的奴隶苦工和通过交易得来的变种人。但无论是哪个社会等级，都是男人为主，女人一般都是从属的角色，比如配偶、主妇、生育工具，诸如此类。

将军权力神授。他是第一武士家族的首领，也是政府（被称为幕府）的名义元首。从理论上来讲，其他拥有领主头衔的武士家族首领，都要拥戴将军。

这些武士家族的权力和财富，正如他们的头衔所彰显的那样，来自他们的领地。其领地上的子民全都在他们的直接控制之下，领地上所有的财富都是他们的私人财产。他们拥有自己的私人军队，自己组织，自己维护。虽然从理论上来说，这些私人军队是要受命于将军，并受法律和秩序约束的。

由此可以想见，这个社会最明显的特征定然是尚武精神，以及对权势和传统的尊重。多少年过去了，这种心态便慢慢形成了习惯，甚至某种信仰体系，这便是武士道。其强调对上级官员的顺从义务（称为“义理”），与此相对的任何个人感情（称为“人情”）都不得僭越。这样产生的结果便是绝对地服从和绝对的忠诚。首先要服从并忠诚于自己的领主，再通过这种方式表明自己对将军的顺从和忠心。

新老更替的统治权一般是父亡子承。当然有一些幕府在其最后没落的几代人中，一直处于风雨飘摇之中，直到最后被更强大的敌人取代。由于将军是最高的领导者，其领导权绝对是毋庸置疑、不容亵渎的，所以有时传承秩序微有混乱，但也能够得到纠正。在铁大师们看来，将军只不过是众多领主中稍微强大的那一位，他的家族之所以能够拥有无上的荣耀，以及显赫的尊称，只不过是得到了其他贵族的支持，或者是用武力抢来的。因此，无论将军有多么强大，他的权力还是要依靠与其他领主联盟，并且受制其中。这些联盟的领主之所以会向将军效忠，也只是为了自己家族的未来利益而已。

虽然铁大师们的社会由尚武阶级统治，但他们主要的精力和事务却放在了国内贸易方面。各种矿场资源、农产品以及手工制品都会根据供需情况，运送至全国各地。所有的领主都必须向将军缴纳年贡,也就是税收。年贡是依照每位领主封地上所出财产的多少按比例收取的,而封地财产的价值又是政府派人来评估的,所以这种税收方式引发了众多的不满情绪。

幕府政府通过收缴年贡、出售贸易许可权以及垄断制造业,获得了大量的收入,用以补充政府行使职能所需要的各种开支。

大劫难前夕,铁大师买卖所有的货物时,都需要使用一种媒介来进行交易,那就是——“钱”。那是一种小小的薄片,分为两种:一种是用纸浆压制而成的长方形薄纸片,我们将它叫作“元”,另一种是很小的金属薄片,我们将它叫作“圆”。每一种钱都代表了一定数量的交易单位,它能赋予持有者相应的购买力。于是就由此引发出了一个奇特的概念:私有财产。这是一个早已过时的词汇,联邦英明地弃它而去。

引 子

佳得利把浴衣递给了仆人，缓缓地走进深深的浴盆里，慢慢地沉了下去，直到温水淹过他的身体，没到下巴。两个“死脸皮”女人头裹着亮白的棉头巾，不挂一丝地站在他的两侧，恭敬地等候着，随时准备为他擦洗和按摩那晒成了古铜色的身躯。他向她们示意，可以开始了，便闭上了双眼，再一次沉浸在对未来美好的憧憬中。他能从长眼睛的石头中看到未来，可是石头并不会告诉他，在离开平原人才短短几个月后，他居然就能牢牢地将自己曾经热切渴望的所有东西抓在手心里了：责任、一项只有他的聪明才智才能完成的艰巨任务，还有最重要的威望。

他的人生已经大变样，这是他平生第一次感到真正的富足。水的温暖感渐渐弥漫全身，像从身体内部轻轻地消融了整个肉体，变得轻盈飘浮。他半闭着眼睛，微微能看到旁边的灯笼闪烁着长短不一的米色光芒，心里忽然就产生了某种虚无缥缈又捉摸不定的感觉，似乎灵魂飞驰，被摩城倾倒进了大地母亲的巢房。

思绪愈飘愈远……

那一天，晨曦微露之时，史蒂夫·布里克曼在几个熊武士的追杀下，好不容易乘着“蓝鸟”飞走之后，佳得利便开始组装第二枚箭头了。一切所用零件，全都是部族兄弟们趁着布里克曼不备时偷偷拿了藏起来的。他已从布里克曼那儿学到了足够多的知识和技巧，剩下的工作就极为简单了。尽管他帮布里克曼制造的那架“蓝鸟”简陋得要命，仿佛随时都要散架，飞起来也摇摇欲坠似的，但他还是凭借着自身的天赋，学会了飞行。等他自己安装的箭头完成之后，他觉得它比第一架“蓝鸟”更漂亮，也更牢固，心里甭提有多得意了。

那时候，为了不让布里克曼察觉，佳得利故意放慢了学习速度，借以迷惑对方。一想起这点，他就情不自禁地微微一笑。后来，布里克曼就这样回到了沙穴人的黑暗世界里，完全没有意识到自己留下了一把开启知识宝库的钥匙。佳得利利用辟邪主赋予的力量，早将云武士脑中的所有信息知识——包括他知道的所有情况、学到的每一种技能和知识、自出生以后的所有经历——全都复制下来了。很快，他就完全掌握了布里克曼曾经所拥有的才智、知识、技能等等。

要说有什么遗憾的，就是，他为此付出了小小的代价——失去了清水的爱慕。

在部族与铁蛇作战时射下的几架箭头里，布里克曼好不容易找到了一台发动机，将它安装在“蓝鸟”上，可惜仍是无法正常运转，只能在逃跑之前扔掉了。但这台发动机，恰好给佳得利新造的蓝鸟提供了原动力。布里克曼在匆忙中没成功，佳得利却成功了。他把那台发动机拆成了零件，细细检查了每个部分，最后重新组装，一次次坚持不懈地试验，最后，它终于可以完美地运转了。

他变成了云武士。从部落驻地上方的崖顶起飞，掠过陡峭的悬崖，扎入广阔的天地之间。那时，他也和布里克曼一样，无所畏惧。他感到了风的拥抱，感觉它那带着丝丝凉意的甜味迎面扑来，就像那些在附近高山顶上筑巢的金雕。一股强大无比的力量推动着他，使得他绕着巨大的圈子盘旋而上，心中充满了无比的喜悦，这就是任意翱翔的自由。

他不断地往上攀升，越来越高，直到进入一个空中世界。这个世界的轮廓在阳光的照耀下千变万化，一团团的云层如高墙耸立，如深谷幽幽，他就在这深沟幽壑间时而飞升，时而俯冲，上下沸腾。遥遥望去，云团在风刀的手中，被雕琢成了宏伟壮丽的琼楼玉宇，飞到近处，那些优美的曲折回廊，飞檐吊脚的高高屋顶，竟变薄变透，倏忽消散，宛如一层轻柔的薄纱，裹住了他的蓝鸟，又像泛黄季的晨雾，笼罩着太阳。这是天音的领域啊，这样的迷人景象，过去只能存在于想象之中。那些万里晴空、雄伟庄严、变幻万千的景象，多么令人惊叹啊！这景象被赋予了一种彩虹般的美丽之感，而人类，却永远都无法好好领会这一切。

朝下方望去，一览众山晓。那些地面上难以忍受的痛苦，竟突然变得云淡风轻，毫无意义了。舒畅的高空中，令人心旷神怡，迷醉沉溺，他在高空中逗留了整整两个小时，才不得不降落下去。着陆之后，兴奋感仍久久未去，情绪仍然激昂高亢，双脚甚至无法在大地上站稳。

雪先生的精明狡黠，让他在这种自我崇拜中沉迷了多日之后，猛地挨了一记重重的耳光，从腾云驾雾的高空被狠狠打回了地面。雪先生告诉了他，自己与铁大师经过了艰难的谈判后，定下了一份合约。当然，他说得很简单：拿一个组装完成并且完好无损的箭头，加上一个同样完好无损的云武士，去交换新型的威力强大的长尖铁——步枪……

佳得利一点都搞不懂地看着雪先生，想知道这是要干什么，这里已经没有箭头了。铁蛇发射的飞机也都成了破碎残骸，更何况，云武士也早就不见了，还能怎么办？

雪先生在座席一屁股坐下，仿佛一眼就看出了他心里的想法，阴沉沉地点点头，算是回答。他说道："所以，这就意味着，部落需要靠你了。"

佳得利的心登时沉到了冰水里，心想："伟大的天母啊！所有去了伯利恒火坑的变种人，至今还没有一个回来过啊！"

雪先生不理会他的抗议，心想："你这个忘恩负义的东西！是辟邪主令你成为字匠、预言师的，现在，辟邪主要你成为云武士，你就不肯了吗？难道你就是这样报答辟邪主的吗？要知道，你既然被赋予了这样的异能，就是要为我们平原人服务的。"他晃动着手指，表情严厉地说："天下绝没有免费的午餐——永远别忘记了这句话。"

"免费的午餐？"

雪先生根本没搭理他的疑问，便开始详细描述商定好的计划细节。佳得利将向北一直飞到黄石河，再转而向东，前往圣保罗人领地的交易点。交易点附近有几条"大河"，他得沿着"大河"的河岸线往前飞，最后一条河是南北走向的，叫作伊利河。河的东面就是铁大师的疆域，那里便是轮子船之主山下大人的领地。但是，这一路的飞行极为危险，不但有迷路和坠机的可能，更要小心穿越底特律人和辛辛那提人控制的地盘。他们的弩箭能够一下子射穿人和蓝鸟，除非飞到弩箭无法射到的高度。这是一场伟大的交易，一旦成功，部落将拥有更强大的力量面对一切威胁。如果能趁着整个世界都躺在摩城布满星辰的斗篷下睡觉时，悄然飞过那些区域，自然会更加安全些。他将在下个满月升起前的日落时出发，如果没有什么意外的话，第二天，他就能到达目的地。

然后，雪先生停了下来，在他那堆乱七八糟的东西中翻来覆去地找某物件，好不容易找出了两块叠好的布，翻开一看，是两面用上好的白布做成的方形旗帜。

每一面旗帜的G点都有一个血红色的圆盘——那是铁大师的标志。这两面旗帜是山下大人的船队从伯利恒带来的。飞过去时，它们将被固定在箭头的双翼之下，这样地面上的人就都能看到了。为了确保不发生意外，飞机一到铁大师的领地时，就要从尾部喷出一股白烟。佳得利最后一次去交易点时曾见过那种射向空中的绿色火箭，这火箭会给他标识出将要降落的地点。

不管怎么说，到现在为止，事情一直进展得很不错，铁大师似乎将各个方面的可能性都考虑到了。佳得利要伪装成一个寻道民，首先就得除掉身上的彩绘，穿上某个云武士的衣服，那个倒霉的云武士的头颅现在还挂在清水帐篷外的木桩上呢。他有光滑的皮肤，还有从布里克曼脑子里获得的知识，再加上新剪的一头短发，没有人能看出他只是个伪装者。不仅如此，他还在束身外衣右边的口袋上缝了一条丝带，上面写着的文字将他彻底变成了另外一个人：8902S·R.布里克曼。

很讽刺，对吧？雪先生与佳得利禁不住相对大笑。这一笑，不但祛除了佳得利所有的担忧，甚至还安抚了他想到要失去一头乌黑长发时的惊乱之心。

完成这项挑战性的任务虽然得冒极大的风险，但一旦成功，好处就源源不断。佳得利想要在这二者之间找到某个平衡。雪先生却又提出了一个出人意料的要求：佳得利必须在这个已经安装完好的飞行器上再增设一个座位，给他的保护者——清水。

清水扮演的是来自穆卡尔部落的使者，她会打扮得像一位狼武士，完美无瑕的橄榄色皮肤将被黑色和褐色的颜料绘成的旋涡状图案覆盖。而她的真正目的是为佳得利提供精神上的支持。作为一位召唤师，在万不得已的时候，她将会召唤出强大的神力，来保护他，带着他安全返回家。

佳得利咬着下嘴唇，手微微颤抖。清水和布里克曼的事，他都从石头里看到了，不过他什么都没说，但他明白，连接他和清水之间的纽带已然断裂，就算外表看来没什么改变，可清水再也不是他的魂偶了。她的心思和渴望已经全部给了云武士——那个死亡的使者，他还会回来的，这是命中注定之事，他将越过那条红河，带着她一同离开。

那是用平原人的鲜血汇聚成的红河。

佳得利也已从石头里看到雪先生将在哪里献出生命——是为了拯救他。这时候，他悲痛不已，泪流满面，一边诅咒自己的天眼通之能，一边又痛恨地发誓再也不去看那些长眼睛的石头了。然而，命运无法改变，命运的车轮已经开始转动，未来的大道已经铺就。如果这真的是命中注定,那么未来的面纱最好不要揭开。就让未来躲在悲伤的秘密里,眼前的痛苦已经很沉重了。

接下来的几日时间里,佳得利便加长了箭头细长的机身外壳,在自己的驾驶位旁又加了一个座位。同时,他尽力说服自己,要正确看待那些已经发生了的事情。当时与清水、雪先生一起站在断崖边,看着云武士借着风力飞起,越过群山,转而向南时,他就暗下决心,不要去谴责什么,不要去抱怨什么,真正的武士,是不会为一些毫无意义的情感而动摇的,比如羡慕或者嫉妒。

清水对云武士的痴迷,给了他的心深深的一刀。尽管在内心深处,他对自己说要宽容,但天生的尊严导致他决不能容忍自己屈居人下。如果他真的想复仇,那其实很简单,可以将部族兄弟们召集起来,当着他们的面大声地谴责她,甚至可以让她去死——依照平原人的规矩,对她的审判就只是一个仪式而已。

但他始终没有那么做。直到现在,如果有这个必要的话,佳得利仍然宁愿为了她,而献出自己的生命。他们之间的这条友情的纽带,深深地根植于他们少年时代的甘苦与共,患难与共,更因为彼此都拥有上天赐予的异能天赋而牢固加深。这条纽带将永远不会断裂,直到摩城将他们的灵魂召回伟大的生命之杯中,那里盛满了晶莹剔透的纯洁圣水。再说,他也没有什么证据证明清水背叛了自己。她从来没有说出自己的过错。事实上,她对他的态度还和原来一样,丝毫没有变化。可是,他知道!他就是知道!她的蓝眼睛里,愁云密布,这骗不了他的,她的心,她的魂,都不在他身上了。

他当然知道,雪先生也一定会站在她那边的,因为他们都是召唤师。这会让他紧紧闭上嘴巴。古老的法则早就规定了,对于字匠,必需尊重和服从,作为徒弟,自然不能公然与老师发生矛盾,否则就是对礼法的背叛,是绝对不可饶恕的。更何况,如果他真的愤愤不平,要和雪先生抗争到底,他也不可能辩得过雪先生。结果就是,他将会被那些平时就嫉妒他的人无情地嘲笑,不会有丝毫的同情,还会被他们变着法子地赶出熊武士的队伍。

最简单的办法,就是装作什么都没有发生,也不再让清水到帐篷里来行使她对他应尽的义务。这样长久下去,自然也有风险,部落里的人看到她没去他的帐篷,便会开始怀疑,猜测,流言蜚语也会漫天飞了。如果他们发现,她不去他帐篷的原因是她曾与云武士发生了关系,那么用不了几天,部落里的女人们就开始嚼舌根子,将消息传遍四处,他们将很快被叫到部落长老那里去,被严加盘问。

他当然不能将事情弄到这一地步。不管心里怎么难受,最好的办法,就是带着她一同走,一起去伯利恒。等他们返回家园时,大家都不会记得曾经发生过什么事了,也不会再提起此事。随着时间慢慢流逝,他们最终也将和解。虽然自尊心已经严重受到伤害,但他不会不愿意带着她一起去冒险,他还没高傲到这种境地。

发生了的事已经无法改变,不管怎么样,都是辟邪主的意志,只能顺应了。这件事也一样……

但是谅解并不意味着就能减轻心中的痛,虽然九个月的时间过去了,虽然他一心一意地把心思和时间都放在解决新任务中的各个难题上,可是有时候,他的心思一触及那个地方,仍是隐隐作痛,将那些因不断成功获得的满足感全部消除。

幸好，当这种痛苦来临时，铁大师还有一种有效的方式帮他治疗，那就是——酒。一杯清酒下肚，火辣辣的液体令他浑身都充满了前所未有的天不怕地不怕的勇气，舌头上感受到全新的刺激，身体里充斥着想要获得满足的欲望。当所有的激情都烟消云散时，那种又苦又甜的伤痛，也就渐渐地麻木不仁了……

这，就叫作遗忘之河。

第一章

丰田赖朝将军的夏宫建立在阿隆基仑的江户地区。阿隆基仑这个命名,与一个永远消亡了的种族有关,这个种族的人们曾经世世代代都居住在将军宫殿所在的这片大地上。而江户这个命名,则来源于赖朝本族过去久远的历史。在赖朝藏着很多书籍的书房里,墙面上挂着一幅手绘的丝质地图。地图上细腻地描绘着一个岛屿,这就是被赖朝将军称为"浮国"的阿隆基仑,它非常狭长,就像一头尾巴开衩的鲨鱼。鲨鱼头与大陆近在咫尺,鱼嘴大张,做吞噬之状,附近还有几处小岛,聚在旁边,看上去就如一群小鱼,马上要被这大鲨鱼吞到肚里去了。在"鱼岛"腰部的下方,沿海岸线边,有一些细长连贯的沙礁。整体看来,它们多么像一群领航鱼,正满怀期待地等着享用鲨鱼留下的残肉剩骨。鲨鱼的尾部,岛屿被一分为二,远远斜探入东部的大海里。

阿隆基仑与大陆之间还有一些碎渣般的岛屿,其中斯塔塔岛和马哈顿岛面积最大,其他的,如大督岛及阿利斯岛面积都很小。这些,都是赖朝的领地,每个岛屿都依据其大小,设有一个或多个布防港湾,驻有海军把守。岛屿周围同样戒备森严,从早到晚均有巡逻艇不断环绕巡察。海面上的所有船只,无论是远航的帆船还是单桨的渔船,每一样都不放过,全在它的监视范围之内。还有一项规定,赖朝在阿隆基仑居住期间，没有他的特许，任何船只都不准在码头停靠。海军布下的层层警戒线将保护着赖朝的这些岛屿免遭那些“来客”的侵袭，“来客”自然是种礼貌的说法，同时也保护赖朝及其家人还有高级随从能够在岛屿和大路间安全往返。

丰田家族是前个世纪涌现出来的几个主要武士家族之一，其占据统治地位的时间已达八十二年之久。算上现在的首领赖朝在内，该家族已有六人相继成为尼桑——这旭日初升之国最高的统治者——将军。

在赖朝高曾祖父那一代，众多领主冒着株连九族的危险，将他们的旗帜与赖朝高祖父的旗帜举在了一起。丰田家族获得了这些领主结盟的力量，加上他们家族武士那独步天下的武功，终于赢得了这至高无上的权力和地位。

过去，从船民登陆，也就是历史上所谓的“第七波”以来，在快速扩张领地的初级阶段，整个尼桑的领主并不多，只有几个，因此统治就相对容易一些。但几百年过去了，西部群山和华盛顿南边的荒原阔土上，一个个新生的武士家族层出不穷地冒出来，就像雨后春笋一般，他们开始各自为政，互有争斗。如今，最有权势的领主有十七个之多，每个领主都代表着一个拥有武士军队的家族，通过庄严的宣誓效忠，武士们被牢牢地围护在领主身边，更有不少武士，原本与领主家族就有血缘关系，因此二者之间的联系就更紧密了，一荣俱荣，一损俱损。

从理论上来说，因社会的基本构架没什么改变，对尼桑的统治没什么问题。身为将军，赖朝拥有让自己的全体臣民随时听命的权力，包括最强大的领主，和那些最卑贱的农民或者渔民。生杀予夺，奖惩升降，都由他一人说了算，一个随意简单的手势，就能令一名武士随时切腹自尽，取肠奉献，不必做任何解释，而且命令一旦下达，决不容任何人质疑。切腹，是极端痛苦、令人毛骨悚然的自杀方式，只有真正的武士，才有权利“享受”，意在通过超人的意志力，来证明自己的尊严，对命令绝对服从。

然而，要统治整个尼桑也绝不简单，否则，至高无上的将军也就不会有什么潜在的敌人了，也不需要在阿隆基仑的海岸线上布置重兵防守，防止“来客”入侵。过去的统治者达特桑家族还有可能东山再起，卷土重来。丰田家族至今仍在北方大地上，在那些布满湖泊的群山中砍伐树林，开辟荒地，扩张势力。只有对传统坚持和尊重，只有拥有钢铁般的意志和强大的领导能力，作为一位幕府统治者的将军，才能维持住最高的权力。但事物都有两面性，从另外一方面来说，如果一个人总是做出无法挽回的决定，却又从来不冷静下来思考这决定将会产生的结果，那么这个人在权力宝座上的时间通常也并不长久。哪里有压迫，哪里就有反抗，这是亘古不变的铁律。星星之火，可以燎原。作为幕府名义上的首脑，将军会得到臣民的尊崇，但他们都是些地位不高的人，远不能和领主们相比。在领主们眼中，将军只不过是他们当中稍微高一点点的另一个领主而已，并非遥不可及的天朝至尊，无上之皇。他们绝不会放任他的专制而置之不理。时至今日，统治艺术的核心就是，找到一个双方都认可的平衡点。武士道对于服从的要求是极其苛刻的，但不管怎么样，武士和领主们已经不会只是简单地选择对错，而是更倾向于两害相权，取其轻者。

赖朝身边，自然有很多他信任的谋士，作为至高无上的将军，他每一次做决定，都会受到那些谋士的影响。谋士们又是从哪得来讯息，做出判断的呢？自然是幕府在尼桑各地建立的庞大情报网络。赖朝心中对周边发生的事十分清楚，内廷因有武士道的精神禁锢，所以一直都是安宁平静的，但这些只不过是表面现象。宫廷内那些复杂的章程、烦冗礼节，还有幕府内阁制定的各种详细条例，其实就是一道道屏障，在它的后面则藏着一个恐怖的陷阱，里面爬满了毒蛇。毒蛇们做着那美丽的权力之梦，并且正将梦变为现实，它们用谣言四溢的芯子，滋射出阴谋诡计的毒液。

过去，人们对于忠诚的奉献是全心全意、毫不犹豫、虔诚无比的。但那是在贫穷艰苦的年代，整个尼桑的状况都很糟糕，生死存亡系于一线之间。"第七波"的倡导者达特桑创立了第一任幕府，那是绝对朴素的社会之典范。后来，他的家族被推翻了，接着是两百年的动荡，尼桑大地又风云再起。血腥的内战和相对和平的时期交替出现。又过了很多年，丰田家族的势力逐步强大，它一举恢复了之前幕府时代的权力，组建了稳定的幕府，带来了七十多年的相对和平与繁荣发展期。

但，就算是和平时期，也暗藏着种种危机。在一派和平繁荣之下，领主们的权力和财富也源源不断地飞速增长。尽管他们每年都要向将军的金库里缴纳年贡，为原本就富可敌国的丰田家族增加更多的财富，财富海潮般涌高了，但这个家族也感到别人的忠诚渐渐变得更加世俗化了，就像其他随便什么东西一样，需要用金钱去收买。繁荣的物质基础增加了社会的财富，也改变了人们的价值观。这是一把双刃剑，有好的一面，也有危险的刃尖，一旦刺错地方，这把剑就会摧毁尼桑,正如老祖先们曾经毁灭了整个世界一样。

赖朝相当明白,当今的世界,正处于这样的麻烦时期,绝对的权力是最甘甜可口、最诱人心魄的佳酿,但也是最危险万分、饱含剧毒的酒液。行使手中的权力,必须要有十二分的谨慎,尤其是当某些权力有名无实的时候,更是要加倍小心,如刀尖上的行走。甚至有时候,统治偌大的幕府都成了沉重的负担,时常令他辗转反侧,绞尽脑汁地思考着如何治理整个尼桑。每当这个时候,他总会不由自主地想着,要是自己只是一个马鞍制作师或者军械师就好了,不会再有那么多麻烦,那么多搅扰,哪怕只是一个打造刀剑的铁匠,也过得比他更舒心安宁,付出多少心血,获得多少回报,还比他做的事情更有价值一些。但他不能,身为一个将军,就意味着有绝对的权威和山一般的责任,对于只有二十八岁的他来说,一切都显得异常沉重。

一艘从罗地兰海岸边名为纽波罗的渔村出发的渡船,正朝着位于江户的将军夏宫驶过来,长谷川敏郎就在这艘渡船上。这是一艘驳船,有宽大的船身和蒸汽驱动的船桨。因此,它行使得非常迅速,沿着阿隆基仑东北角上各种小岛屿排成的直线通道穿过海峡,从“渔岛”的西侧靠近岸边。

两面旌旗竖立船头,高高飘扬,表明其主人乃是幕府官员。饶是如此,这渡船刚一进入阿隆基仑巡逻艇的巡视范围后,还是被拦了下来,一支海军分遣队到了船边,准备登上去检查。两艘船间架起了踏板通道,刚一固定完毕,巡逻队长就匆忙登船。他先恭敬地与敏郎寒暄了几句,再很有礼貌地要求敏郎出示证件。敏郎将盖着将军印鉴的文件拿给他,他细细检查一番,又将渡船彻底巡查了一遍,这才命令手下们撤退，然后对敏郎表示万分抱歉，这也是上面规定的无奈之举。敏郎客气地回复说，他不会生气，除非是巡逻队不积极检查或者搜查不彻底，海军这样认真地执行警戒任务，是真正的军队荣誉，是将军真正的骄傲，等等。

终于，一小时之后，渡船那装载着吊桥的平坦船头就驶进了奥恩特码头的滑道。奥恩特是阿隆基仑北端上，陆路与海路联结的地方，也是它唯一的好处。

这时，那些级别较低的官员和碰巧也在岸上的渔民看到渡船小驾驶室上方的旗帜，就都恭敬并且热切地候在道路两旁。两名水手小心翼翼地取下旌旗，人们的期待情绪也越来越高涨。不一会儿，渡船上的所有人员都来到前面的甲板上，一起跪地拜伏。接着，身穿全套礼仪盔甲的长谷川敏郎骑着一匹健硕挺拔、神气活现的矮种马走了出来。

众人无不叹服。

只见敏郎身上穿着的崭新护甲是用深红丝线将镶着金边的黑色圆片缀在一起制成的，头盔锃亮，与护甲配套，边沿处向外翘起，夸张如飞，头盔的前方则是一个青铜制成的水鸟徽章，那鸟儿脖颈细长，双翅高展，胸脯昂挺，脑袋上冠毛长长。此乃现任将军的象征。

他的坐骑上同样奢华无比，装饰物上也有这样的徽章。布满斑纹的马身上，裹着黑色与金色相间的马衣，其鬃毛和马尾上也都缠着深红色的绒线和穗带。

敏郎的护甲衣上，有皮质的插槽，里面插着几根竹杠，上面挂着他的靠旗，旗上丝带高高飘扬，海风吹来，猎猎如狂，极有威势。

他骑着马一踏上通道，岸上众人尽皆跪拜，敏郎经过他们跟前时，大伙都重重地叩下头来。这种礼节，是下人们表示对将军及其臣属的敬畏，不过实际上，这也是将军安排下来的规定性礼数。发自内心的只有“畏”，而“敬”，恐怕也只是被逼无奈之举。如果谁胆敢稍微不敬，使得敏郎觉得接待不周，那他就可以随便给那人扣上一个犯上之罪，立即判其死刑。从以往的记录来看，敏郎很有可能会亲自动手。

现在，他骑着健马缓缓穿过村庄，这马儿走起路来，马蹄高抬，步伐紧凑，是标准的著名的“盛装舞步”。这些礼仪细则不但规定了低级的普通民众该干什么，要匍匐在地，还规定了高级人员的行为举止，也得端庄谨慎，连动物都得有个动物的样。他缓步经过最后一个伏地跪拜的村民后，便开始策马扬鞭，沿着蜿蜒的小路向江户方向跑了过去。

脚下曲曲折折的道路，在狭窄的半岛上扭七拐八的，这便是“渔岛”尾巴的上半部分。此时，敏郎的右边，东海的海浪正轻轻拍来，打到平缓的海岸线上，而他的左边，则是海水浸没陆地后形成的水湾。所以，原本那些一字排开的小岛将整条水湾一畦一洼地分离开来，只有退潮之后，才能看到小岛之间其实是有岩石和沙地相互连接沟通的，与其说是小岛隔开了水湾，不如说是海水隔离了小岛。再向前行，就是一条四十英里[①]长的宽阔大道。敏郎加快速度，策马狂奔，印着文字的徽章的长条靠旗被风吹得笔直飘飞，细长的旗杆都被带得往后微弯。

---

① 长度单位，1 英里约等于 1.6 公里。

长谷川敏郎是一位使者，属于一个精英武士小组，这个小组人数不多，名义上隶属于内廷，但实际上他们的幕后老大是将军。他们直接听命于将军，也直接向将军汇报。这些使者地位虽不尊贵，却因最接近于权力中心，反而使得他们的上级——内廷官员又是羡慕，又是嫉妒。这样的特权也使他们在势力强大的领主府邸内同样能享受到高规格的礼遇，领主们会想着法子和他们套近乎。

内廷使者是将军的耳目，是将军的口舌，他们把将军内心想要做的事情带到尼桑各地，带到那最遥远的角落，让各级手下们听命行使。因为他们的身份隶属内廷，一般人还不知道他们其实也是将军手下的情报密探。只有那些最聪明、城府最深的阴谋家和争权者看得明白这一点，知道他们是幕府里最秘密的特工，是提供重要政府机构搜集的敏感信息的渠道，这些人时常一人分饰数个角色，在不同的地方以不同的面目示人。

如果用一条线从头至尾贯穿整个“渔岛”，并沿着这条线将岛屿分成三个部分，那么江户的位置就在第二部分靠近鱼尾之处。将军的夏宫在一片高地上，有数层之高，距离“渔岛”两侧的海岸都差不多远。

宫殿周围由一片片的民居环绕着，它们整整齐齐，又低矮简陋，将个将军宫殿衬托得如鹤立鸡群。幕府曾经贴出过告示，规定：距离夏宫城墙一里格[①]之内，不得建造任何居所；十里格之内，不得有任何

① 长度单位，1 里格约等于 4.8 公里。

家庭居住，除非此家庭成员直接受雇于将军或者将军内廷官员。

夏宫外，还有一条宽阔的护城河围成方形，宫殿城墙就围立于河岸之上。城墙是用布鲁卡林采石场的石头加上泥砖砌成的。第一层建于城墙顶上，距离护城河水面五十英尺①，由木、石、瓦屋组成，每一个拐角处都有一座六十英尺高的塔楼耸立，直顶云天，塔楼间由回廊连接，曲折往返、错综复杂，还装饰着华丽的横梁和威严的顶盖。任何人只要看上一眼，就能瞬间想到巨大的财富，稳固的权力，而这一切，正是这位宫殿的第一位主人——赖朝的祖父要求它表达出来的品质和感觉。

宫殿入口处，有一道拱桥微微弓起，桥面宽阔，由内外两处关口把守，外部关口在入口通道的尽头，内部关口位于护城河中间的石岛上。宫殿中自然也有美丽的花园，精雕细琢的石头堆砌的水池和人工瀑布，但它的内部还是一座秘密堡垒，有暗开的通道和出入口。

敏郎来到外面的关卡，眼尖的哨兵早已看到了他，向警卫队长镰仓通报了他到来的消息。镰仓用望远镜一瞧，认出了敏郎，便亲自带领两名武士迎接，敏郎不用再出示证件。镰仓与敏郎寒暄了几句，比正式礼节还要多一点热情。两人是忘年之交，镰仓比敏郎大十五岁，他教会了敏郎剑术，还时常陪他练习，并且经常为他排疑解惑。

在过去的两年时间里，敏郎不停地被派往各地办事，干完了一件又一件，他多么希望得到被召回的命令，结果永远是去外地执行新任

① 长度单位，1 英尺约等于 0.3 米。

务，真是累得要死，连喘口气的时间都没有。这样一来，他和镰仓见面的次数就越来越少了，但两个人之间的友情却不减当年。

镰仓一直不大走运，身为一个武士，一连生了五个女儿，所以他就把敏郎看作了自己的干儿子。每次敏郎回到阿隆基仑，镰仓和妻子纯子都会很热情地把他接到家里住。敏郎从未怀疑过这位好朋友对自己的友情，但他又总会禁不住去想，他们是不是希望自己成为他们家的女婿，这么多女儿，总有一个他能看得上吧。事实上，这也是其中一个原因，镰仓的女儿们也同样怀有这种心思。姑娘们长得很快，这几年，最小的那个女儿都快要到十三岁了，她也学着姐姐们的样，会打扮，也会有一些亲昵的举动，来表达对他的喜爱之情。

她们会在夜里来拜会他，按照习俗，这是不能拒绝的。她们做得谨慎又周到，一点也不亚于宫廷里那些训练有素的仕女。激情过后，她们又回归自然，表现得似乎什么都没发生过一样，每个人都像过去一样谦恭有礼，安然平和。他很想相信这些事情，镰仓队长是绝对不知道的。可是，从姑娘们所施展的技巧来看，如果没有做父母的给予她们某种程度的指导的话，她们是不可能这样做的。敏郎知道她们的母亲过去曾做过官妓，尽管镰仓从来没跟他说起过这件事。他很清楚，他们之所以给他这样的温暖，只因他拥有某种熊熊燃烧的野心。

两名武士将敏郎迎接进城后，便下马返回看守关口去了。镰仓和敏郎一起骑马前行，穿过了外部关口和内部关口的拱桥，桥上的平民百姓，那些地位低下的小贩，都赶忙跪下，脸贴着厚实的地面铺板，听得铁蹄如雷，往脑袋里钻。两位骑马的大人从他们身边扬长而过，直冲将军宫殿大厅。

敏郎是长谷川家族的一员，他们的领地在北方，东临大海，北为尼桑国的最北端。北部由两大家族掌控，其中，西半部是富士家族，东半部是纳西华家族。再往远处延伸过去，就是雾人的地盘。镰仓家在阿隆基仑，作为敏郎的好朋友兼剑术老师，他请这个年轻人住到自己家里去，是很自然的一件事。虽然像敏郎这样的内廷使者，无论何时到达，无论将军在不在，都会有人给他们妥善地安排住宿。将军在大陆上还有四处行宫，丰田家族名下的其他宅邸更是多如牛毛。

敏郎对镰仓表示感谢，并且说只要有时间就会请镰仓，现在他得先向将军去汇报，不然什么事都干不了，他只有见过将军后才知道下一步的行动计划，在有新任务降临前，他还不知道是否有时间分享镰仓幸福的家庭生活。敏郎还请这位好心肠的队长向他的妻子纯子转达自己的尊敬之情以及温柔的祝福之语，并且赞美他五个女儿那绝世的美貌，无私的忘我奉献，纯洁高雅的言行举止，为他们的父母增添了不知多少光彩，等等，说了一大通。

镰仓调头返回了拱桥那边，听到敏郎这些恭维，自尊心得到了极大的满足。早在敏郎成为使者之前，他就对这个年轻人表示了尊重和友好，现在，他再怎么热情，也不会被看作谄媚拍马屁。不过他老婆倒是经常说，他们的五个女儿，随便哪个都有资格嫁给敏郎，只要有一个女儿做了内廷使者的妻子，其他几个女儿的婚姻，岂不是更美好，更高大上？说不定，他们两口子还能抱上个贵族外孙子，说不定是两个呢！

唉！女人就是女人！镰仓心想，不管她们的地位怎么低下，不管她们表面上如何恭顺，其实骨子里都是虚荣的，挡不住走向上流社会的诱惑。要不是给她们一大堆的家务去料理,她们的脑子里岂不是塞满了各种各样不切实际的白日梦?在将军幕府干了这么多年,镰仓对此早就深有体会。千万不能让女人从日常的家务中解脱出来,否则的话,没有严格自律的理性支配,她们就很容易滋生出不满的情绪。一旦闲散,她们首先就会肆无忌惮地追求享乐,当欲望的沟壑被慢慢地填满之后,她们的胃口就更大了,到了连最不堪的堕落愉悦都令她们提不起兴趣的时候,就是最危险的时候了,就像宫廷里的那些女人,开始转而传播恶毒的流言蜚语,开始玩弄最残忍的阴谋诡计。她们不但能够轻易毁掉自己的道德判断力,更能用她们特有的方式把拥有权势的男人们拖下水去。历史上,就是她们,将不止一个幕府将军拖垮了台。

所以,镰仓觉得,出身高贵并不一定就是好事。要想抵御精神和肉体的堕落,还是得靠武士强大的道德约束力。他感到欣慰的是,当今的将军在这方面做得很完美,符合他的理念。不过他的老婆纯子并不认同他对贵族的这种偏见。因为她过去曾给现在的将军之父做过侍妾,之所以来到镰仓身边,是因为她的主人为了嘉奖他的忠诚与跟随,慷慨地把她当作赐物赐予了他。她就一直跟他到了现在。那时候,纯子还只是一个弱质纤纤的女孩,皮肤光滑白皙,细腻而有弹性,美得令他舒心,对他也尽心尽力地侍奉,顺从极了。可是就如天下所有的女人一样,她也总能找到些在他看来很无聊的法子去搬弄是非,这些叫他头疼又恼火。

不过,那些都是头几年的事了,随着两人相处的时间越来越长,彼此间更有了许多默契,关系变得更好了,他也不会那么不近人情,显然更加通情达理了。赖朝执政之后，他被提拔为警卫队长，赖朝一改乃父作风，将父亲“安乐窝”里留下来的纵情享乐的家伙们全部清除一空。但是，在内廷的那段日子里，纯子还是留下了永远抹除不掉的印记。镰仓很清楚，纯子内心深处其实是有个愿望的，希望自己能够嫁给贵族。作为富商之女，她这个梦想并非没有实现的可能。其实很多时候，镰仓也有这种希望，希望自己出生时嘴里也含着金汤匙。不过多年的阅历告诉他：那些一出生就被赐予了太多财富和特权的人，经过很多风浪后才知道，其实他们得到的是一只斟满毒酒的高脚杯。

走进宫廷后，敏郎碰到了内廷总管家康，家康说将军已经知道他来了，会在圆石花园里召见他。他现在的任务就是，用最快的速度清理一下身上的仆仆风尘。

家康是个瘦瘦的、高高的老头，面容苍白如雪，布满了横七竖八的皱纹。他总是对自己的工作和作用引以为傲。敏郎对此很迷惑，很想搞清楚他是如何做到这一点的。这个老头似乎从来不用做任何事，也极少露面。敏郎觉得他很神秘，偷偷观察过他的行为举止。此人所做的每一个动作，说的每一句话，都缓慢而准确，都经过深思熟虑，不曾有差错，面面俱到。他流露出一股沉静安稳的气质，却又隐隐藏着一股令人紧张的威胁之意，就像一张权力大网上的母蜘蛛，泰然自若地趴在暗处的某个角落里，盯着眼前所有的一切。

敏郎恭敬地谢过了家康总管，便倒退着从他跟前离开。

家康则走到窗前，看着敏郎正大步流星地穿过那小小的庭院，后面紧跟着两个为他提包拿物的侍从。他心里生出某种嫉恨痛苦的感觉。这种事情什么时候才能结束?这些充满活力,满腔热血,又不知天高地厚的年轻人,真是幸运啊!要知道,在过去,在前任将军当政时期,所有使者与将军之间的信息都要通过家康这个过滤器过滤一遍,才能导入或者传出,可是现在呢?赖朝将一切都改变了。现在,这群出身低微的小流氓,竟然能向将军当面汇报情况,甚至是私底下偷偷地汇报,这可真是闻所未闻,见所未见。过去的传统呢?早就是南辕北辙了。他最恼恨的是,这些都表示内廷的权力正在进一步被削弱。

家康是两朝老臣了。在赖朝的父亲当政时期,他也是担任现在这个职务,如果没有发生什么天灾人祸之类难以预料的事情的话,他估计会在这个位子上坐到老。不过他的一些老对头认为,他现在已经老了,该下台了。自赖朝主政以来,他父亲时代的很多旧人都被迫下台了,连“安乐窝”都给连窝端了。那些纵情逸乐之徒,那些只会溜须拍马、毫无本事、自私自利、只想着留在权力中心附近的吸血鬼,也跟着树倒猢狲散了。只有家康留了下来。虽说新官上任三把火,新将军纵使来个大扫除,也无法把所有的边边角角完全扫个干净。这些上了年纪的老狗,虽然有些食古不化,可是在早期的宫廷世界里,他们将玩弄花招和阴谋诡计学得炉火纯青,如今一旦随便派上用场,就令人叹为观止。

无论哪个古老而传统的民族,若是依靠着自古传承的习俗和礼仪团结在一起的话,一旦某一天,这习俗或礼仪有所改变,那整个社会构架都会有所震荡,这是坚决不允许的。如果想要变化,一定只能缓慢进行,而且不论什么时候要做改变,在改变的时候,英明的领导人一定要用强大的力量,保持统治的连续性。虽然赖朝一点都不想让家康来当他的总管,可是数来数去,除了他,没有别的人更适合这个位子了。赖朝那时候只有二十三岁,对很多人和事都没有太多的把握和了解,但家康不同,这条老狐狸似乎对宫廷内外的每个人、每件事都了如指掌。因此,聪明的赖朝自然立即就意识到,目前最重要的事情就是先笼络住家康,等自己的位子坐稳了以后再说。即便这样,他的“大扫除行动”也没能彻底将内廷清理干净,一旦什么时候风平浪静,这群乌合之众恐怕还会沉渣泛起,卷土重来。后来,赖朝设立了内廷使者,老狐狸明智地选择了让步,只要与这些新贵保持距离,他的权势就不会受到太多的影响, 那些最关键的职位还掌握在自己人手里。

赖朝当然也不是吃素的,对于这些情况,他自然心知肚明。虽然他有能除掉家康的办法,但现在看来,还不能行动,他需要再谨慎小心一些。宫廷改革意味着国家将会动荡,整个社会都会受到冲击,民心也会被扰乱。另外一点,就是他居然有些享受跟这个诡计多端的老狐狸斗一斗智慧。更重要的是,他还年轻,有的是时间。对于老总管来说,他的财富是经验。家康很有把握地相信,如果没有征询过自己的意见,并且得到自己的同意,像赖朝这样的年轻小子是没法做出任何明智的决定的。不管怎么样,他终究是赖朝的叔公,都是出自同一家族,他对整个幕府的忠诚度毋庸置疑。他自然也是权力漩涡中最举足轻重的人物,对通往权力中心的每一个步骤都胸有成竹,如果适当的妥协能给自己带来好处的话, 他绝对会将那些看上去令人垂涎的特权和肥缺拱手相让。其实,他这样做还有一个更重要的原因,就是顺应那个更为现实的传统，它的历史甚至比武士道的精神还要长几千年。慢慢地,随着成长与成熟,赖朝也迟早会意识到的,世界上,只有这个传统才是他永远应该保存的,那就是:在越来越纷繁复杂的世界中,如何行使并维持最高权力。

这恐怕是一个与时间一样古老的难题。

赖朝作为一个年轻人,能够完全依照武士道的要求行事,的确很难得。武士道的中心原则便是义理——承担义务和责任。赖朝会将中心慢慢地转到这上面来。如果没有这些原则，社会将会变得更加混乱,更加难以控制！但是,如果强迫自己非要达到更为严格的道德规范,更为严苛地要求自己的行为方式,恐怕只会适得其反。人类并非完美,他们天生就是有缺陷的动物,有欲望,有软弱,否则的话,他们就不是人,而是神了。人类趋利避害的天性迟早都会显露出来。而正好就是因为有了这些缺陷,人类才更容易被控制和利用。

与犯了错误的人谈条件将会更容易一些,也更好打交道一些。虽然家康已经是一个老态龙钟的老头子了,但他依然头脑灵活,懂得该做些什么才能达到自己的目的。再说了,现在情势所迫,如果他再不那么做的话,就只能是坐以待毙了。他又怎么会那么做?

圆石花园里铺满了上好的细沙,鹅卵石在其中巧妙排列,沙面上波纹起伏,线条密布,漩涡融合,一起组成一幅完美的画像。每天,当晨曦微露之时,花园里的园丁便开始清除里面的落叶、树枝、杂草等等,一天要好几次,并且每次离开前,都会将花园恢复为原始状态。所以每次将军来到花园里,看到的景致都与上次毫无二致,就像是做了一场梦一般。眼前是一幅冻结在时间长河里的风景画,线条与色调、纹理与质感,浑然天成,结合无间,当真美到极致,妙不可言。就像世间所有伟大的艺术品那样,如果你仔细体会,定然能从中获得新的感悟,渐渐平静下来,静静幽思,直至心灵澄澈之境界。

这是一种对过去人类历史碎片的珍贵再现。那时候,人类生活在一个对年代编纂者来说很熟悉的时代——史前世界。很多人都从花园中汲取过特别的力量,赖朝也是其中之一。自从九岁那年,他来到花园,就迷恋上了它那神奇的魅力,从此之后,只要他在江户,每天都会来到这里,在檐廊最高一级的台阶那儿逗留一会儿。那种感觉从未改变。但现在,除了他之外,没有人敢再到这个地方来了,因为他当了将军,这里也就顺理成章地成了禁地。

赖朝虽说天生就有极强的自控能力,但他也并非要成为一个禁欲苦修的圣人。青春年少时,他也不是那种循规蹈矩、死板僵固的人,也不像一般的年轻贵族那样,沉溺于挥霍青春的精力。他既不鼓励纵欲过度,也不完全禁止稍微地放松。其实年轻的武士们都曾被教导过,武士与武士之间的友谊,要比男女之情更加可贵。但年轻的武士们也无法抵挡男欢女爱的诱惑,有时候甚至是不正当的男女之情。就连新任的将军也逃不出这样的囚笼。

这会儿,敏郎已经穿上了一身丝质宽肩的和服,他找到了守卫队长,队长的手下们对圆石花园附近的消息一直都十分灵通。两名跟在后面的武士也改了装扮,传统的头饰被变种人头发做成的假发取代,再缠上一条白色头巾。守卫队长的头巾也改了样子,原本应是血红圆片的地方变成了字符,表明他的地位和官职。敏郎所戴头巾的同一位置，则别着将军的水鸟徽章，腰带里还插着两把弯刀，一长一短，一左一右。

若是别的人，觐见之时，必须将佩刀取下，可他乃是内廷使者，地位尊贵，值得信赖，有权在面见将军时佩带武器。这说明赖朝对这群年轻人十分信任。敏郎的年岁恰好与将军一样，这或许并非巧合。将军挑选出来的这群新的内廷使者，没有一个年纪超过三十岁的，最年轻的只有二十五岁。

敏郎跟着守卫往前直行，走到了一个四面通透的凉亭之前，便看到了赖朝。赖朝盘腿坐在那里，眼睛盯着眼前的石头和细沙，呆呆出神，不知在想些什么。他的身后，是五名武士，围成个扇形，防护保卫，忽见有人走来，他们齐刷刷一跃而起，动作整齐，迅捷无声，像是提线木偶的警觉机器。当他们看清来的人是谁之后，那一只只紧握刀把的手就轻轻放松了。这些武士和花园外的那些守卫一样，自出生开始，便由丰田家族抚养，对将军忠心不二，唯命是从。

守卫长带着敏郎到了凉亭面前，便深深鞠躬，慢慢倒退着离去。敏郎恭敬地踏上凉亭下面的宽阔台阶，在将军左边后侧半跪下来。赖朝似乎没有发觉，依然目光直勾勾地盯着前面的花园景象。敏郎将额头垂下，安放在从上面铺排而下的草席上，等待着将军的回应。

“怎么来得这么晚？”将军突然发问，是一口流利的基础语。他能使用这种语言和使者们流畅地对话，但使者显然不宜使用这种口音。那五个站在赖朝身后不远处，排成一列的守卫，只会说日本语。

敏郎听到将军说话了，也抬起头来，盘腿而坐，说道：“有些方面还得再进行调查，陛下，这不是一件容易的事，这些家伙出牌很诡秘。”

“他们手里，握着很多王牌？”

“说不准，不过，肯定有鬼牌。”

赖朝听到这话，极不情愿地将目光从圆石花园中收了回来，瞟向了敏郎，短暂顿了一下。他的头上戴着一套用变种人头发制成的假发，当然，样式其实很漂亮华丽，头发编成条条小辫，插着漆木梳，戴着一顶小小的、扁平的、乌黑的帽子，这其实是一种特别的设计，代表着“唯我独尊”之意，与他作为尼桑最高统治者的地位正好相配。

“哦？莫非与我想的一样糟糕？”

敏郎连忙深深低头弯腰：“是不太好。”

赖朝轻出一口气，又将目光投注到石头和细沙之上，说：“好，说来听听……”

第二章

这过去的半年，敏郎主要的使命就是监视鹭池中的工作进度。这鹭池在巴萨塔纳以西，是一个新建没多长时间的制造中心。山下大人，这位拥有与北方变种人交易之权的人，去年初说服了赖朝，开始重新研究飞行动力之秘密。他的计划是想办法能够获得变种人的帮助，得到一架飞马和飞行员。这样就能仔细进行研究学习，不必再摸着石头过河，做些无用功，能够节省出夜以继日的无效时间。

山下在向赖朝汇报此事时，还着重强调了局势的紧迫性，南方的沙漠武士正欲北上，抢占平原人的领地。沙漠武士们因为个头高，五官棱角分明，粗手大脚，因为被称为“长狗”。他们拥有威力强大的武器，如果任由其发展下去，不用几年，他们就会转而对付尼桑了。通过和变种人接触后，他了解到，飞马乃是长狗们军事力量的重要部分。要对付他们，尼桑也必须组建自己的空中骑兵，防止即将到来的危机。

赖朝答应了，他要认真考虑这件事情，因为这的确是一件值得重视的事情。山下宏大人出身于由山羽和松下两大家族合二为一后的大家族，如今，他们已经成为尼桑最强大的领主。

山下是一个头脑冷静、清晰，脚踏实地的实用主义者，他既然提出了这个建议,定然有他的道理,是应该要好好考虑的。

第一艘轮子船就是由山羽和松下家族建造的。他们开辟了一条西方贸易路线,获利颇丰,更重要的,是找到了源源不断的劳动力资源——变种人。这种人看上去很怪异,一看就知道不属于人类,现在,他们已是尼桑的大部分动力来源。赖朝的祖父准许山羽和松下家族同西方进行贸易,这种特权实际上给了他们垄断的权力。长期以来,他们都和丰田家族联系紧密,为丰田家族主政的幕府提供各种帮助与支持,但他们亲密的合作也导致了危险的局面——权力过于集中。如果从军事战略地图的角度查看一下,就会发现,山羽和松下家族的领土合起来,就宛如插在丰田家族心脏上的一把匕首。

幸好四十岁的山下对政治的兴趣不大,远不如对贸易的喜欢。但是,既然他天生就处于那样的位置,幕府又岂能不防?尼桑的历史上,发生过好几次派系斗争了,虽然丰田家族最终巩固了中央幕府的地位,而且令所有的领主都宣誓效忠,但这些领主中,有许多只是迫于形势,内心则对丰田家族羡慕嫉妒恨,早就将过去的那些誓言忘得一干二净了,所以要保持足够的警惕,才能稳定住这政权。因此,像他的所有先辈一样,赖朝心里也藏着两份名单:一份记着"谱代",代表忠诚、值得信赖的人;另一份则记着"外样",代表不太靠得住的人。

尽管历史上,山下家族与丰田家族曾经紧密地联合过,休戚与共,但在赖朝的心目中,山下宏始终只是介于谱代和外样之间。

总管家康在山下宏还是少年时就认识他了。山下宏先同家康商量,再汇报上去,赖朝同意了,先置备一架飞马和飞行员。山下的实物交换贸易已使许多长狗落到了幕府手里,经过严刑审问,将军对那个奇怪的地下世界,也就是他们所说的联邦,已能在脑海里勾勒出一个大致的轮廓,虽然不是那么完美。当然,这些长狗的供述中,也有不少自相矛盾的地方。因为他们本身就是罪犯,是反叛分子,如同在西方的群山中,在森林的掩护下,昼伏夜出、躲躲藏藏、随处漂泊的无主浪人。这些从地下世界来的武士,带着他们苍白的面孔,对他们原来的主人同样不忠不诚。即便是这样,南方的威胁越来越严重,不能再忽视了。所以现在的策略就是:先通过山下的贸易,把变种人们武装起来,利用他们对付那些长狗。因为这些家伙的数量比尼桑武士和长狗们都要多。

变种人在进化方面有缺陷,因此与尼桑的文化差距很大,他们无法成为真正的结盟对象。但是这些人也拥有令人尊敬的武士精神。经过这么多年的贸易,尼桑在他们心目中也树立了友好的形象。虽说双方没有互相保证过什么,也没有讨论过什么合作的策略,但实际上,这几年来,平原人的领地实际上充当了尼桑和沙穴人之间冲突的缓冲区。平原人部落甚至已经成为尼桑的后备武装力量,如果一切都能完美地按照原先设想的进行下去的话,他们单靠持久的消耗战就能一步步削弱长狗们的实力。

赖朝听从了家康的建议,特许源清盛着手制造飞马。源清盛的领地在东海边上,与阿隆基仑北部只隔着一道湾。源清盛的父亲娶的妻子是赖朝的一位姑妈,因此源氏家族位属显赫的普代这一边。

敏郎的第一件差事就是有关于此。当瑞雪降临、辞旧迎新之际,他完成了差事,并回到江户进行了报告。一架飞马已在布法罗附近着陆了。布法罗是伊利湖的一个港口,伊利湖则在山下大人领地的西部边缘。飞马并非单独飞来的,上面还有两个人:一个是长狗,名为布里克曼;另一个则是他的护卫,来自穆卡尔部落的女变种人武士。穆卡尔部落赠给了他们梦寐以求的礼物——飞马和飞行员。

接着,飞马和它的两个骑手便由运河经内河送到了罗地兰,又转陆路到达鹭池。这个名字恰如其分,专为即将开始的新项目而取。敏郎第一次去那里时,制造工厂还未搭建起来。但他带回了那个出自异族之手的草图,简直堪称杰作,他还口述了两名骑手的外貌特征:长狗布里克曼的皮肤是棕色的,但他的变种人护卫——那个女变种人眼睛是蓝色的。

刚开始时,布里克曼还不太乐意,不怎么配合,渐渐就越来越配合了,甚至是有点想要取悦铁大师的感觉。但那个女变种人却正好相反,开始看着很恭顺,但后来态度就不卑不亢,语气尖锐冷静。她以中间人的身份告诉山下,穆卡尔部落如今已经按约定,交付了飞马,等到下次轮子船准备起航,要穿越大湖群时,她和长狗也应该按照约定被送回家乡。

但是,合约中并没有这一条。穆卡尔部落里的那个白发头领并没说过这一点,也没有说过交付完飞马之后,这两人该如何处理。而且,山下是绝对不会和这个女变种人谈判的。一般来说,变种人只要一踏上尼桑的土地,就将沦为奴隶,奴隶是没有任何资格谈判和做决定的。即便她说的是事实,这种要求又有谁肯听?这种新项目要开展下去,就得是高级机密,绝不可能让两个知情者就这样离开。对现在他们要做的事,联邦的人应该还不知情,而且,最好让他们永远都不知道,这对此事的成败至关重要。如果让她和长狗回去了,万一不幸落到联邦的手里，到时候这个秘密说不定就保不住了。

不过后来，女变种人没再继续坚持她的要求。于是便将他们移交到总领事那里，也就是由领主东芝大人的侄子东芝仲根进行监护。仲根是将军在源氏家族的常任代表。赖朝在所有臣服于自己的领主那里，都安插了军事人员，仲根就是其中之一。他们住在幕府提供的豪华宅邸中，担任地方治理官、税务巡视官或者是幕府在地方的驻军长官。

鹭池那边，必需的建筑已经修好了。在当地工匠的指导下，许多自各地矿山和采石场征募来的长狗也都投入工作当中。那位黑头发、棕色皮肤的长狗——布里克曼也很快就显示出他的领导才能，全身心地投入指挥安排的事务之中。不仅如此，他似乎还拥有极其强大的思维能力，对铁大师社会的各个方面，比如说文化、艺术、传统习俗、社会道德、民族精神等等，都表现出了浓厚的兴趣以及高超的鉴赏能力。他汲取和掌握这些知识，完全是出于一种本能，源氏不禁为之感动，便想帮他争取到学习日语的资格。

家康将源氏写的书面请求交给了将军，并建议将军不要答应。这还是赖朝头一次发现总管的意见和自己一致了。虽然他很想同那位长狗分享技能和知识，但那家伙毕竟是个异族人，而且是一个反叛分子，假如同他分享技能和知识之事传出去的话，可是大大地有损将军的名声。尼桑的语言源自史前世界，从来都处于严密的保护之下，绝不允许外来低等文化带来一丁一点的影响。更重要的是，它绝不能从那些配不上它的嘴里讲出来，那是极大的耻辱。虽然赖朝和他的使者也说被称为基础语的长狗语言，但那仅仅是一种交流手段，为的是有外人在场时,赖朝同使者也能进行悄悄地密谈。

布里克曼一点都不知道这些事情,即便这个请求是为了他,他也无所谓,他只是着了魔似的工作,工作,不停地工作。到了三月初时,一架飞马已经完工了,并且准备升空。它是模仿着布里克曼带过来的那架飞机制作的,又做了很多改良。当它从高地飞起时,划出那流畅曼妙的弧线,就像一只鸟从峭壁上的巢穴中飞起。原来的计划中,这样的飞马要做好多架的,但还差一种合适的动力装置,必须先发明出这种装置,才能让它们远距离飞行。蒸汽技术倒是可以,但现在的引擎都太过庞大,飞机在高空飞行时,又岂能带着那么多的木头或者煤块?如果要用蒸汽动力,就得开发出一种新技术来制造轻型发动机。布里克曼勇敢地接下了这个任务,并埋头苦干,努力研究起来。

源清盛大人对布里克曼旺盛的精力和完美规矩的举止印象很好,在他的眼中,这个叫布里克曼的年轻人,一举一动,都像是一位受人尊重的武士。源清盛大人见他不知疲倦地绘制各种各样的装置图,就想找个办法,奖赏他一下。对源清盛大人来说,布里克曼就像一只习惯性能下金蛋的鹅,他们要将"它"喂得饱饱的、肥肥的,再给"它"一个温暖的窝,让"它"住得舒舒服服;一旦没有了利用价值后,再一把拧断"它"的脖子,将"它"处理掉便是。

在他们的眼中,变种人和长狗生来就是当奴隶的,可布里克曼似乎是个例外。源氏觉得他应该得到更好的待遇。他这么想,也这么去做了。于是,如同一个美梦,布里克曼被安置到了一个虽然不大,却精致典雅的住所里,有一群非纯种的女人成了他的贴身奴婢。布里克曼对源氏感激不尽,源氏对这些感激照单全收,却没有说出来,其实在一个纯正的尼桑男儿,也就是出身高贵的武士眼中,用这些低等的下人当奴仆,其实是对他人格上的侮辱。但,换过来又说,对于什么都不知道的长狗来说,这绝对是梦中都难以实现的享受。

敏郎见到源清盛竟将布里克曼从奴隶提升到现在这种地位,自然是有些看不过去的。在一次拜访中,他就含蓄地向源清盛表达了将军的看法:没有必要,也不太合适。源大人也只能费尽唇舌,向他解释说,这样的安排只是暂时的,这样做很有好处,不仅能为自己家族,也能为将军本人带来丰厚的物质收益。这长狗现在只是给他点好处,哪一天没用了,也就“兔死狗烹”了,那时候,一定很有趣。

但目前有很多事情并不是那么“有趣”的,这次,敏郎回去向将军报告的,正是这些“无趣”的方面:那位已经交由总领事东芝仲根进行保护性监视的女变种人,并未被发配,此事有些不对头。通过细密的打探,锲而不舍的追查,加上当地的密探和消息网的帮忙,敏郎果然发现了一桩违法的交易。这种交易极其肮脏龌龊,更有可能会引发出一系列严重的后果。

敏郎先是汇报了布里克曼的最新工作情况,接着假装不经意地提到了他的护卫——那位女变种人的命运。他说道:“我很抱歉地向您禀报,据我得到的可靠消息,马萨诸萨和罗地兰的总领事已经给通常意义上的‘保护性监视’赋予了新的含义。”

将军一听这话,目光凌厉地扫了过去,道:“你敢肯定?”

“绝对肯定,所有的人都在传说,他现在真的是激情澎湃,这位可疑的,嗯……‘女士’,如今已被好好地安置起来了,还配着自己贴身的奴仆,待遇很好。当然,奴仆都是从贫民区里找来的。”

将军的心中“咯噔”了一下，面上却没有任何改变，目光依然盯着花园，问道：“她在哪里？”

“就在他私人领地中的一个湖心小岛上，岛上有房子，有密布的树林将房子包围，岸上的人是看不到的。我相信，这样的房子在过去应该也发挥过同样的作用。”

将军微微点头，面上仍旧不动声色，但敏郎心里很清楚，这个消息定让将军受到了精神上的折磨。总领事东芝仲根娶的妻子是赖朝的一个姐姐，如今，竟然跟一个变种人奴隶鬼混后，再走入他姐姐的卧室，实在是对姐姐莫大的羞辱。这个仇，一定要报，只等时机成熟。

“不过，这也算不上什么坏事。”敏郎说道。

“哦？你的意思是，这还是个好消息喽？”

“是的，陛下。我要说的坏消息是……她，并非变种人。”

将军微闭双眼，深深吸了一口气，道：“她来的时候，难道你就没注意到？”

“我没理由去怀疑每一件事情，事先我们得到的通知是，这个长狗带着一名变种人护卫。谁都想不到她那古怪的变种人皮肤竟只是些彩绘。我不知道她后来为什么卸下了伪装，但她的皮肤确实光滑无比，跟布里克曼一样，他们俩都是一种人……都是长狗。”

敏郎说完后，看着将军，直到将军明白了其中的意味，两人的目光对撞在一起。

将军问道：“为什么要伪装成变种人呢？”

敏郎字斟句酌地说：“这个，也许山下大人之所以声称是同变种人做交易，可能是为了……掩盖他和武器制造者暗地里进行的更直接的交往。”

“你是说——联邦？”

将军的目光如剑，直刺敏郎，敏郎不得不弯腰应对，道：“这是唯一可能的解释啊，陛下。另外，有些事情可能是我不知道的，但您应该能够看得出来。”

“希望是吧。”

“山下大人是一个喜欢做交易的人。”

“而且，也是一个野心勃勃的人。不过假如他与联邦真的有交易的话……”

赖朝没有再说下去。

“我知道，这件事情的确很严重。”

“这是最严重的叛国罪，一旦罪名成立，等待他的将是株连九族，他所有的领地都会被充公。而且，追查责任时，我希望家康也被卷入其中，但在此之前，我需要的可不是一些捕风捉影的猜测。”

“明白，请给我一点时间，我会尽快拿到证据的。不过，就算是追责的话，也治不了他死罪啊！”

“很好。那么，源清盛也牵扯进来了吗？”

“请让我换个方式说明一下吧！我觉得，没法相信他会不知道总领事每天下午大部分时间是和谁在一起的。就算他们过去没有和长狗做交易，但现在，从事实中可以推断出，他们肯定已经在做交易了。”

将军遗憾地叹息道：“行了，这些我都知道了。”他的嘴唇绷得紧紧的，“我亲爱的姐夫……多长时间了？”

“一月初开始的。”

“那你最近才发现？”

敏郎只能再次弓腰，此时，不是解释的时候。

“我真是搞不懂，”将军自己对自己说，“姐姐和她的孩子们几个星期前还在这里，那时她可一点都没表露出来。”

“陛下，可能她自己都不知道这事呢，我也是费了很长时间才摸清楚的，那些人想方设法要将事情隐藏起来。”

赖朝重重地怒哼一声，道：“如果他不是家族的成员，我明天就要亲自提审他。他竟如此大胆，我绝饶不了他。”他慢慢地恢复了平静，语带嘲讽地说，“哼，发生这种事，也不能说是完全出乎意料，我早就知道，他在那方面的品位本来就有些怪。”

沉默。

赖朝正在心中盘算，接下来该怎么做。

“我想，我们可以在那个冒牌变种女人的饭碗里放点什么东西，一次性解决问题，又或者，把他们两个弄到一块儿，做成一起自尽的样子。”

敏郎听了，连连摇头，道：“下策，下下策啊，陛下……”

“什么，这样行不通？”

“不，不，不。与山下大人相比，总领事算是好对付得了。只不过，我觉得把这场游戏中的任何一个玩家杀死，对我们都没什么好处。再说，万一东窗事发，牵扯到了您……”

“嗯……不错！”将军嘴角耷拉，面色黑沉，道，“真是一团糟啊！人人都知道，只要一发生针对幕府的事情，山下家族肯定嫌疑最大。很明显，我姐夫这样一个白痴，到最后，肯定会把自己毁掉。不过……”他叹了口气，又道：“最让我失望的是源清盛，你确定他掺和进去了？”

“我可以用性命担保，陛下。”

赖朝轻轻闭上眼睛，似乎不敢相信这个事实，想要尽力摆脱。过了一会儿，他才慢慢抬起双手，放在脸上，如同要抹平所有表情，再放下手臂，手掌按在双膝上，道：“那么……我们可能要失去源氏家族了。我的一位总领事，也要给他陪葬。”

“这倒也不一定，我相信总领事并不知道那些人在谋划些什么。他可能行事不端，有所失职，但他终归还是您的下属，而且，也是您姐姐的丈夫，您的家人啊！”

“这点用不着你提醒我……”

“山下大人必定做好了最后一搏的准备，他可不是白痴。老实说，您认为他会拉拢一个为了和长狗女人欢爱和偷偷犯罪的男人吗？”

“我想不会，那你说怎么办？”

“如果山下真的和联邦有所勾搭，那他一定知道那架长翅膀的马儿到底是谁送的。”

“那就是说，这是早有预谋的？”

“那当然。但这件事无论怎么分析来分析去，总领事既然发现了长狗女人的彩绘皮肤下的秘密，就应该上报，他却什么都没说。由此看来，他肯定也是中了别人的圈套了。想想看，如果总领事不肯就范，源大人会怎么向您汇报呢？他肯定会和山下大人捏造出各种证据，证明他们移交的绝对是一个女变种人。山下声称和他做交易的是平原人的部落，但我们无法核实这一点，因为……”

“我们没有办法撇开山下，自己去同变种人联系。”

“到了最后，东芝将发现自己进也进不得，退也退不了。他的裤子刚脱下来，就被逮个正着，就这样吃定了他，借此赢得优势。”

“比如，说服他控制住幕府军，万一源氏起来反我，他得故意装作没看见……”

敏郎微微摇头：“还到不了那一步。在这之前，他们还要走很长的路，他们还没有想到要用军队的力量。就算是有源氏的帮助，山下和他的那帮朋友也没有能力，就想用一次快捷的流血刺杀来颠覆整个幕府的政权。”

“但是，东芝家族的立场一旦改变的话，他们就有能力做到。”

“所以，我们一定要确保东芝家族绝对不会倒戈。”

“换句话说，就是我现在还不能招惹东芝仲根。”

“我相信我们会有办法让他们知道我们的厉害的，就算东芝家族也背叛了我，山下也没有一定能打赢我的把握，我和他们都不想被拖进长期内战的泥潭中去，那样的代价过于惨重。所以，我们目前要做的，就应该是争取民心所向，招揽各种人才为我所用。”

“这恐怕比打仗还要困难得多啊！”

敏郎弯下腰，道：“陛下，在您的领导之下……”

“行了，还有别的事吗？”

“差不多了。”

赖朝再次轻叹一口气。这一回，没有那么多遗憾，只是微带着些疲倦与恼火，他说道：“出去的时候要小心，我的朋友，不要把花园的美景破坏了。”

敏郎当然明白这句话里暗含的意思。身为一名送信人，如果送来的是坏消息，把将军惹得怒气冲冲的话，这本身就是一件极其冒险的事，可又没有办法。

“陛下，我还有最后一件事要禀报，也许只是谣言，不过我觉得，应该告诉您。”

“说吧。”

敏郎鼓足勇气，准备开始说，虽然这消息可能只是谣言而已，但定然会引发轰动。

“飞马升空乃是由引擎驱动的，可见这引擎的能力很大，不可小觑。”

“我知道，山下已下令将之毁掉了。”

“不，它没被毁掉。”

将军听到这话，描过的双眉不由得一抬。

“不过目前还没出过什么事。有消息宣称，我们北方的那位朋友已决定让那个被他们驯服的长狗去揭开引擎中的秘密，找到更好的办法……”

“怎样？”

“来重新获得……”说到这里，敏郎也觉嗓子发干，“黑光。”

这个词语就像魔鬼的语言，泛起森森寒意，充满了死亡的气息和灾难的味道。

旁边守护的五位将军武士也不知道他在说些什么，但此时竟也能感受到从他嗓音里传出的恐惧，他们不安地相互对视了一下。

将军听到这里，表面上保持着镇定，内心却震惊至极。敏郎的目光忙挪向其他地方，按照礼仪，现在，他是不能去看将军的，只能深深地垂下头，跪拜于地，直到将军开口跟他说话。

作为尼桑最高权力机构的现任统治者，同时，也是武士世界神圣原则和秩序的守护者，赖朝已经站在了尼桑的巅峰，但，他最惧怕的，就是黑光。就是这种邪恶至极的力量，导致了史前世界的毁灭，如今，无论如何，都不能再让人掌握这种力量。关于黑光的知识成了被禁的秘密，就像古代的巫婆们会念的魔咒一般，没有人敢去触碰。

那些长狗，既是黑光的主人，也是它的奴仆。黑光将力量注入他们那可怕的武器中，同时也牢牢控制了他们的思想。暗黑的地下世界中，黑光便是长狗的生命之血和搏动之心，更是那恐怖的瘟疫之源。它能侵蚀人的身躯，麻痹人的大脑，摧毁人的心灵。尼桑的男儿一定得想办法，将那颗心从联邦腐朽的躯体里挖出来。只要那颗心不再跳动，长狗们就会成为掩埋在地下的腐尸中的蛆虫，只能在黑暗中互相蚕食，自相残杀，当腐烂的恶臭满溢四周，空气耗尽后，他们自己就会窒息灭亡。

但目前最要紧的是，得借助平原人来阻止长狗的入侵。另外得找出克制他们武器的办法，才能将他们赶回沙穴，永远不再侵犯其他人类。黑光固然如此美丽，但又过于恐怖。它诱惑着一切想得到它的人，迷惑他们的心灵，令他们堕落。山下那帮白痴，现在正在用尽办法想重新得到它，他们一定会被藏在其中的恶魔逼疯，最后自我毁灭的。

自从第七波的武士冲上岸的那一刻起，那个黑光魔鬼就被流放到了东海以外的土地上。这个俘获了长狗意志的黑光恶魔，长期以来都被困在远离西部群山的地方。但现在，这个由领主组成的阴谋小集团，竟受盲目的野心驱使，要将那恶魔释放出来！他们难道真的疯了吗？

赖朝心中一紧，感觉被一股深深的绝望攫住了，难道，那些悲剧的历史，又将重演一遍吗？

在尼桑，只要是真正的男子汉，都听过这个故事。赖朝自然也不例外。这个故事相当具有警示意义，老人们口口相传，代代至今。从赖朝的孩提时代，父母、老师和顾问，就不断地拿它当作教材，讲给他听，一直讲到他登基就任将军。

在那遥远的史前世界，有一块巨大的陆地，称为北美大陆；而它的东海之滨，便是旭日初升的国度尼桑。远古时代，一些武士，也就是如今尼桑男儿们的先祖，曾居住在一个也被称为"旭日初升的国度"的地方。那是一片美丽的土地，国富民强，生活幸福。可是后来，他们的灵魂不见了，都给了黑光的制造者。

黑光就是白色的天火在大地上的兄弟。天上的邪恶之神，试图袭击天照大神——万物之神的宫殿时，突然有白色的天火劈开了天空。邪恶之神以一敌万，他的剑光里喷射出无数的火花，形成无数亮瞎人眼的光线，无数的天火从高空坠落，到处都成了一片火海。这邪恶之神的邪恶超能之力，将整个世界都点燃了。

黑光的制造者发现了一个绝密的办法，能从森林、河流、岩石和草原，以及人类呼吸的空气中，汲取天火陨落人间的力量。他们最终使用了魔法之轮，捕获了这邪恶的力量，再用柔软如丝的金属线将它牢牢束缚。后来，他们将这些金属线编成绳索，织造出一张巨大的金属网，将整个地球都裹了起来。没有人胆敢反叛，因为人们早已被它的魔力迷惑。只要手指轻轻一按,绳索就能改变这个世界,让黑暗之地亮如白昼,让寒冷之所温暖如春,甚至让无声的空气唱出乐曲。

这些原本是多么美好的事情啊,但这还只是刚刚开始。黑光的制造者又发现了一个方法,能让黑光在空中穿越。天空再次铺盖了一张新网,却是由看不见的线织就而成的。世界在无形中变为了牢笼,但没有一个人反抗,因为黑光的制造者造出了更强大的魔法之轮,并用更多的方式将人类从繁重的劳动中解放了出来。人们不再需要亲自动手,就能用黑光播撒种子,拉动大锯,高抡铁锤,铸造铁器,熔合金属——无所不能,只需要一个简单的火花就能实现。

对于那些头脑迟钝的懒汉和穷人来说,这不能说不是一件好事。游手好闲反倒成了美德。没过多久,手艺师傅就发现,他们的技能失去了用处。他们那原本灵活的手指已被金属制造的爪子替代了;而这些金属爪子的主人,只是一个个没有知觉、蠢笨呆板的奴仆,它们拥有永不会疲倦的钢铁手臂,吃的是黑光,可以不分季节、不分昼夜地拼命干活。它们可以在眨眼之间就制造出物品,用的却不是自然界里产出的。它们制造的时候,没有用爱,造出来的东西也就没有灵魂。这些东西只不过是一堆毫无价值的小玩意儿,却深受人们的喜爱,许多人不惜重金将这些小玩意儿买下来,因为他们在生活中感到越来越空虚和无聊。

这种空虚,正是黑光的制造者造出来的。为了填补空虚,他们只能不停地工作。自然被幻象替代了,世界上到处都是虚假的希望和空洞的梦想,新世界从旧世界里偷食能量,越来越强,越来越大。

不到一百年的时光里,地球已经变成了一个巨大的醉生梦死的安乐窝。到处都是神奇的窗户，吸引着人们的眼球；到处都是塞圣的歌声，将所有人迷惑。只有那些最恪守武士道精神的人，才能稳定内心，不为所动。

虚假的幻想渐渐变成了新的现实。当感觉替代感受时，人类也就丧失了荣誉感。武士借以支撑其道德规范的坚定信念土崩瓦解，古老智慧的结晶更是被遗忘殆尽。从此，妻子不再尽她们的家庭义务；丈夫也抛弃了自己的买卖、职业以及责任和荣誉感，整天沉溺于荒诞的游戏和无聊的争闹之中。他们总是想着法子要置身于人们的嘲讽和羞辱之中，只为了赢得那些毫无价值的奖品，却不知道那些东西只不过是些愚人金而已。但黑光的制造者却越来越富有、强大，任何人都不敢反对他们，否则就会被套上枷锁钉到十字架上去。统治者对他们敬若上宾，总是投其所好，政府只好默许他们肆意妄为，否则，就只能下台。

那些当上了父母的人，他们的孩子如果出生在黑光时代，便会无法避免地抵制过去的道德和精神传统。他们原本就生活在一个贫乏的世界里，突然间能够及时而且不费吹灰之力地得到各种满足，他们只能无限地堕落下去。时光只停留在“眼下”这一刻。他们渐渐变成了“夜行者”，月亮升起的时候，他们便在大街上闲逛，一旦有可能获得刺激，他们就成千上万地集结在一起。

不管是痛苦还是愉悦，对他们来说都没什么意义。在低俗的造梦者的殿堂内，他们挤来挤去，抱来抱去，他们高举手臂，如水草般随着声浪的起伏而摇摆，崇拜地仰望着灯光营造出的影像。他们已经无法摆脱黑光制造者的影响，他们的穿着反映出他们的生存状态。他们的身体都用皮带和链条装饰起来，耳朵和鼻子上都穿上了环，手臂上还插了针，头发更是根根直竖，就像发狂的豪猪身上那些刚毛，脸上则涂得乱七八糟，像变种人一样。整个世界，早已没有内涵了，流行就是一切，如那些趾高气扬的孔雀，只有表面的一层皮，根本就偏离了最根本的目标。

人类身上的道德枷锁和精神束缚解开了，不管是男人女人，都被深藏体内的最邪恶的本能召唤醒了，犯罪的冲动再也抑制不住，将他们拖进了放纵和堕落的沼泽之中。城市被恐怖之手控制，懦夫们欺凌无还手之力的弱者，军队丧失了斗志，政府早成了无用的摆设，国王和他的大臣们一无是处，被书吏、商人和最低级的流氓恶棍们公开地嘲笑和耍弄。

伟大的天照大神终于厌倦了这尘世间的邪恶，于是将太阳扔进了大海。随着一声震耳欲聋的巨响，太阳在大海里爆炸了，整个海洋熊熊燃烧起来。那些有胆子看这场面的人，竟都被活活吓死了。海水就像熔金般沸腾，汩汩冒泡。飓风推动着海浪，扭曲如蛇，以雷霆万钧之势冲上高空，用炽热的手指扣住云层，又迅速朝下猛冲至海岸上，将世间万物全部卷走。没有人能逃得掉，就连躲在神圣的富士山最高处的人们，都无法幸免。

最后，只有一些船民幸存了下来。他们的村庄离得很远，在南海以外的冰山中漂浮。他们将天火看得清清楚楚，但火焰并没有碰到他们，因为天照大神要宽恕他们，便召唤来寒风，吹走了海浪中的热气。他们是神的选民，他们的灵魂之中有一星火花，终将成为燎原之势。终有一日，这些火焰会将钢铁般的意志铸进心灵与头脑，一个新的武士民族将重新诞生。

时光凝滞。太阳被大海消耗殆尽，只有空中留下了变幻的尾迹——一个暗红色的圆球。偶尔，它也会穿透厚重沉闷的阴霾，露出一点面容，但那阴霾始终如裹尸布一般，低垂绷紧。

在灰白色的冰山间漂流时，船民们终于慢慢地意识到，过去那个熟悉的世界不见了，地球如今变成了一片烧焦的废墟，没有任何活物能够生存，什么东西都长不出来。天上的云吸走了空气中的致命尘埃，又化成毒雨落入大海。而他们唯一的食物来源就是海中的东西，很多船民中了毒，大量地死去。还有许多病倒了，只有一小部分身体强壮的活了下来。那些受到天照大神庇佑的人大病了一场，最后恢复健康时，体质已经远不如过去了。人类的数量急剧减少，但最重要的力量却幸存了下来。他们与漂泊在大海上的其他幸存者携手并肩，努力生存。这些幸存者与他们说的是同样的语言，怀着同样的梦想。

这一漫长的历程持续了两百多年。一代又一代的人在大海上出生，又在大海上死去。神选之民的子孙们，从来没有失去过希望，他们的队伍愈渐壮大。先祖过去的光荣长留于他们的记忆中，他们将这些记忆一代代地传下去：对于那些英勇无畏的武士，死亡在他们眼中轻如鸿毛。这些英雄的传说鼓舞着孩子们，那些因饥饿、疾病和逆来顺受而变得呆滞无神的眸子里，重新绽放出了充满希望的光辉。

他们把前人在世上生存的宝贵知识传给了后人，也把治愈大地、重建世界的各种技能传了下去。更重要的是，他们将武士道传给了子子孙孙。正是这内心的强大武器，装配着武士的思想和行为，将武士和普通人区分开来。武士们接受了人们赋予他们的庄严使命，那就是:一定要找到黑光,将它彻底毁灭,让它永远消失。

是的,尼桑的男儿从来就没有放弃过这一使命。早在第一个幕府设立之初,这一使命就被编入了幕府的法令中去。黑光是人类最大的敌人,重新制造黑光将是最严重的罪行。尼桑的历任统治者都怀着极大的热情,为正义而战,与这种犯罪行为做着你死我活的斗争,现任的将军也不例外。

赖朝很清楚,万一那个谣言是真的,所有参与其中的人都将被毫不留情地除掉。这个阴谋到底牵涉了多少人呢?敏郎回来报告之前,源氏已经被视为丰田家族忠诚的同盟者谱代了。这种状况真的非常棘手,如果这些家伙真的叛变了,他们的力量足以对抗幕府,幕府也不能贸然前去征讨。从目前的局势来看,哪怕他只是以家族的荣誉之名要求他的姐夫——总领事切腹自尽,也会产生难以预料的后果。

但是,不,不行……侮辱姐姐和丰田家族的仇,一定要报,但得选一个最佳的时机。现在,只能谋定而后动,绝不能轻举妄动。

第三章

长谷川敏郎的关系网四通八达，由密探、特务共同编织而成。这些人将目击者的陈述、告密者的文件、枕边的悄悄话、酒后的胡言乱语，甚至是澡堂子里的闲言碎语等等来自各个方面、层面的情报都统一送到他那里。他从中详细分析整理出一切有用的东西，这再一次显示了他卓越的信息搜集才能。但这一次，他向将军汇报的情况却出现了严重的错误。虽然山下大人和源清盛的确秘密结盟了，他们也的确在谋划着要研究出某种装置来，以重新获得黑光，当然，总领事东芝仲根也的确卷入了一场通奸丑闻。但是山下并没有同联邦或者联邦的变种人代理者勾结。从这些摆在面前的各种情报中，敏郎得出了一个错误的定论。他的定论建立在一个错误的根基上：他认为总领事的意中人清水是一个长狗。

这种低级失误也不能怪敏郎。大部分铁大师，当然也包括敏郎，对变种人的认识只局限在尼桑的这些奴隶苦工身上。这些人全都眼神呆滞，如牲畜般被蓄养着，只有当鞭子抽在他们身上时，他们才会反应过来，努力干活。在铁大师的社会里，这部分人只是一群异族的原始人，其地位相当于田里的耕牛，铁大师们不会去过多地注意他们的存在。

作为武士及内廷使者，敏郎严格遵循着既定的社会准则。同这样的奴隶说话不符合他的身份，他只能对他们发出命令。他自己并没有变种人奴隶，不过就算是有，他对他们下达的命令也只能通过中间人传达。所以，对于变种人的生活习惯、传统习俗，还有他们在俄哈俄及密苏里的水域之外那片广阔的土地上到底是如何生活的，敏郎一点都不知道。尤其是对变种人中那些“正常人”——他们的骨骼平直，皮肤光滑，肤色纯净，同长狗和尼桑的男儿没有什么区别。这些情况，他什么都不了解。

不只一个像他这样的人。

山下宏大人在几个月前也犯过同样的错误，而他恐怕是尼桑大地上对平原人了解最多，知道得最清楚的人了。

在过去的几年时间里，山下搜集了很多正常变种人的身体信息，不过只有家族里的高级成员才知道。山下拥有许多很好的门路，其中之一就是每年派遣轮子船穿过大湖群去进行贸易，这为他带来了更多的财富和权力。变种人不仅给他们提供了大量的廉价劳动力，还为那些被俘虏到异乡的同胞提供了衣食用品。他掌握的信息是极其有用的商业机密，他深知变种人的优势和弱点，每次都能制定出最有利的交换比，而众多变种人部落之间的竞争，也能够使他的贸易团获得最大的利益。

山下不会像绝大多数铁大师那样瞧不上变种人。他早已亲身体验过，变种人的身体除了丑陋之外，还有一些地方与铁大师不同，特别是他们的腋窝和下身都长满了长毛。这些人长相奇特，卫生习惯很差，但他们之中的某些人却拥有非常高贵的品质。在通常状态下，他们很强壮,而且勇敢无畏,有自己特殊的荣誉感,从某些方面来说,与武士道还很类似。变种人很愿意尊重和听命于族群中威望较高的人,这些人很明智地意识到,经常用自己这边所能提供的物品和铁大师交换更好的武器和手工制品,对双方都非常有好处。

在异族人看来,他们只是个没有开化的原始种族,虽然有些小聪明,从总体来说,还是四肢发达、头脑简单。但是,也有一些变种人,尤其是字匠,拥有超人的智力,还有一些令人意想不到的精明。其中,有一个叫作雪先生的,是穆卡尔部落的字匠。山下就是在他的帮助下才得到了飞马。

山下也很清楚,还流传着一些无稽之谈,宣称某些变种人——即通常所知的召唤师和预言师——拥有超自然的异能,说他们是奇才。铁大师在自己的神殿里也供奉着天照大神,他们当然相信大自然里到处都有神灵的存在,大自然本身就是众神的国度。但对于那些变种人会魔法的传闻,山下只会一笑了之。在他看来,变种人对铁大师是构不成什么威胁的,虽然他们人数众多,但各部落之间根本不和,经常自相残杀,充满了敌意,这就导致他们永远是一盘散沙,无法组织大规模的军事行动来对付他们东方的朋友或者是南方的敌人。平原人虽然具有强烈的领土意识,却并未组建成一个统一的帝国。正因如此,山下才会向他们提供步枪,提升他们的武器装备水平。平原人对长狗有一种彻骨的仇恨,在对付联邦地面作战部队的侦察先遣队时,他们所采用的游击战非常有效。山下有时候很想知道,平原人是否已经意识到他们正在被自己玩弄于股掌之中。不过山下从来没有想到,其实还有另一种可能:平原人根本就是毫无逻辑的,他们只是听从天意的安排。山下没有听说过辟邪主的预言，不过就算他听到了，也会置之不理的。山下之所以对变种人感兴趣，只不过是因为对自己和自己所代表的社会体系有一种天生的优越感。这在与变种人的交往中更为突出。在山下看来，自将军而下的全体尼桑人所分享的这套体系，并不需要再从变种人那里学习什么，就算要学，也是变种人向他们学。山下不是人类学家，也不是什么比较宗教学学者，他只是从资源分配管理这个角度来分析问题而已。

因此，这种信息的选择和采纳显得很片面，致使山下与使者敏郎一样，完全不知道变种人中有“正常人”存在，所以，他也想当然地得出了一个同样错误的结论。一月底的时候，当他得知清水从肤色混杂的变种人武士突然变成了皮肤完美的长狗时，他的感觉就像将军一样，觉得自己被深深地出卖了。

山下气得怒不可遏，他将矛头对准了两个人：一个是雪先生，是这个老家伙欺骗了自己；另一个便是总领事，就是由于他的好色与愚蠢，才使得事情泄露出去了。当源清盛告诉他这个消息时，他的第一反应就是要立即杀掉清水。不过源清盛立即劝他放弃这个想法。只要从全局出发，细心一想，就能看出来，他们有可能谁都不会获罪的。山下细细盘算了一番后，同意了源清盛的意见。和将军一样，他觉得自己手中握着的是一块烫手的山芋。隐瞒女长狗的存在绝对是个大麻烦，但也是上天给予的好机会。总领事对下层社会的女人总是有不可理喻的嗜好，如今，这一嗜好已将他逼入了死角，这样一来，要挟制他做事就太简单了。这个男人虽然是个堕落下流的小丑，可是他身份特殊，是将军姐姐的丈夫，与高层的这一关系使他在这种危机四伏的游戏中显得很有利用价值。

而雪先生这个“乐于助人”的字匠就完全是另一回事了。这个狡猾的家伙到底想干什么？开始，是他先保证说肯定会交付一架飞马来换一船步枪的，交易之前就如此有把握，这么说他一定也参与了这场骗局。莫非他已经和联邦勾结在一起了？如果真的是这样的话，那么这个伪装的女长狗提出要和完成任务的云武士返回穆卡尔部落就有了特殊的含义。那些人一定在等着她和她的同伴回去报告这里所见的一切情况：铁大师的工艺技能，他们的新技术和能力，他们用来驱动飞马的动力，他们在空中驾驭飞马的方法，等等。难怪那个云武士会要求与他的护卫待在一块儿？果然是个狡猾至极的把戏。但不管是变种人还是寻道民，只要来到尼桑，就没有谁能够撒过谎之后还活着：这对厚颜无耻的长狗，也将会遭到同样的命运。

还有一个问题，令人想不明白：如果他们是联邦派来的，那为什么联邦要将飞机技术传授给自己潜在的敌人呢？虽然这件礼物是假借被破坏的物品的名义移交过来的，可那不过是为了让布里克曼的狡辩听起来较为合理罢了，他声称这架飞马是他利用变种人手头的零碎配件组装而成的。尽管飞马的外表有些破损，但仍能够带着两个人飞行，相当不简单。它还带来了两件非常有价值的东西：一个飞行员和一个引擎。飞行员热情而详尽地解释了每一个配件的功能和设计原理，它的引擎则为制造以黑光为驱动力的引擎提供了样本。

山下是天生的商人，对他来说，这是一个难得的好机会。把引擎藏好后，他就将数桶黑火药藏在易燃物里，点燃后，引发熊熊大火，最后做出销毁引擎的样子，场面颇为壮观，有不少人看见。他想借此骗过将军派来的、躲在暗处严密监视的密探。

与此同时，对于清水真实身份上的认知错误，导致了使者敏郎相信山下可能在与联邦勾结，又促使领主大人围绕雪先生做了一番精心的推测。要知道，在尼桑这片土地上，想要爬到山下现在的位置，不残忍狡诈，不心狠手辣，是绝对办不到的。山下自是其中的佼佼者。他与其他领主一样，生性多疑，爱玩弄阴谋诡计。他认为雪先生并没想到那个女长狗的真实皮肤会暴露出来，也绝对料想不到她会被移交到东芝仲根的监护之下，更猜不到接下来会发生什么。

那么，雪先生这么做到底是什么意思？难道是想通过送交一架带有迷人引擎的飞马和一名热情的骑手，将山下对变种人的兴趣转移到其他可交易的物品上来？这么多年来，与变种人打交道的经验十足，山下很清楚可以和什么样的人做生意，不可以和什么样的人做生意，他的团队是以物易人提供的交付系统，向来都安全可靠。那么，会不会是联邦想借用雪先生，来与他取得联系？

如果答案是肯定的，那么对此做出回应，就是犯下了叛国罪，而无视对黑光做出严格规定的神圣法令，同样也是犯了叛国罪。不过山下可不这么认为，他的目的只不过是要保护尼桑，也许现在的方法有点不合适。目前，和平与繁荣是远远不够的，山下需要的是发展、壮大。如果能够达成目标，他就有可能成为将军，那便意味着将要取代丰田家族。如果藏在联邦作战机械后面的知识能够帮助他成功，那么，只要有适当的时机，他就会和联邦达成协议。但一旦他获得了绝对的权力，他将会以彼之道还施彼身，用长狗自己的知识毁掉他们的地下王国，甚至将他们存在的痕迹都从世界上全部抹掉。

山下也很清楚，与联邦的任何交易都伴随着巨大的风险。但是，在谋划要获得新的黑光时，他就已经置身于危机之中了。他只是还不太有自信，不清楚自己是否有勇气将这一想法付诸行动。一旦正式行动，他就必须要拿到黑光制造者曾经用过的那些装置，这些违禁品和原材料，只有在他位高权重、地位稳固之时，才有可能被秘密运往尼桑。

假如对方真的有意，山下暂时不表态也不会有什么坏处。他自然也会信守交易条款，将一船的步枪交给穆卡尔部落，并对雪先生以及这个部落的隐瞒和欺骗既往不咎。他不会责备雪先生，甚至不会要他做出什么解释。他只需要让这个老狐狸和女长狗面对面，然后观察老狐狸看到她自衣着和外表都已改变后神态举止的变化就行了。山下更要她亲口说出她与那个云武士都受到了良好的款待，两个人都不想返回穆卡尔部落。

只要雪先生一看到她，就会明白，尼桑最强大的领主山下早已洞悉了一切。但是老字匠从他脸上却什么都看不出来，因为他会戴着一张黑色的金面具。他的待客之道犹如对待自己的武士随从，礼节适度，态度谦恭，从他的一言一行中都看不到赞成或者反对。如此一来，就能让雪先生以及他幕后的同盟者知道山下对此事沉默的态度，以便他们进行下一步的行动。

总领事东芝仲根收到了严格的命令：不得向外界透露清水将被带离的消息。但这一点也不管用，这个绝望的男人，只要想到即将与清水离别，就会失去理智。源大人深知总领事这张嘴巴是绝对靠不住的，为了谨慎行事，就没将整个计划都告诉他。不过清水很清楚地知道她将在克利夫兰与山下见面，也猜到领主一定会让她与雪山生见上一面。四月份就是平原人开始准备“水上行走”的时段。“水上行走”指的是这段时段里，各个敌对的部落在“大河”边的交易点聚集，度过了短暂的休战期。

清水看得出来，佳得利很喜欢留在鹭池，她心中很清楚，自己最终还是得一个人返回尼桑。实际上，她没有别的原则。当知道自己将要与总领事分开时，她假装流出了眼泪，总领事赶紧安慰她，还向她保证说山下大人答应过，会将她照顾得舒舒服服，而且她会安然无恙地回到这里来。

这是个天大的好机会。清水假装请求总领事送她一件定情信物，这样的话，在分别后的日夜里，她也能睹物思人，慰藉相思之苦。她问他，可不可以要一个小小的漆盒，上面的图案则由她来绘画。她用那楚楚可怜、满怀希冀的眼神望着他，那么恳切和真诚。他又如何拒绝？

东芝看着这双眼睛，多么美丽啊，就像闪闪发光的宝石。这一瞬间，它们如璀璨的翡翠，又像冒着淡蓝色的火焰，下一刻，它们又化作了一汪清澈透明的蔚蓝色池水，柔和又平静。他真希望自己变成一块石头，欣然跃入这蓝色的水体中。他已经记不清自己到底享用过，或者说感受过多少个女人的情爱，可他身体的欲望却从来没像现在这样满足过，也从来没有谁能像这个长狗那样，唤醒他内心深处最快乐的幻想。她是他遇到过的最美妙、最熟练的性爱高手，美丽非凡，性感如狂，周身散发着神秘而跃动的磁场。她就是欲望的化身，令东芝无法自拔地着迷、沉溺，愿意听她驱使。

但这只不过是事实的一部分。自然，总领事侵入了她的身体。可他并不知道，每次他这么做时，她都能侵入他的头脑，将她的意志强加在他脑海里那些激情狂野的画面上。东芝一旦有所幻想，她立刻就能将之变为现实，连那些最疯狂的想象都几乎立即成了事实。每当他在心中想象她将要成为什么样子时，她立即就变成了他渴望的样子：时而千依百顺、温柔娇媚，时而激情万丈、如饥似渴。他的神经末梢在不知不觉中就劳损过度。声音、光线、气味，每一种知觉都会被放大许多倍，紧密地配合着他内心深处潜藏的欲望。当最后的高潮来临时，他能感受到全身每一个细胞都在美妙地震颤。他获得了前所未有的满足，仿佛意识与身体都飘然欲仙，向着快乐的天堂飞去。

总领事在感觉上享受到了无与伦比的快乐，远比他实际得到得多。但清水对于遇到东芝，并没觉得有什么可高兴的，她只是不得不利用自己的身体来控制其意识。总领事一点都不知道这些，不管什么时候，只要他躺在她的身边，他的眼睛、耳朵、舌头、手指，以及那不知疲倦的家伙，都会被他头脑里的色欲指挥得忙碌不已。

清水所用的异能与雪先生设法干扰哈特曼——第一个进入平原人领地的篷车队司令官——的思维时所用的一样。只不过雪先生功力更高，不需要与沙穴人面对面就能使用法力。作为风暴使者，雪先生掌握了伟力宏环中第七环的法力，这样只需要通过佳得利用天眼在石头中看到的哈特曼的面容，就能找到他的思维。虽然清水的法力也很强大，但和雪先生一比，还是弱了不少。流过她身体的力量，是辟邪主的意志，那并非她所能控制的。所以，她知道，自己现在所做的一切都受到了辟邪主的庇佑。为了尽可能地与佳得利靠近，她才不得不与总领事保持着那种关系，东芝的府邸与鹭池相距不是很远。万一哪天佳得利改变了心意，看到她现在的处境，并打算逃跑的话，她当然会帮他一把。

天音已经告诉过她，一定要让铁大师的愤怒之矛刺向沙穴人，而不是平原人。这就是为什么她的外表，如果充分展示的话，显得像个来自联邦的人。她也曾经因佳得利在两人分开时表现得极为淡漠而默默伤心，不过她很快就意识到，自己命中注定要落到总领事的手里。她也看清楚了周遭的环境，在这个社会里，变种人是没有任何地位，不会有任何人关注的。虽然她身体健全，可是她的彩色皮肤会让她的处境变得更为残酷，更为耻辱——也许是被当作一头负重累累的牲畜，驮着装满沉重石头和泥土的筐子蹒跚前行，或者拉着一大堆粪便倒进稻田，或者是被套到一个灌溉轮上。

对于那些沦落至此的同族兄弟，清水一点都没忘记他们。当来到尼桑，亲眼看到他们的遭遇后，她好几次都忍不住失声痛哭。但她没有必要为理解他们的境遇而自己也再遭受一遍同样的苦难，就算她也和他们一样了，那又能如何，她是无法改变这一切的。如今，她身上肩负的任务沉重而危险，落在总领事的手中后，尽管享受的是奢靡的生活，但所遭受的耻辱一点也不比他们少。如果雪先生说的都是真的，那么，当辟邪主降临的时候，这些“迷失的人”——也就是通过交易落到铁大师手里的变种人，都将被解放出来。雪先生还曾经说过，佳得利和她是三赐之人的剑与盾。他并没解释清楚这到底是什么意思，但他倒是特别强调过，如果他们都能遵循辟邪主的指示行事，那么辟邪主降临的预言就能成真，而且平原人也一定能推翻他们的压迫者。

而她的主要任务之一，就是要保护佳得利，主要还是防止他的本性会带来非常可怕的危险，那些藏在他内心深处的黑暗力量，一直在翻滚，想要喷薄而出。所以，当她第一次被带到东芝仲根面前接受他的审问之时，就明白自己接下来应该怎么做了。东芝仲根的目光一和她接触，也就是短短一瞬间，她就足以将思维之手抓入他的脑海，发现了他暗藏内心的想法，想要占有一个长狗的欲望。她自然也能感觉出他在打量自己时的那种贪婪的好奇心。不过，东芝仲根也有些缚手缚脚，若与变种人发生关系，这是多么出格的一件事！即便如此，她还是成功地左右了他的思想，令他产生出要将她单独囚禁的想法，而且囚室内条件不能太差，要有流水供应，并且将她随身带着的一个小袋子还回来。东芝仲根下达命令时本能地有些犹豫，他的确不知道自己这么做是否正确。

每天晚上，等守卫松懈下来，停止巡逻，也不再通过门上的窥视孔监视时，清水就开始用粉红色的叶子擦洗身上的图案，先洗被身上的兽皮遮盖住的部分，以免洗了半截被人看出来。等到单独监禁后的第四天，她皮肤表面的彩绘终于全部洗掉了，她也随之变成了另外身份的人。第二天，那个来送早餐的守卫刚一看到她，就大吃一惊，手里的盘子都差点掉到地上了。守卫的头儿闻讯赶来，亲眼见证了这个奇迹。很快，消息就传到了上层，不到一个小时，总领事东芝仲根就匆匆来到囚室，命令她将身上的衣物全部除掉。

清水自然没有反抗，照吩咐做了，然后微微低头，站在那里。东芝眯着眼睛，绕着她慢慢转了一个圈，仔细观察她身上的每一处细节。他又命令站在她旁边的一个守卫，将遮在她脸上的乌黑长发撩到一边。白条子上前，将她的头发拉过肩膀，粗鲁地在其后脑勺上打了个结。她抬起下巴，迎上了总领事的目光。东芝本以为会看到低等动物那张因惊吓和恐惧而畏畏缩缩、曲意逢迎的脸。但他万万没有想到，看到的竟然是两道蓝色闪电，他的灵魂顿时成了渔叉上的鱼，被瞬间穿透了。

于是，就从那一刻开始，东芝完全被清水的力量奴役了。

他对女人的胃口实在很大，但清水相信，自己在他心中的地位独一无二，没有任何女人可以取代。他所有的欲望都集中在她身上，这种状态即使在他们分开后，还能保持数周。

不过，她也没有必要进行过多的冒险。在她即将离开的前夜，东芝躺在她的臂弯里，陶醉地沉浸在最后一次的幻想性爱的颤抖之中。她将他的思维引导回他的婚床，用他妻子的形象代替了自己。所以，后来当将军的姐姐回到江户夏宫时，并没对丈夫的出轨抱怨过什么。

清水能用法力操纵总领事，自然也能操纵那个给她准备漆盒的手艺师傅的双手。手艺师傅都没有察觉到自己在盒子的上面和侧面到底描绘了些什么图案。但那些图案终将对收到盒子的人传达出特别的讯息。雪先生，还有那个金发云武士——命中注定将与她纠缠不清的人，会看出来，她想说却不能说的话到底是什么。

对于她这种特殊的异能，铁大师根本就毫无察觉。在他们那凡眼看来，这只不过是一个空空如也的盒子罢了。它虽然有点价值，样式也精美，可是与那些用来装饰领主豪宅和将军宫殿的高雅工艺品一比，就什么都不是了。但这些人并不知道，清水的性命就装在这木盒子里，它上面的图案伪装得极为巧妙，表面是花纹，实际上是一幅地图，这地图将会引导着布里克曼来到鹭池，找到那隐蔽的湖心小屋，也就是东芝仲根囚禁她的地方。一旦这木盒到了雪先生手中，他必定能感觉到她的存在，她的声音也能直接传到他的脑海中，这些图案能揭开许许多多的秘密。

到了五月中旬，两艘巨型轮子船跟着山下的镀金座舰，从大浪震天的尼亚加拉大瀑布旁边的船籍港布法罗出发了。它们一直向西南行驶，来到克利夫兰港口，那里毗邻珂尼卡的领地，他是山下大人的亲密盟友。傍晚，船队终于停靠岸边，抛锚休息。黑夜的丝巾蒙住所有人的眼睛，一只小船缓缓驶出，将一顶车轿带到了山下的座舰上。轿子遮盖得严严实实，没有人知道，坐在里面的，就是那个女长狗。

天蒙蒙亮时，船队又开始了西行的航程。一路上都平安无事。在穿越休伦湖时，山下将两艘船舰分别派去了贝城和密尔沃基，让它们去同那些从南方跋山涉水而来、规模小一些的变种人部落进行交易。到了船出航的第十天，他们远远地便能看到在内海最西端的交易点德卢塔，和往年一样，一大群黑压压的变种人早已聚集在那儿，等候多时了。

那段热火朝天的交易期内，穆卡尔部落的字匠雪先生曾多次试图询问云武士及其护卫的情况，却每次都被山下推了回去，以至于他总是焦虑烦乱，坐卧不安。但是在离开交易处的前一晚上，山下破天荒地邀请字匠和两位部落长老到他的座舰上去。自然，在面谈之前，这些变种人得扔掉他们身上那些散发着动物怪味的兽皮衣物，从头到脚浣洗干净，换上棉质的宽大衣裤。据下人报告说，这一流程变种人没什么反应，没看作是太大的折磨。而且，让山下觉得满意的是，梳洗干净后，再穿上合适衣服的雪先生，看起来有点高贵的气质了。如果不是他额头上生出的疙瘩以及手臂上树皮般的皮肤，还有从头到脚都布满的黑棕色的不规则图案，乍一看，他的神态举止，倒跟真正的人类没什么区别了。

山下原想让雪先生与一身盛装的清水见个面，当然，清水所穿的衣服是她那个见不得人的监管人赠送的。见面之前，她早已受到了警告，知道什么该说，什么不该说。如果稍有不当，只要山下一示意，藏在她背后的两名弓箭手将立即发箭刺穿她的心脏。她与雪先生见面的时间十分短暂，这对所有人来说都有很重要的意义。山下看到雪先生见到清水变成这样时的吃惊，并不是吓了一跳的惊愕，而是一种意外的感觉，一种被别人看穿心思时的惶恐，不是那种完全出乎意料的大惊。

从那一刻起，雪先生开始变得谨慎而小心，每一字、每一句都斟酌再三。在这严密的监视下，字匠和女长狗在谈话中使用了一些俚语，山下听不懂其中的含义，不过他倒觉得没什么。另外，雪先生再也没有恢复原先的镇定。

山下心中默想，很好，记住这次的教训吧。虽然我是个讲信用的人，但我也不是傻子，那么好骗，接下来就看你的了，我的疙瘩脸朋友……

另一方面，清水其实很期待这次的旅行。除了要将木盒子交给雪先生，她还有一个目的，就是钓鱼。渔竿的这头，是总领事，她已经让他充满了无比期待。接着，她要找到另外一个机会，将渔钩放到山下的嘴里。这个男人才是整件事情的核心，只要他轻轻一动手指，她就能够返回平原人中间去。但她又很快发觉，山下领主不像东芝，并不是那么容易上钩的。整个航程中，除了两个服侍她，同时也是监视她的人之外，其他人她一个都没见着。从波士顿到克利夫兰的路上，她乘坐的轿子一直被关得严严实实，除了通过透气孔看到那一块块被分割的天空，其他的什么都看不到。只有每天晚上，等陆上护卫在客栈住下后，她才能从轿子中出来，但外面依旧是一间稍微广阔了些却依然看不到外界的房间。

后来，上了轮子船，她同样被限制得很死，一路上，甚至连山下的面都没见着。到后来，屏风之门终于打开了，她却看到了雪先生、滚石，还有麦卡卡车，他们各跪在一块彩色的草席上，身穿宽大的衣裤，看起来就像几个低级别的铁大师。山下向她做出指示，告诉她该怎么表现，该说些什么时，都是通过一名武士通事传话的。这名通事翻译时态度冷淡，神态鄙夷，这些情况都在明确地告诉别人：一切只是为了执行上级的命令，否则，他是绝不会和她说话的，似乎只要一谈话，他就会从她身上感染可怕的疾病。

这名武士的态度其实完全可以理解。在铁大师的社会里，等级制度是极为森严的，上下有别，尊卑有序，一种根深蒂固的观念是：上等人和下等人的社会地位，在他们出生时就确定了。整个社会就像一个多层的金字塔，站在塔尖上的只有极少数的幸运者，大部分人都在塔基下垫底。有些人很可能从高层跌下来，但很少有人能够从底层爬到上面去。人的身份、地位、官职以及与生俱来的特权，是由你的血统和你的父母的高贵与否决定的。你的人生，你的事业，在你出生那天就被规划好了。只有金字塔顶端的人，才能获得顶尖的职位。如果你的家人全都处于金字塔底部，那么也许你这一辈子都要待在那里，你的后代同样也是如此。更何况，所有的异族都被排斥在社会等级之外，清水自然也是如此。她在这里本就属于异类，又因为与东芝仲根的关系，她更成为别人眼中的瘟神，对于每个与她接触的人来说，她就像带着病毒的刺猬。

这一趟航程中，她曾与少数几个铁大师打过照面。虽然他们并不知道她的那些事情，但对待她的态度却是一样的。她难以捕捉到他们的目光，偶尔几次能与他们对视，她却难以进入他们的头脑，不知道这是为什么，但她肯定会想出办法进去的。东芝那大家都知道的强烈欲望使得她很容易渗透其防线，那个制作木盒手艺的师傅也是一样，在这位主顾的指引下，非常配合，极为殷勤。可是山下周围的侍从却对她采取鄙夷不屑的态度。在这些人眼中，她只不过是个被利用者，一旦没有了价值，就会被彻底抛弃，像垃圾一样。她还感觉到，在他们的眼中，总领事也被看作一个傻瓜，时间一到就会被牺牲掉。

而山下却不同，他是一个铁石心肠的人，冷酷无情，精明狡猾。一见到他，她的脑海中就仿佛出现一幅图画：一条长着铁嘴钢颚的梭鱼，镇静自若地穿行在一群弱小鱼群中，随意潇洒地游来游去，突然间，它竟闪电般地蹿向小鱼，张口咬去，鳍和尾却一点都没动静。山下与那位热衷情欲的总领事不一样，他不会在这一点上受到诱惑。因此，想要攻破他完美的精神壁垒，只能将之强行炸开，不过现在还不是最佳时候。

由于山下与他的手下们都在全程监听，她不能对雪先生说清楚为什么要清除身上的皮肤彩绘，也无法说明怎么会穿着鲜艳的绫罗绸缎。她只能说别人让她说的话,希望这些简短的话语能传达出足够的含义。谈话中,显然雪先生也受到了限制。不过,幸好他提到了在神石中看到的内容,提到了被风吹走的种子在春天到来时将再次破土而出。这些话语的背后虽然含义隐晦,但她还是听明白了。

云武士已返回了部落,而且将被派出来,营救她回去。这正是她最期待的消息,这意味着她获准送给雪先生的那件礼物将会发挥重要作用。

返回时跟去时一样,清水仍被单独囚禁着,陪伴她的只有两个越南女人。有时候,山下会将一块秘密的嵌板取下来,透过那窗孔冷眼观察着她,而且,通常都是在她沐浴之时。他看着她的胴体,却从来只有好奇之心,没有火热之欲。山下有自己的妻子,有五个孩子,其中两个是女儿,但他从来没有非常中意过哪位女性。婚姻对于他来说,只不过是家族延续的需要和利益结盟的手段。女人只是他用来达成这一目标的垫脚石。更何况,在尼桑这个地方,女人的地位是极其低下的,即使出身名门的女人与同等地位的男子相比,也只能屈居次席。在这里,大力弘扬的是武士与武士之间高贵的友情,但将身心行为都受制于一个下等人,哪怕是自己的妻子的肉体之欲,绝对是自贬身份的行为。

肉体之爱与肉体的欢愉,都是一种诱惑,真正的武士要坚决与之做斗争。山下天生对这些不感兴趣。成年之后,他的全部精力都放在了扩张家族财富和夯实权力根基上,因此他的武士道在“色”这一点上完全没有受到侵蚀。面前的这位女长狗,虽然体态优美,玲珑有致,骨骼正常,但依据山下的评判标准,她却有三大硬伤:第一,她是女人;第二,她只是一个微不足道的异族,她的地位比社会等级最底层的那群人还要低贱;第三,她的下面,就像变种人一样,有浓密的毛发,这一点足以令他恶心,那地方说不定像变种人一样,藏着什么虫豸呢!

哈哈哈哈!

一想到和这种不干净的动物一起玩闹,他就不寒而栗。东芝仲根这个下流胚子,如果真的很想玩这种下流动物,至少得把她刮干净啊!可是他到底是为什么,会产生这么大的兴趣,和这种动物玩在一起?

这个问题自然是问到点子上了。很可惜,他根本找不到答案。实际上,总领事从来没有玩弄过清水,而是清水在一直玩弄总领事。

返航中,三艘轮子船穿过狭窄的温索尔水道,经过伊利湖向克利夫兰驶去时,山下命令团队停下。几艘小船将八个变种人——四男四女送上了轮子船。他们被赶到船尾,排成一条线。在他们身后,是桨轮锋利的叶片,被长长的铁链固定住了。变种人学着看守的动作,向山下弯腰低头。山下坐在一块凸起的甲板上,正面看着他们。

这时,两个地位低于武士的佩刀红条子带着清水走了过来。她的脸上涂着厚厚的一层白粉,嘴上涂着鲜艳的口红,打扮得像一个官妓。她身上则穿着长袍,长袍与斗篷是连着的,斗篷遮住了头,手上也戴着长长的手套。她一见山下,就深深鞠躬,随后走到两个护卫中间,在山下左侧的一个垫子上跪了下来。她面前的甲板上,站着另外六个红条子,身上都佩着弯刀,左手一律放在刀柄上。十二个手持藤条鞭的白条子看守着变种人囚犯。山下身边,则站着那些高级武士,均戴着凶神恶煞的金属面具,正因为这一点,变种人才把他们称作“死脸皮”。就像清水现在的面孔一样，这些面具上也涂着鲜艳的红色和白色，一条直线从上而下，自前额画到下巴。

山下命令通事告诉清水：“大人希望你从这些奴隶中挑出一男一女。”

因为有过教训，清水清楚，不要去问什么，只管听命令行事，否则后果更糟。通事等她向山下大人再次鞠躬后，引着她来到那队变种人跟前。

八个变种人的模样极为凄惨，他们在水上漂了九天。这对他们来说是非常大的苦，基本上，绝大多数变种人都会晕船，他们也不例外。这次远行令他们吃尽苦头。清水自己也是如此，在航程的前半段，她也吐了好几次，不过后来渐渐适应了，就只犯过一次恶心。此时，她忽然觉得一只不祥的预感之手攫住了她的咽喉，她的浑身冰凉，似乎某种可怕的事情就要来临了。

她随意挑出了一个年轻的男子和一个女子，然后回到自己的垫子上。那两个被挑选出来的人被带到山下面前，跪在他所坐的凸起的甲板前方。他们身上只裹着一条棉质的缠腰带，服饰上也看不出有什么特点，所以并不知道他们到底是属于芝加哥、底特律、圣保罗，还是密尔沃基部落。虽然这两个人即将面对死亡，但他们看起来似乎并不在意，也没有害怕的表情，他们正以坚韧的毅力对抗着未来的不幸，这一点也是平原人独有的特质。

山下通过通事问清水：“你是否确定，挑出了最强壮的人？”

清水鞠躬回答道：“是的，大人，我相信。”

“山下大人希望你能知道，”那个武士通事说道，“你是非常重要的，只有最好的奴隶才配得上你。”说完这话，他突然厉声喊叫，发出了一道简短的命令。

但清水不知道他说的是什么。

命令一发，清水面前的几个红条子立即迅速行动起来，猛地将选中的那两个人推回到行列中去。红条子和那些级别较低的白条子冲过去，对着那些戴手铐脚镣的变种人一顿暴揍，还用鞭子猛烈地抽他们，挥舞着弯刀发出叽里咕噜的声音，厉声吓唬他们，就像一群发了疯的野狼在对着落入包围圈的“快步”叫。刀与鞭子早将他们的意图表达得很清楚了，仍有几个戴面具的守卫断断续续地喊着基础语：

“上！上！”“上轮子去！”“快点！快点！”“猴子骑轮子……去！”

八个变种人被赶到桨轮上去了，在固定成水平的扇叶上站成了一排：女人站在轮轴左侧，男人站在右侧，人与人之间隔着一条胳膊的距离，面向轮轴。桨轮虽然很宽，但立足之处很难站稳，木质的扇叶浸透了水，变得滑溜溜的，稍不小心，就会跌上一跤。更何况他们的手上系着铁链，脚上戴着金属圈，走一步都是艰难异常。有几个人紧张得歪着头瞥了一眼，想看看接下来会发生什么，哪知大腿上立即挨了重重的一顿鞭子。

清水突然看出来了，她明白山下想要干什么，心中越来越觉得恐惧。

这时，山下朝一个手下粗暴地摆了摆手，手下便向另一个站在打开的舱口旁的奴隶喊了一句话。命令依次传递下去。忽然间，蒸汽满溢时产生的嘶鸣声刺耳地传来，甲板顿时颤动起来，一根支撑桨轮的巨大横梁开始上推，另一根却往下拉，巨大的轮子开始转动。

“嘎吱,嘎吱,嘎吱……”

桨轮变成了一架巨大的水车。为了躲避下面铁大师的鞭子和刀子,变种人不得不尽力往高处的扇叶爬去。但等待在那儿的,却是更可怕的命运。变种人在攀缘的过程中,只要稍不小心,或者累得没了力气,就会立足不稳,被扇叶甩下来,挤进轮子和甲板之间的狭缝中。

“嘎吱,嘎吱,嘎吱……”

轮子越转越快,吃力的攀爬变成了疯狂的竞赛。速度达到极限后,船舱内的轮机师又接到一个命令,要他继续保持这个速度。山下是要搞一场虐待耐力比赛,这是一场生与死的比赛,只有最强壮、最敏捷、耐力最好的人才有生还的希望。

清水绞尽脑汁地想办法,可是完全没用。天音不准她向铁大师施展法力,可是天音是否预料到会出现现在这种情形?她是不是该忽视天音的警告,试着唤来大地的力量?那结果又会怎样?现在,陆地根本就看不见,轮子船下面只有深不可测的湖水。假如辟邪主真的赋予她天赐的力量,让她可以摧毁这些令人痛苦的轮子船,将它们撕成碎片,但那又怎样呢?那样非但救不了桨轮上变种人的性命,还会给船上其他身披镣铐的平原人带来死亡。想到这一点,她的心就沉了下去。现在,她什么都不能做,只能咬牙看着。她的最优先、最重要的任务是遵守对雪先生许下的誓言,用尽所有的力量保护佳得利的安全,一定要将他平平安安地带回部落。

第一个掉下来的,是个男变种人。

看到这场面,白条子们兴奋得大呼小叫。那变种人失足摔倒了,他的身子沿着桨轮滑了下去,这时候,他犯下了一个致命的错误,没有顺势将自己扔出去，反而绝望地往上攀爬。接下来的事情令人不忍目睹：他得到的恐惧和痛苦使他发出了非同一般的尖叫，中途就戛然而止了，因为那厚重的扇叶如镰刀般凌空劈下，先是砍掉他的右臂和右腿，接着，他那残缺不全的躯体就给甩到了下面的湖水中。在一片铁大师的哄笑声中，两个白条子捡起断肢烂体，朝着那些仍在轮子上的变种人嘲弄地挥舞着，最后扔到一边去了。

见到这可怕的一幕，剩下的三个男人中，有两个只觉慌不择路，忙往最高处爬去。他们稳稳地跑过扇叶，出人意料地向下一跳，落入水中。但他们刚挣扎着钻出水面，只露了个脑袋，就剩下一阵短暂的扑腾，身上那沉重的镣铐带着他们沉了下去。最后，只剩下一个男人还在挣扎。

接着，另外几个女人也跟上来了，其中两个落入水中，离轮子左侧边缘比较近的那个女人起跳时失去了平衡，手腕上的铁镣导致她滑向甲板这一边，仰面摔倒在甲板上。“咔嚓”一声，她的脊柱摔断了。清水看得身子一震，只见她选中的那个女人此时也吊在扇叶上，正绝望地大叫着，乞求有人能够将她救出来。她正向着轮子的中部靠近，但最后剩下的那个男人在她的右侧，离她太远了。男人不顾眼前的危险，向她伸出了手，两只手紧紧地握住了彼此的手腕。清水多么希望他们能够获得成功，希望他们能够奋力爬到顶端，一起跳进下面的水里。可惜，现实是残酷的。扇叶转动中，女人疯狂地扭动，试图站稳爬起，她的双手紧紧抓住同伴的胳膊，但她无法再站稳了，却也不想松手，这时，他们都意识到，两人恐怕得一起死在这轮子之下了。

这时，山下又向轮机舱下达了新命令。轮子的转动顿时变慢了，渐渐地，终于停止不动了。白条子命令两个幸存者爬下来，哈哈大笑着，拍他们的后背。这个年轻男子就是清水挑选的那一个。

这些铁大师刚才还丧心病狂地折磨他们，现在又对两人从生存考验中活下来表示鼓励和赞赏。如此转变，令这两个男女既困惑又愤怒，他们眼泪都快要流出来了。六个佩刀的红条子将他们推到山下跟前。

武士通事命令两个人转向清水，强行跪下。

“这两个人通过自己的努力，已经证明他们是最健壮的了，山下大人希望知道，你是否愿意收下这份礼物。”

清水朝着山下那边鞠了一躬，道：“至高无上的大人赐予的任何礼物，无论好坏，我都愿意接受，且备感荣幸。为了配得上大人这份非凡的慷慨，我将尽我所能，为大人做任何事情。”

通事转回去，等待着山下的答复。领主大人点点头，武士便鞠躬对清水道：“他们很快就会交给你。”说完，又对红条子大声喊出一个清水听不懂的命令，对着她挥挥手。清水便向山下行了礼，然后跟着护卫回到她那狭小的住处。

这天晚上，到了吃饭时间，来敲门的却不是那两个黑眼睛的侍女苏珊和南珂，而是两个红条子。白天的那个武士通事也走进来了，身后跟着两个白条子，还带着两个扣着半球形盖子的圆盘。清水遵照习惯，一见到武士就跪下来。白条子将盘子放在她面前的矮桌上就退下了。

武士示意清水揭开盖子。

清水依言而行。

盖子下面的，是两个首级，正是那两个从严酷的爬桨轮考验中活下来的男女变种人。

清水看得惊呆了，而且，这两颗头颅更是破损不堪，被残忍地对待过。

不管生死，清水已不再陌生，可是眼前这两个同胞遭受的不幸还是令她感到极度的震惊、愤怒、头晕目眩。

武士弯下腰，说道：“山下大人希望你能从你这些变种人朋友的命运中学会反省。”他还特别强调了一下“朋友”这个词汇，“他们并没有惹我们大人不快，最后还是落得如此下场，那些胆敢背叛他的人，‘前途’就更无量喽！”说着，他将两个半球形的盒子猛地扣在一起，撞成了碎片。

看着这些陶瓷碎片在面前“碎碎”平安，清水情不自禁感到背心发凉，缩了缩身子。

“你绝对不能将这次航行告诉其他人，也不能对任何人提起自你离开东芝仲根后看到的事，与谁说过话。更重要的是，绝对，绝对不能承认你见过山下大人，知道了吗？”

清水温顺地点点头，尽量不去看那两个变种人的脑袋，那原本是眼窝的地方，早已变成了两个烧焦的窟窿。她低声说：“明白，大人……”

武士指着那两个头颅，道：“你，和你的两个侍女，谁都不能碰它们。它们必须一直放在这里，不准盖盖，就放在桌上，直到上面下令允许你离开这条船。明白了吗，臭长狗娘儿们？”

“明白，大人。”清水低下头，目送武士离开房间。

“是，我立下誓言，我对着摩城，对着伟大的天母，还有辟邪主、天赐之人发誓：我一定要为死去的兄弟姐妹们报仇，我要千万倍地讨回来……”清水默默地想。

第四章

初夏,长谷川敏郎带着他的另一个实地田野考察回来报告了。忆如往常,将军在圆石花园中接见了他。敏郎先是报告了鹭池项目目前的进展情况,另外,为飞马寻找合适的推进器的问题,也正在解决中。

将军同过去一样,专注地倾听着,不过很显然,他的兴趣还是在于他姐夫以及那位住在湖心小屋里的长狗的情况。

"她现在已不在那里了,殿下。"

"不在了?"

将军不动声色地注视着敏郎。

敏郎弓腰道:"据我所知,四月底时,她就从总领事的房子里消失了。"

"也就是说,关于我姐姐的婚姻大事,你在拿不出一丝证据的情况下,向我汇报了一件如此令人生气的事。然后现在你又来告诉我,这事已经过去了,结束了?"赖朝冷冷地说。

"嗯……也不全是。"

赖朝的嘴角绷得紧紧的,问道:"那我怎么才能知道整件事情——用烧红的铁钳从你嘴里和盘托出?"

敏郎吓得连忙鞠躬,道:"四月底,一个陆路护卫队护送着一顶关得密不透风的车拉轿子,从纽波罗出发,轿子里有位高层女要人。当时有好几个人目睹了这件事，但他们还是没看到轿子里的那位女士本人。向我报告此事的是护卫队队长的妻子,据她说,轿子里那位可疑的女士脸上的妆容化得就像是官妓。”

“接着说……”

“根据行程公文上的记载,这位女士的名字为三岛洋子,支付交通费用的是与总领事认识的一位知名商人,去的地方是克利夫兰。”

“那是山下的船队中要停靠的一个港口。照你看来,这个女人难道是……”

“我也只是猜想。”

“这不大可能……你核对过当地的登记簿了吗?是否真的有这个人？或者,是一个凭空捏造出来的名字？”

“这么说吧,我过去从来没听说过她,当然这也并不重要。我不能老是围着她的名字转，否则就会丢了西瓜捡的只是芝麻。名字的事情,恐怕您的叔父家康大人知道,人人都说内廷总管他……”

“啊哈……”赖朝侧头看着花园,道,“猴子现在在哪呢？”

“还在西方。”在铁大师的语言里,变种人被称作“萨鲁”,就是猴子的意思,这也成了将军给山下起的绰号。

“他什么时候回来？”

“日期还没确定,”敏郎说,“不过渡口的一位将军跟我说过,源清盛领主的一个家族卫队长将乘船从纽波罗前往费镇，算起来就是一个月后,那里将举行一场贩卖奴隶的大会,卫队长就是提前过去做准备的。”

“那么说，猴子的轮子船应该会停在克利夫兰好几天……”

“先在克利夫兰，再停在匹兹堡。主要是卸货，好在公开市场上卖掉。”

“你认为这个女人也在船上？”

“是的，陛下。那座湖心小屋后来一直没人住进去，这虽然也说明不了什么问题，不过，如果总领事没打算再见她的话，为什么要把她包装得严严实实，就像是一件什么礼物似的，送到克利夫兰去，还让自己人掏腰包付运费？照理来说，如果他想摆脱她，完全可以找个最近的粪堆将她埋了，或者干脆将她大卸八块，扔去喂猪，不就很简单吗？”

“不错。你的意思是说，山下行事很谨慎，藏得很深？我的意思是，照你这么说，他和源清盛防范极为严密，是吗？”

“对，现在看来，就是这样……”

“既然是这样，猴子为什么还要冒险带着女长狗随船行动？”

“问得好，陛下。他之所以这么做，可能与最初的交易有关。也许她需要回去汇报，或者是将他们在鹭池所需原料的购货清单带了过去。原因有多重可能性，但不管怎样，我们只有查明事实的真相，才能将其中的风险降到最低。您的提示令我忽然想到，在他的轮子船上，到底发生了什么，我们谁都无从得知。”

“好家伙，到现在，我们还是没办法在他的船上安插我们自己的人。”

“就是说，实际上没有一个人能亲眼看到那位女士上下他的船，这样一来，我们没有理由怀疑他。如果她回到轿子里，接回她的也只可能是总领事。”

赖朝长吸一口气，道：“听起来很有道理，不过，请醒醒吧，看看现实，我的朋友，这一切的一切，看起来都只是假设。我的意思倒不是说他们没捣鬼，但到现在为止，一切都只不过是道听途说，一点确凿的证据都没有，你甚至连第一手资料都没有。”

这个评价有些严厉而刻薄，敏郎不得不暗自吞下苦水，弯腰道：“陛下，制度如此，我也没有办法，我只是您传递消息的渠道，并非幕府特工。”

“我知道，我当然知道。我从来没有怀疑过你的能力，而且我对每一个在这方面效力的人都深信不疑。只不过，我想搞清楚，你对那些收到的情报，是否准确地甄别过真伪。”

“陛下，这点不用担心，我向来就很注重这个问题。我有确实的证人，我可以说出他们的名字，具体来说，是三个人。如果给他们点压力，我相信，他们会很乐意确认总领事湖心小屋里的那个女人确实是个长狗，有着黑色的头发和蓝色的眼睛。”

“有没有别的办法搞清楚，更间接一点的？”

“有是有，但需要一些组织沟通工作，而且时间紧迫，我们得加快速度了。”

“哦？怎么加快？”

“我们得提醒在克利夫兰和匹兹堡的人，得日夜不停地监视轮子船带来的那批变种人。他们得密切注意每一个从船上下来的人，包括那些被捕获的长狗。另外，还得从道路登记册上提前搞清楚，有哪些陆上护卫队要去东边。”

“这可不太容易。”

“是有些难办，但陛下，我相信这并没超出幕府的权力范围。我们可以利用飞鸽传书，来提醒我们的人。”

“那好。不过我们现在先假设一下，如果我们花了这么大的力气，发现了某个慷慨之人为这个所谓的‘三岛洋子’或者某某女士付了运费，接下来会怎样呢？”

“那么，那些陆路护卫将会在匹兹堡和波士顿之间遭遇到不法分子的打劫，很可能都会不幸遇难……”敏郎轻轻伸出一只手，说，“那位女士自然也会被绑架而走。实在没办法，在您英明的治理下，那些地方仍然会发生一些犯罪事件，这也是无可避免的。”

赖朝目光登时严厉一扫，道：“你知道自己在说什么吗？”

“当然知道，陛下。世人皆会死，但有些人是为将军效命而死，也算死得其所。”

“如果最后证明你的这步棋是错的，那该如何？”

敏郎谦恭地低下头，坚决地说道：“那么我自然也会很荣幸地献出自己的……”

“不，我可不会那么认为。”赖朝看着使者，微微抬起目光，“姑且假设你的做法合适的话，接下来又该怎么办？”

“一旦证明她就是长狗的话，就应该将她放逐到她该去的地方，不能有丝毫的耽搁。”

赖朝皱了皱眉眉，说：“那么，你要审问她吗？”

“不，陛下，不能那么做，否则会坏大事的。我想那些……嗯，歹徒，就算被人抓了，也不会供出是您指使的。”

“他们不会有机会被抓住的……”

“那我们就照着计策行事。人人都知道，有一些不法浪人团伙经常会伺机抢劫陆路护卫，有时候为了敲诈勒索，还会劫持有身份的过客。一旦他们发现所劫持的人没什么用，就会放了她的。”

“说下去……”

“等这位女士回到她的主人和主人的靠山那里后，他们当然会盘问她到底是怎么回事，她自然会将看到的情况讲出来。如果他们心里有鬼的话，就肯定会怀疑绑架案的真正动机，然后他们就会想办法找到指向您的证据。不过，如果我们什么都不问她，那他们就毫无办法了，他们只能在心里嘀咕猜测，是不是已经引起了您的怀疑，您到底了解多少，风声又是怎么走漏出去的。他们甚至会将猜疑的矛头指向总领事的那位女朋友，怀疑她是否已经开始和我们合作。”

“很好！”赖朝说，“这个主意，就由你来执行吧。”

“啊，我？陛下……”敏郎有些迷惑地说，“这种事情可不是我就能组织的，攻击陆路护卫队的地点，很可能会在精工的领地上，那可不是我的管辖范围啊，再说了，我也没那个权力。”

“过去没有，现在有了。”

敏郎深深鞠了一躬，用诚挚无比的语气说道：“我很荣幸，陛下。不过，请您重新考虑这个决定。大家都知道，我是您在源大人那边的耳目，假如他和他的盟友听说我跟绑架长狗的事情有关，那可就……”

“一切都糟糕了……好吧，那我们回头再谈。”

顺着运河还没到匹兹堡的时候，三艘轮子船先在克利夫兰短暂地停靠了一下，补充了一些给养，卸下了一些货物。这段日子里，珂尼卡家族的成员代表珂尼卡大人热情地款待了山下。酒过三巡，席面上，珂尼卡领主的一位高级军官提醒山下，说那些恶心的将军特工早就盯上了码头的货物和上下船的人员，看起来兴趣不一般，超过了往年。

山下向他表示感谢。随后船队再次出发，但他没有按照原来计划的路线前行。

绝大多数幕府间谍都受雇于将军的税务官，他们的任务就是对贸易进行监督，比如某货物卖给了谁，钱进了哪个人的口袋等等，以保证每年两次的税费征收能够很好地完成。不过那些人基本上很不上心，有些特务更是脚踩两条船，借此来发点小财。很快，山下就接到了内线报告，说将军派往源氏家族的使者已经在波士顿和位于马拉巴拉刚建成的鹭池周围撒下天罗地网。难道总领事在湖心小屋——确切地说是在湖心小屋的床上——干的那点事，已经被那些可恶的特务狼狗闻到了？谁知道呢！不管怎么样，现在他和源清盛在公众场合必须保持距离，还要防备东芝和他那个多毛的低等动物派来的奸细。

原来山下是打算照往年的惯例，从匹兹堡出发，走大东路去。那是条快速通道，很久很久以前，这条路被称为“宾夕法尼亚收费公路”。偏锋指给布里克曼的就是这条路。布里克曼相信，只要跟着山下一行人，就一定能找到鹭池。没想到他还是被甩开了。因为轮子船到达匹兹堡后，狡猾的领主突然决定，不按照惯例行事，只让清水与同伴依旧沿着大东路走。山下和庞大的随从队伍则走北线，也就是大劫难之前的八十号高速公路，先到威利马萨波罗，再往北进入自己的领地，而且，他要提前一个星期出发。走这条路的话，山下南边的邻居精工家族为他们准备的接风洗尘的盛宴就没法享用了，但他即使走北线，路上的招待也不会太差。

幕府的间谍们在夜幕降临之后会比白天更为活跃，于是狡猾的山下便决定让清水他们在白天上岸，而且她是第一个被卸下的“货物”。他下令将清水捆绑起来，形如胎儿的姿势，再包裹成团，藏进一大包动物的皮毛里面。

他则躲藏在最顶层的甲板上，透过那屏风门上的洞，看到下面忙忙碌碌的搬运过程中，藏匿着清水的那包货物被推下了跳板，又被一个身强力壮的变种人扛起，扔到了一辆手推车内。后面的人扛着货物不断地往车上倾倒，压得层层叠叠。车子装满之后，便给拉进了一间仓库。

这是一段颠簸得令人骨头都要散架的旅程，清水快闷得喘不过气来，差点就憋死了。总算，上面的重物给挪开了。又是一段走走停停的路程。一阵阵乱叫的人声和脚步声忽远忽近。过了不久，又感觉上路了。经过一段颠簸的石子路，裹着她的那包毛皮又落到了另一个人强健的脊背上。“噌噌”往上，她感觉自己上了一段楼梯，接着重重落地，似乎是被往下随意地一扔，虽说有厚厚的皮毛垫着，仍是疼痛难当，差点被摔断了气。“咣当”一声，门给关上了，并且插上了插销。这表明她还得继续被禁闭。但不管怎样，至少现在来到了坚实可靠的地面上。

过了良久，终于，门被推开了，她又听到了两个熟悉的声音，正是苏珊和南珂。当皮毛被她们打开之后，她发现自己又处于一个没有窗户的空间内了。只是这次的房间要比船上的舱室大一些，装饰也更漂亮。想起在船舱里的最后三天，每天都要和那两颗损毁的头颅在一起，真是令人心有余悸。她想避免看到它们，可是因空间太小，它们总是会出现在她的余光内，根本就避无可避。真是受尽了这种精神折磨。那两个女人还奉命将她的食物摆在两颗头颅之间，必须等她吃完里面的最后一颗米粒才罢休。

倒不是说头颅本身令清水感到不适。在任何一个变种人的住处，头柱都是最普通的装饰——证明了这个武士的能力。就连清水自己的帐篷外，也都竖着两根，上面还戳着两颗云武士的头颅，向族人昭示着在击落这两个云武士时她起的关键作用。因而，她最受不了的是这两个变种人受到的那些可怕的折磨。两个头颅也无时无刻提醒着她，另外六个变种人在水车上的惨烈遭遇和死亡，以及他们死时引来的那些惨无人道的大笑。

平原人从来不会这样残忍地屠戮生灵，也从来不会杀害弱小的和毫无还手之力的人，因为那样做毫无任何荣誉可言。不管是熊武士还是狼武士，都只会为一个目的才和敌人战斗，那就是——保护自己的领地。在杀人这一点上，死脸皮和沙穴人一样，无耻又残忍。他们是同一种人，等辟邪主如复仇天使一样降临人间的时候，他们也会面临同样的命运。

是的，那一天必然到来。尽管现在她又到了另外一个囚笼中，但在这航程结束之时，她忽然感觉到云武士已经来到了尼桑。哦，他！征服了她的心的那个他！他就在那里！离她很近！她很早就料到他会遇到重重危险了。为了保护他,她将法力注入了刀刃木棍之中。当想到他意识到这点时会有什么反应,她的心就情不自禁地微微颤抖。那长着眼睛的石头说得不错,他已带着藏在暗影中的死亡之神回到部落来,也将越过一条红河将她带走。

所有的预言都将变成现实:平原人将会成为救世之星辟邪主手中的那柄剑,寒光闪闪,锋利无比。在血月之下,它将收割可怕的丰收。那些试图扼杀平原人种子的野草和荆棘都会被砍倒,被从泥土中连根拔起,投入熊熊大火中,化为灰烬,碾为尘土。新的平原人会从这些尘土中诞生,就像旧纪元的英雄一样,他们将骨骼正常,身体强健。世界重生,鲜血流干于淤泥,大地再次充满绿色的生机。

乔迪·喀珊和戴夫·凯尔索自从被穆卡尔部落捉住,又被当作物品交易走后,他们整天只想一件事:如何才能再次踏上那坚实的大地。他们甚至都没有精力去计较穆卡尔看守对他们野蛮粗鲁的对待。另外三十个反叛分子也是同样如此。作为从联邦出来的人,所有寻道民其实都受到过各种抵抗暴力虐待的专门训练,乔迪自然也不例外。可现在情况完全不同了,他们过去从来没有经历过海上航行,这对他们来说简直就是场噩梦,加上不断的晕船,真是痛苦死了,人人都虚弱得不成样子。整整十天十夜,乔迪和其他人在轮子船的甲板上被甩来甩去,或者挤得快闷死了。桨轮发出的声音轰轰隆隆,就像打雷,他们都一个接一个地跑到一个木桶里去呕吐。每次轮到乔迪去倒桶里的那些恶心的呕吐物时,一看到那些波涛起伏、深邃无尽的深蓝色湖水,她就有一股巨大的冲动,想从船上跳下去,一了百了算了。

航程中，有一群和变种人关在一起的反叛分子，人数稍微少些，结果挨个被拖出去接受审问。问的问题很多，有名字、军衔、编号、操作篷车队的技能、中转站内部情况等等，还有地下总部的区域划分，都要一一回答。

乔迪过去曾经参加过无数次的军事报告会，过程与此类似，非常烦琐。只是这些铁大师存贮信息的方法太过老土，还停留在石器时代。为了能够让反叛分子们听得懂，调查者的每个问题都被翻译成了基础语，反叛分子们的回复也被翻译成啰唆而难听的日语。有一个看着干干瘦瘦、无精打采的书吏，用一只毛刷和一种黑色的液体，把这些人的回答全都记载在一种发黄的、类似塑料胶卷的东西上面。这些东西到底是什么，就像他们的声音一样，令人实在难搞明白。不过乔迪发现，看他们记录还真是有趣，这种方式虽然很滑稽，但那老家伙用毛刷的动作看起来相当娴熟。

审问之后，每个人都给分发了一张金属薄片制成的身份卡，用一根彩色的短带子系在右臂上。到了最后，所有的反叛分子都系上了这种短带子。乔迪和凯尔索一看，他们俩的带子竟然和别人不同，是蓝色的！虽然他们俩是飞行员，一直以为自己与众不同，但等真的被挑选出来后，又觉得有些不安，铁大师到底要对他们做什么？

从克利夫兰开始，他们走的是一段乡村路程，风景十分优美，其中还包括一系列的运河和水闸，不过这也标志着他们无所事事的悠闲行程结束了。所有人被编成一个个小组，变种人那边也是一样，都依次被赶下跳板，去协助铁大师打开水闸。进入运河后，他们还得跟着拉纤，将巨大的轮子船拉过宽大的闸门。其实，乔迪早就看出这些大船原本可以依靠自己的蒸汽动力行驶，铁大师要他们去拉，只不过是想借用这种办法，来考验、锻炼这批新来的劳工。

一些没有参加拉纤也没有参加开闸门的人也被分为了几组，沿着甲板从船头到船尾来来回回地慢跑，跑了十几圈才算完。从克利夫兰到匹兹堡的两天半时间里，乔迪他们一共跑了十二次，真的很不容易，他们手上戴着手铐，右脚上还拖着沉重的刑具，跑得异常艰难和费劲。唯一的好处就是，能多呼吸一点新鲜空气，看看周边的美景。

三艘轮子船在日落前四小时终于到达了匹兹堡，河面上还有许多船只。乔迪匆匆瞥了几眼，除了几艘小一点的蒸汽驱动轮子船外，还有一些横帆的驳船、吃水线较浅的渡船和一些单桨的小渔船。它们在水面上来回穿梭，自如游动。远处还有个地方似乎生起了好几堆大火，滚滚的黑色浓烟柱直通天上。终于，他们的船速度慢了下来，轮桨停顿了，船掉了个头，绳索扔到岸上，岸上等候的人将它拴到缆柱上。一阵号子声震耳地传来，轮子船竟给慢慢抬起，升高了，连在了挂木堤的保险索上。

这是一个恐怖的信号。一群白条子和拍马屁的变种人监工就像发了疯似的冲上了甲板，手里的藤条噼里啪啦地甩向所有“货物”们，吆喝着他们按分组队列站好。自从帮着巨大的轮子船穿过运河之后，变种人和寻道民们的待遇稍微得到了一点改善，因为要卸货，所以不得不取掉他们手上沉重的铁镣铐。从交易处搬上船的每一件商品都要接受检查、贴上标签，由登记员记录在册。如今，那些烦琐的过程又得反过来再演一遍了：一捆捆、一包包的货物得再次运过甲板，用车子拉走，最后要整齐地放在一间间古怪的顶部倾斜的石砌贮存室里面。

在来尼桑之前,乔迪见过的地面建筑,基本上都是一些没什么特色的中转站和看上去很恐怖的工作营地,里面都是些塔楼、陷阱、铁丝网,还有堡垒式的斜坡通道,类似尼克松/沃思堡那样。她从来没见过几百年前大劫难之前的任何建筑,而她的身份卡能查的视频资料里,也没有这一类的内容。

货物实在太多,等全部货物都卸载完毕时,天都已经完全黑下来了。接下来的检查和登记就只好在灯笼下进行。新到的货物加大了劳动量,食物的配给也不得不增加,有冒着热气的米饭、一些碎菜片、一些肉丸子,还有一些热乎乎的淡绿色的液体,他们就着这液体将食物咽了下去。

味道远不如爪哇咖啡。乔迪心想:“真是该死,现在怀念过去的那些美味真是一点用都没有,恐怕从今以后,嘴唇连咖啡杯的边缘都碰不到了。”

乔迪看着那些记账员和他们的手下正仔细地拿着提货单和货物一一核对,心里就觉得奇怪,像他们那么精明的人种,怎么到了现在,居然没有发明出电来呢?他们不是有蒸汽动力吗?而且,这些家伙制作的东西都相当精美巧妙。他们的书吏甚至能在纸上写字,可见这些人是多么聪明啊!

这件事果然古怪哪!他们拥有这么多的技能,还有所需的一切工具,而且,并不像从来没见过电的样子。她和其他反叛分子并非第一拨被拖去接受审讯的人,那些审讯中提的问题都显示了,这些家伙是非常渴望搞清楚联邦是怎么维持体系运转的。

到底是什么原因使得他们一直要停留在黑暗时代呢?

吃饭的时间很短暂,吃完后,变种人和寻道民都要在一个大木盆里把自己的金属杯子和饭碗洗刷干净，装进专门用来盛餐具的小棉袋子里。袋上还有绑绳,可以系在腰上。没有刀叉和汤匙,吃饭得用手抓,不管剩下什么,都得舔干净,喝光光。

变种人一般穿自己剩下的棉质缠腰布和他们自己的鹿皮靴,寻道民则继续穿自己的汗衫,如果有迷彩裤和靴子,也能穿。这是公元二九九〇年六月二十日的夜晚,天气既温暖又干燥,他们还是分到了一条粗糙的黄麻雨披、一顶锥形的宽檐草帽,还有一床薄薄的棉被。和铁大师做其他事一样,这次的分发也组织得井井有条。排队等候着领取物品之时,他们右臂上的奇怪标记和编号,很快就印到了各自的雨披、帽子和棉被上去了。

然后,铁大师要求他们按照各自的颜色集合在一起。乔迪和凯尔索为蓝色,与别人全都不一样,便只好站在原地不动。旁边的人都在乱哄哄、吵吵闹闹地寻找自己的位置,他们俩赶快用目光搜寻医疗员和马隆手下其他几位反叛分子的身影，无声地用表情和他们进行了道别。这时,白条子开始提着皮鞭,肆意地驱赶众人快速排队,他们只好跟着站直了身体,淹没进了人堆里。那些白条子手中的鞭子,是用几根细而锋锐的竹条紧紧拧在一起所制,极为柔韧,又和人的手指一般粗细。一旦挨到人的身体就会弯曲,使得力量贯穿整条鞭子。那些锋利的竹条边缘则会深深嵌入人裸露的皮肤里,使人疼得要命。

就这样,在不断的鞭笞下,在尖叫、怒吼声中,可怜的变种人被赶成一列长长的纵队,走向未知的命运。乔迪冷冷地看着他们,一点都不感到同情。这些蠢货,是被他们自己的族人卖到这里来的,都是丑陋古怪的杂种,还把她和别的反叛分子也卖到这里来了,仅仅是为了换一些锅碗瓢盆什么的,她和同伴是被捕的反叛分子,没得选择,可是这些变种人,连自己人都……去死吧！你们这些白痴,就这样被自己的族人随随便便地卖了,活该啊！

这时,一名戴着面具的武士走了过来,后面跟着四个红条子,他们来到负责组织反叛分子的打手旁。从在匹兹堡泊船以来,一些地位比较低的铁大师就不再走《歌剧魅影》的路线,而是让自己扁平的五官、黄皮肤的脸孔和形状特异的眼睛都暴露出来。乔迪刚开始看到这些人的样貌时,总觉得非常难受,怪怪的,但不知道怪在了哪里。后来她终于搞明白了,原来这些人都没有眉毛,连头发也是假的。

海上那十天真是痛苦不堪的十天,乔迪和其他同伴终于悟出了铁大师繁文缛节的基本套路。无论何时何地,只要你看到一个武士走来了,都得赶快垂下双手,跪拜在地,将鼻子贴到地面上去,一直要保持这个姿势,直到武士离开位置。更重要的是,你绝对不能抬眼瞧他。

这种把戏很老套了。就是在联邦时,宪兵也会将那些敢用目光直盯过来的人狠狠教训殴打一顿。不过在这里就更严酷了,这种冒犯很可能会让你掉脑袋。联邦的惩罚自然也来得够快够猛,但和这里的毒打相比算是小儿科。乔迪曾经亲眼看到过,一个反叛分子和三个变种人的牌子被拿掉了,几句话的工夫,在吃饭时候,他们就被另外一艘船上的人顶替了,而且,像这样消失的人不止他们这几个。不管怎么处置你,你都不得有任何异议。他们要的是绝对地服从,一点质疑都不能有。所以,要避免出现麻烦,最好的办法就是赶快低头弯腰,绕开他们,别让他们注意到你,挑你的毛病。到目前为止,这法子还算管用。其实有好几次,乔迪都有种自杀的冲动,当这些矮蛮子站在她面前的时候,她看到他们那包着棉布的脚趾,就真想一口啃下来。但最终她没有那么做,闭上嘴巴是最聪明的做法。

红条子在人群正中间,放下一个有台阶的箱子,武士踏步而上,俯视着那些跪在地上的反叛分子,开始训话,他用基础语喝道:“现在,绰下!”

众人都跪了下来,将身体的重量压在脚后跟处,双手放在大腿上。大多数人都低眉垂眼,下巴摞在胸口上。一些没挨过鞭子的人却还强硬地梗着脖子。

“里们拿个会开飞西的,向掐走!”

飞西?啥玩意儿?乔迪和凯尔索对视一眼,均迷惑不解。这时,几个白条子扬起鞭子,朝两人走了过来两人吓得一急,便跳起来,跑上前去,被引导着跪在武士跟前。

“会开飞西,举起里们的手来啊!”

凯尔索举起攥紧了的拳头,乔迪也赶忙握起,但心中惴惴,这是要干什么?他们在联邦受训期间,有时候的确会被征去做什么“志愿兵”,干一些肮脏的活,比如洗厕所之类,那时的程序就跟这类似。

武士开始说日本话了,向手下发出一串指示。乔迪和凯尔索还不明白发生了什么,就被红条子们推推搡搡地赶走了。

乔迪心里一肚子气,不断地骂道:“戴夫,你这个蠢货!干吗要告诉船上那帮杂种你是飞行员呢?还把我也拖下水了!如果你不那么大嘴巴,他们又怎么会知道呢?现在糟糕了,惹上大麻烦了……”

两人被红条子押着下了两层楼，穿过一条错综复杂，犹如迷宫般的通道。通道里只有几小盏灯笼照明，光线却不明，有些地方没被照到，黑漆漆的，极为可怖。终于，他们停在了一扇厚实的门跟前。门顿时开了，他俩被猛地推了进去。他们赶紧低下头来，后背却被木鞋底狠狠地踹了一脚，于是一下子扑倒在稻草堆上。后面传来门钥匙转动锁的声音，门给闩起来了。

乔迪和凯尔索挣扎着，靠墙边坐下，只听外面“叽里咕噜”的嗓音慢慢消失了。屋子里黑漆漆的，他们俩面对面都互相看不到，只能听到对方大口大口的呼吸声。乔迪听到凯索尔正在调整呼吸，等他平息下来后，乔迪听到了自己“怦怦”的心跳声。

“不管怎么说，我们俩还在一块儿。”乔迪喃喃道。

“现在还是这样，”凯尔索嘟囔着说，“狗娘养的，布里克曼……”说着，他朝空中一巴掌扇了过去，“要是你没回去找他，我们也不会给弄到这儿来！我真他妈的疯了，被你说动了，还跟着你一起去。”

又是这句话，乔迪都听烦了，道：“不是只有我们俩，戴夫。”

“对啊，你还拖累了医疗员和扬科斯！”

“你就消停会儿吧。还有很多人远在几英里之外的地方，还不是照样被搅进来了。”

“没错，我们本来也可以在很远的地方！如果我们一直紧跟马隆，这会儿可能没事了，而不是给关在这里！克里斯托夫在上！狗娘养的布里克曼，是他要急着见那些呆瓜！”凯索尔苦笑着说，“我听说过一些肮脏的舔屁眼的家伙，可是说真的，我打死也没想到，这辈子会亲眼看到一个‘纯蓝子’能像他那样，把活儿干得这么漂亮！”

“唉，我也知道，”乔迪无奈而疲惫地说，“我也问过他了，他有自己的原因。”

“对，没错，你们不是朋友嘛……”

“戴夫，你到底要我说多少遍！他才不是我的朋友！”

“你自己说的。我发誓，如果再让我碰到他，我一定要杀了这个舔变种人屁眼，婊子养的狗杂碎。”

“我也希望快点碰上他，戴夫，真的，很希望。”乔迪缩进了稻草堆里，心想：“那样的话，也许你就不会再没完没了地抱怨了……”

江户，将军夏宫西塔。一只信鸽落在阁楼顶上，它带来的消息是——山下已经到了克利夫兰。接着，第二只信鸽又带来了消息，已经确认，山下的船队正在匹兹堡码头靠岸。接着，又来一条消息，说他已经离开了威利马萨波罗。不过都没提他是否遇到了麻烦。第三条消息上还附有简短的密码报告，上面说他们挑出了两个长狗，正由陆路护卫护送着前往源清盛大人那里。那两个长狗为一男一女，男的是红头发，女的脸上和脖子上均有粉红色的疤痕。但所有的讯息里，都全然没有提到那个神秘的三岛洋子，或者别的身份不明的乘客。

敏郎看了这些讯息，颇有点心神不宁。他沿着外面的高墙缓步前行，登上高处的石头门廊，仰目四望，对着天空仔细搜索信鸽飞翔的影子。一只只从尼桑各地飞来的信鸽都陆续回来了，他从最初的满怀希望渐渐变得沮丧难过，没有一只信鸽带来了他想要的信息。这信息要么能成就他，要么将彻底毁了他。他的生死，就在里面。因为他先前所指认的两项背叛，都是针对尼桑最强大的领主——将军的：第一项是指控权势仅次于将军的领主与丰田家族的亲密盟友勾结在一起，对将军图谋不轨；第二项是指控将军的姐夫与长狗乱搞，对自己的妻子，也就是将军的姐姐，进行了极大的羞辱。这两项指控都是最高级别的罪状，如果他真的拿不出证据，那可就是上天无路，下地无门。拿过去的老话来说，就是“连天王老子都救不了他了”。

自从最后一条讯息上说，山下走了北线，离开了威利马萨波罗后，敏郎又紧张焦躁地过了六天，终于，又有一只信鸽从西边扑腾而来，敏郎感觉黑暗中又现出了一线光明。这个消息是从匹兹堡那边来的。根据登记记录显示，确实有辆车轿带着一位名叫三岛洋子的女人沿着大东路走了，是由陆路护卫队护送的，后面还跟着一辆牛车，上面坐着她的两名越南侍女。运费则是由某位与珂尼卡家族有姻亲关系的商人支付的。登记册上写的目的地是费镇，同行的还有两个长狗，他们的目的地则是马拉巴拉的鹭池。

将军看着面前的敏郎，什么话都没说，只将手中一片很小的米纸递给了他，面无表情地看着这个使者正紧张而贪婪地读着小纸片上那些小得几乎看不见的字迹。

终于看完了，敏郎浑身都轻松了下来。虽然他还没完全脱离这场危机，但给人感觉很快就能全身而退了。

“怎么样，你怎么看？”

“我们应该成功了，陛下。”敏郎咧嘴一笑，“您能想象吗？我的意思是，她来回都用同一个名字？这可……真够……难以置信……”

“那么……现在怎么办？”

“当队伍经过精工大人领地的时候，我们得想办法劫走她和两位侍女。如果我没猜错的话,您想必已经令精工大人……嗯,不插手这事了,对吗?”

“不完全是。我看一旦形势有变的话,精工可能会看情况来选择,到底要不要倒向山下那一方。”

“在那里行动应该最好不过。当然,要是在三菱的领地上再动手的话,或许会更安全一些。但三菱一向是幕府这一方的,在那儿动手的话,恐怕会更像一场预谋。”

“的确是。那不如我们在穿过精工地界时,先把她们抢走,关上一晚,到了第二天过边界时,再把她们放了。到了这边,就是我们说了算了,当然,表面上还是得走一遍司法程序。”

“您的意思是?”

“亲爱的敏郎君哪,我这里是讲法制的,我们绝对不能容许有人抢劫犯法后却没受到惩罚和制裁。我会让三菱先准备三十几个普通罪犯,打扮成浪人的模样,事情过后,宣布这些人就是他抓到的抢劫犯, 砍掉他们的脑袋放在路边示众。这样既有威慑力, 又死无对证了。”

“那真正去抢劫的又是谁?”

“一个叫中岛信郎的老手,带一伙很靠得住的手下去。”

“陛下,我可否问一下,他知不知道内情?”

“现在还不知道,我会安排你跟他见个面。地点就在米德里塔驿舍,阿里斯堡的南面,那个地方非常适合见面。不过你还得伪装一下身份。家康会将一切所需要的证件给你,还会告诉你所有细节。”

敏郎听得立即坐直身子, 嘴巴张开又合上, 就像一条蹦上岸的鱼,“我？陛下？我……可是……我……”

“你放心,我知道你想说什么,但我决定最好不要让更多的人掺和进来,所以我想要你亲自去办。因为不管怎么说,这都是你的主意,万一事情搞砸了,该谁负责,我也知道得更清楚。”

“可……可是,陛下,要去阿里斯堡……”

“我知道那地方很远。”赖朝说,“所以,你最好马上动身。”

敏郎于是跪拜,将额头在走廊的最高一级台阶上一磕,然后站起身来,根据觐见礼数,往后退却十步,回到小路上,转身匆匆而去了。

赖朝看着他消失在那一排修剪得极为整齐的灌木丛后，心慢慢地沉静下来,他知道这个使者下定决心后,就会如同以往那样,精力充沛,全力以赴,忠诚无比地完成那些任务。而关于那个官妓,三岛洋子,他的预感也很可能是正确的。敏郎在感知这种事情方面是很有天赋的,仿佛拥有神奇的第六感。但现在困难重重,即使做到了这些,也不一定成功。风险太大,但这是值得一搏的。如果最终证明使者正确,那么山下和他的那些盟友,将付出非常惨重的代价,甚至是致命的代价。还有他那位亲爱的姐夫,他一直都看不顺眼的总领事仲根,也终将受到应有的惩罚。

不过,想来也不能算是冒险。赖朝已经想尽办法,采取了各种措施,将风险尽量控制在最小的范围内。中岛信郎自然也是可以信赖的浪人,他至死都会坚守秘密,绝不会说出自己与幕府之间的关系。更何况,他和他的手下不会知道自己受雇于赖朝。使者呢,先不用去管。如果事情不顺利,甚至失败了,敏郎就得自己站出来承担一切,将军也不得不让他背黑锅,牺牲他。其实赖朝早就成立了一个由他亲自指挥的、极为隐秘的暗杀小组，只要他愿意，或者有必要，就能让敏郎从这个世界上彻底消失。虽然在家康的眼中，赖朝只是一个看上去少不更事的后生，可是在权力的世界里，没有谁会当上了将军还不懂得凡事都要留上一把后手。

实际上，赖朝也不愿意用这种方式来处理幕府的事务，但他没有太多的选择。如果要当面对质的话，山下他们又岂会就范。他们太强大了，影响力又如此之广，想要公开驳斥，恐怕会适得其反。他目前还太年轻，没有树立起足够的威信，而武力镇压也行不通。在丰田家族的统治下，尼桑已经有太长时间的和平了，没有领主还想发动大规模的战争，但争夺权力的野心依然存在，无穷无尽的阴谋斗争依然继续。山下宏用来对付幕府的秘密武器，比历史上最强大的军队都可怕，更具威胁力。这件武器就是——发展。

山下这个人的确智商很高，为人精明干练，而且又狡猾残忍。基于目前的形势，赖朝的计划不得不设计得周全而妥善。敏郎马上就要向西面飞奔而去，他对赖朝绝无怀疑，他把这场斗争看作在下棋，这真是一个绝妙的比喻。赖朝掂量了一下形势，最终得出结论：若要赢得这场游戏，唯一的办法就是——棋出险着。

赖朝却没有料到，从某种意义上来说，他寻求的那着险棋，这会儿正躲在阿利根尼山脉西麓的森林之中那条过去被称为“宾夕法尼亚收费公路”的路上。

此时此刻，这枚棋子看起来就像一团垃圾，满身污垢、饥肠辘辘，简直就是一个流亡者。他那随身携带的武器就只有一把匕首和一根制作简陋而粗糙的格斗棒，一端绑着把薄刀片。他皮肤表面上的漩涡形图案显示出他似乎是一个变种人，但他又有平直的骨骼，肌肉结实，皮肤光滑，和一般的呆瓜不一样。他的脖子上没有项圈，也没有被打上烙印。若是看他那双蓝色的眼睛，既坚毅又明亮，能看出他定然是一个陷入困境的武士，并非到处被人追杀的奴隶。另外，明眼人一眼就能看出来，他棕黑色的头发根部开始变成了金色，嘴巴和下巴上长出来的毛也是这种颜色。

没错，他当然就是史蒂夫·布里克曼。当然，鹭池那儿也有一个勤奋努力的长狗叫着同样的名字。不过那个自然是假的，他才是货真价实的：21028902 史·罗·布里克曼，来自新墨西哥的罗斯福/圣达菲市，林伯格飞行学院二九八九级毕业生。

布里克曼经过严格训练，成为飞行员，不过现在他是“墨西哥人”，也就是秘密部队“墨西哥”中的一员。那是联邦最机密的单位，直接听命于总统司令。而在官方记录中，他已经死亡，是在怀俄明区域上空的一次作战行动中牺牲的。不过，这个编造出来的资料倒也没有太离谱。的确，他曾经在一次飞越怀俄明上空的战斗任务中被击落了，飞机坠毁，他好几次都差点一命呜呼。那年，他实在是遭受了太多太多的磨难，好多次都处于生死一线之间。当这一切都挺过来后，没想到又被派上了这任务，他再次陷入重重危机之中。

第五章

过去两周,史蒂夫·布里克曼的经历可真是祸不单行。他独在异乡为异客，这里的人对他这样的外来人总是满怀敌意，而且言语不通,他们说的话他一个字都听不懂。他将自己装扮成变种人的模样,但很快就发现,这种伪装实在是太糟糕了。因为在这里,所有的变种人在铁大师的眼中都只是奴隶,往往不是在监工的鞭子下干活,就是被人像牲口一样地往监狱里驱赶。布里克曼在路上见过不少变种人,都是成群结队地被人锁在一块儿,往前赶路,旁边还有监管严密的监视。到现在,他还没有见到过一个寻道民反叛分子,但从现在的各种情况看来,他们的遭遇应该不会有多好。

没有一个人帮助可怜的布里克曼,他不得不沦为"食腐动物",也就是偷偷地去找各种残羹冷炙,找到啥吃啥。而且到处都有士兵或者官员在查岗,他不能随意地轻举妄动。现在的他,就像一个没有身份卡的人,要在联邦的地下城中通行,十分艰难。目前最重要的,就是要想办法成为这个国度社会系统中的一员,否则真是寸步难行,休想公开走动。要是化装成变种人,倒是能够融入这个社会体系,但从此就会戴上手铐脚镣,又岂能自由行动?

黎明前的寒冷太过彻骨，他好不容易偷到了一床打着补丁的棉毯，这样就能让自己过得温暖一些了。但是危险还是时时发生，突如其来。他最近两次在垃圾中翻找食物时，都差点被抓住，幸好在千钧一发之际逃掉了。为了避开追捕者，他只能躲进深山老林，不敢出来，实在饿得忍不住了，就想办法打点猎，弄点能吃的下肚，一般也只敢在夜间行动。经过长期的探索，他发现从黄昏到第二天拂晓之间的几个小时，是铁大师唯一不巡逻的时间段。但他不敢生火，怕被发现，弄到的东西只能生吃。

天渐渐黑了，天气越来越冷。白天阳光普照之时，天气还算暖和。布里克曼和昨天、前天一样，既紧张又沮丧。他来到铁大师的地盘上，完全是为了自己肩负的使命，一定要找到清水和佳得利。可是，他事先并未做充分的准备，真是一点头绪都没有，真叫人绝望，难道这个任务注定要失败？目前唯一的线索就是，偏锋在谈话时提到过一个叫鹭池的地方，可那地方在哪呢？他根本不知道。他只能朝着大概是向东的方向艰难前行，心中浑浑噩噩，四顾茫然，祈求事情能够有所转机。然而，上天没有保佑他。现在的他，肚子饿，方向全失，都不知道该往哪走。他现在唯一企盼的，就是在饥肠辘辘的情况下能安然入睡。

夜幕降临了，布里克曼将绑着刀片的木棒紧抱怀中，蜷缩于那床偷来的毛毯之下。天黑压压的，浓云遮住了天空，他给自己找了个借口，没法再走，就不走了。事实上，是他真的想好好休息一阵子。脑子里有一个声音不停地说，叫他躺下来，好好休息；另一个声音却拒绝这样做，要他坚持走路。就这样，布里克曼给弄得辗转反侧，难以入眠。到了最后，倔强的灰色脑细胞终于开始睡觉，还进入了美梦状态。他梦到了变种人煮在锅里的热乎乎、香喷喷的炖肉，梦到了干肉卷，梦到了新烤出来的扁面包，梦到了多汁的黄拳。还有那如小山般高的豆馅饼，是用微波炉烤出来的，香味浓烈，诱人垂涎。

几个小时就这么过去了，破晓时分，布里克曼醒了。他一睁开眼睛，立即跳起，全身的感官都调动起来，开始探查周边潜在的危险。等他确定周围没什么危险后，那紧握木棒的手便慢慢松开了。四周都是森林，天籁之音，不绝于耳，有众鸟啼鸣，或尖锐刺耳，或悠扬婉转。鸟鸣声时断时续，它们那些四条腿的邻居，也发出含混不清的咕噜声。此外，还有风吹树叶的沙沙声。这些声音，共同组成了一首美妙的田园牧歌，着实清新悦耳。若再细细聆听，还能听到树木舒张饱含枝叶的躯体所发出的嘎吱声，树干正以察觉不到的速度微微变粗，支撑着躯干不断向上攀登，支撑着新生的枝丫伸展开来。树根更是如蛇一般在泥中蜿蜒，寻找更深更牢固的立足点，用那无与伦比的原始力量，避开地下的重重岩层，死死深扎下去。

他感到舒服了不少，便开始做每天都要做的第二件事——检查藏在格斗匕首把柄里的微型无线电收发装置。只要一打开木柄滑盖，下面就是神奇的微型电路和微型键盘。在键盘上输入一组字符或者数字，就可以将信息在预设的时间内快速发出去，而接收到的信息则会被记录在电子存储器内。

布里克曼取出小铁针，用它按了下读取键，里面存储的信息便开始滚动显示在液晶屏上，虽然只能显示出十五个字符。可是，这一次仍然是无存储信息。十一个熟悉的字母从右往左，在屏幕上滚动而出，定住了。

当然，地下情报员偏锋，那个将他偷偷藏在轮子船里的朋友，早就对他说过，自从与联邦失去联系后，卡尔斯托姆一直都在关注着他。失去联系，那也是没办法的事，不过现在可以发信息回去了，他却又不想那么做了。他不想给自己招来一丁点怀疑。但他并不知道，其实这个收发装置本身就早已设定成每隔一段时间便会自动发送信号。他将其程序设定为一天两次，每次十分钟，连续用莫尔斯电码发送“HGFR”，也就是他的代号哑火的缩写字母，好让他们能够知道自己的位置。

偏锋将匕首交给他时就曾经说过：“第一家族时时刻刻都在看着地面上的情况。”布里克曼对这一点表示惊讶，不知道他们是怎么做到的。

这匕首内的无线电发射区，最大范围为五十英里，而现在，离他最近的中转站或者篷车队，至少有上千英里。如果第一家族能够追踪到他，就说明他们已经能够在铁大师的地盘上装置秘密网络，否则他们就没法收到信息并回传。可是已经这么长时间了，他没有收到任何回音。也许是因为他没有发送进度报告，或者没有发出求救信号，可是无论怎么样，他们也都应该令他知道，到底有没有人在收发器的那一头等着他的消息啊。

虽说布里克曼在飞行学院受训多年，但他对无线电的了解还是只和绝大多数寻道民一样，仅限于功能说明书上提到的那些内容。也就是说，他只会正确使用以及更换坏掉的电路板等等这些基本常识，所有信息在说明书上都能找到。一般发到寻道民手里的那些通信设备，都包含着自动诊断显示系统，会告诉你哪里坏了，哪里需要更换。你只要按照它说的问题，找到备用的配件，插上就行。真正的秘密在于电路板，设计并制造电路板的所有知识、技术和程序，以及它是如何运行的等基本原理，也只有第一家族才有权知道。

布里克曼合上刀柄滑盖，用布条重新缠好。他知道这个收发装置是没有问题的，那会不会是网络有问题呢？唯一可行的方法就是发一个求救信号试试，可是他又不敢这么做，内心比较纠结。现在，他最需要的是一幅尼桑地图，而且，上面还得用大大的红叉标注出鹭池的位置，另外，还有日语速成课程的视频。可惜，这些东西情报队都给不了。所以，现在就算卡尔斯托姆肯用“天钩”——情报队员对空中营救的俗称——将他救出来，也没什么作用。而且，救援队来到这里后，恐怕会让本来就已经错综复杂的事情变得更加棘手。想到这里，他不由得叹息一声，算了，靠别人还不如靠自己，就凭自身实力走出困境吧。

布里克曼将毯子卷起来，挎在肩上，将两头系在了一起。他觉得口渴了，便去找水。山里溪流很多，他找到一条清澈的小溪，先将皮水袋装得满满的，又掬了些水，冲洗脸和胳膊，想洗掉这么长时间以来积存的尘垢。那些黑褐色的图案还是很完整，深深烙印在皮肤上。这种糊状的染料最早是由变种人的先祖调配出来的，涂上之后，不变色，不褪色，不怕出汗，不怕磨损。雪先生倒是说过，只有一种粉红色的五瓣叶子才能洗掉它，只有用这种叶子使劲擦洗皮肤，擦碎的叶子纤维里才能释放出某种化学物质，改变其染料的特性，使其不再防水，渐渐洗净脱落。他倒是没有机会验证这方法是否可行，但他认为肯定管用，因此随身带着一包叶子，以便在需要时派上用场。

这时候，他不知不觉地想起了那天，看到佳得利和清水“鸳鸯戏水”的情形，一幕幕画面再次从脑海中流动而过。从咬箭仪式那天晚上看到清水绝美的面容，与她相互凝视开始，他的心中就产生了异样的感觉，自那一刻起，他的人生就此改变，并有了全新的意义。

后来，发生了很多事，他们被迫分开了。他历尽千辛万苦，又回到了部落，她却不在那儿了。雪先生倒是向他暗示过，他们命中注定还会相遇。布里克曼很清楚自己来到这里的目的，他使劲地摇了摇头，想将清水从脑海里驱赶出去。可是，没有用的，她始终就在那里。当看到阳光照在清澈透明的小溪上，她的名字就在他唇边跳跃；当他跪在溪边，掬起一捧清凉的水喝时，她的倒影就出现在小溪中；当仰望天空时，那万里无云的蓝天似乎化作了她深情款款地凝视；当看到四肢纤细的小鹿蹦跳而过时，便似看到了她柔软结实的动人身躯；当看到那馥郁馨香的野花时，便似看到她秀发间的花环。她无处不在，没有任何改变，她永驻心间。他想起他们最后在一起的那天晚上，她赤身溜进了他盖在身上的狼皮被中……一夕缠绵，永远难忘。自此之后，他对她的感觉，从来就不曾有丝毫的改变，依然汹涌澎湃，情难自禁。

幻想世界的门关上了，他被硬生生地拖回了艰难的现实世界。好吧，不要再幻想了。那些美好的回忆只会产生不切实际的渴望，对眼前没有任何作用。

他从溪边站起，将格斗匕首绑在左前臂上，再缠上一条脏兮兮的布条，看上去就像制作粗糙的夹板。假如别人欲对他不利，凑近了想看清楚这到底是啥玩意儿，他也能闪电般出其不意地将刀刃刺入对方的咽喉。

朝阳刚刚升起，还未能来得及将阳光洒到他面前的山顶上，他还有足够的时间去找到一个有利的位置，观察一下周围的地形。今天剩下的时间,他得好好想想,想出一个下一步的行动计划。他穿行在树林的木叶间,尽力理顺自己的思路。回忆并不能解决眼前的困难。救出清水和佳得利只是整个任务的一部分。一旦这个任务完成,他就要面临两难的选择。如果信守对雪先生的承诺,很可能他的戚妹会有性命之忧。但反过来看,如果服从联邦的命令,他恐怕会永远失去清水。不管是什么原因,令他陷入两难境地的,都是女人。她们都是他生命中至关重要的女人,无论失去哪一个,他都无法承受。因此,他得想尽一切办法,将两个女人都救出来。

又或者是等着办法来找自己……

布里克曼渐渐感觉到,自去年四月从新墨西哥的地下飞行学院毕业以来,他的人生就似被某种力量影响着。这种力量,不是来自他自己,也不是来自联邦,他也不知道来自哪里。但雪先生说的是,他生来就处于辟邪主,也就是三赐之人的庇护之下。在变种人的预言中,辟邪主乃是天下无敌的英雄、救世之星,他将作为平原人的救星降临人间。联邦那边,从来不相信任何语言,但变种人却对此极为相信。在他们的信念中,未来之路早已铺就,去往未来的车轮也缓缓转动,只要跟随就行。联邦对未来自然也有自己的规划,寻道民通过电脑来实施。变种人坚信某种看不见的精神力量,但寻道民则坚信自己本身,坚信联邦的体系。对寻道民而言,物质世界的尺度是有限的,是可以量化的,内在的资源也能被开发利用。但对变种人来说,大自然只不过像一个封闭的花园,这片辽阔的花园土地上,优美的风景千变万化:既有冰雪覆盖的群山,无数溪流奔涌而来,又有树木苍天、硕果累累的山谷;既有物产丰富、泥土芬芳、牧草绵长的平原,也有波澜壮阔、深邃难明的湖海。变种人的世界一直延伸到群星之外，超越了时空，甚至是难以量化的精神领域。寻道民们或许认为，人生就像火堆中飞出的火花，盘旋飞舞，跃向天国，刹那间发出光华，瞬息间归于死寂。变种人则相信，火花会在跳跃的火焰中不断重生。诞生，死亡，重生——永远循环往复。在时光之河的尽头，生命之海围绕着永恒的太阳永远旋转，太阳那炽热的光辉徐徐燃烧在世间万物的心中。

过去几个月，特别是近几个礼拜，布里克曼很少有机会去好好思考这些问题。那些神秘的信仰，与寻道民自小接受的训导完全背道而驰。联邦从来只看重具体的客观事实，从不关心那些抽象的概念。与雪先生交谈时的对话，又重新在脑海中回响。好吧，先放下过去和现在的各种危险不说，雪先生的话确实触动了他内心深处的某些东西、某种共鸣，使得他的身体能与地面世界连成一体，和谐无间。他本能地感觉到，只有地面世界才是自己真正的归宿。

他在林子中走了一阵子，便往山上爬去，突然看到前面几码[1]处，有一只小小的长毛动物，正用毛茸茸的尾巴将自己挂在高高的树枝上。他舔舔嘴唇，慢慢停下脚步，悄悄拔出匕首，高高抬起手臂，就像一只大螳螂，瞄准目标。“嗖”，刀子闪电般地射出，刺中了所瞄位置，但是那东西却不见了，它的速度比飞刀更快，失之毫厘，谬以千里，就这样错过了这顿早餐。他很沮丧，哪想到伟大的天母摩城又给他准备了一个新的目标。他四处张望时，眼角瞥到一段蛇尾巴，正从腐败的落叶下溜走。这一回，他做好了一切准备，紧紧抓着木棒，用最快的速

① 长度单位，1 码约等于 0.9 米。

度抡过肩膀,往下一划!尽管那蛇早已钻进草丛里不见了,但他已经判断好了方位和角度,木棒上的刀片准确又巧妙地削断了它的脑袋。这木棒的速度与准确度再次令他自己感到惊讶,在湖中与那支全军覆没的后援小组作战时,他就注意到这木刃的神奇了。那木棒在他手中自行颤抖,差点就要脱手而出,它,似乎拥有自己的意识。

布里克曼见早餐有了着落,高兴得不得了,也不再去细想了。他麻利地剥掉蛇皮,除掉内脏,一口咬下蛇背上带着生腥气的鲜嫩的肉。食物一入口,周围的一切似乎都不存在了,他只想好好地咀嚼,然后快速吞咽,将饥饿的嘴巴和肠胃填得满满的。他甚至感到了极大的幸福,上帝啊,这是多么美好的一天。他喘着粗气,大口吞咽,差点就噎住了。他吃了几口后,回过神来,背起木棒,一边走,一边从中间往两头啃着蛇肉。

身体越来越有劲,终于走到了山顶,他从附近的树中选了一棵最高的,爬上顶端的树杈上,开始观察四周的地形。太阳此时已升至树林之上。覆盖着林海的群山蜿蜒起伏,一直向东方延伸过去,直至地平线上。山脊自南向北,连绵不断,直到目力看不见位置。山脚和邻近山谷低处的斜坡上,有的地方盖着房屋,有的地方是大片的梯田,有的地方是一洼洼方形的池塘。

看着从那些屋顶烟囱中升起来的袅袅炊烟,布里克曼真有点羡慕那些比他幸运得多的人,他们正在准备一些比生蛇肉更好吃的美味作为早餐。如果他想穿过山谷,一定得万分小心,千万别被人发现。最好是天黑了再行动,那样会安全一些。也希望今夜的天空会比较晴朗,只要有几颗星星,他就能照样走大路。他须得小心避开居民区和桥头渡口的岗哨,其他就没什么要注意的了。这要比摸黑穿越森林更轻松,更快。铁大师在夜间很少到路上走动。就算他们要走夜路,往往也会有几十个步兵跟随,每个人手中还会提着一根长杆,挑着灯笼,并且会敲着木棍,打着小鼓,吹着喇叭,弄得声音震天,还扯着嗓子说话。那些住在道路两边,累了一天,想好好休息的人们一定很讨厌他们弄出的噪声,不过这些对布里克曼非常有用,可以借此提防他们,以便早早地避开。

自树顶上眺望远方,能看到一条宽阔的道路迤逦而行,穿越群山。这条路一直向西,越过阿利根尼河,经过渡口,通向导航参照点匹兹堡——伯利恒火坑。这条路比他见过的任何路都要宽,而且用石板铺得平平整整。布里克曼猜想,这条路通向的东部,一定也会是一个同样很重要的地方,这样想也不是没有道理。如果上天眷顾的话,说不定鹭池就在那附近。他只要注意地形和天空,大致沿着与道路平行的方向前行就是了。佳得利与清水在鹭池已经待了足足六个月了。如果这个变种人真的如雪先生所说的那样,窃取了他脑中的所有知识的话,那么这个变种人现在一定造出了可以飞行的机器了。不用猜也能想见那东西是什么样子。但到现在还从来没有见到过天上有什么飞行之物,除了那些天生会飞的鸟儿。想到这里,他深深吸了一口新鲜空气,开始往山下走去。

自向东方前进之后,布里克曼每天都会花一点时间,将大路上的交通状况和沿路人们的行为模式记录下来。他们有的在田间地头劳作,有的在住所附近干活。这一切都证实了铁大师的社会管理很完善,正如在贸易点他们给他留下的印象一样,无论是海上还是陆地上，铁大师们的组织化程度都很高，甚至是属于超级组织化了。这倒也是提醒了布里克曼，他若能从这一点来找到他们的破绽，将会对他的任务大有帮助。那些在田间劳作和干家务活的人们都严格地按照日程表来进行。当然，日程表上也有休息时间，人们可以聚在一起闲聊，这是他们最愉快的时候了，隐约能听到他们快活的笑声。不过，要是因为他们的变种人奴隶做了什么可笑之事，就另当别论了。

布里克曼时而走，时而小跑，一路向东，前进了大概二百英里，大部分路都很难走。他就起了心思，是否要打劫一个落单的骑马人，他们会不时与他擦肩而过。那些武士，身穿盛装，骑着马穿梭不绝，有时是单独一人，多数时候是成群结队。这些人都应该是地位比较高的铁大师，因为只要他们一出现，在场的所有人都要迅速下跪。看来绝不能打劫这群人，否则会惹来更多的麻烦，就跟捅了马蜂窝没什么两样。

布里克曼以前见过马的图像，但看到真正的马时，他还是感到非常吃惊。在联邦的资料库中，说它们是大劫难中完全灭绝的众多生物之一，现在看来，这绝不是真的。这几周来，他看到的马至少有五十几匹，每一匹马的背上都坐着一个武士。看来骑马是一种特权，是特权阶级身份的象征，其他人都只能步行，或者是坐手推车，或者是坐牛车，由毛色光亮的牛拉着四轮车缓缓前行。但真正的大人物，是在装饰奢华的轿子里的，从跟着他后面的队伍就能看出，其地位非凡。

由此可见，铁大师的社会里，等级森然，这与美铁联邦差不多。从第一家族和黑塔里的高级行政人员到字母级楼层里的下层人员，等级逐级下降。尽管寻道民和尼桑的人有着巨大的文化差异和技术差异，但看起来却很像从一个模子里铸出来的。武士身上的装备也显示出，他们对武器有着狂热的迷恋，而且，他们也认为自己是优等民族，其他人都不如他们。这样一来，就会有一些潜在危机。将来有一天，铁大师定会撇开中间人，直接与联邦做交易。这并非不可能，一旦他们这么做，辟邪主和平原人就将携手采取行动，那时候，自然将会爆发种种危机。

这一路，布里克曼一直沿着大陆靠山脉西侧的一边前行，这一边能够避免阳光照射。路是从两座山峰底部的峡谷处开凿出来的，两侧都是平坦的斜坡，长着些乱糟糟的植物。一眼就能看出，这路的两旁曾经覆盖着宽阔的林木带，后来被砍伐清理掉了，随着时间长了，树木又生根发芽，从高地往下延伸，占领曾经被毁掉的地盘。一茬茬的小树苗从灌木丛或者高高的荒草堆里探出脑袋，更强的高手则已经抢占更多的高处空间，弱小的生命正被强者排挤出去，失去生存的机会。

突听马蹄声嘚嘚作响，布里克曼吓了一跳，还没来得及藏好身子，对面的树林中就蹿出一群乱七八糟的骑马人。他们拐了一个弯，穿过刚冒出头的树苗带，往下俯冲而来。布里克曼显然惊呆了，不知所措，愣怔当场，不知是该躲还是该跑。马上，他的惊呆就变成了惊恐。那些骑马的人大叫着，穿过大路，跳到了这边的斜坡，震耳欲聋的响声同时袭来，他们绑在身后的武器敲打着后背，发出“噼里啪啦”的声响，他们更是不停地往后慌乱瞧去。布里克曼顿时看明白了，原来这些人才是猎物，而并非是他。他当然不会再停在原地等着完全确认，眼下最重要的是，得赶紧离开这地方。“快啊！布里克曼！”他催促着自己。

肾上腺素登时汹涌至全身，他就像一头快步，飞也似的跑进林子中，脚下不停，一口气跑到山顶，这才停下来往后看了两眼。这斜坡越来越陡，那些人冲不上来，只好折转而回。下坡时马儿难以狂奔，只能小心地慢跑。这样一来，一大群人马只能排成断断续续的一条线，难成队形。忽然之间，对面的树林里又冲出一队人马，更多，更狠，是他们的两倍，从旗帜与盔甲上判断，这群人就是追击者。他们一冲上大陆，飞箭就连绵不绝，犹如大雨倾盆，向着这边的斜坡射了过来。

“嗖嗖嗖嗖！”“啊啊啊啊！”不断有人被箭射中。一匹马突然暴跳而起，将它的主人甩到后边。布里克曼生怕受到波及，连忙开溜，要是惹上这一场混战，被抓住了，可真是不值。他在树林中疯狂地逃跑，忽然想起有一天下午，他同样也在一处森林中被一群变种人追赶，多亏了当时他跳进了一个水塘，游到了岸边的芦苇丛中，才逃过一劫。要是这里也有水就好了，他就能跳进去逃走，可惜这儿只有一些漫不过脚踝的小溪，他只能竭尽全力地狂奔，动作看起来不快，步幅却很大，这是他与穆卡尔部落的熊武士一起追猎物时偷偷学会的。他使出了最大的劲远离战争，这几周落下的伤病突然一起爆发了，从头到脚，没有一个地方不在如火如荼地剧痛。这种痛苦甚至超过身体忍受的极限，其他的感觉反而全都消失了。他甚至感觉不到脚与地面间的接触和碰撞，前一秒钟还疼得几欲炸裂的肺部现在也一点感觉都没了。他仿佛不再是他自己，他的意识早已离开躯体，飘浮于头顶，或者躲在身后，对他说：“喂，伙计，你只管向前冲吧，去做你要做的事情吧。不用担心我，我什么感觉都没有，没事的。”

这样的情形布里克曼过去自然也经历过，所以他心里清楚得很，照现在这种情况，不停地跑，不停地跑，是坚持不了几个小时的。他根本就跑不过那些飞奔的马，这也是他最为担心的一点。他试着往别的方向奔跑，可是那些流寇似乎也跟他一样，成了无头的苍蝇，每次他一改变方向，没过多久，就发现那些人也跟着他往同样的方向冲过来！

这可如何是好！唯一的办法就是，跑到森林里，躲起来，等那儿的混乱平息后，再回到路上来。可要是那些追兵发现了他，而且又将他也当作流寇的话，那可怎么办？他一定会被包围起来，就像被赶上树的山猫一样，只能束手待毙。他们要是真的抓住了他，根本不会管他到底是谁，只会立刻给他锁上铁链，将他当成奴隶。既然如此，还不如碰碰运气。他就近找了一棵枝叶繁茂、遮天蔽日的树爬了上去。刚将脚提上去藏好，下面的大地就是一阵颤抖，一大群马蹄纷至沓来，紧随其后。

布里克曼透过树叶的间隙往下看，下面飞速闪过一个个骑手，他们都蜷伏在马背上。他们全都灰头土脸，脏兮兮的，穿着也是破破烂烂，就与马隆手下的反叛军穿的军服类似。也有些人穿着盔甲，但基本没有完整的。有的人在肩膀的位置还配着小小的方形护盾。绝大多数人都戴着古里古怪的头盔，样式也都不一样：有的帽檐很宽，还带有一种像是金属兽角的装饰物；有的则是前檐附有月牙形的大金属片。少数几个人头上包着白布做的头饰，一蓬乱头发从头饰下伸出来，甩到脑后，直没过肩。更奇怪的是，所有的骑手身上都佩着弯刀——那可是武士的标志啊。也有其他各种兵器，有长毛，有带刀片的木棍，有两面都是利刃的斧头，还有弓弩与箭矢。他们也是逃出来的犯人？难道铁大师的世界里也有他们自己的反叛分子？

布里克曼往上爬了爬，到了高处，视野更佳，他看到另一大群人正穿过一小块空地，后面还跟着十几个掉队的人。最后面的那一个人掉转马头，用刺耳的声音说出铁大师那些古怪而夸张的语言。他做了几个手势，很容易看出来，他是在努力催促落在后面的某个家伙。他自己胯下的马正“呼哧呼哧”地喘息，汗水淋漓，马蹄紧张地刨着地面。他稍微等了一会儿，又继续往前走去。过了老半天，才有一个骑手走到他所在的位置，进入他的视野。看上去，这家伙的情况很不好。他行动极为缓慢，趴伏在马鞍上，背上戳着两支长长的箭杆。布里克曼暗想，一定是受伤了。穿过空地时，那人突然没了踪影。布里克曼正想搜寻他的所在，忽听下方有一阵清脆的折断声，继而传来某种物体滚动时发出的沉闷的撞击声。

布里克曼顺着树干往下一看，果然，那家伙从马上摔下来了，被大树挡住了，横躺在树根上。他那长长的假发粘在宽檐头盔上，滚落到一旁，于是便露出了他那光秃秃的脑壳。就在这时，布里克曼眼前亮了起来，一股奇异的感觉导入了体内。这一定是上天的安排，他想，疯狂，太疯狂了，简直是荒唐透顶。一个奇怪的并不属于他的声音在催促着："快，快！要不然就来不及了！"他的清醒意识还有些迟疑："可我不知道怎么骑那玩意儿啊！"那声音却说："怕什么，只管去做，肯定能行！"

于是他滑下树来，迅速地瞄了一眼那个一头栽倒的铁大师。那人背部着地，两支漆木箭杆早已穿透胸膛，却还没有断气，不过恐怕也支持不了多久了。

布里克曼解下他的佩刀，捡起他带着长长假发的头盔，自己套在头上，将头盔的布绳拉到下巴处，打好了结，以至于头盔不会掉下来。他拾起马的缰绳，深吸一口气，硬着头皮，爬上马鞍。

他在心中暗祷:“伟大的天母啊,护佑我吧! 出发! ”

马就开始跑起来。

布里克曼差点就跌了下来，就好像是落在训练场中的乒乓球一般,在马鞍上弹来弹去。幸好,真的有摩城或者是其他仁慈的神祇,一直保佑着他,他才没被甩下马鞍。弹着弹着,他的脚无意中就踢到了马镫,一种奇特的本能和节奏感,使得他踩进了马镫,无师自通地弓起身子,这样就能与马背保持着一定的距离,随之上下颠动,而不是像刚才那样紧贴马背,身子后倾,颠得像个拨浪鼓似的,晃来晃去,差点跌倒。这样骑了一段路程后,他开始拼命地祈祷,希望马儿能够停下来,透口气。可是他不知道要怎么做。办法当然是有一个的,就是将自己扔出去。那样实在太危险,他试都不敢试。马儿跑得那么快,他离地面又高,要是跳下去时离马太近,或者是就跌落在马蹄下……

布里克曼不敢再想下去,赶快将这个想法赶走了。哎呀,他有点后悔,自己犯了一个严重的战术性错误。他其实应该躲在树上,等着这些流寇过去,现在倒好,人家前脚刚走,他自个后脚就跟上去,完全是送上门的节奏!不过他真的没料到会是这个结果。就算他知道如何掌控方向,也没工夫去进行控制。因为他的所有精力,一半放在如何能让自己牢牢待在马鞍上，另一半则放在了如何才能避免被高处垂下的树枝抽到脑袋上。事实上,他太过紧张了,手里抓的根本不是什么缰绳,而是马鞍的前沿。每次他的脚被颠出马镫,他就吓得在马肋上乱踢一通,才能够找准位置,重新塞进去。但马儿们一旦挨了踢,就紧张得往前猛冲。

克里斯托夫啊!这究竟是为什么哪,铁大师要乘坐这种难以操控的交通工具？难怪他们都没有头发了。他们一定是绞尽脑汁地想办法，要如何能够待在这种该死的交通工具上，而不被颠下来时，将头发全都挠掉了。

当然，骑马也并非没有好处的。如果你要走很长很长的路，这东西能帮你省很多体力。可是这也太疼了！大腿上的肌肉仿佛一根过度拉伸的绳索，每次屁股撞到马背上时，就好像一把火红滚烫的刀子捅进尾椎骨。但这些困难还不算最大的麻烦，至少他还能勉强应付。令他揪心挠肺的是，此时已是进退两难：如果叫马慢点走，就会被后面的追兵追上；如果跑得太快，很可能又会把自己送到前面流寇的手上去。

座下的马儿当然不会理解它这位新主人的痛苦，它倒是跑得飞快，穿越树林时连眼睛都不眨一下。布里克曼看不出地面上有其他的蹄印之类的痕迹，这说明它没乱跑，它脑子里有自己的一条线路，并没走冤枉路。这家伙倒不像它表面上那样呆头呆脑嘛，但它只顾着自己，它走的路线总是会遇到低矮的树枝，没给背上的主人留下足够的空间，所以“啪啪”的声音连响。不到一会儿，布里克曼就被树枝打得一头一脸，连同身上，都是累累伤痕。说多了都是泪啊，那些小路两旁的灌木和大树，都成了火辣辣的鞭子，抽得他身上又青又肿，抽出条条血印。

这自以为是的马儿也吃尽了苦头，它“呼哧呼哧”地喘着粗气，样子十分吃力，而且腹部和背部两侧的肌肉也都在不停地打战，浑身上下都黏着一层油腻的汗水。但是它拥有那种天生的本能，不停地跑，不停地跑，一英里接着一英里地跑。这种动物与生俱来的本能，布里克曼也曾经见到过，那些快步和野牛，不也是这样的吗？

但现在,不管是骑马的,还是被骑的,都需要到达某个安全之处。可去哪才安全呢?

这究竟是怎么搞的,布里克曼?我的意思是,难道你事先就没好好考虑过?应该从各方面都提前考虑到的……

是呀,你说得不错,可是……

别跟我提什么“可是”!来吧!是时候了,要控制住这种局面,积极一点!

说起来容易,做起来难。布里克曼仍像过去一样,喜欢从各个角度分析各种问题。但自从遇到清水之后,他就注意到一种令人着恼的问题,就是容易脑子发热,产生某种想都想不到的危险性冲动。比如最佳的例子就是:一下子脑发昏了,要偷偷登上山下的轮子船,事先却连最关键的问题都没考虑过,不知道轮子船会到达哪里,他又将会遇到什么。现在,突然就跳到这玩意儿的背上,又是一个例证。这根本不像他原来的作风,为什么会变成这样?

自打一开始进入蓝天世界,他就有一种找到了归宿的感觉。这个世界是如此广大、新奇,与他过去受到的训导完全不一样,他经历了奇奇怪怪的事情和体验,感觉自己被撕成了两半。他变得越来越狂躁,越来越难以驯服。一些无法用语言形容的感觉充斥体内。正如现在,他仿佛是受到某种需求的驱使,要找出自己一生的意义。内心的种种冲突,使得他愈加清晰地意识到:那些不断折磨自己的种种问题中,地表世界就是关键所在。正是在这里,他发现了自己真正的内心,他还发现了第一家族长期以来隐瞒着的惊天秘密。今天,因为这匹马带着他乱跑,给了他一个很大的教训:既不要试图去操纵别人,也不要被别人操纵。但是，不知为什么，他有这样一种感觉：他会自愿将自己的人生放在别人手里，好让他们能够操纵。这个问题真是很古怪，他一定得找个时候，好好地思考思考。现在倒还不是时候。

后面，追兵的呐喊声渐渐小了，没了。前面，也已看不见那些流寇的影子。再过上一会儿，森林也变得稀疏。然后灌木丛开始增多，树木更少，天空更加开阔。不再有树枝打到脸上，唯有清凉的风拂到脸上。地势进一步增高。他骑着马，拉着缰绳，到达了山顶，他终于让马停下，这样便能好好看看周边的情况。

下方的地形越来越崎岖，远处是一条河谷，散布着许多岩石。对岸是一大片高低不平的凹地，往上地势便逐渐升起，成了个长长的斜坡，上面覆盖着浓密的森林。再往上，则是一大块裸露的巨型平顶岩石，其侧面几乎与地面垂直，上面还有深壑的裂隙。远远看来，那岩石仿如天然的巨树木桩，矗立于隆起的苔藓地上。他推测那里应是远古时某个石砌堡垒的遗址。

这时，马儿挣着嚼子，往前硬拽，似乎急着要奔向目的地。突然，那些流寇中的一部分人群，再次出现在了布里克曼的视野中。幸好不是朝着他冲过来的。他们自河对面的树林中出现，从左边向右斜冲而下，沿着河岸往下游冲去。这回，追赶他们的还是那群举着旗帜的追兵，只不过这次，双方的人数看起来差不多。

布里克曼拼命地拉住缰绳，想将马头扳向左边。马却不肯听命，还是在原地打转，马蹄焦躁地刨着地，使劲地甩着头，试图脱离他的控制。布里克曼很不爽地奋力拉扯，并不断地骂这该死的畜生，都什么时候了，还跟自己对着干。

布里克曼只好跟着马转来转去。与马较劲之时，他忽然瞥见那帮原本顺着对面河岸前奔的流寇，到了一处水流平缓、鹅卵石铺陈的河段时，突然掉了头，过了河，往布里克曼这边冲了过来。

布里克曼的心骤然一紧，暗叫不好。

幸好转眼间，流寇又拐向右方，四散分开，分朝三个方向狼狈逃离，看来是想摆脱和分散后面的追兵。

但他们的这种小把戏实在是小儿科，后面的追兵更聪明。眨眼之间，在布里克曼刚刚藏身的森林里，突然冲出一群举着旌旗的武士，就像在变魔术一般。布里克曼吓得心头大跳，目瞪口呆，危险就近在咫尺。幸好这群人是从他右侧出现的，蒙神灵眷顾，他们并未注意到他。

可是他们那出其不意的号叫，还真是令人觉得毛骨悚然，差点就吓得他魂飞魄散，心脏停跳。

哥伦布！还差一点点就完全暴露了。布里克曼暗暗祷告着。聪明绝顶的他，已经学会了如何使用缰绳。他赶快勒住马头，往左边拐了过去，朝着河边直冲而下，他必须远离这场战斗。快下到山下时，他回头看了一眼，见那些包抄过来的武士已经切断了流寇的退路，逼得他们团团乱转，高高举着弯刀，胡乱挥舞。不一会儿，布里克曼的视线便被隆起的山包挡住了，他并没有看到下一刻的短兵相接。等他找到浅滩，安全渡河之后，就渐渐看不到也听不到身后的那场厮杀了。

不错，要有所得，必有所失……

其实，无论哪一方获胜，对布里克曼来说都无关紧要。他也不会相信那些叛变了的铁大师会对变种人好点。眼下只有一件事还让他时刻担忧：他，史蒂夫·罗斯福·布里克曼，现在还在马上不断地奔跑。

自从逃离了那帮人厮杀的战场后，他就信马由缰，任其驰骋。马在陡峭的林地里穿行，似乎早已成竹在胸，它竟向那座让人望而生畏的石砌堡垒遗迹冲了过去。

布里克曼心中早已将这座堡垒称作大D，以此诚挚地怀念妇贵号篷车队上的那位像牛一样壮的汉子开拓兵指挥官巴克·麦克唐纳。

布里克曼看到脚下，一览无余地躺着森林外无限美丽的风景，禁不住想起了坐在天鹰战机中驾驶室内，飞翔于蓝天中往下看的那种感觉。思雨飘荡，回到了在今昔河上的那场战役，他想起了麦克唐纳，想起了其他的战友，想起了那些无比艰难的战斗时刻。乔迪·喀珊，他的飞行长官，于变种人制造的狂风暴雨中降落在篷车上，却被爆炸的汽油弹轰出了甲板，而后消失不见。格斯·怀特，他在飞行学院时的同学，将他一个人扔在熊熊燃烧的玉米地里，自己却飞走了，不过当晚格斯·怀特就在战斗中被击落而亡。布克和耶茨，两人的座机被闪电击中，两人在大火中被烧死，就像一只飞蛾。韦伯，死在弹坡道上。考尔菲尔德，一支带有倒刺的弩箭刺穿了他的头部，把他从驾驶座上拖出来时，他的眼球就挂在眼窝下。瑞安从高空中一头栽倒在地，强力的撞击导致机载汽油弹爆炸，将他烧成了灰烬。卢·法兹蒂和内勒，被莫名其妙的疯狂思维干扰，相互将对方击落，同归于尽。

若不是运气好到极点，乔迪早就死定了，她获得了一帮寻道民反叛分子的帮助，终于从暴风雨坠机中活了下来，只是脸和脖子严重受伤，留下一条条难看至极的疤痕。但她和那些救了她性命的朋友的好运终归是要用完的，现在，他们都落到了铁大师的手中，正赶往鹭池的路上。在被穆卡尔部落捕获，拿去当交换品之前，她还救过布里克曼一命，所以这次他暗暗发誓要将她同佳得利和清水一起救出来，就像他发誓要报复格斯·怀特一样。另外，他还要报复其他人。那些藏在幕后耍阴谋诡计，让他毕业时栽了个大跟头、面子全无的人，他一定要让这些家伙付出他们应有的代价。既然他们卑鄙无耻地利用戚妹萝兹来威胁他，他就不客气了，开始下定决心反抗，再加上那些种种的不公正待遇，也让他的心如铁石般冷硬。

还有很多账要去算，还有很多事要去做。

布里克曼骑马来到了林中的开阔之地，回头望了望河谷，只见大片的谷地都被长满树木的斜坡挡住了，他只能看到剩下的流寇们惊乱地冲过河时的那一段河床。根据过去的经验，他估计自己距离河面大概是八百英尺高。马儿仍不停蹄，继续往上走，脚下的路越来越陡。四周都是红海般的灌木，连绵不断，自瀑布般的岩石上垂挂下来。

无论是参天的巨树，还是险恶的悬崖峭壁，都吓不倒布里克曼。他根本不畏高，甚至觉得像鸟儿一样在空中飞翔才是最爽的事情。当然，那是过去，跟他现在的境遇完全不同。他如今并没靠着自己的双脚稳稳地踩在大地上，也没用自己的双手稳稳握住操纵杆。他完全就依附在一个陌生的动物背上，胯下的这家伙还很有可能被绊倒，或者一脚踩空，失去平衡，那他可就惨了。脑子里全是这些乱糟糟的想法，再加上永无止境地前仰后合，他的头总是晕晕乎乎的，感觉胃里的蛇肉早餐都快要给颠出来了。他好几次都差点被甩出去，但想到这家伙能带着自己走得快一些，他就拼命把快到嗓子眼儿的胆汁咽回了肚子里，再难再苦，也得待在马背上。

马似乎也没有力气了，吃力地朝着石砌堡垒的东侧走去，步速缓慢。布里克曼抬头看看石砌堡垒，其外表残破不堪，被风蚀得很厉害。给它取名为大 D 倒真的是名副其实，因为它确实像麦克唐纳一样，顽强刚硬，坚不可摧。马为什么要往上走，上面到底有什么在吸引着它呢？布里克曼完全看不出情况。而且，再往上走就没有道路了。他觉察出马儿也意识到了，再也没有足够的体力往上爬了。它每走一步都很吃力，脖子无力地耷拉着，脑袋沉重得快要掉下来了。它越来越站不稳当，屡屡失足，差点将布里克曼摔下来。他非常害怕，也看不出它有放弃的打算。它虽然筋疲力尽，却有着惊人的信念，这让他十分惊叹。马儿被坚定的信念驱使着，一刻不停，往上前移，最后，终于来到了一道深深的大裂缝前面。这样的裂缝之前也遇到过好几处，但马儿似乎很清楚，自己要找的是哪一处。

布里克曼回头想看看他们曾走过的那条河，但岩石斜坡恰好拐了个大弯，挡住了河谷，便只能看到远处环抱的群山。他们现在的高度差不多有一千英尺了，粗略估算下来，离山顶应该还有三分之一的路程。进入了裂缝一段距离后，上下左右一看，能见到的只有一线窄窄的天空，没过多久，连天空都似乎看不到了。那裂缝是因地质断层而成，垂直如削，狭窄无比，顺着深深的缝隙，向下能进入岩石堡垒内部，是向上通往山顶的唯一一条道。如果换个时间，如果不是现在这状况，布里克曼定会停留下来，对它进行一番好好的探查研究，倒不是要看它这些复杂的地质细节。看来，在裂缝形成的期间或者之后，两侧曾有几百吨的岩石松脱掉落，在距离底部五十英尺的地方，形成了一个巨大的楔形缺口。岩石的顶端是几块巨大的石块，随便一看，仿佛很稳固，但细心一想，假如发生那种巨大的、被变种人称为“地雷”的摇晃，那些石头准会轰然跌落，真是危险至极。

可我们的马儿却一点都不知道这里面的危险，它还是呆呆的，痴痴的，迈着无比沉重的步伐，沿着“之”字形裂缝往上走。直到最后一线日光也消失了，只有一团阴暗的铅灰色。愈往山中腹地深入，裂缝顶端那些参差不起的岩石也越发低了，最后，距离布里克曼的头顶只有几英尺，真是险象环生，惊心动魄。

经过了几番迂回曲折，越过了那几乎翘直的马鞍，布里克曼猛然发现，自己面对的竟是一堵石墙。

天，这竟是一条死路。

惨了，惨了……四周根本没有空间能让马儿转身。是去踢马左边的嚼子还是右边的？或者，拉下缰绳来个倒挡？该死，倒霉至极！

此刻，他的头盔正抵着岩石顶！马的鼻子则抵着前面的石墙。他心情很不爽，生了半天的闷气，马儿却静静地站着，耐心等待。过了一会儿，马儿见背上这位不理解自己的骑士还没采取措施，摆脱眼下的困境，它便只好开始用蹄子刨墙，先是用右前蹄，后来连左前蹄都一起上了。

布里克曼忽然间明白了它的意思。马儿并不是一个蠢货，它虽然不会说话，但它正是要告诉他，这并非一条死路。面前的这堵墙，表面上是一块实心的岩石，其实，它是一扇门。只是要如何才能打开它的机关呢？

他慢慢从马鞍上滑下，双足站都站不稳。地面太陡，肌肉太酸，他好不容易弓起后背，双腿颤抖，尽量站直了。他双手紧紧抓住岩石的突起部分，想将分开的双足并拢，大腿却麻木得连动一下都不可能，屁股更是如火在烧……

克里斯托夫·哥伦布在上！

布里克曼咬紧牙关，试探着将手放在石门上，他触摸到石头的表面，感觉就像是真的岩石一样。但当他的手往下移时，碰到了石墙侧面的拐角处，突然手指感到了一股细微的气流。

真是相当巧妙的伪装啊！这里果然是门！布里克曼拔出匕首，试图插进石墙底部和坑洼不平的岩石间的缝隙。然而没用，缝隙实在太小了，那些制造石门的人干活太细致了。厉害！不过，怎么说都应该有个隐秘的门闩之类的啊，肯定有机关。布里克曼转过身，推着马向后退了几步，他在松散的岩石和那些墙角的碎石块中摸索，又仔细检查了墙的侧面，再盯着顶部使劲看。可是，没看到什么绳索之类的垂下来，也没看到什么隐藏的杠杆和门把手。是的，什么都没有！

真是见鬼了！

他靠墙弯下腿，还是没法直立地站着。膝盖上的疼痛渐渐向上蔓延，顺着脊柱一路往上，一直蹿到了肩膀上。

都是这匹该死的马……

看一眼这匹浑身冒汗的家伙，它不知疲倦地又开始用蹄子对石墙一阵猛刨，极不耐烦地甩着脑袋。

"你给我等着吧！该死的家伙！等把这道门打开了，不管它背后有什么东西，我一定要拿你的屁股做成烤马排！"布里克曼舔舔干燥的嘴皮，在心里想道。

马儿不屑地瞧他一眼，喷了一通响鼻。

布里克曼强忍怒火，心里不断地对自己说："布里克曼，你是最聪明的家伙,你一定能解决这个问题的。这些鬼子知道如何将两片木头连接起来,虽然他们的技术还停留在石器时代。肯定有办法能把这个石门打开，你敢以最后一餐蛇肉打赌，他们用的一定是最简单的办法。努力,好好想想,如果这里有秘密通道,你肯定能将它打开的。”

布里克曼的脑海里闪过了一个办法。他用胳膊肘将马儿又推远了些,重新一寸寸地检查石门表面。尽管四周光线黯淡,不过他还是发现了一些新的情况。石头表面布满了奇形怪状、毫无规则的阶梯形条纹。他的手在距离石墙右侧十八英寸[①]的地方,摸到了一条边缘,比其他的都要深一些,似乎是一小片微微隆起的石面上的切口。

布里克曼一阵兴奋,忙用刀子轻轻地碰触这个切口。当刀柄与岩石表面几乎平行时,刀片终于一下子滑了进去。他很快就顺势找出了一个“V”形的狭槽,那狭槽越往里越窄。“V”形的夹角几乎成九十度。他推着刀片在狭槽里移动时,能听到金属与金属相碰的声音。他继续用刀尖擦着障碍物移动,想弄清其形状和作用。它似乎是中空的,呈矩形,像是某种管子或者……插槽。

插槽只有一个作用,那就是让东西插进去的。一定是这样的。

布里克曼忽然发现了插槽的开口,心情一阵激动,他屏住呼吸,试探着将刀片往里插,当刀尖刺去后再用劲往里戳。可是刀刃中间的刀片太宽,根本就插不进去。他只好把刀拔出来,又试着斜侧着往里插。这回非常完美,全部都插进去了,只剩下刀柄露在外面。但这也只能往上移动,无法往下拉。布里克曼最后试着用手指在刀柄和岩石表

① 长度单位,1 英寸约等于 2.54 厘米。

面之间往里抠，然后紧紧地抵住槽缝边沿，他深吸一口气，猛地一推，刀柄又动了一点。就这么着来回好几次，他不知费了多大的劲，指关节上的皮都磨掉了。当刀柄沿着“V”形槽移到了顶端后，他感觉到岩石表面的右侧似乎有些松活了。

这时，马儿突然把鼻子伸到了布里克曼的肩膀上。他斜着肩往后一耸，想把马推到一边。可是它却一点也不退让，还用它的笼头蹭着布里克曼的头盔檐，并将其往上顶，盖住了布里克曼的眼睛。

布里克曼有些恼了，转过身，对着它猛击一拳，却被它一甩头，轻松躲过。

这个该死的家伙！

布里克曼竭尽全力，去推那道石门。只听“嘎吱”的声音传来，厚重的石板在木架上一转，呈扇形向里掀开，在抵到左侧石墙时停了下来。于是，右侧便出现了一条通道。那石板依然直立着没倒，而顶端参差不齐的大石块也没有往下掉。光线也没有原来那么暗了。

太好了，真是难者不会，会者不难……

他站在那里，双手放在髋骨上，欣赏着自己的成绩。便在此时，马儿竟从他身边一跃而过，纵身跳进通道，消失在自上面射下来的阳光中。

跑得好。终于解脱了……他没有恼，也没有追，反而像是解决了一件大麻烦事一样。

他已经在马背上坐了整整六个小时，身体早已疲惫不堪，根本就没法子去把它追回来了。反正他也没想去追。他转过身，再次认真地瞄起石门来。这道厚石板与周围的环境吻合得天衣无缝，不过它其实很薄，只有几英寸，被固定在后面一个巨大的木架上。木架则被里三层外三层的破旧棉布厚厚地包着，这样应当是为了避免从外面敲击石板时，发出空墙的声音，以免被人发觉。木架上还装有很多黑色铁轴承，涂了很多润滑油，部分重量由下面的一排轮子担负。地上还有一些木质凹槽，呈半弧形分布，轮子可以顺着这些凹槽来回滑动。

而在石门背后，通道顶部和地上也各有一个方形插槽，当门后的两根木头分别向上向下顶进插槽后，石门就被锁上了。门背后还安装有一根横杆，其作用就与布里克曼刚刚用的匕首一样。横杆落下时，能带动铁皮门闩插进插槽；反之，横杆往上，门闩就退出插槽。

布里克曼兴趣大起，他再次开关此门，试了几次后，用心记下了这套门锁的机械结构，然后将匕首收好。

布里克曼将石门沿地上的凹槽转回，又将一个小石块垫在下面，将门卡住了，仅留了一条缝隙，能够让他在紧急情况下钻出来。他很明白目前的处境，他是任由马儿带走的，幸好有点运气，到现在为止，还没遇到什么大麻烦。但从现在开始，马儿跑了，他就要小心行事了。他对马的认识很粗浅，并没有太大的进展，他只知道这是种有四条腿、吃草、喝水的动物。骑在它身上真的算是等于自杀。他当然并不傻，当然能猜出这家伙急着要穿过石门，肯定是因为要回家。而它走的这条路只能通向一个地方，就是他的前主人——那帮流寇的藏身之处。这一点，即使他没在飞行学院里学过，也能自己推算得出来。显然，这里还会有一个大问题：这马急着要回的家里，还有没有人？

答案如果是肯定的，那么很可能随时都看得出来，因为那匹他很讨厌的马，自己跑回去了，肯定会引起其他人的注意，就算是现在还没有，恐怕过不了多久，就会有人过来。因为马儿是没办法自己打开石门的。这个流寇家族的某个家伙,一旦看到马儿回来了,不管是出于对同族的关心,还是对此好奇,一定会来看看是怎么回事,那可就危险了。

布里克曼左右权衡了一下,他想起离开河谷的时候,看当时的情势,流寇们七零八落,四散奔逃,估计不太可能活着回来。那么留在他们老巢里的人,要么是后备人员或后勤人员,要么就是一些侍从或者奴隶。如果是奴隶,那就有百分之九十的可能是变种人,他们见到他,一定会帮他一把的。再者,这马儿急着要穿过石门,就证明那里一定有人。如今,若是留在原地打转,肯定一点用处都没有。两侧崖壁之间的距离那么窄,还没有手里的木棒长呢,前面一览无余,无处可躲,一旦有弩箭射来,他岂不是就成了活靶子?现在,只有两条路:要么匆匆撤退,要么奋力往前冲,见机行事。

没错!进攻就是最好的防御!布里克曼一直信守这句格言。于是,他将木棒紧握在手,大步流星,向前出发,走了五十步之后,光线就完全被挡在了石门外的碎石后,通道变成了地道。他接着再走三十步之后,映入眼帘的竟是一幅令人诧异的景象——原来这座顶部平坦的山峰,内里却是空的。其中心大致呈圆形,周围堆着落下来的石块。他迅速爬进堆在入口坡道左侧的乱石堆里,心中飞快地盘算,他面前的形势很不好。

这内部的山壁非常陡峭,往上看去,长而高,像是田纳西谷渊薮——他的家人在罗斯福/圣达菲站的住处所处的垂直通道。它们最相像的,就是都有三层,不同的地方在于,这里是由以崎岖不平的岩石为地的三层洞穴构成的。很难搞清楚这到底是人为的还是自然形成的。不过,将每一层相互连接起来的倾斜坡道,还有每一层顶部供上层人走动的突出平台，一定毫无疑问，是铁大师的杰作。这里处处都是他们的身影，至少有几十个之多！

此时，那匹将布里克曼带进“大D”里面的马儿，正慢慢朝着场地的另一侧走了过去。他忙缩回到三块巨石组成的石堆后面。几个鬼子跑了过来，牵住了这匹快要倒下的动物。

“干得不错！布里克曼。这次你真的是超越了自己……”布里克曼给自己打了打气，他抬眼查看了一番，幸好上面几层还无人警戒。上面应该没有危险。如果让他们抓到他，看到他占用了他们同胞的马、头盔、佩刀的话，很可能早就将他料理了。

为了避免发生这种情况，他赶快抓掉头盔，连同上面稀稀拉拉的假发一起塞进了旁边的一个石头缝里，接着，又如法炮制，将弯刀也扔掉了。今天经历的事情太多、太乱，从最后一个意外导致的惊恐中渐渐恢复后，他的脑袋瓜又灵活地转动了。他开始观察周边的地形和情况。从目前能辨认出来的情形来看，这里只有四个四肢健全的流寇在干活。一个拄着拐棍的男人，在另一个头上缠着绷带的家伙的搀扶下，一瘸一拐，向那马儿走过去。那里早已围了一群人，看起来都很高兴。剩下的大概只有五六十个人，都是些女人和孩子，有的孩子甚至还不会走路。这些倒是没必要搞得那么清楚，但必须搞清楚的是，这里怎么会有这么多的人。

布里克曼吻别了自己的美好梦想——好好地吃几顿，再在一张舒适的床上进入梦乡。他刚从藏身之处爬出来，抬眼便见两个身强力壮的男人穿过场地，朝他所在的入口处大跨步地走过来，后面还跟着两个女人和几个小孩。

该逃跑了！如果他们发现那个马的主人没在通道里，石门却被打开了，一定会警铃大作。

布里克曼转过身来，准备从藏身之处溜掉。以那两个鬼子为首的搜寻小组这会儿还在五十码开外，他有足够的时间逃脱。正当他沿着石堆后侧走了一半时，突听通道里传来了几匹马奔跑时“咔嗒”“咔嗒”的蹄声。克里斯托夫！他吓得赶快又退了回去，躲在石堆里藏了起来。突然间，只见一群身后插着靠旗的武士瞬间就出现在入口的斜坡上，一共十一个人，他们骑到场地正中央，才勒马停下。他们显然也同样有些意外，坐在马鞍上，扭身四处观望。他们手中拔出弯刀，一边赶着马在原地打转，一边兴奋地吼叫高呼。布里克曼听不懂他们在说什么，看起来，这些家伙还以为今天碰上了好运。

这几个人的突然而至将在场的那些人吓得魂飞魄散。尖叫声连连，奔跑声重重，前面的两个男人抱着最小的两个婴儿，和女人们赶着剩下的孩子们往场地周围的石洞内跑去。其他人也吓得往石洞内跑，包括那几个身有残疾的，大概是要拿着武器去和他们决一死战了。

离入口较近的两个男人伸手去拔佩刀，却还是迟了一步。他们离为首的骑马武士只有几码远。拔刀的动作虽然勇猛，可刀都没有出鞘，就一下子被砍倒了。刀锋从他们脖子一侧的肩膀划到了另一侧的锁骨，一刀两端。

先来的武士们分成了两拨，冲着场地的两侧飞奔过去，马蹄如雷点，见谁踩死谁。那些伤残的流寇，惊慌乱跑的孩子，还有试图营救孩子们的女人……被踩的踩，砍的砍，许多没有来得及躲起来的人想反过来往场地中央逃跑，却被随后而来的几个武士轻易地像割庄稼一样放倒了。他们手中射出的箭，全无虚发，箭箭穿心。

两个武士更是直接从马上跳下，挥舞着大刀，向那被骑兵追杀的人群毫不留情地砍杀过去。这时，一些女人从洞穴里冲出，手中举着长柄斧头，想拼死一战。无奈她们的功夫实在太差，情况愈发糟糕，不到半分钟时间，场地里尸横遍野。

布里克曼感到了一种痛，一种被撕裂的痛。虽然这里的战斗与他无关，就算参与其中，也不会被授予荣誉勋章。可是，他的内心令他无法容忍这些东方人用这种残忍的方式取乐。一年之前，他也曾将汽油弹投进玉米地里，那里的变种人孩子为了自卫，拿石头来砸他的天鹰战机，虽然当时也有过一丝的犹豫，但他最终还是按下了火焰弹的投放按钮。自从那次之后，他的人生发生了很多的变故，心早已和原来大不一样。可是现在，他又能如何？他能对付得了一个武士吗？

这时候，为首的那个武士掉转马头，对着其中一个骑兵大声喊了句什么话。

布里克曼还是什么都听不懂，但他看到了那个骑兵收起了他那沾满鲜血的弯刀，朝着入口骑了回去，他能猜到武士首领的命令是什么。一定要手下撤走，将这里的情况报告给主力部队。

真是个好机会。机不可失，时不再来。三十六计，走为上策！

第六章

布里克曼悄无声息，犹如一只猫那样轻盈地从藏身处滑了出来，猫着腰沿着石堆后侧，一直溜到了入口斜坡上。他决心藏在石门背后，等报信的人下马穿过门时，一下子将其掀倒。因为他的内心有股说不出的负罪感，他应该对刚才发生的大屠杀负责。那些武士说不定一直尾随着他，他却无意中将他们引到另一伙人的聚居地里，还好客地将石门打开了，邀请他们进来。

他紧握木棒，飞快地跑过最开头的那段坡道，一头就冲进了黑咕隆咚的狭窄甬道内。他拐过了最后一道弯，终于看到了石门。啊！他猛然刹住脚步。

只见石门早已全部打开，第十二个武士佩带着弓弩和箭袋，正严肃地站在石门旁，牢牢守卫。

该死！

刹那间，那守门的武士和布里克曼一样，也都愣住了。但武士很快就反应过来，开始冲布里克曼喊日语，并且提起弓弩，上好利箭，准备射击。

这么短的距离，这么狭窄的空间，布里克曼无论如何是避不开那直射过来的箭了。死亡将至，迫在眉睫。突然，眼前的动静在他眼中，都成了极度缓慢的慢动作。忽听身后蹄声“嗒嗒”，那些闻声赶来的骑士也即将杀到，他根本无法转身逃跑，武士要拐过弯道，冲到前面，恐怕连一眨眼的工夫都不需要。

此时此刻，他看到的每一个动作都格外清晰。他极为清楚地看到那武士挺直了身体，搭上弓箭，正要射击。那尖锐的铁箭头闪着森森寒光，“嗖”，穿过空气，向自己飞了过来。他的胸腔因恐惧而绷紧，心脏都几乎忘了跳动。只听到那雷鸣般的马蹄声越来越响，武士飞一般地穿过拐角，向他冲杀而至。

不知怎的，这一瞬间，布里克曼手中的木棒竟再次有了生命，在他手里跳跃振动，一股酥酥麻麻的兴奋感如电流般通过了他的血管，传遍了四肢百骸。他的身体顿时成了一架超级战斗机器。他的脑袋、手、眼、脚都以意想不到的速度快速反应，妙到毫巅地应对任何敌人。

他离拐弯处最多十码，可是当箭离弦而至，将刺入他的胸口时，他竟先它一步，提起了带着刀片的木棒，同时身体闪向左边。

铁箭头“嘭”的一声，被木棒上的刀片准确地击中了，往高处飞去。

寒光一闪。

箭擦着他的右肩斜飞，然后就是“呃”的一声尖叫。

他回头一看，之前那箭深深没入了后面追兵骑手的喉咙。那武士便向后栽倒在地，滚鞍落马，手中刚拔出来，想从背后偷袭斩杀布里克曼的弯刀也掉落在地。

布里克曼一闪身，贴在通道侧墙面上，那匹马便依着惯性从他面前呼啸而过。守在通道入口处的那个日本武士正欲再次搭弓射箭，却被飞奔过来的马儿撞倒，贴在旁边的石墙上，手里的弓箭也脱落了。

这武士意识到自己情况不妙，连忙将弓扔到一边，“哗”的一声，拔出弯刀，口里发出一声吓人的吼叫，冲着布里克曼冲击过来。

真是愚蠢至极！

布里克曼暗暗冷笑，就和上次与后援小队战斗一样，他手里木棒的速度快得眼睛根本就看不清。第一下，正打在武士握刀的手腕上；第二下，木棒上的刀片在空中划了条漂亮的弧线，正正地从他的喉咙处穿过，准确又利索地切断了他的颈骨。

死了两个，还有十个……

若在平时，遇到这种情况时，布里克曼都会停下来，让自己想一想。可是这次，他心底里的那股杀手的本性被彻底激活了。他将血泊中的武士尸体从脚下挪开，然后将石门牢牢关上，深吸一口气，转过身来，大步流星地朝场地那边走了过去。当布里克曼路过被箭射中的武士时，看到他正被嗓子眼里的鲜血堵得难以呼吸，正虚弱不堪地用手去抓喉咙里的箭。布里克曼冷漠地瞟着他，眼里没有一丝怜悯。

伙计……刚才那一箭，真是太神奇了。

布里克曼脑子里出现了清水纯美的面容。一个莫名的声音对他说，是清水用她召唤师的天赋，将神力赐予了这根木棒长刃。可是这种力量是否有限？如果有限，能用多久？当时，他一回到穆卡尔部落，清水的同族姐妹夜疯狂便将木棒交给了他，可她那蠢笨的脑子，早就想不起清水交代过要她传达给云武士的口信了。莫非是和木棒中的神力有关？一定是这样的。布里克曼一边大步走，一边心中惴惴，希望变种人施在他身上的魔法，千万别像电池里的电能那样慢慢消失掉。

因为,他将要面对的敌人,实在太过强大,他本身的实力与他们相差过于悬殊,他需要一切能获得的力量。

当他飞奔到场地中央时,发现只剩下了七名武士。那些躲在暗处的防守者,向四面八方射出了无数的箭头,简直是乱射一通,间或会响起一连串的"砰砰"声响。声音很大,还有烟雾随之喷出。布里克曼知道,这是有人在用圆筒弹仓式步枪,这是一种较为原始的武器。铁大师们供给穆卡尔部落的尖铁就是这样的。烟雾是从第三层的某个洞穴口里散出来的,但无奈使用这步枪的人枪法实在太差劲了,一枪一枪,只是白白浪费子弹,反倒使得那些入侵者更加愤怒,也刺激得他们的杀戮欲更加强烈。此时,只有为首的那个武士还稳坐在马上指挥进攻,两个弓箭手站在前方保护着他,若是一见到洞穴前的平台上有任何东西移动,便会向它射箭。其他四个人一边投掷燃烧的木头,一边组织着朝场地右侧的第一层石洞进攻。不一会儿,洞内就冒出了滚滚浓烟。为了从火里逃生,女人和孩子们都惊慌失措地从洞穴内跑出来,可惜这反而加速了他们的死亡,一出来就都被射死了。

布里克曼再也忍耐不住了,够了,够了,就让他来结束这一切吧!

他冲到场地中央,双脚稳稳地立在岩石上,对着为首的武士大叫大喊,意在引起其注意,向他挑衅。他们之间的距离不到五十码。骑马的武士一看到他,就爆发出一声尖叫,这种反应说明了他极端愤怒,从哪来的变种人?他立即掉转马头,正对着布里克曼,命令两个弓箭手快点放倒这个嚣张的笨蛋。

布里克曼再次展现了自己那无与伦比的反应速度。他随意扭转手腕,转动木棒,上面的刀片左右翻飞,将那些射来的箭一一挡住,并弹向四面八方,一箭,一箭,又一箭!乒乒乓乓,噼里啪啦!全部都挡了回去,一支都没有近身。他的反应速度似乎被提升了几十倍,时间在他眼中变得很慢。那些射来的箭矢,更是慢腾腾的,让他足够有时间将它们击开。

那个为首的武士见此情形,吓得差点滚落马鞍。另外两个弓箭手也吓坏了。他们先前消耗了不少箭矢,这会儿箭袋中早已空空如也了。他们只能包围住布里克曼,一步步向他挨近,杀气腾腾。他们举着弯刀,谁也不肯先出手,他们都很清楚,眼前此人是一个很难对付的家伙。

那个骑马的武士,再也忍耐不住了,他仗着自己明显的优势,大喝一声,朝布里克曼策马猛冲过来。

布里克曼站在原地没动,等骑马武士达到一定的速度后,他忽然抄起一块石头,对准武士砸了过去,然后转身飞快地朝着场地边沿的那个大石堆跑去。他的方向与飞奔过来的武士的方向成一定的夹角,使得那武士进退两难:他跑的速度太快,如果要转弯,就得兜个大圈,或者是来个急刹车,然后再往右转。石头正中他的胸甲,他一时蒙了,干脆停了下来。与此同时,布里克曼早已跑到了石堆顶上,他像国王一样得意扬扬地挥舞着手里的木棒。

他脚下的石堆和武士的马镫一样高。这石堆体积太大,再加上石块堆放得不整齐,武士根本不可能追到石堆上来的。他只好退远一点,任由布里克曼站在那里。为了迫使布里克曼站着无法逃跑,他下令让两个弓箭手从布里克曼的后面包抄上来。两个鬼子依令行事,武士则欲找路策马前冲。

而这个时候,其余四个入侵者仍在场地的另一侧,继续杀戮。

“嘭!”上面洞穴中的步枪终于又打中了一个目标。两个弓箭手正往前走,其中一个被金属子弹打得飞了起来,四仰八叉地摔在一块石头上,一条腿还在无力地抽搐着。

六个完了,还有六个……

武士骑着马从右往左,走过布里克曼面前,朝石堆迂回前进。一边高高举刀,一边抬起左臂的护盾,抵挡布里克曼的棍棒袭击。他与自己的马配合得相当默契,看来他们彼此早已合作惯了。布里克曼居高临下地看着他,心想,他们一定会从下方来斩自己的腿。果然,当对方的刀锋以闪电般的速度砍过来时,他早就做好了反应。那武士快速从面前冲过,弯刀平削而至,布里克曼扭转身子,如脱落一般,往左边一跳,躲了过去。与此同时,他手中的木棒高高地落下,以螺旋桨般的速度和力量,斜着自武士的后檐穿进,又从他下巴上系着布带结的位置穿出。那宽檐头盔被挑到了半空中,木棒的冲击力极其强大,使得它落地前还沿着顺时针方向连连转圈。武士的头颅稳稳地裹在里面。武士的坐骑突然发足狂奔,没有脑袋的躯体随之在马鞍上摇摆,就像一个醉汉。布里克曼没时间去搞明白发生了什么事,他得争分夺秒地去对付剩下的弓箭手。

那鬼子意识到了布里克曼的可怕,更意识到自己成了下一个目标。他哪还敢对抗,转身夺路而逃。他像野山羊一样,轻轻松松地从石堆上跳下来,一路追了过去。弓箭手从最后一块岩石上跃下,掉到地上,又立马爬起,朝剩下的四个人跑了过去,一边跑,一边还声嘶力竭地大叫。

布里克曼迅捷地跳跃几步,瞬间就追上了他。

鬼子知道自己逃不了了,不得不勉强应战。他对着同伴喊了一嗓子,转身摆出作战之姿,两只手都握在刀柄上,然而就在这时,布里克曼已经像蒸汽列车一样, 直冲过来了。鬼子的弯刀还没来得及往下砍,布里克曼的木棒已直对他胸腔扫了过来,他吓得忙不迭地举起双手,想要抵挡。

“嘭!”那粗重的木棒正中其小臂,木棒的巨大冲击力一下子就震碎了他的双肘,再加上布里克曼用了推力,鬼子被打得双脚离地,朝后仰面倒下。

这鬼子甫一倒下,布里克曼就攻向了下一个目标:那个武士正在大开杀戒,他刚砍倒一个从洞内逃出的女人,正要挥刀向另一个倒在地上的女人砍去,那女人怀中还抱着一个很小的孩子。她双膝跪地,乞求对方放过自己。

布里克曼眼角一瞥,更大的麻烦来了:其余三个武士意识到他的存在,这会儿竟同时向他冲了过来。但他必须先解决眼前这个问题。

那个杀女人的武士已经看到布里克曼正快速逼近, 但此刻他的脑海里只有一个恶毒的念头,不能让那小子救得了女人和孩子,他必须在那小子阻止之前将他们杀掉。他举起刀时,看到小孩,不由得闪过一丝犹豫,但刀子还是残忍地砍了下去。这稍纵即逝的机会被布里克曼捕捉到了。他抡起木棒对着武士的侧面斩杀过去,整个刀片都从其暴露的腋窝处插了进去,深入其胸腔。

九个完了,还有三个……

很好!他转过身子,面对着剩下的三个武士。他们看起来十分恐怖。这几个人与刚才倒下的那个武士，简直就是屠夫，整个场地里剩下的四分之一人口，基本上都惨死在他们的刀下。他们的盔甲和弯刀上，都沾满了淋淋鲜血。

“下面，该轮到你们自己流血了。”布里克曼心中默念着，“来吧！别让我失望！来吧！”

看到布里克曼以寡敌众，却招招毙命，真是英勇无比，受其鼓舞，再加上见那些武士人数大减，暗处躲藏的女人们陆续现身，有的拿起倒下的防守者身边的长柄斧，有的捡起落在地上的箭矢搭在弓上。两个女人结果了他左边那个身受重创的武士的性命。剩下的女人们则包围成半圆形，围在那三个武士身后，不让他们有机会逃跑。胜利就在眼前，她们不想错过这最后的复仇机会。布里克曼却朝她们挥挥手，让她们站远点。他不想被她们拖累，以致即将到手的胜利功亏一篑。

三个武士并成一排，外侧的二人正在想着要如何才能一举打败布里克曼，中间那家伙却来了个一百八十度大转弯，向身后的那群女人冲了过去。他行动的姿势十分怪异，双脚左右交替，单脚跳跃前行，就像个外八字脚的怪物。他一边跳还一边愤怒地大喊大叫，手中的弯刀挥舞成团。他这恐怖的模样，吓得几个女人跑开了，先后退一截，又因为勇气而聚拢上前，坚守着不再退缩。

也就在怪物后转逃离之时，布里克曼知道时机已到，是该出手的时候了。另外两个武士显然想从两肋袭击他，如若有人再从正面攻击，他将难以应对两侧的危险。他向前大跳过去，腾空而起，在空中轻轻转身，稳稳地落在那两个武士之后，反而就面对了刚才所站的位置。这一跃的距离足足有十二英尺，跨度非常大。若不是木棒的异能，他就算拼尽全力，恐怕也只能跳出一半远。

右侧的鬼子震惊无比，也顺势挥刀刺了过来，布里克曼提起木棒往上一抡，箍铁的那头在鬼子的下巴上一击，准确而致命，就像刽子手在执行绞刑时套绳索的位置一样，效果也是分毫不差，将脖子生生折断了。布里克曼没有迟疑，接着横起木棒上的刀片，恰好挡住另一个鬼子的偷袭，又将木棒箍铁的那头伸进他叉开的双腿间，往上重重一击。鬼子给直接挑到了半空中，等他掉下来时，早就疼得腰都直不起了。布里克曼轻松地抡起箍铁的那头，对着其下巴又是一下，将他打得脑袋向后，仰面倒下。

袭击悄然而至。布里克曼感应到了背后的危险，赶快转过身躯，正好看到站在中间的鬼子一刀砍杀过来。偷袭没有成功。他的刀还未砍至，布里克曼的长棍刀刃已经插入了他的腹部。他忽然躯体僵硬，向前扑倒。布里克曼终于明白为什么这鬼子的动作会那么慢了，原来，他的后背已经插满了无数支箭头。

干得很好，女士们……

布里克曼转身，想确认一下刚才那两个未断气的鬼子是否还能爬起来，却正好看到自己刚救下来的女人将一个鬼子的刀提起，砍在另一个的咽喉上。

中岛信郎正领着幸存下来的四十六个浪人，穿过了那扇秘密石门，返回了自己的营地。不料，竟在通道里看到了两个属于精工家族的武士的尸体，他大吃一惊，忙拍马狂奔，冲上入口斜坡，来到场地里。

他看到了那精彩的一幕：一个大个子的变种人，手持一根长矛状的东西，对着精工武士的小腹刺去。第一层的五个石洞里，四处冒着浓烟，而且——神啊，这里到处都是尸体啊！

他的手下押着三个俘虏站在身后。他看到了死去的女人和孩子，禁不住发出可怕的号叫。再仔细去看，发现死去的还有那些留下来守卫营地的同伴！老石田，他曾经喝醉了，从上面的洞穴平台上摔下来，断了腿；成田，也从马上摔下来过，把头都摔破了。可是这些人，居然杀死了十二个精工武士，好样的！

这时，那些女人和幸存下来的孩子，一看到自己的亲人，就发疯似的跑了过来，嘴里还发出撕心裂肺的哭声。浪人们纷纷跑过去，拥抱自己的亲眷。女人们发现孩子和丈夫都没事时，眼泪汪汪的号哭变成了开心快乐的尖叫。父亲四处寻找自己的宝贝孩子，把他们紧紧抱在怀里，听他们诉说刚才发生的大屠杀，还有那个英勇无比的神秘入侵者，他一个人就杀死了五个杀人狂魔。

对了，还有死在通道里的那两个家伙！

这么说，是七个人！

这个低贱的家伙到底是谁？怎么会带有武器？而且还胆敢杀死铁大师！

没有人知道。

这个家伙就像变魔术似的，突然就出来了。

当时，石田、成田，还有其他人都已经被杀死了，精工的那帮武士们早已杀红了眼，杀完了男人，他们就要转过来杀死手无寸铁的女人、孩子和老人。就算这个异族人出身卑贱，可是他与真正的武士毫无区别:他武艺超群,勇气十足,一个武士应有的品质,他全都拥有。

更重要的是,他把信郎的妻子桐理和他们的儿子井户田,从一个武士的刀下救了出来。那时候的他们是多么危险,多么无助啊!难道不是吗?中岛桐理连忙点头,她一手抱着井户田,另一只手握着武士的刀柄,上面鲜血淋漓。孩子向父亲走了过去,人们为他让出一条道来。信郎接过孩子,抱在怀中,使劲亲吻孩子的小脸,泪水潸然而下,孩子的脸上也有泪水,泪水和泪水融汇在一起。桐理将刀尖插在地上,双手合拢,放于刀把上,谦恭地低下头来。信郎伸手按住她的肩膀,显得很激动。一般情况下,武士是不会在公开场合拥抱女人或者做出任何包含感情的举动的,因为那会被认为是不得体的行为。但现在,他已经无法控制自己的情绪了。

布里克曼还站在那里,在整个屠杀场的正中,他发现这场胜利似乎没有什么反响,无人向他祝贺,更没有人为他欢呼。甚至有一种感觉,他又陷入了另外一个困境。他成了那个携带武器入侵的不速之客,这家的主人到来了,随时都有可能要他对这次的入侵有个交代。

这支杂牌的武士团体,与他前面看到的被围困在河谷里的那群家伙绝对属于一群人。开始,他们显然被眼前的事情震惊了,但很快他们就为亲人的逝去而悲痛万状。很多女人因为在归来的骑士中没找到自己的男人,也陷入了无尽的伤痛之中。问题一个接着一个,无数的疑问一旦提出,就会得到许多异口同声的回答,大部分都是关于布里克曼的。在一连串痛苦的问答中,不断有女人用手指着布里克曼所在的位置。武士们发现营地遭到了极大的破坏,一开始极为震惊与愤怒，等他们明白了大致情况后，骤然将布里克曼团团围住了。

无数的刀尖从四面八方指了过来，布里克曼此时唯一能做的，就是令自己保持绝对的镇定。只有这样，或许能给这群愤怒的家伙留下个好印象。那些人个个都目露凶光，他突然明白了，他们是想让自己下跪。他奶奶的……老子什么都没做错，凭什么要道歉？他仍旧站在那儿，一动不动，双脚分开，身体挺直，稍微放松，木棒抱在胸前。

他的个头比周围这些人要高上近一英尺，因此他能盯着他们的头顶看，以避免和他们的目光接触。他们中还有三个没下马来：其中两个都是黑头发、古铜色皮肤的呆瓜；另一个高一些，斗篷下的纱巾裹在脖子上，脸上还戴着一副白色的圆形面具。三人的眼睛都给蒙着，手腕也都被绑在马鞍前的一根圆柱上，脚踝也被一条自马腹下穿过的绳子紧紧捆住。布里克曼的目光不由得被戴面具的那人吸引，手中的木棒微微震颤起来，一股电流般的感觉蹿上脊背。这一回，不是因为害怕，而是因为兴奋。

不……不可能……不会是真的吧！绝不可能哪！

这时，围在布里克曼四周的那些汗津津的武士分开了一条缝，让率先冲进场地的男子走上前来。此人块头比其他人都要高大，身后还跟着一个女人和一个小孩。女人抱起小孩，小孩腼腆地将脸埋在她的脖子之下，那小小的、漆黑如豆的眼睛时不时飞快地扫一眼布里克曼。他的妈妈倒是目光镇定地射过来，却不知她脑子里到底在想些什么。那漆黑的眼珠中，散发的光芒很奇怪，既没有感激之情，也没有敌视之意。她已经恢复了正常，面上却不带一丝表情。

其他人也均是如此。偏锋很早就告诉过他，铁大师们有超强的自控能力,他们为自己能抵制感情的流露而自豪,而且能够看出,这些人的性格同样是冷酷无情的。你从他们的脸上根本就看不出他们的内心,更不知道他们接下来会干些什么。

布里克曼也意识到了,自己的外形在他们眼中一定很怪异。首先皮肤上的图案就很诡异,再加上头上鸡窝般的头发为黑色,嘴巴上长出的整整四周都没刮过的胡须却又是金色的,而且,他的前臂和双腿外露的地方,都长着长毛。而在他对面的那些鬼子,从头到脚,连根毛都没有。他忽然想起了先前那个掉队的流寇头上戴着的假发,那一定是来自变种人的。对了,他忽然又想起,当初穆卡尔部落带去"大河"边进行交易的货物中,有好几包就是变种人的毛发。

最高的那个大块头围着布里克曼慢慢地转了一圈,走到他跟前站定了。论个头的话,他不及布里克曼,至少矮了六英寸。但他体格壮硕,肌肉虬结,一双黑色的眼睛,眨也不眨,说道:"能听得懂我说话吗?草猴子?"

"对,听得懂。"

"这些武士是你杀的?"

"其中一部分是。"

中岛信郎伸出手来,示意他将木棒亮出。布里克曼不得不照他的意思去做。信郎拿过木棒,递给了站在旁边的一个同伴,又抓住布里克曼的左胳膊,眼睛盯着那条脏兮兮的布条。布里克曼只好伸出胳膊,轻轻放松。现在,并非是他表现英雄主义的时候。信郎从暗鞘中拔出格斗匕首,解开包在刀柄上的布条,查看刀刃的光亮度和锋利度。

没等他们要求自己,布里克曼就乖乖地解下刀鞘,递了过去。

信郎将匕首和刀鞘都递给身旁的手下，问道:“你是怎么找到这儿来的？”

布里克曼早就知道他们会提出这个问题,因此,已在心中盘算好了,他准备了一个很好的答案:“我在山上,看到一匹没有主人的马往岩石裂缝里走,还有十二个武士跟在它的后面。”说着,他耸耸肩,“那我就跟着他们走过来喽！”

“为什么？”

布里克曼快速地朝着十码外的那个坐在马背上、戴着白面具的人瞟了一眼,那种曾经无数次帮过他的第六感再次引导着他,他自然而然地脱口而出:“命中注定,我遇到你。”

信郎面无表情地微微点头,不知他是否接受了这个解释。只听他用自己的语言对着同伴说了一大串叽里咕噜的话。

这时,走上来四个人,一把抓住了布里克曼,推着他穿过场地,朝第一层的某个石洞走了过去。布里克曼回头看看那三个骑在马上的人,他们此时正被人从马上拉了下来。

那个石洞洞口为长方形,里面有一堵方格子的木板墙,从天花板到地面隔开了,墙上则劈了两道一模一样的门。从其高度来看,应该是专门为身材矮小的日本人设计的。押着布里克曼的四人之中,有一人向左开了门的下半截,并做了个手势,要布里克曼进去。布里克曼差点就要叫起来,要他们把上半部分的门也打开,最后还是忍住了。他收起那可怜的自尊,手脚并用地爬了进去。

这地方还真是相当的简朴,但也不像他想象的那么糟糕,至少四面的墙和地板都是很干净的,也没有恶心的虫豸乱爬。屋子里唯一的家具,就是一张用稻草编成的垫子和一只有合页的箱子。箱子里是一块木板,中间被挖空了,下面是一只有两个手柄的罐子,看起来很像一个简单的马桶,但也不一定。布里克曼觉得,最好还是先别乱用。万一这不是马桶,而是鬼子用来盛汤的器皿呢?他们现在将布里克曼关进这个囚室,看来也不大可能给他东西吃。布里克曼肚子饿得咕咕叫,他今天消耗了那么多体力,却只在早上吃了一点点蛇肉而已。但心里又总是抱着一线希望,他花了那么大的力气,救出了那个女人,怎么说也得给顿饱饭吧!克里斯托夫啊!要是在老家,就算是那些关在囚牢里的家伙,在吃枪子之前,也能得到一顿丰盛的饱餐呢!

布里克曼盘腿坐在垫子上,背靠着一堵将囚室分为两半的方格木板墙,思绪回到了那些有东西吃的日子。前一阵子,他时常在鬼子的住宅群附近逡巡,寻找吃的,夜晚的空气中,总是飘荡着一股股诱人的美食的香味。

当他陷入自我催眠的幻觉时,门上的插销突然被拔开了,他那美妙的幻想也结束了。透过墙上木条那狭窄的缝隙,他看到隔壁屋子的门上下两部分都打开了。两个身材娇小的黑发女郎抱着被褥什么的走了进去,后面跟着一个长得比较高的家伙,裹着头巾,戴着白色的面具,同样也带着一个被褥卷。

三人脸上还蒙着眼罩。门“嘭”的一声被关上了。一个看守大声喊了一句日语,两个女子立刻扔掉了被褥卷,摘掉绑在自己眼上的布带,又去帮那个戴白面具的人解开了。屋子里光线很暗,不过因为距离很近,所以还是能看到面具上一些细微之处——嘴巴是小小的,僵硬的;两条细纹代表眉毛,略微突出,呈现出一种死板的惊讶表情;两边的脸颊上都抹着一团红晕;眼睛的部位开出一个三角形的缝隙,下面有一丝蓝色的闪光。

清水挨着方格木板,放下自己的被褥,背对着布里克曼坐下。她将斗篷从脑后掀到背上。那一头乌黑柔顺的长发轻轻滑落到背上,上面还插着一把梳子,弄得和铁大师一样了。布里克曼最后一次见到这熟悉的发丝时,它长得能垂到后腰上呢。

布里克曼屏住呼吸。她脖子后面的肌肤裸露在外, 呈现出古铜色,光滑细腻。她怎么会去掉身上的彩绘呢?这时,他鼻子中嗅到了那一股淡淡的体香,禁不住想起了过去发生的事情,一股电流迅速导入耻骨,登时觉得头脑一阵眩晕。

清水脱掉手套,将右手的手指放在肩膀上,悄悄伸进了木板墙的缝隙之中,并用面具的下巴挡住手指,以作掩饰。

布里克曼也背靠木板,将左手食指伸进缝隙,低声耳语道:“嗨,陌生人……”

清水并没回答, 只是用手指在他指尖上轻轻一点。就这么一下子,仿佛一兆伏的电压传导到布里克曼的手臂上。天啊,摩城!伟大的天母啊! 联邦的词汇里从来没有叫作“爱情”的东西,学校里的课程,也从来没有提到过有种叫作性吸引力的事物,可是,此时此刻,他每一种感官里,都是这种特别激动、舒畅、幸福的感觉。

神啊……

“你怎么……”

刚要说话,清水的指甲尖就锐利地刺了一下他的皮肤。布里克曼立即明白了她的意思,这里还有另外两个女人,他不要同她再说话。

他就只好一直等着,等到又过了一两个小时后,他才重新与她的指尖相触。他兴奋极了,以这种方式交流真是非常容易。两个人互相爱慕到某种程度的时候，就算只是十指相触，也能演绎出令人惊讶的情感。每一次,他在她肩上以不同的方式划出小小的圆圈,她的身体都能传递回同样激动的情绪。

太阳早已在营地上方的圆形天空中消失了，摩城黑色的斗篷悄然降临了整个世界,光线越来越暗淡了。时间过去了许久,有一段时间,方格之间的空隙早就暗得与方格自己的颜色一样了。一直没有人进来盘问他们,时不时地会有几束黄色的灯笼光从外面冒进来,看来他们并没有被遗忘。

布里克曼尽力抑制住自己的那种兴奋却又无可奈何的情绪。不到一天之间,他还在又累又饿的情况下睡去,心情沮丧到极点,认为自己无论如何都完不成那个任务了。没想到,机缘巧合,自己要救的人居然近在咫尺。

他很清楚自己被囚禁的原因,可是清水呢?他们为什么要将清水囚禁起来?为什么她皮肤上的彩绘没有了,还打扮得像个鬼子?一连串的问题不断地跳出来。还有,跟她在一起的那两个女子是谁?她们的装扮简直一模一样,衣服均是棕黑色的布做成的,裤子是阔腿裤,在脚踝上方的位置扎起,上衣均是宽袖高领,以同样的方式在腰部扎紧。清水身上宽大的罩衣遮住了她的穿着，不过摸上去质地极为光滑,用料与山下的衣服一样。山下是铁大师中的领军人物,布里克曼过去在交易点见过他。

按照现在所见的情况来分析，铁大师的穿着应该是按等级划分的——不像联邦，所有人都是清一色的连身制服。从另外两个女子单调的服饰上来看，她们的地位明显低于清水。既然是这样，为什么她不想当着两人的面讲话呢？

布里克曼心头一沉，不由得想到，她定是被那帮衣衫褴褛、曾被代表正规军的武装力量死命追赶的铁大师抓来的。他曾在那条东西走向的大路上，看到过几伙人护送着马车沿途而过，说不定清水就在其中一辆车上。从表面上，无法从她的面具和外衣推断出她是不是个寻道民。但布里克曼很清楚，铁大师的世界里，寻道民也是异族人，他们的社会地位不比变种人高多少。

既然是这样的话，为什么有人还要想方设法地将她装扮成寻道民？这件事情到底对谁有利？从她身上的衣着来看，此人应该是个上等人。而这两个女人，一定是被派来监视她的。她们为她除掉眼罩，而不是她自己来除。还有，她根本不愿当着她们俩的面讲话，证明这些推断是正确的。另外，她们三个被带进来的时候，都蒙着眼睛。这样做的原因只有两个：一是为了防止她们认出抓她们的人，二是怕她们说出她们被囚禁的地点。这些种种，也就表明，她们是安全的，而且总有一天是要被放出去的。

布里克曼慢慢地推理，越来越深入。他想到清水的面具为什么没被摘下来，事情就更有趣了。她眼睛上蒙着的布条，是绕着面具和斗篷纱巾外打的结，这样的话，纱巾就能遮住她乌黑油亮的头发和脖颈，她古铜色的肌肤就不会暴露出来，她的身份也就无人知道。如果再大胆地推测一下，这些举措其实都说明了，这帮流寇中，只有一小部分人知道他们抓的人的真实身份，或者，他们自己全都不知情。无论是什么情况，都暗示了，他们抓捕清水，不是为了自己，而是受命于人。

从偏锋所说的情况来看，布里克曼知道，在铁大师们眼中，寻道民的生命和变种人一样，连一颗黄豆都不如。清水虽是变种人，现在的样貌与寻道民全无二致，她的装束却像一个上层社会的铁大师，还配有两名贴身侍从服侍着她，为她打理一切。

是呀，布里克曼心想，自己要了解的情况实在太多太多，不过现在最大的问题就是：他能否采取某些行动来扭转现在糟糕的局面？

只见两只灯笼从方格木板外面移动过来，发出温暖的光芒。布里克曼瞥见四张橘黄色的脸，额头上的刘海是用变种人的发梢制成的，一看就是四个很难对付的家伙。他们一来，清水便飞快地拉上斗篷，戴上手套。四个鬼子在旁边的屋门外停了下来，用日语叫了句什么。

从缝隙上，可以看到那两个娇小的侍女又为对方戴上了眼罩，将布条绑结实了。

门从外面打开了，两人被带走了。

黑暗再次降临，将布里克曼和清水笼罩其中。布里克曼冲方格木墙跪着，将两根手指伸进木板缝隙里，中指一直伸到第二节关节处。木墙的那一边没有衣服抖动的沙沙声，却传来一阵令人心底发凉的嗞嗞声，那应该是四肢在华丽的丝质绸缎里滑动发出的声音，他听得有点心底发毛，因为他过去从未听到过这种声音。

这次清水不但脱掉了手套，还将面具也摘了下来。她吻了吻布里克曼的手指，又将其拿起，放在脸上轻轻摩挲。她那纤纤细指从缝隙里伸过来，摸住了他的鼻子，又按在他的嘴唇上，满是浓浓的爱意。他禁不住张开牙齿，轻轻地去咬她的手指，咬完一根，又将另外一根放在嘴里。

“我的云武士啊，”她喃喃低语，“你可知道，我等这一刻，等得好辛苦？”

“我也是。”布里克曼苦涩地说，“我满脑子想的都是你，想着什么时候才能再和你一起在黑暗中相偎依。可惜，现在这状况……和我想的完全不一样啊。”

“忍一忍吧，我的爱人。以后的日子还长着呢，我们相偎依的日子才刚刚开始呢。”

对，很好……问题是，他们接下来要去哪里……

布里克曼突然看到有只灯笼朝这边移了过来，正被一人高高举着。

“小心，有人来了！”

两人赶快离开方格板。布里克曼从门缝里往外看去，那个鬼子戴着面具，和在交易点看到的一样。但布里克曼还是从他的体形上认出了他，是那个矮壮矮壮的家伙。下令将布里克曼关进囚室的，也正是此人。这会儿，他打开了旁边那间小屋的门，走进去后，又随手将之关上。

布里克曼见清水早已将面具、长袍、手套都戴上了，见这人走近，她便跪着上前，恭敬地鞠躬行礼。

那鬼子将灯笼换到左手上，光线从左边照来，布里克曼就只能看到清水的侧面了。

“站起来。”鬼子说。

清水慢慢站起。

“脱掉外衣……”

清水解开了紧紧绑在白色面具下部的斗篷绳结，举起斗篷，手一松，它就落到了身后。她接着从前面解开罩衣，脱落在地，露出宽大的长袍，袍袖长及小腿，领口开得很低，露出了她那漂亮纤柔的脖颈。一条宽宽的腰带围在她的腰部和腹部，并在背后环绕，打了一个很大的结。手上的白色手套一直伸到长袍袖筒内，将那双完美无瑕的双手和手臂藏在其内。

“脱掉手套和面具。”

清水再次照做，然后低着头站在那里。

布里克曼心头怒火腾起：这蠢货要干什么？难道要她脱光光不成？这种冒犯简直令他难以忍受，他觉得她是属于自己的。

但不知为什么，他的潜意识里，又觉得自己生气是毫无道理的。其实这些情况都不难理解，他之所以会愤怒，是因为嫉妒和占有欲，可“嫉妒”和“占有欲”这两个词，从来都没出现在联邦的词汇里。正如“爱情”一样，他深深地陷入了爱河，却无法描述那种奇妙的感受。现在，他的心痛苦得要死，却不知道那咬着自己心灵的东西是什么。

鬼子举起灯笼，抬起清水的下巴，凑近了，细看了她的脸和喉咙，又走到她的身后，盯着她的脖颈看了一会儿，然后伸出手来，扫过她流水般的发梢，最后走到她面前，检查了她的手和胳膊。

“行了，穿上衣服吧，和刚才一样。”

清水重新变成了那个戴着白面具的女人，恭顺地拜服在地。

鬼子咕噜着一句什么话，听起来像是很满意的样子，然后转身离开，又关上了门。

布里克曼突然明白了：啊哈，原来是这样啊！肯定只有他们的头儿一个人知道内情，其他人都被蒙在鼓里。当灯光越来越暗淡了，他赶快挪到木板墙边，继续延续刚才中断的谈话。

“你是乘船过来的吧？”她低声轻问。

“是呀，你怎么知道的？为什么要这么小声地说话？”

“因为你刚一上岸，我就感觉到你出现了。”她的声音稍微提高了些。

“难道你……也在船上？”布里克曼结结巴巴地问，“你真的去了交易点？”

“难道雪先生没跟你说吗？他没将盒子拿给你看吗？”

“什么盒子？”

“一个隐匿着图案的盒子。根据那些图案，你能找到佳得利和我被困之处。在我们返回尼桑的前夜，我将盒子交给了他。”

布里克曼开始有些明白了，道：“这么说，他真的到山下的船上去了？”

“不错，而且是和滚石以及麦卡卡车一起去的。”

布里克曼干笑一声，叹了口气，说：“看见他上船时，我已经在另一艘船的甲板上了。我找了个别人看不到的地方，藏在那里，直到船停靠在匹兹堡。”他不想说更多的细节，问：“那老家伙知道他会与你见面吗？”

“不知道，看到我时，他似乎很吃惊。不过也可能是因为我在清皮吧。”

“清皮”是雪先生的说法，意指清水和佳得利洗掉皮肤上的伪装后，还没有重新绘上彩绘时这段短暂的时期。

“嗯，我想问你一下……”

清水打断了他的话：“当时山下在场。我们没办法自由交谈，他就用隐语告诉我，说你已经返回部落了，而且试图把我们救回去。但他没说什么时候，怎么行动。”

“我本来是要和穆卡尔部落的人一起上船的，可是雪先生不让我带武器。所以我只好自己偷偷地走了。我不可能不带这木棒的，尤其是你重新‘修饰’了它之后。”

“它有作用吗？”

“当然有。要不是你将法力注入这木棒，我根本不可能走到这里。你救了我好几次。”

“啊，金子般的人哪，那并非是我，神力是辟邪主注入的，只不过借用了我的手而已。”

“也许吧，可我只看到了你为我所做的，他做了什么，我却不知道。”布里克曼的嗓音温柔了许多，“如果他真的愿意帮我，就应该安排我跟你同上一条船，那我们就会有更多的时间在一起，也会让旅途多一些快乐的时光。”

“那简直是疯了。你现在所做的这些已经太危险了。”她的声音，既有柔情无限的关心，也有担忧至极的严肃。

布里克曼却没在意，说：“那样做的结果，不会比现在的情况更糟糕。话又说回来，还好，我们在这里又可以相遇，这恐怕是命中注定啊，我想。”

“你找到你们自己人了吗？回到那里了吗？”

“后来总算回去了。”这些事情都没必要说谎，他已经将整个过程都告诉雪先生了，至少是绝大部分，“当他们听我说平原人不像他们想象的那样笨时，他们很不高兴。”

“那你跟他们提到我了吗？”

谎言说得越来越顺溜了。“不，我没说。你是秘密武器。跟你在一起时，我觉得我甚至能征服全世界。”至少部分是真话。

“或许你真的可能征服全世界。”她低声说道。

“佳得利从石头里看到这个了？”

“他看到了很多很多的事。”

布里克曼顿觉芒刺在背，问道：“那是……”

“你会披着朋友的伪装返回来，你的影子里暗藏死亡，你会带着我从一条红河上离开。那不就是你回来的目的吗？你不是要把我带到你们沙穴人在南方沙漠下的黑暗世界里吗？”

“你疯了吧，我回来唯一的目的就是想和你在一起！”他轻轻地捏着她的手指，“你确定石头里说了，我会带你返回联邦？”

“不，佳得利没说去哪里，只说你会带我离开。”

“这就对了，”布里克曼急忙说，“这就是我会在这里的原因。我答应过雪先生，要把你们两个都带走，逃离这里，这才是最重要的。不错，我确实是‘披着朋友的伪装’，那是因为我不得不装作和这些家伙做交易的样子。至于什么‘我影子里暗藏着的死亡’，这恐怕是跟你注入我木棒里的魔法有关，这才是致命的。再说了，我相信不经过一场恶斗，鬼子是不会乖乖让我们走的，所以当我带你离开时，可能会过一条红河。不过，血是从铁大师身体里流出来的，你将要去的，是你人生的归属之所。”

“我当然属于你,云武士。从我们在一起开始,我就不再在乎你会把我带往何方。但是,佳得利却一定得返回平原部落。”

“你们俩都能跟我回去。相信我。”

清水将手指放在他的唇上，又伸到了他的舌尖,“如果你真的想伤害我们,你以为辟邪主会将他的力量注入你的双手吗？”

布里克曼想的并非是什么辟邪主,而是这场游戏中另外的一方。布里克曼干笑了一声,算是回答,便转换话题,道:“事情既然搞成了这样,还真是令人意想不到,不是吗？我去了交易地点,特别希望第一个见到你回来,所以一直在河岸上走来走去的,来来回回就是好几个小时。我死死地盯着那些船,眼睛都没眨一下,盼望着你能出现在那里,可是你却为何从不现身？”

“他们将我看得很紧,根本没有一点机会让我出去。最初的两个月里,我甚至连看都看不到外面的世界。”

“到底是谁把你禁锢起来的——是山下那个家伙？”

“在船上的时候,是他。后来,我和佳得利到达尼桑后,我们就被人控制了。”

“什么？怎么控制的？被谁控制？”

清水有些嗫嚅:“是住在东海之滨的一个领主。”

“就是那家伙让你穿这些奇装异服？”

她亲吻了他的手指一下,算是对此做的回答。

“那么,你为什么又要洗掉身上的彩绘呢？”

沉默。长时间的沉默。

他再次追问道:“你想告诉我为什么吗?”

她终于回答了。那是一句几乎听不见的耳语:“发生了……一切,都是辟邪主的意志。”

“好,好,我明白了,完全明白了,”布里克曼说,“真希望我什么都没问……”

过了一会儿,苏珊和南珂就回来了,还带来了三碟热乎乎的饭菜。这短暂的时间,足以令布里克曼后悔,自己不应该逼问清水那些问题。知识也许真的就是力量,但发明出这句格言的家伙却忘了说,有些事其实还是不要知道的好。布里克曼终于明白了,年轻人在对每个问题都刨根问底,寻找真实的答案时,其实这个过程是极为痛苦的。特别是当隔壁各种食物的香味不断飘到鼻孔里,那种痛苦简直就是一种非人的折磨。

好在他并没有忍受太久,只听隔壁屋子的门发出了“嘭”的一声,关闭了。他自己屋子里的下半部分则被打开了。有人命令他出来。他知道接下来就要被殴打了,便运了运劲,精神上做好了准备。然后,他四肢着地,慢慢地爬了出去。他们果然遵从了他的想法。刚一出来,一条腿就踹到了屁股上,他一下子摔了个嘴啃泥。接下来的拳打脚踢其实倒也不是那么严重。若要让他断几根骨头,对这四个全副武装的鬼子来说真是易如反掌,如果他们真想做的话。但他们只是想摧毁他的意志,给他点颜色瞧瞧,好让他知道,这里谁才是主人。

接下来,他在一阵哄堂大笑中被拉了起来,被人押着穿过了场地。前面的灯笼摇摇晃晃,只能看到一小片范围,更远之处便是漆黑一片。不过从声音上判断,他离刚才那帮大笑的鬼子越来越远了。有人带着他穿过一段简陋的凿出来的台阶，进入了第二层的洞穴。前面盘腿坐着一个人，就坐在靠墙角铺着的垫子上，身边站着十到十二人。洞穴内灯光光线更加暗弱，一重重的浓烟四处弥漫，几乎看不到什么东西。布里克曼刚进来时，忍不住一阵咳嗽。

里面有几个人，拿着一种管子，看上去类似雪先生抽的那种。不过他们吸的不是彩虹草，闻一会儿就能辨认出，里面加了些陈年的快乐谷烟叶。他们也喝那种用杯子盛的淡黄色液体。偏锋曾经告诉过他，那种东西叫作清酒。带着布里克曼进去的人一把将他推倒，跪在那老大的面前，然后自己过去倒了一杯酒。

看到布里克曼被打了，周围的人似乎都很快乐的样子。可是布里克曼仍能感觉到，心情稍微有些紧张。他觉得他们随时有可能为了寻乐子，冲上来将自己撕成碎片。一不小心说错话，或者做了某个不对的动作，都有可能激怒他们。布里克曼想起了雪先生的警告：不要和他们有长时间的眼神交流。他便尽量不去看这些光溜溜的、没有毛发的脸孔，还有那一张张脸上墨一般黑的眼睛。他强迫自己，将目光集中在他们身后的墙面上。

布里克曼，没事，以前你不也总经历这样的危机重重的场面吗？不要害怕，没必要把他们当回事。他们只不过是一些死亡之鸟。只要你稍露胆怯，或者想要求饶，他们就会真的杀了你的。你不是早就向他们证明了，你是一个厉害的角色了吗？别怕，坚强一点，勇敢一点！

其实，没什么大不了的……

秃顶的头人一口干了杯里的酒，举起来，给人斟满，问道：“你有名字吗？草猴子？”

布里克曼迎上他的目光，说："有，布里克曼。"

"嗯——巴里卡……呃……蛮……哦……"

"不是，要一口气读下来。布……里……克……曼。"

"啊……哦……巴里克曼……呃。"

"对。"布里克曼心想：随你的便吧！

这个粗矮的鬼子"啪"地打了个响指，然后指着布里克曼。

这时，左边便有一只手伸过来，端着一杯清酒，放在他的鼻下。

"我只想吃点东西。"

"等一会儿再说吧。现在，就让我们为你的勇气而干杯吧，然后我们再好好聊聊，再然后呢……嘿，谁知道？"

这时，一个鬼子不知说了句什么话，大家都笑了起来。

"这有什么好笑的？"布里克曼问。

"他说等会儿你会发现自己吃饭的胃没了。"

哈，伙计，说得好，很好……真的很好笑啊，简直是笑死人了……

布里克曼举起杯子，举得和鬼子的一样高。

"干杯！"

布里克曼明白主人的意思，一仰脖子，将杯中酒全部灌入嗓子。

偏锋谈起清酒时，曾警告过布里克曼：清酒里含有酒精，空腹喝时，会使人的中枢神经系统变得迟钝。这一大杯酒下肚，果然就像一枚小型炸弹般在五脏六腑中爆炸了。他只觉得一股热流从腰部直往上冲，耳根子那儿如同两团火在烧灼，眼前渐渐模糊了。他拼命地摇了摇头，想让自己的脑子清醒一点，能够恢复对身体的控制。他拼命地眨动双眼，想要看得更清楚一些。视线渐渐清晰了，他突然感觉一股勇气冲上脑门，自己似乎变得无比灵巧，超级自信，根本就天不怕地不怕了。

他忽然想取悦主人，便彬彬有礼地深鞠一躬，问："我能否荣幸地知道，我有幸看到的，到底是谁？"

那鬼子迟疑了一下。也许这还是第一次有变种人敢问他问题的。

"武士上尉，中岛信郎。"

"哦，那请允许我向您深深致敬，大人。"布里克曼再次深鞠躬，等他直起腰时，恰好看到信郎的目光射了过来，"请问，您是在为哪位领主效命？"

信郎仔细考虑了一下，心头微微愠怒：这个草猴子一会儿准得为自己的傲慢付出代价。不过现在，为了套出点话来，他不得不容忍对方的冒犯，跟他好好地聊会儿，问出实情，这才是最重要的。要是换作别人，很可能会用严刑拷打来逼供，可信郎是武士，他必须遵守武士的行为准则。再说，这个异族家伙一个人就杀死了七个精工武士，绝非常人，正因如此，他才有可能与信郎面对面坐下，而不是被剥皮后慢慢活剐。虽说这人救了大家的性命，值得嘉奖，但他的结局终究难逃一死。只因为其在打斗时表现出来的那种勇敢和技巧，确实值得尊敬，再加上他那引以为傲的战士身份，所以对待他的方式也应该与对待别的变种人不同。

于是他说："我们没有领主，中岛大人离世了，他的家族也被赶走了，我们成了浪人，是一群流浪者，所以，不用对谁效忠。"

"尊敬的大人，您的话真令我吃惊。"布里克曼说道，"您说您是一名武士——一名尊贵的尼桑武士，为何会冒险去捕获一个女人呢？而且有谁会相信,您居然牺牲了五十个英勇的战士中的三十个人,只是为了保护这样一件什么价值都没有的战利品? ”说到这里,他似乎觉察出信郎眼中的疑惑, 便又接着补充道:“我看到他们被围困在河谷里,追击他们的武士跟死在这里的十二个人,都属于同一个家族。”

鬼子听到这里,面色一沉,道:“我同伴的命运跟你没有关系,草猴子。我们还是谈谈你自己吧! ”

布里克曼放下空荡荡的杯子,弯下腰,说:“遵命,大人。”

“草猴子,”信郎说道,“我觉得自己处在一种,呃——”他微微一顿,想从有限的基础语词汇中找到比较合适的字眼,“微妙的,呃,处境中。你救了我们这里很多人的性命,其中还包括我妻子和孩子井户田。你救他们的时候,冒着的是生命危险,从这个意义上来说,我欠了你很大的人情——对此来说,我唯一的报答方式,就是做同样的事,挽救你的性命,你明白我的意思吗? ”

“是的。那这个问题是……”

“草猴子在尼桑是禁止携带武器的,一经发现,必将执行死刑,杀无赦,更不用说,你这奴隶,竟然敢杀死铁大师——而且还是武士。其中的矛盾之处就在于此。因为我欠你一个情,所以……尚未报答,我就有义务保护你的性命——即使我自己因此而送命,也在所不辞。可是另一方面,你也不能免于责罚。”

“我明白您的意思,”布里克曼说,“这件事的确很棘手。”

“棘手? ”

“就是很困难、难办的意思。”

“哦,那么……”信郎再一挥手,有人将他的杯子斟满,“这事对我们俩来说都很棘手，草猴子。要是你任由我妻子和儿子死在武士的刀下，或许还会好一点。”

“我不明白。”

“对于武士来说，欠着下等奴隶的人情，是一件极其丢脸的事情。唯一体面的解决之道，就是亲手结束自己的生命。”

“疯了，疯了！”布里克曼大声说，“一定会有别的办法，一定会有的。”

“别的办法，倒也不是没有，”信郎说道，“就是你杀死你自己。”

“杀死我自己？”

“是的，就现在！”信郎说着，拔出短刃，斜向前伸，放在布里克曼面前，“如果你能亲手结果自己，不但能消掉我欠你的人情，也能洗刷掉蒙在我家人身上的耻辱，精工大人的那些武士的仇也能报了。这真是一举三得，能让各方满意的，呃，解决之道。”

除了我之外，布里克曼心想，怪不得信郎的妻子看起来一脸的不高兴。丢脸？他妈的，这到底有什么好丢脸的？

这时，又有人再次为他的杯子斟上酒。布里克曼右手拿着杯子，一边将它放在地上，一边对着信郎轻挥左手，说：“等等。不对，你完全搞错了。”

“哦？什么意思？”

“首先，我并非奴隶；其次，作为武士，我绝不能容忍自己袖手旁观，眼睁睁看着其他武士的妻子、孩子被杀死；再次，我想斗胆问一句，大人，你自己本身都是不服从法律的浪人，又怎能判处杀死武士的我是有罪的呢？”

信郎听后，表情严肃，微微点头，立即将布里克曼这番充满机智的回答翻译给其他人听。大伙一阵哄笑，有好几个人都笑得连拍自己的大腿。

终于，喧笑声停歇了，信郎对布里克曼笑道："草猴子，你说得很好，不过现在你得回答我另一个问题了。"他的表情开始严肃起来，"既然你不是奴隶，那你来这里干什么呢？"

这才是问题的关键。布里克曼深吸一口气，缓缓说道："我之所以来这里，是为了阻止我们两个民族之间的战争。"

这句话实在大大出乎信郎的意料，他好不容易才忍住没笑出声来："尼桑和草猴子之间的战争？"

"不，大人，是尼桑男儿和联邦之间的战争。"

信郎脸上的笑容顿时抹去了："长狗发动了对草猴子的战争，那又为什么派你来当和平使者？"

布里克曼挺直身子，目光直视浪人首领："我并非变种人，大人。我是一名美铁联邦的云武士。如果你们不把我们那些藏起来的敌人交给联邦的话，那么，将会有数以千计的像我这样的云武士驾驶着空中战车，飞到尼桑的上空，遮蔽你们整个蓝天，往地上洒下火雨。"

信郎大为困惑起来："什么敌人？"

"一个戴面具的女人，是你们从陆路护卫那里抢来的。还有和她一起来的男伴，据说，有人在东海边一个叫鹭池的地方见过他。"

信郎面无表情，盯着布里克曼看了良久，然后收回了短刃，冲着手下们用日语下达了一个很长的命令。

其他人都站起来，走了出去，只剩下两个人分别坐在他的两侧，其中一个则站在洞口屏风处，进行警卫。

布里克曼心中暗暗好笑，接下来，就是他的个人表演了。

信郎挺直腰杆，摆出那种高深莫测、严肃冷酷的表情，说："你如何证明所说的话是真的？"

"我当然能证明，不过我需要那柄被你收走的匕首。"

信郎一挥手，让右边的护卫去将匕首取了过来。

布里克曼将匕首拿在手中，并从鞘中取出，用劲握了一下隐藏着的按钩，分开刀柄上的木片，露出了里面的微型电路。他把电路拿给信郎看了看，再取出微型探针，按下了读取按钮，将匕首放回信郎的手上。

信郎好奇地睁大眼睛，小心翼翼地用两根手指夹着匕首，只见十一个字母滚动着出现在液晶显示屏上。两旁的浪人似乎都被镇住了，"啧啧……"

"你现在看到的，只是一个小例子，由此可见我们民族所具备的科技之力，"布里克曼说，"现在显示的这些字符，就代表着我所说的语言，利用这个装置，只消一次心跳的时间，我就能把信息传递给我的主人。"

信郎就像受了电击似的，下意识地将匕首扔了出去，落到了布里克曼的跟前。信郎朝几个副手咕哝了一句什么，三个人看起来都紧张而惶恐。

布里克曼自然不知道他们在说些什么。他扣上了刀柄的木片，合上了匕首，放在信郎面前，说道："让我们都忘掉那人情的事情吧，大人。我们之间还有更重要的事情要做。"

他如此直接地说出这番话,让信郎大吃一惊,旁边的两人也只能屈膝坐在脚后跟上。这说明了他们至少能听得懂一些基础语的。

信郎指指匕首,问:“你想让我拿这个做什么?”

“把它拿给您的主人。”

“我们没有主人,巴里卡曼。”信郎的舌头似乎绕着,总是发不出正确的音,“我们只是一群浪人。”

布里克曼弯腰恭敬地道:“我很尊重您,大人,但我不得不说,不管是在你们这里还是在我们那里,有时候人们在为主人效劳时,不得不采取多种伪装。我之所以被你们认错了,也是因为如此,我相信您也是一样的。请把这柄匕首拿给您的主人吧,将刚才我们之间说过的话讲给他听吧,告诉他,我还有很多事情要和他谈谈。”

信郎哈哈大笑,一边笑,一边猛拍自己的大腿,口中还向其他人快速地翻译了刚才的对话,然后转过身,再次面对布里克曼。此时,他的同伴们也都露出了诧异之色。

信郎说道:“我从来没想到过,有一天居然会对异族人说这样的话:你的到来使我们深感荣幸,云武士!我们都很佩服你视死如归的气概!你所提供的信息,我们会传达给对此有兴趣的人。我无法承诺,呃……让你解脱,不过……如果你们所有的同伴都像你一样勇敢,一样厉害的话,那么只有傻子才会把你今天所说的话当作耳边风。”

灯笼之光,渐渐移近,清水坐起身来。有人将云武士带回来了,还带着一盘子的食物。他们走到洞穴前,上下两部分的门都打开了,他终于能直立着走进屋内。趁着灯笼游走时照进来的昏黄光线,她扫了一眼苏珊和南珂，二人早已沉沉睡去。

门关上。云武士背靠着木板墙面，慢慢坐下。灯笼的光线离开了。黑暗再次填满了洞穴。她听到云武士发出了一声长长的、由衷的叹息。

清水将手指伸过缝隙，触摸着布里克曼的肩膀，问道：“云武士，看到他们那样打你，我真的好害怕再也见不着你了。很痛吗？”

“没什么感觉。”他的声音听着很浓重，含混。

“什么？”

他的声音低了不少：“别担心，一切都很好，我们很快就要上路，亲爱的。”

“上路？去哪？”

“总之，离开这里。”

“如何离开？我不清楚。”

“等一会儿……再……解释……给你听，”布里克曼一边嘟嘟囔囔，一边抓起一大口热米饭，塞进嘴里，另一只手则捞起了青菜，“这会儿……说……不清楚的，我……唔……满嘴的饭菜……”

第七章

布里克曼半夜睡得正香,突然被人叫醒了。他晕晕乎乎,疲劳、清酒,再加上满肚子的饭菜,才使自己睡了一场好觉。他渐渐从迷糊中清醒了。看守做了个手势,让他打点一下自己那可怜巴巴的行李:一条偷来的棉毯、一个皮水带、一个腰包。腰包里装着的粉红色叶片,能让他重新变回长狗。

布里克曼从洞穴中出来,走到一圈灯笼光线内,只见清水和她的两个侍女已经骑在马背上了。当然,她们仍然被捆得结结实实,而且还戴着眼罩。旁边有一匹马,是给他骑的。布里克曼好不容易爬上马背,一屁股坐了下来,臀部撞在硬邦邦的皮革马鞍上,疼得他龇牙咧嘴。自从木棒离开了他,没了法力的支撑,他又开始觉得浑身都疼得厉害,遍体鳞伤。不过幸运的是,伤痛中没有了饥饿造成的胃绞痛,而且至少有一段安全的日子,生命不会再受到威胁,想到这些,多少也算是感受到一丝安慰了。

这一次,靠着随机应变,他到底还是逢凶化吉了。真不敢想象,当时他要是把第二杯清酒喝了的话,会发生什么。一念及此,他禁不住打了个寒战。本来,他对清酒这种东西一直是心存戒备的。信郎他们那伙人,能一杯接一杯没完没了地喝,却一点事都没有。可是为什么他自己一杯下肚，就弄得天旋地转了？真的，这清酒居然让他变得口无遮拦，有好半天，他完全不知道舌头在嘴巴里是怎么动的，想起来都觉得后背发凉。

一个鬼子来到他坐的马鞍旁边，手中拿着一根绳子。布里克曼乖乖地将手伸进去，让他绑到马鞍前面去。为了能让他的双脚一直踩在马镫里，他们也把他的脚踝绑在了上面。想到离开营地后，就要走那些陡峭的山坡，布里克曼就不由得万分焦虑。他就这样被绑在马上，万一这马失足摔倒的话，他一定会跟着倒霉的。

中岛信郎带着十一个浪人骑着马穿越了黑暗。其中四个骑手拉起布里克曼和清水骑着的马的缰绳，准备出发了。十六个人成了一列纵队，穿过场地，往前直行。信郎和昨晚参与谈话的三个浪人走在最前面，另有四个人跟在布里克曼身后。

前方，早有一小队人马守在石门口处，确保走出裂缝和前面山坡的路是安全的。他们中有一个人上前打开了石门，每一个骑马的浪人通过他面前时，他都会和他们小声地说句什么。等浪人们全都通过后，他才抹掉足迹，关上石门。

一轮弯弯的月亮悬挂在夜空中，天上没有一片云彩，月亮显得无比皎洁和明亮。清水、苏珊、南珂和布里克曼都依次被引导着，走下了那没有任何围栏的陡峭山道。布里克曼能感觉到，他们都到了外面了，这种感觉非常无助，更糟糕的是，双手双脚还被捆绑在马上。万幸的是，没有致命的箭雨，也没有突然响起的喇叭，这说明并没有像昨天在河谷里那样凶险的追杀来到。下坡之路好难受，令人头晕目眩，而且持续时间很长，他坐在马上，就如坐在刺猬堆里，每次马稍一失蹄，他的胃就禁不住缩成一团。最后总算有惊无险地进入了森林。

接下来的三个小时，都是一直向着东北方向走。那些曲曲折折、狭小暗窄的林间野路，实在是困难至极。他们不断地翻山越岭，走过一片片林子，蹚过了一条条小河。最后，在晨曦微露的时刻，走下了一道覆盖着树木的斜坡之后，终于看到了真正的大路。这就是布里克曼自离开轮子船后就一直细细关注的老宾夕法尼亚收费公路。

信郎抬手示意队伍停下。六个浪人走上前来，解开了清水、苏珊和南珂手脚上的绳子，让她们下了马，却不摘下她们眼前的眼罩。六个人引着她们，走到离路一百码远之处，一把将她们推倒，迫使她们跪在地上，又用日语说了一长串的命令。两个侍女再三鞠躬，身体就如弹簧一般，最后拜服在浪人脚下，连清水也被拉着，跪在她们中间。

凡事都爱推理的布里克曼，这会儿多么希望自己能搞清楚他们到底说的是什么啊。

六个浪人聚拢过来，叽里咕噜地说了一大通，看起来语气还挺激烈，突然，用脚尖对着他们的肋骨和大腿戳了起来。苏珊和南珂乖乖地趴在地上，一声不吭，没有反抗。浪人似乎对她们的表现很满意，大剌剌地走回来上了马。信郎命他们回到密林深处的斜坡上。布里克曼看着他们消失在树林里，又回头看了一眼清水这边，三人仍是脸朝下趴着，脑袋正对大路。

南珂和苏珊遵照命令，终于将一百个数数完了第二次，这才站起来，解开眼罩。浪人早已不见了。她们俩又解开清水眼睛上的布罩，带着她来到大路上，向东边走去。

那些浪人是这样对她们说的，这附近最近的驿舍不到五英里远。到了那里后，她们就能得到最早护送她们的陆上护卫的消息。如果一路上没什么事的话，很快她们就能追上来，继续原来的行程。一般来说，遇到这样的劫掠后，她们会被当地官员留下来做目击证人，被询问自己被俘的经过，这要耽搁她们一段日子。

如果她们告诉那些官员，他们其实是将军的姐夫、马萨诸萨和罗地兰总领事家的忠实仆人，每个官员都会尽一切可能向她们提供帮助的。但她们绝不能这么做。雇主早就警告过她们，如果谁敢这样暴露自己的身份的话，她们的舌头一定会被割掉。她们的公文上登记的身份，是一位住在纽波罗、卖干鱼的商人家的奴婢。如果有人非要来问，她们的回答是：护送这位"三岛洋子"去克利夫兰看望亲人，现在要回费镇与商人会合，因为商人正在那里参加即将开幕的奴隶贩卖大会。

但自始至终，从来就没人告诉过她们，万一她们被浪人抢劫了该怎么办？也没有人能预见到"三岛洋子"可能会被人从密封而结实的轿子中劫走，莫名其妙地又被放回大路上，接受路上官员的盘查，还要被那些无处不在的将军的耳目监视。

这些问题都已经很糟糕了，可是下面还有更危险的。当地的官员如果要向他们提问，苏珊和南珂肯定是必须要回答的。比较危险的是，她们被弃下的地方，位于西边，在东方人——比如她们自己看来，那就是荒山野岭。要是哪个不知天高地厚的这区域上的小官僚没照习惯，对一位"给人带来快乐的女士"睁只眼，闭只眼的，而非要看看戴面具的人的真面目的话，那问题就大了。这小官员一定会发现这位女士不懂日本话,他提出的任何问题,她都无法回答,如果他们发现她的长狗身份,那一定也能发现她的公文是伪造的。

那是一种极为严重的犯罪,这甚至连苏珊和南珂都知道。她们是忠诚的仆人,但作为越南人,她们的社会地位永远在铁大师世界里处于底层。她们既没权势,也没金钱,什么样的审批都只能逆来顺受。一旦她们的这些秘密被发现,她们将会被拿到地方官员面前去接受审讯。

那时候,她们就会很惨:如果不招供,就会被割耳剐鼻,砍断手脚;一旦招供的话,又恐怕会被割掉舌头,再也说不了话。无论如何,终归都是受罪。

这次的冒险真的很大,不过她们的恐惧其实是多余的。她们并不知道,其实精工家族里很多人都与珂尼卡和山下大人在生意上有各种各样的联系,他们早就派人在暗中小心保护,在他们领地范围内的大道上,所有的陆路护卫都不成问题。万一真的有抢劫发生,他们也能迅速做出反应。由于信郎高超的布局,并采用了特殊的隐匿手段,这才避免了双方的直接交火。

精工秀吉作为山下的好邻居,其任务就是维护山下南部领地的和平和安定。但一直没有人告诉过他,为什么山下会对这支陆路护卫队这么感兴趣。他只是受到珂尼卡的请求,请他保护着他们,别受到任何惊扰,悄然通过他们的领地。但是,抢劫事件还是发生了。消息传来后,他就迅速派出了两名亲信,策马飞驰,前去通知沿途的地方官员和政府职员,对这件抢劫事件的审讯,一定要慎重再慎重。

通知的原话,用基础语说就是:“伙计,如果你不想自毁前程的话，就别插手此事。要是案子真的落到了你的桌子上，那么你要做的就是：关上办公室的大门，去外面吃一顿时间足够长的午餐。”

惊魂未定的苏珊和南珂终于赶到了卡莱尔客栈。她们发现，在解释发生了什么事情时，客栈的主人对她们竟充满了同情，嘘寒问暖的，十分关心。这是自然的，所有进出客栈的人，客栈老板自然都会特别留意，虽然这并非是官方的规定，也不属于法律条文。之所以这么做，纯粹是出于好奇心。且对一些敏感事件，她们往往比别人更早得到消息。这一次，当然也不例外。

客栈老板给这三个女人收拾出了一间客房，将她们那惊吓过度，连话都不会说了的女主人安置了下来，又带着她们去附近的地方官衙门，而且还执意要陪着她们。

苏珊和南珂心里如吊装着十五个木桶，七上八下的，将手中的公文交给了官衙的办事人员，然后开始讲述她们落到浪人手里后的种种悲惨遭遇。客栈主人也证实了，那位三岛洋子女士，确实没法回答任何问题。办事人员似乎接受了这些解释，没有问任何问题，这让两个女人感到十分意外，但她们很快也就恢复了正常。办事人员匆匆草草地记下了一些关于抢劫的情况，还问了劫掠的浪人的模样，又随便看了一下她们的公文，就挥挥手，说她们可以过去了。

苏珊和南珂一点都不敢相信，怎么会有如此好运。神啊，大慈大悲的神啊，今天真是仙灵护佑了她们。两人感激地鞠了个深深的躬，又问那些办事人员，先前与她们失散的护卫在哪？

办事人员说，劫掠之后，剩下的人员都被召集起来了，提供了证词,并罗列了被抢的物品清单,然后就被放走了。他问她们是否想追上那些人。两人自然说是。办事人员立即快捷地给她们开了通行证。

这件事真的有点奇怪,两人觉得很困惑。根据过去的经验,她们都知道,只要是被卷入一场问讯或者是调查,最少也得好几个小时,有时候甚至是一整天,不断地来陈述情况,不管所说的内容是多么琐碎或者无聊。没想到这次办事人员这么快,一个小时都不到,甚至都没暗示她们"擦亮桌子"。这是一个惯用的暗语,其实就是要上交一点"通关费"。那些惹上麻烦的人都会"自愿"捐赠一定数额的钱给"低收入办事人员的遗孀或者孤儿",捐赠多少与文件的重要性有关,为了保证"文件书写时没有差错",所以一般来说,越多越好。这个风气早就是约定俗成的了,而且历史渊源相当久远,不管是上层人士还是下级人员,大家都会不约而同地遵守。

苏珊和南珂到办事人员面前连连鞠躬致谢后,便赶快走了。回去后,又求客栈主人帮了个忙,她们还藏着一丁点钱,没被浪人发现,可不可以帮忙雇辆手推车,再雇一辆人力车给女主人乘坐?当然可以,这件事自然也很容易,幸运女神又对着她们嫣然一笑。两个人真是感恩戴德,发誓若到了下一个神社,定然要烧香叩拜这位好心的女神,好好还一个愿。

另外一头,信郎将俘获的人放了之后,便带着人马迂回曲折,走了老大的一段路,再拐回了三个女人被放下的那条路的西边,穿过了那条大路,钻入了对面的林子里。夜晚悄然而至,林子里渐渐变得漆黑无比,只有一些隐约的光线从林外透出来。他们不分白天黑夜地赶路,唯一休息的时候就是吃饭和喂马。他们一路向北,走了一天一夜,又转而向东,穿过了萨斯奎汉纳河狭窄的拐弯之处。这条河在此转弯,向南流经哈里斯堡——铁大师们称之为“阿里斯堡”——的一个枢纽渡口。萨斯奎汉纳河也是精工和三菱两个家族领地的分界线,其中三菱在东面,是将军的忠实盟友。只要一过此河,信郎他们就会安全多了,当然也还是得隐秘行事。

他们登上了一处高顶,就在那儿安营扎寨。布里克曼在树梢上看到过几百个这样的山顶,它们连绵起伏,就像无边无际的森林大海上那澎湃的波浪。信郎给了手下们三个小时的休息时间,黎明即将到来前,大家吃过早餐,又开始出发。他们围着阿里斯堡绕了好大的一个圈子后,再折而向南行进。

布里克曼并没有在不停变换的方向中搞晕,他仔细地辨认后,觉得照着现在的行程走,最终又会回到大路上。跟前两天一样,他们总是在密林中穿行,很少往林木稀少之处中走去。如果不得不穿过一大片空地时,就会先派出哨兵去探查一番地形,大队人马则举足不前,让马儿休息,喝点水,吃点草。但每个人都严阵以待,坐在马上,以便随时奔行。

中午时分,信郎挥手让队伍停下来,也下了马。马儿们一匹匹都精神抖擞,它们一路上都是跑跑停停,不知疲惫。但马上的布里克曼可就惨了,一解开束缚手脚的绳索,他就像软泥般从马鞍上滑下来,连滚带爬地来到一棵大树前,背靠树干,根本就不想再动一下。他心中默默算了一下,天啊,这三天,他在马上待着的时间竟有一天半。他真的宁愿死都不愿意再骑马了,比起来,前者算是愉快的解脱,这帮家伙，再也甭想以死来威胁他上马了。

其实他并不知道，现在所停的地方，就是信郎给大家找好的，会好好休息一天的藏身之处。他们将会有八个小时的休息时间。这八个小时里，他可以舒舒服服地睡觉，唯一要做的事情就是，饭碗端到他鼻子下面的时候，他能被叫醒，坐起来大吃就行。

布里克曼睡着之后，信郎来到营地前面的小溪旁，脱掉身上脏兮兮的衣服，赤条条地跳到水中，从头到脚洗了个痛快。他的精神顿时爽利了，精力也更加充沛了。洗完之后，他用毛巾擦干身体，打开马鞍袋，拿出一套行装和一副武士假发。两个手下过来，帮他把束腰长袍穿上，把假发套好。穿戴整齐后，另外的一些人又为他的坐骑换上了一套由蓝色缨穗精心装饰的马具，再将一块缀着蓝色花纹的黑布铺在马背上，最后才放上马鞍。信郎将两柄弯刀插入腰间缠布内，确信自己的装束没有问题了，才翻身上马，由两个手下陪着启程。这两个手下都打扮成了红条子的模样。

这次，他们前往的目的地是米德里塔驿舍，也就是十天前，信郎与长谷川使者会面之地。当时，长谷川如一名忍者般，从头至脚均为黑色服装，从黑暗中走出，显得神秘而诡异。今晚，他穿的恐怕也会是这样吧！

信郎想到使者委派给他的这次任务，便无声地笑了一下。这个年轻人看上去虽然很有谋略，讲话却总爱夸夸其谈，就像一个在舞台上表演的伶人，很是做作。信郎觉得这小子不是一个很好的合作伙伴。虽然他是一名使者，只有最聪明、最优秀的年轻人，才能获得这个重任。所以信郎认为，这个长谷川，一定还有某种别的还没表现出来的本事，使他从其他优秀的人才中脱颖而出。

按照传统习俗，每一个武士身边都有红条子的随身侍卫，信郎自然也不例外。在两个红条子的陪伴下，信郎晚上六点左右就来到了驿舍。他派人仔细地检查了周围的情况，那些准备在驿站过夜的行人，都一个个盘查过。他知道长谷川一定很想知道劫掠的结果，还有对那位戴面具的官妓的审问情况。他自然不会失望，但他抓到了一个英勇无畏的草猴子，这家伙还声称自己其实是长狗，不知使者对这件事会有什么反应。

进入驿舍之后，信郎有些惊讶，这院子里停了很多牛车，其中一些看着有点眼熟，旁边还停着一顶车拉的轿子。他将马的缰绳递给了身边的红条子，一跃下马，壮着胆子穿过檐廊。他到了驿舍二楼，一看那院子里大伙的脸，心中登时惴惴：这些人中，有几个竟然是他们劫掠过的护卫哪！天啊！他们居然会在这里凑到了一起，而且还准备一起在这儿过夜！

不过信郎的心又很快放了下去，他觉得自己是不会被认出来的，更不会因曾经的劫掠而受到控告。因为当时，他们与那些护卫战斗时，他不但戴着面具，还穿得破破烂烂。可是为什么会有这么巧合的事呢？回到院子里，他看到两个手下还好好地守护着自己的坐骑，突然，他又看到了极为令人吃惊的一幕：就在距离他们只有几码远的地方，两个越南侍女正扶着一名戴面具的官妓从一辆人力车上走下来！

这绝不是巧合！信郎心中一悚，好啊，命运将这出戏中的所有演员都带到这一幕场景中来了。他绝对会兑现自己说过的话，继续向使者进行汇报，同时也会做出安排，让他去发现事情的真相！

信郎极为小心地看着远处的两个侍女，她们被带到了护卫头子面前，护卫头子表现出很欢迎的模样，还为她们的“女主人”尽可能地安排最好的房间。等她们离去后，信郎才找到客栈主人和他的老婆，说自己有点事情，想和他们夫妻俩谈谈。

这社会，从商的地位都在武士之下，客栈主人当然也是这样。所以，他将信郎恭敬地领到了住所，不断地点头哈腰，说着恭维的话。他的妻子也在旁边随声附和，说自己家的客栈太小，太简陋，自我批评着，说因没能给大人提供更好的住所而愧疚、抱歉云云。

信郎心不在焉地听着他们说这些客套话，然后坐在客栈主人面前，客栈主人则跪着，他的妻子按传统礼节，跟着丈夫跪在其左后位置。信郎开始说话了。他说他早就听过这家客栈，一直以来，经营有道，干净整洁，信誉良好。过去，他也曾在路过驿站时，拜访过这里，确实是名副其实，他对此十分满意。这位客栈老板以一流的服务和动人的热情来招呼客人，让每一位赶路疲乏的住户都感受到了宾至如归，个个对他家赞不绝口。他们如此热诚大方，正直善良，堪称行业典范，值得其他人学习并推广到所有领地。

这些源源不断的溢美之词，令客栈老板夫妇既惊讶至极，又激动不已，更心花怒放，慌乱地寻找各种言辞来表达对信郎赞扬的感恩之情，说他们只是做了应该做的，他们地位如此卑微，哪配得上大人的称赞。接着，信郎竟拿出了一大摞大面额的钞票，放在客栈主人面前的垫子上。客栈老板和他老婆惊诧不已，对视一眼，面对着这从天而降的一大笔横财，两人均惊愕得大张嘴巴，不知该如何是好。过了一会儿，心情冷静了一点，老板才敢伸出颤抖的手，摸了摸面前的纸币，又害怕地缩了回来，似乎不敢相信这一切是真的。因为在武士面前，礼节十分重要，他还不敢拿钱，直到信郎点头示意可以拿了，他赶快一把抓过来，紧紧攥在手中。

客栈老板夫妇一再保证，对信郎接下来提到的问题，打死也不对外乱说。信郎这才开始讲述他的要求。他说他代表的是一位出身十分高贵的年轻人才来此地的，这位年轻的贵族非常想见一个人——就是那位戴面具的女士，也就是客栈老板刚刚接待过的那一位。

信郎无比温和地讲述了这位年轻的贵族，被那女士唤醒了内心深处的爱情，却无法得到女士的回应，如今正饱受相思之苦的煎熬。因其家族地位尊崇，年轻人受到的管束实在太多。家里早已为他安排了婚事，对方是一位皇族，是整个尼桑的统治者丰田家族众多族群中一位贵族之女。

哈哈！那客栈老板和他老婆似乎都给震惊住了，半天合不拢嘴，似乎不敢想象，自己竟然被牵扯进这么大的一件事情漩涡之中。

信郎继续说，这位女士因此而被流放，现在的身份是东部沿海某位普通商人的奴婢，她正赶往东方与商人会合。他希望宽宏大量的客栈老板和妻子，能允许这位年轻的贵族在这儿与那位女士见上一面，这很可能是他们俩最后一次见面了。

客栈老板的老婆被这种爱情感动了，她产生了某种前所未有的激情，认真而动情地听信郎讲述。她的丈夫倒根本不管这些，他的目的就是能从各种交易中赚到钱。他的手指能够无比优雅地在算盘上飞舞，却从来不懂得如何爱抚自己的妻子，于是她心中的浪漫情怀只能转向别人的爱情故事,希望能从中得到一些心灵上的安慰。这件事果然一箭双雕,那么大一笔钱使得老板心花怒放,故事背后的那些令人心碎的凄美爱情则使妻子感动不已。如果能够玉成此事,只要她躺在床上,一闭上眼睛,脑海里便会浮现出那位官妓和那位高贵的年轻人最后的爱之相拥,而她为了这件事也起到了不少作用,那种感觉将是多么美妙。当然,前提是她那榆木脑袋的丈夫,没发出如雷震天的鼾声来打断她美妙的梦幻。

接下来的问题是,他们应该怎么做,才能促成此事呢?老板战战兢兢地问。

信郎说,那位女士身旁的两位侍女,是商人雇来的,这些底层女人,怎么能服侍这位美丽的女郎?简直是对她的侮辱!由此可见,那家伙是多么粗鲁,他怎么能配得上这位女士?

客栈老板和他老婆在这儿的地位,仅次于尼桑男儿,比其他异族人自然都高,听了信郎的话,他们都忙不迭地表示同意。

信郎问,他是否能租用上次来时住过的那间小阁楼。客栈老板当然同意,于是他拿出了一小瓶粉末,说这是一种强效安眠药,他为官妓的两位侍女准备晚餐时,可以慷慨地为她们免费提供两杯清酒,酒中当然放了一点这种安眠药。等她们喝完酒,慢慢睡着,其他路人也都安寝入眠之后,他会征得两位的同意,将那位女士领进小阁楼,和她的贵族情人相见,她将会获得他的真心和热烈的爱情。然后,他将在天亮之前离开,从此天涯两隔,永不相见。女士会回到自己的卧室,仿佛什么都没有发生,她的贴身侍女会对这一切毫无知觉。

客栈老板似乎被感动了,眼泪汪汪的,又眼睛都没眨一下地看着自己怀里的钱，一边赞不绝口地称这个计划真是天衣无缝。而他的妻子则发誓说，将一生保守这个秘密。而且，她看着信郎的目光也十分意味深长，似乎是用眼睛说，当那位年轻的主人躺在爱人的怀抱里时，她愿意前来侍奉和愉悦他那位忠诚的仆人，说的当然就是信郎。信郎看出了她那意思，他绝对不想这么做，但考虑到她在此事中起到的关键作用，只好模棱两可地回了个眼风，算是应答。他起身告辞后，老板娘兀自激动不已，憧憬着即将到来的罗曼蒂克。而此时老板只顾着用手指头蘸着口水，兴高采烈地数着这摞崭新的、香味十足的钞票。

夜晚来临，一弯新月高挂天幕，淡淡如银。布里克曼终于美美地睡了一大觉，醒来时，觉得神清气爽，身心舒畅。旁边的浪人已经开始给马套上鞍了。

他站起来，伸展着四肢，打了个大大的哈欠，然后往上猛地一跃而起，轻松地抓住了头顶的树枝，身体悬空，舒展筋骨。啊，这样的感觉真不错，这是他朝思暮想的一刻。他在树上运动了一会儿，又在地上躺下来，做一些柔韧性的锻炼，最后，来到小溪边上，掬一捧水，洗了洗脸和后颈。

“行了，来吧，我已经做好了准备，什么事情都难不倒我，再糟糕也无所谓……”

接下来的糟糕事就是又一夜的漫漫旅程。带着他前行的，只有九个浪人了。信郎和另外两个人不知道去了哪里，留下几个伙伴带领剩下的队伍继续赶路。布里克曼开头还行，骑了一会儿，酸疼的臀部就开始发出一波波的求救信号,他不得不在马上扭来扭去,尽量转移自己的注意力，脑子里想着将会遇到些什么新的情况，以及该如何应对。

他虽然听不懂这些浪人说的话,但很显然,清水和她的两名侍女应该已被释放了,她们将自己寻找回家的路。可是这有点让人搞不懂了,既然要将她们抓起来,为什么后来又要放掉?这是干啥呢?搞抢劫演习吗？从清水提供的一点点线索中,布里克曼大概知道了,她现在是某个上层高级铁大师的“贴身奴婢”,于是他心中产生了强烈的愤怒感，这个高层铁大师——也就是东芝仲根成了他黑名单上的头号人物。现在他知道清水在某种极其保密的状态下,穿越了整个尼桑,然后被山下带回了交易点,之后,再被装进轿子里,还给东芝。没想到的是,就在最后这一环节中,信郎带着浪人突然出现,抢走了清水,打乱了山下那伙人的整个计划。他们抢劫的那些人当中，还有两个长狗。清水当时也只是匆匆一瞥,却看得清清楚楚,那两个人就是乔迪·喀珊和戴夫·凯尔索,他们正在前往鹭池的路上,那里,佳得利正忙着仿制他的天鹰战机。

朋友,你的老朋友布里克曼,也就是那个你先利用了他的脑力,后来又盗用了他身份的人,很快就要来了,为了回报你,他将对你的工作来一番好好的“修整”哩。

真该谢谢清水,布里克曼现在有三个人需要对付了:第一个是老金鼻山下,就是他同雪先生策划了这场交易;第二个是源清盛,另一个皇亲国戚,鹭池就位于他的领地上,它的所有运作都由他来控制;第三个就是东芝仲根这个老鬼子,清水现在是“属于”他的,他是幕府派到清源盛那里的高官。

其中，最有意思的是，这三人之间定然有联系，只是不知道他们在这场交易中到底扮演着什么样的角色。布里克曼巧妙地使信郎说出了，只是某些“对此有兴趣的人”派下来的。“对此有兴趣的人”，这可是他的原话。那这个人到底是谁呢？他们的这次外出又是为了什么？会不会正是去见某个人？或者有另外一批人正在暗中操控着，要对付山下等人的行动？

这队人马仍旧慢悠悠地在森林中穿来穿去，若遇到空阔之地，或者稍微亮点的地方，他们便会绕着走开，绝不将自己暴露在光线下。布里克曼脑中推敲和分析目前所有的情况，得出了一些基本的结论：如果这次真的是要去见某个人物，那他一定要绝对自信，抓住一切可以抓住的机会，想办法和那人达成某种合作关系；如果无法成功，恐怕以后都没有机会了。现在最令人头疼的问题就是，他对尼桑的内部政治结构一点也不知道，所以无法推算出这些人里面，谁是谁，谁是干什么的，互相又有何关系。他现在唯一可以信赖的就是直觉，过去给他带来了无数次好运的直觉，这种飘忽不定的第六感，会发出奇怪的声音，当思维停顿的刹那，它会告诉他一些神秘莫测的事情。雪先生和清水，一直称这种直觉是辟邪主的意志。

布里克曼继续推理下去，越来越觉得，整个事情的关键所在就是清水，而并非佳得利。他意识到，当清水从满身是图案的草猴变成了皮肤光滑的长狗之后，对于山下和其盟友来说，她就具有了非同寻常的意义，所以他们才会想方设法地隐瞒住这件事情。这样做的目的是什么呢？为什么她会与那些被关押在尼桑监狱里的其他寻道民不同呢？难道她是除了乔迪之外，唯一落到他们手上的女性？还是因为东芝仲根觉得她长得实在是太美了，想将她据为己有？说不定就是因为这个鬼子对清水做了这一切，才导致了另一伙有实力的人对他们密谋行动？而东芝违反了规定，他的朋友山下和源清盛才不得不想办法帮他隐瞒，他们是拴在同一根草绳上的蚂蚱？

但他们的死对头显然也来头不小，胆敢对护卫队进行劫掠，那位躲在暗处的大人物定有其特别之处，他得有足够的权力和财力去雇用一个上百人的浪人队，这些浪人本身的大本营又十分隐蔽，藏得很巧妙。另外，这位幕后大人物对清水的西行之路一直很反感，或者很在乎，所以不惜牺牲几十人的性命，只想搞清楚那面具下的女人到底是谁。信郎将清水掳来之后，竟什么都不问，那两个侍女更是被彻底地忽略了。信郎对这些用血与死亡抢来的战利品居然看都没怎么看，而且看到一个女子穿着铁大师的服装，长得又和长狗一样时，并未表现出特别的惊讶感，这些都很奇怪。

于是布里克曼开始反复回想偏锋——那位情报队同事，曾经介绍过的有关尼桑的情况，试图从中找到这位幕后大人的一些相关线索。而东芝这个该死的老鬼子，一定正等着清水重回他的怀抱呢！他是幕府派来的高官，但领主则是山下和源清盛。这里面是不是说明了什么问题呢？佳得利在那儿秘密研制的飞机，莫非是他们偷偷用来颠覆政权的武器？偏锋也曾经跟他提到过“秘密阴谋”这个词。是说他们要对付别的领主，还是……幕府？而那位在幕后的某个高层大人，会不会……就是……将军本人？

想到这里，布里克曼心里不由得剧颤一下，“咔擦”，似乎一股冰冷的电流瞬间导入他脑子里，将几十亿个脑细胞全都连上了。

很好……他们就是这么玩的，布里克曼，这次你撞大运了。

队伍突然停止前进，黑暗中走来两个浪人，解开了布里克曼手脚上的绳子。透过树林，布里克曼只能看到远处有几束暗淡的橘黄色光芒，规则地排列成行。根据之前在森林中穿行的经验，他判断出那些光应该是从某房屋的窗户中射出来的。如此看来，他们已经到达会面地点了。

布里克曼被两个浪人带着往前走，到了队伍最前面，这才看到中岛信郎就站在那里。一盏蒙着套子的灯笼，发出若有似无的淡淡的光芒，照到信郎身上，只见他不再穿着过去的破衣烂衫，取而代之的是一身显示着高贵身份的装束——黑色的衣服，蓝色的饰边，短小的上衣在前胸和后背的位置上，缀着几个白色的字块和符号。光秃秃的脑袋只在后脑勺处戴着头套，垂下的假发在后背打了个奇异的结，标志出他武士的身份。

信郎看了布里克曼一眼，说道："现在你得脱掉衣服，给自己洗个澡。"他指着旁边一只盛满了水的木桶。

布里克曼脱掉外面穿着的动物外皮，只剩下蓝色的飞行员短裤，哆哆嗦嗦地站着。信郎示意，什么都不要穿。布里克曼也只得照做。他身上的毛又浓又多，胸毛长到了腹部肚脐，在下身铺展开来。旁边的鬼子看得惊讶不已，叽里咕噜地议论纷纷。这时，有人递过来一块方形的、滑溜溜的东西，并比画出擦洗的动作，另外一个家伙则舀了瓢水浇到他的头上。布里克曼拿着那滑溜溜的东西擦了擦，身上就出现了很多泡沫。他明白了，这不就是类似联邦里液体肥皂的东西吗？只不过那个是液态的，装在自动装置盒内，只要按一下按钮，就会流出来。这个则是固态的。又有人舀了更多的水，泼在他的身上。克里斯托夫在上！这凉得要命！他拿着肥皂块在身上擦洗干净，连脚丫子都擦了，一瓢瓢冷水浇上头来，简直是个透心凉。洗完之后，有人递过来一条毛巾，他赶紧拿来擦遍全身，把身上泛起的那些鸡皮疙瘩都擦掉，才算舒服了一点。

信郎闻了闻布里克曼身上的气味，满意地点头说："可以，现在，你得穿套不一样的衣服。"

又一个浪人便走上前来，递给布里克曼一条棉质的缠腰带，并示意他缠在私处。然后另一个家伙拿了一个麻袋过来，帮他把脱下来的脏衣服和其他物品都装进去。基本上收拾得差不多了，他又被要求穿上一双白色的棉袜，另外给他穿了一件褐色的宽袖短上衣和一条阔腿裤，这些服饰的样式和清水的两个侍女一样，还有一双平底鞋。一副方形的稻草面具突然覆盖到了他的脸上，只有两个眼洞能令眼睛看到外面的世界。然后又是一件稻草编织的斗篷套了过来，上面的纱巾垂到肩上，纱巾底边的绳子和纽扣则紧紧地束在锁骨下面。双手还被套在一双袜子里，袖子还被塞进了袜筒内。这样一来，他身上裸露在外的彩色皮肤都被遮住了。

最后，布里克曼的双手又被绑了起来，不过这回还好，不用骑马了。信郎翻身上马后，两个打扮成红条子模样的浪人也跟着上了马。他们的坐骑早已焕然一新，已用缀有缕穗的全套马具装饰过了，马尾巴上的一截毛还被编成了辫子。信郎胯下的那匹马，更是穿上了与主人的服饰颜色相配的马衣。

一个浪人将布里克曼手腕上绑着的绳子拉过来，拴在自己的马鞍上，另外一个则带上装有布里克曼衣物的麻袋。信郎和两个红条子对后面那九个浪人挥挥手，便向远处光源盛大之地冲了过去。布里克曼没工夫与那几个人挥手告别，他只能加快脚步，跟上牵扯着他的浪人。

半夜之时，驿舍里的人都进入了梦乡，四周一片寂静。一个黑色的身影悄然出现，他全身如夜般漆黑，连头上都蒙着黑布，只有眼睛那儿留出一条缝，他像猫一样穿过正对着院子的半开屏风，进入了漆黑的阁楼，在一个人对面坐了下来。那人是个浪人，正盘腿而坐，静候着他的到来。

这个黑衣人乃是长谷川敏郎，等待着他的，便是信郎。信郎左侧的地板上放着一盏小小的灯笼，是阁楼里唯一的光源。使者拿掉头上的蒙面罩，与信郎寒暄了一番后，信郎便开始向他汇报抢劫的结果和后来他的发现。使者细心地聆听着，终于确认了：向使者提供情报之人没有说谎，那位总领事的意中人，果然就是个长狗，尽管为此付出了四十条人命的代价。

按照原来的计划，信郎早就将这段时间以来的发现，用飞鸽传书的方式直接向将军做了汇报。信郎说，他们在劫掠了护卫队后，遇到了一场可怕的恶战，若不是神灵显灵，将他们从死亡中拯救出来，恐怕一切都会不一样。如今，神再一次眷顾他们了，那位“三岛洋子”和她的两名侍女，重新回到了陆上护卫队中，更何况今晚也在这个驿舍里过夜，如果使者愿意的话，可以亲自去验证一下。

使者听了，极为惊讶，但面上却没变化，只是问信郎，如何能够验证清楚，又不必露出马脚。于是信郎将自己做出的安排告诉了使者，还把客栈老板娘最后想表达的某种意思也说了出来，如果她真的是那种想法的话，这会儿，肯定躺在床上，竖着耳朵，细听周围的动静。只要外面出现三声猫头鹰的叫声——那便是召唤她的暗号，她就会偷偷溜进热气腾腾、蒸汽弥漫的浴室，与信郎共赴云雨。但这位可怜的女人只能落得一场空欢喜。信郎明天会向她致以诚挚的道歉，说他最后不得不爽约，是因为必须为主人这次的半夜幽会站好岗，放好哨。最后离开时，他还会给她一个温暖而浪漫的眼神，显得依依不舍，日后还会相遇。

敏郎听了他的计划，脸上露出了愉快的笑容，发出了轻松的笑声。不过，在他表面轻松的情绪下，掩藏着的却是极为复杂的心情，因为那个女长狗也在这个驿舍里过夜。她此刻就在这里，他可以随时问她所有想知道的问题，可他突然又不由得怀疑起来，自己最初的计划是否算得上明智。这一切真的是太轻率了，不是吗？做了这么多，似乎毫无用处，不是吗？许多人的性命就这样白白挂掉了，不是吗？

不，他们的死，绝对不是白白地牺牲，他在心里告诉自己。透过浴室的屏风，或者躲在她卧室的门背后，偷偷观看这个长狗的身体时，若有信郎在身边陪伴，便多了一个证人，就足以证明他对那些阴谋者的指控是很有根据的，但是这些其实也算不了什么，是打击不了那些阴谋者的。

而绑架真正的目的，其实是为了引起阴谋者团伙之间的互相猜忌，还偷偷地警告他们，有一件秘密他们泄露出去了，而这也会加剧他们对阴谋是否暴露的恐慌之情。山下说不定会觉得,这长狗女人已经变成烫手的山芋了,必须杀之而后快,如果他真的那么做了,就再也无法钳制东芝仲根了，甚至还会导致总领事一怒之下，与他对着干。

没错,不管山下那边是怎么应对的,敏郎总是赢家,前景一片“光明”。

敏郎始终表现出一副轻松自如的模样，并对信郎所做的这些表示由衷的赞善,他说:“那么,我什么时候才能有幸看到这位冒了那么大的风险,最后才能见上一面的女士呢? ”

“很快你就能见到她了,”信郎回答说,“不过首先,我必须让你先见见另外一个人。”说完,他没有再做进一步的解释,而是掀开衣服,拿出一把格斗匕首,说道:“就是那个小子出现,并阻止了对我族人的屠杀,才避免我们遭受更大的损失,我的妻子和儿子也都是他救的……”说着,将后面对布里克曼的审讯都和盘托出。

敏郎面无表情地听完,伸出手去,摸了摸匕首,问道:“那么,你为何要将这东西拿给我看? ”

“因为,它并非一把普通的匕首。这件武器里,拥有长狗神奇的力量……”信郎顿了一顿,说:“那种让我们连名字都不敢说的力量。”

黑光……

敏郎心中一凛,小心地看着这把匕首。它做工精细,但论其质量和锋利程度,却明显不及尼桑制造的弯刀和短刃。他将匕首递回给信郎,说:“你用给我看看……”

信郎便按下隐藏的按钩,打开了刀柄上的木片,里面的装置显露出来了。其实，在这之前，为了避免在使者面前出现什么意外，他早就仔细观察过布里克曼的每一个动作，后来又私底下练习了多次。他甚至还取出过铁针，像云武士那样按过好几个不同的按钮，只是那些字母始终没有滚动出来。

信郎真是自作自受，他的误打误撞，恰好取消了偏锋设置的自动发射位置信号，以及布里克曼自己设置的每隔十二小时就发送一次的信号程序，他当然并不知道这一切。但这样做的结果就是令布里克曼从联邦的眼中消失了。

这两天来，第一家族的耳目四处都在搜索布里克曼的信号，尽皆一无所获，情报队收到的最后一次信号，表示他正在大 D 附近——就是信郎等浪人手下们最后的秘密藏身之所。从那之后，就再也没有人知道他去了哪里，也不知道他到底发生了什么事。

敏郎将刀柄内的微型电路细看了一遍，看不出个所以然来，问道："云武士说过，这东西有什么用处吗？"

"说过。它就跟信鸽一样，只是没长翅膀而已。当云武士用它对着天空发送信息后，他的主人就能收到，而他的主人也会从天空把命令发送到这里面来。"信郎说到这里，不禁佩服地摇摇头。

敏郎觉得实在太不可思议了，真是前所未见，但他隐隐觉得有种危机感。这匕首里的装置，很可能蕴含着神秘的巨大能量，如果不了解它的人瞎摆弄的话，很有可能就将自己毁灭。他觉得得将这东西留下来，万一将军自己想要亲眼看看，就能立即献上，可这玩意儿是那么可怕，放在屋里，会令人忐忑不安。敏郎就让信郎将打开和关闭刀柄木片的方法细细做给他看，再命令信郎将刀子缠起，放到另外一间屋子里去,等处理完了眼下的事情再说。

信郎带着神秘的云武士来了。那人个头很高,头发是黑色的,两只手腕被捆在了一起。他径直走到使者面前跪下,恭敬地弓腰屈膝。

“摘掉面具。”敏郎用日语说道。

信郎取下布里克曼脸上的稻草面具,在使者右侧盘腿而坐。

布里克曼坐直身子,垂下头来,目光低低的,不敢上望,直到对面那位黑衣人开口向他说话,才怯怯面对。在这之前,信郎已经突击性地教了他一些简单的礼仪,并强调说要见的这位高贵之人十分高傲,对布里克曼全无好感。那些社会上的下等人,特别是外来者,在武士面前是不能坐着的,只能跪着,而且还得表现出拜服以及挺精神的样子。

敏郎露出了既惊讶又讨厌的样子，心情很不爽地细细看着布里克曼脸上、身上的那些图案。他过去从未与一个草猴挨得这么近过。他有些踌躇,不知该说些什么,信郎曾讲述过,这个人拥有超卓的战斗能力,而且面对他们的提问时,一点都不害怕。敏郎心念电转,思考着这些信息,最后用一种比较强硬,但不算傲慢的方式,问道:“我知道你自称云武士,这到底是什么意思?”

布里克曼听他居然能讲一口流利的基础语，不由得极为惊讶:“那只是变种人对联邦飞行员的称呼。飞行员是一种特殊的兵种。他们是最优秀的战士,就像贵国的武士一样,只不过,他们在战斗中骑的不是马,而是会飞的天鹰战机。”

“哦,明白。那么,你告诉我,为什么有些云武士要将自己弄得跟个草猴子一样?”

布里克曼犹豫了一下。

“这个问题不好回答吗？”

“没有，先生，我只是在想，应该用什么词语来表达我的意思，您的基础语讲得非常好，只是贵国体制和我们的很不一样，所以我觉得我们的词汇估计也有很多不一样之处。”

“你说就是。”敏郎道。

“贵国的最高统治者称为将军，是吗？”

敏郎只觉喉头一紧，心想：“这个异族小子竟敢如此大胆？敢向我发问？”他面上不变，好不容易抑制住了心中的怒火，慢慢说道：“说下去……”

“而在我们美铁联邦，最高统治者乃是总统司令。我很荣幸地被他亲自选中，加入了一个作战小组，来执行各种非常危险的秘密任务。我们这个由他直接领导的小组，叫作‘情报队’，全称为‘美铁联邦行政部情报突击队’，通常被戏称为‘墨西哥’，所以这个队的成员也就相应地被称为‘墨西哥人’。我们都是总统司令的耳目，是他将我派到这里来的。”

“哦，你们的目的，是为了找那两个长狗？”

布里克曼的回答却令敏郎完全意想不到，“大人，您搞错了，我要找的那两个人，绝不是长狗，他们是真正的变种人。”他转头时，看到那个戴着面具的贵人眼里闪过了一丝恐慌。

敏郎与信郎对视了一眼。如果这个异族人所说的情况是真的，那他在他们国家所起到的作用同敏郎作为内廷使者应该差不多。真是这样的话，他拥有这么强的战斗力和如此自信的态度也就不足为奇了。可最糟糕的是，他刚才说清水和她的同伴是纯正的变种人，这样一来，就足以颠覆敏郎在将军面前阐述的整个局势，对他十分不利。

敏郎猛地一拍大腿，冷嘲了几声，说："你编故事的能力很棒，云武士，不过我建议你最好三思而后行。你没有收到任何邀请，就偷偷潜入我国，还威胁我们说如果不交出你正在找的两名罪犯，就要凌空飞至，挑起战争。现在，你还要我们别看你的外表，相信你是真正的长狗，而那两个长得很像长狗的人却是草猴子？"

布里克曼赶快弯腰，心忖这家伙对变种人当中的正常人一点都不知道。他说："先生，我知道您可能不大相信，但事实就是这样，变种人中有一小部分是和我们一样的。可能您以前没有遇到过，他们两个，恰恰就属于此类。"

敏郎听罢，嘴唇紧绷，嘴角后拉。这怎么可能呢？谈话越来越危险了，他想找个借口，支开信郎，与这个云武士好好地再单独谈谈。这些信息一个比一个劲爆，恐怖，在它们传到将军耳朵之前，他得想好一个万全之策，否则，他将会自身难保。

"你又如何证明，你并非草猴？"

"我当然能证明。"布里克曼看了信郎一眼，"我早将我的格斗匕首呈给了武士上尉了。"

敏郎点头，淡然道："不错，我看过了。"

"平原人当然不可能有这种装置，甚至连尼桑都没有，这样的智慧，这样的能力，只有联邦才可能制造出来。我可以给您演示它的操作过程。"

谁知道会发生什么，说不定这次接受消息的就是卡尔斯托姆自己呢。到时候就有好戏看喽！

“我们对这玩意儿不感兴趣。”

布里克曼一听，觉得不大对劲，这家伙怎么说话前后对不上，这浪人最初看到匕首时，也显得有些犹豫。布里克曼想起偏锋曾经说过，鬼子这里，是没有电的。可是变种人不一样，他们也不会使用电能吗？为什么他们看到匕首会这么反常？他们一定早已将之当作非常重大的事情来看待，背地里也早就细细研究过了，只不过假装一副不感兴趣的样子。也有可能他们真的是害怕新鲜事物，就像穆卡尔部落的长老不想要铁大师的步枪那样。但如今又有什么办法？只能走一步算一步了，就算没用科学将这帮人蒙住，他还有另外两张牌可用呢！

“我皮肤上的这些颜色可以洗掉，只要给我一些水，还有我包里的那些树叶。”他说。

敏郎看了信郎一眼，后者起身，走出房间。

屏风门关上了。

敏郎盯着布里克曼，问道：“你还知道些什么？云武士？”

布里克曼犹豫着看了他一眼，突然觉得，还是应凭感觉行事才好，说道：“我知道您和刚才那位武士上尉都在为将军效命，我还知道有人正在自寻死路，那位山下大人就是其中之一。对了，他的朋友源大人，自然也是。”

敏郎的眼睛里一片冰凉和空芒：“说下去……”

“如果我说得不错，那么，您我之间，可以来一场交易。”

“哦？什么交易？”

“我之所以来这里，就是为了拿掉那个替源大人制造飞行器的变种人。”

“‘拿掉’？你的意思是杀掉他？”

“不，我接到的命令是，尽可能将他和他的女伴活着带回去，如果这个任务失败的话……”布里克曼耸耸肩膀，“联邦就会使用别的办法，那可能会产生很大的破坏性。我们并不想挑起任何大规模的冲突，但也不能放任这里的飞机制造成功。照目前看来，鹭池那边并未得到您这边的全力支持。我想，您也许会觉得，对于牵扯到此事的各方来说，终止鹭池对飞机的研究项目，才是最好的解决方案。”

“嗯……想法不错，但这样做对我有什么好处？”

“它能让大家都好过。”

“这些情况是谁告诉你的？我的武士同僚？”

布里克曼摇头道：“不，他除了透露说他叫中岛信郎之外，什么都没告诉我。我也不需要从他那儿知道消息，联邦的眼线耳目众多，早已遍布整个天空。”最后一句自然是他瞎编的，却也和真实情况差不多。

这时，门开了，信郎进来了，提着一桶水和一只鹿皮腰包。他解开布里克曼手上的绳子。布里克曼便伸出左手，对着黑衣人摊开手掌，用右手指着左手手指，说：“请选一根。”

敏郎什么话都没说。

布里克曼只好换成右手，伸出中指，说：“两位，请看。”

他从袋子里拿出一片五瓣形的粉红色叶子，伸进水里浸透后，攥在左手心里捏碎了，又伸出刚才选的那根右手中指，伸进桶里蘸上水，然后放到左手心里使劲地拧搓。几分钟后，他伸出那根手指，放到水里，上面的染料都洗干净了。他将胳膊伸长，握起拳头，将洗干净的那根中指竖起来，放在敏郎面前展示。使者并未意识到这个动作还隐藏着其他意思，冷冷地看着这根肉色的手指。

“现在满意了吧？”

敏郎费了好大的劲，才压下心中的怒火。这个云武士对他如此无礼，他真想一刀砍断其胳膊，但现在还不能。不管怎样，此时只能想想，还不是发火的时候。但敏郎得给这个异族人一点颜色瞧瞧，令他知道，自己也不是好糊弄的。敏郎说道：“不得无礼，朋友。”

“大人，您能熟练地使用我们的语言，所以我说起口语来才会随便了些。我只想表达我的敬意，并不想冒犯您。”

“少废话！”敏郎说，“也许我并不了解你们联邦，可谁要是想要我，也没门！”

布里克曼觉得他真的是生气了，自己现在唯一能做的，就是恭顺地弯下腰去。

“好了，”敏郎冷冷地说，“你的确有长狗的皮肤和脸型，可你要找的那个女人也是这样的。她身上的颜色同样是涂上去的。”

“不错。”布里克曼指指自己胳膊上的图案，“变种人就是用这种方式，来隐瞒那些生下来就和我们一样，皮肤光洁的特殊人的。”

“可惜我们听到的只不过是你的一面之词。”

布里克曼一耸肩膀，心中有点冒火：这家伙真是老顽固！“实在是太遗憾了，这位武士大人放走了她，如果她在这儿的话，就能证实我说的话是正确的。”

使者见布里克曼这种态度，真是火冒三丈，一忍再忍，然后去瞧信郎。信郎微微点头，使者心中明了，道："很好，那我们就来听听她的说法。"

布里克曼一惊："她在这里？"

"没错，今天你撞大运了。"

天，这回真的是自己搬起石头砸自己的脚呀！

敏郎用日语对信郎说道："朋友，现在如果没问题的话，请尽快将那女人带过来，让她待在别的房间里，等我需要问问题时，再过去。"

信郎也用日语回答道："那要不要先将这个异族人捆起来？"

敏郎忍住笑，说道："先不用，这家伙是条毒蛇，不过我知道该怎么处置他。如果能将他安插到敌人内部，还是大有用处的。"

"然后呢？"

"我会很开心地将他的毒牙一根根拔出来的。"

如果不了解对手的语言，所看到的就像闭着眼睛玩射杀变种人游戏一般，盲目混乱。布里克曼真是搞不懂，每次信郎弯腰鞠躬，轻手轻脚地进出门时，总是要脱鞋换鞋。他自己也得这么做，他不得不把鞋留在外面的檐廊上。当他面对黑衣人时，总是在想，这面具下的脸到底是什么样子的？

"这个嘛，呃……我可不可以说实在的？"布里克曼说，但没回应，他又试了一次，"武士上尉警告过我，在这里，像我这样的异族人是不准发问的。可有些事情，我真的需要说明一下。"

"比如说？"

"呃，要是我能知道您的名字，会更好说一些。"

“没这个必要。”

“那好吧,那……能否告诉我,您在整个事件中,到底扮演的是什么样的角色?”

“还是那句话,没这个必要。”敏郎一点都不留情面地说,“你只要牢牢记住,你的小命在我手里,要是我觉得你还有价值,自然会让你活下去。如果你能乖乖听话,将目前的形式引向一个好的结果,我可能会让你多活一阵子。”

“那就是说,到时候我可以回到联邦了?”

“那就取决于你自己了。”这种情况下,最好别把话说死。

“好吧,但能否让我提一点小小的建议?我很高兴能和您合作。这件事情,我已经追踪了很长时间了,对这些人,我很了解,我知道他们脑子里是怎么想的。也许我能出一些你想不到的好主意。”

这个该死的云武士,这种自信膨胀的感觉真令人无法忍受,真想一刀杀了他。他以为自己是和别人平等的吗?敏郎咬紧牙关,深深地吸了一口气,说:“朋友,我觉得你有点自以为是了,你什么主意都不用告诉我们,要是你没法证明那位戴面具的女士是变种人的话,你会在黎明前死掉。”

清水醒了,竟发现卧室内站着一个戴面具的武士,吓得惊慌了好一阵子。那武士见她醒来,便走到她面前,单膝跪下,做了个手势,意思是希望没吓着她。他竖起一根手指,放在唇边,用结结巴巴的基础语告诉她说,有一位先生非常关心她未来的命运,此刻正在附近等着她,想和她谈谈。如果她愿意去的话,他一定保证将她安全送回来。清水有些犹豫不决。武士接着又说,不必担心那两位侍女,她们已经完全被麻醉了,最早也要到明天才会醒来,那时候她早就回来,躺在床上了,没有人会发觉这一切的。清水点点头,开始穿戴服饰,先在薄薄的棉质睡衣上罩了件长袍,又拉过一顶斗笠戴在头上,这样就能将整个面孔藏在阴影里,最后提上一双木质底的拖鞋,准备出去。

实际上,清水早就从武士的声音和体形上认出了此人是谁。他走过去,推开门,来到前面一间屋子,引着她走过了昏睡不醒的苏珊和南珂身边。两个女人都四仰八叉地躺在自己的蒲团上,张大嘴巴,粗声呼吸。清水踮着光脚丫子来到檐廊上,跟着武士一直前行,经过了好几间客房之后,终于停下来穿上了鞋子。接着她就要走下台阶,走到室外了。凉凉的风吹到身上。月亮躲进了云层,整个驿舍一片黑暗。早些时候被人带去卧室时, 她就看清楚脚下这条小路通往不远处一栋小小的、与别的房子还有一段距离的阁楼。这会儿,阁楼的窗户里没有一丝光亮,等走到近处,才看见外面站着两个红条子。他们见清水和武士走过来,便有一人去推开了屏风的门,向他们鞠躬致意。清水和武士站在门外,脱掉鞋子,走了进去。

地板上放着一盏罩着套子的灯笼,昏暗的灯光中,一个全身都是黑服装的人站在那里,只有一双眼睛露出来,目光锐利如刀。身后的门被拉上了,黑衣人退到黑暗中,与黑暗融为一体。黑暗中传来了他那冷酷的声音:“脱掉长袍,站在亮处。”

清水轻轻解开长袍,任其滑落于地。一件长得拖到脚后跟的棉衣挂在胸前,轻柔地顺着身躯垂下来,盖住了她的纤腰和长腿。她的长发披散蓬松,脸和脖子露出来,显得格外白皙。她轻轻地将发丝拢了拢，拨到后背上。

灯笼微光暗淡，黑衣人那双神秘的眼睛看到这情形，竟然亮了一亮。他示意她将睡衣的下摆提起。清水便弯腰将睡衣卷起，裹在大腿上。

“高一点。”

清水将睡衣提到了臀部。平原人早就习惯了裸体。之所以穿戴服饰，只不过是出于礼节，一丝不挂是他们正常的生活方式，丝毫不觉尴尬，更不会觉得难为情。平原人精力旺盛，身体强健，但对男女之事，并没有什么特别的热爱。

“再高一点。”

清水浑若无事地将睡衣下摆提到了胸部的位置。她那美丽的躯体就赤裸裸地暴露在这黑衣人的目光中，她觉得并没有什么不妥。这件事对她也没有什么特殊的含义。跟总领事在一起时，也是如此。他曾无数次进入她的身体，但她并没有受到玷污。在变种人的世界里，内心的自我才神圣不可侵犯，肉体并不代表什么。对于清水来说，她的灵魂早就给了云武士，无论是过去、现在，还是未来，她都是属于云武士的。

“转过来。”

清水便转向那位戴面具的武士。现在她更加可以确定，这武士就是曾经在洞穴里查看过她的人。她也能清楚地感受到，这两个铁大师对她都没有任何非分之想，但二人看她时，关注的地方都不一样。为什么他们对她的身体会这么好奇？虽说这些人都没有她头上和小腹下的那种毛发，但也总不至于为了这个将她抢走吧？他们放她走时，那位戴面具的武士什么都没问，这会儿又是怎么回事，把她弄过来了，还带着一个黑衣人。

山下和他的朋友曾将她藏在一顶车拉的轿子里，一路上住的都是没有窗户的房间。而眼前的这些家伙，将自己裹得严严实实，又是戴面具，又是穿黑衣，生怕别人看出他们的真面目似的，这说明他们和山下根本不是一伙的。而她光滑匀称的皮肤似乎对双方都显得很重要似的，这真是太奇怪了。

“穿上吧。”

清水将睡衣下摆放回臀部，松手任其滑落。

武士又将长袍还给了她。

清水穿上长袍，再转身瞧着黑衣人。

敏郎用日语对浪人吩咐道：“派个人去监视那两个侍女，她们要是醒了，就赶快报告……”

“我可以保证，她们不会醒得这么快。”

“很好，我希望我和这两个人谈话时，你站在门外，严格把守，若有事情，我会叫你。绝不允许任何人打扰，明白吗？”

信郎鞠躬：“是！”

敏郎拉开屏风之门，指着里面的屋子，示意清水走进去。清水恭顺地一鞠躬，便走了进去。她看到蒙着布的灯笼放在一边，发出微弱的光亮，旁边有一个垫子，上面跪着一个人。啊，云武士？她惊得赶快捂住自己的嘴，差点就叫出声来。

布里克曼同样大吃一惊。

敏郎指着布里克曼右侧空着的地方，命令道：“过去一点。”

布里克曼挪开之后，敏郎让清水跪在垫子上。

两人跪在那里，垂下脑袋。

敏郎在对面盘腿坐下，双手安放在张开的腿上，说："好了，直起身子，把事情说个清楚吧！"

布里克曼和清水直起身子，坐在脚后跟上。

敏郎"唰"的一声，抬手指向了布里克曼，对清水道："此人曾经言之凿凿地说了一些事情，我要对这些话做个验证。接下来我所问的每一个问题，你都要据实回答，不得隐瞒，明白吗？"

"明白，大人。"

"很好，还有，我想说明一点，可能和你毫无关系，但我得指出。"他用手一指布里克曼，"如果这家伙对我撒了谎，哪怕是一丁点，他就会立刻被处死，你将亲眼见证他的死刑。"

清水弓了弓身，偷偷一瞥布里克曼，心想："哦，我深爱的云武士啊，你到底都说过些什么？"

"好，那我们就开始吧！"敏郎说，"你是从被称为联邦的那个地下世界里来的吗？"

"不，我出生在蓝天之下。"

"那你就是变种人……"

"我从来没说过我不是啊，大人。"

"你真名叫什么？"

"清水。"

"你父母的名字呢？"

"我的母亲叫阳舞，我是她的第一个女儿。我的父亲叫雷鸟，他是一位伟大的战士。”

“你所属的部落叫什么？”

“穆卡尔部落，是平原人的始祖芝加哥的一个血脉分支。”

敏郎觉得很好，很不错，继续第二轮。

“那个与你一起自天空飞来，这会儿在鹭池工作的人，他的名字是不是史蒂夫·罗斯福·布里克曼？”

“不，他的真名叫佳得利。他和我一样，都是平原人，来自穆卡尔部落。他的母亲是黑翼，父亲是重金。”

“佳得利第一次‘咬骨’之前，你们在捉什么？”

“快步。”

“当时向他挑战的武士叫什么名字？”

“沙克塔克，是底特律血脉蒂万部落的人。”

“佳得利有没有将他杀死？”

清水犹豫了一下，说：“当时他的表现很棒，很勇敢。”

“记住，以后我所有的问题都只问一遍。佳得利是否将他杀死了？”

“没有，大人，是我杀死他的。”

“雪先生呢，你们是什么关系？”

“他是我的老师，也是我的守护人。”

“他和美铁联邦有勾结吗？”

“没有，大人，他非常痛恨联邦和联邦制造出来的一切东西。他发过毒誓，只要还有一口气在，就会与联邦战斗到底。”

在别人眼里，敏郎看上去并无一丝的变化，可实际上，他的内心正风起云涌，他在将军面前所做的猜测都一一落空了，他的内心正迅速地被掏空。这个草猴所说的每一个答复,都印证了那个该死的情报队员的话。那天晚上,在那个家伙信口开河之前,信郎真应该割了他的舌头,而不是给他端上清酒。

敏郎整理好心情，收拾起残存的自信，继续问道:“你或者佳得利,有没有在雪先生不知道的情况下,与你们的死对头结了盟？”

“绝对没有,大人。那样的行为是无法想象的。我们之所以被送到这里,只是为了交换新型的长尖铁。”

“你是说步枪？”

“我不知道,没有见过,但部落里的长老确实是这样称呼它的。”

“那你和佳得利为何要将皮肤染上颜色？”

“因为我们都希望自己能同部落里的兄弟姐妹们外表上保持一致,我们真希望天生就是那样。我们平原人从不认为那是伪装。”

“哦,我明白了。不过,既然你们真的喜欢,那为什么又要将它洗掉？”

清水低头说道:“都是虚荣心在作怪啊,大人。我来到这里,看到平原人的待遇实在太差,所以就想假装成长狗,希望能得到更好的待遇。”

“所以佳得利就将自己装扮成联邦的云武士？”

“是的,大人。而且,山下大人以为所有的平原人都是头脑呆呆的愚昧无知之人,但他不知道我们当中也有一些人,生下来就有一副光洁的好皮肤。要是让他发现了我们其实并不笨,什么事情都能做到,他恐怕就不会再和我们交易了。”

她的回答虽然是那么柔声细语的,敏郎听来,却感到脊梁骨后泛起阵阵寒意。伟大的神啊！他想起了遍布尼桑的无数变种人。经过了一代代的繁衍，他们的人数在不断增加。幕府曾经统计过最近几十年来他们的总人数，结果意外地发现，如今，整个尼桑的经济十分依赖于这些变种人。越想越是可怕，他们或许根本就不是一些呆呆的，像牛马一样听话的奴隶，而是一支军队，一支压抑了很久，怀着强烈的复仇之心的军队。他们正在蛰伏，正在忍耐，一旦时机成熟，他们就会揭竿而起，反抗这些高贵的主人。到时候，整个天地，都将颠倒过来！

如果这一切是真的，那最大的罪魁祸首，就是山下家族。是他们为了中饱私囊，争权夺利，将这些变种人弄到了尼桑。照这样看，或许能给他们安上一个新的罪名——破坏经济秩序罪。

“你是否听过黑光？”

“没有，大人。这个词是什么意思？我一点都不明白。”

接下来，是第三轮。敏郎暗想：“很好，非常好……”

敏郎指着布里克曼，问道：“他是谁？”

清水看到云武士的眼里隐藏着某种深层之意，明白他是在用眼神提醒自己，一定得好好回答。

“他的皮肤虽然画得和我们部族兄弟一样，但他不是我们平原人，他是沙穴人。”

“沙穴人？”

“就是南方沙漠下，躲在黑暗之城里的战士，我们称他们为‘沙穴人’。用你们的说法，就是‘长狗’。”

“那你知道他叫什么名字吗？”

“知道。”清水看着布里克曼，“他的名字叫布里克曼，史蒂夫·罗斯福·布里克曼。”

“哦，就是跟你一起来的同伴，假冒的那个名字？”

“那是一种报复。因为我们部族里的人，称布里克曼为‘死亡使者’。”

敏郎的兴趣又提了上来：“他曾经和你们在一起过？”

清水点点头，说：“是的，去年，他和别的云武士从空中投下火焰，烧毁了我们的田地，他们的铁蛇从我们部族兄弟的身躯上碾过，很多兄弟都失去了性命。”

敏郎转对布里克曼，阴冷地道：“你干得还真不错。”

布里克曼微微点头：“彼此彼此，为了完成任务而已。大人，您的手段，恐怕比我更厉害。”

敏郎听了他的嘲讽，心头大怒，手指发痒，恨不得抓柄长刀，一刀斩下。但他还是忍住了杀人的冲动。他得想出新的办法，来对付山下和他的盟友。这个异族人说不定就是很重要的关键。虽然他不想利用此人，一点都不想，特别是现在。但他真的没办法制服这个长狗，除非用钉子将这个长狗的膝盖钉到地板上。

“有没有人说过，你是一个冒失鬼？”他禁不住说。

“经常有。”布里克曼回答。

信郎等待良久，终于见使者将那个皮肤光洁的女人带了出来。他赶快起身迎接，并顺势往门内一扫，只见云武士正一个人跪在垫子上。

敏郎用日语对他说道:“你将这两个异族人带来见我,非常好,我很感激,这也很有益处。现在,可以送她回去了,要确保她的安全。”

信郎鞠躬称是。

敏郎又转对清水说:“不要和任何人提起今晚之事，不能说你看到了什么,也不能说你听到了什么,这样对你才是最好的。如果你和你的那位部族兄弟珍惜回家的机会的话,那么让我给你一个忠告:源大人曾经亲自跟我保证过,等利用完佳得利后,给他的一切赏赐和愉悦都会被剥夺,他将变成一个真正的奴隶,等他饱尝失宠的滋味后,剩下的就是一个慢慢走向死亡的过程。同样,你的处境也会很危险,因为你主人的朋友认为，他对你的宠爱，导致了所有人都陷入了危险,不知道你能不能明白我的意思？”

清水鞠了一个九十度的深躬,说:“明白,大人。”

信郎将她领到外面的檐廊上,交给了在那儿等候的红条子,说:“带她返回卧室,一切保持原样,再把天能叫过来。”

红条子带着清水,向夜色中走去。

等信郎返回阁楼,敏郎说道:“我要带着这个异族人回去,给他戴上面具,将他双手反绑,再把这袋树叶给他系上。”

信郎便将布里克曼带过来，将那只放着树叶的腰包挂在他的脖子上,又将拴在他脚上的长绳子绑到了他的腰间。

信郎将绳索的另一头递给使者,说:“需要我陪你过去吗？”

“不用,你做得够多了。”敏郎说,“再次感谢你,我的朋友。认识你真是我的荣幸。我一定会在将军面前好好夸你和你的兄弟们一番的。”

信郎忙弓腰致意:“能为将军效劳,是对我们最好的犒赏。愿众神保佑,护你渡过难关。”

他跟着敏郎走到外面,看着使者牵着囚犯穿过小路,囚犯踉跄而行,转而向右,走向了阁楼后面的树林中。

过了一会儿,信郎再到檐廊前看时,那二人早已消失在茫茫的夜色中了。

布里克曼跟着那黑衣人走了几百码后,黑衣人突然转过身来,正对着他。布里克曼登时意识到危险来临。但他还没来得及做出反应,敏郎的拳头就到了跟前。这顿老拳真是厉害,拳拳都打在布里克曼脖颈处的神经中枢上。最后,布里克曼两眼一黑,倒在地上,不省人事。敏郎将其双脚捆绑到一起,转身飞快地朝阁楼跑去。

那位在官妓和两名侍女住处值勤的红条子,名叫天能。当他听到远处砂石路上传来的“咔嚓咔嚓”之音时,腾地一下跳了起来,摆出防守之势。但对面传来的是三声蛙鸣,他渐渐放松了,马上发出同样的声音回应。过了一会儿,同伴志田就从黑暗中走来,身后还跟着一个女人。她头上戴着斗篷,压得低低的,加上漆黑的夜色掩盖,所以根本看不到她的模样。天能让志田在外面看着,又叫这女人不要出声,然后拉开门让她进去,引着她穿过两个昏睡的侍女的房间,回到她自己的卧室内。

室内比外面更昏暗,清水明动的眼光也只能依稀看出苏珊和南珂的睡姿,她知道她们在她离开的这段时间内根本就没有动过。那红条子一直紧盯着她，直到她脱掉长袍，钻进棉被，这才离开了。

天能和志田一起回到阁楼时，那位神秘的黑衣来访者已经走了。当看到光从中间的门口中透出时，两人并没觉得很意外。他们疾步上前，先是看到两盏挂在天花板上的灯笼，上面套着的布已经被竖着切开了口子，光线从中透出，照到门上。

然后，他们就看到了信郎。

信郎躺在地上，脚对着外面，头朝屏风，而屏风之后，便是通往阁楼背面的檐廊。此时屏风大开，那外面的世界只是一片深不可测、令人心慌的黑暗，像是有可怕的怪物暗中躲藏一样。

天能和志田走到信郎跟前，单膝跪下。只见他的咽喉被割开了，甚至是从耳朵这边割到了耳朵那边，胸口上更是被一根似针非针的暗器钉了一张方形的纸片，上面写着："所有浪人，再敢惹精工，便是如此下场。"

两人只觉惊心动魄，手按长刀，一跃而起，小心翼翼地穿过房间，朝后面走去，一点声音都没有，就像死亡临近。

死亡真的来了。"嗖嗖"两声轻响，犹如蛇发出的"嘶嘶"声，两枚星星般的暗器自黑暗中一闪，不偏不倚，正中其脑门。两人后退一步，"咚咚"两声，脑袋磕到地上，再也不动了。

片刻之后，裹着一身黑衣的敏郎像飞鸟般翻过檐廊旁的栏杆，走进屋内。他拉上了前面的屏风门，将两个红条子的尸体拖到信郎两侧，并成一排，又抽出二人自己的弯刀，将他们钉在地板上。最后，他将灯笼吹熄，把两扇屏风从身后拉到一起，再顺着原路返回。

信郎对使者做出的判断很准确——长谷川敏郎的确拥有信郎看

不到的很多特殊素质。他在信郎面前所展示出来的能力，只不过是一小部分。除此之外，他还拥有许多不为人知的特殊技能，正如他方才所展现的那样。

回到异族人身边后，敏郎发现自己的囚犯仍然处于昏迷状态。他解开了布里克曼脚上的绳子，又在他脖颈和肩膀上揉捏一通，舒活其经络。两三分钟后，布里克曼终于迷迷糊糊地醒了过来，敏郎将他一把拽起，说道："快起来，该走了。"

"我知道，我知道，我这不正在走吗？"布里克曼甩甩头，从头晕眼花的混乱中，渐渐理清了神经，揉揉疼痛的下颚，说："我到底干了什么，为什么要揍我？不过，你这手法确实厉害，我得跟你好好学学，你可得教我哟！"

黑衣人听了，突然朝他踏前一步。布里克曼赶紧后退，却发现身后是一棵大树。虽然他比鬼子高一个脑袋，却也没用，他的双手都被绑在身后了，就算身体恢复自由，也未必能打得过这家伙，更何况他还骑着马。

"听着，小子，我们还有很长的路要走，招子放亮一点。我已经警告过你很多次了，可是你的脑子一定是进了水，嘴巴不停地胡说八道。我可是最后再跟你说一次，你说得太多了，多得我杀你多少次都不为过。你之所以现在还能站在这里，唯一的原因就是，我希望你和我能达成一笔交易。这没准能让你多活一段日子，那样咱们就算是各取所需了，但是别以为你自此就可以高枕无忧了。这世界离了谁也都照样转，你也别嚣张。要是你胆敢对我不敬，我照样会宰了你，自己单干，那时候，你就等着变成臭猪食吧！知道了吗？"

布里克曼觉得事情有点严重，忙弓腰表示恭敬，说：“明白了，大人。”心里却在骂：“你这个身短眼斜的东方佬！”脸上的稻草面具，遮住了他嘲讽似的笑容。他的嗓音里虽然没有一点点嚣张的感觉，可是心中的那个他，正惊喜欢呼。2928902 史·罗·布里克曼，又过了一关。虽然那些令人毛骨悚然的威胁还在耳边“嗡嗡”，但他绝对相信，自己一定能够活着看到明天的太阳。

第八章

近一千年以来，联邦的人就从未看到过太阳照常升起，当然也看不到落日之晖。一年又一年，人们工作的地方永远有日光灯亮着。对每一个寻道民来言，人生就是一个又一个的二十四小时的重复循环。人类在地下深处生存的机械设备，也由一代又一代的技师来维护。当宿舍区和公共场所的灯光变得十分微弱时，就说明“黄昏”来临了，对于白天工作的人来说，则意味着今天已接近了尾声。

寻道民们最害怕的，就是黑暗。在一些老人中间，还偷偷地流传着一段在录像资料里绝对看不到的历史。当他们谈论那段被称为“断电”的时期时，声音就会低沉和微弱。是的，那时候，曾经有人试图反抗第一家族。尽管有严密周详的计划，强大的力量，坚强的决心，但最终一切还是失败了。那场密谋的叛乱将整个地下世界拖进了深邃的黑暗时期，据说持续了数十年。

那是一个可怕的时期。有数千人因为通风井停止运转而窒息身亡，更有数千人因恐惧而疯掉。他们都成了水泥地窖里饥饿凶残的老鼠，相互狂吼乱抓，将对方撕成碎片。许多无辜受牵连的人全都被判处了死刑——只有少数帮助过第一家族平乱的人存活了下来。第一家族成了光和道路的制造者，是给予你工作的人，是知识、智慧和真理的化身。

但从那一刻起，第一家族的权力就变得更加绝对，更加彻底。自从消灭了政敌，打击了争权者，镇压了造反派之后，他们又在每个人心中种下了一个信念，就是期待有一天能重返蓝天世界。从那之后，为了实现这一伟大的梦想而取得的所有进步，都成了绝佳的证据，证明了他们——第一家族才是联邦唯一正确的领导者，证明了他们无与伦比的智慧和才能，证明了他们制定的指导方针的绝对正确性，也证明了联邦之父——乔治·华盛顿·杰斐逊一世所讲的那句绝对真理，永垂不朽的真理："只有人才会犯错，但体制永远完美。"

阿门……

保罗·里维尔医学院是内州州立大学的一分子，它本身也只是休斯敦/大中央的一幢附属建筑。这日，萝兹和同学们一起从神经学实验室里迈步而出时，看到约翰·奇桑姆竟然斜靠在对面的一扇门旁边。最近因课程太多，萝兹已经好几次没去参加周六晚上由奇桑姆主持的"咖啡与烟草"活动，但她很看重桑塔纳地下大厦里的聚会，每个月至少都得去一次。

奇桑姆总是能搞到上好的烟叶。虽然萝兹已经越来越少抽烟了，不过偶尔抽一口放松一下，也不失为缓解压力的好方法。奇桑姆甚至能弄到最好的黑杰克，这种非法的音乐磁带，一旦被发现违法偷听，那可是要进监狱的。如果一犯再犯，恐怕还会被弄到戒毒所里，强制治疗，或者更糟。还有一点，这家伙总是能打探到关于布里克曼的一些消息。

奇桑姆见萝兹从穿着白大褂的人群中大步走来，不禁轻松地靠在墙上,对着她伸过来的手掌,友好地拍了一下。

“嗨,怎么着,今天来着？”

“上周六没看到你呀。”

“哦,没空。”萝兹扮了个鬼脸,“可能这周六也去不了了。”

“我也是。”奇桑姆看了看走廊上那些来去匆匆的人,伸手一拉她的胳膊,“一会儿有空吗？”

“你跟着我走到下节课的教室那边去,怎么样？”

“只能这样了。”

这时,萝兹的几个同学从旁边经过,两人忙点头致意。

“有事吗？”

“我说过有事了吗？”

“可我怎么感觉不大对劲？”

“是的。”奇桑姆叹了口气,回头朝旁边看看,轻轻咬着嘴唇说,“我被人盯上了。”

“啊？谁？”

“不知道。”

“你最好有话赶快说,约翰。快到走廊尽头了。”

“他没说他叫什么。”奇桑姆有点急了,“我只知道他可能来自黑塔。”

美铁联邦行政部!

萝兹忽然冷冷地看了他一眼,说:“我有一种感觉,我会很后悔与你进行这次谈话的,但……他们怎么会突然找上了你？”

奇桑姆无奈地一耸肩:“肯定有人告发我了。”

“因为烟草的事？克里斯托夫·哥伦布！”

奇桑姆做了个手势,让她冷静,别慌张。

“其实也不算很糟。这些人不是宪兵。他们答应过我,如果能给他们提供点信息的话,就不会再追究我的。”

萝兹觉得胃部发紧,说:“什么信息？”

“就是关于你和布里克曼的。”奇桑姆看着她脸上的表情,伸手一摊,十分无辜的样子,“我不得不那么做,萝兹!他们完全控制了我!但说实在的,也没什么大不了的,不是吗？”

“你到底都跟他们说了些什么？布里克曼被扔到最下面的楼层前,我和他度过的那个晚上,你是不是也和他们说了？”

“桑塔纳大厦里的事,他们本来就一清二楚。”

“哥伦布！那就是说每周六大家在那儿聚会的事,他们也都知道了？”

“嗯,但这没必要担心。这些人对这些事情不感兴趣。他们想知道的,只有一件事——就是你们俩之间的事。拜托……你应该知道,我说的是什么吧？”

“也许。那你到底说了些什么？”

“我只是把布里克曼跟我说过的你们之间的那些事说了一些给他们,呃……”

这时,一群学生从他们俩面前经过,向指定的教室内陆续进去。

萝兹转头问奇桑姆:“什么,我们俩之间的事？”

“对,”奇桑姆说,“就只是这些。现在的问题是,他们很想见见你,想问些情况。”

“那他们干吗不直接来找我？为什么还要通过你？约翰？”

“可能他们觉得和你不太容易合作。我他妈的根本就想不到他们会找我，我真是被逼得不行了。你就去一次，随你跟他们说些什么，反正你想说什么，就说什么吧！”

萝兹冷冷地看了这个人一眼，说：“为什么他们会认定，我为了救你就会说出来？”

奇桑姆耸耸肩，说：“谁也没逼你非要怎么样，可是——”他的嗓音显得那么绝望而悲伤，“你想想，要不是因为你，萝兹，我会卷进来吗？我真是太爱多管闲事了，非要带你去见布里克曼，唉！”

“是的，你就是这样的人！”萝兹朝四下里看了看，见整个走廊里只剩下他们两个了，“你走吧！”她边说，边往后退，“你肯定知道怎么取悦女孩子吧，约翰，再见，祝你好运。”

“等等！”

“嘭”的一声，教室的门在奇桑姆跟前关闭了。

奇桑姆无奈，只能转身离开，往下来到一级一层，脸上现出一种很平静的淡淡笑容。是的，跟一个具有心灵感应能力的人打交道，果然是不太容易。

抛开她与她的戚兄之间的精神联系不谈，这两人都属于容易被伤害的那一类。自从奇桑姆安排他们俩见了最后一面之后，布里克曼就被剥夺了飞行员的身份，被送到A级楼层当养护工了。根据官方的说法，这是对布里克曼的惩戒，以教训他对被俘虏的人，也是联邦永远的敌人——变种人，所抱有的同情心。其实，这只不过是软化他手段的一部分,只不过为了锻炼其心志,以配合接下来给他安排的“任务”。

布里克曼三年刑期的第三个月即将结束时，奇桑姆又装成A级楼层的医师,假装与布里克曼来了一场巧遇。当时,生气的布里克曼问他为什么要这么害自己,奇桑姆却把一切原因归于萝兹。布里克曼渐渐相信了他的话。所以,当情报队老大卡尔斯托姆告诉布里克曼,是萝兹供出了他与她会面时说过的有关变种人的事情时，布里克曼丝毫没有感到怀疑。

事实上,他们都被骗了。萝兹根本就没有对任何人说过那一次会面。不过,她说不说都无所谓了。那次她与布里克曼在桑塔纳大厦里的会面,早就被全程录了下来。躲在黑塔内,幕后操纵着一切的主人,早就制订了一个庞大的计划，所有的谎言，也都是这个计划的一部分。其实,无数寻道民自一出生开始,早就被别人操纵在手心里,萝兹和布里克曼只不过是其中的两个而已,他们俩恐怕到死都不会知道,自己早就被列入特别名单了。

史蒂夫·布里克曼这个年轻人很不寻常。奇桑姆为了安抚他,安排他和戚妹见面,在那之前,他突然提到了变种人的魔法,而他对自己与戚妹间的精神联系,也妄图视而不见。也许,恰恰就是这一点,使得他们之间能够产生嫌隙,离间计定会成功。萝兹是挺外向的人,她非常渴望人与人之间的外在交流,但布里克曼却是个闷油瓶,总是将想法藏在肚子里。

他这么做也没什么不对！奇桑姆心想,每当清醒的时候,总是不断有第一家族来告诉你,你应该想什么,应该干什么,所以如果没有别人对你施加影响的话，很难甄别出来，哪些是外来的，哪些是自己内心真正的想法。

奇桑姆是情报队的秘密成员，布里克曼在三月初也加入了这个保密级别最高的组织。从那时到现在，已有四个月的时间了，布里克曼在这组织的眼中，仍只算一个“湿背”，还需要继续进行考验。但奇桑姆显然早已是老年，多年的情报队员工作，使他隐藏得很深。他与布里克曼不一样，他主要负责的是内部事务，从来不需要到外面地上执行任务。此时，他最主要的任务就是随时掌握布里克曼家的两个人——史蒂夫和萝兹的详细情况。

他是在萝兹进入内州州立大学开始第二期高级医学课程进修时，接到这个任务，对她进行监控的。到了二九八九年年末，她的戚兄布里克曼从被俘区回到美铁联邦后，也成了被监管的成员，他便多了一项任务。

虽然奇桑姆一直在监控着二人，但他们所有的事情，他也并非一清二楚。第一家族用来存储所有数据的大型电脑哥伦布，给他的权限是有限的，只给了他一些“有必要知道”的信息。谁也没觉得有必要跟他解释为什么要欺骗这两个年轻人。组织给他的信息里，只有两人的基本资料和受训档案，他想方设法又继续弄到了一些有关两人的小道消息，也没什么特别的讯息，只是说这两人在小时候就被标识为“敏感型”。

当然，这种类型的人其实非常少见。单凭这一点，两兄妹就足以登上“特别名单”了。可是还是不大对，应该还有一些他不知道的原因，非常特别的原因。比如，这两人根本不是戚兄妹。因为根据两人之间的精神联系,可以看出,植入安妮·布里克曼子宫的受精卵,可能并非是由总统司令提供的精子。或许它根本就不应被植入安妮体内,最后孕育成人。或许有人把他们和安妮刚出生的孩子互换了,而安妮自己可能并不知情。又或者,其实她知道,她是自愿做他们两人的护母的。

总之,这里面有各种可能性。从过去的安排来分析,奇桑姆知道生命学院里肯定有不一般的事情发生过,那里的绝大部分工作,都是在极为秘密的情况进行的。

也许,只有他现在的上司,也就是他们的控制官富兰,才知道所有的秘密。控制官都是第一家族的人,富兰也一样。而且,她和总统司令还有着不一般的紧密联系。种种迹象都无一不表明,萝兹和布里克曼,比他想象的任何一种情况都要更为重要,因此,必须打起十二分精神来对待此事。

那天见完奇桑姆后,萝兹·布里克曼就被叫到了校长的书房里去了。在进入外面的办公室时,通常有几个行政助理对任何要进入里间书房的人进行安全检查,检查完毕才能通过。但今天却直接看到校长拉塞尔·瓦克斯曼正弓腰对着一个显示屏,不断地敲击着键盘。萝兹便在一旁耐心等候。等到他终于敲击完毕,将注意力从屏幕上移开后,她才上前介绍自己,并将身份卡递了过去。校长只草草地看了一眼,就让她先进书房,并说自己随后就来。

书房里是木质装修的,铺有地毯,低调而奢华。萝兹进门后,发现里面已有一对男女,正在等着自己。他们都穿着黑色与银色的连身制服，这表明他们是联邦行政人员。

萝兹马上就认出了，他们就是上次到医学院秘密病房来看她的联邦司法部特别调查员，当时，她的头部和右臂突然出现了原因不明的伤口。这会儿，她立即明白了，瓦克斯曼之所以选择待在外面，就是怕出现什么麻烦事，他这样能保持距离，沾惹不上。

那个男的要萝兹将身份卡拿过来。萝兹自然赶紧拿给他了。女行政长官解释道，他们正在进行一项调查，需要她的协助。

萝兹当然说愿意尽自己所能，进行帮助。然后他们就立即将她带进了校长的专用电梯里，一路向下，来到了医学院自己的附属地铁站。

经过了两次倒换地铁，萝兹被这两个一言不发的行政人员带入了一个不知名的地铁站内，那里的墙上覆盖着黑色的大理石。电梯徐徐上升，带着他们到了三级一层处，接着又来到一处办公区。萝兹瞧着这地铁站内，大理石走廊上的彩色图案，电梯里的地毯，还有办公区域那些高级而端庄的家具，猜测这地方一定就是传说中的黑塔——联邦行政部的指挥中心，他们的老巢。这里出现的男人女人，都是联邦里地位最高的高阶人士，拥有级别最高的身份卡，他们住在崭新豪华的居住渊薮中，拥有最舒适、最宽敞的居所，是每一个联邦寻道民最渴望获得的成功。

"进去吧，"男的行政官员终于说话了，"等一会儿，我们会来接你的。"

萝兹打心眼里相信，等会儿他们会来的。早晨，她被奇桑姆问了半天问题以后，脑子就一直昏昏沉沉的，这时听到这句比较令人信任的话，心头感到十分温暖。她走进了那扇十字转门，跟着旋转门进入了旁边的那间办公室里。

眼前是一张宽大的办公桌，前面站着一个穿着同样黑色和银蓝色制服的男人。不过这人的制服袖子上镶有金边，标志着这个人绝对是来自联邦的最高层。

萝兹立即立正，表示尊敬。

对面那个额头很高、面容瘦削的男人立即一挥手，示意她在办公桌对面的椅子上坐下，他自己却仍是站着。然后，他将手背到身后，大步走到萝兹跟前，围着她缓缓地转了一圈，就像是一头猛兽围着自己的猎物尽情欣赏。

“你不必知道我是谁，”卡尔斯托姆开口说道，“但你要知道，我知道你和你戚兄之间的所有事情。一会儿你回答我的问题时，最好记住这一点：若敢有任何隐瞒，你都不会有好结果。知道了吗？”

萝兹轻轻点头。

“布里克曼已经不在A级楼层了。”卡尔斯托姆盯着萝兹，凹陷的眼窝内，那双眼睛如刀般锐利，“不过我想你应该已经知道了。”

萝兹听到这里，脸色微微一变，但并未回答。

“我知道，”卡尔斯托姆从她跟前走过，又绕回桌子后面，“你的戚兄在去年六月被击落时，你也遭受了精神创伤。我还研究过相关的录像报告，我知道自那之后，你的悲伤无法停止。”说到这里，他顿了一顿，又道：“其实我明白，你不想谈这个，那很好，你看看这个。”

他将一个装在基座上的电视屏幕转到她面前，按下了桌上的控制按钮。屏幕上出现一道彩色线条，很快整个屏幕就亮了起来。那是萝兹，正在被隐藏于暗处的摄像头拍摄：她正躺在床上睡觉，被子拉得严严实实，直盖到下巴。摄像头拍摄得很清晰、专业，所有细节都巨细无遗。同所有寻道民一样，这位攻读医学博士的人，睡觉时同样也是开着灯的。

萝兹看到那屏幕上，睡梦中的自己突然张开嘴巴，脸上肌肉紧绷，仿佛恐惧地尖叫，刹那间，脸颊的一侧竟出现了一个箭头状的洞。她痛苦地将脑袋扭来扭去，脸颊的另一侧又出现了一个像是箭头戳出来的伤口。这时，痛苦不堪的她猛然坐起，双手捂住脸颊，鲜血从指缝间流了出来，顺着手背，蜿蜒到了手腕。她立即清醒了，掀开被子，向洗手间那边冲去，也从摄像头内消失了。

显示屏上的画面切换到了洗手间，定格在洗手池和公共沐浴处之间的位置。萝兹感到十分迷惑，不知道这些摄像头后的监视者，到底录下了些什么，隐蔽的眼睛无处不在，不单单她自己，连同整个班级、整个学院都被无处不在的摄像头监控着。

此时，只见屏幕上的自己出现在洗手间内，她冲到洗手池上方的大镜子墙面前，仔细地检查两边的脸。她的手掌和脸颊全都是鲜血淋漓，她忙将两个水龙头都打开，吐出一大口血水，又伸手到最近的出纸机里，拉出了一沓薄薄的纸巾，将脸和手擦拭干净。

萝兹见屏幕中的自己仿佛暂停了，于是盯着镜子中的自己痴痴发呆。她回想起了那时的情形，惊讶到难以置信，屏幕中的自己也现出了同样的神色。

隐藏着的摄像头聚焦在她的脸上，什么样的举动都能捕捉到，她的伤口正自行愈合，恢复如初，仅仅是几秒钟，皮肤又变得完好无损了，只是在箭头穿过脸颊的地方，还有一点伤痕。她怀疑自己眼花了呢，凑近镜子看了又看，最后确认这是真的。她无奈地耸耸肩膀，不知道缘由，也只能就此接受。她含了一大口水，漱了漱口，再将血与水全部吐掉。

画面一切，回到广角，镜头对准了她的床铺。屏幕右下角的数字时间表明，现在是六点半了。穿着各种睡衣的同学们聚集过来，瞧着她的眼睛里全是疑惑和警惕之色。萝兹立即明白了，画面上的她，正在向邻铺的同学吉娜·布莱克威尔解释说，她刚才突然流鼻血了，所以枕头上出现了些血迹。

卡尔斯托姆按下了“暂停”键。画面停止了。“非常奇怪。”他走到桌子后面，坐下，十个指头互相交叉，上伸，肘部支在桌上。他的目光从手指间射出，盯着萝兹，问道：“我能不能这样认为，你愿意承认这是对那次事件的真实记录？”

“是的。”萝兹低声说。

“应该说：‘是的，先生。’”卡尔斯托姆提高声音说。

“当然。对不起，先生，我不是那个意思——”萝兹说到这儿，被卡尔斯托姆挥手打断了要讲的话：“我能不能猜测一下，你那些伤口突然出现的时候，你正在和你的戚兄进行着精神上的联络？你当时到底是什么情况，你能看到他所在的方位，或者是——他所处于的危急情况吗？你能不能告诉我？”

“嗯，其实从某种程度上，我们是有精神联络的，先生。有时候只是一种模模糊糊的感觉，有时候却又仿佛身临其境，无比真切。”

卡尔斯托姆微微一笑，点点头，算是接受了她的这种说法，说：

“我看，那天晚上，当清水走进你戚兄睡觉的帐篷时，恐怕这种印象就很清晰吧。”

萝兹的双颊上，抹上了一层红云。这个人果然厉害，没有诈她，他真的是什么都知道，很可能她设法进入布里克曼连身制服的那次，也被他们偷偷录下来了。但她忍不住恶心想吐，一个陌生人总是无时无刻地在偷偷看着自己，听着自己，这种感觉，实在糟糕透顶。

“你们能交流吗？”

“有时候能听到一些声音，不过不太像是说话。我觉得是他的思想直接进入了我的头脑，我能分享他那种感觉，还能看到他所看到的东西。但这应该是我的思维把那种感觉语言化了吧。”

“他也能这么做？”

“偶尔吧，看情况吧。”

卡尔斯托姆露出一丝微笑，似乎心情不错：“是什么情况？”

“就得看他那边是否愿意接受了。他自己也不明白为什么我们俩之间会有这样的联系，他很害怕，很多时候，他都是想办法将我排斥在外。”

“但是，当他被带往大中央火车上的时候，却能很清楚地听到你的声音。‘他们在监视我’，你应该是这么说的。那么，你口里的‘他们’又是谁呢？萝兹？”

天，克里斯托夫！他们居然录下了我说的每一句话！

“我也不知道！”萝兹打着结巴，“一种，一种感觉……第一次精神感应时，就仿佛有了。那次是布里克曼从天上坠机的时候，刚才那两个将我带到这儿的人，还去医学院看过我，而且还……”

“问了你很多问题？”

“是的，先生。”

“那你回答那些问题的答案都很不确切。”

“当时我很害怕，所以，就……就什么都不敢说，怕他们会开除我。我不知道怎么办，以前从未发生过这种事。”

“别耍心眼，萝兹，你老早以前就知道你与布里克曼之间的这种感应了。好了，就不说这些事情了。从现在开始，你得给我老老实实地说真话，很多人的生活都得看你的表现，你明白我的意思？”

“是的，先生。”萝兹明白，她必须得乖乖合作，否则的话，布里克曼、安妮，还有杰克老爹可能都要受牵连了。此外，甚至还会连累到约翰·奇桑姆，还有靠他的“周六专题夜”来享受“贯通”之乐的那些同学。很多人哪！

卡尔斯托姆起身走到办公桌前，一屁股坐在桌子前檐，距离萝兹只有几英寸远。萝兹不禁有些紧张，双手交叠在一起。

“你现在能读出我心里的想法吗？萝兹？”

萝兹抬起头，看着卡尔斯托姆，目光坚定，嗓音正常，直接道：“不，不能，先生。”

“那可真遗憾哪……”卡尔斯托姆显得很慈爱似的，将一只手伸过去，搭在她的肩上，“我真希望你能主动发现我们对你和布里克曼是多么好。”

“我们？”萝兹心想：“我们”是谁？

“你们两个一直以来，都被认为是……非常特殊的人。你们具有非同一般的才能，而且，有一天你们会用自己的特殊能力，为联邦效命。毫不夸张地说，你，布里克曼，还有很多其他的人，总有一天会在争夺蓝天世界的战争中发挥出决定性的作用。”卡尔斯托姆说到这里，顿了一顿，双手都搭在了她的肩上，“布里克曼已经投身到这场战斗中去了，萝兹，现在，他就在最危险的战场上，很可能遇到了非常麻烦的情况，我想，你应该能感应得到。”

萝兹觉得心脏“怦怦”跳动着，问：“那我应该做些什么？”

“最糟糕的是，我们已经和他失去了所有的联系，可能是他的无线电接收装置坏了，不过也有可能是别的什么原因。”

比如，很可能是这个狡猾的、狗娘养的杂碎出卖了我们……

卡尔斯托姆手指一紧，“所以我希望你能联系上他，萝兹。我们得搞清楚，他在哪里，现在情况怎么样了。这些都非常重要。”

“好，我会用尽全力的，先生。”萝兹喃喃答道。

“好姑娘。我来看看，能帮你做些什么。”卡尔斯托姆走到一个壁橱旁边，拿出一个圆筒，从中拉出一幅地图，放到办公桌上展开，“把椅子拉近点看。”

萝兹便拉着椅子朝前挪动，直到膝盖顶到了桌下的立板。眼前的地图展现无遗，上面用绿色和棕色来显示地形的自然特征，右部边缘，则是一片淡蓝色。她好奇地问：“这是哪里？”

“美洲东北海岸的一部分。蓝色代表的是海水，这里就是大西洋。这幅地图上标注的道路还是大劫难之前就存在的。那时还没有变种人，地面上所有的一切都安好，没被烧毁。”卡尔斯托拇指着一个名叫匹兹堡的导航参照点说，“这里就是布里克曼上岸之处……”他的手指顺着宾夕法尼亚收费公路那条道，从西缓缓向东移去，“我们认为，他是沿着这条路走的，而且……”当他的手指点到布里克曼口中的大D的地方时，突然停住了，“我们就是在这附近与他失去联络的。”

萝兹伸出手指，顺着卡尔斯托姆画出的路线继续向前，围着大D绕了几圈。然后，她慢慢闭上了眼睛，用精神之力去触及布里克曼。

卡尔斯托姆悠长的声音传来：“他是去抓清水的，萝兹。所以，我们才非常需要你的帮助，我们要想尽一切办法，确保他能安全返回。如果你能够帮我们救出他，我们将发誓，再不会让清水横插到你和布里克曼之间……”

萝兹的身体突然瘫软，头向后垂过，眼睛紧闭，嘴唇微微张开，身体轻轻摇摆。卡尔斯托姆赶紧扶起她，将她靠放在椅背上，再站在她的身边，防止她抽搐，以便能按住她。过去，他从来没那么近距离地接触过如此敏感的人，他自己就觉得很不自在。为了避免辟邪主的预言成真，联邦确实需要某些具有异能之人。这就是他们要启动秘密生育程序的原因。但这样又会面临别的问题，一旦他们的洪荒之力得到了官方的承认，并被释放出来，第一家族还能控制得住他们吗？

萝兹的身体突然开始剧烈摇晃起来，登时将卡尔斯托姆的沉思打破。她猛地睁开眼睛，瞪得很大很大，一眨不眨。显然她现在看到的事物，早已不在这个房间了。她突然一伸手，看都没看地图一眼，便找到了大D，又准确地沿着信郎前往米德里塔驿舍时所绕的大圈子划了过去。

她的手从那里向北移动着，沿途经过一系列的导航参照点，即大劫难前的城市：马汉地、哈泽莱顿、威尔克斯巴里、斯克兰顿，然后又越过州界，到达山下大人的宾厄姆顿那一带的领地，手指继续，来到了达哈德孙河西岸的奥尔巴尼，铁大师称之为阿巴尼，是一个十分忙碌的渡口。

萝兹的手指停住了，喃喃道："他，就在这里。"

卡尔斯托姆往下一看，这地图上并没有标注出铁大师各领主的领地疆域，但从偏锋等情报员反馈回来的数据看，奥尔巴尼附近位于哈德孙河西岸的所有地域，应该都是属于山下的，而河的对岸就是将军——丰田家族的领土，再往外就是源大人的领地了。

"那他现在在做什么？"

"睡觉。他刚才一直在跑。"

"跑？逃跑吗？有人在追他？"

"不是，跑步是他自己选择的。他……"萝兹微微皱眉，集中精神，想象如何将自己所看到的图像描绘出来，"嗯，他被派去送信。"

"给谁？"

萝兹试着再去探寻，却摇摇头，说："说不清楚，派给他任务的人没有名字。"她再次集中精神去试，"他的脸和身体都藏于黑暗中，只能看到他的眼睛……"她用手掌按着脑门，"他做出过错误的承诺。戚兄知道那人很强大，很危险，但戚兄不能不同他合作，戚兄想要去自己想去的地方。"

"布里克曼现在是什么样子？"

萝兹自个微笑起来："他只是太累了，幸好没缺什么零件，身体还算健康，而且，他找到清水了。"

"她没跟他在一起吗？"卡尔斯托姆脱口而出。

"没在一起。他们曾经相遇，但……没在一起过。"

“她对他的感觉还没变吗？”

卡尔斯托姆问完之后，见萝兹皱起了眉头。显然这个问题太过生硬，令她很不舒服。嗯，这就对了。她对清水的敌意，其实就是能让她保持与自己合作的麦高芬。

“嗯，没变。”

“那佳得利呢？布里克曼找到他了吗？”

“具体位置还没搞清楚。只知道……大致的方位。”

“指给我看看。”

萝兹颤巍巍的指向地图，却没具体指出什么位置。“在东海附近。他肯定是往东去的，那个地方有鸟……”

鸟……是有羽毛的动物，还是人造的飞行物？卡尔斯托姆暗暗思索着。他再去看地图，上面写着的是古时名为马萨诸萨收费公路的那条路，它西至奥尔巴尼南部的哈德孙河，并向东经过斯普林菲尔德、伍斯特、波士顿，再向东一直通到大西洋。他问：“那他的无线电装置还在吗？有没有武器？”

“没有，都被收走了。”

“他有没有想过你？他，还想不想回来，回联邦来？”

萝兹半天没有回答，最后才说：“他脑子里只想着自己要做的事。我看到了死亡，还有毁灭。它们……”说到这儿，她停住了，试图将那些可怕的图像从脑海里赶出去，“它们，都让我害怕。”

这时候，卡尔斯托姆注意到，她的双眼恢复了正常。她用惊讶的目光盯着他看，又紧张不安地朝房间四周望了望，似乎是要回想起自己到底在哪里。过了好半天，卡尔斯托姆看到她渐渐放松，似乎她投注到戚兄身上的那部分意识又回归了自我。

“我，我……做了什么？”

“你不记得了吗？”

“我只记得，似乎与布里克曼联系上了，可……我说过什么话吗？有用吗？”

卡尔斯托姆轻轻将手放在她的肩上，说：“说了很多，我很欣慰。”他示意她站起身来，引着她朝十字转门走过去，“我想你肯定不会向任何人提起过这次会面的。”

“当然，先生，可是……呃……我也不希望任何人受到牵连，这对我很重要。约翰·奇桑姆说……”

卡尔斯托姆打断了她的话：“那个家伙非常愚蠢，他应该放聪明一点。无论如何，我相信我们有时候会做一些不该做的事。我的意思倒不是说桑塔纳大厦里发生的事，绝不是那个意思。不过……”

萝兹张了张嘴，想为奇桑姆开脱一下，也想解释一下自己的行为。

但卡尔斯托姆却示意她，什么都不用再解释了，“当你被召唤来时，就要用尽一切力量，为联邦和第一家族效劳，这才是最重要的，就像你今晚帮助我这样。我是不会忘记的，而且以后我可能还会需要你的帮助。布里克曼这个年轻人虽然很聪明，但如果我们不帮助他的话，他可能根本没办法安然归来。你一定要记住，我可是对你寄予厚望的。”

“我明白，先生。谢谢你，我会努力的。”

“我相信你会。如果需要你再‘联系’布里克曼的话，我们会再打电话给你的。”卡尔斯托姆拍拍她的后背，带她来到十字转门旁，“现在，你就离开这里，回到学院去。嗯，对了，嗯……祝你取得好成绩，百尺竿头，更进一步！”

说完，卡尔斯托姆按下按钮，圆筒状的隔间开始旋转工作，将萝兹送回了旁边的办公区。不一会儿，就有两个行政工作人员从椅子上起身来迎她。

第九章

“萝兹，萝兹……”

布里克曼突然睁开眼，口中轻轻叨念着戚妹的名字，鼻孔里似乎还有她发间的香味。有那么一瞬间，他觉得她就在这间漆黑的屋子里，或者刚刚还在，现在已然离去。过了半天，这种感觉才慢慢消散。原来只是一场梦。他有点冷，哆嗦了一下，这才发现自己身上光溜溜的，他赶紧一把将滑落在一边的棉被拉过来，盖在身上。

他有点搞不清楚，脑子里怎么会产生如此逼真的图像。就像亲眼见到的一样，各种细节都是如此逼真，清晰。他甚至能够和她相互交谈，伸手触摸到她的肌肤，还能将她拉过来抱在怀里。而且，根本就分不清，是梦，还是清醒。完全一样的情绪和感觉，无论是味道、触觉，还是嘴唇上的潮湿柔软，身体在触摸之下，如雷击般战栗，彼此融为一体时，那种奇妙的温暖，就像是被紧紧包裹一般。

他真的很想知道，梦中的那个人，是否也做了同样的梦，梦中的情节是否真的发生过。这一切，发生在雪先生经常提到的那种人眼无法看到的世界中。布里克曼梦到了清水。梦里，两人回到了那个帐篷。那时候他刚逃出穆卡尔部落不久，二九八九年的夏天，那群变种人俘虏了他。清水偷偷溜到帐篷来。梦中，清水曾用赤裸的身体缠绕着他，可是当他低头亲吻那柔软的嘴唇时，却发现抱着的是萝兹。他们所在之地，也并非佳得利的帐篷。他和戚妹赤身裸体地躺在床上，是罗斯福站的家中。只是房间看起来比记忆中的大了很多，床也大了很多。而后，他又突然梦见戚妹的乳房缩到身体里去了，皮肤也变成了变种人的模样，人也变成了不到十岁的小孩。

他吓得从她身上爬起，心中充满了沉重的负罪感。抬头一看，竟然看到卡尔斯托姆，联邦情报突击队的头儿，正坐在床头笑眯眯地看着他俩。这时，两个身穿黑色和银蓝色连身服的一男一女突然走来。男的要将被子扯起，布里克曼赶快抓住了不放松，但是双手却一点力气都没有。女行政人员过来抱起萝兹，此时她已经变成了五岁的模样。他们用被子将她包起来，往门外走去。等到门口时，萝兹从一个小女孩变成了一个塌鼻子的婴儿，眼睛却死死地盯着某个地方，一张没有牙齿的嘴巴张得大大的，咿咿呀呀地叫起来……

啊，是萝兹要和他联系吗？她要告诉他什么事？还是某个隐蔽的陌生人穿越黑暗，入侵了他的大脑，发送了这些信息？

那些支离破碎的梦境，开始在脑海里浮动，渐渐地，他又迷糊了。柴扉紧闭的小木屋外，静悄悄的，屋子里却鼾声阵阵，打破了黑暗中的寂静，是十四个头对头睡在两排褥垫上的变种人造成的声响。

这间木屋位于阿里巴尼的驿舍旁边。他能在这里落脚，还是那位黑衣人，或者是某个嗓音很像黑衣人的人争论了半天，才得到的好处。自从上次在驿舍看到清水之后，已经过去了四天了。布里克曼得到了证件和一张身份卡片——行路者身份卡。行路者也就是跑步送信的人，隶属于丰田幕府首创的由中央控制的邮政系统，这个系统能够令全国的各种文书资料，畅通无阻地往来通信。

行路者的工作主要由变种人担任，因为他们能够不知疲倦地奔跑，一英里接着一英里，一小时接着一小时，似乎根本不会停下来。而对于身在尼桑，地位低下的变种人来说，能够成为行路者，那可算是一份最好的工作了。如果你能在规定的时间内，将邮件送到目的地，而且没弄丢邮包，也没弄错邮件，那你就能有吃、有喝、有穿了。更何况，在路上奔跑时，还能"享受"到来尼桑之后难以得到的自由，这是平原人天生就有的权利。但是，一旦你完不成任务，或者生了病，或者犯了一点小错，主人就会收回你的证件，把你赶出奔跑的大路，赶回粪场里去工作。

行路者是幕府的雇工，所以他们都住在总领事府邸附近的专用围场内，或者是一些主干道上某些特定的驿舍旁的小型补给站内。这些补给点其实就是一些邮件的集散地。驿舍一般就是过路的客栈，只要客栈主人稍有头脑，就会想办法与周边的驿舍建立起密切的联系，吸引更多的行人过来住宿。这种安排对双方都有好处，渐渐地，驿舍和旅馆会走得越来越近，过了七十五年左右，到如今，绝大多数的驿舍和旅馆都共同建在一个屋檐下了。

这些行路者，其实就和两条腿的马差不多，他们运送的邮件，最后都发到尼桑各地的居民手中。而由幕府发往各行政地区的官员公文，则通常是由朝鲜裔或者是越南裔这些稍微高级点的所谓"大路人"来发送。若是有更高级的通信，那就须得由武士来承担了。为什么要这么做？因为各个领地上的领主家族们，都得有自己信得过的信使，确保那些发给亲戚朋友的私人"敏感"信件不至于落到幕府间谍的手中。总之,整个庞大的邮政系统,乃是由庞大的信使团组成的,从低级的行路者到骑马的武士,甚至还包括在头上飞来飞去的信鸽。它们将带着各地幕府特工写就的秘信米纸条飞到将军的手中。

布里克曼一开始对信鸽这种方式一点都不知道,只是看着这些庞大的网络系统和拥挤的交通状况,他未免感到疑惑,为什么他们就不能用高级点的科技来解决问题呢?铁大师社会的发展似乎停滞了,他们也在深受其苦。

其实,他们的工艺和机械技术,都给他留下了深刻的印象,让他觉得非常了不起。但不知为什么,他们就是不愿意,或者无法再向前来一个质的飞越。有时候布里克曼忍不住会涌起那样的愿望,想告诉他们该怎么做,但他心里其实也明白,这样助纣为虐,只是给联邦重回蓝天之战增添绊脚石。就让他们停留在石器时代的技术水平好了。再说了,也正是为了确保他们的科技继续落后,才必须让"飞马"项目迅速夭折。但据黑衣人所说的,佳得利已经能成功地起飞了……

自从同云武士见面之后,敏郎便明断到,他的未来非常危险。他对山下大人做出了错误的判断,以为山下与长狗相互勾结。但他仍有某种直觉,认为自己那样做并无大错。因为自始至终,对山下的指控是对的。山下和源清盛已经联手,准备密谋策反将军的姐夫。敏郎很想在短时间内找到确凿的证据,证明山下真的意图是重获黑光。

当然了,敏郎可不敢认为自己能代表将军,他也没把布里克曼当作联邦的代表。同云武士之间的交易,只能算作私下交易——只是一个让自己摆脱困局的战术。敏郎已让云武士意识到,如果他能配合好敏郎，完成自己的要求，敏郎可以保证他和那两个变种人安全地离开尼桑。布里克曼接受了这一条件后，表现出十分感激的样子，但又厚颜无耻地提出，还要把另外两个长狗也一并安全带离。

敏郎强压心头怒火，没有再说什么，就这样同意了他的要求。四个也好，十四个也罢，就算是四十个都无所谓，那些都只不过是个数字而已，没有任何意义。为了掩饰自己先前所做出的错误判断，敏郎毫不犹豫地杀死了信郎和他的那两个红条子侍卫。布里克曼和另外两个变种人最后也将落得同样的下场。等利用完他，将他除掉后，就再也没有什么能威胁到他了。到那个时候，他同将军的联系也将更加紧密，离自己最想达到的目标也更近一步。

离开米德里塔的驿舍后，整个后半夜，敏郎都向北方的阿里斯堡疯狂疾驰。他将云武士横放在马背上，脸冲下方，若远处的人看过来，还以为是哪个猎人捕获了一头雄鹿，正往家赶呢。天快亮时，他又给这囚犯套上了眼罩，绝不能让这小子看出自己的身份，这对计划的成功与否，或者是自己的地位能否保住，都非常重要。

十二英里的路，没多久就走完了。在阿里斯堡郊外，两个红条子前来迎接他。还有内廷总管，在丰田幕府里位于一人之下、万人之上的权臣——家康。他也热心地为敏郎提供种种帮助，这两个红条子也是他派来的。敏郎走近之后，将布里克曼交给他们，然后脱掉黑色的刺客衣，换上武士服，重新骑到马上。两个红条子带着布里克曼跟在后面，拂晓的薄薄雾气迎面而来，穿过之后，就到了敏郎昨天订下的客房里。那些仆人都还没起来，他们静悄悄地溜进了住所，没有一个人发觉。

接下来的这一天，布里克曼基本上都被捆得死死的，眼睛也被蒙住了，昏昏沉沉的，从那些叽里咕噜听不懂的声音中，他大概知道自己现在是被两个鬼子看守着。外面有人走来走去，声音很低，听半天也听不出个所以然来。时间慢慢过去，却不知道是什么时候，每隔几个小时，就会有人送两碗青菜白米饭来，他才知道时间又过去了。每次看守将饭送过来后，都会松开他的右手，引着他摸索过去，找到地上的饭碗，然后端起来吃，但这看守是什么模样，他始终没见到。

就是在这段时间里，敏郎悄然待在自己屋中，着手制订下一步行动计划。他考虑了很久很久，直到觉得自己已将各方面的因素都考虑到了，也想好了要对云武士说些什么话，才来到两个红条子的房间，要他们到外面守着，他进来审讯这个囚犯。

为了不让布里克曼听出自己的声音，在开口说基础语之前，敏郎早就撕了两根棉条，塞进口中，以改变自己的嗓音。他先介绍说自己是信郎和黑衣人的同党，接着将行动计划和盘托出。云武士眼睛被蒙着，只能竖起耳朵仔细听着，但听完后，他既没怀疑什么，也没说其他什么。敏郎见他这么沉默，颇为奇怪，也有些紧张起来，觉得有必要将未来潜在的危险说得夸大一些，并且告诉他，一定要保持高度的警觉。布里克曼却还是和原来一样，散漫随意，认为对待那些潜在危险的办法就是“兵来将挡，水来土掩”。

这个年轻人实在是太自负了，敏郎有些吃惊，他意识到自己还得谨慎再谨慎，以免被眼前的优越感蒙蔽了眼睛，从而低估了面前这个家伙。布里克曼显然来自一个完全不同的世界，有着不同的价值观，却十分敏锐而狡猾，就像他自己一样。

敏郎说，他会将布里克曼作为行路者编入劳工系统。一旦他被登记在册，很快就会被转到幕府位于源大人领地的主要邮政点，这样他就能公开而合法地在尼桑行动。

而鹭池离他们现在的位置大约有四百英里。整个行程走下来，需要好几周的时间，再加上有了新的工作，布里克曼一路上还得收集可能会派发的邮件。不过一到目的地，他就来到了行动的中心地带。那时，他得设法靠近总领事东芝仲根的府邸，因为只有在那里才能找到清水。另外，还会有人给他布置去鹭池收发邮件的任务，他的主要目标佳得利，正在那儿忙着制造一种小巧而灵活的飞马。

敏郎还允诺说，一旦布里克曼加入总领事的邮递队伍，他就会想办法，到源清盛的领地上再次与他会面。等到把周围的情势都搞清楚之后，他会再想办法去除布里克曼身上的草猴伪装，以长狗的身份进入鹭池编制。

"那在这之前，我想和你联络该怎么办呢？"

这个问题其实敏郎早就想到了，他说："不行的。从现在开始，只能单线联系，有需要时，我会找你，你不能来找我。"

"明白……我还以为到那里后，大家会并肩行动呢！"

"没错，我们当然是并肩行动，但不得不采取这种方式。朋友，不用担心，我会派人在你身边帮助你的。"敏郎自然是在撒谎。在源清盛的地盘上，他哪能安排特工或者密探跟踪布里克曼？那样做无异于找死。不过，要令这小子知道，自己的一举一动是有人监视的，这样他就不会随便捣鬼了。

"行了，"敏郎说，"今天还得绑着你走路。我们得到达里丁，你会在那里被登记为行路者。里丁是那块领地上总领事府邸所在地。然后，你就要开始单独行动，请管好你自己的嘴巴，应该就不会遇到什么麻烦的。”

“好，我会记住的。那……我们要去的地方，有多远呢？”

“五十英里。”敏郎说到这儿，突然又想起一个问题，“长狗能不能长距离跑步？你要伪装成变种人的话，恐怕……”

布里克曼轻松地点点头：“这点当然没问题。这当然也是联邦会选中我来执行这项任务的原因之一。”

还有最后一件事情，敏郎问道：“我们的人同你和武士上尉中岛信郎见面后，就将精工的人袭击浪人营地之事告诉我了。不过，我倒想听听，你对这件事是怎么看的？”

“还有时间说这个？”

“有。明天早上才会动身。”

布里克曼点点头，便从那群被精工武士追杀的浪人突然出现开始讲起，一直讲到自己在信郎面前喝了好多清酒，把所有事情都说出来为止。

当然，只有一件事情，他没有提过，就是他曾经与清水只有一墙之隔，时间长达数小时之久。这回询问他的人没有在过现场，既然他没提到清水，布里克曼就猜测到，对方并不知道自己与清水曾经共处一室，只用一堵方格子木墙挡着。也许提问的人认为这些都无关紧要吧！

敏郎当然不知道这些情况，等布里克曼讲到自己在哪儿交出武器时，他对这件事早已没什么兴趣了。他最想要了解到的讯息就是——营地的具体位置，以及如何才能进去。这些情况很快会被写进一封信件内，送到南方军事总指挥——精工秀吉的手上。信上的署名自然是“一位好心人”。精工秀吉看完信后，自然会再派武士前去，将那些拦路抢劫的劫匪重新一网打尽。

等最后一个浪人被干掉后，布里克曼就成了唯一一个知道敏郎弄错了总领事“意中人”和冒牌“云武士”身份的人，这个秘密将会非常安全，因为这小子应该没有机会将自己的任务告诉别人。事成之后，他将会从尼桑彻底消失，否则的话，敏郎自己就会消失。

一般来说，变种人行路者到达阿里巴尼的补给点后，就会被暂时安排到驿舍后院的一幢木屋里进行休息。无论是吃饭、住宿、洗衣服等事务，都由幕府完全承担，客栈统一安排。客栈老板会将这些杂物交给某一家变种人或者一群变种人妇女来做。让地位高的人给地位低的人做饭是不可能的。清水当时也得有两个侍女亲自去下厨做饭。而布里克曼吃东西时，由浪人手把手地喂，只是个特例。

早上，一到五点，布里克曼和十四个同伴就被叫醒了。木屋的一名雇工，一个女变种人，矮矮壮壮，粗手粗脚，肩上扛着一根结实的大木棒。所有人睡觉时都被要求要头对着头，脚对着墙。这个女变种人就在两排垫子之间走来走去，突然用那粗粗的木棒头重重地敲打着木质地板。于是地板剧烈地震颤起来，发出炸雷般的响声，能将人的耳膜震破。那些沉浸在睡梦中的脑袋瓜，仿佛遭遇了一场地震，禁不住吓得一跃而起，发了疯似的往外跑。

布里克曼被震得跳将起来，从铺着鹅卵石的院子往变种人专用的洗澡棚走去。这也是行路者的一份额外福利，因为幕府的雇工每天都要和铁大师打交道，所以也不能太脏，随时都得保持清洁。

他的洗澡过程实在很简单快捷，一个小男孩仿佛很高兴似的给了他兜头一桶冷水，这就结束了他洗澡的过程。他抖抖脑袋，精神清醒，擦干身体，裹上了棉布缠腰带。那男孩又准备了一桶冷水，准备给下一个从热浴盆中出来的变种人兜头浇上。

这男孩是一个“铁步”，也就是在尼桑出生的变种人。这个词来自被俘到尼桑的变种人和寻道民的反叛分子们经常被迫穿着的金属绑腿。布里克曼至今还没能和一个成年“铁步”仔细谈过，不知道他们这些第二代、第三代变种人是否还认同上一辈的平原人。布里克曼自从获得了行路者的身份后，慢慢地观察到，在尼桑这片土地上，不同的平原人部落之间，那些难以逾越的鸿沟，竟因所受的共同压迫，而被强制性地填平了。芝加哥人的宿敌——底特律人，同保罗人、圣路易斯人、辛辛那提人和米尔渥基人，全都被弄到了一个大熔炉里，他们再也不想在平原上进行水深火热的争斗了。

在去阿里巴尼的路上，布里克曼遇到了另一个行路者。和他一聊，布里克曼就明白了，铁大师严禁各个部落在这里进行争斗，特别是用简陋的武器进行械斗，更是绝不允许，否则就会惨遭极刑。头天晚上休息时，他注意到底特律人和米尔渥基人之间潜藏的敌意，但双方都是比较克制的，并没有挑衅和辱骂。但是在他们还没有来到这里，在交易处聚集时，这些举动却能随时引发暴力冲突。布里克曼在一周之内就看到了不少。

变种行者在选择伙伴时，最先选的，自然是自己部落的兄弟姐妹,但几十年的奴隶生涯则改变了他们这种发自骨子里的古老习俗。在铁大师严格而残酷的管理下，平原人学会了他们在几个世纪的同类相残中都没学会的东西——和平共处。布里克曼不由得想到了辟邪主的预言,如果那预言中所说的“国度”最后是在这出戏里的,而且是在这群被雪先生称为“迷失的人”当中诞生的话,那可真是太过讽刺了。

难道要获得自由,就得先失去自由?“自由”这个词,在联邦的字典里从未出现过,它到底意味着什么?布里克曼知道,它肯定与第一家族这样的中央集权控制的缺位有关。第一家族的解释是,因为缺少了这种控制,所以给国家带来了无政府主义的暴力和堕落,最终导致了大劫难的发生。

如果没有一个共同目的之上的共同意识，那自由会不会导致自我毁灭?如果绝对的自由意味着杰弗逊家族的独裁统治被推翻,接着联邦就变成了一个个小集团的残暴独裁统治，互相之间又是一场场混战，为了一己私欲而不惜损害所有人的利益?这样的自由到了最后,是否会导致整个社会陷入混乱?当很多受害的民众无法忍受这一切时,是否再次呼唤中央集权的独裁者再次掌权?

想来想去,这说不定就是第一家族真正聪明的地方。在联邦这个封闭的地下世界里，绝对地服从是第一法则。整个联邦哪都是一样的,每个人一生下来,就被灌输了任务、目标和满足感。每个人都跟着计划走,集体完成任务,而每个个体都会向着伟大的梦想努力迈进,积极贡献。而这个最伟大的梦想就是:重返蓝天世界。这个蓝天世界也是由杰弗逊家族领导的和平安全、秩序井然的世界,而不是那些导致大劫难出现的一团混战的世界。这些有序,并非是基于强制,而是让大家有一个共同的目标和理想。和平与安全来自消灭,寻道民都认为自己是远古祖先唯一的幸存者,地面上那些变异人,都是他们的敌人,那些曾经把世界推到了毁灭的边缘的家伙,一定要消灭干净。

变种人相信,在辟邪主的预言中,所有的一切都将变为现实。在布里克曼看来,也许这些都只不过是个白日梦而已,是对没有了目标的群体设置的一个共同目标。

就在寻道民在地下开辟了他们的地底王国之时,平原人和南方变种人,早已在地面上自由地奔跑了将近一千年。他们早已享受了那么久的自由,那些艰难的反叛分子多么渴望得到这些,可是最终,他们得到了什么?什么都没有啊!可是……

平原人从来就没建造出与富丽堂皇的约翰·韦恩广场一样伟大的事物,可是他们就凭着手中仅有的资源,与"尖铁"进行了一场又一场短兵相接的战斗。他们与外面的世界相互依存,并且与那个世界之后的原始力量紧紧相连。尽管他们不会读书,也不会写字,可是他们却拥有别人看不到的视野。他们的心,是对着天地开放的,他们能看到另一个美妙的世界。

原始的风,简单的绳,还有最普通的打击乐器,他们就能创造出音乐,他们唱着自己创作的歌曲,为自己而歌。

但是,在联邦那里,一切都创造行为,都被第一家族掌握,除了那些非法的黑杰克之外。说不定,就连黑杰克都是第一家族偷偷制造出来的,控制流通只不过是为了某种特殊的目的。

尼桑又不一样,铁大师用人手操作的乐器来弹奏音乐。电子通信还没被发明出来，但他们有庞大的邮政系统和书写团，专门将各种资料写出来，通过邮政系统发送出去，还会将每年的重大事务以及历史事件记录下来，留给子孙后代。另外，还有一种书吏，能自由地组合“表意文字”——铁大师们使用一种很难看得懂的字符，将口头语永久地记录下来。这些书吏并非是在单纯地记录，而是在发明资料。他们是从日常生活中提炼出一些细节，再创造出一个假想的情境，编排出一些假想的人物，在这个情境中，互相关联影像。他们就像是把梦中的东西写出来，称之为“诗”或者“小说”，还会拿出来给别人读。

布里克曼从里丁前往阿里尼巴时，曾经见过工作中的书吏。他们总是坐在乡村或者城镇主街道两边的那些小房子里，埋头创作。而周边不同的“商店”里，还有不同的生意人或者手艺人，有制作蜡烛的、制作灯笼的、制作马鞍的、编席子垫子的，还有染匠、木匠、铁匠、陶工、家具师傅、造车师傅、金属精造师，还有贩卖棉衣和丝绸锦缎的生意人，提供各种清酒和食品的商人……各种各样，包罗万象，数都数不过来。

布里克曼还见过铁大师们用刷子在纸和丝绸制成的屏风上，或者是木质的嵌板上，画出了彩色的图案。这些图案描绘的内容丰富多样，有草丛中奔跑的动物，有树枝上栖息的小鸟，还有山林中捕猎野兽的骑士，还有激烈的瀑布、大雪覆盖的群山，等等，各式各样。这些东西都画得栩栩如生，充满了生命的鲜活，这是哥伦布电脑创造出来的任何画面都无法比拟的。还有一种本领就是雕刻，他们会用木块和石头，雕出各种奇形怪状的动物，雕出那些凶猛残忍的野兽。

布里克曼实在无法理解，为什么这些人要制作这些看上去毫无用处的东西。可是他在心底也感到钦佩,为这些技艺,也为这些制作者付出的劳动而感动。这些东西,看上去如此美妙,赏心悦目,心灵得到了某种慰藉。最令布里克曼感到不可思议的是:尼桑的统治者,竟允许自己的子民们自由地创造词句、图画和物品,还允许这些东西随意地交易流传。

若是在联邦,这样的情况是绝对不可能出现的。

寻道民们可以参加建造和生产的过程,但所有的创造和设计,都掌握在第一家族手里,就连生命本身都是如此。

"艺术"和"文学",是另外两个在《联邦字典》里从未出现过的词语。

寻道民这一生所能看到的全部图片,就是公共档案频道提供的图像,另外就是墙上绘制的联邦之父以及现任总统司令的图像,而且,这些都是强制性要看的,不想看也得看。联邦里,从来没有人玩过乐器,所有的电子生成的音乐都是从扩音器里播放出来的。寻道民也从来不提笔写字,他们只需要在键盘上打字,而且,就算某天他们想写,也没有什么东西供他们用的,没有笔,也没有纸,甚至连纸的概念都不曾有。与纸最为类似的,就是用来制作以供篷车队指挥官使用的地图的塑料薄膜。

除了语言交流之外,还有一种沟通方式,就是通过哥伦布主电脑控制的电视视频,进行网络交流。杰弗逊家族从来不创造生命虚构小说,他们是坚定的实用主义者,他们创造的和在他们监督下生产出来的所有物件,都是被设计成实现某特定功能的。

过去一年里,在地面上生活的经历,早已令布里克曼怀疑,第一家族提供给普通寻道民的许多信息和知识都是虚假的。可是寻道民们从未对这些保守秘密的权力产生过任何疑问。隐瞒信息似乎是人潜藏的某种本性。他现在之所以要不遗余力地发掘真相,并不是为了揭发内幕,而是想让自己成为了解真实情况的那群人中的一员。

在他内心中,阴暗的那一面就是这样想的。但他本性中的另外一面,却不由自主地对地上世界做出了本能的回应,让他满怀叛逆的精神。另一个布里克曼认为,第一家族的独裁铁腕,并非仁慈的,而是如铁爪一样,牢牢钳住了所有寻道民的咽喉,扼断每个人的独立思想和任何感情。他这半个灵魂非常想摆脱他们的掌控,摧毁这惨无人道的地下世界,重新来一个大刷新。

布里克曼回到屋子里,将稻草和席子卷起来,靠墙整整齐齐地放着。其他的行者也都起床,将自己的床铺整理好了。木屋雇工在房间正中央摆放起四张矮桌子,开始侍候行路者吃早餐。照规定,为了保持制服的整洁干净,他们吃东西时,只能穿宽松的棉汗衫和缠腰带。客栈老板和邮政官之间也有协定,作为木屋雇工的变种人,要准备几套制服,还要提供洗衣服务,这样入住的行路者就可以即时脱掉脏衣,换上新衣。他们一旦入住客栈,就要将身上所有的东西脱下来清洗,但唯有一样东西从不离身,那就是用链子挂在脖子上的香蕉状的铜片,上面用铁大师的文字刻着一些符号和数字。这便是行路者的身份卡、粮票和美好生活的通行证,是尼桑所有的变种人都梦寐以求的东西。

行路者们每人一桌,坐在地上开吃起来。布里克曼坐在离门最近的位置,桌上有两个圣路易斯人,他们与底特律人交好。另外一个是布里克曼离开交易点后第一次遇到的芝加哥系的变种人，叫作猎鹿，来自米基旺部落。他来尼桑已经四年了，近两年才成为行路者。他说，在合约期之前，他还能跑三年。

“那三年之后呢？”布里克曼禁不住问。

猎鹿微微皱眉：“难道你没听说过？”

“什么？没，没人跟我说过什么事，我是从船上下来的。”

猎鹿一抬眉毛：“你升得倒是挺快的……”

布里克曼尽量显得很谦虚，说：“运气而已，运气而已。”

“跟运气没关系，”一个圣路易斯人咕哝着说，“芝加哥人最容易得到这份工作了，因为他们很会舔鬼子的屁眼。”

布里克曼和猎鹿看了这个变种人一眼，却也没有和他斗嘴吵起来。

“你的意思是……”布里克曼接着问自己感兴趣的话题。

“三年之后，一切玩完。”猎鹿说。

“什么意思？你的意思是行路者的工作结束了，又得回去继续做苦工？”

“不是。完蛋了，就是死掉了。”猎鹿说得如此欢快，仿佛这种结局并不坏。

布里克曼吃惊地盯着他：“啊，我的天，这是为什么？”

猎鹿耸耸肩，说：“我想，他们是不想让太多的平原人知道尼桑的各个路径，要是好好留意的话，谁都能看出许多门道来。死脸皮的地盘很大，但他们的人数却非常非常少！”

“就算是这样，他们不是把一切都控制得很好吗？这地方，就算要呼吸口新鲜空气,都要打个报告。”

“没错,如果他们不这么做的话,用不了多久,我们的人数就会远远超过他们。”

“真是很有趣的想法啊,”布里克曼慢慢地说,“谢谢你告诉我这些,要是早知道这样,当初我就不该接这活。”

“你疯了吗? 在这地方,这可是最舒服的活了。”

“是呀,可是……难道你就一点都不怕? 我的意思是,三年之后,就要死了。”

猎鹿人又耸耸肩:“你知道吗? 没有人能永远活着。”

“摩城渴,摩城喝……”

“对呀。”猎鹿将碗里最后一点米饭扒拉到嘴里,将碗沿舔得干干净净,“为了让你更明白一些,我就再多说点,也是最后说一次了。这活可不轻松,要是稍有点差池,你的麻烦就大了。死脸皮想杀你时,根本用不着打什么报告,直接杀就行了。看你这样子,他们第一个准会选中你的。”

“为什么? ”

“眼睛。”猎鹿冲那个在洗澡棚里给人浇水的小“铁步”打了个响指。

男孩忙恭敬而热情地端着一碗水跑过来递上。

“你看人的方式有问题。”猎鹿漱漱口,又洗洗手,然后从男孩的手臂上拿下一块布,擦拭干净,说道,“死脸皮最不喜欢的就是无礼的变种人。”

“我明白了。”布里克曼也伸手在水里浸了浸,擦干了,说,“很多人都警告过我这一点。”

这时，轮到这一桌上的一个名叫紫雨的呆瓜洗手漱口了，他是圣路易斯人，来自维秦佐部落。他洗完后就走开了，小男孩则继续进行自己的工作。

猎鹿看着紫雨走远了，才将视线转回布里克曼身上，“也许你是一个喜欢冒险的人，但我劝你最好老实点。”

“谢谢，我会的。”布里克曼离开桌子，开始穿上他的制服，那是一套宽松的橘黄色短上衣和裤子，还有一方同样颜色的大方巾。他按照要求，将这方巾叠成规定的宽度，贴着前额，绕到脑后，在后脑勺下打了个结。

猎鹿也在一旁着了同样的装束，问道：“穆卡尔部落是不是有很多像你这样贼的家伙？”

“有一些吧。”布里克曼将黑色腰带捆好，又穿上鞋子。这鞋的鞋底是用很粗的棉线纳出来的，鞋带一圈圈绑在脚踝上，将鞋子系牢，鞋帮子是厚厚的棉布。穿着这鞋跑步，鞋子一定要牢靠。

“真是想不到，他们怎么会让你这样的人来这儿？他们其实可以拿你去和沙穴人做个更好的交易，拿你去当‘岁子’换……”

布里克曼打断了他的话：“穆卡尔部落从不与沙穴人做交易。”

“他们为什么不做呢？去年的那场战斗，你参加了吗？就是与铁蛇搏斗的那一次！”

“当然参加了。”布里克曼捡起自己的腰包，里面装着粉红色的叶子，可千万不能搞丢，“你怎么知道的？”

猎鹿笑了笑：“世界上传得最快的就是闲话啦。人人都说穆卡尔部落有一个风暴使者，用法力将铁蛇拦腰截断了，杀死了很多沙穴人,但那铁蛇还是喷出了白火,让他们逃跑了,据说那天摩城喝了个够。”

布里克曼点头道:“下次,我们会干得更好。”他走出木屋,回到驿舍去。他实在不愿意继续这个话题,不愿意想起穆卡尔部落和路易斯安那贵妇号篷车队之间的那次战斗——特别是现在，他的立场已和当初上阵时完全相反。

过不多时,猎鹿和其他的行路者都来到了驿舍外面,在布里克曼旁边排成一行,一个个都恭恭敬敬、低眉顺眼的。就像雪先生说过的,要显得“有点谦卑”。猎鹿认为布里克曼同属芝加哥一脉,有必要劝他收起那副嚣张的模样,还有看别人时的傲慢的眼神。可是布里克曼在飞行学院受训的三年来,早就被灌输了一个根深蒂固的观念,那里的学生都相信他们是世界上最聪明、最优秀的人。而布里克曼更是相信自己是这些学生中最牛的那个。这时就要让他改变观念，恐怕还挺难。

一声铁钟敲响了。一个身材很矮小的铁大师出来了,两名办事员陪在他后面。三人走了过来。铁大师是补给的负责人,他走路时总是昂首挺胸,眼睛高高往上看。就像平常一样,他顺着这队列前面的直线走了一遍,再转到队伍背后,仔细审查一番,确保每个行路者的着装都正确无误,干净整齐,还有他们的态度,一定都是谦恭顺从、温顺听话的。

检阅之后,就是点名。点名之后,行路者就可以在驿舍檐廊的长椅上坐下,等待任务分发。长椅由一棵整个锯开的圆木做成,每次都会有四个人被叫走，分派任务，分发黑色密封的邮包。

猎鹿是第一组被叫到的人，很快他就给分派了一个鼓鼓囊囊的皮革包，背在背上。他将包上的拉钩拉到胸前，与肩上的带子扣在一起，系牢了，然后走到布里克曼旁边，向他告别。

"你走哪一边？"

"尤蒂卡，"猎鹿说，"那边我经常去，很熟。"

两人像武士那样地一击掌，说："后会有期，兄弟。"

"也许吧，路上小心。"

猎鹿最后笑了笑，跨过檐廊边的横栏，走上大路，大步奔跑而去。

布里克曼又等了一会儿，到了第三组时，也轮到他上场了。作为行路者，这份工作可以带他靠近鹭池，而因为成为邮政系统的人，他便有机会使用标注详细的尼桑地图。每一家驿舍的内墙上，都挂着一幅宽大的手绘地图，上面详细地标注出了该领地内各个补给点的所在地。而对面的墙上，则挂着一幅同样大小的铁大师国家的地图，上面标注的是各领主的疆域，主要的道路，各地的驿舍等等。而各领主的家族的名称、地名、山脉与河流，都是用基础语和日语两种语言标示的。

变种人是没有文字的，所以最开始布里克曼必须就得装作一点都看不懂地图的样子，这样就有人教他怎么发音，怎么识别既定目标的地名和路上各个标示的地名。为了假装是白痴，他将每个名字都重复再重复，一开始还念得含含混混，接着就假装越来越有自信，越来声音越大地读出每一个驿舍的名字。好像自己的"阅读能力"不断地得到提升，但有时候也会犯个小错，看着比较正常。

实际上,布里克曼早就用他出色的图像记忆能力,将整个地图牢牢地印在了脑子里。他能准确无误地搞清楚,哪里是哪里,要怎么走,怎么去,无论身置何方,他都绝不会错。而且,这些领地的相对位置和实际大小,他也都完全地复刻于脑中了。

大劫难之前的美国,各个行政区之间的界线,基本上都是直的。但铁大师这里不一样,领地与领地之间的界线,更倾向于依托自然形成的线条,比如某条大河的河道——从源头一直到与别的大河的交汇处,或者是一直来到入海口。山下的领地从伊利湖西岸一直往东延伸,直置于哈德孙河,以此河作为分界线,一直往东,来到入海口。在那里,丰田家族的领地被分为两半,北面的那部分像是一条细长的带子,沿着哈德孙河往上一直延伸,直至圣劳伦斯河。山下和源清盛的领地,刚好将它夹在中间。

如果这些领地的领主自己打起来,从地图上来说,是看不出谁会支持谁的。但若从战略的角度来看,山下的领地无疑是最具优势的。它没有被任何一块领地包围,而且绝大部分边界线都是河流与湖泊。这些天然的屏障,能够保护它难以被敌人从正面攻击。布里克曼一分析,顿时觉得,那黑衣人的神秘“同党”要采用鬼鬼祟祟的手段对付山下。这样一来,就算出了什么问题,也可以把罪名扣在寻道民的反叛分子和变种人头上。

一个邮政办事员招呼布里克曼来到区域的地图跟前,指着其中位于哈德孙河西岸上的某个地点,开始用半生不熟的基础语说道:“今天你要走到这个位置。斯普林菲德。明白吗?”

布里克曼鞠躬点头道:“斯普林菲德。”

办事员又指着第三幅标有阿里巴尼街道布局的地图，说道：“你从这儿到了河边，经过渡口，到达另外一边。我们会发给你一张特别的通行证，便于你路上通行无碍。你想想你要走的路，然后指给我看看。”

布里克曼假装成很费劲的样子，想了好半天，然后指出了从驿舍到渡口的路，接着从大地图上指出了从阿里巴尼到大劫难前的城市中心——马萨诸塞州斯普林菲尔德市之间的大路。

办事员看了看，满意地哼了一声，回到柜台后面，将布里克曼领章上的一串字符抄在一张渡口通行证上，连同一个邮包递给了他。

布里克曼恭恭敬敬地接过，深深鞠躬，眼看地下，朝门口倒退五步，再次鞠躬，最后才缓缓向左转身，退了下去。

真是一群磨磨叽叽的虫子。

布里克曼调整了一下邮包在肩上的位置，以便使双肩上的背带勒得更舒服一些。他然后挥手向其余的行路者们告别，朝着渡口的方向出发了。

变种人虽说一直都是最低等的人，但一旦成为行路者，便算是将军幕府的仆人了。“邮政必须畅通无阻”这训令一下，文件早已分发传告各地。行者就不用在路上向任何人下跪，除了一些更为高级的骑马的武士、乘轿的贵族或者高级官员，后一类人通常会有武士跟随护卫。这种安排是相当明智的，若是行路者见到一位地位比他高级的人就要下跪的话，那只怕一路上都得跪过去，邮政系统恐怕早就没法运转了。

布里克曼跑到河边，脚下的路变成了一段长长的木头铺就的码头，旁边停着几艘形状大小都不一样的船只。一艘双烟道的轮子船停泊在左侧的上游地区。布里克曼瞥了一眼，便转身朝右边远处的渡口住宿点走了过去。

他刚走没多远，突然想起，这艘轮子船的装饰颜色和图案，竟与那艘送他来尼桑的船很像，忙跑回去仔细一看，啊，果然就是同一艘船哪！船的桅杆和走廊两边的旗帜，都一模一样。他想起偏锋说过的话，这些船是要航行到尼桑各地的。没想到它居然开到这里来了！真是不可思议哪！太幸运了！只要找到偏锋，事情会好办得多。

最不可思议的是，偏锋就在眼前哪！他就在那里——正背对着布里克曼和一群变种人搬运工聊着什么，他光秃秃的脑袋上，绑着一圈红布条。布里克曼向他们走近了几步，假装是在看轮子船。他从船头看到了船尾，左手食指则偷偷伸到左耳垂后头骨的正下方，那里的皮肤下面植入了一个一角硬币大小的无线电收发装置。他按了一下，立即激活了这装置，再按一下，又关掉了。他再开关一次，用莫尔斯电码发出了一组信号：H-G-F-R。那正是他的代号“哑火”……

没有人会发现他干了什么，在任何人眼中看来，他的这个动作都只不过是挠了挠脖子。然而偏锋却能够听到耳朵里传来的“嗡嗡”声，如蚊子一般，微弱渺小，却非常明了。他忙转头过来，四处张望，终于，他看到了布里克曼。他轻轻抹抹脖颈，回复信号：M-X。意思是，收到对方的信息了。

布里克曼在码头上面四处闲逛，心里稍微有些轻松。他现在总算是有进展了，合法的身份到手，不必再担心什么权势人物来找他的麻烦，当然，他也没能晃悠太久。突然，有人从后面过来了，在他肩上轻拍一下。他回头一看，不是偏锋是谁？

“该死，我最不想见到的人就是你。”

“这话该我说才对哪！”布里克曼不甘示弱。两人又互相击了一下手掌。

偏锋侧着脑袋，将他上上下下好好打量了一番，说：“你知不知道？自从你在匹兹堡下船后，我就再也不想听到有关你的任何屁事了。事实上，我还跟老妈说，你最多只能撑一个礼拜，没想到你还能活到今天，真是服了你了。朋友，你实在太走运了。”

“只不过是在适当的时间，适当的地点，发生了一些适当的事情罢了……”

“也许吧……”偏锋似乎看出了些什么，“我猜你不是看上去这么简单吧？”

“听着，”布里克曼说，“我可没时间跟你解释我的匕首在哪儿丢的，怎么丢的，但匕首确实弄没了。你跟麦克 X 光一号还在联络吗？”

麦克 X 光一号（简称 MX-1）是情报突击队（代码 MX）的首脑卡尔斯托姆司令官的代号。不过，队员们给他取了个绰号，叫作“老妈”。

“当然有联系，你想让我告诉他什么？”

“告诉他，我仍在执行任务。我已经查明白了，目标就在波士顿附近，我现在就是正往那儿赶哩。”

“你是说，去鹭池？”

“没错，要不是你告诉我，我还真不知道去哪儿呢，你帮了我好大的忙啊！”

“举手之劳，应该做的。怎么，现在还要我帮忙不？”

“也许吧,不过还不知道什么时候,什么地点。”布里克曼做了个鬼脸。

“好吧。”偏锋唏嘘了几声,“你这家伙,可真是麻烦。”

“还真是有一件麻烦的事,要你帮忙呢!”

“该死,不过说来听听吧!”

布里克曼想着怎样才能将自己想干的事告诉偏锋，又不会给自己惹上麻烦。他略一思索,决定冒险一试,道:“是这样的,我得带两个人离开这里。鹭池在波士顿西边一个叫马拉巴拉的地方。到了那儿,我就得带走两个人,具体方法这里就不啰唆了。现在的问题是,我要怎么样离开尼桑。我花了很长时间仔细研究驿站地图，实在是太远了!”他抬起双手,一脸绝望,“我真的不知道要怎么离开那儿!”

“那你想去哪儿?”

“当然是回联邦啦! 但最要命的是,我得绕道怀俄明。”

听到这里,偏锋低声吹了声口哨。

“怀俄明?”

“是呀,没有选择。”

“看来这确实是件麻烦事。你第一次出来执行任务,他们一下子就给你来了个厉害的苦头尝尝。”

布里克曼没再理会他,继续说:“我估算了一下,从波士顿到伊利湖,怎么说都得有五百英里吧?”

“差不多,若是要到达怀俄明,那恐怕还得再走上一千五百英里才能到了。”

“我以为是一千二百英里呢,该死! 就差了三百英里……”布里克曼抬头看看天，沉默了一会儿，又看看远处的船只，心情安定下来后，才对偏锋说："这玩意儿是怎么来到这儿的？"

"走运河来的。"

"就是我们去匹兹堡的那条河？"

"不，是在山下领地上的那条河。山下和松下两大家族联合起来之前，那条运河是他们之间的领地界线，从伊利湖边的布法罗开始，穿过尤蒂卡，到这条河上游儿英里的特罗伊才算结束。"偏锋说着，并用手指给布里克曼看。布里克曼的目光顺着他的手指看过去，然后又回到偏锋身上，"假如我从鹭池搞到了那两个目标，再将他们带回这里，你觉得我有多大的可能性，能够赶上你们呢？"

"你想去伊利湖？"偏锋撇撇嘴，说，"那两个家伙不会乱叫乱咬地反抗吧？"

"一般不会。如果一切照计划进行的话，他们会巴不得早点走呢。我也想一块儿走，你觉得呢？"

"从理论上来说，没问题，不过到时候我可能早就不在这儿了。就算我在，也没办法藏三个人哪！之前能帮你躲在里面，是因为你自己本来就是偷偷上船的。"

"我明白。还有，那条水路上铁大师的船运不运变种人和寻道民？"

"偶尔会运，但是得有证件，需要一张通行证和一份文件，证明你被布法罗的某个人购买了，那人最好是个奴隶贩子。"

"真该死，怎么会这么麻烦！"

"一直以来就是这样。"

"好吧,假如我拿到了所有的证件,那得怎么说?"布里克曼强压沮丧之情,想了想,问道。

偏锋用标准语把布法罗一个奴隶贩子的名字说了出来,最后说:"我看不出这有什么用,你根本不会讲日语,更别提写了。"

"这你别操心,我能搞定。"

"好吧,就算你能到布法罗,那接下来呢?"

布里克曼咧嘴一笑:"呵呵,到时候你就能大展身手了,希望你能帮忙搞一次'天钩'行动。"

"天哪!你这个贪得无厌的家伙!"

"我知道这要求是有点过火,可……我也只有通过你,才能跟联邦联系上啊。"

"那好吧,大概什么时候?"

布里克曼摇摇头:"不好说,你还得在这里跑多久?"

"如果没有地震、洪水、故障、战争或者暴乱的话,接下来的四个月里,恐怕我都得继续跑这条线,一直向南一百五十英里,到达一个叫纽约的地方,才往回返。哈德孙河就是在那里注入东海的。"

"嗯,我在地图上见过。那里有好多岛屿,串成一串似的。"

偏锋点头说:"将军的宫殿就建在其中一个岛屿上。你知道吗?大劫难之前,起码有超过两千五百万人住在那里,两千五百万啊,你想想,这么多人挤在那小小的弹丸之地,你能想象得出来,那是多么混乱和糟糕?"

布里克曼摇摇头,说:"这些家伙,说不定就因为这个才自相残杀的。"

“也许吧……总之，我说一下我们的行程，你看看对你有没有用吧。我们要在中午出发前往纽约，两天后再回到这里，然后到布法罗，再从那里返回，大概需要三周。记好了，如果你能赶过来，可以偷偷搭我们的船，我会尽量帮你。这些鬼子狡猾得很呢，不过有我这个朋友在船上的话，一切会好办得多。”

“谁说不是呢？”布里克曼亲昵地用拳头给偏锋的肩膀一拳，“行了，我得离开了，不过真的很感谢你，要是没你的帮助……”

“行了！”偏锋一挥手，打断他的道谢，“等我回去去掉脸上的这排瘤子，哪天咱俩碰上了，开上一瓶酒，那时候再好好交流吧。祝你好运！”

“也祝你好运，朋友。后会有期！”布里克曼转身朝渡口那边走去。

“嗨！对了，我忘了一件事！”偏锋大喊着追了过来，布里克曼忙停下脚步。

“你得记着付船费啊！”

“啊，怎么付？”

“用钱啊！别告诉我，没人跟你说过这个。”

布里克曼一点都不明白地看着他。

偏锋笑了：“看来还真没人跟你说过这个。它就跟我们的身份卡一样，也分不同的等级。唉，算了，看来好多事情你还得继续学习，好好找吧，想办法搞到一些钱，因为坐一趟船每人要花五元呢！”他一边说着，一边慢慢往后退去，“而且，还有别的费用！保险起见，你最好带够二十元！”

“好的！没问题！”布里克曼自信满满地一扬手，转身沿着那排停泊的船只跑下码头。钱……元……哥伦布在上！越来越多的事情要操心，真要把人烦死吗？

偏锋站定了，看着布里克曼离开，直到跑到了通往渡口的斜坡上，才收回了目光。这时一艘小小的双桅船正离开河的一岸，朝这边开了过来。几分钟后，布里克曼将会开始他的下一段行程。如果考虑到这段路的距离，那就应该算是“长途跋涉”。跟这小子再次碰面，倒并非完全出乎意料。实际上，情报队早已通知过他，说那小子得到了一份行路者的工作，可能正朝这边赶来。

至于“老妈”是怎么知道这一点的，他一点都搞不清楚。总之，“老妈”无所不知。他更难以明白的是，布里克曼这小子是如何做到的，竟然在这么短的时间内打入尼桑系统。偏锋在被选到轮子船上工作前，有两年时间，艰苦的劳动和野蛮的鞭打把他折磨得快要死掉了。好不容易上了船，他又花了十二个月的时间，才爬到了监工头子这样稍微好一点的位置，而且其中使用的方法是极度无耻下流的。但是，布里克曼为什么这么快就能成为幕府的雇工呢？一定是有人暗中帮助他。

偏锋这样想着，脚下一步步朝搬运工那边走去，突然又意识到，自己忘记告诉布里克曼了，变种人和寻道民是不允许持有金钱的。身为奴隶，你是不能拥有任何东西的，你也没法去挣到什么东西。食物啊，衣服啊，住所啊，如果你能够辛勤劳作，这些东西自然就会发给你。但你吃的饭，身上的衣服，头上遮挡的屋瓦，都不是你的，那些都属于你的主人，甚至连你本人都是。

持有金钱的罪过虽然没有携带武器那么严重，但是仍然会受到严厉的惩罚。布里克曼如果准备从哪搞一些钱来的话，很快就会认识到这里面的严重性。是的，船票需要用钱买才能买得到。但只有铁大师才能买得到。

但偏锋又觉得，没有必要为这件事情太过操心。因为无论是哪个人，既然他已经足够聪明到能在短短的六个星期内从非法入境者一跃而成为行路者，那他也应该能轻而易举地解决搞钱这样的小事情。

第十章

与偏锋相遇之后没多久,布里克曼就开始一路向北了。而另一方面，被耽搁了很长时间的陆路护卫终于将乔迪和凯尔索押送到了特拉华河沿岸的费镇。建造费镇的砖都是从费拉德菲亚,意即“兄弟之爱”城的废墟中收集起来的。

这个城市于公元二〇一五年，也就是变种人所称的旧纪元终结年被烧毁了。

贩卖奴隶的大会很快就将开始，这个小小的河边小镇早已被那些前来买卖的商人和经纪人占满了位置。对于很多后来跟着陆路护卫赶过来的旅客来说,费镇是他们行程的最后一站。小镇西边是官方的哨卡,在那里登记完毕后,就开始四处寻找住处,但镇上几乎所有的客栈都客满了。

乔迪和凯尔索经历了一场长征，从在内布拉斯加西边被穆卡尔部落抓获开始,到达费镇,稍微告一段落,后面显然还不会结束,还会有更远的征程。他们俩被送到了哨卡这儿,接收他们的是两个朝鲜壮汉。他们的老板是一位船运的代理商,与源氏家族关系很好,受到其信任,并得到其保护。这两个朝鲜人长得很古怪,颧骨高突,眼睛眯缝着只剩一条线了。他们引着乔迪和凯尔索穿过熙熙攘攘的人流,来到代理商的办事处，倒换了新出行的公文。

那地方放着一扇打开的屏风，就算是门窗了。透过这屏风，可以看到内部是一个忙乱的食品市场，挤满了做买卖的人群。这些店铺里面到处都是食物，无论是柜台上堆着的，还是屋梁上挂着的，都是各种各样好吃的东西。当然，有的店卖的是没做好的食材，有的店卖的又是马上出炉的美食。一股股炖肉的香味跟着夏日的风吹过来，传进了乔迪的鼻子里，她口水流得满腔都是，馋得差点就晕了过去。

她看看身边的凯尔索，见他也是馋得眼睛直勾勾地，像只饿狼一样。虽然说一路上他们每天的食物都够吃，没饿过肚子，可是自从离开匹兹堡后，他们已经赶了三百英里的路了，全是靠双脚一步步走过来的。经过这么久的长途跋涉，他们比以前更瘦、更累了，越来越觉得吃不饱。而且，接下来他们还要继续忍受一段这样的日子。代理商人养着他的家人和雇员，为他的顾客提供好酒和美食，但代理商人并不是开公共食堂的，不可能给他们吃太多好吃的食物。对于这两个长狗，他唯一关心的，就是下面的交接事宜。

两个职员办好手续，拿到了公文，便像赶牲口似的，用简短而生硬的基础语呵斥着乔迪和凯尔索穿过了街道，来到一处渡口。这是特拉华河流上的渡口，河面极为宽阔，经过小镇的东面，向南蜿蜒而去，一直流入大海。此时，许多渡船正在河面上穿梭来去，时而停摆，时而折返。两个职员带着乔迪和凯尔索等候着渡船从对面过来。没想到这个时候，乔迪和凯尔索又看到了那似乎熟悉的一幕：那顶关得严严实实的车拉轿子里面坐着那个戴白色面具的神秘人，伴随着两个身材娇小的女侍从。她们和乔迪以及凯尔索一样，都是从匹兹堡出发，护送的护卫队也是同一批人。只是中途遇上了一伙凶残的强盗,强盗在一天清晨袭击了他们,不但抢走了财物,还将戴白面具的女人和她的两名侍女抢走了。但如今看来,抢劫她们的人似乎改变了主意,很快就将她们释放了。被抢劫后的第二天,她们竟一路赶到了米德里塔,在那儿又赶上了护卫队。

乔迪和凯尔索不懂铁大师的语言，因此对发生的事情感到莫名其妙的,即使是亲眼看见了,恐怕也搞不清楚。再说,也绝对不会有人用基础语向他们解释，于是便只能自己胡猜了。那次抢劫是怎么回事，与后来的事情到底有没有关系？在这场上百个浪人参加的劫掠中,有好几个驾车的和赶路的人无辜丧命。抢劫事件过后,在那三位被劫走的人赶上护卫队的第二天早晨，有人在驿站里发现了三具尸体,其中有一个还是武士。当时,被抢过的人还在驿站里休息,准备清点一下剩下来的货物,那些被吓坏了的赶路人也在驿舍内休息,调整紧张的心情。没想到竟又发生了这样严重的事。

对于铁大师来说,非法杀害武士是严重的罪过。果然,尸体被发现没多久,一群低级官员就赶过来了,展开了极为疯狂的调查。他们大叫大喊,怒火冲冲,无休止地盘问着面前的每一个人。如果听不懂他们说的话,就会感觉是在乌鸦的巢穴里,一群雏鸟受到了秃鹰的袭击,而发出了那种乱糟糟的聒噪。

客栈的人员和所有在这儿住宿的人都被包围了，所有人都受到了严厉的盘问,并且要老老实实回答每一个问题。房间和行李全都被翻了个底朝天,只为了找到一丁点蛛丝马迹。凶杀现场更是被搜了一遍又一遍。从院内阁楼被赶回客栈主楼的时候,乔迪和凯尔索匆匆瞥了一眼，看到了那具尸体。不过他们倒是没被叫去盘问，因为他们整个晚上都在马车底下睡觉，这是约定俗成的做法。更何况他们的双脚都被铁链拴在车轮上了，所以无论如何，他们都不会被认为是罪犯的。后来，当他们的公文资料都被审阅了无数次后，陆路护卫队一行人终于能够启程了。

为了加快速度，驾车人把皮鞭和锥刺都用上了，累得满头大汗，仍是无济于事。那些大块头的四蹄动物在挨了一阵狂风暴雨般的鞭笞之后，才往前摇摇晃晃地跑上几步，一点都不情愿的样子，可是连五十码都跑不到，就又变成了缓慢而懒散的行步。驾车人又急切，又无奈，也只能打上几鞭子，休息一阵子，再打上几鞭子，就这样和这些畜生较劲前行。

这般如此地赶了几英里的路之后，他们发现人比牛还累得慌。乔迪也看出来了，这些牛本身就不适合被强行套上锁具，更别说要它们发足狂奔了。这些事她过去倒是从未见过，但一看就能了解端倪。当然，护卫队的头儿们也看出这一点了，他们同那位筋疲力尽的赶车人商量了之后，终于同意让这些拉车的动物照着自个的习惯步速向前行走，再也不鞭打驱赶它们了。

乔迪回头看着身后的镇子和陆地不住地往后渐渐变远，心中忽然想起了那遥远的地平线的另一端，不知道马隆和他的手下们现在怎么样了。这些人当中，她最担心和想念的就是那位医疗员了，因为在她快要死掉的时候，是他治好了她折断的胳膊和全身的破烂伤口。当时的情况实在是糟糕透顶了，今昔河的洪水过后，她被半埋在河底的泥浆和废渣中，等待着死亡的来临，幸好马隆手下的三个反叛分子发现了她。

这三个人将她从河底救了起来，其中一人便是凯尔索。她活了下来。后来，又发生了很多很多的事，她也不得不变成一名反叛分子。地面上的生存方式，令她感到很迷惑，也很新鲜。与布里克曼的相遇，并没帮到她什么忙，反倒是她拼尽全力来帮助这位前同事逃生。可是他为什么会在身体上绘上了颜色？天哪，连头发都编成了辫子，还穿上了变种人那种缀满石片的衣服！为此，他们也曾争吵过，还为那些她听说过的第一家族是如何控制美铁联邦的事情争吵过，这些争论时时浮现心头，令人烦恼头疼。

是的，布里克曼是说了很多挺合理的解释，但谁知道有多少是真的？他要她不要再骂自己，还要她相信他。可是有谁会相信一个宁愿与敌人同床共枕，也不愿意回到自己人队伍里的人呢？

但……你又能相信谁呢？

按照第一家族的说法，这个世界上之所以充满了有毒的空气，正是因为变种人的存在。所以，为了避免空气中无处不在的危险，就一定要将地面上的变种人全部清除干净。那么铁大师呢？他们的科技看上去并没有多发达，可他们也非常勤劳，他们的智慧和发明创造能力也很强，组织能力也不低。与变种人相比，他们是完全不同的群体，可他们将会更加危险。这些铁大师到底是从哪里来的呢？既然他们也生活在地表，那是否意味着他们身上也散发着污染源，污染了地表的空气？如果真是这样的话，那就意味着在未来夺取蓝天世界的大战中，他们将会跟在变种人后面，被彻底地清除掉。可是在公共的档案里，为什么对他们的存在只字未提？第一家族一定知道他们的存在，只要能够被知道的,他们都能知道。

在与变种人对战的那天,乔迪被那团可怕的火焰轰出了“富贵号”的甲板,随后又在突如其来的洪水中淹了个半死。世界从此发生改变。在这之前,世界是如此简单干脆。整个世界,只有敌我两方:正义的一方是寻道民,邪恶的敌人是变种人。任何人都知道敌人是谁,也知道为什么要做第一家族要求的事,目标明确。可是现在好了,突然世界上冒出了名叫铁大师的群体,把原先的认知模式都推翻了,世界开始混乱不堪。就算这些家伙都五官扁平,就像是发育不全的侏儒,可他们的种族等级明显不低于人类,或者是处于人类和变种人之间。如此一来,整个局面就开始大变样了。因为既然有了第三个人种,那就可能还会出现第四个、第五个……而每一个人种都声称自己是地面世界的统治者。

但是,如果其他人种的进化程度和科技水平最后被证实了,比铁大师要高的话,联邦会怎么办?变种人倒是很容易归类,他们的白痴脑袋注定将成为牺牲品,可如何来判定某一类人是“低等的”?是谁制定了这个标准?他们又是如何进行划分的呢?

一旦开动起思考的大脑,忽然发现很多问题不断地涌现出来,原先固有的观念便开始脆弱不堪,土崩瓦解。这是一件极为危险的事,因为你现在在质疑的,是你从小到大都接受的事实,一个历史基础,那就是第一家族一直以来宣称的:寻道民才是人类唯一的正统,整个世界是属于他们的。

然而,还有很多很多的事情需要解释……

特拉华河是三菱家族领地的东极。这条河的对面便是新泽西，过去是属于达特桑家族的领地，就同阿隆基仑一样。但后来达特桑家族败在了丰田家族手下，这两块土地就被割让出去了。将军的家族以战胜者的姿态，占有了自圣劳伦斯河的魁北克到切萨皮克湾的查尔斯角之间的狭长区域。然后，这位新的统治者，便利用与达特桑家族的联姻，将他们残余旧部的复仇之火摁熄了。现在，达特桑家族的领地越来越小，只有西南边陲的一小片原始森林覆盖的群山才属于他们。

渡船悠悠靠岸，那顶被封得严严实实的轿子被抬到了一台双轮架子雇车上，两个搬运工一前一后，一拉一推车手杆，使车能够得以前行。两个侍女和两个朝鲜人则上了几辆敞口的手推车。这种车很简单，就是没有挡风盖子和坐垫座位的人力车推车而已，更不用说那些能够减震的弹簧车轴了。当然了，乔迪和凯尔索还是和以前一样，靠着双腿跟上去。

没过多久，他们就从最西端走上了一条足有五十四英里长的大道。这条笔直无比的大道，两边都是散发着清新香味的松树和白皑皑的雪松。再继续前行，就变成了一片湿地，覆盖着层层叠叠的蔓越橘。他们走了大概三十英里，终于有了驿舍，赶快停车休息。这两位反叛分子今天终于吃到了第一顿饭，真是托了那位戴面具的女士的福了。一停车，她就被连人带轿子地抬到了为她安排好的房间里，不让任何人有机会接触或者看到一眼。

第二天傍晚，他们终于走到了路的尽头，那是一片向南北延伸的宽阔的沙滩。一连串狭窄的沙洲和星星点点的小岛遍布其中。也许正是因为有了它们的护卫，整座沙滩才能得以留存，没有被海浪之口吞掉。这里的树木都艰难地生长着,要比别的地方的植物花更多的力量才能站稳脚跟活下去。它们的躯干和枝条都扭曲了,树皮上更是破损不堪,疮口遍布,可见这东海上凛冽的冬日寒风有多么可怕了。

这边的大陆与对岸那座名为亚蒂兰大的大岛之间横跨着一座大木桥,桥的中段是可以活动的。绞盘一搅动,那胳膊般粗细的绳索便能吊起或者放下这巨大的桥身。旁边是一处风平浪静的水湾,废墟遍布之处,却有一座渔村兴起。风沙早已掩埋了大部分的遗迹,根本看不出在大劫难之前,这些建筑起到了什么作用。在铁大师来到这里之前,它们是属于那些拾荒者的,一代又一代的拾荒者,把这里当作了生存的来源,在岛屿上这些倒塌的瓦砾中,寻找着能够用得上的东西,一丝一毫也不放过。

离渔村更远的地方,是过去码头留下的残迹,沙堆中探出一排排断碎的方木桩,看上去好像一头被风沙覆盖了一半的断裂的恐龙肋骨。木桩上原本铺就的路板也早就被风化消失了。那段无比漫长的岁月,被变种人称为“冰封黑暗期”。那些微弱可怜、数量极少的生命,为了能够得到活下去的热量和力量,便将这些木板砍碎了,拿去生火煮东西,或者烧了取暖。路板就是这样没的。

海湾里还泊着许多小渔船和几艘细长的远航帆船。乔迪和凯尔索被朝鲜人赶着,朝其中一艘走去。码头上有一排形式各异、大小不一、简陋的破房子。当前来接人的船靠近码头后,费镇的那位船运代理商驻扎在本地的手下,便赶快从那间像鞋盒子般的办公室里跑出来,帮着催促各方面的官员以最快的速度办理乔迪一行人的手续。事情很多,身份证明文件和旅行通行证要核对盖章,名字得填好了,备注也得写清楚。所有的行李物品等等,都要做详细的检查和备案,防止藏匿任何未报的物品。因为这是从一个领主的地盘到另一个领主的地盘,千万不能有任何差错,否则得收关税,或者出别的问题。

和平年代,发展贸易和征收关税是铁大师的两件重要事务。虽然丰田家族现在已经很富有了,但并不意味着将来不会没落,还会永远保持财力。其实,他们之所以成为尼桑最高的统治者,只不过得益于自古以来就遵循的传统:胜者为王。在弱肉强食的世界里,这便是唯一法则。他们的前任王者——达特桑家族也是因此成功的,但还是依照这个法则,一旦达特桑家族战败,他们的所有流动资产和领地,就全都被丰田家族收归己用了。

管理一个政府,一片国土,是需要很多很多花销的,所以任何一点能够提高额外收入的机会都得牢牢把握住, 哪怕利润再少也不能错过。如果从总体来考虑的话,那么大的交易量,需要雇用大量的税收和海关人员,成本也倍增,但还是很有利润的,况且也能为这些人提供就业机会。

"三岛洋子"的文件是由苏珊呈上来的。那位码头的负责人恭恭敬敬地敲了敲轿子的门,门微微掀开一条缝,但也足以看清楚里面坐着的不是什么特殊的人,只是一个穿着传统服饰的官妓。他便礼貌地再次鞠躬,示意可以关门了,没有再搞什么彻底的搜查,或者要揭开面具看女人的真面目。一般来说,只要公文上写清楚,没啥问题,是不会受到什么刁难的。

这里面的原因其实是, 官妓自古以来就深得各位领主和将军的宠爱,两个世纪以来,俨然成了某种社会地位的象征。她们也被赋予了种种特权，比如可以匿名或者化名外出。随着这种事情越来越多，许多出身高贵的女子，在享受偷情的快感时，也会经常伪装成官妓来四处行走。就这样，时间久了，官妓戴面具也成了某种习俗。但有时候令人感到惊奇和糟糕的是，人们也会在那白色的面具和华丽的丝绸和服之下，发现某些颇有身份的男子。为了避免再出现这类的尴尬，一旦再进行审查时，就需要格外慎重，后来便成了某种惯例。每个行业都会有一些潜规则，是不能触碰的，许多太过于仔细和苛刻，而且嘴不严的关口官员和哨卡守卫，就是因为知道了太多的内情，而白白送了性命。这些情况大家都知道。

乔迪和凯尔索对其他情况真的是一概不知，他们只能搞清楚脚下的这小块地方。他们的脖子上现在系了一个用稻草编成的小文件袋，能让别人一眼就看个明白，加上胳膊上有编了号的臂章，所有的信息都清清楚楚地写着，从哪里到哪里，要走哪条路，谁发的通行证，新主人是谁等等，全都一目了然。所有寻道民和变种人，都得戴着臂章，一旦没有小“黄卡”，还四处乱走，定会被当成潜逃者，将会被逮捕和处死。另外，还得用不会褪色的墨水进行黥面，一进入亚蒂兰大，两人就遭此酷刑。到了这里，码头负责人在他们前臂内侧上加盖了自己的公章，那些不知多少个的戳印中又增加了一个。手续齐全，可以离开了。

那位助手和船主习惯性地讨价还价了一番，再加上几杯清酒以及无数的笑脸，最后，终于把去普罗维丹斯的航程的价格谈好了，达成了协议。那位朝鲜职员很不情愿地掏出钱，助手拿走了一部分，是给码头负责人和其他官员的回扣。各方面都照顾好之后，他们终于能够被人好好地邀请上了船。

苏珊和南珂先握住了车轿前面的抬杠，那这里也只有乔迪和凯尔索适合抬后杠了。轿子停在了一道门前，里面是船尾的一排甲板舱室，其中一间自是为白面具女士准备的。两个侍女站在轿门两侧，掩护和服侍清水下轿，紧跟她进去了。乔迪和凯尔索也到了自己的房间里，因为他们被登记的身份是“甲板货物”，所以他们最后所在的位置便是船首和前控制室之间的露天“套间”里，这里看起来还不错，能呼吸到外面新鲜的空气哩。

连续两天的航程中，除了脚上一直戴着脚镣，走动不舒服之外，其他也还能忍受。平静的海面，没遇到什么风暴。到了晚上，他们可以钻进甲板上的棉花包中取暖。饭菜也还行，很容易消化，因为不过就是一些煮过的糙米和碎菜叶子的混合体。上一次他们穿越大湖区时，饭菜都快吐光了。这次已经能把大部分饭菜吞下去了。

帆船在海边的小湾内停了一会儿，再驶入了海里，沿着微弯的航线，一路前行，终于到了阿隆基仑的南部，再转头向北，经过巴洛克岛进入旧时的罗德岛海峡。

巴洛克岛在古代被称为布洛克岛。将军在阿隆基仑时，它是环绕阿隆基仑保护区的最东边防线。轮子船航行时，要远远地绕开它，以免被四处盯梢的“热情”的巡逻船拦住了，问候一番，十分啰唆。虽然船主是光明正大的，无所畏惧的，可是他和船上的人都生于波士顿，长于波士顿。这意味着管辖他们的人其实是源氏家族。所以他们绝对不能让丰田的走狗们盯上自己的船，他们首先忠于的是源氏。这是关于荣誉的大事。无论是来自罗地兰还是来自马萨诸萨的所有海员，都是这个意思。

终于到岸边了，这是普罗维丹斯。乔迪和凯尔索与白面具女士分开了。女士下船时，船上的人似乎早已将他们俩遗忘。两人趁着这当口，靠在甲板栏杆上眺望，只见一个男人正在指挥四个强壮的搬运工将那密封的轿子抬走了。看其趾高气扬的手势和华丽的衣着，这家伙是个有身份的人。乔迪现在已经不会再对这些搬运工的负荷能力感到惊讶了，这些家伙能力惊人，他们将一部分重量压在背上，另一部分则通过绑在抬杠上的布条以脑袋承担。长期这么负重，他们全都长成了罗圈腿。

这个指挥工人的家伙，其实就是在克利夫兰为清水安排护卫的干鱼商人。这会儿他有最后一个任务，就是要确保清水能毫发无损地回到总领事位于小岛上的爱巢里。

三个白条子来到了甲板上，将乔迪和凯尔索赶下了帆船，撵着他们走出港湾，沿着一条小路，穿过了这个小镇。两人终于可以卸下脚镣和枷锁了。但他们的脖子上还是拴着同一根绳子，想要走，就只能并排站。跟着一个鬼子前行，后面两个负责殿后。后面这两个鬼子似乎把这当成了一种重要任务，精力旺盛，目光敏锐，若乔迪和凯尔索稍有停顿，或者稍微一歪身，他们手中的那根细长的藤条鞭子就会突袭而至，“啪”的一声，清脆痛辣地甩在两人身上。有时候，根本不是为了什么，纯粹就是为了找点乐子，那毒蛇般的鞭子也会像针一样扎下来，痛得两人差点跌倒，后面的鬼子则哈哈大笑。

两个寻道民又有什么办法呢，他们只能咬牙切齿，在心中暗暗发誓：“等着吧，迟早有一天，你们会承受更多的……”

就这样，“开心”的旅途有三十五英里，乔迪和凯尔索终于来到了目的地:小农场马拉巴拉附近的鹭池。可惜没有地图,否则他们就会发现,自己位于波士顿以西二十五英里处,在旧纪元中,那是二十号公路的所在地。那里到处都是人造湖泊和蓄水池,最大的一个在正南方,里面有两个小岛,它的主人是罗地兰和马萨诸萨两地的总领事东芝仲根。清水这个时候正通过一条极其偏僻,又曲曲折折,故意隐藏的路线被秘密地送往了那里。

两边的田野里,有许多劳作的人,道路则是灰突突的。两人走完最后一英里时,那些劳作的人都露出了好奇的目光。他们俩茫然地走着,对雪先生和山下关于一架飞马的交易,当然是一点都不知道的,更别提要和那些阴谋诡计对抗了。不过他们知道,自己之所以被铁大师从一群反叛分子中挑出来,从遥远的地方辗转来到这里,是因为他们知道如何驾驶飞机。但要到哪里去,为什么要去,他们仍是一无所知的。

当他们俩几乎同时看到一架明显是由联邦天鹰飞行器改造出来的战机时,才突然隐隐意识到接下来将会面临什么样的情况。

白色的滑翔机,在夕阳的照耀下,淡淡的,红红的,仿佛披着一件玫瑰外衣。两侧的机翼下,各有一块红色的圆片片。滑翔机在他们头顶正上方兜了一圈,陡然向右倾斜过来,然后斜向下滑落,越过了一个建筑群的顶部,翩然着陆了。即使是在土路的左侧,他们也能看到那片建筑。

凯尔索皱起眉来,看着乔迪:“你知道我现在在想什么?”

“不知道,不过我知道,这些该死的把我们带到这里,肯定不是让我们来打扫院子的。”

“确实。嘿嘿，现在，只需要一个引擎，你，还有我，就能飞出这里了。”

乔迪笑了笑：“不过别高兴得太早，戴夫，我可以拿你那可爱的小屁股打赌，这些家伙在你靠近那玩意儿的同时，肯定早就考虑到了所有可能性，那些家伙鬼得很，绝不是白痴，你得明白这一点。”

“我们也不是，”凯尔索说，“我们当然也不是……”

不管是在生活中，还是在小说里，时常会出现各种惊人的巧合，没想到这里真的就发生了。这会儿，正在观看滑翔机降落的还有另一个人——布里克曼。他是从西部赶过来的，背上还背着一个邮包。他是在伍斯特附近旧时的二十号公路上奔跑，就落后在乔迪和凯尔索后面不到一英里处。当他看到这架后掠翼式滑翔机慢悠悠地在万里晴空中飞行了良久，又悠然而降之后，心脏不免加速跳动起来。好哇。就是这里。鹭池。看来，他已经快要接近于他的首要目标了。

布里克曼一看，前面有几个人正往里走，他赶快赶了上去，却见他们早已拐进了一道开着的大门里。他放缓脚步，朝门内扫了一眼。只见那里面是很多房子，有一些人来回地走动着，没什么特别，也看不出什么蛛丝马迹。也许，只有落在附近的滑翔机暗示着这里正在发生着的事情。他心想，我还会再回来的。

当然，目前的任务是要将邮件交给总领事东芝仲根。东芝的官邸距离大道不过几英里。他得先过去等着那位神秘的黑衣人现身，并且兑现其承诺，得帮布里克曼在鹭池找到新的工作。那时候，他就不再只是一个行路者了。通过那袋珍贵的粉红色叶子，他会洗掉身上的彩绘，恢复自己本来的面目，加入一群由佳得利领导的寻道民反叛分子中去。

所以，那时候，好戏才刚刚开始……

这是一道十英尺高的大门，上面还有一层木梁结构的屋檐，用来挡住雨水。乔迪和凯尔索一跨进这道门，就发现自己正置身于一个四合院内，院子里有两排新落成的平房宿舍，直接搭建在地面上，类似于绝大多数铁大师的民居，由一系列样式统一的矩形木架、方格屏风和纸质的面板组合而成。房顶上铺着的是搭接出来的木瓦，这就表示这位房屋的建造者其实可以随时将它拆卸，并不想将屋子作为永久之用。这宿舍周围还有一些附属性的建筑，同他们一路在驿舍客栈内见到的差不多，比如公共浴室、食堂、洗衣房等等，旁边还有几幢看上去年代很久远的老建筑。

这两个新来的人，很快就被摘除了“黄卡”。经过了一番乱糟糟的写画之后，两人算是登记在册了。他们闻到了水墨和纸张的清香，觉得非常宜人。鬼子用这些东西的熟练程度，也是他们过去从未见到过的。登记完成后，他们算是有了正式“编制”了。而在交易地点就被套上的臂章，也算是给取掉了，但又给换成了一个金属圆片，用一根细细的铁丝系在他们的脖子上。这位组长也太矮了，导致他要么得站在他们面前，抬起头来能刚好看到他们的鼻子，要么就继续待在办公桌后面的位子上。但最后，这家伙还是决定就待在那儿。“啪”的一下，他打了一个响指，算是警告众人，然后开口说：“你地，戴圆片地，一直地。如果掉了得，你们的脑袋，也掉地，你地，明白地？”

乔迪和凯尔索听得咽了咽唾液，乖乖地低下了头。

组长又对外面吼了一声，一个女变种人进来了，组长命令她带着他们俩去洗澡。

终于能够洗澡了，而且还是用热水。两个寻道民情不自禁地发出一阵欢呼。两人用最快的速度扔掉套在身上的、匹兹堡发的稻草斗篷、铺盖卷，还有装餐具的袋子，以及那件破旧不堪的寻道民的制服，往那热气腾腾的浴盆里一跳。“扑通！”真是太舒服了！离上一次洗澡有多久了？哥伦布才知道呢！而且上一次用的是凉水。现在这样的享受，真是想都不敢想的高级待遇啊！

两个人闭着气，轮番将对方按到水里，开心地玩耍了一番后，这才端正姿态，好好地擦洗身上的污浊。他们将那些积累了不知多厚的污垢，尽力地褪去，再互相搓背。美好的时光沙漏真是流得太快了，一眨眼的工夫，他们洗澡的时间就流光了。这样也好，否则在这么舒服的水里再泡一会儿，那些温暖一定会将他们送入美妙的梦乡。两人的脑子渐渐有些混沌了，当他们从热水里走出来后，原本站着一言不发的女变种人突然间就兜头给他们浇了一盆冷水，激得两人如活跳虾，登时从半梦半醒中凉醒。然后女变种人给他们俩递来了又大又香的干毛巾。真是无上的享受，这毛巾一擦身子，就嘎嘎作响，身上擦得干干净净，原本过去几周中积压很久的伤痛和难过，顿时就飞到九霄云外去了。

接下来，他们又被这个女人带着引入了隔壁的衣帽间内。在那里侍候他们的，也都是一些变种女人，她们上前来帮他们换上干净的服饰，当然是下等人的服饰：系着带子的三角贴身内裤；宽松的“V”字形领口的工作衫；阔腿裤；还有有衬里的短上衣，用纽扣和扣鼻固定着；最后是一双帆布鞋，套在两人光溜溜的脚丫子上。

除了鞋子是茶褐色的外，其他东西全都是蓝灰色。短上衣和工作衫的背部也都有一个茶褐色的标记——圆里圈着一朵花，有八个瓣。那三个赶着他们下船的白条子，头巾上印着的标记，竟和这个一模一样。管理区的那些书吏身上，也都有这样的标志。乔迪想，这可能就是某种区域标志。确实，她猜得没错。褐色的花其实就是他们的新主人——源氏家族。

然后他们被带到了被褥库内，两个人各带着一床褥子和崭新的棉被，跟着女变种人穿过四合院，来到宿舍区内的一间屋子里。女变种人冲着入口边的两个空位子一指。

“谢谢！”乔迪问，“那接下来呢？”

那个女变种人的眼神变得很不对，蕴含着某种怨恨，又带有不得不的屈服，瞪她一眼，一言不发，转身离去了。

乔迪和凯尔索见此情形，真觉得惊讶莫名，两人面面相觑。他们只好打量这房间一番，屋里每隔一段距离就摆着一套铺盖，两人便照着那些铺盖的样子，将褥子和被子叠放摆好，又将其余的衣服和餐具放到了上方的架子上。

这些程序其实和他们在联邦受训时的那几年差不多。在联邦，如果你刚进入一个新基地，不管你再累再困再想倒地，都不能将随身物品往角落里乱扔，自己再随便地往桌子上一躺。若是如此，那就等着你的头儿将你拎出去吧，如果他没来的话，你就得赶快自己将东西整理好，乖乖地主动前去找他。

这时，一个寻道民出现在了门口。他穿着同样式的蓝色工作服，瘦瘦的脸颊深陷，显得极为疲苦，眼神中透着一股苍老，就像是经历了种种磨难。

“嗨,你们果然来了?”

“是呀,来了。”乔迪说。

那人伸出手,友好地说:“欢迎来到鹭池。我叫雷·西蒙,里根/拉伯克站。”

“乔迪·喀珊,来自尼克松/沃思堡。这位是戴夫·凯尔索。”

“休斯敦/大中央站。”

凯尔索说完,来人伸手过来,两人一握。

“你是头儿吗?”凯尔索问。

“算是吧,”西蒙干笑一声,“只是雇工而已。你们刚从船上下来?”

“是呀,你呢?”

西蒙脸色有点苦涩,“我来这儿已经三年了。”

“一直在这儿?”

西蒙苦笑道:“不……今年三月份才被雇用到这儿来的,之前是在火坑。”

“火坑?”乔迪问。

“伯利恒火坑。”西蒙摇头说,“唉,那里全都是一大片一大片的砖头砌出来的冶炼炉。矿石就是在那里被熔化的,再从中提取出钢铁。我去的第一年,做的是烧炉工,后来他们让我管一伙变种人,负责倾倒熔化了的金属。我得小心地将这些东西倒在湿沙床上挖出的沟槽里,那些沟槽纵横交错,就像一些主干细、枝干粗的树。

“等着滚烫的金属凝固后,你就得折断这些树枝,但这时候它还热得通红呢,可是你不得不将它们弄到轧钢机上去。你还得确保自己不撞到别人身上去，因为旁边还有好多人，也都在干这样的活呢！所以，你一定得看仔细了，听明白了，别惹什么麻烦，一天二十四小时，一年三百六十五天，天天都得这样。

“滚滚的热浪会将你的皮肤灼得到处都是水泡，甚至连你的肺里，都不停地冒着气泡。而且这时候，你的手里端着熔化了的金属，你千万别跑那么快，否则这东西一旦溅出来，落到你的脚上，你的脚就完蛋了。更可怕的是，往沟槽里倒金属时，要是沙太湿了，水蒸汽就会骤然升起，推动着一般的金属液体溅到天空，再滴滴答答落下来，看起来就好像下了一场美丽的金色雨。可是你要知道，当它们落到你身上时，滋味就不会那么好受了，任何一滴金雨，都会将你灼伤一个大洞。”

凯尔索突然打断了他说得很顺溜的故事：“行了，别再说了，这些话你最好以后再说。”

乔迪赶快问：“那么绝大部分反叛分子，是不是最后都死在那里了？”她其实只是想岔开话题，为凯尔索这么粗暴地打断表示歉意。

“反正即使没死在那儿，也会死在矿山上的。”

“哦？这么说，你觉得能来这儿算是很幸运的啰？”凯尔索问道。

“当然，不过再幸运也不如你们哪！”西蒙的话里似乎有些羡慕嫉妒恨的感觉。

乔迪假装没听出什么来，“这里到底是在干什么？雷？”

“飞机，我们在制造飞机。不过现在还只是初步起始阶段。”

“‘我们’指的是谁哪？”

“其实，像我们这样的家伙，至少有二十多个，都是从各地抽调过来的。”

“莫非你是从大蓝号过来的？”凯尔索问。

西蒙摇头说：“我只是巡道兵，四级的。虽说我们连飞机的驾驶舱都没碰到过，但我们都有一两项专业技术。我想，这也是他们把我们弄到这儿的原因吧。你们呢？是不是地勤人员？”

这次当然轮到乔迪摇头了：“我们都是飞行员，去年开溜的。在我之前，有五个人都溜了，”说到这儿，她指指凯尔索，“他跑得比我还早，唉，但是……一下子可说不清哪！”

“好吧，随便啦！”西蒙说，“反正都过去了，再说什么都是浪费口舌。反正从你下船后的第一步，你过去的一切都消失了。鬼子从来不会管你从哪来，不会管你到底是谁。总之，从现在开始，你的所作所为才是最重要的。首先，我告诉你第一条法则，一定要忠诚于你的同袍兄弟。”

“对我来说，这再好不过了。”凯尔索插口道。

“那第二条法则呢？”乔迪问。

“就照着吩咐去做吧，始终低头，别想跟制度对着干。”西蒙苦苦地咧嘴一笑，说，“当然啦，你也可以不这么做，关键就看你能忍受多久。要是你想出局，鬼子高兴还来不及呢。但你得记住第一法则，无论你选择了哪条路，你可千万别连累其他人。”

“明白。”

西蒙再次细细瞧了二人一眼，说：“飞行员？这么说，他们把你们带到这儿来，是为了让你们协助那家伙试飞的？”

“很有可能，”凯尔索也不得不承认，“我们来的时候，在路上确实看到了滑翔机在高空飞行。是不是他？”

“嗯……”

“看来他干得还真不赖，”乔迪说，“也是从大蓝号上逃出来的吗？”

西蒙点点头说：“不错，他是这个项目的负责人。”

凯尔索有些疑惑，看了乔迪一眼，乔迪也正在看他，他惊讶地问：“我没听错吧？我还以为这里全都是铁大师在发号施令呢！”

“当然，是铁大师在发号施令。但……这样的安排……会比较有意思的。”

乔迪听到这儿，觉得嗓子有点干，“那家伙叫什么？”

“布里克曼。”

凯尔索的嘴张开了，想要说什么，可是却什么都说不出来，嘴巴就这么不听话了。

还是乔迪替他问了出来：“史蒂夫·布里克曼？来自罗斯福/圣达菲站？”

“不错。”西蒙也有点好奇地问，“你认得他？”

“过去认得！”凯尔索的怒火一下子冒了起来，骂道，“狗崽子，要不是这个舔屁眼的家伙，我们根本不会沦落到现在这个地步！上次我们见到他时，他还跟在一群变种人的屁股后面，穿得跟猴祖宗似的。奶奶的，现在这家伙怎么又来闻这些笨蛋的屁股了？”

“冷静，冷静！戴夫！”

“嘿，我得听听你的朋友怎么说？”西蒙总算找到机会可以反驳一下凯尔索了，“以前发生什么事，我可不知道，也一点不想知道。不过现在我倒是觉得，这个布里克曼比你可聪明多了。”

凯尔索一听这话，登时就火冒三丈，握起拳头就要朝西蒙扑过来。乔迪忙当中一拦，用肩膀抵住他，“冷静，冷静点，戴夫！你这是干什么？你一点问题都解决不了。”

“说得不错！”西蒙说，“现在，布里克曼已经赢得了大家的尊重。这项目能持续多久，我也不知道。但对我来说，只要在这里多过一天，就意味着在火坑里的日子可以少过一天，或者是别的什么可怕的活。告诉你，我，还有别的家伙，能够像现在这样安安稳稳的，已经很不容易了，我们绝不允许哪个笨蛋、菜鸟因为鲁莽行事而毁掉这样的好日子。”

凯尔索的脸也因愤怒而涨红了：“够了！够了！老子也不想再忍受了！”

乔迪又拼命地拉着这头愤怒的公牛，让他别再那么狂躁。西蒙在旁边一动不动地看着他们俩。凯尔索虽然身材高大、壮实，但乔迪也精瘦迅捷，巧妙地制住了他。

“喀兹！快放开我，听见没有？”凯尔索拼命挣扎。

乔迪对西蒙说：“放心吧，我会挡住他，让他别乱来的。”

“这样最好，”西蒙说着，转身向门口走去，“否则的话，他可能吃不到明天的早餐！”

“呸！”凯尔索怒叫着，“走着瞧吧，你给我等着，我认准你了！”

西蒙听到这话，便慢慢停下脚步，冷冷地说：“小子，给我听着，从现在开始，我，还有其他二十三个人，也认准你了。”大概是为了加强这种威胁性，他又回头指指凯尔索，“今天晚上睡觉前，给老子好好想清楚。”

凯尔索怒得气力大增，一把推开乔迪，冲到窗户前面，但西蒙却早已穿过院子走远了。

“戴夫,你这样子实在是太笨了!”

“是吗?那又怎么样?教训教训这家伙对他是很有好处的,也会让我感觉爽很多。该死的布里克曼……”他的脸阴鸷地瞧着乔迪,“你到底是站在哪一边的?”

“当然是你这边的了!”乔迪说,“可是现在也不是报复的时候,这里更不是报复的地方。那帮人恐怕很快就要来找我们的麻烦了,他们人多势众。你就别再惹事了,行吗?”

“看吧!”凯尔索怒气未消,盯着窗外,等到火气消散了些后,才耸耸肩说,“到时候再说。”

他见乔迪正往外走,忙问:“你这是要去哪?”

“我去看看能否说点什么,别再触怒他了。”

“切,让他们去死吧!我不需要你替我去求情,如果你真的不想支持我,那就站得远远的,别管我,行不行?”

乔迪“腾”地一下,火气也上来了,她咬着牙,心里默数了五十下,降低了一些火气,这才骂道:“你真他妈的不可理喻,你知不知道?”

凯尔索却一点都没听出来,还以为是夸自己,说:“所以,我才具有致命的吸引力,明白不?规规矩矩的好先生,又怎能达到这种境界?”

“少来了!”乔迪模仿着他那种自我陶醉的说话方式,“这种境界么,你最好再也别有。”

无论从目前的工地面积、装备情况,还是从人员的配置上来看,鹭池都不大像是实施大土木工程的地方。当然,佳得利其实已经为此付出了极大的心血和努力,可是项目还是实验性的项目,仅仅处于起步阶段。

之所以有这样的局面,一部分原因是源清盛大人的谨慎,倒不是他们不信任佳得利,源清盛大人对佳得利的评价从来不曾改变过。但源清盛很清楚,鹭池的各项工作其实早在长谷川使者的严密监视下。关于这种飞行器的作用,长狗曾做过详细的描述。显而易见,只要拥有几组飞马,目前各方势力的均衡就会很快被打破,这种情况自然是避不开将军的"法眼"的。

尼桑这片大地上，至今还没有发明出机关枪和炸弹等更厉害的武器,所以现在即便有了飞马,也未必算是一种大规模杀伤性武器,但那一天终将到来。以飞马的速度,又配备了强大火力的武士军团,可以任意飞翔到全国的任一地点，他们将像猎鹰一样自高空俯冲而下,所向无敌。为了防止这种危机发生,现在的军事策略,恐怕得来一个新的修正了。

源清盛大人非常清楚地知道自己所处的位置，这是一种极为微妙的位置。作为谱代,源氏家族一直是将军最忠实的同盟者,所以才会得到制造飞马的权力。但是,一旦研制成功,恐怕灾难也会降临。换句话说,鹭池如果发展得太快,肯定就会出现一些风言风语,一些没有必要的事情反而会增加它的重要性。这样很可能会引起那位年轻将军的警觉。将军很有可能会取消源氏家族制造飞机的特权。这一点,是无论如何都要想法子避免的。若天下只有丰田家族拥有这种武器,那就没有人敢再反对他们,所有人都会遭到他们毁灭性的打击。那时候,想要开创一个新时代的希望更变得不可能了。

作为“现代派”阴谋团伙的主要头脑，源清盛在搞这个飞马项目时，也故意表现出自己并不是非常想支持该项目的，这种姿态实在是老谋深算。佳得利要求不断增加人力和物力，他全都没有批准，故意来减慢研发的进度。另外，他还在内廷里到处说，如果具有持续动力的飞行器被制造出来的话，时间一长，恐怕会对铁大师社会造成弊大于利的影响。

这些全都是扯淡，全都是谎言。他就是这样在做这种表面文章，对外弄得好像他是很支持传统价值似的。其实他还有一个担心的问题，就是万一山下重获黑光的计划搞砸了，他有了前面的铺垫，也能为自己留条后路。当初这一计划，他并没有去全力支持。

其实，如果翻译成基础语的话，他长期以来想要传递给将军的意思就是：“我跟这家伙搅和在一起，完全是被逼的。”

真是绝妙的策略。

看起来，整件事情都是山下在幕后操纵的，调查记录上也会显示出，源清盛与此事毫无瓜葛。再说，当初游说将军，建议他将制造许可权授予源氏家族的，其实是宫廷总管家康这条老狐狸，根本就没有通过竞标从那些感兴趣的竞争者中挑出最好的。现在，一切都妥妥的了，只是得想个办法，别让总领事东芝仲根将事情搞砸了。

“搞砸”这个词用得真是妙，真是呱呱叫，不是吗？可是又不能一刀将他宰了，一了百了。

这个四合院的后墙上，有一道拱门，正好对着大门，大门外还有许多其他建筑物。西蒙正要穿过拱门的时候，听到后面的脚步声，是乔迪跟着赶上来了。他心中像是期待着点什么,便停下了脚步。

“听着,”乔迪说,“戴夫那边没事了,你明白我的意思不?我知道,刚才他有点过分了,不过你得知道……其实我们都没想到,这么快就会再次碰到布里克曼。”说到这儿,她有些诧异地摇摇头,“我真不知道这个家伙是怎么做到的,他还真是无所不能啊!”说着,她跟上了西蒙的步伐,“你能肯定,他真的叫史蒂夫·布里克曼吗?”

“当然,他就是这么称呼自己的。我觉得他没有必要在这一点上撒谎。其实,他是不是真的布里克曼又有什么区别?现在,发号施令的就是他,他很清楚自己要干的事,搞不清楚状况的是你们两个。”

西蒙一边走,一边带着她到了两排平房之间的过道里。两边的墙上每隔一段距离就会出现同样的拉门,所有的门都是大开着的,能够清楚地看到里面的内容,全是一个个面积很广、通风良好的车间。她看到左侧的一个车间里,摆放着一堆堆锯好的木材,还有一排排工作台,是来给木材做精细加工的。右侧的车间里则是几座脚手架,上面放着一些即将组装成机翼的肋和强力杆,还有一些用于机身组装的纵梁。

走到过道中部时,乔迪看到了一条初步形成的生产线,各种零部件顺次来到这里,被组装到一块儿。她心中默默一数,已经初具规模的飞机半成品,大概有十二架。几个穿着蓝色工作制服的变种人,正在那里默默地将工具放回架子上,并整理工作台,另外还有一些在打扫地板。这项工作的确需要有一定的技术,智力不能太低。总体来说,环境算是干净卫生的。最重要的是,这里的气氛似乎相当轻松,没有看到一个白条子或者手里攥着皮鞭的监工。这下子,乔迪明白了,这样的环境,西蒙和他的同伴当然不愿意让任何人去破坏。

不对啊，这有点不对啊！乔迪心中猛然蹿起点疑惑的浪花。西蒙不是三月份才来鹭池的吗？而且从他的话语中能推断出，当时布里克曼已经在这里控制其运转很久了。这显然不大对啊，乔迪和凯尔索最早碰到布里克曼是在四月上旬，那时候的布里克曼还受马隆的控制啊！他们最后一次见面是五月末，在那个大湖畔的交易点，他和那些抓了他们的变种人打成了一片。乔迪下意识地看看手上，过去她有一块带着标准日历的手表，当天鹰机坠毁后，那手表也被河水冲到不知哪里去了，所以，现在她也搞不清楚精确的日期了。然而，就算是有几天的误差，还是无法搞清楚，四月到五月间，布里克曼本该在鹭池的，怎么会在平原人所在地出现。哥伦布在上——他在那里到底干些什么？他又是怎么快速地回到这里来了？

当然，她还没来得及去向西蒙问一问这个问题，新鲜的事物又将她的吸引力夺了过来。那是一架后掠翼式滑翔机，它正从车间后的飞行空地上展翅高飞。与此同时，几个人正推着一个带轮子的发射车朝他们这边走过来，车上载着另一架同样样式的滑翔机。先前起飞的那一架正缓缓上升，它的机头上却绑着一根绳索，绳索的另一头正系在空地右侧角落里，缠在一台笨重的机器上。

“突突”，一阵轰鸣传入乔迪耳内。

“这是蒸汽驱动的绞盘车。”西蒙解释道。

乔迪痴痴地看着空中的滑翔机，兴趣点全都放在了上面。她当然对上升热气流的原理了如指掌，天鹰战机也被设计成可以利用热气流进行滑翔的方式，但联邦并没有专门的滑翔机。从最初飞行员学习飞行时，滑翔机就有了螺旋推进器和电池驱动。

滑翔机徐徐升到了一千英尺的高度，上面的飞行员便松开了绳索。绳索钩住飞机的那端系有一面蓝色的三角旗，从下面可以看到绳索和旗一起下落。这时，滑翔机缓缓向右倾斜，突然俯冲而下，速度飞快，陡然间又向上拉升，到了最高处后，再来一个倒转，速度几乎降为了零。有大概几分钟时间，飞机的机尾笔直朝上，紧接着，滑翔机以左舷翼尖为轴心，翻了个筋斗，再次向下俯冲，快要到他们头顶时又轻盈滑翔，从他们的头顶上呼啸着一扫而过，飞向了空地的高空。

“真是完美！厉害！”乔迪赞道，“可是为什么只造了滑翔机？”

“鬼子这里没有电的。”西蒙说。

“你们刚开始制造飞机的时候，他们也没有飞机啊！难道就没人和他们说，他们最需要的是什么？”

“没用的，其实鬼子早就知道需要电了。他们还把电称作什么‘黑光’，在他们看来，那根本不是什么好东西。布里克曼说，在铁大师的法律里，禁止任何人摆弄任何电气设备。与电有关的话题更是连提都不能提，他们非常忌讳这个。”西蒙耸耸肩，说，“我也觉得这听起来好离谱啊，可是真的就是这个样子。”

乔迪再次抬头看那滑翔机，说：“说不定这反而是好事呢！这玩意儿看起来倒不会对任何人造成伤害。”

“别那么说，布里克曼现在正在解决这个问题，他要研制的是一种轻型的蒸汽引擎。”

“蒸汽……引擎？”听到这个词，乔迪禁不住笑了出来。

“你可别小瞧这东西，我们现在已经在进行台架测试了。只是要怎么样才能得到足够的动力，倒还是个问题。”

“那你们究竟用什么做燃料？”

“油。不过我们也正在找更好的燃料，要烧得更快，释放的热量也更高！”

乔迪轻轻一哼：“怎么可能有那玩意儿？”

“到目前为止，虽然没有发现，”西蒙也不得不承认，“但我们正在努力去找。”

这时，六个寻道民正推着那架刚刚落下来的滑翔机返回右边的车间，路过他们身边的时候，西蒙就问他们试飞的情况。趁此时机，乔迪从专业的角度仔细审视了一番这架滑翔机。

这玩意儿与天鹰机有很大的不同，首先是机翼上覆盖着一层织物，向后倾斜的角度没有天鹰机那么大。而且，因为没有后置式的引擎和推进螺旋桨，那细长的机身外壳直接就在机翼下连接起来。驾驶员的座舱则位于机身的前部。

对比天鹰机，它在末端装着一个尾桁，与机身的中后部形成一个十字形的尾巴。而天鹰机的机翼则是三角形的，不需要横尾翼，也不需要方向舵。还有别的地方也有很大差别。老的天鹰机上面，左右方向的控制是通过连接到机翼后缘外侧的金属线来实现的。而现在的这架滑翔机，装的却是内置式嵌板，能够沿轴偏转，也就是副翼。当然，两个座位的天驰战机和马克二型的天鹰机上，都增加了这种配置。

这些情况，其实乔迪从来不知道。天驰战机乃是情报队才能使用的特权战机，而情报队更是机密中的机密，没有几个人知道它的存在。而乔迪从篷车上掉队的时候，连“大红号”上都没有配备马克二型的天鹰战机。“大红号”说的就是红河篷车队，那可是美铁联邦的地面武装中最王牌的力量。

还有一个最明显的不同之处就是：天鹰战机的起落架是三个轮子的，而布里克曼的滑翔机上，则是在其正下方弄了个木滑橇，滑橇左右各有一个小小的滑轮，与其组成一定的角度，以防止滑翔机在着陆时侧翻，撞坏翼尖。但很多新手还是不熟悉，在降落的时候一个不小心，就把这些花了很多时间打磨的手工机翼撞个稀烂。

当西蒙和那六个寻道民聊得差不多了，回来和乔迪面对面时，乔迪忍不住说了一句："没有着陆装置。"

"说得不错，鬼子没有橡胶，所以造不成轮胎，再加上他们根本没有电力，也就没法制造合成的铝材，或者是别的什么轻型合金。所以我们能用的东西，只有一些铁啊，钢啊，铜啊，黄铜啊的，非常沉重。为了能飞起来，只好用带滑轮的小滑车当发射架，虽然还是挺原始的，就像这里的大部分装备一样，但总算还是能起点作用。"

"那前提是它起飞之后还能安然地飞回来。"

"你说得有点道理，"西蒙不得不承认，"以后你要是有什么好主意，不妨都说一说。布里克曼虽然管得比较严，但他还是挺乐意倾听各种建议的。再说了，你们都是飞行员，这里头的事情，你们当然知道得比我多得多。"

"可以……"

"想不想见见他？"

"跟布里克曼？嗯……我们确实曾经在一辆篷车上服过役。路易斯安那贵妇号。我还是他的飞行组组长。我们遇到了很大的麻烦，我只能离开了。后来等我们再次碰面时，我才知道，我离去的第二天，他也被射下来了。不过他福大命大，仍活了下来。这家伙真他妈聪明，鬼点子多得很哩！”

“你说得不错！”

乔迪抬头看着那正在天空中试飞的滑翔机，鸟一样优雅地划过傍晚的天空，“奇怪，他直接教你们飞行不就行了吗？”

西蒙大笑起来：“别开玩笑了！我怎么可能学会开那玩意儿？逼我也没用。单是学会在这片大地上站稳，就花了我不知多长时间，更别说别的了。”

位于右上方高空中的滑翔机，正往南越过土路，飞到了四合院的上空，它打了个转折后，朝空地这边滑了过来。快要靠近土路时，布里克曼降下了右舷的机翼，朝上拉起方向舵，做出了一连串极为危险的动作，就与他们刚才看到的一样。他看起来是想将飞机直接开进车间里，可是在距离地面只有五十英尺时，机头却被他突然地挺直扳起，机身平平飞越，“嗖”的一声，从他们头顶上直飞而去，然后缓缓落在距离他们不远的地方。

凯尔索刚好走到这里，恰好看到了这个场面。他便大咧咧地走到他们之间，双臂交叉抱在胸前，身子轻轻前后摇晃地站着，显出一副嚣张跋扈、目中无人之状。西蒙没好气地瞥他一眼，目光越过他肩膀，质问似的看向乔迪。乔迪无可奈何，只能抬抬眉毛，耸耸肩膀，真不知道该如何回答才好。

滑翔机缓缓停下，距离他们大概一百五十码之处，机身慢慢向右舷一侧倾斜。这时，便有两个地勤的寻道民推着一辆发射车走了过来。

一个身穿全套白色服装的人从驾驶舱内灵活地爬了出来，稳稳落地，双手规矩地放在腰下，他看着这架闪亮的飞机被轻轻地抬着放到架子上之后，才跟着地勤人员朝车间这边走来。

“怎么着，今天的工程结束了吗？”凯尔索问道，“还是说准备挂着灯笼，挑灯夜战？”他的声音很平稳，倒是没有什么敌意。

“不，下周开始，我们才会进行夜间试飞。”

凯尔索继续执拗地说：“很好，给我们介绍一下吧！”

“你们不是早就认识了吗？”

“认识是认识。不过他可能并不想见我们，所以最好还是请你先引见一下，省得到时候有误会。”

“这家伙一直都这么麻烦？”西蒙看了乔迪一眼，说。

“不，只有他的脚不爽时才会这样。”

这时，地勤人员推着滑翔机过来了，距离他们更近了。那个布里克曼就走在横尾翼旁边，右舷机翼恰好挡住了他的半边脸，他头上戴着白头巾，上面自然绣着源氏家族褐色的花瓣标志。乔迪觉得这家伙看起来比上次见面时更瘦，头发也黑了，被理成了平头。

西蒙朝飞机走了过去，乔迪和凯尔索跟在他后面十码之处。

“布里克曼！这儿来了两个新人，他们想见你。”

白衣男子挥了挥手，示意那些工人将滑翔机推回车间，这才转过脸来。

机翼再也无法遮挡他的脸。

乔迪和凯尔索终于能够看得清清楚楚，这家伙确实瘦了很多，头发还不止黑了一点，而是乌黑乌黑的。

但，他不是布里克曼。

凯尔索的步子顿时慢了，说："先等等。"

"别，继续，"乔迪低声说，"随机应变。"

等他们走到距离那家伙不到两米之时，只听西蒙正在介绍他们的名字，而且最后还说："布里克曼，他们俩说他们是你的老朋友呢！"

佳得利微微有些愣怔了，他觉得自己处于一个极为尴尬的两难境地。他"借用"了布里克曼的记忆，又冒名顶替了布里克曼的身份，可是他从没想到，有一天会碰到真正认识史蒂夫·布里克曼的寻道民，这回可糟糕了！如果他们不是飞行员的话，他倒是能编造一些借口，什么消极怠工，不听上司命令之类的，把他们开除了算了。可现在他没法这么干，他现在非常需要那些懂飞行技术的人来帮他将项目继续推动下去，放眼整个尼桑，也只有这两个人具备这样的能力了。

佳得利只能好好地"迎接"这两位新人，他的目光均匀地洒出，顺次扫视了一遍。他很清楚，真的布里克曼一定很懂得在糟糕的情况下扭转乾坤。他当然也可以，就像布里克曼一样。可是，虽然他知道布里克曼知道的每一件事，并不意味着他能够像布里克曼一样反应，在特殊的情况下怎么做事，那是完全不同的两回事。

还有一个问题也很严重，他全然没有想到，自从布里克曼停止教他飞行的那天起，信息的"转让"就已经中断了。佳得利与雪先生一起走了很长一段路，后来又在返回时匆忙追赶，才最后看到了布里克曼驾机逃亡的那一刻。而引诱布里克曼的原因，他还是通过别的方式了解到了。布里克曼在溜走之后发生了什么事，他更是一点都不知道。而对于乔迪，他只知道她从甲板上突然消失之前的情况，但是凯尔索呢？他更是什么都不知道。

“乔迪·喀珊……嗯,这个名字他挺熟悉的。她原本是路易斯安那贵妇号上的飞行组长。不过在后来的一次暴风雨中,她试图在篷车顶部着陆时,被狂风卷走,遇难了。”

“嗯,”乔迪说,“差不多就是这样的。”她指着自己脸上和脖子上的深色疤痕,说,“你看,这些都是证据。”

“嗯,我看到了……”这个“布里克曼”用警觉的眼神看了她一眼,“除此之外,跟我记忆中的喀珊相比,你似乎变化很大。”

“确实,我变化很大,但我看你的改变,比我只多不少啊!”

“那你肯定是记错了,”“布里克曼”说,“我只是听说而已,当时我并不在现场。当然,我的意思并非说你不是乔迪·喀珊,只不过我是后来才加入哈特曼团队的,那时候他已经从困境中恢复过来了。那次的战斗,平原人把‘贵妇号’干得够呛!”

“没错。是呀,这个……什么都别说了!就是这样的。”

“布里克曼”忍住笑意,又转身瞧着戴夫·凯尔索。

“你确定我们见过面?我回忆了老半天,可仍然想不起来你是谁,连你的名字我都记不住了。”

“我倒是一点都不觉得奇怪,”凯尔索说,“西蒙提到你的名字时,我还以为我认识你呢。不过,嗯……跟乔迪一样……我给弄错了,把你和另外一个人弄混了。”说到这里,他耸耸肩膀,“巧合,都是巧合。”

“哦,别介意,这种事发生过不止一次了。”“布里克曼”说,“我们接下来还会有更多的时间来相互了解,欢迎来到我们这里。”他伸出手来, 和两人依次握了一握,“雷·西蒙会将这儿的情况都告诉你们的。我们这里有一支很好的团队,不过,我们一直等待着你们,你们一来，我们就能正式动工了！”说完，他便举手敬了个如阅兵一样的标准礼，最后，迈开大步，潇洒离去。事到如今，他只用轻描淡写的三言两语，就令这两个聪明的家伙，觉察出了他的能耐。他并没有愚弄他们，只是警告他们，别惹麻烦就好。

西蒙看了凯尔索一眼，慢慢说：“现在一切都过去了，你想说什么？重归于好？重新开始？”

凯尔索忙抓住他伸过来的手，说：“当然当然，你还生气吗？”

“不，一点也没有。”西蒙边说，边往后退，“那我们宿舍见吧。”他转身朝“布里克曼”追了过去。

乔迪和凯尔索看着两人走进了车间拐角处，身影渐渐消失，这才迷惑地互相对视一眼。然后，乔迪开口说道：“这这这……”

“这究竟是怎么回事？”凯尔索大声地叫了起来，“我日见鬼了！”

是的，这是一个相似的问题，只不过用附庸风雅的日语说出来，正摆在了总领事东芝仲根、源大人和山下大人面前，他们一直在用信鸽传递各种消息。但目前为止，他们掌握的情况也就那么一点点，根本没法得出什么确切的结论。

在整个报告中，总领事的关注点在于，陆路护卫在到达费镇之前曾两度被耽搁了。到底发生了什么事情？他不断地质问两名侍女。苏珊和南珂每一天都提心吊胆，就怕问这个问题，现在总算到来了，两个人颤抖得就像受了惊吓的金丝雀，她们叽叽喳喳，惊恐万状地诉说着自己的经历。

东芝仲根听她俩说话，就觉得像是有无数的长针扎到自己的耳膜,伸入脑袋里,痛苦得要命,却又不得不忍。直到最后,等她们说完了,他才亲自去找清水。啊,清水,自从她回来之后,总领事难以按捺心中的激动,整个湖心小屋的卧室都再次变得浪漫而优雅。清水洗漱完毕了,穿着一件薄薄的、宽宽的轻纱和服,上面印着野花和闪着晨露的夏草。她是主人的老相识了,她回来了,又将变成他快乐的源泉,用她的美丽和温柔安抚他那颗饱受折磨的心灵。这么多天被压抑的激情终于酣畅淋漓地释放了,他仰面躺在床上,下面就像是烧灼之后,一半火焰,一半海水,无比舒畅和美妙,令他回味无穷。这时候,他才问她,到底发生了什么事。

清水便开始诉说,将自己被囚禁之后的事情全都讲了出来。她说自己的面具确实被人取下来过,还被人仔细地察看过身子。但她也以生命起誓,说那些浪人根本就没问她什么问题,她也没有说出去过任何信息。当然,她绝对没有提那天半夜三更,在驿舍里,与信郎、布里克曼以及长谷川敏郎间的会面。否则,云武士会遭受杀身之祸的。总领事自然不会问到这些内容。他所有的提问,都是从侍女口中听到的,那天晚上她们安然入眠,什么都不知道,他自然也就不知道了。

过了一段日子,当总领事前往波士顿,对清源盛大人做公事拜访时,曾经说起过那次绑架的详细情况,又故意说了一下自己对此事的看法。他的意思是,那些只不过是一些小蟊贼的愚蠢行为,都没搞清楚状况,就胡乱抢人,结果抢错了。他还想将事情粉饰一番,就说出了最简单的解释:不过是一群浪人,看到了护卫队中遮得严严实实的轿子,就出手抢走了它,还以为里面是什么大人物,能够勒索一笔。没想到里面那位藏在面具之下的人,居然只不过是一个一点用处都没有的长狗，他们也不愿意搞太多的麻烦事，就把长狗和她的两个侍女丢回了路上。

源清盛细细地听他讲述，有时候又微微点头，表示对总领事说的结论很满意，并附和说这样的犯罪实在可怕，然后又安慰说这种突发事件只是些小插曲，没什么大不了的。

“当然啦，这样的解释我觉得挺简单明了的，我倒是很乐意接受。可是，你想过没有，还有一个小细节令人有些不安哪！你得好好考虑一下。”源清盛说到这里，稍微停了一下，希望总领事能好好想清楚这句话。他看着东芝仲根原本抛空的焦虑感又因为恐惧和怀疑，再次席卷而来，心中充满了一种快感。总领事本身是个出身良好的贵族，但是他太不自重，玩心太大，所以源清盛时不时喜欢逗逗他，挫挫这个浪子的威风，感到非常有乐趣。

“我不太明白，到底……”

“是吗，这你都想不明白？你想想，那帮浪人可不是一般人，为了抢到这个女人，他们付出了四十六条命的代价啊！”

总领事瞪大眼睛：“啊，你也知道？”

源清盛随口就胡乱编造道：“我也是从各种传来传去的传闻中听说的，说什么护卫被伏击了，浪人也被杀死了很多。但我没想到，也就是说，刚才我才知道，原来这帮家伙，竟然带着你的私人物品逃脱了。最关键的还不是这些，这帮浪人既然损失了那么多人，到手的不是他们想要的东西，而只是一个长狗和两个越南侍女，可有可无的人，他们为什么还要给她们好吃好喝的，最后又将她们亲自送回到大道上来？呵呵，你可知道，那是要冒多大的危险吗？”

“你说得也不错，不过他们是在夜里送回来的，漆黑的夜色可以很好地掩护他们，所以……”

“那又怎么样，这件事情，难道你就不觉得很蹊跷吗？”

东芝一愣，疑惑地看着他。

“你想想，他为什么要放了她们？为什么不直接就宰了她们呢？就算不杀，也可以把她们留下来当奴隶用嘛！”

领主大人说完了这些之后，东芝的脸色变得越来越难看，眉头也越缩越紧了，他总算搞清楚源大人说的到底是什么意思了。显然，逻辑推理绝非他的长项，他一般都是用下半身思考问题的。他有点心神不宁，挠挠自己的肚脐眼，说：“是呀，是呀。嗯，我也看出来了，确实有点问题。他们之所以这么做，一定有自己的理由，只是，我还想不出来，到底是什么。”

“那你最好好好地再想想，那到底是什么，我的朋友啊！”源清盛严肃地说，“因为咱俩的性命可都关乎于此啊！你想想，这不是明摆着的吗？原本这三个人早就应该消失，永远地消失，可是为什么偏偏又安然出现了呢？”

“这个……我……我明白！”

“也许只有一种解释，”源清盛继续说，“她们之所以获释，不可能是因为毫无利用价值，那只能是因为她们的外表。看来有人非常喜欢这个长狗，和你一样，对她非常感兴趣哟。”他微微一顿，引导着东芝跟上自己的思路，继续道：“这当然是你的事，就由你来猜测那人是谁好了。不过我在这里郑重地提醒你，我的朋友，我想你已经被盯上了，你千万得小心行事，把后院扫干净才是。”

他们在那边聊着，山下大人这边的情况又略有不同。其实，他很早就收到了信鸽传来的信息，在了解事情大致经过的同时，他早已得出了这样的结论，甚至比源清盛更精准和迅速。而且，精工与他一直保持着密切的联系，所以抢劫的事情，早就传到了他的耳中，两天之后发生的血腥屠杀同样逃不过他的眼睛。他还派了一只信鸽将这些情况都告诉了源清盛，警告源清盛一定要小心行事。

这件事情，山下自然是极为震怒的，他已经尽了最大的努力去保护那个长狗，结果长狗还是被人掳去了，虽然时间很短，但后果很严重。好在这个总领事与他夺回黑光的计划没什么特别的关系。山下现在有点担心，怕自己的阵营里，出现一些没法让他喜欢，无法让他信任，难以让他尊敬的人，他想清除掉这些令人不快的事物。源清盛曾经向他提议说，东芝是将军的姐夫，肯定有不少利用价值。他当时有些不情愿地听了这话，可如今，这个愚蠢的笨蛋，将他们都带进沟里去了，尽管他们做了各种努力，还是抵不过自己人拖的后腿啊！

谁也不知道那帮将长狗抓去关了一夜的浪人的真实面目，这期间虽然只有短短的几个小时，却相当危险。这些浪人胆敢这么干，定是得到了上面的命令。当正常的法令和寻常的手段都不起作用时，就算是高贵的尼桑统治者，也会毫不犹豫地采取某种极端手段，来达到自己的目的。我们那位野心和雄心都极大的领主大人当然也会这么做。从源清盛那边传来的消息中说，那个贱货在被捉走后，没有受到什么审讯，她向东芝供述时，也没有受到严刑拷打。该死的贱货，没准她就是下贱，就是欠揍，不好好给她点苦头吃吃，她怎肯说出真相？当初，决定让她活下来就已经冒了很大的风险，没想到她竟成了东芝的私人娼妓。现在她更是招来了外人的窥探，将大家都带入了危险地带。

是该采取行动的时候了！

山下已经知道了侍女们对那个死在米德里塔驿舍内的武士和两个红条子都说了些什么。那三个死人，大概都是被忍者杀死的，一刀致命，干脆利落。可是两个侍女对这个谋杀案根本说不出任何有用的线索，山下更找不出任何证据，能够将谋杀案和长狗被劫之事联系起来。信郎胸口上的那张纸条倒是暗示出，这几个人是浪人，得罪了精工，自然要遭此下场。但这条子并没被更多的人看见，忽然就消失不见了。这凶杀案件发生之地米德里塔是三菱的领地，他是将军的盟友，而且已经答应了执行从江户夏宫发来的命令。所以这件事情，就像笼罩着重重的神秘面纱，没有人能清楚到底是怎么回事。

还有一封来信，是使者长谷川敏郎亲自所写，收信之人为精工家族的某个成员。信中的内容可以帮助山下猜出幕后真正大佬的身份。这封信虽然故意透露出浪人藏身营地的位置，以及进入的办法，却没有实现它的目标。因为早就有人得到命令，要对使者的各项行动都进行严密的监视。监视者看到使者委托某个店主通过邮政系统寄出了一封密信，立即便有人将此信拦截了下来。

第十一章

长谷川敏郎身为内廷使者，轻而易举地给布里克曼安排成了行路者,之后,他离开了里丁,返回阿隆基仑夏宫。

他以最快的速度策马狂奔,每过一处驿站,都要换一匹好马,一路连续飞奔。虽然他骑术高明,但这样的狂奔也非常吃力。每天晚上,他一下马,全身都要散架了,然后简单地洗个热水澡,稍微休息几个钟头,凌晨三点时,又准时动身。整个世界的天幕还没解开,一切都灰蒙蒙的,他却要和昨天一样,继续赶路了。

终于回到了江户,和过去一样,他和很看重他的护卫队长镰仓互相问候,又按礼节向内廷递交了出使公文。家康没有亲自接见他,因为这老家伙肠胃上的老毛病又犯了,正痛苦不堪呢。

家康的私人助理代表这老家伙接见了他。敏郎礼貌地表达了对尊贵的总管大人抱恙在身感到难过和心痛，并充分表达了自己的关怀,请助理向家康转达自己衷心希望总管能够尽快好起来。助理也用这些虚伪的礼节作秀了一番，向使者说，总管听了他这些关怀的声音,一定会深深地感动,也会很快好起来的云云。

鞠躬,鞠躬,再鞠躬,一连串重复性的动作,会见终于在沉闷的气氛中结束了。敏郎心中觉得很蹊跷,不知道家康得病是不是和将军有关。更有一种可能就是，将军真的找到了一个神秘的高手，既懂得丰富的毒药秘术，又绝对精明智慧，悄无声息地放倒了这条令人头疼的老狐狸。

他来到了将军宫殿的一层书房。

二十八岁的年轻将军赖朝，俯瞰着外面美丽的园林池塘，塘内百合朵朵，绽放如云，或红或白的金鱼们，在水中遨游嬉戏。武士上尉信郎的最后一条消息，是在放走清水那天发来的，信鸽被带到了将军跟前，里面的内容确定了清水的身份，也证明了使者的信息来源绝对可靠。

将军坐在台基上，旁边还有五个贴身护卫，围坐在侧。

敏郎恭敬地跪下。

将军免去了那些繁文缛节，要他盘腿坐下，陈述报告。

敏郎开始讲述自己在米德里塔与清水见面的经过。其实，这份报告是精心编造过的，他对于清水承认自己和男伴都是身上没有天生图案的变种人这件事绝口不提。至于中岛信郎捉到的那个长狗，他基本上都说了，连他怎么落到浪人手中的经过，也简略地说了一番。

他还解释说，这个家伙是一名情报队员，其工作的性质就像他一样，极为秘密，直接受联邦的"将军"的领导。"根据他的回答，显然我从过去收集到的情报中得出了一个错误的结论，山下大人并没有同联邦或者联邦的同盟者勾结，他到现在最多就是同草猴子和叛变的长狗们做过一些交易而已。"

听完这话，赖朝的脸色顿时变了，他的冷静已经减弱了不少，道："那就是说，除了证明令我姐夫堕落的那个贱货确实是个长狗之外，你对他们的一切控告都是虚的,是不是?”

年轻的将军显然忍受不了这种设定，本来那个阴谋已经是非常确定的,被证实了的,后面的一系列挫败计划都已经布好,与那些受信任的同盟者也都达成了协议和谅解，还有那些夹杂在二者间摇摆不定的领主,也都被承诺、金钱、权力打动了。所有的一切前期事宜都安排好了,想不到到头来对付的却只是一个假想敌,一切都空了。

好吧,就算这是一次没意义的预备和尝试,也没什么不可以的,只是一想到家康那老狐狸的反应,赖朝心头就很不爽。这个老不死的内廷总管,总是想把使者团队的控制权牢牢抓在自己手里,这一次,他一定会抓住一切机会来反驳这种直接禀奏的做法。如果让他知道,当然,他肯定会知道的,这最新的一次御敌对策事先并没和他商量,连招呼都没打,最后弄巧成拙,搞了个大乌龙,他一定会在去妓院爽玩时情不自禁笑开花的。

“我很不高兴,非常不高兴,朋友。其实从一开始,我根本就不信这些流言蜚语,我只是信任你,信任你的判断。可是从现在来看,你完全搞不清楚状况,把我们都带沟里去了。”

“也不全是这样,陛下。请给我一点时间,我一定能找到第一手的证据,来证明……”

“给你时间?嘿!什么意思?你能编出更多更好听的故事来糊弄我吗?你不是指控说源清盛是山下大人的主要同伙?其实源清盛之所以会卷入制造飞马的事情当中,是因为家康曾经向我建议,得将制造权给予我们所能信任的人!你叫我给你时间,是不是再给你一个月,你到时候就能告诉我,连我们唯一还能信任的内廷总管,也在这场阴谋中,也偷偷跟我对着干？是吗？”

不知为何，那位老狐狸家康的形象，突然在将军心中高大上起来,从一位可恶的掣肘者,变成了一位智慧超群的老人。可是将军自己却偏偏忘了,当初建议他把自己的第四个姐姐嫁给东芝仲根,还让东芝当了总领事的,不也是家康吗?

敏郎只能深深地弯下腰去。这是他最后的机会了,生与死,就看将军听完这话后的反应了。他说:“陛下,请允许我再说一次,能为您效劳,是生是死,都是我最大的荣耀。只是请您再稍微回想一下,在第七波浪潮到达这片海域之时,我们长谷川家族的血液,也曾与他们尊贵的战友,至高无上的丰田家族的鲜血融合一体,将东海的海水都染成了红色。

“任何人,既然出生在了这样高贵而古老的血统里,就绝对不会轻易用无端的指控去玷污另外一个高贵家族的名誉，因为那不但会丢自己的脸,更会令整个家族蒙羞。这样的耻辱,只有用切腹自尽才能洗刷得掉。

“因此,无论我接下来是死是活,都无法改变的一个事实就是,山下家族拥有的势力和野心,已经越来越庞大,早就影响到了目前和平稳定的局面。虽然根据原先的一些证据,我得出了错误的结论,可是,我的失误也是基于诚实的,基于谨慎小心的态度,更重要的是,我是为了将军,为了幕府啊!

“当然,就算我的出发点再好,也没有资格这样做。一个武士,如果为自己犯下的错误百般狡辩,就不配得到这个尊贵的荣誉。如果他行得正,坐得直,他的所作所为,自然会证明这份荣誉。因此,不管最后的判决是严厉的，还是宽容的，作为君上最忠实的仆人，他必须无条件接受对自己的审判，而且心中要满怀感激之情。因为君主便是正义唯一的仲裁者，他的权威无可比拟，必须绝对服从和尊重！”

“说得很好。希望所有人都这么认为才好！”

敏郎再次深深鞠躬，对君主的肯定表示感激。真是太悬了，他急出了一身冷汗，但现在他的小命还在生死中摇摆呢。他接着说：“陛下，如果我这次一无所获，两手空空地来见您的话，我真的宁愿自杀以谢罪，也不愿向您承认自己的判断有失误，这对我是莫大的耻辱。可是我尽管知道将面临什么，我还是来了，因为这一次，我带来的消息比我们过去谈到的所有问题，都要重大。”

“说下去……”

敏郎微微犹豫，嘴唇禁不住有些发干，显然他觉得紧张过度。他不得不舔舔舌头，润润嘴唇，开始慢慢地说道：“山下和联邦虽然没有结盟，危机消除了，但联邦的威胁却直接从天而降了！”

将军一听这话，嘴唇立即绷紧，双眼也眯成了一条细线。

“其实，联邦的统治者对草猴子与山下大人之间的交易清楚得很，甚至包括这次交易的详细条款：一船连发步枪交换一架飞马和飞行员。信郎抓到的那个情报队员也知道武器交易的时间和地点，他明确地告诉我，他们的头给了他们某种秘密的装置，他们可以在各种地方监视我们。他的原话是：‘整个天空都有我们的眼睛和耳朵。’”

“那是什么意思？”

“不知道，陛下。我个人觉得，那是指用‘高工艺’秘密制作的那些装置，就算他给我解释，我也一定难以理解。”

“你认为他说的是真的？”

敏郎慢慢将手伸进长袍，将布里克曼的那把格斗匕首拿出来，匕首已经被一个黑色的丝质袋子包起来了。他说道：“情报队员为了证明自己的身份，献出了这把刀。是武士上尉信郎从他那里收缴来的。”他边说边用手指夹着细长袋子的一端，缓缓地向前放在了台基前的垫子上。

护卫着将军的五个盘腿而坐、呈品字形半包围圈的卫士，都好奇地抬起臀部，抻长脖子，向前张望。

赖朝随意瞥了一眼，问道：“这是什么？”

“这是一种我绝不敢碰，也不敢说的事物，但是职责所在，我必须将它带过来，呈给您看。”

“哦？难道说，这东西是用黑光作为动力来驱动的？”

敏郎垂下头颅。

“很好。既然你搞到了这种东西，还知道要将它带回来给我，那么我就可以饶恕你先前的一切过错。”赖朝慢慢说道，“而且，将来不管是你拿着它，还是按我说的将它处理掉，这些都不会受到任何叛国罪的指控，现在就特赦予你，你感觉是不是会好一点了？”

“也许吧，但是我只是隐隐有些不祥的预感。”敏郎如久旱降甘霖，真希望将军能把刚才的话用白纸黑字拓写下来。

“不必多虑，打开吧！”赖朝坚决地说。

敏郎轻轻打开袋子，生怕碰到里面的东西。

将军盯着那格斗匕首，眼里放出亮光，道：“既然你说这东西意义重大，我希望你能让我看到，它并非这么普通。”

敏郎听命，立即按下按钩，掰开刀柄上的木片，露出里面装在金属框架上的微型电路板。

赖朝过去从未见识过任何电动装置，一见这个打造精细之物，就打起十二万分的小心，细瞧着这个袖珍型的无线电接收装置，心中惴惴不安。不知为什么，那些恐怖的传说袭上心头，生怕它真的散发出致命的光线，那可就……

“这是用来干什么的？”

敏郎便将信郎曾经解释过的话又复述了一遍，然后说，关于这东西，他没有问布里克曼太多的问题，因为这个伪装的长狗挺自以为是，认为这玩意儿肯定能吸引别人的注意力，但自己并不想表现得很感兴趣，怕会上了那小子的当。

“哦，那我明白了，如果我没理解错误的话，这玩意儿能够令情报队员的主人，任何时候，不管白天还是晚上，都能确切地知道队员的位置？”

“没错。这种情况一直持续到信郎将他捉住后才停止了，自那时候开始，刀子就一直在我手上了。”

将军点点头，说道：“那你知道这个情报队员来这儿，到底是干什么呢？”

“这小子也很着急，想告诉我他的目的，陛下。他来这儿的目的主要有两个，一个是他要找到那个在鹭池指导工作的变节长狗，要么将他带走，要么将他直接杀掉，如果有可能的话，还得毁掉那个长狗所创建的一切设备和成品。”

“哦？就凭他一个人？不可能吧！”

“陛下,我确实不想承认,但又不得不承认,这小子确实是一个不可思议的人物,就连武士上尉信郎都对他的格斗能力大为钦佩。这小子反应快,虽然有点莽撞,但却极其勇敢,他对自己所在的联邦体制,有非常忠诚的信仰和膜拜,他对眼前的一切无所畏惧,连死亡都吓不住他。”

“哦?除了他之外,这样的家伙,还有没有别的来到过尼桑?”

“很可能还有,我们应该重视起来。”敏郎不得不承认。

“那他有没有说,为什么会被派到这里来执行任务?”

“有哇,陛下。联邦认为,我们如今下决心制造飞马,会对他们造成巨大的威胁,他们希望能够破坏这项工程,所以便派遣秘密情报员过来,劫持那个帮我们制造飞马的反叛分子,或者直接干掉他。还有,万一这个情报员失败了,为了先发制人,联邦将不得不使用强大武力来对付我们,恐怕大规模的武装冲突在所难免!”

敌人拥有黑光神力作为武器,要和这样的对手作战,这恐怕……这件事打破了将军内心深处的平静,掀起了滔天波澜。原本经过了圆石花园里几个小时的冥思苦想后,他认为自己早就波澜不惊,如磐石般坚硬。哪想到竟会遇此惊险之事,他不禁脉搏通通跳动,越跳越快,连太阳穴下面的青筋都突了出来。

“那……你……你是怎么做的?”

“我帮助了他。”

将军的目光骤然一亮,凌厉如刀:“你既然这么做了,我相信你能给我一个信服的理由。”

敏郎低下头来。其实,在决定告诉将军关于布里克曼的事情之前，他就想了很长时间，也从各个不同的方面想了许久，并且小心地计算了每一种可能性。他慢慢说道：“陛下，因为我知道您一定会对此感兴趣的。”

然后敏郎开始讲述了他对布里克曼进行的安排：那个情报员被敏郎弄了个新身份——行路者，这样的话，他就能名正言顺地被派往总领事的府邸。到了那里之后，再想想办法，他就能——前提是将军也很希望这样的话——被转到鹭池那里去。

“我将此人编入系统内部，便可以随时掌控他。除非有我们的许可，否则他是无法改变现在的身份的。”敏郎说着，打开了他从布里克曼手里拿来的那袋粉红色的叶子，将它的用处告诉了将军。

“正因为我同意帮助他，他才告诉了我他的目的，这样我们才能根据他是否对我们有用来决定，到底是该帮还是该阻止。只要我们知道他在干什么，在什么地方，就能对他进行监视，他所接触到的任何人，我们也能详细调查，而且，只要您一声令下，他就会消失不见。

“另外，如果出于某种原因，您想拿掉一两个……嗯‘反对者’，或者终止鹭池项目的话，您就会发现，这个特别的长狗，其实是能帮助您做一些特别之事的，一旦您达成自己的目的，想要寻找替罪羔羊，他自然是最好的选择。”

赖朝的心慢慢定下来了，他将一只胳膊放在左腿边的漆木扶手上，轻咬下唇，说：“嗯，嗯，很好，很好，很好的主意。”

“所有的一切，看起来都只不过是外来力量的介入。若是发生什么意外，最先遭殃的，自然就是山下，因为所有进来的异族，都是由他们引进的。将来若是真的有什么‘意外’，比如说……罗地兰岛和马萨诸萨两地的总领事突然遭遇不测……”

“我们将会解释为，那是对幕府的攻击。”

“这样的话，那些被牵扯进来的人，不管无不无辜，总会要付出代价的。”

“不错……”

将军的脑子转动起来，开始考虑其中的各种可能性，接下来是一阵长长的沉默。依照过去的惯例，这期间敏郎绝对不能打扰将军，甚至连正视都不能正视，一直得耐心等到将军发话方可。

“我觉得，应该有必要告诉你，在这次谈话开始的时候，我本来对你的前程已经很担心了，但后来你告诉我，你同那个情报队员已经达成了交易，我觉得你恐怕已经走到悬崖尽头了吧，不过听了你说了这些之后，我觉得你干得还不错。”

这下子，敏郎总算可以优雅地弯腰，重新坐下来。非常完美！他为自己的表现打满分。他对当前的情势也做到了准确的判断。就算联邦的长狗已经使用黑光武器将自己武装起来，尼桑英勇无畏的武士们，也能找到反击他们的方法。只是对于幕府来说，即便胜了，恐怕也没什么好结果。打一场战争，将要耗费大量的财力、物力、人力，目前尼桑各势力间那微妙的平衡也会被打破，局势一旦混乱起来，丰田家族说不定会被山下，这位发展论的忠实鼓吹者取代。

敏郎心中相当清楚，如果真的将会出现这样的局面，将军自然是先选择牺牲掉鹭池的项目，他得首先避免“攘外”的局面，“安内”的话，可以日后再说。这些也都是敏郎希望达成的事。

布里克曼在源氏家族的众多住宅和总领事的府邸之间，来来回回地送了四天的邮件后，总算搞清楚了，其中一条路线，果然是有鹭池这一站。看来那位神秘的合伙人，果然在暗中帮他哩！

他先是被派去了波士顿，又从那儿前往纽波罗。他非常关注高空中的动静，却没有看到任何特别之处。由此可见，佳得利制造出来的滑翔机，根本飞不了那么远。

在飞行学院里，布里克曼是全班对飞机制造知识了解得最高深的一个，他清楚地知道，在如今尼桑这样的技术条件下，若想不间断地进行着高空飞翔，就得研制出特殊形状的机翼来。假如这位年轻的字匠真的像雪先生所说的那样，将布里克曼花了多年辛辛苦苦学到的所有理论和实践知识都“偷走”了的话，那他应该知道这一点。但从目前的情况来看，佳得利显然没有去用心设计新的机翼，他是想等时机成熟时制造一个推进装置，还是压根没想过这些？总之，布里克曼在路过鹭池时，就只能见到那种老式的后掠式机翼。佳得利显然正在测试基础机身的稳定性，这样他才能利用现在的材料和工具制造出高效率的引擎来。

这小子果然太牛了，简直难以想象。如果他们的进展速度再快一点的话，布里克曼会发现自己对此已经无能为力了。现在，他偷偷潜入鹭池内部还是很有必要的。虽然佳得利开始可能会有些犹豫，但如果布里克曼能保证，无论想到什么样的好点子，最终都会给佳得利自己使用，那么或许能够说服这个变种人，能让他也入伙。佳得利确实从他脑子里偷了不少知识，可是他的思维方式和布里克曼完全不一样，加上原本智力上的缺陷，这些偷来的信息，他是无法像布里克曼一样思考和使用的。这些知识虽然很有价值，但是他只是记住了，却不知道该如何利用。

布里克曼想明了这一点，他一边沿着大路往西，朝马拉巴拉和鹭池方向前进；一边运转大脑，一旦想通了，心情极为爽利，步子也越迈越大。前面就是一个小村落，刚要到达那里，忽见三架白色机翼的滑翔机正以紧密的三角队形，从一大蓬松软的低云中钻出，冲进了碧蓝碧蓝的天空中。

布里克曼心头一震，暗暗估算了一下，这高度恐怕只有两千英尺。天气很热，四周的农场里，滚滚热浪往上翻腾。这对飞行是有利的，一旦热浪升入云层，任何联邦的飞行员都能利用上升气流来拉升飞机。

眼前的三架滑翔机为了保持好队形，配合得十分默契。它们一起转向右侧，机身与地面平行，突然又掉头朝下，在头机的带领下急速坠落。布里克曼意识到，他们是想在空中翻跟头，便停下来看个清楚。他心情有点紧张，屏住呼吸，等着看他们是否有足够的动力攀升至最高点。要是飞机上有引擎的话，做到这一点就轻松如意，不需要担心动力问题。可现在他们这样简陋的战机就难说了，说不定还没到顶就失速了，它们之间距离如此之近，到了关键时刻，可是个大问题。

布里克曼怀疑这几架滑翔机上，是不是装有空速指示器，同样也很好奇，佳得利造出来的飞机，能不能经受得住高难度的特技飞行。

显然，他的担心是多余的。三名飞行员一直保持着一体之姿，谁也没有从高空掉下来。他们爬升到了最高处后,仍然保持着紧密的队形,就像三架滑翔机被粘成了一体似的。接着又是一连串的俯冲,当快要落到他头顶上的时候,却朝左边飞走了。

布里克曼开始大跨步地慢跑起来。这是他从穆卡尔部落的熊武士那里学来的。刚才三架滑翔机进行了一场精彩的表演,却因此偏离了大约一千英尺的航线。如果一路上他们都这样绕着飞的话,一定会回到通向马拉巴拉的路上,那里,正是鹭池所在地。他希望一路顺顺利利,不用遇到什么事停下来,更不用向那些往来的武士叩头行礼,这样就能及时赶到那边看他们着陆了,说不定还能看到更多的东西。

道路两边一层层的房屋挡住了他的视线,他已经看不到滑翔机的队形了。他赶快跑过了这个村落,又一次见到了它们。它们正向着自己希望的方向前进。他继续努力向前冲,拐了一个很大的弯弯后,鹭池就从右手边一下子跳了出来。

天上的滑翔机队形如期而至,他抬头看着它们,忽然发觉不对头了,头机左侧的那架滑翔机正剧烈地摇晃着。它已经掉队了,落在了另外两架滑翔机的后面,正往下掉落。它的左翼后面拖着一样东西,似乎影响了它的飞行。它摇摇晃晃,犹如醉鬼似的,向着布里克曼一头栽了过来。他吓得赶快跳过一道沟渠,从农田边上跑开了。

他终于看清楚了,原来这架飞机的左翼后面拖着的,是一些从机身上脱落的外壳。幸好问题还不算太严重,机身仍然有足够的动力继续飞行,只是滑翔机有些不平衡,正一边摇晃着,一边努力滑行。飞行员也很老到,为了保持机身平衡,他不断地降低完好无损的右翼,希望它在外壳完全脱落前安全着陆,否则的话,它就会一个倒栽葱,完全坠落了。

布里克曼潜意识里当然不希望发生这样的事,不管怎么说,上面那个人也算是自己的同僚飞行员。他往前瞎跑一气,突然发现,危机落到了自己跟前,那架失事的滑翔机正冲着这边扫了过来,距离地面只有五十英尺左右,一只机翼往下一转,竟正朝他面前坠下。一时间,布里克曼有点发愣了,不知道该往哪躲避。他傻乎乎地站着,嘴巴张得老大,感觉空气快要窒息了,一大堆东西正往脑袋上砸过来,他却动弹不得,四肢百骸酸软,五脏六腑扭结。但上天护佑,在滑翔机即将坠落的那一刻,飞行员总算将机翼放平了。“咔嚓咔嚓”,震天的响声就在跟前,机头在他前面不到十码的地方撞到了地面,又猛地向上蹿去。布里克曼这下子恢复了知觉,就地一滚,避开了机身,滑翔机几乎是擦着他的头皮滑过去的。

真他奶奶的!靠!布里克曼用手按住地面,稳住了身形,抬头一看,只见滑翔机正往地上载去。庄稼地被它裹挟的气流冲击出一条通道,最后,它终于斜侧着机身挺住了。它右翼的末端距离突起的田埂不过几英寸。这段滑行实在是太危险了,地表被犁出了几道凌乱的浅沟,万幸的是,滑翔机总算是安然地降落了,没有坠毁,只是两只机翼的一只半,估计很难修复了,只能重新换新的。

布里克曼跑上前去,将那些缠在左翼后缘的白色条状织物拨开了,只见那位飞行员正紧张而小心地从驾驶座里往外爬。他,不,应该是她,头上缠着白色头巾,穿着束腰的上衣和阔腿裤,左脸上有一层厚厚的灰暗的疤痕。

“你得看清楚方向哪!”布里克曼温和地说,“我差点就被你撞死了。”

是乔迪·喀珊。

她的一条腿还在座位上僵着呢，听到这话，她还没反应过来，随意瞥了他一眼，过了几秒钟，忽然她意识到是他，顿时惊道：“克里斯托夫在上！你这该死的家伙，你怎么在这儿？”

“嘿！我正要问你呢！”

“哼，我先问你的，你先答！”

“说来话长哪！我是来看你的，我说过，我会来找你的，难道你不记得了？”

乔迪不以为然地瞧他一眼，慢慢将另一条腿从驾驶舱内拖了出来。两只脚刚一着地，双膝不由得一软。

布里克曼忙抓住她的胳膊，问道：“你没事吧？”

乔迪努力地站起来，奋力地甩开他的手，说：“吓死我了，心都快跳出来了。”她转头看看织物脱落的机翼，又从机尾绕过去检查了一下右舷机翼，然后跪下来察看机身下部损坏的地方，还有断裂的木滑橇。

布里克曼往驾驶舱内看去，里面只有些简陋的藤条椅、操纵杆，还有方向脚蹬。如果他判断无误的话，这驾驶座舱内，根本不可能有什么维修工具的。他也跪下来，看看这边损坏的情况。木板做成的木滑橇已经严重开裂了，支撑杆也歪了，斜插入了机身的腹部。他站起身来，去看机头的情况。机头也好不了多少。

“这滑翔机损坏得很严重啊！左翼快要完蛋的时候，我还以为你玩完了呢，想不到你的飞行技术不减当年哪！”

乔迪抬起头来，脚还没有站起，说：“少说废话，布里克曼，你说清楚，为什么来这里？”

“不为什么！”

“少来了，你这话只能骗骗小孩子。”

“其实，我只是送一些信去鹭池而已，我现在也在这里干活。”布里克曼微微一笑，“就像你一样。”

“真是厚脸皮啊，你好意思吗你？”

“什么啊，就算是回到大平原，我也会这么说。”布里克曼回头一看，但见几个穿着蓝色和白色外衣的人，正从鹭池方向向这边跑来，还有一段距离，但也很快就接近了。他赶快转问乔迪，焦急地问：“听着，我们已经没有多少时间了，和你一起飞行的还有谁？”

“凯尔索。”

“是吗？原来是好心的戴夫啊……”

“别以为他会对你多好，下次见到他，最好躲着点，他现在对你害他来到这儿还耿耿于怀呢！”

“那还有一个是谁？”

“你说的是飞在最前面的那个吗？”乔迪说到这儿，禁不住“嗤”地一笑，“他就是现在负责整个项目的人，”她顿了一顿，让他听得更加清楚明白，“他，恰好也叫作史蒂夫·布里克曼。”

布里克曼听得耳朵一动，他一边大步行走，一边心中盘算，慢慢说道：“哦，是吗？那还有没有其他飞行员？”

乔迪还以为她说出那人的名字时，布里克曼会大吃一惊呢，想不到他反应这么平静，她反而有点发蒙了，“没了……”她站起身来，思绪有点混乱,“只有我们三个了,另外还有二十四个巡道兵。”她有些犹豫,仍是大惑不解,“我没搞清楚,怎么,你认识那家伙?”

“是的,我来这儿正是为了这个家伙。他叫佳得利,是个变种人。你当然听说过变种人中也有‘正常人’,而他就是其中的‘正常人’。”

乔迪听得发出了一阵古怪的笑声,充满了挖苦和嘲讽,以此掩饰自己的惊讶,“是吗?”她看着布里克曼身上那黑、黄两色的衣服和脸部及胳膊上的漩涡图案,“那么你身上这副模样,又是什么原因?”

“嗨,别说这些废话好不好?这些表面现象只是我求生的伪装,我还是我,内里还是布里克曼。”

乔迪怀疑地斜瞥着他,“是吗?可这只不过是你的一面之词而已。”

布里克曼回头瞟了一眼愈来愈靠近的营救小组,心中估算着他们到达的时间,说:“你先同那些来救你的人挥挥手吧。要他们知道你还活着,这样他们能跑慢点,咱们还能多点时间交谈。”

乔迪点点头,便离开滑翔机走了几步,双手举起来,在头顶上挥动着,眼睛却依然瞧着布里克曼,说:“我真搞不懂,你到底是个什么样的人,布里克曼?可我还是要说,你这家伙,真够邪的。”

“哦?是吗?那你给我站好了,我现在还要告诉你一件更邪门的事呢。”布里克曼深吸一口气,“我们在内布拉斯见面时,我没把所有事都告诉你们。”

“你这个杂碎!马隆没骂错你,你就是个联邦密探!”

“不!我不是!”布里克曼急得叫了起来,想要证明自己的清白,但很快又压低嗓音,说:“但我确实是在执行任务。”

乔迪一惊，倒退一步。

"我有什么办法？我没有选择的！他们威胁说要杀死我戚妹，还要剥夺我那可怜的杰克老爹一生的荣誉！告诉你，我确实是从变种人那里逃回来的，这一点我可没撒谎，但我后来还是想方设法，回到了联邦。"布里克曼说到这儿，绝望地一挥手，"没想到，这竟然是我一生中犯下的最大的错误。我本以为自己能像英雄回归般受到欢迎。可是，他奶奶的，我竟被弄到了字母级楼层！克里斯托夫在上！你能想象吗？像我们这样的人，居然得在那地方低三下四的？"他顿了一顿，"你知道，那地方有多么深吗？"

"大概一百五十码？"乔迪说的时候，语气已经开始软了，"可你并没在那儿一直待下去吧！"

"你猜得不错。我确实得到了一个机会……"布里克曼想。

"在逃离穆卡尔部落的时候，我犯了一个大错。之前，为了取得他们的信任，我说服了佳得利，帮我把那些七零八落的飞机残片搜集整合起来，基本都是从法兹蒂和其他人的坠毁座机上找到的……"

"是内勒。"

"是的，内勒。总之，这些变种人答应帮助我，但我得教会他们如何飞行。"

"哦……"乔迪显然惊呆了，"我敢打赌，那些审查员听你说到这一点时，肯定惊得发抖。"

"事实上，我并没有告诉审查员，但是，他们还是发现了。问题是这个变种人其实根本没有任何平原人的标记，他不仅是个'正常人'，还是一个——字匠。"

“就是最睿智的人？”

布里克曼点点头说：“他并非只是睿智这么简单，他还拥有变种人的魔法——你一定听说过吧，不过你可能并不相信那是真的。也别叫我解释到底是怎么一回事了。反正，只要你教他，不管教些什么，他总是能瞬间进入你的大脑里，就像用吸管吸康戈德一样，吸走你脑子里所有的事情。”

“我的天，该死……”

“是呀，我也是这种感觉。万幸的是，联邦的人现在还不知道这件事呢。要是给他们知道了，我说不定还得在字母级楼层里待着。唉，我在那里疏通了三个月的下水道，艰难得要命，高层人员终于给了我一个机会，用来将功补过……”

“如果不从，他们就会对你的戚妹下手……”

布里克曼双手一摊，说：“是呀，我不得不从。”

乔迪严肃地点点头，说：“好吧，我就信你一次吧，你来这里，到底是来干什么？”

“我要将那个变种人带回去，毫发无损地带回到平原人那儿去，另外还有他的一位朋友，一共两个人。”

“哦，听起来很有趣，你就单靠自己？”

“不，我希望你能帮帮我。看在过去共事过的分儿上。”

乔迪眯起眼睛：“哎哟……你这家伙的脸皮可真厚。”

“你早就说过了。算了，咱们都别再装了。要是说我不应该来这里的话，你比我更不应该。你做不了反叛分子的，乔迪，你仍然是个‘纯蓝子’。要是马隆的手下没发现你的话，你早就一瘸一拐地回联邦了。”布里克曼说到这里，回头一看那些营救队员，越来越靠近他们俩了，忙说：“听着，你好好想想，现在这些人快要来了，你为何不装作膝盖发软的样子？我就假装成来救你的人，他们一定认为是我在做好事呢！”

“我感觉我这么做一定会后悔的。”

布里克曼冲她来了个迷人的微笑，“这对你又有什么损失呢？你要是不喜欢这么干，就直接把我卖了呗。我的小命可是捏在你手上的。”

“也对吧！”乔迪慢慢地弯下膝盖。

布里克曼从滑翔机前面绕过去，抱住她虚软的躯体，说：“相信我。”他一边低语，一边轻拍她的脸，“如果这次咱们能想办法回去的话，咱俩就能成为联邦的大英雄了。”

“我可不能待太长的时间。”布里克曼说。

“没事，待一会儿没事的。”佳得利将他领到了一间房间里，介绍道，“这是我的书房。”然后说，“我已经同管事的人打过招呼了。他会派一个变种人去伍斯特驿舍，告诉那里的人，你要在这儿停留一下。”说到这儿，他笑了一笑，“这回，你在事故现场帮了我们大忙，又帮我解决了故障问题，你可以好好放松，就跟在自己家里一样，别紧张。”说完，他对着房间里挥挥手，“嗨，怎么样，还行吧？”

布里克曼眼珠滴溜溜，四处张望，好家伙，这地方还真不错。透过那扇已经被拉开了的屏风之门，能看到这寓所四周环绕着修剪整齐的草坪和各种植被。此时此刻，他们俩早已脱掉鞋子，穿着袜子，站在榻榻米铺就的地板上。榻榻米，其实是一种长方形的垫子，以稻草编织而成。在铁大师的社会里，这种东西四处生产，非常多，还能用它与变种人做些交易。房间的一侧有一大片狭长的隆起，下面是空的，可以放东西在里面。

地板上，则放着一张矮茶几和两块坐垫，角落里放着一个支架，一张大的绘图桌架在上面，旁边是一个凳子和一个口子很大的罐子。布里克曼认为，那一定是用来装绘图工具的。另外，一个小架子上，放着一摞鬼子称之为“纸”的东西。从总体看来，除了绘图桌上摆得乱了一些，显示出主人的个性之外，摆设基本上都和那些铁大师们室内的布置一样。

“不赖！”

佳得利禁不住回了一声充满嘲讽之意的冷笑：“不赖？不！是太棒了！你想想，我在那些毛皮搭成的帐篷里缩手缩脚地生活了那么多年，要知道，在那狭小的空间里，站起身时，想不碰到屋顶都困难。可你看看这地方吧，你难道感觉不到多么舒服、畅快吗？”他不屑地微微摇头，“告诉你吧，老兄，这里的人才知道，什么叫生活。”

佳得利的寓所就在鹭池四合院的外面，离通往马拉巴拉的大路大概有两百码，附近都是修剪得整整齐齐的灌木丛和林木带，见到这景象，布里克曼不由得想起了与黑衣人会面时的驿舍里的独立阁楼。

这段时间以来，布里克曼比较郁闷的一件事情就是，他怀疑尼桑有一份他不知道的基础语词汇表，上面的词汇能够描述他来到尼桑后见到的所有事物。因为他来自地下世界，根本没有办法完全去理解走在大地上的各种所见、所闻、所感。过去在联邦的世界里，每一个人的生活和思想，甚至包括总统司令在内，都深受军事组织和军事术语的影响。

轮子船还好说一点，虽然这东西过去他从来没有见过，连听都没有听说过，不过他可以把它想象成漂在海上的篷车队，再加上他自己的亲身体验，理解起来就比较容易了。可是其他的东西，比如那些各式各样的建筑之类，就是一个全新的概念了，展现的是完全不同以往的生活模式。宫殿、房屋、楼阁、农舍、商店、市场、城镇、村落等等，这些词汇布里克曼从未听说过，正如他过去从来没有听说过诸如“爱”“自由”等词语一样。

终于，与清水的相遇改变了一切。他清楚地意识到，那些与她有关的美好回忆，还如大山般横亘在他与佳得利之间。他的眼睛虽然看不见她，却能真切地感到她的存在，就像她本人就站在这个房间一样，这种情况一直困扰着这两个年轻人。

佳得利拉开了墙板，露出了一排木架子。他从架子上取出一个装有清酒的瓷器瓶，又拿出两只一模一样的小杯子，放在绘图桌上。他斟满了两杯酒，动作很熟练，自己端起一杯，又示意布里克曼也拿起一只杯子。

两个人都举起杯来，轻轻干杯。

“为了过去的好时光。”佳得利开口说道。从他的声音和表情里，实在不知道他对此到底是喜欢还是厌恶。说完后，他一饮而尽，从这个动作来看，他似乎是想借此消除某种痛苦，或者借用外力的刺激来应付这次意外相逢。

因为上次有了与信郎对饮的经验了，布里克曼知道酒这东西，能令人迷失意志，口不择言。所以这次他不再大口干杯，而是一点点地品尝，集中起心思来应对眼前此人。他根本没想到会与佳得利相遇，而且是以这种方式相遇，心中空落落的，实在没个底。

佳得利重新斟满自己的杯中酒，塞上瓶塞，又一口一饮而尽，说："好吧，说吧……你怎么会来到这里的？"

"呵，有很多原因。雪先生还让我捎了个口信给你。"布里克曼注意到在提起老师的名字时，佳得利的眼里闪过一丝光芒。是因心虚而内疚，还是因回忆而温暖，或者是那骨子里的忠诚？一切的一切，都不重要了。重要的是，这也许是一个弱点，能够用来击破他的防线。

"是他让你来的？"

"也不全是吧。他挺担心你的。当时，他发现你没跟着轮子船一起回去。"

"你也到了交易点了？"

一般在这种情况下，布里克曼有一个简单的行事准则：如果问题很棘手，他就会本着事实真相，特意利用各种丰富的表情，顾左右而言他，随便乱说一通。这样他也就不用再撒谎了，那些好谎言得留在真正急需之时再说，等到不得不胡编乱造一通之时，就得找到对方性格中最大的弱点，胡诌出一个天大的谎言，圆谎也容易圆。

"不错。因为我们俩造的那架滑翔机上的锁具坏了，我没办法返回联邦。"

"我没想到你能回去，因为根本没有发动机。"

"是呀。不过雪先生后来告诉我，你把那个发动机修得很完美。"

"当然了，要是你见了，也会这么说的。"

“我当然会。反正,我后来到处流浪,最后被一帮红皮子收留了。雪天到了,我们藏了起来,可是到了你们称之为新土季的时候,我们的一个小分队都落在了穆卡尔部落的手里。”

听到这儿,佳得利惊讶地问:“难道是雪先生将你卖到了大河下游去了?”

“那倒没有。”布里克曼笑道,“我只不过向他提出,要到这里来找你,他很担心你在石头里看到的事情,另外……”

“确实,我在石头里看到了很多很多的事情。”佳得利恨恨地说。

布里克曼没工夫理会他这种情绪:“他只是要我设法找到你,确保你平安无事,同时要我转告你,现在时间已经不多了。要是他知道原来你留在这里是出于自愿的话,恐怕他真的要给气死了。”

佳得利耸耸肩,一副无所谓的样子,就算作回答吧。他端起杯中酒,一口喝干,再重新斟满。

布里克曼本来盘算好的说服手段,刚没说两句,就被这个变种人打断了,他似乎根本就不知道自己内心到底是什么想法。

“嗨,你喝得太猛了,你应该少喝点。”布里克曼说。

“没事,我心里有数。再说,这个喝多了没坏处。”佳得利说话的声音开始混沌了,不过他站着的双腿,端着酒杯的手,看上去还很稳。他举起酒杯,说:“来,干一杯吧!我这里酒多的是。这也是我能享受到的众多的好处之一。”

“除此之外呢,还有啥?”

佳得利喝光了酒,胳膊一甩,冲房间里一挥,说:“你看看,生活在尼桑的变种人,有几个能住上这样的房子?”

“确实没几个,这倒是真话。”

“我还有另一间屋子,是用来睡觉的,一间是用来吃饭和会客的,还有一间厨房,一间洗澡的房间,也就是你们所说的浴室。还有两个人专门负责砍柴、照看花园,还有专门的厨师,厨师也有自己的女帮厨,还有四个贴身奴仆,负责打扫卫生、洗衣服、做饭、铺床等等,铺好之后,她还得睡到上面。”

“唔,听起来的确不错,不过……”

“最妙的是,现在我终于能做自己真正喜欢做的事情了。我要做一些有用处、有难度的事情,那才是我最喜欢的。你明白吗?对我来说,这是生平第一次感到我的存在有了意义。你知道的,在尼桑的任何一个地方,变种人和寻道民都比尘土还要卑贱,可是在鹭池,就不一样,这里所有人都很尊重我。”

“听你这么说,倒还真是不错。”布里克曼说。

佳得利又倒了一些酒,说:“不管怎样,我在这里的工作还没有结束。就算结束了,看在哥伦布的分儿上,难道我就应该放弃这里所有的一切,回去像个老妈子一样,照顾那些榆木脑袋们去?他们身上的臭味简直比牛粪还难闻。”

“行,好吧,人各有命。咱们第一次见面时,就说过类似的话吧!”

“但有一件事咱们都没说,那就是,其实我比熊武士要聪明得多。”

“那当然,你们简直一个天上,一个地下。”布里克曼不得不承认,这家伙真是个自私自利之人,简直是贪得无厌,永不知足。如果他想得到的是荣耀与赞誉,那现在也算是如愿以偿了,而且是那么多的盛誉。“你也是那么看雪先生的?”

“不，当然不了。”

“那么，假如他快要死了，穆卡尔部落该怎么办？你不是说过，在石头里看到过他的死亡，你不会不记得吧？这种事情一定会发生的，不是吗？”

佳得利一耸肩膀，不以为然地说：“也许我看到了，也许我并没有看到。”

“但是他非常信任你。他告诉我说，他只能再活几个月了。”

“可是，我也有很重要的理由不能回去。”佳得利说，他显然醉了，有些神志不清，晕晕乎乎，他的抵抗开始有些动摇了，“听我说，其实从石头里看到未来的事，非常不靠谱，何况我只是一个新手。我看到的也不一定准确，比他看到的更模糊。也许我确实是在石头里看到了很多鲜血、汗水、泪水，还有无尽的死亡和毁灭。雪先生也在里面，和部落里的人一起。而你，也出现在里面。哎呀，也许是我自己把两件不同的事情弄混了，或者把时间搞错了。我也不知道，也许是今年，也许是明年，甚至有可能是以后的十年间，虽然这些都没什么区别。”

“哦，你为什么这么说？”

佳得利又是咕噜一饮而尽，说：“我在部落里的那部分生命已经结束了。很快那里将什么都不剩，所以，我也没有必要回去了，他们注定会终结的。”说完，他一把抓过酒瓶，又一屁股坐在茶几上，往杯子里疯狂的倒酒。

布里克曼眯起眼睛，盯着面前绘图桌上的手稿和草图，继而坐在垫子上，直视面前这位年轻的字匠，问道：“你说谁会终结？穆卡尔部落，还是所有平原人？”

"好了,我不想再谈这些事。"

布里克曼将手中的空杯往前一推,让佳得利斟上酒。其实到这时候,他也并不想再喝了,可是如果他能多喝一点,佳得利灌下肚的就可以少点。到现在为止,除了说话有点混沌外,佳得利一直都自控得很好。但布里克曼有种感觉,这个家伙随时都可能醉得不省人事。他一点都不希望那样。他们还有很多事情没谈完呢。

布里克曼举起他的第二杯酒,与佳得利端起的第四杯酒轻轻一碰。他抿了一小口,慢慢咽下。这会儿,布里克曼也看出来了,无论佳得利表现得有多么镇定,肯定也被自己的突然现身惊了一大跳。布里克曼自然也很清楚,下一个回合他得分外小心,千万别弄得太过。他假装歉然说:"抱歉。是我把你的事情搞得一团糟。"

"嗨,恰恰相反,事情好得不能再好了。如果没有你,我可来不了这里。"

"我倒不是说你窃取我知识的事。无论你从我脑子里学到些什么,我都无所谓,也乐于接受。其实,我想说的是清水。"布里克曼说完,微微一顿,想看佳得利的反应,但他的脸上没有任何变化。布里克曼接着说:"对已经发生的事,我很抱歉。你救了我的命,还把我当成你的朋友,而且……可是最后,我却背叛了你。尽管之前我从来没想过要这么做,但是——"他无奈地耸耸肩膀,"所以,我不得不匆匆逃离你们,我实在没办法掩饰自己对她的情感,况且,我也很惭愧,很羞愧,我实在没办法再面对你和雪先生,我犯下了不可饶恕的罪过。"

"唉,这些都是命中注定了的。一切都是辟邪主的意志啊!一个人如果真的想成为真正的勇士,就不得不保持强大的内心来接受类似这样的痛苦之事。”

“话虽如此，可我比较深深地伤害了你。”

“只是那一段时间而已。”佳得利说，“其实，现在我都已经感觉不到什么了。”

不错，能看得出来……布里克曼看着佳得利，又喝了一杯，“就是因为这个，她才没和你在一起吗？”

“不，我们一到这儿，铁大师就将我们分开了。”

“你没为此而头痛？”

“干吗要头痛？我们都好好的，我也没危险，她也很安全——她不是能召唤辟邪主的力量吗？有谁能伤得了她？”

“那你可知她现在在哪里？”

“知道啊，她被交给你现在的雇主了。”佳得利奇异地笑着，看着布里克曼的反应，“你说说，是不是太巧了？我们三个又聚在了一起。如此接近，却又隔得那么遥远。”说着，他便往自己的杯子里倒满酒，有一些酒溢出来，洒在桌面上了，“简直令人怀疑，一切都是上天安排好了的，我们注定相遇。”

“是呀，”布里克曼说，“真是太巧了……”他站起身来，慢慢走到绘图桌前，凑近了去查看佳得利的工作成果。这些都是他利用木尺一笔一画，辛辛苦苦才画出来的。

若是在联邦的话，其实这些草图都存在于“哥伦布”里。这台联邦的中央电脑，存储着难以计数的海量图样资料，联邦造出来的每一种机器的每一个零件，里面都有记录。只有具备了相应等级的人，才可将存储的图像调出来，在显示屏上直接组合成新的设计图。再全部输送给自动控制的机械设备，直接生产出各种所需的零配件，非常方便。

布里克曼现在看的那几张图纸，是一种轻型的小蒸汽引擎的设计草图,还附带一些修改建议。另外还有一张更大的图纸,从三个不同的侧面,画出了与实物大小一致的图样,连剖面图都有,显示出了其内部细节。这种设计非常独特,但需要大量的精加工,且只能小批量生产。

所以,这便是最大的问题。对于布里克曼来说,时间最重要。他可不能坐等铁大师们提高机械加工技术。这个阴谋里,有太多的手想来搅和。他明白夜长梦多的道理。他得抓紧时间在乔迪的帮助下,或许还要加上凯尔索的帮助下,将佳得利和清水弄到去布法罗的船上,一定得尽快地赶回哈德孙河。他必须利用现有技术，解决推进器的问题。经过酒精的刺激,他感到了身体畅快得发热,脑中灵光一闪,计上心来。

“这办法不错,但要将它组合起来,恐怕需要的时间太长了。”

“我知道,但我得尽快有些成果,否则鬼子就要失去兴趣了。”

“那我可以提点建议吗？”

“我看我也不能拦着不让你提吧！”

“你知道自己还欠缺什么吗？”

“当然知道,嘿嘿,另外一瓶清酒。”佳得利笑着,用力将空酒瓶从开着的屏风门那里,砸到了院子里去。

布里克曼又从墙上的橱柜里拿出了另外一瓶，给佳得利先斟满了,再坐下来,也给自己的杯子满上,说道:“你需要的是一个助手,一个能与你交换意见的人，一个你可以信赖的人，而且，在你深入研究某种大的概念时，他还能帮你关注到事物的本质。”

“那你说，有谁能帮我？”

布里克曼假装谦虚地耸耸肩膀，说：“你干吗还找别人呢？你想想，我知道的知识肯定不比你少。我们曾经只用了梦想和新鲜的空气，就造出了一架蓝鸟。现在呢，只需利用目前的这套设备，咱们一起携手，定能造出最好的飞机！”说着，他举起酒杯，“当然了，最后的荣誉全都归功于你，如何？”

“这个……我得好好想想。”佳得利说。他努力想将手里的杯中酒灌入咽喉，但手却不听使唤了，刚喝了一半，剩下的全都洒在了衣服的前襟上。“砰”的一声钝响，他突然就倒下，前额砸到了桌子边缘。

但他一点都没有慌乱，他似乎早就习惯了，也早有准备。旁边的屏风墙应声而开，四个身材娇小、身穿彩衣长袍、脚上穿着白色袜子的侍女走了进来。她们先恭敬地向布里克曼鞠躬致意，再抓住佳得利的胳膊和大腿，将他那死沉沉的躯体拖出房间。

这就是所谓的“真正的武士”吗？

布里克曼将自己的杯中酒倒回了瓶内，背上邮包，再次上路了。这一次的意外相逢真是特别奇怪，感觉就像是同镜子里略微变形了的自己进行了一场对决似的。只要佳得利醒来后，没把他们的对话忘光光的话，那么他——布里克曼，史·罗·布里克曼，就还有一线机会。只要佳得利能说上一大堆好话，自己再好好表现表现，他将很快成为这个飞机制造团队的主力。

他跑到四合院大门时，不禁想起了乔迪·喀珊。不知她心里是什么想法。她已经答应了，不含糊地告诉凯尔索他来这儿的真实原因。布里克曼绝对相信她是靠得住的。因为当他说她内心深处仍是“纯蓝子”时，他能感觉到她的反应，那种心弦被触动的反应。但凯尔索，这个家伙，需要费很多工夫才能说服的。不过问题不大，只要编个好故事，就能把他搞定了。布里克曼现在需要的是得到黑衣人的肯定，这样才能拿回那一袋珍贵的粉红叶片。

他更惦记的是清水。他一定要再见到她。到这个陌生之地执行第一次外勤任务时，他就是沿着她被困的岛屿边上的湖岸行走的。还有，那次在浪人营地里，他曾经匆匆地许诺，定要回来找她的，虽然她要他别再鲁莽行事，别拿自己的生命来冒险，他却还是坚持信守自己的承诺。做了行路者之后，他发现，没有任务的时候，他还能“四处走走”。可惜到现在都没找到什么机会。

自从来到这里，工作繁忙得要命，不是送这，就是送那，他不得不整夜地待在离这儿很远的其他驿舍，根本没有机会能接近她。

跑步，排除汗液，连酒精都消散了不少，麻木的感觉从头脑中抽离。布里克曼越来越感觉到神清气爽，速度越来越快，开始狂奔起来。今天的收获还真不错，心情自然就很好了。

几天之后的差事，是往南边进发。布里克曼沿着双岛湖的西岸走。这在大劫难之前，被称作萨德伯里水库。其长约三英里半，最宽处为南北方向，达一英里半。它的湖岸线蜿蜒起伏，就像一只松垮垮的高跟靴子，类似意大利靴，只是双岛湖在脚踝处掐得又细又紧。清水就藏在那个比较大的岛屿上，位于皱巴巴的靴筒部位。岛屿的东侧，还有一道小小的防波堤。那座较小的岛屿正好处于纤细的脚踝部位。岛屿的西端与对面的湖岸之间，仅有三百码的距离。

好运近在咫尺，却又仿佛永远无法达到。布里克曼心中真是郁闷极了。要是从这湖的西岸游泳过去，应该是不成问题的，可是若在大白天直接这么干，那就太危险也太愚蠢了。而且，他目前还得考虑自己现在的工作呢。如果他没法按时完成送信任务，很有可能没几天就被赶走，那时候就更没机会进入鹭池内部了。他恨恨的低声咒骂了一番，便跑上了一条小径，通往文索卡特。这次，他的目的地是纽波罗，文索卡特是他路经的第一个邮件收发站。

这条小径延伸至靠近靴子湖足踝之处，然后就离开了湖岸，穿过一片长满松林的高地。此时太阳刚刚升起，明媚的阳光射进林间，红色的野草宛如火焰般撩动，他那条长长的影子被斜斜地投在脚下的路上。一缕缕金色的光线中，花粉或者尘埃正上下飞舞，像是一只只刚出生的萤火虫，好奇地飞到这个新鲜而美丽的世界上，正四处穿梭飘动呢。

地面世界拥有无数的绮丽景色，这也算是最美丽的一种了。无尽的阳光，阳光下的影子，还有那些五彩缤纷、绚烂多姿的颜色，每一年，每一月，甚至每一天，都会有不同的色泽和亮度。可是在联邦，虽然也有人造的黎明微光，却永远没有影子，没有阴暗的角落，没有地方可以躲藏。各种人造灯光的光线自各个不同的角度倾泻而下，它是如此精确和完美地复制了阳光的各种成分，比例精确得令人惊讶，但是，它永远也替代不了这真正的阳光。正如那伟大的第一家族，无论他们多么智慧，多么天才，能够用岩石作为屋顶，造出这广阔的地下世界，造出这闪着微光的大理石广场，还有深广荒凉的渊薮奇景，可那又如何？这些种种人工创造的奇迹，又如何与地面世界大自然的广阔和壮美相比拟？更不能与那令人心跳加速的蓝色地平线以及变化无穷的天宇相比了。

一阵马蹄声打断了布里克曼的遐思。他往远处看去，只见一个身穿红、黑两色盔甲的骑士正策马奔腾，往这边冲来，他的后背上插着一面狭长的靠旗，从这打扮来看，此人应该是个武士，而且，是一个绝对不普通的武士。

布里克曼不得不退出这条小道，恭敬地屈膝跪下，拜伏在地，两只前臂放在地上，掌心往下，鼻子正好放在两个大拇指之间。就算是社会阶层最低的铁大师，地位都在布里克曼之上。按照尼桑的要求，武士一来，他就得趴着不动，眼睛不能看武士一眼，只能等武士通过后，再慢数十声，这才能够起立。但他没想到的是，那武士来到他跟前后，马蹄声竟骤然顿止了。

奇怪……这是什么情况？

他偷偷斜瞥一眼，瞟见那武士下了马，将缰绳拴在离他大约十五码的一棵小树上。他的视线看不到武士的头，因为正好被马儿挡住了。其实看不看到头脸也没什么区别，反正他们的脸在布里克曼眼中，基本都差不多，没太大区别。再说了，一般要和鬼子有眼神交流的时候，也是极少的，都得按照规定进行，这样他就更没法分辨鬼子之间的长相区别了。

布里克曼不敢再看他，而是转而注视地面，木然地等待着这武士的动向，并利用身体的其他感官来探测武士的下一步行动。他的眼角能捕捉到微弱的光影移动，便知道是鬼子正迈着大步缓缓朝他走了过来,他还听到了那盔甲在移动中相互摩擦的声音,接下来就是那宛如轻声叹息般的“唰”的一声,他顿时遍体生寒,该死,那是长刀出鞘的声音。

天,他要干什么？真倒霉！

武士的声影停在了他的面前，两边的野草的颜色被武士投下的阴影加深加重了,由淡淡的红色,变成了血一般的艳红。

布里克曼心中暗暗祷告，辟邪主保佑啊！但辟邪主显然没听进去。只觉那冰寒刺骨的刀身贴到了右脸颊上，又顺着耳朵下方往前滑。都不用去看,布里克曼就知道,这刀刃是朝上的。刀尖微微一顿,突然“倏”地一下,闪电般从脖子后划到了左耳之下。刀尖不见了。布里克曼并没感觉到有什么异状,直到热乎乎的鲜血顺着脸颊流下,自下巴上滴滴答答地掉落时,他才意识到,那轻而快的一刀,早已将自己划伤了。

“怎么样,朋友,现在情况如何了？”

布里克曼认出来了,是黑衣人。这家伙这次换了另外一身打扮。

布里克曼心中又是厌恶,又是升腾起一股怒火,一种冲动,他真想什么都不顾地抬起头来,摸摸看左耳还剩下什么。到底他成熟了,还是强制自己忍耐住。他清楚地知道,这位合作者不但残忍冷酷,而且动作极为敏捷,加上这会儿情势很不明朗,他可不能随意冒险。刀锋在他头顶数英寸处来回移动,布里克曼心中大跳,不免为刚才的一时冲动而后怕。他觉得自己的好运气今天恐怕是要用完了,将两个大拇指之间的鼻子稍微抬起了一点，开始叙述自己与佳得利碰面的经过。

“大声说！”

布里克曼又将头抬起来了一点，清清嗓子，将剩下的事一股脑儿地说了出来，当然最后他才说自己已向佳得利建议，由自己来帮助他们建造飞马动力装置这件事情。

“哦？那他是怎么回答的？”

“他只是说他会考虑的。”

“那关于你，呃……以前的经历，他就没觉得什么不妥吗？”

“一点都没有呢，他见到我还挺高兴。特别是现在，他的地位比我高太多了。”

“我明白。”敏郎说，“我所代表的‘利益相关者’也已经同意我将你带到这次行动中来了。你可以开始你的破坏计划了。不过呢，在你破坏鹭池这个项目之前，你还得先帮助他们，把它建造出来。”

“是，大人，乐意效劳。”

“嗯，不错，我也觉得你会对此有兴趣的。那你能确保这些飞行器真的能飞吗？”

“那当然，只要我上手，不到一个月，就能弄一架自动力滑翔机出来。”

“很好，说老实话，这点对你很重要，也许你的小命，就系在它的身上。”

这点用不着你来告诉我，布里克曼心中暗想。他说：“那我能否问一下，我们最初达成的……嗯……‘谅解’是否仍然有效？”

“什么‘谅解’？”

“就是保证佳得利，以及和他一起来的那个女变种人——清水，能够安全离开这里。”

“哦，唔，这个嘛，是应该……不过呢……可能不太好安排。”

“那就由我来安排，”布里克曼干脆地说道，“只需要您亲口保证，别让您所代表的那些‘利益相关者’来搞破坏就行。”

这个长狗如此傲慢无礼、狂妄自大，真是令敏郎又是惊愕，又是恼火，他忍住了想冲上去一刀砍下布里克曼脑袋的冲动。其实，他根本不想以同等身份的态度来对待这小子，可是没有办法，现在，他也得靠布里克曼来完成自己的任务。所以，他不得不收起那高贵的自尊心，强行忍耐。他还指望着这个自称为“情报队员”的人能够做到他最终希望的那样，既能羞辱将军的对手一番，又能借机扳倒他们，将挡在敏郎目标前的一切障碍都一举扫清。

“好，这件事没有问题，我可以向你保证，但有一件事你也得帮我做到。我们要你去让一个叫作东芝仲根的人彻底消失。他是这一片领地的总领事，而且，巧的是，他恰好就是，呃，那个……你想要带走的女人的主人。”

布里克曼心中一乐，这岂不又是一件他正想干的事吗？他面上却一点不露声色。这件事情由敏郎来求他，那其中的意义就显得很不同了。他随口说一定会关注这人的。

“如果你能承诺，干掉这家伙，那我就保证将那位女士毫发无损地交到你的手上。你觉得这个交易如何？”

布里克曼盯着眼前此人的脚趾，盘算着这件事的利益交换。一般来说，要求一个奴隶去杀害一个几乎是最高那一层的铁大师，这绝对是一件千难万难之事。这件事中,除了暗示铁大师内部有很多他都无法理解的阴谋之外,从某个方面也说明,这黑衣人和黑衣人所代表的“利益相关者”已经相信了他说的话,而且准备真正地、认真地和他交易了。现在,他已经搅到其中了,既然他们想利用他来干一些卑鄙下流的勾当,那他也应该能借此换回一些行动上的自由。看来,除了能够按计划进行原定的鹭池任务之外,他还能够拥有更多的自由空间和更长的时间,来进行自己的其他计划。

到目前为止,事情进展得还十分顺利。虽然要怎么样偷偷上船,还没一点眉目。

“能够参与进行这项任务令我感到非常荣幸,但从我的角度来说,难度还是异常大。你知道,像我这样地位低下的人,要接近一个上层官员——从职位上来说,是很高的阶层的官员,恐怕是太困难了。”

“这个你不用担心,朋友。到时候,你会得到你想要的帮助的。”

这话听着倒是好话,可是怎么那么别扭呢?布里克曼真想站起来,和这个人正面谈谈,但他知道那绝对是不理智的。那他还是对着土地说话吧:“你觉得这件事何时开始最好?”

沉默。沉默了很久。对方这才开口说道:“我接到的指示是:一定要用飞马带着总领事飞上天空,飞到足够高的高度,然后,再将他从空中丢下来,要将他摔得稀巴烂,就像一只迷路的流浪狗被路过的大车碾过一样,烂乎乎的。这就是他的死法,他应得的下场。其他的,就没什么了,明白吗?”

“明白,先生。”布里克曼回答着,心中暗暗叫苦,这可真是个自杀性的任务,可现在哪有时间害怕,“要让他从飞机上掉下来,这个很简单，但要让他上飞机，可就没那么容易了。第一步的话，我得先调到鹭池去。到了那里，我就能制作出一套推进系统来。等我研发好了这套系统后，佳得利让我参加飞行测试也就顺理成章了。那时候，我要上飞机还不容易吗？但问题也就在这里，据佳得利自己说，鹭池的主人正是本地的领主大人。”

“源清盛大人。”

“不错。就是他。佳得利虽然是项目负责人，但他跟我们其他人一样，也只不过是一个雇员而已，真正拥有权力、操纵一切的，是源大人的人。那里的组织架构，恐怕不需要我来告诉您了吧，您应该晓得的。如果以我现在的身份，没有您的令牌，他们怎么可能让我有机会靠近总领事？就算是我能靠近他了，又怎么才能说服他去乘机呢？难道我还能跟他说，想请他去天上兜兜风？”

“这个嘛，你不用担心，朋友。等你把一切都准备妥当了，他自然会去的。”

武士的这句话，令布里克曼心里有底了，他已经猜到了这个武士幕后的老板的真实身份。只有一个人，才能有足够的权威，命令地位尊崇的总领事登上一架由异族人驾驶的飞机。这个人，除了将军，还有谁呢？

布里克曼对自己说：“一定要千万小心，布里克曼，你已经完全参与到这场政治游戏中来了，这可和在屏幕上射杀变种人的游戏完全不是一个档次，这回与你一起玩的可都是尼桑的大人物，下的赌注也不是一般的大。更可怕的是，这些人，个个都是杀人不眨眼的高层……”

还有这个黑衣人，在讲述清水和总领事的关系时，总是隐隐藏藏的，这说明此人并不可信。“对变种人许下的诺言可以不算数。”卡尔斯托姆不就是这样说的吗？布里克曼敢拿自己的最后一顿晚餐打赌，眼前这个穿着讲究的鬼子，心里也一定是这么想的：对寻道民许下的诺言可以不算数。没错……他想，若要完好无损地回到家里，他需要的帮助恐怕不是乔迪或者凯尔索能够给予的。他必须找到更厉害的帮手。这样的人不是没有。她不但愿意帮助他，更热切地希望能够主动提供帮助呢！

清水。

按照她的异能，也许还无法移动整座大山，但她绝对有改变地形之力，万一发生什么紧急情况，他得想办法将她从那个孤岛上带走。只要和她携手并肩，他就不怕任何山下的人，也不用担心那些黑衣人的朋友。因为她，拥有那强大的异能，危险一旦出现，她就可以轻而易举地将之灭掉。

“对了，还有这个。”武士打断了他的心思，他的双脚先从视线里消失了一下，很快便又出现，“你最好还是拿着它。我相信你也希望让你的朋友知道你目前的状况。”

一个黑色绸布包裹的细长之物落到了地上，就离他的前额不过几英寸。都不用打开来看，布里克曼就知道，里面肯定是那个拥有无线电装置的格斗匕首。

“我真的可以拿走它？”

“当然，不但如此，你还可以用它告诉你的那些朋友，你现在的情况很好。这时候，咱们可都不能让任何人受到刺激，对吧？”

“对，可我想不能……”

“匕首里的那东西当然还在喽。不过你能不能将它拿出来,把其他东西扔掉呢?”

“不能。它是怎么运作的,其实我也搞不清楚,但这装置的动力源被一层特殊的结晶体密封在这刀片里面了。”

“那好吧。你先将它藏在邮包的最里面去,等找到更好的地方藏它时,再拿出来吧!”

“谢谢。”布里克曼说,“那格斗棒是否也可以还给我呢?”其实他不用问就知道答案是什么。可那又怎么样?不管怎么样,试试总是没错的。

这个问题引发的是对方的一阵讥嘲冷笑:“你是不是疯了?身上携带一柄匕首已经足够令你在十秒之内被判死刑了。你还想干什么?想要在脖子上挂着一个‘处死我’的标牌吗?”

“好吧。您说得不错。就当我什么都没问好了。那您能否把那袋粉红色的叶子还给我?不洗掉身上的这些涂料,我可没办法到鹭池工作。”

“现在我没带在身上,朋友。”

“那我什么时候能够拿到?”布里克曼心里暗自咒骂。

“等到时候,我们自然会给你的。”

“现在我这变种人的模样,恐怕连飞机的边都摸不到。”

“我知道。”

“那么我什么时候能调过去?”

“我正在处理。”

好哇,这家伙真是张口就是谎言,纯粹诓人,想引我掉进陷阱里,布里克曼心里又暗骂一声，说道：“您的意思是，这事很难办吗？”

“倒也不是。只是因为我所代表的‘利益相关者’的缘故，我不能因为你，就直接去干涉鹭池的事务。否则的话，就会暴露出你‘自由情报员’的身份，甚至会破坏整个大局。所以，我只能……呃……间接地同总领事的人，以及那些重要驿舍的关键负责人联系着，让他们顺从地做出某些安排。”

真他妈糟糕……“好吧，那就让我们都祈求上天保佑他们不会弄丢文件吧。下次什么时候才能再见？”

“有必要时，自然会见。”

“确实，可现在时间已经……”

“这些都不用担心，我知道在哪能找到你。你只要随时准备着，脑子一定要保持清醒。”

布里克曼轻微地点了两下头，然后听到后面传来长弯刀轻轻插回刀鞘的声音，最后又是双脚移动时，盔甲层层摩擦之音。

哼，随时准备着……只有傻瓜才会听你的话。

布里克曼脑袋稍微抬高了一点，眼角的余光看到武士重新上了马，掉转马头，往他这边慢跑过来。他的头上戴着宽檐头盔，阴影将上半截脸完全遮住了，而下半截脸上则被那些缠在下巴上固定白色头巾的红色丝绸遮得看不清楚。布里克曼的鼻子贴着地面，等到马蹄声去得远了，这才缓缓起身，揉揉跪了良久、隐隐生疼的膝盖。

又是一次很有收获的会面。黑衣人在这场较量中，占了绝对的上风。那颗曾经被布里克曼刺伤的自尊心也得到了某种恢复。其实布里克曼根本没有工夫跟他较劲。时间越来越紧迫了。偏锋所在的轮子船不可能永远都在哈德孙河上行驶。上了他的那艘船，前往布法罗逃亡,这才是计划中最关键的一步棋。如果黑衣人不愿意,或者不想让他快速推进这个计划的话,那么他——史蒂夫·罗斯福·布里克曼,只能靠自己采取单边行动。

第十二章

清水睁开眼睛。

布里克曼居然就跪在她的枕头旁边。

清水并未显得惊讶,也没有一点慌张。其实在她的潜意识里,早就知道他已经来了,甚至在这场梦醒来时,她还在梦中见到他呢。仅仅是几秒钟之后,梦中之境就成为现实。上次他们在浪人营相遇后,她曾经劝过他,别冒着生命危险来找自己。但其实她的内心是多么渴望能够与他再次相见,再次交合。

这一时刻终于来临了。

潜入湖心小屋前,布里克曼早已用毛巾将自己擦干了,以免留下任何一点痕迹。可是,当清水抚摸他的胳膊和肩膀时,仍然感觉到他皮肤上的潮湿和冰冷。她用手轻轻捧起他的脸,将自己的小嘴印在了他的唇上。

两个相爱的人之间,有无穷无尽的强烈吸引力。她唇间的轻吻和那温暖的拥抱,将他从这个小屋子带回了那个曾经甜蜜的晚上。那种想要占有她,占有她的身体和心灵的欲望,还有那香软的躯体,那甜甜的气息,激发了某种难以名状的感觉,瞬间淹没了他的理智,使他整个人忽然陷落进去,完全忘记了自己的个人安危。

清水也无法自拔了，她完全忘记了，他的到来会将她置于面临死亡的境地。她现在只想和他在一起。她松开了搂在他脖子上的手，掀开了丝绸被面的一角，请他进来，一起共度春宵。

布里克曼当然也很想钻进这温柔乡里，意乱情迷中，一丝自控力紧紧地抓住了他的理智。他并不是为了能够躺进她的怀抱才游泳过来的。他握着她的手，轻轻拉过被子，给两个裸体之间制造了一块安全屏障。他心里非常清楚，就像第一家族生来就是为了统治世界一样清楚，一旦两人肌肤相亲，他就会忘掉一切任务，什么级别、编号，甚至连自己叫什么名字都记不得了。他说："咱们得好好谈谈。"

"等一会儿行吗？"

"不，现在就必须谈了！"布里克曼一把抓住她的双手，不让它们分散自己的注意力。"别！"他轻轻地嘘了一声。

清水受了刺激，也躺了回去，只是用手抚摸着他的脸，时而将玲珑的指头插进他的头发里。

上一次，在他腰部以下滑动的双手是萝兹的。那是发生在去年的事情了。那时候，在桑塔纳大厦里，他们俩都吸食了劣质的烟草，他晕晕乎乎，到现在都不敢肯定他们发生了什么，只是那种感觉真的很糟糕。对于和清水之间的事情，他还什么都没说呢，萝兹就已经都知道了。所以这时候一想到萝兹的一部分知觉正躲藏在自己的身体里，他就感到很不爽。

"原谅我吧，戚妹。这都是没办法的事情哪……"

接着，布里克曼就开始讲述，从他俩半夜三更在驿舍与神秘的黑衣人会面后开始讲起，很简明扼要，一直讲到了自己与佳得利偶遇后，一起喝酒聊天为止。

当天，他并没有把所有事情都讲出来。在阿里巴尼码头遇到偏锋，在鹭池对面的农田里遇到乔迪·喀珊等等，这些事情他一点都没提，而且，他也没说不久前与将军的联络人黑衣人再次遇到的事。这些，他打算以后再慢慢告诉她。

“听我说，对于佳得利，我们该怎么办？我已经试着和他讲了很多道理，可是他一点反应都没有，就是铁了心要留下来。他说在这里他得到了自己曾经梦想得到的一切，呃……除了你。”

“他是这么说的吗？”

“那还用得着说吗？要不然他干吗老是喝酒，喝得醉醺醺的，而且不断地拼命灌酒，好像以后再也没有机会喝似的。”

“他有没有问到我发生了什么事？”

布里克曼微微犹豫了一下，“他知道你被控制住了，而且也知道控制住你的人是谁……可……”

“他还有没有说别的？”

布里克曼斟酌着，慢慢说：“也没说什么，他，呃……好像觉得你会没事，你能照顾好自己。不过现在想想，说不定他就是为了故意气我呢！”他耸耸肩膀，“我看我们还是谈点正事吧。我倒是和他说过，要是我没来的话……”

“可是你还是来了，这是上天注定的事。佳得利也知道，因为他从天眼石里早就看到了。”

“也许吧，但我想他可能还需要一些东西来减轻内心的痛苦。”

“其实痛苦早就存在了。自从你离开我们的时候起就已经存在了。我自然也很痛苦,可我并不想伤害他,就算我们俩勉强在一起了,我也得不到什么快乐。我和他的生命线,早就不像过去那样紧密地牵连在一起了,这一切,总有一天他会明白的。你也是。”

“我明白,我相信你说得没错,可是现在,我不得不面对佳得利。也许他对我也没有敌意了,但他只要一碰酒瓶,真不知道会干出什么事来。”

“那接下来你打算怎么办?”

“这就得看佳得利的了。他和我说过,他想制造出一种引擎,但目前遇到了一些问题,我就……提出帮他解决这些问题。这,当然只是开始。如果我能经常接触到他,就有可能劝服他回去。这话我只和你说过,如果不是逼不得已,我根本不想在这儿多待一天。要是佳得利愿意悄悄地跟我们走的话,事情就会容易得多。”

“那他的意思是?”

“呃,他既没说‘行’,也没说‘不行’。尽管发生了那么多事,他好像还是想再来榨取我的脑力。”布里克曼说到这里,忍不住压低声音笑了出来,“其实,我只想告诉他,我脑子里的那些东西,他早就偷得差不多了。”

“那么,他这么做你生气吗?”

“那有什么好生气的……这样的话,事情就会好玩得多。问题是,我希望你能跟我一起去,或许只有你能……你知道怎么能够劝服这小子,要让他明白这里面的道理,可我又怕……”

“他恐怕不会听我的,这会儿,他早就被自己脑子里的那些邪恶念头控制住。”

“是呀……”谁都会有邪恶的念头的。布里克曼心想：“就算是你，可能也有我永远不知道的黑暗面。也许那样的事情，早已将我们的双眼蒙蔽了，那种感情我们都无法控制，它会带着我们往哪里走呢？它是会给我们带来无尽的力量，让我们顺利地走完全程？还是会借此将我们一起带入毁灭？”

两个人只隔着那一层薄薄的被子，更像是增强了某种诱惑。每当两人肢体轻触时，他的身体内都会传来一股刺激的电流，击得自己从头顶酥麻到脚底。最终，时间会带来答案。就算上天注定了，他将因为她而死去，那也不失为一种最浪漫的死法。

好了！布里克曼，你给我振作起来！集中精神！别再沉沦！

他终于努力地挪动着沉重的身子，趴到床上，心脏在软绵绵的棉花褥子上像青蛙一样狂跳着。身体的冲动在强烈的挣扎中好不容易抑制住了。他终于开口说话：“听我说，关于佳得利，咱们得统一下意见。如果我们无法说服他自愿离开这儿，那就不得不用另外一种办法了，也就是令他留在尼桑的可能性变为零。你明白我的意思不？”

清水将两人之间的阻拦之被推开了，转过脸来，看着他，轻轻倚靠在他的胸脯上。布里克曼感觉那坚挺又柔软的乳房触碰到自己的皮肤，感觉到那颗心“怦怦”地在自己右肩的位置上跳动。她的手臂也环绕过来，在他的脖颈下抚摸，往下，摸到了脊骨，她吐气如兰，轻轻呢喃：“你想要做什么，都可以……”

布里克曼强忍小腹下的如火如荼，紧紧夹着双腿，将骨盆强按在褥子上，说：“听着，我有个计划，嗯，也许不太成熟，能不能行，还得看下面几周的进展状况。”

话还没有说完，忽然就被打断了。是被那种有快感，又有失败感的综合之感打断的。

“嗨，你听我说！别急。这很重要的！”

清水的手终于停了下来，再次回到他的脖子上，仿佛根本什么都没做。他那可怜的刚强的右肩，依然被那高耸的乳房夹在中间，就像一块三明治。还好，他还能忍得住，她的小腹下的位置，总算还在被子里裹着，如果其他武器也出动的话，他不知自己能不能忍得住。

布里克曼收摄心神，将大脑的心思，完全集中在今晚的目的上来。

他尽量忽略她舌头和牙齿对自己耳鬓厮磨的感觉，开始告诉她自己与黑衣人谈好的交易，就是用总领事的死来换取她的活命。突然，耳朵上的轻咬停下来了。等他说出黑衣人交代的杀死东芝的具体方法后，她整个人都似乎吓得缩回去了。

布里克曼用手托着下巴，低下头去看清水。其实是看不清什么的，连她的表情都看不大清楚。当他从湖中游过来的时候，月亮正高高地挂在夜空之上，它的光辉给周围沉寂的云彩也镶上了一道银边。等他上了岸，往湖心小屋走来时，月亮还很明亮，只有一团暗影在前面移动。但一到了这室内，光线仿佛就消失了。

“难道，他的死，会令你很难过？”

清水伸出手，抱住他粗大的胳膊，说：“不，我不会管他的死活，但我很担心你的安全。我看，要是有机会的话，不如让我替你杀了他。”

“不！”布里克曼坚决反对，“那样的话，你会很危险的。万一我有什么三长两短，你还能带佳得利离开这里。可若是没了你，一切都前功尽弃了,我们谁都走不了的。”

“你放心吧,我不会有事的!我不是跟你一样,一出生就在辟邪主的护佑之下吗?雪先生不是说过了吗?佳得利和我,就是辟邪主的剑与盾。他的力量灌注到我躯体的每一个部位,给予我神力。”

“我知道,我知道,我就指望着它了。但我知道,我们只有在关键时刻才能使用它。”布里克曼吻了吻她的鼻尖,“你的好意我自然知道,但我必须按照他们所说的去做。”他的声音忽然变得又僵又硬,像冰冷的石头,“况且,如果能亲手宰了他,我会感觉很爽。”

清水轻柔地抚摸着他的脸颊,亲昵地说:“哦!云武士,你没有必要去妒忌任何人。你拥有的,是连佳得利都没有得到过的!铁大师确实是占有过我的身体,但他从来都没有拥有过我的心和灵魂。我就像一只空空如也的瓶子,所有的感觉都消失了,但他却以为我是他的梦中情人。其实,我对他来说,仅仅只是一个梦而已,根本没有别的什么。那些他所以为的对我做的大多数事情,只是他头脑中的某种臆想罢了。”

为了让布里克曼更加明白,她便详细解释了自己是如何使用异能来改变总领事心里的念头的。布里克曼仔细地听完之后,心情稍微好过些了,便将话题转向了与黑衣人达成的协议,说道:“糟糕的是,我真的没法相信他会遵守诺言。所以等时机成熟的时候,你最好能和我们一起待在鹭池。现在我身份不自由,受他钳制,说不定什么时候,就得被迫去做一些非常危险的事情,万一不幸闯下大祸,铁大师一定会用最可怕的手段来惩罚我,就像大山压顶一样砸下来,也许那个时候,你那能够移山倒海的异能,就成了唯一能够救我逃脱苦海的希望了。”

“你要知道，我愿意为你做任何事。”

“我当然知道，只是我们现在还有很多事情要做。我得先去鹭池做好准备工作，否则咱们谁都甭想离开这儿。但有个问题就是，鬼子现在正在尼桑四处寻找懂得飞行技术的寻道民呢，可是你看看这一身样子，就是一个变种人！”

“这有什么，挺适合你啊！”

“请别误会。我真的很符合他们的要求呢！你当然知道我的飞行技术是最厉害的。我来的时候带着一包粉红皂叶，可是后来被黑衣人搜走了，他却一直不想还给我。我要洗掉身上的图案，你这有没有皂叶？”

“还有一点，但不够洗掉你身上所有的彩绘。”

布里克曼低声骂了一句：“该死！”又说：“没关系的，拿给我吧！说不定哪天它真能派上用场呢！”

“你现在就要？”

“现在还不需要，一会儿吧。听我说，我在想一个法子，如果你真的能渗入东芝的脑袋里，改变他的念头的话，也许你也能让他产生一个想法，就是让我进入鹭池。”

“那以什么身份？寻道民？”

“不行，那可太困难了，我没有身份卡。登记入册时，我的身份只是变种人，我还是保持这个身份吧。等到时机成熟时，我再变回寻道民。”

“那你想让我给他什么样的想法？”

“你让他下令视察驿舍，还要巡视在驿舍里干活的每一个人，包括所有行路者。这样他在队列前巡视时，我就有机会被他挑出来。我希望被调到佳得利住的地方去干活，随便干什么都行，只要能去那里。”

“你确信你干得了那些粗活、累活？”

布里克曼禁不住痛苦地笑了笑：“你不用担心这些，我曾经在字母级楼层里，跪着铺了三个月的下水道，所以不管佳得利给我再难再苦的活，我都能干好。有时候，谦卑一点是没什么坏处的，要是能将我支使得筋疲力尽的话，说不定他的心情会好一点，我的机会也会更多一点了。”说到这里，他突然抓住她的双肩，“我知道我这些要求是多了一点，不过你一定能帮我的，是不是？”

“我可以试试。”清水伸出双臂，环抱住他的脖颈。

“那总比将些乱七八糟的烂事塞到他脑子里强些吧！”

“要我说多少次你才会相信？他对我来说什么都不是！”她试着将他的脑袋往下箍，他却坚硬如铁，纹丝不动。

“那佳得利呢？”

“我们是在一起长大的，就像兄妹一样，我们一起分享彼此的快乐，也肩并肩面对共同的敌人。我绝对不能斩断我和他之间的联系纽带，但他需要的只是我的异能力，而并非我的爱。”

布里克曼这才由着她，用柔弱无骨的双臂，将自己箍到她的身边，轻轻躺下，说：“我还有很多话想对你说。”

清水拉拉被子，将两人都盖起来：“当你的肌肤挨到我的肌肤的时候，我就已经知道你想对我说的所有话了。抱紧我，哦，云武士。我们在一起的时间越来越少了。”

“可是我还有一些事情要说。”

清水用自己的香唇堵住了他的话:“让一切都随风而逝吧，我的爱人。”她喃喃地诉说着,“我们俩就是泛黄季来临时的两片叶子,西风吹来,它们就落下。我们的灵魂在进入母亲的子宫之前,我们的人生便早已注定。滚滚车轮已在转动,康庄大道也已建成,我们一路前行,必将走到它所指引的地方……”

她和他融合无间。

啊！哦！天哪！克里斯托夫在上！

天快要亮了。布里克曼这才爬到了岸边,找到了所藏的衣服。这会儿可是相当危险。幸好这段路并不太长。这双岛湖地形狭长,是总领事属地的最西边,他被安排住下的驿舍距离东芝的官邸很近。但没有多少时间了！他不得不抄近路前行,沿着某个兵营的墙根走回去，那是为政府雇佣军提供的住所。他鬼魅般地穿过了营地,终于回到了行路者那简陋的宿舍。时间刚刚好,其他人还没有起床呢。

在尼桑这里,半夜,变种人的手脚是自由的,不用被锁住。行路者自然也一样。因为对逃跑者的惩罚是残酷而残忍的,只有那些白痴，或者再也无法忍受辛苦的人才会想着逃跑。其实,对于一个变种人来说,能够干行路者这份工作,已经是天大的幸运了。这项工作意味着他们能够享有一些令别的变种人羡慕不已的权利。多少人求都求不来呢,哪还敢给自己找麻烦？没有人想要再回到普通的变种人中间，去干那些猪狗不如的活计。

铁大师虽然既苛刻又严厉,但他们也并非毫无人情味的主人。

那些被俘虏到尼桑的变种人,在铁大师的眼中,就等同于畜生，任由他们随意地奴役。但他们也会允许变种人如同畜生一样，自由地交配，甚至让做同一工种的人组合成家庭。对奴隶主来说，那些有了身孕的奴隶虽然在快要分娩前的那几周没法干活，但很快她们将生下“铁步”，过几年后，不但可以增加劳动力，连运费都不用提供，就像是白得的一样，说不定还能不断增值呢！

所以，在一般情况下，当行路者没有任务的时候，他们就可以和那些在厨房、浴室、洗衣房，或者是四合院附近工作的女变种人自由交往。双岛湖离行路者的住处足足有四英里，因此他们一般是不可能跑到这边来的。要是现在布里克曼撞到一个巡逻的人，那恐怕麻烦就大了。不过还好，上天护佑，他安然回去了，没人发现他。

第二天夜里，布里克曼终于找到一个机会，给司令官，也就是情报队头子——卡尔斯托姆发了一个信息，这是这么长时间以来的第一条信息。他先用微型铁笔运行自动诊断程序，检查了一遍收发装置是否还好，然后才键入自己的代号，又键入了自己目前所在位置的代码。继而，他将曾经同偏锋讲过的情况以及目前已同两个目标人物取得了联系的重要讯息简单明了地输入进去。最后，他又键入了三字简码，要求对方若是收到讯息，一定得回复确认，设定时，还签上了自己的代码缩写“HGFR”。等选定了适当的发送时间间隔，确认无误后，他终于按下了自动发射按钮。

这下子，他舒心地吁了一口气，他知道，按照既定程序，在接下来的二十二点到二十四点，这两个小时内，这个收发装置将会每隔一段时间，就发送一次那些讯息。到了明天早上四点至六点之间，还会再重复一次。干完了这一切，他总算放下心来，将匕首放进包裹，仔细藏好，这才上床睡觉。

布里克曼推断，第一家族肯定早就在尼桑秘密设置了信号中转站，因为无线电的发送范围是有限的，如果没有中转站，那联邦又是如何接收到他所发的信息的呢？事实上，他只想到了要在地面上建立基站的问题，却忘记了那广袤的天空。他并不知道，为了跟踪这些秘密执行任务的情报员，情报队每天都会派出一架或者多架飞机，在天空按照预先设定好的航线来回飞行，一共四次。这种飞行带有电子耳朵，能够监听接受地面的信号。这是一种布里克曼从不知道的飞机。

其实，这种跨领空的飞行早在五十年前就开始有了，但它们飞得很高很高，从未到达过高空中的铁大师们，又怎么能够发现？只要垂直地面的距离超过五英里，地上的人单凭肉眼是什么都看不到的。再加上这些飞机都有特制的流线型机翼，无论是飞到西边的阿巴拉契亚山脉，还是飞到东边的大海，整个尼桑上空都任凭他们悄无声息地翱翔。一般只有飞到海面上的时候，它们才会再次打开引擎，升上原来的高度，返回联邦。一路上，它们都在不断地接受来自地面各地的情报员发送的讯息，也以此确定他们各自的位置，同时，情报突击队的指令也会被转发给他们。

第二天，布里克曼有了新的邮件任务。他得到西边一个叫作斯普林菲德的地方去。那里离驿舍足有一百四十英里远，布里克曼不得不在外面度过了三个辛苦的晚上。等他从斯普林菲德返回伍斯特时，加快了速度，这样当他到达鹭池时，就腾出四十五分钟的时间。

这一次，好运再度眷顾了他。他走在鹭池旁的土路上时，正好看到佳得利从打开的屏风门处往外望。这回,就像上次一样,变种人友好地欢迎他过来聊聊,态度虽然谨慎,热情却丝毫不减。为了不让他心存芥蒂,布里克曼对和清水见面一事一个字都没提,更别说与她在床上共度了两小时的事情了。

佳得利将他引着来到绘图桌前,两人开始讨论,若要将现在的驾驶舱改为双座椅的话,用什么方式会比较好。但讨论没进行多久,就被一些事情打断了。据说是车间里出现了问题,需要佳得利马上过去处理。佳得利临走时,叫布里克曼先别离开,他很快就会回来,并提议说,布里克曼一个人在书房时,可以将他们刚才讨论的方案画张草图出来。布里克曼答应了。

等他走后,布里克曼立即拿出了藏在邮包底部的匕首,打开了存储器,正好发现卡尔斯托姆回复的一条短讯,确认说已经收到了他的情报。

但信息后面竟有用加粗字体写的话,令他的心情顿时降到了冰点:“即使迫不得已,要将无线电长期处于关闭状态,也不用担心,你的戚妹萝兹也能帮我们找到你的踪迹。麦克 X 光一号。”“麦克 X 光一号”乃是卡尔斯托姆的代号。这条讯息就像一个警告,提醒布里克曼,萝兹和他的护父、护母,仍掌握在卡尔斯托姆手中。如果戚妹仍然像以前一样,拥有和他通感的能力,特别是在他紧张或者情绪激昂之时,能够读到他的思维,那就意味着他还是逃不过第一家族的掌心。

布里克曼急忙键入了另一条信息,要求能提供一些基础资料,还有现在急需的科学公式。等他设定好自动发射程序后,便将匕首又重新包裹起来,藏在了某个地板的贮藏间内。他之所以不再将匕首放进自己包内,是因为想着很快就能和佳得利一起在这儿工作了,同时也是为了以防有人发现自己携带匕首,这可是重罪。而且,要是最后他没得到来鹭池的机会,那就没有什么重要的事情,数据发过来也没啥用处。他已经和佳得利联系上了,没必要再冒生命危险,随身携带这利器了。

再说了,情报队已经知道他在这儿了,如果还想了解他在做什么,只要去问一下萝兹不就清楚了吗?

真不知道她对他们说了多少事。当想到第一家族竟利用她将触角伸进自己的脑子里,布里克曼就觉得自己成了一头走投无路的野兽。他忽然咒骂自己实在是个蠢货,将自己曾经拥有的精神联络能力丢到了天边,而且是自己故意将那种异能抑制住的。"联通"之能是他们之间特殊的能力,是不可分割的力量。可是随着年龄渐长,他不想要这种能力,想和萝兹完全隔离开来,于是就自我筑造了一道墙壁,挡住了两人的通联。他以为这样的话,自己能够不被察觉地做一些秘密的事情。谁知道,这最后筑造的,不但不是一道墙,反而是一个囚笼,囚禁了自己的意念通联之能,但萝兹的思维却能够悄然从笼子的缝隙中钻进来。

不错!布里克曼!不管怎样,这都是一个教训。就像现在,他本是寻道民,却装成了变种人;而佳得利和清水是变种人,却成了寻道民。这样的转换,都是值得吸取的教训。那时候,躺在清水身边时,这种身份上的转变令他感到极大的震动。其实不管你的皮肤是什么颜色,那些并不重要,重要的是这身皮肤下的人,到底是谁。

很快,总领事将要来视察的事就传出来了。布里克曼在返回驿舍的路上，发觉自己非常强烈地期盼总领事的这次视察，一想起来，就觉得心底热流激涌。莫非是清水的法力起了作用，还是本来总领事就要来视察？现在他所能肯定的事情就是，东芝将会走到队列的前面，向他下达出发的命令。在他来之前，所有的行路者都来帮忙，进行大扫除，有的扫院子，有的进行清洁、擦洗、刮掉墙上的污痕、上光等等。驿舍院子各个角落里的垃圾都被抬了出去，地面上的坑坑洼洼和车辙都被填平了。大门也被重新地粉刷成新的，标志和徽章也重新抛光打磨，就像崭新的一样。墙壁刷得干干净净，屋顶上的房梁什么的，也擦洗了一番。洗衣房里，女变种人们辛勤地忙碌着，将制服和被褥洗得干干净净，给变种人穿在身上或者放在宿舍里，显示出这里的清爽。

第二天，距离总领事的到来还有三个小时，邮政长官和他手下的资深职员们先来了，他们都穿上了自己最好的衣服，准备以最好的面貌恭迎总领事。他们先是领先一步，仔细检查了驿舍的每一个角落，还有属于这片地区的周边建筑。中、低层职员都呆呆地站在自己的办公位置上，一动不动，像是蜡像一样，等这群鬼子走过来时，才来个九十度的深鞠躬。

等所有地方都检查好之后，邮政长官才点点头，觉得挺满意的。然后他便将所有的职员和行路者都召集到院子里，只有那些洗衣服、做饭、打扫卫生的女变种人被告知，得待在房间里，在视察没有结束前，不得露面。

东芝仲根来了。邮政长官和手下的六个助手就面对大门整齐地站好。他们之后，是三排职员，排得笔直，脚尖也刚好挨着码得整整齐齐的草席边缘。一阵响亮尖锐的喇叭声钻入了高空，余音不绝，东芝仲根骑着那匹高头大马，冲进了院子里。他的四周，有十个骑马的武士，还有一队护卫步兵。那些资深职员立即鞠躬，一弯到底。等级较低的职员，则是“扑通”一声，跪在地上，垂首不动。行路者们一律拜伏于地，鼻子贴着地面。

东芝仲根带着五个武士，同时下马，大步而来。邮政长官慌忙上前迎接。其他的武士们则端然骑在马背上，目光就像剑一般扫射着四周。卫队指挥官也下令让步兵们散开，围在院子四周和大门外面。虽说谁都知道，这个地方绝对是安全的，总领事也不可能有什么危险，但不管地方领主如何友好，所有幕府的高层官员在出行时，都必须有护卫随行保护。因为还有一些潜在的危险，比如说神秘的浪人们，说不定会冒出来进行抢劫或绑架。无论如何，还是小心为上。

还是老一套的礼数，鞠躬鞠躬，再鞠躬，邮政长官又用常见的夸张的拍马屁之词，向东芝问候了好几句。当然了，这些话都只能是对着他和东芝之间的那些武士说的，东芝是贵族，地位崇高，更与将军有姻亲关系，邮政长官地位卑微，从礼节上来说，是不能和他直接对话的。不过邮政长官所说的这些话，倒是不需要武士重新转达。武士们挡着的作用，只是象征着一堵隔绝高与低之间的墙壁，地位悬殊的人只有通过这道墙壁，才能间接对话。东芝也象征性地回了邮政长官几句话，并接受了对方敬上的饮料——这是一种冷饮，专门供各种隆重盛大的场合饮用。

这些繁文缛节算什么啊，这样治国哪能行？布里克曼心中充满了鄙夷。要是在战争年代，这些家伙也将时间浪费在这些虚伪的礼仪上，恐怕不打败仗也不容易哪！

一声日语吼出来的声音传来，是某种难听的命令。低层职员们齐刷刷地站起身来，脑袋依然压得低低的。另外一个精通基础语的职员命令行路者们全部跪着，挺直了身子，双手放在大腿上，头低到下巴碰到胸口。

邮政长官陪同东芝仲根挨个视察了两排职员，当他们走到职员跟前时，每个职员便自动九十度深鞠躬。

东芝仲根此人，比铁大师的平均身高要高，并不是很胖，身材比较壮硕。他穿着和服，肩膀的位置做得很宽大，而且和服里面有衬里，所以也看不出他到底是什么体形。只能看到他露在和服外面的手指，又粗短，又难看，脸型也是圆胖圆胖的。布里克曼用余光看着这个地位崇高的人，认定他是因为吃得太好，身体有点肥了。

虽然东芝的身体比较壮大，走起路来却很轻盈，一副王公贵族的架势。不过他本来就是王公贵族嘛！和尼桑所有的高级官员一样，他也戴着一副武士头饰，还有用变种人的毛发制成的假发，头的前半部分，还趴着一顶小帽子，又古怪，又滑稽。

布里克曼从来没见过这东西，所以他猜测，这帽子一定是象征着某种身份的标志。事实上，他猜得没错。

便在这时，东芝等人朝着他们这些行路者走过来了。

终于来了！布里克曼心里一跳。他等了很久，可他期待的情形并未发生。他等待良久，直到最后一刻，才将鼻子压到垫子上。但东芝和他的贴身护卫，却在邮政长官的带领下走了过去。

下一幕，是资深职员口中喊出一声命令。全体职员听令后，各自跑向事先预定的位置。这一幕早就排练过无数次了。布里克曼和其他行路者如同往常那样，沿着驿舍大门左边的檐廊排成一列。还好，他在队列中的位置靠近末尾，这就导致他距离院内的入口更近了。只可惜为了显示对这位尊贵的客人的恭敬，当东芝一行人走进内院，来参观邮政人员的工作时，行路者们只能跪下来，同时鼻子还得贴地。

东芝仲根走了，看着他的身影消失，布里克曼气得差点吐血。行路者获得了坐在圆木长椅上的权利了。他一边坐下，一边暗骂自己运气太差，心情郁闷至极，忍不住用右拳砸在了左拳里面。这个肥手指的鬼子再次走过变种人的队列时，还是没多看他们一眼。靠，这就是清水那所谓的变种人的魔法吗？完了，完了，一切都玩完了。如果清水连这点小事都没法做到，那么极度危险的情况一旦出现时，她又能施展出什么样的法术来应对？该死！布里克曼有些发急了，还大剌剌地对黑衣人说没有他帮忙自己也能够应付，这下可如何是好？

东芝刚到驿舍不到一刻钟，就开始自我怀疑起来，不知道他为什么要来这儿呢。不管是私人信件还是官方文件，他见到的已经太多太多。只有下属那些职员才应该去了解那些乱七八糟的程序，他干吗费这个劲？

还有什么衣服的洗涤熨烫之类，关他什么事？作为贵族，他根本不需要去了解，他只需要在任何时候一声令下，便会有一套干净整洁的衣服送到面前。公文也是一样的，他只需要动动嘴，别人就会把他要表达的文字记录下来，盖上他的印章，自动会有人将文件送出去的。至于文件在从他的手传到接受人的手中到底经历了什么过程，对他来说毫无意义。

夏天快要结束时，热气逼人，使人难受，东芝有些倦怠地摇了摇手中的扇子。他突然将扇子合上了，“啪”地一下，砸到左手掌上。他的贴身侍从立即知道这代表着什么，总领事大人已经很不耐烦，想要离开了，而且是立刻、马上，不能再耽搁一秒钟。武士立即抬起一只手，制止了旁边不断讲话、介绍情况的邮政长官，并大声宣布，说这次参观大有收获，主人对驿舍工作人员的敬业和踏实感到非常满意云云。

邮政长官忙带着手下跑到檐廊的列队里，深深鞠躬，恭送东芝一行走出驿舍。他们其实是想挡住东芝的目光，避免他看到行路者们的脸。想不到的是，当总领事快要走到自己的马跟前时，又突然停住了。他像是意识到自己似乎落下了什么琐碎之事，那事情犹如一个瓶子里转动的小石子，在脑袋里翻腾不休。他来这里，目的就是为了做这件事，可是忽然间却什么都想不起来了，那到底是什么事？

精神的压力一上了头，就变得沉重不堪，他的脑袋开始发疼。乱哄哄的思绪撞来撞去，他使劲地摇着头，想将它们全都赶走。稍微好了一点之后，他便翻身上马。身后的武士们也都跟着上了马，步行护卫们也都围了过来，组成了一个整齐的队形，准备护送大人回营。

希望没有了。布里克曼的心沉入了谷底。

东芝仲根提起缰绳，掉转马头，正要出发，可脑子的痛楚骤然增强了。他用手摸着脑门，轻轻磕击。正在这时，脑子里如闪电一般，出现了一个金发变种人的模样。他终于想起来这里的目的了。当他这样想的时候，脑子里的疼痛顿时减轻了不少。他愤怒地狂吼一声，再次掉转马头，径直向檐廊飞奔过来。

总领事怎么会突然变成了这样，邮政长官和手下的资深职员们根本就没想到，他们打破脑袋也猜不出会发生这样的变故。那些原本跪在地上的行路者正慢慢直起了腰杆，忽见他的马头来了个急速转身，马鼻子几乎就碰到了马尾巴。他们也吓得赶快垂下脑袋，不敢用脸面对总领事大人。

东芝骑着马走过来了，他头脑里的痛感正迅速地消失。他的目光在变种人中间扫视，突然，他手里短短的权杖指了过来，正对着布里克曼的脑袋，他大声地叫了一句日本语："那个草猴子，从门口数来的第三个！我要他立刻从驿舍里消失！快！听明白了没有？"

"啊？他……他……难道冒……冒……冒犯了大大……大人了？"邮政长官浑身都打着哆嗦，讲话舌头也打了结巴，"如果果……真真是……那样，我保……保……保证……他一定会……受受到严……严惩的！"

"不必了！"东芝怒骂道，"我只是不喜欢他头发的颜色！让他立即离开这里！"

布里克曼搞得头脑发蒙，不知什么情况，忽然便被邮政官一把撸了起来，狠狠往旁边一推。他只能愣怔地呆站。

邮政长官对着东芝点头哈腰，每隔两秒钟就鞠躬一次，还不断地大拍胸脯，为属下挑选人手不好而拼命地自责和道歉。

东芝仲根看了看剩下的行路者，见他们的头发要么是茶褐色，要么是纯黑色，再无金发之人，他脑袋里的痛楚也基本上消失了，说："现在看起来好多了，你刚刚推出来的这个家伙，就送到鹭池去做云武士的家奴吧。一定要确保他能够过去，书面确认要送到我手里。"

邮政长官也是有点蒙，只能通过武士向总领事大人保证，这个命令一定会立即执行,不负使命。

东芝仲根满意地点了点头,便朝大门骑了过去,脸上出现了一种奇异而诡异的快乐之色。

邮政长官和手下的资深职员们一直低着脑袋,等到最后一名护卫步兵的身影也彻底消失之后,才总算长长地舒了一口气,叫众人解散,该干吗干吗去。谁都猜不出为什么总领事会突然这么干,实在太过古怪了。也许只是他心血来潮,也许是他突发奇想,没有人再去想这是为什么。这个行路者既然被挑选出来了,就得赶快送到总领事所说的地方去,在这之前,还得教训教训这个杂种。邮政长官叫一个职员拿来了一根藤条鞭子。虽然总领事否决了邮政长官要严惩这个黄发变种人的请求,他当然不会不服从总领事的决定。但适当的惩罚也是必要的,不会很过度,只是一种发泄,因为若不是这家伙,他们怎么会无端地遭到一次惊吓?

布里克曼在除下自己的制服、邮包,还有行路者的领章时,尽量表现出一副很凄惨、很沮丧的神情。他的胳膊上再次被缀上了奴隶的标签,脖子上也挂了一张"黄卡",这东西可不一般,能够保证他在道路上畅通无阻。他接着又收到另外一套衣物——一件旧的灰色宽松束腰外衣、一条长裤、一双鞋底很薄的旧鞋、一顶稻草帽,除此之外,还有一件黄麻蓑衣,它们连同变种人奴隶的棉被一起包成卷,变种人奴隶离开时要夹在胳膊下带走。这一次,新的身份和装扮再次将他从待遇稍微好点的行路者变回了尼桑金字塔社会结构中最底层的一员。但这又有什么关系呢?他心中甜丝丝的,最重要的是,清水再次展示出了她超强的魔法,作为风暴使者,她的法力丝毫不亚于当年救他逃离穆卡尔部落的时候。这回真是多亏了她的这种可怕的异能，才能令他按照自己的既定目标前行。

即将出发之时，邮政长官将他传唤过来，说要送他一份离别的礼物。布里克曼早就知道那一定不会是什么好礼物。果然，当他鞠躬着倒退出邮政长官的办公室后，就出现了几双大手。他原先的笑容顿时变色，那些手将他像绳子似的捆绑着，拎着他走到檐廊的尽头，这才放下，一条鞭子就从天而降，一顿鞭笞如暴雨突袭，打得他七扭八歪，差点就窒息过去。鲜血从身上渗透而出，他们终于住了手。

“火箭。”布里克曼说。

在佳得利的房间里，坐在绘图桌旁的佳得利皱着眉头，疑惑地瞧着他。

布里克曼原本正趴在地上，仔细地清洁地板上的稻草席，见他果然上钩了，就把手里的刷子和托盘放到一旁，盘腿而坐，问道：“你去过交易地点，是吗？”

“不错，去年去的。”

“那么，你难道从来没有看到过轮子船发射出来的那些东西？雪先生说过，他们每次即将起航的时候，都会发射那些东西。”

“那些都是点着了的箭头，一旦发射到了高空，还会爆炸开来，撒出各种不同颜色的火星子，就像是天空下了一场美丽的火雨。”佳得利说。

“那就是火箭。当初，当你飞到尼桑上空的时候，他们就是用那种不会爆炸的绿色火箭，标示出了你即将落地之处……”

“哦,这些你是怎么知道的?”

“是清水告诉我的。当时我们都被浪人抓住了。”

“你跟我说这些到底是什么意思?”

“其实你看到的是焰火,是一种烟花。那些漂亮的颜色和彩光,是某种化学作用和物理作用结合的产物。你从一个方向施加压力,它的反方向上便会产生完全一样的反作用力,这就是‘推力’。”

“哦,这个我知道,”佳得利打断了他的话,“这不就是你们天鹰机上的引擎所产生的那种力量?”

“你很聪明。”布里克曼说道,“发射火箭的那种推进装置,相当厉害,将来可以利用它,将你的飞马也送到空中去。但那些小火箭不足为用,我需要的是驱动力更大的大火箭。”

“很好,我明白了。”佳得利细细思考了一下这个想法,然后对布里克曼说:“为什么我就没有想到呢?”

“你刚才已经想到了,而我,只不过是在这里做清洁而已。”布里克曼说完,就等着佳得利能来点赞许和高兴的回应。一般情况下,如果有人能给自己提出这么好的点子,布里克曼肯定乐翻天了。但佳得利却像没有反应一般,呆呆地坐着。

“你似乎还是不相信?”布里克曼追问道。

“不,不是因为这个。我知道这方法肯定能行,可是……这危险性会不会更大?”

“你坐在这里,什么成果也没有,危险性会更大。你自己不是说过,源清盛已经开始有些不耐烦了,要是他决定撤了这个项目——”布里克曼伸手朝房里一挥,“那么,你恐怕就要跟这里的一切说再见了。”

“我知道,用不着你来提醒我……”

“虽然用这个方法有些风险,但是,如果我们能够定下正确的混合比例,那就没有问题了。我们可以先用少一点的成分做实验,找一个重量比较轻的容器装上些药粉。要找到一头封闭的好管筒,但一定要是耐火的,否则的话,说不定冒火的就是我们自己的屁股了。

“最后,把装满了药粉的管筒绑到你们的那种地面发射车上——一辆车可能需要好几个管筒。要给车里装上石头,其重量与飞行员和飞机的总重量差不多。点燃导火索后,我们就可以看看,将会发生什么事情。我希望的是燃烧速度比较快,但也不能太快,否则一下子就将机翼掀掉了,对吧?”

“不错……”

“这个办法相当完美,虽然需要一点独创性,但它用到的原料和基本的制造技能,都很容易实现。最重要的是,现在你所研究出来的这种机身都不用做什么改变,只需要将火箭固定到机身的外壳下面,再在滚轮发射车上装一个助推器就可以了!”

“滚轮发射车?”

“就是你们用来将飞机推进修理棚的那种地面推车。再将它加长点就可以了。”

“可是这东西的成分……”

布里克曼轻轻地一敲额头,哥伦布早就将他所需要的数据传过来,牢牢地装在他脑子里呢!“嗨,别急,哥们,都在这儿呢!所有成分、比例、混合程序、黏合剂……”说到这儿,他顿了一顿,看着佳得利那种表情,“最重要的,还得有你的帮助哪!”

变种人咻然一笑，说："你好像早就想好要怎么做了？"他已经没法再自负下去了。

布里克曼又是一连串的拍马屁："确实是这样，我知道自己要做什么。不过现在也只是说说而已，吹吹牛皮而已。如果源清盛不肯把我们所需要的原料给我们的话，一切都是空的。要能将这件事情做成功，你是关键中的关键。"

"那是当然，"佳得利说，"而且我还能将你赶走。所以你最好给我老实点。"

布里克曼惨兮兮地、恭敬地鞠了一躬，表示自己当然知道这一点，接着就乖乖地继续进行打扫。

果然，这个变种人内心还是满怀着怨恨，正如他所预料的那样，佳得利不会浪费掉任何一个杀杀他威风的机会。现在，既然皮肤光洁的人是佳得利，他就牢牢占据着上风，他要布里克曼牢牢地记住这一点。再说了，对变种人的待遇其实早就是明文规定好了的，所以，现在布里克曼只能睡在豪宅外面一间又矮又小的木屋里，佳得利的家仆将每天的饭食放在厨房门外，布里克曼自行去取，因为小木屋里是不可能做饭的。

整个尼桑，奴隶其实就是微不足道的蚂蚁。然而他们的境况却反而比沦落至此的寻道民还要好一些。但在这个地方，他们都和布里克曼一样，得听令于佳得利。他们之所以没有反抗，首先是因为他们不愿意太丢面子，其次是因为他们认为自己服务的是源大人，而并非佳得利。布里克曼呢，也并不介意自己被当成地位低下的贱民对待，因为现在的情势正朝着他所希望的方向渐进。他已经有了绝妙的主意，要让佳得利飞得更高，再高一点，飞得越高，落下来的时候，也就越痛。不错，等他“嗵”的一声撞到地面上时，休斯敦/大中央的人肯定也能听到……

“哦……喔……哦”，公鸡的啼鸣叫出了新的一天。尼桑的确很奇怪，这种长羽毛的“闹钟”到处都在使用，每天用来叫醒下层人士。布里克曼每天都要早早起来，在早餐之前完成许多仆人的活计，包括要劈够一定数量的木柴，然后整整齐齐地码放在浴室旁边，前一天余留下来的灰烬也得全部倒掉，还要处理一桶桶“夜油”，其实只不过是屎尿混合物的讳称。

在尼桑，所有的东西都会被合理利用，不会有浪费的情况，甚至包括这些厨房的垃圾、人畜的粪便等等，都会与麦秆混合在一起，沤烂之后，撒进泥土里，成为肥料。这与联邦将废物收集、加工、拌入泥土里，让寻道民在上面种上大豆和蔬菜有异曲同工之妙。

吃过早饭后，布里克曼剩下的一天的时间都成了佳得利的“勤杂工”。他洗过澡，换上了一身干净的棕色衣裤，便开始跟着佳得利，佳得利走到哪里，他就得跟到哪里，就好像一条被其牵着的狗。除非周边没有别人，两人一块儿工作的时候，佳得利才会平等地对待布里克曼，显得那么礼貌、友好，非常愿意和喜欢学习。但若是有其他寻道民，比如乔迪、凯尔索等人在场时，或者是有铁大师出现时，他就会变得狂妄自大，嚣张跋扈。

而在这样的场合里，布里克曼总是会悄然待在一个无人关注的角落里，紧紧地闭上了嘴巴。他很能理解佳得利在对外场合里的那种感觉，佳得利是极其享受这里面的每分每秒的。为了不引起那三十几个监工鬼子的猜疑,他不得不忍受这一切。那些监工并不参与飞马的制造,他们唯一的任务就是监视着鹭池的所有人,他们瞪着那一双双小小的但又圆鼓鼓的眼睛,观察着这里的风吹草动。大批职员都在负责准备制作飞马的原材料,包括木材、低碳钢、丝绸等等。剩下的一些附属性的配件,比如滚轮发射车、轮轴、藤条椅等等,均是由当地的手工艺人制作好后,运到这儿来的。

大家干了几个礼拜由佳得利亲自吩咐下来的活之后,基本上所有人都认识跟在他后面的那个叫布里克曼的"变种人"了。除了铁大师的房子他不能进入之外,其他所有的地方,他都可以任意出入。刚到鹭池没几天,他就能描绘出一幅详尽的场地布局图和工作地图了。这些都是必要的,他知道当有一天要逃跑时,这些东西都能派上用场。

另外一件事就是,他总是时不时想方设法地去"偶遇"乔迪。工作以外的时间,他们就算待在一起被人看见,也没什么的,只要别太频繁就行。所以每次见面,他们都直截了当地进行交谈。不过他还是有些小心翼翼地与她保持着一定距离。除了乔迪之外,唯一知道他是冒牌变种人的就是凯尔索了,乔迪的其他男工友们,一点都没发觉他是正常人,全都认为他是正宗的变种人。如果被这些人发现他们俩走得那么近,他对她的态度又过于友好的话,恐怕就会惹出不必要的麻烦。

"你真是太不可思议了,布里克曼。"两人再次"偶遇"时,乔迪有些吃惊地说,"你最初是非法入境的,却那么快就站稳了脚跟,还得到了一份很好的工作。可是现在,你居然跑到这儿来给头儿当了个下人,你到底是怎么做到这一点的,为什么每次都有幸运之神眷顾你?"

"听着,我现在每天醒来的第一件事就是要去倒那些该死的臭屎臭尿，这算哪门子的幸运之神的眷顾？”

“你知道我想说的是什么。”

布里克曼笑了，“其实我在高层确实有朋友。”他这样说，是因为他认为告诉她点实情没什么，他也知道她根本不会相信的。有时候，甚至他自己都没法相信这种事。“你也知道，我必须要来到这里。我也跟你说过了关于逃跑的计划，我来这里，就是为了做这件事的。现在，事情已经越来越好了，如果进展再顺利一些，我就能完成我的任务，带这两个变种人离开这里。你，还愿不愿意跟我一起干？”

“当然，算我一个。”

“那凯尔索呢，你问过他吗？”

“还没有，我一直在找一个比较合适的机会。”乔迪脸上闪过一个笑容，“再次看到你，令他有点不爽。”

“也许我应该自己跟他聊聊。你可以先替我跟他沟通沟通。”

“算了吧！”乔迪说，“这事我可不干，他曾经说过很多狠话，我猜，现在他都很想再找机会狠狠揍你一顿的。不过他目前倒还没敢这么干，谁叫你是头儿的跟班，帮头干活的？要是他坏了头儿的事，会有很多人找他的麻烦的。”

“那你有没有对别人说过，我们是一伙的？”

“没，而且我也从来没提过，你是联邦的密探……”

“乔迪！你要我说多少次才肯相信？我不是……”

“是呀，我当然知道啦，你是被迫的，你的戚妹在他们手上，你不得不听他们的话。可是谁能证明？也许他们真的以此来胁迫你，也许根本没有。不过没关系的，布里克曼，我不是傻瓜，你从来都不想承认你是联邦密探的，因为你们这种人，根本就不存在于联邦的正式编制之中，对吧？所以你可以随意地否认自己是联邦的密探，对不？谁都不敢确定密探到底存不存在，也许存在，也许没有，所以谁都不敢再轻举妄动。可是你我都很清楚，你自己到底是什么样的人。我告诉你这些，就是叫你从现在开始，别再他妈的装出一副无辜的样子来忽悠我了，行不？”

布里克曼听乔迪说完，开始变得很严肃，慢慢地，掂量着说道：“是的，你说得不错，我的确是受雇于他们来进行秘密活动。但是萝兹的事情我绝不敢骗你，她真的被他们控制了，逼迫我来到这里执行这可怕的任务。”

乔迪轻蔑地一笑，说：“你不用担心，我不会告发你的。你那天说得对，我就是一个‘纯蓝子’。我的心仍系联邦。我们曾经在‘贵妇号’上一起服役，并肩战斗过。在这里，如果你需要我的帮助，我会尽最大的努力去帮你。你就好好地记住这句话吧，不管我们能不能从这鬼地方回去。”

“你的意思是？我不太清楚……”

“我的意思当然很简单。我的确很想回去，可是我才不想一回去，就掉进他们挖的坑里。”

“这不会的。”

“那就好。万一出现什么问题，你一定得给我一个抽身的机会，这就是我唯一的，也是全部的请求。如果无论如何都要死的话，我至少宁愿死得明白一些，死在阳光下，好不好？”

“好，这一点我可以保证，我发誓。”布里克曼伸出手去，想和她相握。乔迪却没接受。

“行了,我得走了。”乔迪说,“你看,那边有两个家伙不停地往这边看呢！你也不想他们起疑吧？”

布里克曼忙起身向后转去,说:“当然,我知道。但还有一件事情,我很想知道。如果你从心底里就不相信我的话,为什么还要卷进来？你为什么不干脆把我供出来呢？”

乔迪想了想,一耸肩膀,干笑一声,道:“也许我是想找点刺激,跟敢于打破规则的人做事令我很兴奋,是不是很蠢？也许如果不是我还有那么一点半点的利用价值,你才懒得理我呢！尤其是我现在这个样子,只剩下半张脸了。”

“不！乔迪！”布里克曼失声叫道,“其实我很早就跟你说过,我是在乎你的。”

乔迪的目光就像刀锋一样锐利,刺到了他的脸上,她淡淡地笑道:“你想不想知道我是怎么想的？布里克曼,其实你想不想知道都无所谓的,我只是想告诉你,在我的眼中,你这一辈子,恐怕永远不会真正在乎任何人的。”说完,她便转身离去。

这句话像是重锤,敲在了布里克曼的胸口,他觉得胸腔空了,就像冰冷的洞穴一样,又空,又冷,毫无知觉。不！你错了！他想对她说。他忽然想起了那个姑娘——堂娜·梦露·鲁德奎斯特,他那位在飞行学院的同学,也是他最初的竞争对手。她后来被一支箭射进了脊柱,奄奄一息,无法动弹,请求他帮她结束自己的生命。在更久的时候,他们刚刚毕业典礼过后,两个人还在宿舍里上过床,搞完时,她也曾经说过类似乔迪今天所说的话。可是,她们都误会他了！他不是那样的人。她们都错了！大错特错了！

乔迪倒并非是为了女性爱美的虚荣心才对自己的脸自嘲的，她其实根本早已不在乎这些了。每一个寻道民自出生的那一刻起，就被反复灌输了身体一定要健康完美的理念。虽然他们存在着体格、身材、容貌等方面的不同，但总体来说的话，所有人都是从标准的生产线上生产出来的，矮小的侏儒，笨重的傻大个，都绝对不会出现。他们每一个人，都是头脑发达，身体匀称，健康而强壮的。而像布里克曼的护父杰克老爹这样的英雄人物，虽然现在他连走都走不了，只能整天待在轮椅上，接受大家的敬意，但那是因为他的身体被该死的辐射侵蚀了，为了联邦，他遭此折磨，他也将会因此归于荣耀。他们那里，不可能出现什么先天的残疾。从生命科学院的生育室内出来的婴儿，就没有出现过什么畸形或者脑部残缺的，但众所周知的是，不管是在地下世界遭受过意外事故的寻道民，还是在地表上执行过任务并不幸变成残疾人或者被毁了容的人，就从来没有一个能够恢复健康的，就算是经过了多少次外科手术，也还是如此。

火箭来为飞马提供动力的提议，经过一层层的间接途径，终于作为文件呈现到了源大人的面前。两天之后，佳得利便收到了秘密的传唤，要他前去面见领主。算上前面的几次，这应该是第五次面见领主了。他同样被塞进了一顶关得严严实实、外界难窥究竟的轿子里，被小心地送进了波士顿的宫殿。他下了轿子之后，被仆人引着从后门进入了一间小房间里，这是一件极为隐秘，专门为了这次会见而布置好的密室。

佳得利曾经进入过铁大师的头脑，从里面获取的信息中，他知道自己与领主的这种关系是前无古人的，恐怕也是后无来者的。奴隶与领主之间面对面地单独会面，这是多么不可想象！这种隐秘的会见，对于省略了那些烦琐的繁文缛节的人来说，是简单而又方便的。

在佳得利看来，源清盛如此隐秘而细心地安排这样一次面对面的会见，这就代表了对自己的尊重。长期以来，他对“尊贵的身份和地位”有超出一般人的强烈渴望。但他根本想不到的是，无论对他多么高的尊崇，都是有有效期的。而且铁大师之所以这么做，只不过是出于某种战术上的需要而已。

借助布里克曼帮他准备的那份详尽的合成图纸，他讲述了两人讨论出来的计划。源清盛则坐在两个自己最信任的顾问之间，认真地聆听着他的讲述。布里克曼的基础语讲得还行。当领主用日语同顾问们商量这个计划时，佳得利呆呆地弓腰等待着。但源清盛实际上并不知道，这个聪明过人，并拥有天赐之能的佳得利，一到尼桑，就很快地悄然学会了日本语。现在，他能听得懂他们讲的每一句话。

等三个铁大师聊完后，其中的一个顾问对“布里克曼”说，他的这个提议被采纳了，需要的许可证很快就会下来，他所需要的原料什么的，也会很快送到鹭池来。接着，顾问又鼓励他说，源大人希望他尽快开始这项工作，一刻都别耽误。

佳得利忙深深弯腰，抑制不住内心的高兴之情，谦恭地表达了自己的感激之情。实际上这种感情，在内心深处，是献给伟大的天母摩城的。

有六个寻道民被挑选出来，参加这项“动力设备”的筹备事务。原材料很快就送来了,佳得利和布里克曼在这六个人的帮助下,开始进行他们的计划。这六个人表面上是佳得利挑选出来的,其实他不知道的是,布里克曼早就在私底下做了某种手脚,保证乔迪和凯尔索能够被挑中。在进行选人之前,他早就抽机会把固态火箭的原理告诉了乔迪,再由乔迪转告了凯尔索。这样,当佳得利从所有手下职员中挑选可用之人时,一旦询问有关火箭推进系统原理时,哪怕只是问了一点点,这两人就能立即举手,自信地走出队列。便是这样,他们安然地进入了六人小组。

研发的过程也并非一帆风顺,经常会遇到各种困难。但不管什么时候遇到问题,布里克曼都会对大家说要晚上好好想想。到了第二天早上,他一定能找到某种特别的方法来克服困难。其实每次只要布里克曼一有新的创意和方法, 佳得利就能像海绵吸水那样将它完全地吸收掉,而且他对于各种新的信息接收得也更快。但他怎么都搞不明白的就是,为什么布里克曼总是能先他一步,想到那些神奇的办法。

答案很简单。佳得利确实能够潜入布里克曼的大脑中,在那些特定的区域里进行记录和解读。但他是没有办法读到布里克曼的心理活动。和对那些铁大师做的一样,他能探测到的区域都只和后天获得的知识有关,比如专业教育和培训、语言技能、行为模式、社会风俗,以及布里克曼遇到的人的相关面貌等等, 但他绝不可能知道布里克曼的心思和想法,以及怎样处理这些信息。

自从布里克曼同情报队经常联系上之后, 卡尔斯托姆就专门派了一架高空信号飞机,每天晚上二十二点与午夜之间,飞机都会飞到鹭池上空,进行讯息的交换。

在自己的小木屋进餐时，布里克曼就可以向情报队发送一连串的相关问题。而每当这个时候,正是佳得利灌了一大桶清酒,睡得跟死猪一样之时。一旦收到布里克曼的信息,飞行员就会发出一条确认指令——“稍等/即刻回复”,然后就自动将布里克曼询问的内容快速地发回里约劳伯,也就是情报队位于休斯敦/大中央的总部。总部看了信息,将其输入哥伦布内。几秒钟后,布里克曼需要的正确答案便会从高空中盘旋的飞机天线传来,进入他匕首里的存储器。

而这个时候，同样的信息也会同步传送到卡尔斯托姆的专用视频通信网络中。所以不管他当时是在什么地方,距离他最近的显示屏上都会出现信号闪动的提醒,说明有新的信息到来了。这样他就能随时了解到事情的进展状况。卡尔斯托姆倒是不需要知道布里克曼问的那些问题,而且答案在发回给布里克曼之前,他也并不需要再进行审查。因为哥伦布会帮他把它关了,它的主存储器内,拥有所有上至第一家族,下至最低贱的平民们的所有访问记录和权限。它非常清楚史蒂夫·罗斯福·布里克曼能够访问的信息区域和权限。

布里克曼还不知道这一切是怎么运行的，他对空中的飞机进行的信息接收和发送完全不知。于是他对这种高效迅捷的信息传递大为惊讶,他更是被第一家族的这种超常科技能力惊吓住了。看来谁都没有办法从他们手里逃脱的,不管你跑到哪里,跑得再远,第一家族总有办法找到你。

第十三章

将军在特许源氏家族制造飞马的同时,还附了一个额外条件:代表将军的总领事可以任意前往鹭池,任何人不得阻拦,这是赋予他的权力。

所以,研发火箭推进系统的决议也正式通知了东芝仲根。

东芝的兴趣永远只是在肉体之欢上。当他听到下人念完决议通知后,并没有表现出特别的神情。他像平时一样,将决议的内容写成了书信,呈送给了待在夏宫中的赖朝将军。这位年轻的将军才一扫书信,就从里面提到的这种装置中嗅出了其中潜在的军事价值。

人类发明出黑火药早有几百年的光景了,然而到现在为止,它的用途只不过用来进行爆破,对采矿和采石场作用很大,再就是制作步枪弹药筒以及给大炮发射炮弹,那些胆敢以下犯上的领主们的堡垒,早就尝过这样的苦头。

大炮最初是用在包围战中的力量型武器,但这家伙太过庞大,运输操作都很不方便。到了丰田家族统治尼桑的这几十年来,大部分时期都是和平年代,大炮的作用就不那么明显了,仅在仪式上鸣礼炮等情况使用。当然,还有一些小型的火炮,被装在了轮子船上,比如山下大人的船队,但因其机动性有限,铁大师们并不太喜欢。

再说，也许是因为武士道的影响，铁大师们天生就不太习惯使用大口径的武器进行远程作战。在他们心中，那种刀光剑影，面对面的厮杀搏斗，才可以称得上真正的战斗。这样一来，绝大多数的战争中，是胜利还是失败，基本上都依赖那些反应迅捷的兵种的作战技能，比如佩剑骑兵、弓箭手骑兵，或者是装备轻型武器的步兵，等等。

军队之中，仍然有用于发送信号的火箭，里面填充的就是黑火药，但火箭主要还是作为那些不用来打打杀杀的表演工具使用。火箭和其他类型的焰火组合在一起，能变成五颜六色的火星雨花，洒满整个夜空。每到聚会的时候，或者公众的庆祝以及宗教节日等特殊的日子，有了这样的礼花，能增加多少欢乐的气氛。

然而，可怕的是，如果将来火箭真的有了强大的推进力，能将一架飞马，再加上飞马上的驾驶员送到高空中的话，那它肯定有足够的能力将炸药送到敌人的军营，哪怕它们位于悬崖峭壁之上，或者更遥远的地方。更可怕的是，如果这样的火箭能够缩小了，被步兵背在身上使用，那么当成百上千个这样的火箭同时对着敌军发射，将会发生什么样的情况？敌人定然被打得落花流水，屁滚尿流。从这一点看来……

对……一定要密切关注这件事。

当长谷川敏郎在警卫队长镰仓家中，接受款待晚宴时，刚进行了一半，就收到了将军的召见通知。这位好心肠的警卫队长，带着五个女儿，用最高的礼节和热切来招待敏郎。从他进门开始，全家的注意力和快乐就全都聚集在了他的身上。但最好的菜还没端上来时，敏郎就不得不离开这个温暖的地方。女儿们都伤心得乱作一团，连眼泪都流出来了，沮丧如潮水流淌，她们依依不舍地深深鞠躬，拉着他的手幽幽道别，好像这件事情是因为她们的过错一样。敏郎按照传统礼节，也深深表达了感激之情，并为自己中途不得不离席，无法品尝到她们为自己准备的所有美味而表示深切的歉意。原本镰仓的五个女儿中，那位最漂亮的四女儿本已遵照高瞻远瞩的母亲的吩咐，今天晚上就准备在使者身边侍寝，哪想到她"诱惑使者"的希望再一次因突发事件而落空了。唉，时光一去不复返，机会一过永难抓。今年一过，明年成功的希望就更渺茫了。如果使者仍然小心翼翼地推辞下去的话，她那两个年龄最大的女儿就不得不嫁给那些出身卑微的卫兵了，最后的下场就像她一样，嫁给心眼虽然好，可是笨头笨脑，毫无前途的人，就像她们的父亲一样！

敏郎一赶回将军的宫殿，就听说了火箭要马上开始地面测试的消息。遵照将军的命令，他只能又马不停蹄地赶回到源大人的领地上。作为将军与地方政府之间的秘密联络者，他绝对有权力入住总领事宅邸中的某一套房间。无论从哪方面来说，那里都属于幕府的领地范围。敏郎可以此为据点，以不同的身份接见其他的幕府特工，或者混入下层社会里去。到达总领事宅邸的时候，他又受到了热情的招待和欢迎，这回迎接他的可是王室的公主，尊贵的东芝美知子夫人，也就是东芝仲根长期以来忍受着暗中屈辱的妻子，还有她的三个孩子。

她丈夫那可耻的行为，使她备受羞辱，可是她从来没有对自己那位掌握着尼桑最高权力的将军弟弟抱怨过哪怕一个字。在她身边的人面前，她始终保持着沉默，说话做事，谨慎小心，又充满威严。她看上去平淡和镇定，完全掩盖了心中的悲伤。大家都以为，她是对自己的不幸遭遇看淡了，冷漠待之。可是近几年来，敏郎发现了，情况并非如此。这位美知子女士其实内心是非常痛苦的，表面的冷漠和麻木，更显示了她内心的酸楚。敏郎一点都不理解，为什么总领事那种只会纵欲，白痴般的废物，竟会拥有这样一位出身高贵、智慧过人、温柔贤淑、才艺过人、美丽善良的妻子呢？而且得到这样的美人后，他不但不知道珍惜，还要私底下做出那些无耻的下流勾当，来深深地侮辱了她。

敏郎觉得，东芝仲根恐怕到死都不会明白，自己是多么有眼无珠，这实在是一件憾事。这会为他将来的遭殃添加上一个不知是好还是坏的注解。不过无所谓了。俗话说得好，一个人失去的东西，终将为别人所得。

敏郎早已从手下的密探那里了解到了总领事在参观驿舍时突然做出了一些怪异的事情。他怎么都搞不懂，为什么这个令人作呕的小丑，会突然就想要调走"情报队员"。这件事情太过古怪，但现在既然事情已经脱离了他的掌控，他反而觉得松了一口气似的。他确实有一大片相当敏锐有效的特工网络，但那些耳目的能力却不可能像他在布里克曼面前吹嘘的那样牛，他更不能像移动棋盘上的棋子那样随意挪动人员配置。他之所以很快就让布里克曼成为行路者，是因为布里克曼本身从外表上看起来就是一个变种人，而且登记地点是在三菱的领土范围内，三菱自然是将军的铁杆同盟者。

但如今在源清盛的土地上，情况就大为不同了。从某种意义上来说，这里，马萨诸萨和罗地兰，都是敌人的地盘。使者在这些地方，表面上会受到很尊贵的待遇，其实在那些人的眼中，他们就是朝廷的鹰犬,甚至是故意搞破坏的坏人。所以他在这些地方上的行动就得分外小心,不能打草惊蛇,以免为自己,甚至是将军带来不必要的麻烦。要将布里克曼的身份从草猴变为长狗,其实并非易事。伪造证件通常只有一个人才能做得到,就是那位老狐狸——内廷总管家康。而他,正好是敏郎最不想也不敢去叨扰的人。他就像一只大蜘蛛,四面八方都布满了猎网。执行将军的任务已经够艰难了,生活多么不容易,敏郎是不会去自投罗网的。

东芝仲根并不知道,他将布里克曼调到鹭池的决定,竟使敏郎省却了大量的时间和麻烦,并且这是故意给自己签好了死亡委托书。假如最终以火箭为动力的装置研究成功,那么总领事定将成为第一批飞往天上的铁大师之一,到时候发生任何事都是有可能的。将军也早就写下了一封密信,正藏在使者的身上,信上写的正是一道命令,要求总领事必须亲自飞上高空,体验飞马的效果。使者真巴不得这封信能够尽快交到东芝的手上。

两天之后,源氏家族中掌握着最高军权之人——武士少校良志,来到了总领事府邸,他将陪同使者大人一起前往鹭池。他这次是以官方的身份参观鹭池,使者一点都不担心,只要不近距离接触,那个狡猾的小子布里克曼怎么都不可能认出他来的。他们也不可能面对面见面,假若他们来到同一场合时,以布里克曼的身份,肯定得拜伏在地,将鼻子紧紧贴在地上,眼睛根本不能瞧上他一眼,和那些所有在鹭池工作的奴隶一样。再说了,布里克曼也不懂日本语,就算碰巧听到一些使者的只言片语,也难以从中认出他的真实身份。

负责监督鹭池项目的武士上尉名为志贺光。他非常恭敬地接待了两人，为他们举行了简短的欢迎仪式后，便带着他们穿过了车间，来到一片空地旁，那里停着一辆负重的滚轮发射车，而这样的发射车还有另外两辆。

只见一副长达十五英尺的机翼和一条充当机尾的横梁被简单地装在了一起，放在了一个木架子上，用来模拟将来要由发射车发射的飞机。

为了增加它的稳定性，发射车的前轴被加宽了不少。四个装在管筒里的火箭是它前进的驱动器。这些管筒，每个长约两英尺，直径为三英寸，由卷起来的黄铜板对接后，用铆钉钉紧，再用焊锡焊上，并能重复使用。两根管子一对对地绑起，一上一下，用一根不太长但很安全的导火索连起来。

敏郎、良志和其他从波士顿赶来的鬼子一看到这东西，就挺感兴趣，走过去察看究竟。这个装置的发明者——一个黑头发的长狗，则恭敬地跪在一旁，眼睛都不敢往这边多看一眼。鬼子们指指点点，问了不少问题。志贺光一一回答完毕，那位黑头发的长狗这才敢上前请示，问是否能进行下一步实验。志贺光谨慎又谦恭地将这个请求报告给使者和志良，等他们都同意后，这才请他们都退到绝对安全的距离外，观看下一步要进行的模拟试验。

黑发长狗拿出一张烧着的纸张，“刺溜”一下，点燃了导火索，那发射车两边，各站一个奴隶，一左一右，推着发射车往前奔跑。

第一对火箭被引爆了，发出了“嗖——啪——嘭”的声响。一团长而亮的灼热火焰从管筒尾部飙射而出，发射车像是飞一般从场地上滑过，后面拖出两道细长如鸟雀尾巴般的烟雾。

“啪——啪——嘭”第二对火箭被点燃了。发射车的速度猛然间加快了一大截。

这时，聚集在车间门口的长狗们，异口同声地爆发出一阵惊叫。天哪，发射车撞上了地面的一个突起，竟被弹到了半空中，呆板地转了个角度，“嘎吱”一声，落到地上，左前轮被甩了出去，在地上鼓溜溜地横着转了几圈，终于散架成了一堆碎片。

鹭池的负责人赶忙过来道歉。敏郎和良志却一点反应也没有。看来这场测试已经证明推进系统其实还是挺有效的。

又一辆装着简易机翼和机尾的发射车被缓缓推了上来。为了增加一些重量，车上也堆放了一些加工过的石头。与上次一样，测试步骤重新进行，开头都很顺利的，但不知中间出了什么问题，到最后发射车满场地乱跑，疯狂转动，却始终没有飞离地面。等燃料燃烧完后，发射车轰鸣着穿过草地，冲向了场地边缘正饶有兴味地看试验的铁大师们。大家赶快避开了，发射车则“嘭”的一声，撞到了一道矮石墙上，碎成了无数块。

“完了？”使者禁不住问。

当然没有。“布里看曼”还有一手没露呢。

只见第三辆装有简易机翼和机尾的发射车被缓缓地推了过来，这一次，除了和原先一样有简易的机翼和机尾之外，上面居然还有一个人。其前端增加了几根支柱，上面立着一个三角形的笼子，一个变种人奴隶正坐在那笼子中间的藤条椅上，向这边驰行过来。等离得近了，敏郎定睛看去，好家伙，那个人不正是与自己合作的小子——那个乔装成草猴子的“情报队员”？

嘿！

“布里克曼”通过志贺光为传声筒，向大家简单地介绍了一下操纵装置。这个装置是由驾驶员的双脚来操控的，机尾也能左右转动。发射车只有一个前轮，车里的变种人用脚推拉下面的一根短棒，轮子就能和机尾朝同一个方向做同步转动。而通过推拉放在两腿间的垂直操纵杆，可以控制机翼后缘上下摆动，空气便能从机翼上方顺利通过，发射车也不会离开地面了。

哈……原来如此啊！

铁大师们再次退后，生怕又遇到什么问题。导火线被点燃后，发射车启动了。第一对火箭点燃了，敏郎突然开始紧张起来，他可不想这个“情报队员”和刚才那两辆车子一样报废，还有很多重要的事情需要这家伙呢，甚至包括将该死的总领事干掉。其他鬼子哪会想到敏郎正在紧张这些问题，他们正兴致勃勃地看着第三辆发射车表演呢！他们都被这种危险刺激中蕴含着的某种美吸引住了。在目前这样的和平年代，这种美只能从那些充满了暴力和刺激的活动中感受到，比如说斗鸡斗狗，或者用长矛和弓箭狩猎。残忍的杀戮、战斗，是他们生活中最大的乐趣，哪怕只是看看也好。

现在，他们都兴高采烈地看着这辆发射车带着它的驾驶员冲过去，他们多么希望看到车子和驾驶员一起撞到墙上去，来个血肉横飞，机毁人亡。

“啪——嘭”第二对火箭也点火了。飞快行驶中的发射车再一次加速了。

坐在车上的布里克曼觉得自己被巨大的冲击力一下子推倒在了

椅子的后背上。

第一场测试中，连环加速的效果并不明显，没有给人留下深刻的印象。但这一次，情报队建议布里克曼在火药里加一些助燃剂。果然，这回助燃剂发挥它的威力了。

眼前，那堵石墙正以极快的速度迎面扑了过来。布里克曼心中涌起一股激情，是给这些家伙表演一下绝活的时候了。他本来还没想这么做，但为了增强佳得利的信心，他不得不冒这个险。天杀的，他一再告诫自己，要做就得做好了，否则，他自己也得完蛋，不是被撞死，就是被赶走。

那些受邀前来参观的铁大师和大部分自己跑来看热闹的闲杂人员，其实并不知道，志贺光早就在场地那一侧安排修建了一条低低的、覆着草皮的跑道。因距离墙太近，从敏郎和其他铁大师所在的位置，根本就看不到它的存在。此时，布里克曼稍微偏转了一下左方向舵，高速行驶的发射车便转入了跑道方向。他将操纵杆往前猛推，轮子对准了跑道，直冲上去，在跑道上飞速前进。他慢慢地将操纵杆拉了回来，猛地发现，原来自己已经飞起来了。都怪没有预先排练过，自己吓了自己一跳。虽然是第一次尝试，不过之前布里克曼和佳得利已经亲自视察过跑道，认为这种方式一定能行。事实证明了，的确能行。

发射车飞起来的那一瞬间，无论是那些被邀请来的尊贵之客，还是四周看热闹的工人，都惊得瞠目结舌。这庞大笨重的发射车，顿时就化作一只从沼泽地中飞起来的苍鹭，急剧往上飞升，它越过石墙二十英尺的高度，轻松地持续向上攀升。

石墙外面是一片狭长的沼泽地，有些高高的荒草稀稀疏疏地长着。远处有个大池塘,塘的那一端是一排大树。当布里克曼飞升到五十英尺后,就来到了池塘的上空,这时第二对火箭也燃烧殆尽了。没有了火箭的推力,这发射车就好像变成了一块板砖,根本就飞不了多远。它开始斜向下俯冲坠落。布里克曼拼命地下压机尾,以减缓掉落的速度。发射车剧烈地晃动着,快要散架似的,他非常紧张,但又恰到好处地深吸了一口气。恰在此时,发射车以屁股朝下的垂直角度,栽倒在池塘里。克里斯——天哪!

围观的铁大师们看到发射车从高空落下，墙那边还升起了一大团水花,围观的铁大师们乐得都快要笑破肚皮了。敏郎真是又开心又担心,真怕自己选中的这个重任在身的刺客出什么事,想不到他却变成落汤鸡了,有惊无险,敏郎最后也忍不住咧嘴大笑起来。

参观这次测试的，还有源清盛从波士顿派来的十几个身强力壮的陪同人员。为首的武士少校看了这场面后,笑呵呵地转对使者,友好地拍着他的肩膀说道:“哈哈，如果连长狗都能造出像小鸡一样扑棱翅膀的大车的话,那你我用不了多久,就能拥有像雄鹰一样展翅翱翔的飞马了！”

“是呀,我也非常期待那一天的到来呢！”敏郎说道。

布里克曼一飞离地面,乔迪和凯尔索就起身追了过去,两个人最先翻过墙头。乔迪同敏郎一样,发自内心地担心布里克曼,生怕他有事。但凯尔索却用心邪恶,只不过想在他们处理善后事宜时,自己能亲眼看到而已。他心里对布里克曼的怨恨还未消除,他真的很想看到布里克曼撞到墙上去,把那小子脸上自命不凡的笑容撞没了。另外,也许还有一点点不情不愿的关心吧，对于这个不幸抽到下下签的同僚，稍微有那么一点点同情和遗憾。没想到最终的结果却是这样，这个幸运的杂种再次踩到了好运，逃过了这么危险的一劫。虽然他正可怜巴巴地顶着一头池塘里的污泥向岸边游过来，可是看起来表情愉快极了。布里克曼身后的池塘正中，露出了一些机翼的残骸，四周漂浮着几截折断了的支柱木棍。

他们赶过来时，布里克曼正好一脚踏到岸边，一边脸上有血液不住流下来，但他嘴角却露着开心的微笑。

“快把神圣的脏乎乎的东西洗掉吧！”乔迪捂着鼻子对他说，“真是太臭了！”

布里克曼赶快在池塘里清洗了一下。

“你脑子是不是有毛病，连命都不想要了吗？”乔迪骂了一句。她和凯尔索都不知道有跑道的存在。

“错了，女士，其实我也不想那么做的，可是有人要看。”

“该死，不管怎么样，你真的成功了！”凯尔索忍不住发着牢骚，“这些大鸟眼看就要飞起来了！”

“看起来是的……”布里克曼抓住了凯尔索伸过来的一只手，然后借力往上一纵，从池中跳回坚实的地面。

乔迪看了一下他额头上撞出的伤，说：“死不了。”

凯尔索看了布里克曼一眼，说：“喀珊说，弄这火箭全是你的主意？”

“这话只有咱们三个人知道，对外千万别说，得说这是‘布里克曼’先生的功劳，知不知道？”

“好吧！我正要问你呢！那家伙到底是谁？干吗要冒用你的名字？”

“很好，戴夫，我也很想把一切都告诉你，可是……实在太复杂，太长了，你会听蒙的。”

三个人边说着，边穿过沼泽里的长草丛，向石墙走过来。墙边上正有几个寻道民围在那里，准备翻墙过去营救。可是他们见到布里克曼不仅活着，还能行动自如时，都一下子愣住了。在他们眼里，他永远都是一个下贱的变种人，一个老喜欢多管闲事的烂变种人。

布里克曼先爬过墙，乔迪和凯尔索随后跟上，然后远远地站在那群等着他们过去的巡道兵旁边。

“嗨！凯尔索！你得记得要洗干净手啊！”那群人中有一个冲凯尔索大叫起来，“摸了臭屎的话，手指头会烂掉哟！”

其他人听了这嘲弄的话，都禁不住大笑起来，想看看布里克曼是什么反应。可他没什么反应，只是扭头一瘸一拐地向车间跑了过去。

那些来参观的铁大师都走光了。

“干得不错。”佳得利走了过来，趁着布里克曼不再按摩膝盖，他好好地赞了几句。他又问：“你没事吧？”

布里克曼痛苦得面颊扭曲了，说：“没事，只有一条腿扭伤了。你那边情况怎样？”

“非常棒，他们都高兴极了。发射车真能离开地面，这让他们很震惊，也很兴奋。那个叫良志的，也就是从波士顿过来的那伙人的头儿，也是源清盛手下的得力人物，说只要是必需的，我们要什么原料，他们都会提供。他们想让项目进行得越快越好。我们原先筹备中的计划很快就能实施了。这次的测试结果，也会上报给将军呢！”

"不错。那有没有说要调些人手过来？"

"说了，但不会再调寻道民来。"

"那就是鬼子？"

"也不是。他们才不会和咱们一起干活呢，他们认为这种事很丢脸。应该会是些越南人或者朝鲜人之类吧。"

"哦，明白。"布里克曼将全身的力量运到伤腿上，还是不行，一点劲都没有，"既然说到鬼子，你看前面的马桩上拴着一匹马，马背上还搭着一块黑布，一圈饰着红色的……"

"那是'马衣'……"

布里克曼没理会自己的话被打断，继续说："还有一串串红色的……"

"缨穗……"

"挂在缰绳上。这匹马的主人是谁，你知道吗？"

"知道啊，是长谷川敏郎。他是一名内廷使者。"

"哦，似乎是很高阶、很重要的职位？"

"他的确是一位很重要的人物。"佳得利向布里克曼简单地解释了一下使者的作用，在政府官员里的位置，还有他们和将军的特殊关系。

布里克曼认真地听着，心中暗暗吃惊。有些事情，他渐渐明白了，那匹佩有红黑色饰物的马，曾经在双岛湖旁边见过。如此看来，那个黑衣人的名字就叫作长谷川敏郎，是名内廷使者，尼桑的统治者——将军的众多"耳目"之一。他今天也一定来到了这里。"看来，我是卷入了一场最高阶层的阴谋中去了。"布里克曼心想。

许多事情再次纷至沓来，他敏锐的直觉和聪明的智慧帮助他分析、厘清楚这些头绪。想要杀死总领事的不是别人，正是那位高高在上的将军大人。他想利用一个地位卑贱的长狗达成他的目的，帮他杀人，谁又能猜得出真正的幕后操控者就是他呢？真是一条绝妙而阴毒的计策！布里克曼觉得可以借用这条毒计，乘机将清水救出牢笼。但之后呢？要怎么做？如果将军能够保护他们的话，恐怕只要一根手指，那些手下人就会俯首听命，将他们安安全全地送到边境上去。除非他们不想这么做，怕被人发现，毕竟布里克曼等人只是一些卑微低贱的长狗，他们只会用他来冲锋陷阵，保护他出境恐怕不大可能。要是将军能够下令保护的话，他们自然会容易得多。问题是，这个将军又有多少值得信赖？对于整件事情，他到底了解了多少？比如，布里克曼曾经吹出来的，如果不能将佳得利和清水安全带回来，联邦就会派飞机对尼桑进行大规模的轰炸。这些事情，将军是否知道？那个黑衣人天生狡猾而残忍，他现在是将军与布里克曼之间的中间人，他一定会用这个身份，故意打压布里克曼的。

这些都是一个又一个令人头疼的问题。更叫人头疼的是，佳得利怎么会知道铁大师这些隐秘的信息的？

他不禁问道："你是怎么知道这些事情的？说说吧！"

佳得利说："当然是从他们的谈话中知道的。"

布里克曼既困惑又佩服，惊问道："你不会是在告诉我，你能听得懂他们的语言？天哪，你是怎么学会的？"

"就跟我从你那儿学习飞机制造的技术一样啊！"

"天，真是难以置信。那你也能说日本语喽？"

“那当然，说得跟他们一样好呢！不光这样，我还能写出来呢，而且跟他们一样好。”佳得利偷偷看看四周，确定没有其他人，便开始念出一大串叽里咕噜的话来。

布里克曼虽然一句都听不懂，但他能听出来，这小子说的的确和鬼子们一样溜。他摇摇头，说：“该死，你怎么不早点告诉我，你居然会这手？”

“你也从来没问过我啊！不过你最好忘掉这事。这里，异族人是不让讲日本语的，一旦被发现，我就死翘翘了！”

“你放心吧，我绝对不会说出去的。”

“这还差不多，来，咱们回去吧！”

“地上的发射车怎么办？”

“别担心，你的朋友们会来收拾的。咱们去弄点什么东西庆祝一下吧！”

好！确实该好好地庆祝一番！布里克曼心里也很高兴，甚至很兴奋。克里斯托夫在上！自从乔迪告诉他关于黄卡片和臂章的事情之后，他都一直在想办法，如何解决证件难题。另外，他发现偏锋忘记告诉他一个小问题：奴隶是不准携带金钱的。那就是说，只有鬼子才能弄到船票，他能求助的，也只有使者了。可是布里克曼也并不想把自己的逃亡计划告诉信不过的人。没想到今天有佳得利会日语这个重大发现，他可以不需要使者帮忙了。一个全盘的计划在脑海里勾勒出来。真是天助我也！

布里克曼盘腿坐在茶几旁边，佳得利拿出一瓶清酒，拔掉瓶塞，将两人面前镶着蓝边的杯子斟满，然后举杯对布里克曼赞道:“为了飞行器里的这个最勇敢的年轻人,干杯！”

“嘿嘿,挺好玩的！”布里克曼举起酒杯,顿了一下,满意地喝了一口,“不过下次最好能装上真正的机翼，而不是随便弄个简易的替代品。要不然,你就请别人上吧！”

“我明白！”佳得利说着,呆呆地看着自己的手里的酒杯,似乎搞不明白为什么里面是空的,然后说:“我知道你确实冒了很大的风险,不过这套推进系统实在是太完美了。我知道那些人心里是怎么想的。他们看到车子能飞起来,心里是很高兴的。”

“我的努力总算没有白费,你这么说我也很高兴哪！”

“是呀,不过那时候我也被吓了一跳,以为它要翻跟头、玩完了,还好……”佳得利说着,又为布里克曼续上酒,再给自己也倒满了。

布里克曼觉得真是费劲,与其这样倒来倒去的,不如直接对着瓶子吹,不是省事吗?

“这一次,你又侥幸成功了。你是我认识的人当中,运气最好的一个了。来,为你的运气干杯！”

这句话怎么怪怪的?不像是恭维,反倒是在责怪的感觉。

“甭抬举我了！”布里克曼说道,“像这种危险的活,我再干几下也撑不住了！”他一干一大口,又喝下不少清酒。当时,从池塘中爬上来时,他只是硬撑着,显示自己很牛,其实那时候他的五脏六腑都像被一个钻子钻了一般,震得乱七八糟。清酒缓缓下肚,他的内脏仿佛受到了治疗,痛苦减轻了很多。他告诫自己得小心点,这东西越喝越令人上瘾。他抓着自己的杯子,将它搁在桌子上,用手捂住,不让佳得利再倒了,“那么……我们接下来该干什么?”

“那还不简单?你帮我设计出双座椅的飞机,我来教你怎么飞行。”

布里克曼盯着佳得利看了一会儿,然后禁不住大笑起来:“嗯,不错,不错,听起来很好玩,不过你觉得真的要教我飞吗?”

“那当然啦!你来负责火箭推进型飞机的样机。火箭是你想出来的嘛!”

“那倒是,可是……”

“除了我自己,这里只有两个人有驾驶这种飞机的经验:喀珊和凯尔索。在测试这套系统,我指的是空中测试,之前,我可不想拿他们俩的生命冒险。”

“所以,你就愿意拿我冒险了,是不是?”

“不错。虽然我不想这么说,但是我不得不承认,你是最适合做这件事的人,所以,我想由你来干。”

“那也可以,可是你确信非要弄个变种人来做这件事?”

这回,轮到佳得利大笑起来了:“平时看你脑子反应那么快,今天却不怎么样啊,是不是清酒的缘故?”他将脖子一仰,杯中酒一饮而尽,“嘭”,突然将杯子砸到了桌上,“你是一个草猴子,布里克曼。虽然你拥有一点智力,但从本质上来说,你仍是一个没有开化,一点都不懂技术的野蛮人。不过这些都没关系,我已经决定了,要将你收在我的麾下,好好给你培训培训,这其中也包括教你飞行技术。明白了吗?”

“果然聪明!”布里克曼说,“那么,我到底要撞碎几辆发射车,才能学得会呢？”

“一辆都不能。你会学得很快。”佳得利重新给自己斟满了一杯酒，再一次向布里克曼举杯，想和他干一下。

“在飞行学院里，平均学习时间是十个小时，如果能有个十五小时，一定会更好。”

“好吧，那我们就学二十个小时。毕竟你的智力有限。”

布里克曼苦笑了一下，举起酒杯，小口地吸着，终于见了底。

这一次地面测试，用的是速燃型火箭，而他们将要装在飞马上的火箭，其推进距离是这个的两倍。但跟正常的动力飞机不同的是，飞马上并没有调速和制退的装置，一旦火箭被点燃了，就只能等着它烧完为止。你除了坐在驾驶座上控制方向，其他什么都做不了。只要机翼做得牢，别在突然加速的过程中被甩掉，其他的倒没什么大问题。最重要的就是飞行器自身别出什么问题就行。

布里克曼说：“我倒是没什么问题，可是鬼子呢？他们能允许你那么干？”

“干什么？”佳得利的声音都开始含含糊糊了。

“教我飞行啊，你自己说的啊，谁叫我是个变种人嘛！”

“我不明白你说的是什么意思？”

“这个飞马如果最后成功了，不应该是由铁大师自己来驾驶的吗？”

“是呀，本来就应该是这样，有什么问题？”

“你看看……他们自己的人，如果社会地位太低的话，连骑马的资格都没有。只有武士才能配得上骑马——这不跟你制造飞机是同一个道理吗？他们难道不会反对由一个奴隶来当飞行员？”

“我看不出他们为什么要反对，”佳得利说，“寻道民也是奴隶，虽然说他们受到的教育会好一点，一部分人可能还拥有某些高级技能，但在铁大师的眼里，寻道民的命也不见得就比变种人高多少，整个尼桑，没有哪个寻道民像你这么有用。可惜的是，在鬼子眼中，我们都是人下人，都是可以被随便杀死的低贱品。”

“但你并不在其中。”布里克曼说。

佳得利微微一笑，嘴唇微张，说：“是呀，我以前也以为是这样的，也是这样对自己说的。”他边说边往自己的酒杯里又倒上酒，酒瓶“咔嗒咔嗒”地碰着杯沿，“可是今天，我听到一些东西，我不得不赶快完成……嗯，我不能再在这儿长期待下去了。”

他将酒瓶拿过去，要为布里克曼添酒，却被挡住了。

“哦？是吗？”

“是的……源清盛手下的那帮人准备离开时，我无意中听到了他们说的一些话。他们说火箭推进的飞行器测试如果证明效果不错的话，他们准备派一批武士来鹭池，接受飞行员的训练。”

布里克曼顿时意识到，这件事情会带来什么可能性，他笑着说：“那恭喜你了。”

佳得利显然并没有喜色，他的脸阴云密布，瞪着布里克曼说：“他们的如意算盘打得太早了点。”

“哦？你是什么意思？你不正是想要这样吗？”

“我听到的还不止这个。知道吗？那些负责在这里监视我们的鬼子，全都是些能工巧匠。”

“那就是……”

“事情不是明摆着的吗？他们安排了不少自己人来帮我们制造飞马，等造出第一批后，那些人也都学会了，再派武士们过来学习飞行，以后也可以再教给别的人。”

“嗯，说下去……”

“他们掌握了制造飞马的所有环节，到时候，我们就变成了可有可无的东西。”

这些话佳得利说得很苦，但布里克曼却如听天籁，心里美翻了，面上却不露声色，只是偷偷地继续打探道：“我和其他人可能会变成没用的废物，但你不会，绝对不会，他们难道还会来个卸磨杀驴吗？”

佳得利沉着脸看了他一眼，没有再说什么。

布里克曼觉得他是想将自己灌醉，不知不觉间，他已经快要喝多了。

幸好这会儿他还稍微有那么一丝清醒，正好可以接着问下面的问题：“我觉得实在很奇怪，难道过去你就从来没想过这些问题吗？你就没有从天眼石中看到这样的事吗？”

“没有了，自从在石头里看到你给我带来的痛苦和悲伤之后，我就再也没有看过了。你只会给别人带来灾难，布里克曼。”

布里克曼听了有点不爽，急着叫起来：“嗨！拜托！都是过去的事情了，再说，我也不是故意想要对你造成伤害的。‘大道早已铺就。’雪先生不是早就说过了吗？我来这里都只是想帮大家。你为什么不再找一块长眼睛的石头，再看看未来还会有什么事情要落在咱们头上？”

佳得利垂头丧气地摇摇脑袋：“没用的，我早就找过了，可是……

一块也没有看到。”

“肯定会有的。”

“是呀，天眼石肯定有，可是我从里面什么都看不见了。”佳得利举起杯子，“不知道是什么东西，把我的那种知觉钝化了。”

“唉，那实在是太遗憾了。”布里克曼说，“本来咱们还能利用它，看看即将发生的未来。”他非常想预先知道他们能否成功逃出去，但从另外一个角度来说，佳得利再也看不到未来发生之事，也未尝不是一件好事。如果他发现他们未来的逃跑计划，又生出别的想法，那恐怕会让整个事情变得更复杂、更难办。

佳得利本想再给自己灌上一杯浅黄色的液体，振奋一下神经，但他那冷冷的目光早就没法聚焦了。他的声音变得混沌和嘶哑，脸也扭曲得不成样子。他忽然俯下身子，假装揉揉自己的脸颊和额头，但实际上是借此掩饰自己流出的泪水。他幽幽地说道：“为什么每次只要你一出现，我快乐的生活就变成一团乱麻呢？”

布里克曼也觉得有点过意不去，柔声说道：“你说得不对，你的生活没有变得更乱，正相反，它会变得越来越好的。”

佳得利垂下头来：“哦？是吗？”鼻子也轻轻抽了一下。

“当然会更好！你他妈还有什么好抱怨的？雪先生将他知道的一切都教给了你。而你，还从我，还从这里的其他人，还有那些不长毛的鬼子的脑袋里偷走了很多很多的知识和技能。你，天杀的，你就是一个长着两条腿的哥伦布！”

“可是，我很快就再也不能用这两条腿走路了。”

“你怎么会这么想？”布里克曼叫道，“你可是这里的总负责人哪！

好，就算鬼子打算清理我们，接手这里的一切，可是在你向他们展示这些大鸟能飞向天空，甚至是在天空中持续停留之前，他们是不会这么干的。”

“这倒也是，我担心的是——万一……我们做不到呢？”

天哪！布里克曼真是为他感到悲哀，这家伙的心实在太脆弱了，一点点打击都承受不了，消沉成这个样子，像是要堕落到底、不思进取的样子。

他自然不知道，一旦一杯杯清酒接连不断地灌下肚子，在酒精的作用下，人的意志就会变得极为消沉。

他只能鼓励道：“放心，绝对不会的！只要我们尽最大的努力，做好我们的工作，我们一定能让这些大家伙飞起来的。到那个时候，我们就能令这个地方一夜间闻名天下，我的名字也同样如此。”

佳得利像是有了点斗志，缓缓抬起头来，努力将目光聚焦在布里克曼脸上，“哦？是吗？那我们要怎么样才能成功？”

靠，真是一着臭棋。布里克曼心想，真他妈的臭！“都留给我来处理吧，”他忙说道，“你要做的事情太多了！”他将酒瓶挪到佳得利够不着的地方，“你也得少喝点，别灌太多这玩意儿，否则你的脑袋里装的再也不是白花花的脑髓，而是饭桶里的白米饭了，到那个时候，你就死定了！”

“那清水呢？”

“这个你不用担心，等时机成熟，她自然会来找你的。”

“好吧，不过你得答应我一件事。”

“什么事？”

“在没有提前告诉我之前,你不能采取任何行动,不可以做任何愚蠢的坏事。我得知道将会发生什么状况，你一定要提前知会我一声。”

“那当然了！”

“还有一点,要是这次证明是我搞错了,源清盛并没有打算派他的自己人来鹭池取代我的话，那我们今天晚上的谈话就根本没有发生过。如果你还想将清水带回去,我绝对不会反对,但是你别想我也跟着回去,我要留下来。明白吗？”

“明白,这不是问题。”

“很好。不过……”佳得利用食指指着布里克曼,脑子机械地转动着,想要找个合适的词语来说话,但他的意识已经越来越模糊,“如果被我……发现……你敢耍我的话……”

“克里斯托夫·哥伦布在上！”布里克曼也生气了,气恼地嚷起来,“你把我布里克曼看成什么人了？你救过我的命！要我说多少遍你才会相信？我和清水之间的事,并非是我的错！”

“哼,我才不在乎呢！”

“可是我在乎！而且我一直都想着要和你和好,成为好朋友！可是你总是不断地找各种理由来反对我！你得清楚，我是想把你当朋友的！你是我的朋友！朋友！明白吗？我对雪先生说,我来这里,就是为了要找到你。如果你真的想留在这里,那可以,这和我没有关系,我无所谓,可是对雪先生来说,就太残忍了。到时候,清水和我会一起悄悄离开,你甚至都不会知道我们走了。”布里克曼伸出右手,摊在桌上,真诚地伸了过去,“我一定向你保证。行吗？成不成交？”

佳得利看着他伸到面前的手，“也许吧。我会考虑的，今天晚了，明天再说吧！”

布里克曼气呼呼地拿起挪开的酒，放回到了变种人跟前，“随便啦，你自己选择……”

佳得利对情势的预估果然是对的。很快许可就下来了，布里克曼可以参加改进后的滑翔机测试。佳得利负责总体的监督和指导。布里克曼先是进行了几轮摇来晃去、危险重重的试飞，有几次着陆真的是扣人心弦，令人头皮发麻。终于，他被批准可以得到二十小时的单独指导。

在地面上，如果有人在场，布里克曼就不得不在佳得利面前扮演仆人的角色。但这段时间以来，他被发掘出来的飞行才能却遭到了其他人的嫉妒，他们对这个“肮脏下贱的变种人”进行了一系列的抨击和打压。为了让那些寻道民稍微好过点，佳得利只能不断地强调，布里克曼在第一次飞行测试时，显露出了不怕危险、喜欢冒险的天性。其实这个金发的草猴子，只不过是一个牺牲品，如果事情进展得不顺利的话，还可以将他宰了祭祀。那些充满了不满情绪的寻道民才心满意足地停止了攻讦。

新式的滑翔机又经过了一番精心的改良，这次是以五枚火箭作为驱动，在机身外壳的腹部位置，装有一块金属圆盘，那五枚火箭就捆绑在圆盘下面。发射车装了两个速燃型的火箭推进器，和原先一样，需要靠人将一根长度合适的安全导火线点燃，滑翔机下面的那些火箭，则用制作精良的引爆装置来陆续点燃。这个装置能先击爆纸质的雷帽，以此来点燃火箭，其原理其实和山下大人与穆卡尔部落交易的那种步枪上面有小圆点、用来点燃子弹的纸带类似。

此外，滑翔机的起飞装置也重新设计过了，将布里克曼原先用过的那种单轮发射车改装成了三轮。从侧面看来，它的车身很低，几乎挨到了地面，这当然是为了在滑翔机起飞时，给车身增加更多的稳定性。发射车上还有四个能够快速解开的锁扣，能够保证滑翔机安然地固定在车上，等到不需要它时，也可以很快地解开。

铁大师这里没有什么电脑模拟技术，连精确的测量设备也欠缺。佳得利只能用最简单的计算方法来制造飞马。就连制造火箭时，也只能这样。虽然利用情报队发过来的数学公式，布里克曼能大致估算出燃烧时产生的热量到底是多少英尺磅[①]，但是你的老板们根本没法用尺寸来丈量，也不能用磅或者盎司来称清楚，这个估算出来的数据也没啥用处了。

布里克曼借助自己是佳得利仆人的身份，整天和他一起在组装车间里转来转去，确保每一道程序都能符合自己制定的那套严苛的标准。他建议滑翔机试飞的前一夜，将乔迪和凯尔索都悄悄地挑出来，和佳得利一起通宵达旦地研究。这样做当然是为了佳得利能在最后的方案调整中增强自信，起到积极作用。当第二天晨曦微露时，他们又仔细检查并核对了每一个连接件和附加的小装置，保证不会有任何错误。但是，最重要的一个问题至今还没有答案。上次用沉重的地面发射车测试时，已经证明了，火箭产生的动力足以将发射车射到

① 功的单位。相当于一磅的力沿力的方向运动一英尺的距离所做的功。

空中去,但现在这种织物机翼的滑翔机,到底能承受多快的速度呢?

不过只需要再过几个小时,他们就可以知道答案了。这次试飞的时间原定为上午,同上次一样,会有高层的铁大师代表团前来参观。传说罗地兰和马萨诸萨两地的总领事也将纡尊降贵,前来现场参观。于是鹭池这边的铁大师负责人,便额外地增加了一些清洁工和园丁,把鹭池打扫得干净整洁,还挂出了一面面的彩色旌旗,在风中猎猎狂舞。这回他们不会再那么紧张了,对于将军的全权代表,他们会像以往一样,表现得尊重而礼貌。但他们和邮政长官以及其手下那些噤若寒蝉的职员不一样,他们并非由幕府直接管辖。总领事只有在自己的封地上才拥有绝对的权力,但鹭池属于源清盛大人的领地,这里的所有工作人员都得首先遵从源大人的统治, 同时也会受到源大人的保护。

凌晨四点了,布里克曼才回到他的小木棚内。今天,将是一个很重要的日子,他可以不用再收拾日常杂物。到了五点多时,外面传来小公鸡的啼叫,他真是烦得要命,真想掐死它,但实在太困,还是睡着了,一觉就睡了三个钟头,直到外面传来“砰砰”的敲门声,他才从梦中惊醒。是仆人来叫他了,得赶快做准备了。

变种人是不能使用浴室的,只能在院子里的一个浴盆中洗澡。但这次佳得利叫他进了房间,在主人专用的洗浴室一起洗澡。布里克曼脱掉脏兮兮的、都是油污的工作服,跳进温暖的浴盆内。佳得利和两个贴身奴仆早在那里等着他了。一进去,浴盆就显得有点小,不过他们很快就适应了,开始了这场严肃认真的清洁洗浴之旅。

刚开始,那两个女奴脸上还挂着礼貌性的微笑,她们全身除了头上戴着头巾外,基本上就是一丝不挂。看到外面来了个变种人,也要一起在浴盆里洗澡时,她们不禁一阵惊慌。但渐渐就适应了,她们要抓起一块滑溜溜的肥皂,却几次失败了,不禁大家都笑起来,打破了这尴尬的局面。布里克曼享受地把里里外外都洗了一遍,想从浴盆内爬出来,两个女奴这回可不放过他了,在佳得利的怂恿下,又将他捉了回来,开始第二轮的彻底"大清洗",不过这次纯粹就是为了要乐子而已。若是在平时,遇到这种情况,布里克曼自然不会不一起玩,可是今天要做一件大事,他不免忧心忡忡,哪有心思玩乐。趁她们开玩笑似的将他按进水中时,他突然就逃脱了束缚,更是一个猛子从她们大腿间钻入了浴盆底部,吓得她们一阵骚动。等他从水里冒出脑袋时,这些叽叽喳喳的欢叫变成了绝望的尖叫,因为布里克曼手中抓着浴盆底部的大木塞子,水正迅速减退,他将它奋力地扔到了房间的另一头。

佳得利不但学会了铁大师那种舌头像是打结一样说出的语言,还学会了他们的享乐。洗完澡,他又邀请布里克曼一起吃早餐。他给布里克曼穿上自己的一套系着带子的长袍,这是源清盛大人赏赐的,然后两人一起去吃早餐。

"怎么样?紧不紧张?"

"没什么。"布里克曼随口说。这当然不是真话。他也能看出,佳得利并不怎么相信他说的话。

吃完早餐后,一个贴身奴仆给布里克曼取来了一套白色的棉质套服:宽袖口短上衣,长长的阔腿裤,与平时差不多。外衣叠放得整整齐齐,最上面放着新内衣、白色的棉袜、系带布鞋,还有一条写着一串血红色日本字符的白色长头巾。

佳得利给布里克曼缠好头巾，正好让字符出现在前额的位置上，然后绕到脖颈上方，打了个结，“紧不紧？”

“不紧，刚刚好。”布里克曼对着墙面上嵌着的正方形小镜子照了照，镜中的自己造型很怪异，他问：“干吗要弄这些个玩意儿？”

“只是表达对源大人深深的赞美之意，感谢他为我们提供了这么多的帮助。”

“哦……这是你写的吗？”

“我当然会写，但是我真的要去写的话，那就太傻了吧。我只是事先用基础语写好了，再请一个通事帮我翻译成了日语。”

布里克曼推推眉毛上的头巾，说：“你真会拍马屁啊！”

“这只是我的生存法则而已，布里克曼，你知道的，在这里必须这样，你比谁都清楚。”

“行了，开个玩笑而已。好了，咱们走吧。”

佳得利陪着布里克曼返回了鹭池。在那片试验场地之旁，他们组装出来的那架飞机早已安放在发射车上待命了。一道短短的活动梯子放在飞机脑袋旁边，以便飞行员能够容易登上驾驶舱。乔迪·喀珊和戴夫·凯尔索也换了一套崭新的工作服站在旁边，两人因为熬了一个通宵，双眼都布满了血丝。

在场地的另外一侧，有一大片渔网，被几根高高的柱子撑了起来，这是用来捕获飞快滑行前进的发射车的。基本上大部分寻道民都站在网后，大概是想等布里克曼没成功飞起来时，可以过来收拾他的碎片吧。

而距离场地大约十五码之处,则搭建了一个以布当顶的观赏台。三个铁大师端然坐在台上，后面站着一排副官侍卫。他们的头顶上方,以高高的竹竿立着三种旗幡,上面绣着三种不同的象征性图案。

佳得利和布里克曼走到飞机头部跟前放着的草席边，一起跪下向台上的铁大师们行礼致敬。

“台子左边的那些人是源清盛派来的,”佳得利小声对布里克曼说,“右边的是山下的人,中间的是丰田的人,也就是将军家族。”

“哦？这意思是不是告诉我们,我们已经被他们包围了？”布里克曼说。

两人再次鞠躬,用鼻子触碰了草垫。而他们身后,乔迪和凯尔索也同样跪拜致敬。

“好,开始吧！”布里克曼说。他然后站起来,检查了五个用来点火的击锤,确认没问题了,便钻进了驾驶舱。如今的控制面板造得比原来好多了,他十分满意,先是动了动操纵杆和方向蹬,再拉了拉简陋的面板上那一排引爆装置。

佳得利在下面将五根撞针逐一检查,没有问题,全部就位。

“一切都好,点火室准备！”

乔迪和凯尔索将雷帽放进固定在火箭尾部的点火室里，做好准备。

“点火室准备完毕,击锤已起！”佳得利大声宣布。

布里克曼深深吸了一口气,右手紧紧握住操纵杆,左手食指套在一个拉环里,只要轻轻一拉,第一枚火箭便会被点燃。“点燃推进器！”

佳得利拿起火引,道:“点火完毕,开始燃烧！”

布里克曼靠紧椅背，压力沉重至极，他咬紧牙关，默念着倒计时："十……九……八……"

乔迪和凯尔索各自站在发射车两侧，将车上的推杆放在肩上，往上使劲地顶。车子开始缓缓向前移动。连接着黑火药的导火索开始"噼里啪啦"地燃烧起来，火花四溅。终于，缠绕在一起的两根引线分开了，继续向着两根推进器锯齿形的管口处烧去，越来越短。

"五——四——三……"布里克曼动了一下方向舵脚蹬，检查好前舵轮，"二……一……零……"

推进器被点燃了，"嗖嗖"地响了起来。乔迪和凯尔索赶快跳到一旁。

发射车猛然蹿了出去，从场地上穿过，尾端冒出了火苗和滚滚浓烟。

"快！快！快！快！"他们大声地叫喊起来，声音一次比一次高，仿佛在为它加油。

发射车持续加速。

布里克曼感觉自己被强大的推力按到了椅背上。在地面做测试时，他借着丈量杆，大致算出了一个结果，只要再过八秒，发射车就能达到它的最大速度。

"……五……四……三……二……一……点火！"

布里克曼拉下了中心火箭的点火拉环。他听到了火箭被点燃的"呲呲"声，与此同时，他将身子探出驾驶舱外，解开锁扣，飞机便与发射车分离了。然后他迅速将操纵杆往后一拽，将飞机对准了天上的云朵。

呼呼呼！风声如此悦耳。这样的体验真是前所未有，既刺激又奇特。他过去从来没有以这么陡的角度和这么快的速度爬升过。他往下面看了一眼，地面正飞速地往下退去。那些一个个仰面观看的人脸，全都成了一个个小白点，再也分不清谁是谁，就像一朵朵散落在茫茫草原的小花。

在不到十五秒的时间里，他就攀升到了两千英尺的高度。这时候，火箭烧完了，“呲呲”之声戛然而止，那种轰隆隆的震动，快要把牙齿都震掉的声音也消失了。一种奇异的宁静突然降临，仿佛一切都变成了静止状态。布里克曼开始使用自己的飞行技巧，先是一个空翻动作，停止了继续爬升，又向右翻了几个筋斗，并且缓缓下降。当翻转停止，开始直线下落时，布里克曼又点燃了第二枚火箭。

“呲——啪——嘭”第二轮加速又来了。

布里克曼让机首始终处于朝下状态。因为没有测速装置，他不知道速度是多少，但一定很快。他只能依靠鼻子来感知流过织物机翼上的气流，还有机身受压后产生的眩晕的剧震来判断现在的速度。差不多了，时间到！他又一拉操纵杆，飞机再一个潇洒的翻转，机头摇摇晃晃地由下转上，再接着是一个垂直空翻，这就是特技飞行的表演动作之“上S形”。

上升上升，第二轮空翻到了顶端，火箭也烧完了，但他已经获得了自己想要的速度，足够他表演一个横滚侧翻的动作。

布里克曼不得不承认，在朋友们的帮助下，佳得利干得很不错。虽然这只是滑翔机，这种动作表演也只能算是一般水平，但因为动力的缘故，能做成这样，说明已经相当不错了。

没错，它真的就是一只大鸟，一只可爱的大鸟……

完成了“上S形”的动作，又攀升了一千英尺的高度，他好像都能望见波士顿了，就在东海边上。东海，是一个多么宽阔的水域。它是不是就是世界的边缘？或者，在它之外，还有另外的世界？他突然想起了这些。表演又开始了，一连串的特技表演之后，两枚火箭又用光了，飞机这才渐渐降低高度。这时候，他突发奇想，很想给下面的那些观众来一个倒飞低掠式的表演，叫鬼子们吃上一惊。这虽然有点恶作剧，但也代表了飞机的灵动性很高。他也知道这种表演对这些一点幽默感都没有的人来说，并没什么好玩的。他就是要这么干。打定主意后，他便以很低的高度疾速飞过场地，掠过那些抬头观看的寻道民和石墙，距离恐怕只有几英寸。

接着，他再次往上升高，在第五枚——也就是最后一枚火箭燃烧的过程中，利用这短短的几秒钟，表演了三轮空翻动作，这才掉转机头，向场地飞来，以一个完美的着陆结束了这次飞行表演。

全部火箭一共只燃烧了七十五秒钟，但布里克曼利用它带来的动力和燃烧的间隙，做了很多滑翔动作，使得自己在空中的停留时间变成了二十分钟。其实他本可以飞得更远，将这一时间拉得更长，但是为了让铁大师们能看得更精彩，他故意把表演时间缩短了。四枚火箭就能保证他爬升到八千英尺的高度，第五枚是用来备用的。如果向西飞行，以八千英尺的高度，他就能一路滑行到哈德孙河——甚至还能搭载一名乘客呢！到目前为止，事情进展得非常顺利……

他天生就是开飞马的能手，那种得心应手的操控，那种潇洒惊险的表演，令所有铁大师既惊讶又兴奋。

佳得利也上场了，为了想证明自己的飞行技术丝毫不亚于布里克曼，他连续做了两次搭载飞行，一次载的是乔迪，一次载的是凯尔索。他们都坐在了前置式乘客的座位上。一般人看来，他的表演也和布里克曼一样炫目、精彩，但乔迪和凯尔索却非常清楚，两人之间有很大的差距。佳得利的飞行似乎总是差了点什么，就这么一点点的距离，他就变成了一个只是努力例行公事般完成飞行任务的驾驶员，虽然很称职，却不是那种天生就是为了飞翔的一流飞行员——这种飞行员能够轻而易举地拥有飞行才能，因为他们头脑里有一种别人无法企及的最佳飞行感。

大家在露天吃过午餐，铁大师便从源大人的代表团里挑选了一名武士，派他与佳得利一起做一次飞行。飞马沿着东边陡峭的地形爬升时，佳得利烧掉了两枚火箭，然后在波士顿上空轻轻地转了一圈，最后，以一个急遽的下降俯冲，贴近源清盛的官邸。刚开始，在陡直的爬升过程中，那名武士吓得拼命抓住驾驶座边缘，指关节都因过于用力而发白。但几分钟之后，他渐渐适应了，恐惧缓解，反而感到了高高在上的惬意。他发现，一旦看到飞机在头顶上飞过时，下面那些农田里的农夫就停止了手里的劳作，而官邸里的士兵和奴仆们也都冲出来看热闹。他忍不住高兴地大笑起来，还伸出双手朝下面的人挥舞。佳得利不紧不慢地进行着自己的表演步骤，又点燃了第三枚火箭，滑翔机再次攀升到高空中，返回鹭池场地，剩下的两枚火箭也依次点燃，他又表演了一些特技飞行后，就缓缓着陆了。

佳得利下了飞机后，负责鹭池的武士志贺光大声宣布，将军陛下的使者希望今天第一个表演的那名飞行员把他也带上，一起飞行一次。

这个命令很快实施下来。滑翔机和发射车都被重新装上了新的火箭，检查完毕后，长谷川敏郎便被人恭敬地请了上去，在前置式座位上舒舒服服地坐下。这时，布里克曼才被允许进场。为了尊重礼节，不能冒犯使者，志贺光早就下令，给布里克曼戴上了一张稻草面具，还有一副手套。这样的话，就不会违反变种奴隶与使者直接面对面的规定了。

尼桑的科技水平不算发达，连平板玻璃都是罕有之物，更不用说有机玻璃了。所以滑翔机上的挡风板原始落后，形同虚设。佳得利自己想办法制作了一套护目镜，又用棉质围巾裹在鼻子和下巴上，来当作挡风护具。敏郎也穿戴了一套这样的护具。再加上乘客的座位是前置式的，后面的布里克曼只能看到乘客的后脑勺，所以他一开始并未认出对方到底是谁，直到他听到那人低沉的声音传来："可以了，开始吧，朋友。"

敏郎想做一次快速简短的俯瞰风景式的飞行。照他的要求，布里克曼便顺着佳得利的飞行路线，飞越了波士顿，来到源氏家族的田地高空，再返回来，并且特意在总领事宅邸和双岛湖上方转了一圈。清水就在下面。这会儿，她是否会在花园里，仰望头上这只盘桓的硬翅膀大鸟呢？他心中遐想无限。

在火箭没点燃前，他耳边能够听到的声音就是气流滑过机身上的织物表面的声音，"唰唰唰唰"，轻柔好听，头上的头巾也被风吹得"呼啦啦"地响。

敏郎在安全带的紧勒之下，努力扭过身子，拉开嘴上的围巾，对布里克曼说:“怎么样,有没有考虑过,要把他扔到哪里去?”

气流“嘶嘶”响动着,布里克曼伸出右手食指,对着下面一指,冲下面大叫道:“我觉得下面的湖是个不错的选择哩!这样他掉下去后,还能反省反省。”

敏郎点头道:“不错,是好点子!问题是,你打算怎么做?”

“利用安全带!用销子将安全腰带固定在地板上,背带则固定在这儿——您座位后面的舱壁上!”

“哦?那后面呢?”

“我事先会将销子绑住,连在一根绳子上,等我一拉绳子,销子便会松脱。接着,趁他还什么都搞不清楚状况之时,我就会把飞机倒过来……”布里克曼说到这里,突然将操纵杆往右腿方向一拉,“就像现在这样!”

飞机陡然来了个底朝天,吓得敏郎登时呆住了,嘴巴张得大大的。本来这飞机一直正向平稳地飞行,怎么一瞬间,他就在离地三千英尺的高度上来了个倒栽葱,自己全身的力量都往下坠,紧靠着这四根两英寸宽的带子支撑?

“就这样,他就掉下去了!”布里克曼令滑翔机足足倒转了两分钟,他冷酷地看着敏郎像溺水的人一样,头脑不停地扭动,双手狂挥乱舞,总想抓住一根救命稻草之类。嘿!给他尝尝总领事在空中跌落时那种五脏六腑都搅和在一起的感觉也挺好的!

又是一个半的翻转,布里克曼将机头扳正了,然后沿着水平方向继续飞行。敏郎缩在座位上,还没有恢复正常。

“怎么样,看到了吧?就是这么简单!”布里克曼故意得意地说。

敏郎没有回应。

“你没事吧？”

敏郎点点头，没有回过头来。他这次之所以还要过来，就是想为总领事“单程”的旅行探一探路。但经过了这一次飞行之后，他发誓，这将是他第一次，也是最后一次搭乘飞马，以后再也不会上来了！永远不飞！

轮到最后一枚火箭了，他们开始掉头，向测试场飞了回去。

布里克曼趁着还有一点时间，向前探身，用胳膊肘推推使者的后肩，问：“谈谈怎么样？”

“谈什么？”

“那袋粉红色的叶子，我需要它。”

敏郎斜眼瞟了瞟他，说：“小子，一次只能要一样东西。我已经把你调到鹭池了，不是吗？”

“这个……呃，是的，好吧……谢谢你了。”布里克曼嘴里这样说，心里却在骂：“这个大骗子，我们的命都掌握在这家伙手里，可是他却一句真话都不说！”

飞机平稳地降落在一对竹竿滑木上。本来如果用滑轮的话，着陆就会更加容易，可是不知为什么，铁大师对制造这种他们所需的配件积极性不太高。更叫人不爽的是，将铁大师制造出来的车轮装到发射车上时，才发现它们既太小，又太轻，根本就不合适。

使者脸色苍白，颤颤巍巍地走下飞机。

“可别拖太久啊，”布里克曼对他说，“这里的计划进展得很快的。”

“别担心，”使者安抚道，“我们很快就会再见面的，别害怕。”

他心中又升起了一团怒火，这个异族猪实在太傲慢无礼了！可是为了确保总领事能按计划掉下来，他又不得不忍受布里克曼的这种不尊重。真是一个极端讨厌的合伙人！但想到一旦打发了那个堕落的大胖子，大胖子就会采取的那些极端的报复行动，他那受伤的自尊心总算稍有抚慰。不过现在将军已经决定了，准许这长狗带着他的两个俘虏逃跑，敏郎更是憎恶布里克曼，极端地憎恶他的狂妄和嚣张。

但是，可以肯定的是，有人一定告诫过这个情报队员，否则他哪有这么大的胆子，他一定是知道了没必要将自己的威胁当回事。难道是总管的人也卷进来了？家康这只老蜘蛛，据说他的触角已经伸到了尼桑最偏僻的角落。想到这里，他有点担心，真心希望事实不是这样的。他甚至有点懊丧，后悔将自己拖进了泥潭。但如今事已至此，又如何能够回头？他的誓言已经立下，别人的胃口也给吊了起来。他即使心里不情愿，也不能不尽量帮助布里克曼。但是，还好他能让这个涂了色的下贱杂种时刻处于痛苦的焦虑中，他希望给这个杂种的痛苦越长越好。

敏郎厌恶地站直身子，昂首阔步，回到了自己人的身边。

布里克曼始终是低眉耷眼地站在后面，心中同样盘算不已。看来鬼子真的是一点都不可信哪，他所答应的任何逃离允诺全是假话、空话，要想依赖他帮忙，那只会适得其反，甚至反而招来杀身之祸。转移清水的计划也是一样，还是得靠她自己。既然她能够干扰总领事的思维，将自己移到鹭池，也可以用同样的办法，把自己也转移过来。没错，就是这样！

那帮贵宾离开了四合院。佳得利过来，将他们的决定告诉了布里克曼。

现在，这伙人要求的是，要将现有的十二架半成品飞行器全部改装成双座双驾驶机型，这个是第一重要的事项。另外，马上就会有二十四个武士被派到鹭池来，接受飞行潜能测试，再从中挑选出十二个进行滑翔训练。最后从这十二个人中选出最优秀的前六个，成为真正的学员，接受由火箭驱动的飞行器的高级训练。等着六个人达到要求后，他们将会在领主源氏家族和山下家族的主要领导者跟前，展示他们的飞行技术。这也是将军本人的意思。

“定下是什么日期了吗？”

“嗯。从现在算起，一个月之后。再晚的话，将军就来不了了，他要去罗地兰海岸之外的一个大岛上避暑，泛黄季来临后，他还要到南方去。”

布里克曼有些痴痴地点了点头。他听到佳得利用变种人的说法来形容秋天，不禁又想起了自己在穆卡尔部落度过的那些日子，时光匆匆而过，一去不复返。他说：“看来，你们三个真的要丢饭碗了。”

“是呀，要不是你的话，当然我自己也有错，咱们都太自作聪明了。将军的使者之所以想和你一起飞，是想看看你的能力。他还告诉源清盛的人，说我很会调教学生，一个草猴子一周都能掌握这么好的飞行技能，那他的武士在四周之内，恐怕都会长出翅膀了！”

布里克曼忍不住一笑，问：“你想不想让我帮忙？”

“当他们的老师？”佳得利摇头道，“你觉得可能吗？他们不介意我在试飞阶段拿你当牺牲品，但又怎么可能忍受一个变种人去教他们？这跟他们传统的理念完全不对路。”

“嗯，有道理，不过……你也说过啊，寻道民也是奴隶。那为什么你们就能教，变种人就不能教呢？”

“也不是说他们认可我们，”佳得利叹息道，“只不过他们自己找了个扭曲的理由来把自己的尊严变得合理化。其实我们异族人在他们眼中，都不是人类，但他们又不得不承认，乔迪、凯尔索，还有我，都拥有一项他们都不会的高级技能。因此，在学习这项技能时，他们愿意在某种范围内尊重我们，比如说驾驶座、飞机训练场、车间等等这些相关的地方。一旦离开这些地方，他们只想看到我们将鼻子贴到地下去。”

“真是一群又傻又顽固的白痴猪！”

“骂得好，可……这是天生的，有什么办法改变？”

“真是遗憾，我也没有办法洗掉身上的这些颜色，变成一个寻道民……”布里克曼对佳得利的看法一点都不认可。

“这不用担心……我这儿还有一些皂叶呢！”

“真的？”

“真的，满满的一大束，还有一些身体涂料呢！清水和我都带了一套……怕万一会需要。”

“太好了！”布里克曼有点高兴，他想了想，说：“嗯……很高兴你肯告诉我这些。”

“可是证件……我还没办法搞到。”

“那咱们就自己搞。你不是会写日文吗？复制一下凯尔索的如何？”

“恐怕很难。所有人的证件都保存在档案室内，我也无权进去，那不归我管。可是，就算我能搞到证件，臂章呢？怎么办？它可是需要冲压出来的金属牌。我们恐怕无法仿造吧！”

“是呀。”布里克曼有些无奈地做了个鬼脸。到了这一步，看来还是得依靠那个使者——叫长谷什么的来着？利用他那些关系网，肯定能搞到他们所需要的东西，还有行路地图和指南针什么的。“你说得也对，好吧，先别去想这件事。”他脑子滴溜溜转动着，竖起一根手指头对佳得利说：“要尽快成功的话，只有一个办法，你、乔迪、凯尔索，你们三个得把精力都集中在培训这些鬼子上。我呢，就……”

“飞机一下线就试飞吗？”

布里克曼张开五个手指，“嘿，你都跑到我前面去了。”拍拍这个家伙的马屁还真管点作用了，“我还得看看火箭的性能能否再改进改进。我觉得，在不大幅度增加重量的前提下，还能再进一步提高飞机的动力，增加火箭的燃烧时间。你觉得呢？”

佳得利认真地想了一下，说：“嗯，没错，好主意。”

靠，开什么玩笑，老伙计？这怎么只能算是一个好主意呢？这真他妈是一个天才的想法啊……

布里克曼和佳得利独处在书房里，盯着那滑翔机的结构图，两个人都没有动，也没有说话。他们都在绞尽脑汁地思考，要如何加固机身的构造，以抵抗驱动力提高后可能会产生的重压。乔迪和凯尔索也发现了机身会经常出现不正常的微微震颤。他们现在想要做的是如何消除这种震颤,而并非改造整个机身。

两人研究到了傍晚,还是没找到一个合理的方案,有些需要参考的图纸被留在组装车间里了,佳得利要布里克曼在晚餐时过去拿一下。

布里克曼拿到图纸的时候,外面已经漆黑一片了,他穿过黑色的过道,忽然听到有人在哼唱一首熟悉的曲子。

“嗒哩……嘀……嗒……嗒……嗒……到墨西哥去……嗒哩……嘀……嘀……嘀……嗒哩……嘀……嘀……嘀……她跪着祈祷……”

一个大块头从前面的屋子中走出来了。

凯尔索。

“嗨!”

布里克曼停下脚步,距离凯尔索还有一定的距离。自从他们上次翻墙回来后,凯尔索对他的态度总是不冷不热的。那时候还好,有乔迪在旁边,现在她不在,说不定会发生什么不好的事情。他慢慢说道:“很久没听到这首歌了。”

凯尔索干笑一声,说:“还能听出它的人很少了。歌词我都基本上忘光了。”他又试着哼了几声,“接下来该怎么唱?”

“我得走了,还有点事……”

凯尔索打断他的话:“到南境,往墨西哥去……对了,就是这句。”

交流那些忘掉了的歌词,以及哼唱这首歌,其实都是情报员之间的秘密暗号。他们常用这样的方式向周围的队员们提醒自己的存在。布里克曼忙用手指摸摸耳朵背后,按下了袖珍型的内置式无线电收发装置,可他发出的莫尔斯电码没有收到任何回应。也许凯尔索只是听别人唱过几次，这种可能性很大，不过就算是这样的话……

“一定要小心啊，布里克曼……”他对自己说。

凯尔索抱起粗大的双臂，走近布里克曼，右肩斜靠在墙上，“听说你并不想在这儿待很长时间，而且……”

“哦？谁跟你说的？”

“喀兹……”

“是吗？”

“是的。我误会你了，布里克曼。以前我以为你只是一个舔屁眼的浑蛋，其实你是个人物，今天你干得很不赖。”

“这算得了什么？任何一个‘纯蓝子’都会这么做。”

“少跟我来这套，布里克曼，你唯一不会的就是谦虚了。”

布里克曼假装没听到这话。

“我们正在造的这些飞机，任何人，只要知道自己想要去哪里，都能随便跑上十万八千里。”

“那得看他想要干什么……”

“说得不错，最重要的是先他妈的逃离这里，才能谈别的。”

“可能你说得没错。”布里克曼问，“乔迪到底告诉了你多少？”

“你是说，她到底知道多少？”

“拜托了，戴夫，别再绕弯子了，有话直说。”

“她告诉我，有人利用你的戚妹威胁你，所以你不得不来这儿找两个呆瓜。还有……她会跟你一起回去。”

“那你呢？你怎么想的？”

“大平原上的生活也并不像吹出来的那样舒服。你答应她的事，你觉得真的能做到吗？”

“我相信我可以的。她曾救过我的命。你帮她一起来救我，记得吗？要不然你们怎么跑到这里来呢？”

“用不着你来提醒我。我没忘记。”凯尔索犹豫了一下，又说：“那你也能带我一起走吗？”

至暗之中，布里克曼也看不清面前的寻道民脸上是什么表情，不过他说：“当然 OK。你确信你真的就想那样吗？”

“听着，如果喀兹真的愿意跟你干，我又有什么不可以的？”

“你这么说，我很高兴。”布里克曼不知道自己能否相信凯尔索，但忽然想起很久以前有位美国总统曾经说过——当他不得不在自己的白宫为那些令人头疼的反对者谋一个好差事时，他是那样说的：宁可让他们待在帐篷里往外撒尿，肥水不流外人田。

所以，想明白后，布里克曼便向这个反叛分子伸出了手，“欢迎入伙。”

第十四章

一个月快要走完了,各种事项的进展都很顺利,佳得利对此很满意。

鹭池来了一批越南佬,在他们的帮助下,寻道民工人终于将第一批的十二架飞机都改造完成了。训练初期,有四架飞机受到了不同程度的损坏,但又很快全部修好,继续投入了使用。

从二十四个武士中挑选出了前十二个,进行了飞行员的培训。其中,有八个被认为具有成为飞行员的素质,具备了必需的条件,能完成为期四周的高强度训练课程, 要达到火箭动力编队特技飞行的最高水平。但第三周结束时,情况更是非常明朗了。这八个人中只有五人具备团队飞行时必须拥有的合作精神,其他三个人,虽然水平也还不错,但总好像缺少了一点什么,那是在旧纪元中曾被称为“合适人选”的感觉。助理教官喀珊和凯尔索也十分积极努力地训练这五个学生,不久,他们就达到了一个很高的水准,能够按照布里克曼设计的表演路线进行飞行编队排练了。

这时,很多园丁都在忙着打扫周围的环境卫生,还有很多变种人来帮助他们。从大陆到表演场地的东侧之间,修筑了一条新的通道。而场地东侧则搭建起了一个观赏台,这是一百多个手艺人的成果。观赏台前还得有些凉亭，是专门为两位领主大人和其他高阶官员贵宾们设置的，凉亭后则放着一排排长椅，供那些地位较低的人员就座。

佳得利是整个这场盛大的庆典的总设计师，为整个展览庆典做了总体的筹备工作。他看到大家都在积极地努力，创造出了一番新的天地，内心都十分欢快，对自己前程和未来的忧虑也一扫而空了。如果进展顺利的话，这次庆典将会为他掀开全新的，甚至更为显赫的人生的某一页。回想最近这段日子以来取得的成就，哪能就这样轻易地把一切都放掉？他不应该对任何人谈起那种短暂的焦虑感，但如果他不这么说的话，金头发的寻道民又怎么会将自己的逃跑计划全盘托出呢？有失必有得，在那美丽的地平线上，只有一团黑烟会大煞风景，那就是布里克曼。

石头里预言过的一切，一一都变成了现实。布里克曼迟早会将清水带走，带到那个南方沙漠之下的黑暗世界中去，无数人将因此而失去生命。但佳得利并不担心自己的生死。他会活下来的。雪先生能与天音通话，他早已保证过，佳得利和清水都会活下来的，因为佳得利是辟邪主的剑，而清水是辟邪主的盾。

雪先生虽然说得模棱两可，但还是大致上说出了未来将会发生的事情。不过现在佳得利关注的只是当下，只是这里。云武士的出现，导致他内心深处充满了负罪感，他本来想一直将这种感觉深深埋在心底的。他辜负了雪先生的信任，他漠视了清水的命运，他推卸了对穆卡尔部落未来的责任……所有的种种，他都难以承受，只能每天用酒来麻痹自己，想把它们都忘掉。没错，负罪感是他心里如此痛苦的原因，但潜在最深处的，还是源于嫉妒，他恨自己没有对手那样的水平和能力。他更受不了的就是，人家压根就没想把他当对手，嫉妒便成了他自己内心的毒药。而他所谓的对手，天生就有一种优越感，所以人家一点都不在乎，不但能快活地接受变种人奴隶的身份，还能像解决空气动力学难题那样热情洋溢地干那些低贱的累活脏活。现在，那种嫉妒的毒蛇咬得心底更疼了，因为他越来越发现，如果没有布里克曼的智慧和帮助，他自己绝不可能走到今天这一步。

他仍然不是云武士的对手。佳得利意识到这一点后，内心深处潜伏的积怨更是沉重。他最恼火的是，他现在根本不能离开布里克曼。这个家伙的出现就像一根马刺，令他的痛苦不断加深，也令他更有智慧。但是依赖一个你仇恨的、不能信任的人，这是多么愚蠢和危险。佳得利甚至有点后悔，为什么一开始没有告发布里克曼呢？显然现在已经太迟了。而且就算有机会，他也不敢确定自己是否能够做到这一点，这太卑鄙、太无耻了，昧着良心的事他已经做了很多，他实在无法……好吧，现在能够做的，就是逃避。不是用酒精，就是帮助他们逃走。走吧，走吧！让他带着清水走吧！要是他们离开时所采取的方法没有威胁到他的地位的话，他是多么乐意能够摆脱这两个人啊！

变种人的世界没有什么值得他留念的，这是他曾经对布里克曼说过的话。所以他永远不会回去。不错，也许有一天，辟邪主会将清水再次送到他的生命中来，可是现在，从他看到的未来中，他已经失去她了。哪怕他也曾经试着修复他们之间的关系，但这个美好的愿望随着布里克曼的来到，变得更加渺茫了。他想，如果返回部落，他能做的，无非也就是继续扮演雪先生的学生这样的角色，做一个听话的影子。他原来只希望等雪先生离世之后，能够在部落中拥有一定地位，这样就可以了。可是那些天眼石中显示的却是，当雪先生前往高庭之后，穆卡尔部落也将不复存在。既然这样，他为什么还要回去？也许在这里，他没有朋友，没有雪先生，没有清水，这个地方他也不会有真正意义上的朋友了。云武士绝不是他的朋友，他们之间确实有很多相同之处，但那些联系根本不是友情，只是命运和利益罢了。

布里克曼这几天忙得要死。八个飞行员每天都要进行好几次火箭驱动飞行，一礼拜七日，要消耗很多很多的黑火药。火箭筒和发射车推进器虽然可以反复利用，但需要重新填上黑火药，整个流程还是不够快。他不得不要求佳得利向上面提出增员的请求。于是各地的火药厂都调来了大批的妇女，来帮助大家提高火药装填这个环节的速度。

另外，布里克曼还提议，将乔迪·喀珊和戴夫·凯尔索住的地方挪一挪，从住集体四合院搬到佳得利自己舒适的住所里，旁边就是那条新修的通道。佳得利采纳了这个建议。表面上是为了缓解繁重的培训压力，实际上是为了让三位教官在结束了当天的飞行课程后，还能有更多的时间来研究学员的学习进度，也能及时对日程表上的安排做出必要的调整。

这些都对布里克曼的下一步行动有利。与乔迪和凯尔索更加亲近后，他能随时和他们沟通交流，再也不用担心同车间里的那些反叛分子寻道民发生什么冲突了。在那些人眼中，布里克曼仍是一个“肮脏下贱的变种人”，可是这样的臭家伙，不但能以高超的技巧飞行，还被派去测试最新组装完成的飞机，他们的嫉恨就像锅里的开水，越来越高涨沸腾。

在繁忙的工作中，有点空闲时，布里克曼也会猜测佳得利下一步的打算。如今，对于鹭池里的各项事务，铁大师都不再像从前那样，只是监视一下了。他们在每道工序上都已经掺和了进来。布里克曼偷偷数了一数，发现这里的工人中，鬼子的人数都超过了当初寻道民工人的两倍，这会不会说明，当佳得利还没把自己淹死在清酒中之前，他就会被别人取而代之？布里克曼很期待能和这个变种人好好地聊聊这些事，可是那家伙似乎一点都不担心这些。自从上次和他谈过之后，对于逃跑的事情来说，他就没有再说过一个字。

不过考虑到这个变种人的怪脾气，这也没什么好奇怪的。佳得利宁愿随便攥住一根救命稻草，也不想面对自己被利用完又被抛弃的现实。几天后就要举行的庆典，是他人生中的重要时刻，他可不想让任何人扫了他的兴。好吧，不管你愿不愿意，到时候了，你都得离开。等到时机成熟，亲爱的老史蒂娃把一切都搞定后，佳得利会很高兴地看到飞机上有他的空位的。

有消息称，源清盛已经向将军发出了邀请，赖朝也表示可能会来参加。于是在主观赏台前面的正中央，为他准备了一个精心装饰过的凉亭。但最终，工匠们花了很多工夫的努力还是白费了。那天上午，佳得利偷听到上面的对话，说将军取消了这次行程，改由总领事东芝仲根和使者长谷川敏郎来代表他参加这次庆典。真是个狡猾的家伙！

赖朝给源大人的信中并未解释自己到底为什么改主意了，因为将军是不需要向任何人解释自己的行为的。不过他在信中倒是一再重申，自己会继续支持鹭池的项目，他已经收到了关于这个项目的详细汇报了。信中充斥着宫廷里官气十足的味道,信末还附着一番热情的祝贺套话,比如什么预祝庆典顺利完成,什么会给所有有功之人公平的奖赏等等。源清盛细细体会了最后一句话背后的含义,不禁吃了一惊,他得出了那个最不想得出的结论:将军的言辞倒是没什么,头疼的是,将军意识到了自己谋反的意图。

剩下的时间不到一周了,布里克曼那里还有好几件事得搞定,首先得再见清水一面,另外得解决通行证印章和证件问题,还得去取情报队员送来的最后一个包裹,在过去的一个月里,这样的包裹已经送来多个了。

夜晚,当乌云盖月之时,包裹就被飞机带到鹭池上空,投掷而下。为了不引人注目,飞机表面都被涂成了黑色,动力装置也得关掉,仅仅凭着细长的机翼滑行到水塘上方,直到距离水面不到一百英尺时,才将防水包裹扔进水里。飞机几乎没有发出任何声响,仅仅有一些微弱的气流骤然加强时的飒飒声,之后又慢慢减弱,像是风刮树梢时的呜呜之音。而且使用了降落伞,包裹落水时溅起的水声极小,还不如鱼儿跃出水面的声音响, 因此不会被人发觉。当包裹慢慢沉入水底后,会在水面上漂起一个浮标,标出自己的位置。每一次包裹来了,布里克曼都会趁着别人在睡梦中时,悄悄出去,找到包裹,打捞上来。

他挡住了烛光,像幽灵般地闪入了他的那个小帐篷里面,关上门后,他跪在那张又是垫子又是地板,磨损得相当厉害的草席上。在一个小架子上,放了一盏油灯,他将灯芯点燃了。帐篷里逐渐有了光亮。

火焰大了一些,淡黄色的光芒驱逐了黑暗。他的后背突然产生出一种恐怖的异样，刚才并没有察觉出来，危险就在后面，他忙扭头一看，顿时毛骨悚然。

只见一个人影，从头到脚都是黑色，正盘腿坐在帐篷最里面的角落里，腿上的短刀已经拔出了一半，右手抓着刀柄，左手执鞘，脸上用黑布遮得严严实实，只有眼睛那儿留了一条窄缝。但四周的光线仍是很暗很暗，这唯一露出来的部位也看不甚清。

“你还好吧，朋友？”那个人说。

是使者。他还穿着原先的那套夜行衣。

“好得不能再好了。您在这儿等我很久了？”

“不错。”

布里克曼缓缓地转过身来，看着他，低低地弯腰下去，努力不去想自己的脖子就在这个杀手的刀刃攻击范围之内。快刀杀人，那可是使者的一贯作风。布里克曼夸张地说：“您如此光彩照人地来这里，真使得这儿蓬荜生辉。不知尊驾前来，有何贵干？”

“别太过分了，布里克曼，要知道，得罪我的人，可不会有什么好下场的。”

“我可没别的意思，大人。”布里克曼挺直了后背，“有什么需要我效劳的？”

“我来问问你，准备工作进行得怎么样了？现在离某人的大限之日，已经没多少时间了。”

“我知道。除了一点小问题外，其他的都基本准备好了。你只需要确保总领事能够踏上为他安排好的旅程就行。”

使者很不高兴地哼了一声：“他当然会来，你不用操心！你其他的安排，情况如何？”

“我不是已经说过吗？一切都已就绪。”

“我需要的是详细的说明，布里克曼。说吧，说清楚了，我们可没那么多的时间。”

“从现在的飞行测试来看，到庆典的时候，恐怕不会进行得太过顺利，甚至那可能会爆发成一场大灾难。我不知道你们那天会用什么法子来防范，但得知你们的老大不来时，我倒是松了一口气，要不然事情就会很难办。”

敏郎抓着短刀的手骤然握紧：“我们的……老大？”

“是呀，不就是将军，尊贵的丰田赖朝陛下吗？他大概有……嗯……二十八岁吧？未婚，但他四个姐妹中的两个已经婚配——是不是呀？”

“长狗猪！你胆敢直呼其名？”敏郎费了好大的劲，才克制住拔刀斩其头颅的冲动。

布里克曼很清楚，敏郎的怒火一旦爆发，自己就面临危险，便道：“拜托，讲点道理好不好？我怎么就无礼了？如果你还要和我谈谈交易的话，就别这么迂腐不化的，讲那么多客套有什么用？”

“你给我小心一点，祸从口出，布里克曼。这个世界上没有谁是必不可少的，你也一样。”敏郎顿了一顿，“像你这种没有教养的人，别以为这只是一句唬人的空话。告诉你，你错了，交不交易，还不是我说了算？如果你逼人太甚，太过无礼，我会什么都不顾，先将你宰了！要知道，他们对我也不会客气的，我希望你明白。”

布里克曼垂下脑袋，叹息一声：“我当然明白，没有人比我更清楚了，大人。其实我们都一样，我的主人也是残忍无情之人。”

这句话猛然提醒了敏郎，他想起了自己的命运，在这样的双面游戏中，他冒着一次次极大的危险，又何尝不令人痛苦？他渐渐恢复了冷静，问道：“你是怎么得到这些信息的？”

“除此之外，我还知道你就是内廷使者，名字叫作长谷川敏郎。我什么都知道，我有我的办法。”

使者一惊，将头上的围巾拉下一点，露出下半截脸：“我再警告你最后一次，布里克曼，给我小心点！”

“嘿嘿，你以为我们俩是碰巧遇上的吗？要知道，从知道两个变种人逃到这里的那一刻开始，你就被我们锁定了！”这纯粹是句唬人的话，他不过是把佳得利从铁大师那里听到的讯息整理收集起来，但使者显然十分震惊，也并不知道这是唬人的。

“锁定？”

“是的，作为一个了解内情的人，一个我们选定的合作之人，”布里克曼紧盯着使者，道，“您是一个机敏灵活、足智多谋、富有想象力、办事干脆利落的人。而且你，有很大的野心。”

最后这句话令敏郎感到极大的冲击，但他很快就平复了心情。他已经意识到，与布里克曼的交谈中，自己正处于下风的被动地位。他冷静下来，用一种不带任何感情色彩的眼神，紧盯着布里克曼，等他继续说下去。

布里克曼也瞪着他，目光平淡，没有挑衅，也没有惊惧：“你看起来，一点都不惊讶哪！”

“我尽量保持冷静。”敏郎回应道，“这么说来，你应该是一个强大国家的使节喽？不过我很奇怪，为什么之前都没有听你提过呢？”

布里克曼也狡黠地一笑：“你不也从来没有把底牌亮出来过吗？虽然咱们两个人在不同的阵营里，这两个系统隔阂也很深，但说句老实话，大人，你我二人都是一类人哪！”

敏郎微微一怔，又哈哈大笑起来，算是承认他说得不错，“布里克曼，虽然你像牛那么鲁钝，但我相信你还是很清楚的，有好几次我都恨不得一刀把你的脑袋砍掉，就跟我现在的心情一样，要是能这么干的话，我一定会很爽的。”说着，“唰”的一声，他将拔出了半截的刀推回了刀鞘内，冷冷地道：“或许，有一天，我能享受到这种快感。”

“也许吧，但前提是我那时候还没把你干掉！”

布里克曼的回复真是大胆又英勇，使者不怒反喜，一拍大腿，说：“说得好！但现在，”他的声音低了下去，“你打算怎么逃跑呢？”

“我们要开走三架飞马。”布里克曼小声地说。

敏郎不禁皱眉道：“但最西边的国界也距离这里将近一千里格。这东西能飞那么远吗？”

“它们能够跑上一整天——不过现在恐怕还不行。”布里克曼故意误导他道，“一旦飞过哈德孙，我们就会转向西南方向飞，一直飞到斯克兰顿附近的一个集合点，也就是你们所说的斯卡拉塔纳。”

“哦？然后呢？”

“那时候，我们的人就会飞过来接我们。在天黑之前，我们就可以回到家里了。”

敏郎竭力装作无所谓的样子，“那个女的怎么办？你什么时候能把她弄出来？弄出来之后呢，安置到哪里？”

“这个你不用担心，总领事会把她带过来的。”

听到这话，敏郎更是吃惊得倒吸一口冷气，“你已经安排好了？”

“还没有，我准备今天晚上安排。总领事今天和源大人一起共进晚餐，明天早上才能回来。”布里克曼说，他之所以能够知道这件事情，是因为佳得利从别人的谈话中偷听到了讯息，“当然了，你自然也会知道的。”

使者的确知道，而且他也准备好好利用东芝仲根不在的这个机会。但是为什么布里克曼也知道了？他这么说到底是什么意思？“你……确实令我大吃一惊啊！”

“这有什么？”布里克曼不紧不慢地说，“我只是在做自己应该做的事情罢了。”

“那，然后呢……”

“当然有事情要你帮忙，也就只是这一件。”使者的警告，布里克曼确实记在了心里，只是现在，他能感觉到对方正被自己牵着鼻子走。他对使者竖起手指，比了个“一”字，“你来时骑马了吗？”

“骑着了……”

“那真是太好了。能够和你好好坐下来聊聊，确实令人愉快，但我还有事，耽误了一会儿，能借你的马去双岛湖一趟吗？”

肉体的欢愉就在眼前，但为了处理各种事情，琢磨各种细节，布里克曼还是抵挡住了这样的极度诱惑。他离开了清水那舒服温暖的怀抱。返回鹭池意味着他要在冰冷的水里游很长时间，才能到达湖的西岸，继而再走上三英里的路。此时已近秋季，夜晚寒意渐浓，湖面上更是覆盖了一层轻轻的薄雾。

陡峭的湖岸边上,是一片泥泞的沼泽地。雾气缭绕、婉转,将整个湖泊笼罩其中,也掩盖了沼泽地里的乱七八糟的礁石,低矮的树丛,还有腐烂的植物。就算在白天,要穿过这片沼泽地,都是困难重重,危机重重,更别说这黑漆漆、伸手不见五指的夜晚了。何况现在布里克曼光着身子,他在这么艰难的情况下穿行,不但要处处避开危险,更弄得满身伤痕累累。

他和清水早就做好了约定,如果清水独自待着,而她的那位胖子朋友又不大可能来骚扰她时,她就会在自己的窗户上挂一盏灯笼。布里克曼来的时候,如果能够看到这盏灯笼发出的昏黄的灯光,也能借此辨别方向。

返回时,为了能够辨认路线,他会顺着要经过的路线方向挂上两盏灯笼,前面挂的是黄色的,后面挂的是粉红色的。因为岛上的湖心小屋在全岛的最高处,周边又都是些高大的树木,所以当灯笼挂在树上时,即使在水中游走,也能透过那些阴沉沉的雾气,看到灯笼的光芒。如果只能看到黄色的光芒,说明他前进的方向没有错,继续就可以;否则的话,就说明是在水里兜圈子,得立即改变方向。

这回,他游了一半后,进入了一片狭窄的水道,里面竟然没有烟雾。他翻过身子,开始仰泳,双手向后摆划。仰泳时击起来的水花比俯泳大,但速度差不多,有个好处就是能够看着黄色方向灯,保证自己没游错道。

布里克曼慢慢睁开了眼睛。这是怎么回事?他怎么在这里?全身都是干的，却仍然一丝不挂。

眼前有两个黑衣人，正站在那儿，看着他的眼睛能够眨动后，突然将他拖起来，又按倒在地。

过了几秒钟，布里克曼的意识才逐渐清醒。他遇到不小的麻烦了，脖颈位置被压上了一根短棒，两只胳膊高高举起，双肘被捆在了木棒上，十个手指恰好摸着耳朵。

这种姿势令人难受得要死，而且估计用不了多久，就会双手抽筋、麻木，到时候会更痛苦。但是，再痛苦也比不过他的阳具和阴囊受到的折磨。一根绳索紧紧地缠在那里，绳子的另一端则拉紧了拴在脖子上。这真是最可怕和最简单的整人方法哪！这样一来，若想要自己稍微舒服一些，唯一的办法就是弯下腰，身体前倾。如果想要直起身子，那他的睾丸恐怕就会爆碎。

实在是太可怕了！

他的面前还站着另外一个人。此人同样一身黑衣，但却有一双沟壑纵横、骷髅般的脸。他的眼窝深陷，双眼又细又长，下巴却坚硬死板，嘴巴就像是两块钢板间的合页，看上去令人害怕又讨厌。

布里克曼右边是一根柱子，上面挂着一盏灯笼。一套棕色的工作装备叠得整整齐齐地放在柱子下面，这原本是他藏在一棵被砍倒的树下的东西。

他的后脑勺痛苦地抽搐起来，坚硬的脖颈十分酸疼，他小心地转动脑袋，使得后颈稍微舒服点。这下子也看清楚了，原来自己是在一顶黑色的帐篷里。

骷髅脸的黑衣人拿过一个包着皮革的瓶子，从中倒出一小杯清酒，然后将酒杯放在布里克曼面前的地上，“喝吧，喝了之后，它或许能够帮助你改变一下自己的想法。”

一个护卫拿起酒杯上前来，将杯沿抵在布里克曼的嘴唇上。因为脖子和私处被绑得紧紧的，他不得不尽量向前探出身子，以便嘴唇能够喝到里面的酒。

“感觉好点没？”

“唔，谢谢。”

“很好！”骷髅脸突然恼火地叫出一声日本话。

两个戴面具的护卫迅即拾起了藤条鞭子，放在布里克曼的肩膀上。

“我不太喜欢拐弯抹角，布里克曼先生。不管是你是我，都没有时间可以浪费了。所以，听清楚了，我所有的问题，你都要老老实实地直接回答，别给我拖延。你很快就会发现，所有的事情我都一清二楚，别想骗我，也别想自作聪明。这一切都是为了帮你逃走，你也得帮我这个忙，算是你对我的报答，听明白了吗？”

“明白，可是……如果我不知道如何回答呢？”

骷髅脸叹了口气，轻声道：“我才刚刚警告过你，不要搪塞我，看来你很快就已经忘掉了。”说到这里，他对着两个黑衣人一点下颌。

“啪！啪！”两鞭子直甩到肩胛上，抽得布里克曼喘不过气来。

两道深深的血印印到肩膀上，剧痛持续未消，他不由自主地弓起背来，顿时拽紧勒套在脖子上的绳索，下体顿时一阵绞痛，阴囊受到了恐怖的挤压，头脑眩晕欲黑。

骷髅脸冷冷地说道：“希望这次教训能够让你彻底明白，别跟我要小聪明！要是再敢糊弄我，我就割掉你的命根子，塞到这个菜坛子里，一起送回你老家。”说着，他将双手伸到背后，拿出了一把短短的弯刀，还有一个盖着盖子的玻璃缸，都放在了布里克曼面前。

布里克曼不禁激灵灵地打了个寒战，这是亲爱的老巴特舅舅才爱使用的伎俩，可眼前这个家伙好像真的想这么干！

“好了，布里克曼先生。现在，我们已经知道了你是情报队的一名特工，扮演的是某个统治集团的代表这个角色。我们还知道，你与某个人达成了协议，要破坏鹭池的项目，还想将总领事东芝仲根趁机做掉。你的回报是，能够不受阻拦地离开这个国家，并且带上那两个将飞马交给领主山下宏的长狗，是吗？”

布里克曼只能老老实实地答道：“对。”

“很好。这些安排都是经过我们同意了的，你可以按照原计划进行。现在，我问你，你知道那个与你达成交易的人是谁吗？”

“虽然他从来没有暴露过自己的身份，但是我确信，他就是内廷使者长谷川敏郎。”

“很好，我们已经前进了一步了。现在我问你，你想怎样实行你的逃跑计划？但在你回答这个问题之前，我可以先解决你脑子里的疑问，你一定很想知道，自己是否落到了长谷川的同伙手里？不，不是。说得简单点，在某些特定的目标上，我们是彼此合作的，但又属于两个相互对立的组织。我想，你肯定想要问有什么证据，对不对？

“当然，我当然可以告诉你三个事情。有三件事情，我确信使者并不知道。这些事情既能证明我们组织的情报范围之广，也能显示出我们组织的高效性，而且，说不定，谁能知道，你也许会因此信任我们。

“第一件事：我们知道是你刚才拜访的那位女士，利用自己的影响力，劝说总领事将你从驿舍调到了鹭池。

“第二件事：我们知道是她的同伴冒名顶替了你的身份，同时，他学会了我们的语言，还能讲得很流利。

“第三件事：我们知道你的那位同事，就是你和他说想从阿里巴尼乘船，穿过水道，到达布法罗的那位，他装扮成了变种人的模样，戴着红色的大头巾，他的代号叫偏锋。”

听到这些，布里克曼再怎么克制，再怎么隐藏，都掩饰不住内心的惊异，全都表现在眼神里了。

骷髅脸皮笑肉不笑地盯着他，“其实我们很久以前就知道他了。他被安插到尼桑没几周，我们就看穿他了，之后，他和我们一直都有来往。可以说，正是因为我们，他才有了现在在轮子船上的职位。”

布里克曼感觉自己被剥得光溜溜的，尽管他其实本来就是如此了，可是他甚至觉得自己的五脏六腑都暴露无遗。这些人，到底是什么人，为何什么都知道？他们有没有不知道的事呢？他们是否知道他说过的“大规模介入”只不过是虚张声势？此刻，他被捆绑得全身疼痛难当，难以动弹。他用最大的力量，保持出一副镇定自若的样子，尽管这表面之下，整个人都快要吓蒙了。

他现在不但内心害怕，而且头脑有点转不过来了。他为了干那件大事所做的准备，还有与使者的见面，一切都进行得太顺利了，他完全忽略了周围存在的眼睛和危险，就这么自投罗网过来。转念一想，即便是再保持警惕，以他目前的身份，恐怕也逃不过今天这一劫。自从来到地面上后，他早被抓了好多次，每一次都很痛苦。今天遇到的恐怕是最厉害、最狠的一伙人，这是一群真正的行家，不但要从肉体上打击你，还要从内心上击垮你，他们确实有这样的能力。克里斯托夫在上！他想了好半天，以为是自己不慎，陷入了一场巨大的阴谋中。可是他绝对没有想到，这阴谋背后还有更大的阴谋。

骷髅脸的目光一直没有停止观察他，这时候突然说："我能看出来，一时半会儿，你还难以接受，看起来，在这一行里，你还只是一个新手。但总有一天，你会发现，那些从事搜集情报和维护内部安全事务的人，通常都会因为某种利益而联合起来，而且，一般不会让他的主人知道。"

布里克曼乖乖地点头说："这个我能理解。"

"比如，我们知道你在用一个秘密的无线电装置与情报队保持联系。其实，我们自己也有很多类似的装置。"骷髅脸拿出了一个简单的，但功能更强大的无线电对讲机，这种东西只可能来自联邦。

骷髅脸按下了通话按钮，对着话筒叽里咕噜地说了句话，很快对讲机里就传来了一阵类似语言的回复。

"这是我们在鹭池的人，"骷髅脸解释道，"他现在正在监视你住的那个小棚子。万一有人发现你不在那儿，那可就麻烦了。"他又对话筒里说了一声，才把对讲机放在两人间的垫子上。

布里克曼的眼睛就像钉子钉在了对讲机上面，他的大脑高速运转，不断地思考着，现在看到的这些到底意味着什么。

"让我猜猜看，你现在在想什么，"骷髅脸说，"你应该在试图想将你听到和看到的情况联系起来。你已经发现了我们的组织正在通过被我们称为'黑光'的东西来使用无线电，你感到很惊讶吧？因为你知道，在我们这儿，任何涉及'黑光'的东西都是非法的，如果将这样的装置带进尼桑来,是要以叛国罪论处的。”

“不错,我确实是这么想的。”布里克曼承认。

“的确。黑光是一种具有巨大破坏性的能量,是绝对不能再落到贪婪的人、肆意妄为的人手中的。我们不会主动寻觅黑光,但我们可以利用它,利用别人送给我们的这种力量来维持当今的和平。是的,为了实现这个目标,我们会利用一切可以利用的资源。”

骷髅脸拿起对讲机,露出牙齿,表情奇怪,布里克曼估计这百分之九十算是笑。他的牙齿黄得像羊皮纸,牙龈萎缩干瘪,真是一个死亡杀手。

“在盲人的世界里,独眼龙也可以成王。这是史前世界里的一句俗语。”

“明白。果然高明……”

骷髅脸点点头,说:“那么,现在你可以告诉我了,你打算怎么离开这里?”

布里克曼知道隐瞒再也没有意义,只能将他想知道的情况都说了出来。如果偏锋真的是脚踏两条船的话,那么原本想乘船从布法罗逃跑的计划就不大可能实施了。布里克曼说,按照自己的计划,先驾驶飞机到达哈德孙河,再将佳得利打扮成官妓“三岛洋子”的模样,穿上清水的丝质长袍,戴着她曾经戴过的白色面具,加上他会讲日语,没有人会怀疑他的身份。他还可以借此买到船票、食物,并且回答途中关于“她”的四个变种人奴隶的种种盘诘。布里克曼身上的彩绘还在,只是把右手中指上的洗掉了,他同样会扮成某个奴隶。另外他弄到的两套彩绘颜色,打算用来装扮乔迪和凯尔索,他们两人也都答应了，路上会帮忙看着佳得利。而对于清水来说，这倒并非伪装，只是恢复平时身体上的颜色罢了。

骷髅脸听完，沉默良久，终于说道："那这个长谷川是否知道你要找到的那两个人，其实是草猴子？"

"知道，我跟他说过，清水也已当面向他证实了。"

骷髅脸那细长的双眼，渐渐眯成了一条缝，"你敢绝对肯定吗？就没有一丁点弄错的可能性？"

"是的。他后来还问了她很多问题，如果不信的话，可以去问当时也在场的那个武士，也就是浪人首领——中岛信郎。"

这次轮到骷髅脸吃惊了："你怎么知道此人之名？"

"这事说来话就长了。我还救过他老婆孩子的命，不过这个和那件事无关。他后来带我去见了使者。我对使者说他弄错了，信郎当时就在我右边。"

"哦，原来如此。那么使者审问那个女子时，他也在现场？"

"不，她进来后，他就被留在另外一所房间里。不过墙壁只是一层纸而已，他可能也听到了。"

"也许……"骷髅脸沉思道，"那你说说看，离开阁楼时，发生了什么事？"

"信郎手下的人将清水带走了，又将我双手捆绑在背后，长谷川便将我带走了"

"当时天黑吗？"

"黑，很黑。"

"然后呢……"

“我们没走几步，恐怕就是一百码的距离吧，他突然转身打了我一拳，疼得要死，”布里克曼将脑袋转向一边，“就打在我左耳下面。我眼前一黑，什么都不知道，肯定就晕了。等我醒来时，他正跪在我旁边，帮我按摩脖颈。”

“哦，那就是说，你根本不知道自己昏迷了多长时间喽？”

“对。”

“好的，无所谓了，你说的这些事情。已经解开了我心中的疑问。现在，我还想再问问你一些很奇怪的事情，为什么那个男变种人在没有人教他的情况下，就自动学会了我们的语言？那个女变种人又是如何能够干涉总领事的行为？”

“因为他们俩都拥有某种异能，平原人称这样的人为‘天才’，他们拥有的那些神奇的法力，就连我都搞不清楚是怎么一回事，也许根本就没有人搞得清楚。但我知道，他们能够做出一些神奇的、不可思议的事情。绝大多数人都不相信那些关于‘变种人魔法’的故事，但是，我告诉你，这绝对是真实的事情。我亲眼见到过那种法力释放的样子，没有什么比这更可怕的了。”

骷髅脸想了一会儿，慢慢地点了点头，认可了他所说的话，问道：“那这些‘天才’的草猴子是否有很多呢？”

“不，还好，这样的人极为罕见。我只到过平原人部落，发现那里具备这种特异能力的变种人，一般都是皮肤光滑、骨骼平直的。”这句话说得不错，但既然没人问他，他其实可以不用说什么的，“具备这种外形的人，我们联邦称之为‘正常人’。”

“因为他们看起来和你们很像……”

“只是类似而已，他们类似我们，但在本质上，他们是另外一种人种。他们的社会，他们的整个信仰体系，都跟我们全无相似之处。正因如此，他们对我们来说，极具危险性。”

“既然这样，那为什么不干脆杀了他们？这两个人对你们的主人来说为什么会那么重要？”

“我们和你们不一样，”布里克曼说，“我们可不怕黑光，正相反，它是我们的力量之源。就像血液在我们血管里流动，它也是这样滋润着我们那个世界的。我们可以利用它制造出特殊的工具和程序，这些工具和程序能够帮我们检查各种事物中的最小组成部分。这些组成部分就像是建造高楼大厦的砖块，如果能够以正确的顺序排列起来，甚至能制造出人类本身，以及我们这个世界中的所有一切。”布里克曼暗自庆幸自己听过戚妹讲的基础基因课，他继续说：“只要我们能够研究出这两人身体中的构造成分，从中找到那些与众不同的地方，就可以找出对策来破坏它，那以后也就不用担心变种人了。”

骷髅脸没再继续问这件事，他说：“还是先回到刚才说的逃跑计划上来吧。你们伪装好之后，接下来要干什么？”

“接下来要做的，那是相当重要，关系到整个事情是否成功。似乎官妓出行时，只能被装在密闭的轿子里，要么就是被人抬着，要么就是被车拉着，都由搬运工来干这些活，就用不着变种人了。清水说她有办法能够从总领事那儿搞到我们一路上需要的钱，但身份证、通行证、颈牌这些东西却弄不到。”

“很好，很好，你总算开窍了。”骷髅脸说。

“另外，臂章也是一件麻烦事，奴隶在经过各个不同的关口时，都要接受验证检查。”

骷髅脸再次咧开嘴，露出那黄兮兮的牙齿，“你现在总算明白了吧，这些烦琐的官僚做派可一点都不蠢笨，就是为了能防止你这类人闯关。”说着，他伸手从左边的一个鞍囊中取出一样东西，展开一看，原来是一盒制作精美的书写用具。他从一根管子里抽出一支尖头湿润的毛刷，放在一个固体的颜料板上，蘸了一些墨水，开始快速地写了起来。一笔一画，分外清晰，却又如天书般，布里克曼哪看得懂？他写完后，用水清洗了毛刷，再放回管里。

“好了，剩下的时间已经不多了，不过我们会帮你搞定你未来的旅程的——当然，你想从鹭池逃走，这是很大胆的一步。过几天，你的帐篷里会收到一幅地图。我们会将它放在你藏无线电匕首的那个地方。这幅地图能够帮你找到哈德孙河东岸附近的一个地方。过了河之后，你要在我们标记好的位置空地处上岸，标记是空地中间有片凹下去的白色正方形。上了岸，自然会有人接应你们的。”

骷髅脸看着写满墨迹的纸张，等着它慢慢干透了，便折成了一个小小的正方形，放在布里克曼跟前，说：“将这个东西交给你那个会说我们语言的朋友吧，他会知道到时候我们的人会如何介绍自己，他又该如何回答。等你们的身份被确认后，你就可以用基础语同我们的人交流了。我们的人会交给你一些必要的证件和臂章，当然，是为变种人和那位官妓‘三岛洋子’夫人准备的。船票，钱，也都不是问题。这位‘三岛’夫人到时候会有一顶轿子和两个侍女。等你们准备出发时，可以雇几个搬运工，将轿子抬到渡口去。等过了河，他们会将轿子送到码头。我们也会事先通知偏锋，你将在阿里巴尼上船，不过我想你自己也会同他联系的。只要上了船，你们就能安然到达布法罗。之后，就看你们自己的了。”

想不到会如此顺利，就像是做梦一样。要不是胳膊和肩膀疼得要断了的话，他真想跳起来，抱住这个人，连声叫“万岁”。他真不想显得如此兴奋，但说话的嗓音还是没法止住：“我……不知道……该……该……说什么？”

“你什么都不用说。”骷髅脸冷冷地说，对布里克曼身上遭受的折磨无动于衷。他缓慢而优雅地合上了那精美的书写用具盒，将它收拾好，摆放好，“说什么都没用，最重要的就是好好干，如果你把该干的事情干砸了，你就不用再登船了，别的办法也不用再试了。明白吗？”

“明白，绝对没问题！”

“很好。”骷髅脸伸开腿，拿起弯刀，以膝盖前行，来到布里克曼跟前。

布里克曼的心悬了起来，都不敢跳了。刀尖对着他下面的位置，只要轻轻往前一送……这可真危险啊！刀果然推送过来了，但快要到达目的地时，突然刀刃往上一挑，到了与他肚脐齐平的位置，一下子割断了他脖子和腹股沟之间的绳索。然后骷髅脸起身后退，两个护卫上前解开了布里克曼胳膊上的绳子。

“穿上衣服吧！”

布里克曼的阳具和阴囊总算解脱了，勒得死死的绳索释放了抽紧的痛苦。哦，天哪！当他想往身上穿衣服的时候，才发觉两只胳膊都疼得僵硬麻木，抬都抬不起来了，十根手指连东西都抓不稳。等慢慢地套了一半后，他不得不停下来，按摩手臂，疏通血液，然后又才能继续提起胳膊。下体还是隐隐生痛,他已经顾不上检查下体是否受伤,只希望痛楚能够快点消退。他将腰带束紧,弯腰拾起叠好的纸片,放进口袋里。这纸片十分重要,上面写着的可是至关重要的暗语口令。

骷髅脸熄灭了灯笼,从帐篷里走了出去,站在外面等着。两个护卫把守着帐篷的出入口,布里克曼只能低下头来,才能走出去。他站直了身子,长舒一口气,感觉危险距离自己更远了。再看这三个鬼子,似乎也没那么可怕了。他伸展舒活全身筋骨,再度呼吸着夜晚清新的空气,发觉自己比那两个护卫中稍高的那个还要高半个头呢。他看看旁边站着的骷髅脸,这个残忍的家伙,让他遭受了那么大的苦楚,这会儿缩得像是站着土洞里一样矮小。这些人一定是太自卑了,故意变着法子地要将他的腰弯得那么低。

“你帐篷里的那个架子……”

“什么?”

“如果有一天,你看到上面有两颗小石子,一黑一白,那就意味着,我们这边都安排妥当了。”

“好的,明白。”

骷髅脸与他肩并肩,穿过了松林。天上的乌云中,露出了月亮的半边脸,给云团模糊的身体罩上了一件银色的衣服。布里克曼回头瞥了一眼下方的湖面,才走了几步,那黑色的帐篷就已经看不见了。

骷髅脸停下脚步,对他说:“你能从这里找到回去的路吗?”

布里克曼彬彬有礼地一鞠躬:“能,大人,能找到。”

“那就好。还有最后一件事要问你。你当然也已经猜到了,我们向你们的人提供了很多方便,作为报答,他们也帮我们搞到了很多窃听器。下面这个问题纯粹出于我的好奇心，我问你，和那个女变种人睡觉也是你任务的一部分？”

布里克曼根本没想到骷髅脸居然会问这个，不过他立马就镇定下来，“是呀，大人，这是一种策略，一种运用程序，我相信你们的组织也经常会用到。我们那里，称之为‘美人计’。”

骷髅脸点点头，“原来是这样。唔，我明白了，这个说法真是太贴切了。晚安，布里克曼先生，你果然不愧是一个‘巧舌如簧的无赖’。你今天做到了没让自己的命根子进菜坛子，我有一种感觉，你这家伙将来会前途无量的。”

布里克曼继续按照计划进行。但事情又有了变化。庆典前一天，布里克曼才发觉，私底下偷偷搞事的还不止他一个。那些铁大师，也正迅速地在展开他们自己的行动。那天，佳得利正在车间里察看各种进度，志贺光的一个通知文件下来了，打断了他日常的巡视。通知上说：庆典那天的所有事务，都必须由鹭池里的鬼子们来接手；最近刚调过来的朝鲜人、越南人、暹罗人将负责地面事务，以及火箭筒和发射车推进器的火药重填工作；所有的寻道民将不得外出，全都得回到四合院自己的宿舍中，乖乖待着。

这个通知令寻道民都很沮丧。本来在最近的一个月内，针对这里的奴隶的许多身份限制都松了不少了。为了不把时间浪费在礼节上，工作时，寻道民遇到武士也不用再行跪拜礼了——当然，这只是对鹭池内编制的铁大师而言，对于外面的参观者，寻道民还是得行那些表示尊重的跪拜大礼。

得益于佳得利的庇护，布里克曼自然也获得了这一暂时的免跪金牌,但遇到那些武士时,还得深深鞠躬,致以崇高的敬意,目光也得盯着地面,不可直视武士。所以,当志贺光找到他们时,布里克曼也只能低头,不看他,用眼角偷窥的是佳得利。这个变种人在面对新主人时,总是同他们一样,没有任何表情。这些鬼子的脸上,总是戴着那种吓死人的金属面具,因此平原人才将他们称作“死脸皮”,哪知道,当他们揭开面具后,下面的那张真脸,更是死板僵硬。真是一个奇怪的人种！如果是受到上级的痛斥,或者得到什么坏消息时,他们的那种面容会变得更加空洞,更加死板。若要他们大笑,除非周围人的等级是一样的,否则,仍然严肃冷酷。或者有外人在场时,除非那人同意,否则他们也不能乱笑。

此时此刻,当听到这个通知时,佳得利做不到脸上保持镇定了。布里克曼知道佳得利心中失落，他还以为自己干了那么大的一件事,领主大人一定会给他一些赏赐,即便没有赏赐,赞许总是有的。他还为自己在那天该穿什么样的衣服,说什么样的话,做什么样的动作,而花了不少工夫去筹备。没想到是这么个结果。一个露脸的机会都没有。

布里克曼其实早就看出来了,到最后,鬼子给他的唯一的赏赐就是——吊死你。这也真的算得上是赏赐的死法了。如果运气不好,给你的赏赐恐怕就是在滚水里慢慢熬成汤吧。可惜,这个自以为是的变种人头脑早就发蒙了,根本想不到这一点,他还沉浸在他的千秋大梦里呢!

佳得利要争取自己的权益。他深深地鞠躬,恳切地询问,看在他过去和现在做了那么多贡献的面上，能否让他以观众的身份来参加庆典？他想亲眼看看自己筹划的盛况是什么样子的。志贺光很遗憾地告诉他，说他早就在宫廷要人面前提出了这一请求，可惜得到的答复就是“不行”。到了那天，在那些显贵的客人到达前一个小时，他和另外两个飞行员必须待在好心的源大人事先提供的一间房子里，没有人来叫他们的话，他们绝对不可以出现。同样被这样安排的还有一直跟着他干活的那个草猴子。

佳得利和布里克曼只能深鞠一躬，无奈地表示接受。他们垂着头，直到志贺光带着两个侍从离去。两个人直起腰来，互相看着对方。布里克曼见到佳得利脸色完全变了，原先兴奋的光彩早就蒙上了一层灰暗，他的自尊心受到了最彻底的打击，那些曾经怀抱的美好愿望，全都被粉碎得尸骨全无。

布里克曼心中一阵难过，毕竟他俩这段时间天天在一起，看佳得利如此悲凉，同样共鸣伤感。但布里克曼不会给他同情的，只是要点醒他：“别看我，看我也没用的，你早就应该知道，这是我们的必然结局，看着它一点点向你逼近，你却宁愿把头埋在沙堆里，假装视而不见。”

变种人浑身上下都被浇了冰水，全都冻住了，他什么话都说不出来。布里克曼也不知道要说些什么。两个人就这样呆呆地站着。本来，佳得利生性就自傲自负。来到这里后，源大人及其属下，赋予了他各种各样超常规的特权，他就更加傲慢自大，膨胀得忘乎所以了。得到了布里克曼的知识，利用对布里克曼的那种盲目的模拟，佳得利早就忘记了自己本身的力量，忘记了他作为平原人应有的天性，忘记了穆卡尔部落的传统。他以为自己脱胎换骨了，他沉醉于那些新的身份、新的任务，他想从过去割裂开来，丢掉以前的生活。他的眼睛早就被表面的成绩和舒适的生活蒙住了，他根本就忘了，他的一切地位的高低，都只依赖于铁大师的利用与否。现在他已经没有太大的作用了，他必将为此付出代价。布里克曼无法将他从失败的泥坑中拉起来，只能在旁边等着，等着他能凭借自己的意志力，重新站起。

“我们，该干什么？”

“你还不如问他们要干什么。”布里克曼没好气地说，“反正我到时候可不想在这儿瞎逛，我得想办法出去。”

佳得利神思恍惚，似乎没听明白，问：“什么？”

“我们组装出来的这些飞机，我准备搞一架带清水离开这里。要是你想的话，也可以这么干。”

变种人一听，终于从那种曾经风光无限，而今希望破灭的痛苦中回过神来，“什么，你疯了吗？想用它逃跑，绝对不可能！”

“那你还有更好的办法吗？”

“没，可是……”佳得利四处看了看，确认没有人，才压低嗓音说：“明天检阅的时候，一共会有八个飞行员，如果加上滑翔机驾驶员的话，就是十二个，就算我们能搞到两架飞机，迟早也要被他们追上。”

“那咱们就得想办法令他们追不上，而且，一定得这样……”

佳得利先是一呆，等明白布里克曼话中的含义时，忍不住眨了眨眼睛，忧恐地说：“你的意思是……要将火箭弄哑？”

“差不多吧。”布里克曼可不会随便就把一切都抖出来，“怎么样？干不干？”

“我……”佳得利看看四周，犹豫着说，“我不知道，我……需要考虑一下。”

“没时间了！”布里克曼突然大声怒叫道，“明天就是唯一的机会！我们一定要成功！一定要！”

“可是，我们该怎么办？”

“别管怎么做！你只需要说，愿不愿意？愿，还是不愿？”

佳得利重重地叹息一声：“我还有选择的余地吗？我的答案只能是‘愿意’了，对吗？这下你满意了吧？”

“听你这么说，好像还很犹豫。别到时候我们都箭在弦上了，你又不想干了，跑回来对志贺光说：‘对不起，大人，我本来并不想这么做的……’”

“行了，我知道！布里克曼，我不是白痴，只是没想到这一切来得这么快！”佳得利冲着忙碌的车间那边一指，“我花了那么久的时间，那么呕心沥血，才把这一切搞起来。”说到这里，他的嗓音低了下去，“可是现在，你却要我帮你把我的心血全都毁掉！”

“没错，我就是这个意思！”布里克曼一点都不客气地说，“趁着这一切还没把你毁掉之前！”

这句话说得没错。佳得利内心非常清楚。但心痛的感觉还是很难受，心就像一条要挣脱渔钩的鱼一样拼命扑腾，绞痛成团，脸上的肌肉都扭曲了，“你还没告诉我，要怎么样才能让火箭点不着？”

“不，不需要，我们不用这法子。”

“但是……”

“别再提了！一切都包在我身上。”

佳得利虽然已经看清楚了现实，对未来的憧憬早已全部破灭，但他却清晰地意识到自己目前对布里克曼的感觉，“你这个该死的大骗子！你答应过我，要告诉我行动计划的！”

布里克曼恨恨地咬牙道：“没错，我是答应过你！可是不骗你，就救不了你！要是照着你的方法走，我们今天就只能站在这里等死，更别提那时候想在被严密控制的情况下反败为胜了！但若按照我的计划，肯定很有希望返回怀俄明。所以你现在给我老老实实地闭嘴，听我安排就行！”

在发生以上谈话的前几日，山下宏就已经走上了前往鹭池的路途。他还是带着平时的那些手下，还有由一百名武士和一百名步兵组成的护卫团，登上了那艘金色与红色闪耀的座舰，沿着哈德孙河顺流而下。他们来到了纽雅克渡口，这是他领地范围内的最后一个渡口。之后，他带着随从，牵着马匹，换乘三艘平底远航帆船，穿过纽雅克与纽约之间狭长的水道，驶进了阿隆基仑南部广阔的海洋，又沿着其海岸线，一路往北，直到波士顿港。

实际上，他本可走一条更短的道路的，只要在阿里巴尼渡过哈德孙河，沿着东西方向的大路奔驰，很快就能到达波士顿港。但他对路途的远近是无所谓的，他只是更愿意尽可能从自己有绝对控制权的领地上行路。从阿里巴尼到波士顿的陆地距离是一百七十英里，只需要走四天。但比较麻烦的是，前面八十英里，得穿过将军家族，也就是丰田家族的祖传领地。这片领地从最南端的纽约开始，顺着哈德孙河与康涅狄格河之间往北，一直延伸到大冰河。大冰河是一条界河，河的这边是尼桑，河的那边则是雾人的地盘。若走这条路的话，山下和他的人马得小心谨慎，提心吊胆，还得不断祈求上天保佑。山下当然不愿意选择这样的走法，所以宁可绕点远路，走个踏实安全，而且有隐私空间的路线。尤其是他现在随身携带着一件不仅分外珍贵，而且高度敏感的器物。

在他随行的那个大柜子里，有一个用大量丝绸锦缎包裹起来的大盒子，如果打开盒子，就能看到长狗们交付过来的那架飞马的动力引擎。几个月前，山下已经散布了不少谣言出去，说它已经被销毁了。可是没想到，某些令人感到不安的迹象表明，这套把戏似乎被人识破了。至少两个将军的使者都曾经试图策反山下家族中一些别有用心的成员，半诱半逼他们说出引擎的真相，如果引擎没毁，会藏在哪里，等等，但没有一个成功的。

这些笨蛋怎么也不仔细想想，关于这件事，他山下宏怎么可能不分外小心，怎么可能会让那些自己信不过的亲戚知道真相？那些被使者挑中的家族成员，很快就将他们所受的威逼利诱一股脑儿告诉了山下。对于他们来说，即便有些家族内部的私人恩怨，但是对家族的忠诚，一定比对将军的忠诚更为重要。家族如果都抛弃你的话，也别想从将军那儿得到什么好处。而且这件事情激发了山下的自卫本能。为了捍卫自己的权力，他残忍地消灭了那些愚蠢到胆敢和他作对，或者是胆敢挑战他领导地位的人。这些人无一不是遭到公开的排挤，或者是秘密的处决，无论是谁，就算是朋友也好，亲戚也罢，甚至是妇女还是孩子，他都斩草除根，以绝后患。他的这种残忍的本性从小就有，并不会因为年龄大了而稍微减弱。至此，他的权力和影响力不断地增强。如今，唯一能够对他构成威胁的，也就是邻近的丰田家族了。虽然山下家族如今的地位和权力都是拜丰田家族所赐，但山下家族也为幕府立下了汗马功劳。现在,因为不断地出现各种猜忌,两大家族的联盟早已形同虚设。另外,自山羽家族和松下家族合并成一家之后,在这三十年里,他们的财富和军事力量都大幅度增强,成为一股颇具威胁性、不可小觑的势力。自古以来,皇帝怕功高震主,通常会从自己的功臣元老开刀,只需要一个合理且能服众的借口,并获得必要的其他人的支持,就可以下手了。其实,只要万众一心,就算是一群大街上流浪的拖着哈喇子的哈巴狗,也能战胜一只美洲雄狮。然而这样的事情其实很少发生,因为雄狮气场强大,顽强抵抗,那些怯懦的杂种狗们总是无法团结一致,便只能吓得四散奔逃了。

丰田家族现在率领的就是这样一群孬种狗，他们有的会盲目地跟随着领导者,有的则会在战斗得最激烈、最艰难,也是最关键的时候逃跑,甚至是倒打一耙。即便如此,也绝不能低估幕府的实力。且这个赖朝将军，不知怎的，居然得知了山下重获黑光的计划。有谣言——根据目前的讯息仍只是谣言——说，山下与运送那个被东芝仲根这个老色鬼老笨蛋搞到床上去的长狗娘儿们之事有关，这些谣言传得有鼻子有眼,而且越来越严重。

如果那个娘儿们靠得住，那么谁也没办法指控他或者他的同党源清盛,但问题是她是否靠得住？山下对此总是心头不安。他先后分三次派了十一个刺客去暗杀她。前两次分别派了三个人,但这六个人从此再也没有踪影;后来又派了五个人去,这些人也同样有去无回。这样的结果令人绝望而惶恐,没有线索,一点线索也没有,连山下这样老奸巨猾的政治家都感到惊心动魄、莫名其妙。山下很怀疑总领事是否有本事能够防备这些刺客，更没胆子和能力为了保护那个古怪的异族娼妓而解决了那些职业刺客。不,一定是有一只看不见的手在暗中操纵着什么。精明能干的山下,大概已经猜测出了那个幕后黑手的身份,如果他的推测正确的话,那么他已大致了解了那个人这么做的目的,所以再继续留着这个引擎就显得很不明智了。所以他这次出行才特意带上了它。源清盛一直盼望着能够分享那个高风险项目的成果,既然是这样的话,由他来一起分担其中的风险也是很合理的了。

这一步棋走得不可谓不高明。由于鹭池的项目,源清盛与山下家族联系在了一起,所以越来越多的猜疑落到了他的头上,还好山下家族与丰田家族有深远的姻亲关系,最终幕府仍然信任他是自己最忠实的联盟者。这也很有可能是暂时性的不稳定的联盟,源氏家族最终总会认识到他们的最佳利益点。实在是有趣得很,世界上最容易背叛主人的,恐怕正是那些看上去最忠实的奴仆。

把这个能够毁掉一切的定时炸弹交给源清盛来管,实在是一举两得:一方面可以借此检验他的决心,一方面可以掩人耳目。要是源清盛愿意知难而上,那么他就会给那个拥有组装飞马技能的云武士一项新任务。云武士所发明的火箭动力飞机只是暂时性的替代品,若想获得更大的军事能力,飞马就应该在地形允许的情况下,随意点火升空,也能持续进行飞行。达到这样的能力需要两样东西:第一,能固定在飞行器机身上的滑轮架;第二,一种类似他携带的引擎的发动机。如何制造这两样东西需要的零配件,是云武士必须解决的问题。不过这个任务可以稍微放后。目前最要紧的就是让云武士能够找到黑光,存储黑光,且熟练地使用它。

在小型船队沿着阿隆基仑南岸前行时，山下并没有注意到旁边经过了几艘巡逻船,上面挂着的标志是丰田家族的旗帜。但在这个地方,山下不用担心会被拦截或被搜查,因为在尼桑,任何一艘载有领主本人的船只都是其私人领地,神圣而不可侵犯,就算是幕府的海军队伍也不能贸然上船。否则,就算对领主私人领地的武装入侵,足以严重到引发一场战争。

战争当然是需要竭力避免的。经过将军渔岛的旅途，一定要平静、顺利,别引起什么波折。虽然赖朝手下的那些特工,总是在四处暗中睁大眼睛盯着他,未免令人有些恼火。但他倒是从来没有把夏宫里这位年轻的小主人放在眼里。最难对付的,其实是那个老狐狸——内廷总管家康。但有一点算是幸运,这个老家伙是能谈交易的人。他是绝对的现实主义者,他认为人类本性中的邪恶是正常的,他可不是那种永远躲在内廷这个柔软的保护茧里的理想主义者,他敢于冒险,他也从不粉饰太平,更不会遇到大事时毫无决断。

很好,所有的绳子最终都会拧在一起,变成一根粗大的索子。这个过程当然不会那么快,但可以确定的是,最终这条索子将会紧紧地套在丰田那白嫩的脖子上。根本不需要什么大规模、付出巨大的伤亡、造成许多削弱的战争,只需要一场迅速、安稳的政权交替,到时那位年轻气盛的将军自会被废黜掉,更英明、更神武、更有责任感的人将会取代他,取代他领导尼桑向着更伟大的境界前进,进入更繁荣昌盛的新时代。山下就是这样的人，他要当上这位引领未来的领袖人物,他将带领尼桑的当权者们,重新修正统治章程,鼓励新思潮、新观念,他将获得无与伦比的支持率,成为那个权力顶峰的高高在上者。

三艘横帆帆船终于驶到了阿隆基仑的最东端，帆船调整好航向后向科达角驶去，海风吹拂，雪白的浪花涛涛。“突突突突”，蒸汽引擎永不停歇地发出震耳欲聋的响声，就连甲板上都能听到，宽阔的船头上下颠簸，迎着金色的阳光，潇洒自如地劈开波浪。天空晴朗，碧蓝如洗，遥远的地平线上，白云悠悠徘徊，未来会有更好的天气。山下的心情无比愉悦，明天，他就能看到那些表演了。极目远眺那高阔的天空，那一望无际的大海，前方根本没有什么能阻挡他的力量，他的心再一次平静而无所畏惧。

下午六点，鹭池里，那些接手了这里大部分工作的铁大师和一大群干活的鬼子工匠，总算完成了十二架飞机的装饰工作，开始为明天的庆典去做准备了。原先干活的寻道民们都成了清洁工，清理最后留下的闲杂事物和垃圾。之后，两排厂房就全部封锁，由原来的那队守夜人严密巡逻看守。他们没想到的是，布里克曼早已将他们的巡视路线摸得一清二楚了。因为过去布里克曼曾经代表佳得利来这里传话，甚至有时候半夜三更也需要同乔迪和凯尔索秉烛夜谈，所以那些守夜人根本对布里克曼没有防备，把他看得像桌椅一样平常。想不到这一点正好被布里克曼利用上了。

布里克曼原先的计划是，想在火箭筒的顶部埋进一个拳头大小的塑胶炸弹，再配上雷管，与特质的黑火药混合包裹。当火箭被点燃十五秒后，火焰恰好能够烧到管筒处，只要一将雷管点着，“轰”的一声，飞马立马就会变成一堆烧焦的碎片和彩色纸屑了。

计划没有变化快。大批鬼子的介入，彻底打乱了他的安排，为了满足日益增长的火箭需求量，火箭生产部门更是几乎全都重新配置了人手。原本指望乔迪和凯尔索能够帮忙弄哑火箭的,但他们天天都在训练飞行员,根本脱不开身,他自己也忙得没有时间,得随时检测那些刚组装好的飞行器。

到了月末,寻道民们都被赶到了二线位置上,除了负责飞行的人员。布里克曼先前能够在各个部门四处走动,自由度极高,这会儿也受到了种限制。更要命的是,铁大师临时改变了庆典当天的表演程序,佳得利原先培训的八名火箭飞行员一下子减为了五名。而佳得利不知道布里克曼的逃走计划,他还让原先十二个受训人员中剩下的四个,也接受了额外的滑行指导。这四个人也获得了单独飞行几个小时的能力。也就是说,如果发生什么情况的话,只要铁大师一声令下,所有能够利用的飞行器就能启用起来。在布里克曼的计划中,铁大师将会留着一部分飞机在地上,作为备用。他就打算利用其中的一半,给飞机装满燃料,安然待命,等他那边 H 小时(军事术语)的号令一下,立即可以启动。

原先他是打算偷三架飞机的,但他不知道自己按下开关后,铁大师们将会如何反应。如果能够借助清水的法力,将局面搞得越混乱越好,便能趁乱逃走。但若是铁大师们反应迅速,立即拦截的话,混乱中这飞机说不定会被损坏。能有一架备用总是好的。想得很好,要实现却万分困难。这些该死的铁大师,总是朝令夕改,任何提前的安排都会被打乱。每次他根据新的形势,要制订行动计划,那些日程表又改得一塌糊涂,搞得他慌手乱脚的。或许是因为源氏怀疑总会有人搞破坏,所以故意弄得每个人都摸不着头脑。

塞翁失马,焉知非福?谁也没料到,最后的情况居然是这样:通知传来，他们居然要被完全隔绝在火药库之外。布里克曼只能联系上情报队，要他们把第五个包裹空降在水池里。这也是最后一个包裹了。这恐怕算是他这辈子最英明的决定，消息传来，简直太打击人了，他们不但要被踢出飞行团队，甚至连在旁边看一眼的资格都没有。

庆典前夕，夜幕刚刚拉上。布里克曼用“忘记带图纸”的借口，溜进了车间。车间里，十二架飞机整整齐齐地停放在那儿，排成一条直线。这个时候来，真是拿捏得分外巧妙。守夜人的晚餐还没有分发出去，要在饭里加点特殊的麻醉药很容易。这些麻醉药的药性很温和，使人昏迷的时间不会太长，却能起到关键性的作用，事后也不会发觉什么不妥，吃了这种麻醉药，呼吸中都会带着清酒的味道。情报队果然什么都有。

布里克曼现在有两个小时的时间来完成最后一次的“检查”，干脆利落的他其实只需要一个小时就够了。那些塑料炸弹被伪装成小小的木质加固支柱，也早已安装就位。其中一部分是布里克曼在做飞行测试时安装上的，剩下的几架飞机就由乔迪和凯尔索搞定了。现在，他主要做的，只是将情报队提供的一种精巧的装置安进去，几分钟就轻松地搞定，很简单。车间、火药库，全部安装完毕。到了明天，那些四合院里的警卫室就能收到这份意外的“惊喜”，虽然只是一点小玩意儿，却能足以引起大的反响。

等着瞧……一旦它们都做好准备，铁大师再怎么改程序也无济于事，即便是庆典改期了，也绝对影响不了那个注定的结局。铁大师们来也好，走也好，就算是原地不动，它们也会直击要害，一爆之后，整个世界，也就清净了。

第十五章

太阳照常从东方升起，等它金光大亮时，总领事东芝仲根才舍得从清水的床上爬起来，走出湖心小屋，乘坐一只单桨平底船，返回到自己的官邸。水面上漂着一丝不曾散去、天鹅绒般的薄雾，在船的四周缭绕氤氲，渐渐升起。船头端坐五个武士，乃是他的贴身武士。

今天他的心情有些不悦，以往他同这个长有橄榄色皮肤的长狗搞完之后，总是心满意足，浑身通坦，但这一回却始终感到心情压抑，阴沉无比。虽然昨天晚上，他三番五次地进入她的身体，从中获得了极度的快感，但是将军的来信使得他心头缭绕着始终散布不去的愁云惨雾，将军在信中命令他必须乘坐最新制造出来的飞马进行一次空中旅行。

三日前，当他接到使者亲手呈上来的信时，就翻来覆去地日覆一一看，每翻看一遍，心中的烦躁就多一分，心中的忧虑就沉一倍。他并不是没有勇气的人，他确实没有遵守作为一个武士都必须遵守的那些死板的道德准则，那些冷冰冰的准则，他很不喜欢，但他仍然是有无畏精神的战士。可是面对这种未知状态的事物，他仍然不免有些恐惧了。想当年，在他年轻时，他也曾为了保护那冰雪覆盖的北方疆域而上场杀敌。如果现在需要他再上征途，他也会毫不犹豫，提剑而上，无惧刀光。但前提是,他的双脚,还有他坐骑的马蹄,一定要,千万要,踏踏实实地站在大地上。

身为将军的官方代表,东芝绝不会去谈论赖朝对于鹭池项目的支持是否明智,但对这制造飞马之事,他始终有一种很不祥的预感。他天生就觉得,如果天神要让人类飞翔的话,自然会令他们长出翅膀。但天空乃是神之所在,只有鸟儿才有资格为神飞舞。人类既然被放在了地上和水上,就应顺应神旨,不应该妄想改变。

在远古时代,人类用黑光统治了这个世界,他们借助巨型的天舟,遨游于这云海之国。他们妄图征服神的国土,还想盗窃天国里那闪闪发光的珠宝,但他们最终都失败了。那些闪着银亮光芒的天舟,那些托着他们飞向神界的武器,全都被神力撕成了碎片。滚滚而来的天雷,将人类自以为傲视天下的那些飞舟天船,变成了葬礼上燃烧的碎柴堆。天舟上的全体船员和乘客,同样燃烧得灰飞烟灭。纷纷扬扬的天舟碎片,像黑灰蝶一样,落在了这些愚蠢人类建造的城市上空。

但是早已被野心蒙蔽了双眼的人类,仍然看不到诸神之怒,继续依靠黑光创造者给予他们的邪恶之力,攻击那高高在上的天国。他们不但践踏了月亮女神绝美的容颜,更派出了一艘艘间谍战车冲向星星。野心的扩展无穷无尽,最终遭遇了天谴,太阳终究被天照之神扔进了大海,人类的邪恶与疯狂也从此祛除殆尽。

上古时代,那些乘坐飞舟上天的人全部灭亡了,今天的这些后来者,终究也不会成功的。这样的想法在东芝的脑海里根深蒂固,他认为将军的丰田家族应该离那个项目越远越好。建造飞马肯定就是那个山下宏一手策划的,他野心勃勃,千万得小心防备。将军当然也不是没有头脑的，他将制造许可证授权给了源氏，巧妙地将这个项目控制在自己的可控范围内，又不是那么紧密地，与他保持着恰到好处的距离。

使者长谷川敏郎已经亲自乘坐了一次飞马，他是为了获得第一手资料，以便上报内廷，但那一次连这样的杀手都感到了惊心动魄的恐怖，他是在私底下承认这一点的。而十二个接受了飞行员训练的武士也汇报过来，飞马是很安全的，也从来没有出过什么大事故。有鉴于此，将军就发下命令，请他这个总领事再做一次这样的飞行，这样才能更加清楚明了地看到飞马在军事上的潜在用途，最终的感受和结果，都要巨细无遗地上报给将军。

作为庆典上级别最高的幕府代表，他亲自上飞马走一遭，便是对这个项目最高的承认，拥有着别的形式无可替代的象征意义。这也表明了将军对鹭池成果的重视。信件的基本内容就是如此。

信件表面是在征求意见，实际上，无论任何人都能看得出来，那就是一道不得不遵循的命令，一道他非要到虚虚荡荡的天空中去的命令。过去那些不管不顾的人，为了达到这样的目的而上天犯下了种种罪行，遭到了天谴的惩罚。想到这些传说，东芝就对这件事情感到忧心忡忡，更让人烦躁的是将军在写这封信时使用的语气，再怎么说他也是将军的姐夫，是最亲的亲戚了。作为他的妻弟，以前在信件中将军都会从字里行间体现出一种亲人的热情，这次却完全是冰冷而带有命令式的感觉。能够成为将军姐姐的丈夫，能够当上总领事，其实东芝并不像别人想的那么白痴。是的，他确实纵情纵欲，毫无道德底线，沉迷于与女人的缠绵中，醉心于耕耘那片秘密花园，但那并非他唯一拿手的事,也不是他的全部兴趣。他年轻时也是一名受过良好教育的贵族子弟,还在宫廷里待过几年,了解一切礼仪和语气。所以他能辨别出那些遣词造句中非常微小却意义重大的区别，这是他多年来练出的嗅觉和能力。

在这封信中,赖朝写得很客气,也很严谨,但若细细体会,总是觉得不对劲,充满了某种冷漠和不屑一顾的意思。东芝机敏地意识到,这意味着他们的关系早已不像从前了。莫非源大人曾经向他暗示过的话真的变成了现实了?源清盛曾经对他说过,这种秘密的与长狗私通的事,早已传到了某些不该知道此事的人的耳里。如果真的是这样的话,那目前唯一能解决的方法,就只能是亲自去面见一下他妻子的弟弟。可是他是不能主动前去的,只能耗着耐心等着将军来召见他。

是时候与那位长狗热情的快感分别了，但一想到再也无法抚摸那蛇一般缠绵的身体,他就觉得心中苦苦的,难以忍受那种巨大的悲伤。但是,他也曾经是拥有超强意志力的武士,他必须牺牲自己最心爱的东西，来证明他即使不能控制自己的命运，也能控制自己的心灵。也许现在还不需要,但这一天很快就会来到,必须一刀斩断情丝纠缠。他会携带自己的家人,亲自前往阿隆基仑呈递关于飞马项目的报告。那时候,他会让赖朝明白,这封信里透露的冷漠,他已经感受到了;他也会让赖朝明白,那种令赖朝反感自己的原因早就被剁掉煮烂拿去喂猪了。

幕府的驻军中，时不时地会有一些士兵背地里传播出一些流言蜚语。估计是长谷川敏郎从他们那儿听到了点什么，就上报给了将军。最初那个长狗女人露出她真正的肌肤,是如此光滑和没有花纹的时候，有十二个在场的士兵都看到了。士兵一旦喝多了酒，什么话都别想止住。不过她后来到了湖心小屋，以及和湖心小屋的奴仆外出这些遭遇，他们又怎能知晓？她就像笼子里的金丝雀，被困在湖心小屋，哪都去不了。总领事心烦的时候，就到岛上去取乐一番。唯一知道这件事情的，恐怕就是那个运送各种物品上岛的船夫。但东芝早就下令割掉了他的舌头，他若要传出去，也只能以手写的方式传播。这对于那些爱嚼舌根子的家伙起到了一个杀鸡儆猴的作用。但这未必就能吓住那位自以为是、大胆妄为的年轻使者长谷川敏郎。这个人一向喜欢捕风捉影，尤其是对某些有可能叛逆的人或者私生活不检点的人，更是整天盯个不停。特别是当一些流言被他捕捉到后又变成实实在在的证据，他就越来越膨胀了，觉得自己有义务对任何人紧盯不放，把鼻子伸到别人的裤裆里嗅来嗅去，比一条狗都要讨厌。无论对方是朋友还是对手，他都不会放过的。

将军爱说的一句话就是，得把毒蛇的老巢找出来。所以这些使者有恃无恐，跟他们的主人一样疑神疑鬼，一样令人讨厌。长谷川敏郎更是变本加厉，只要一有点什么风吹草动，不管是罪大恶极的通敌叛国，还是根本对任何人都没有威胁的男女私通，他都能像猎狗一样嗅着踪迹跟上来，鼻子都兴奋得发颤。东芝仲根敬重某种强硬派，但他更喜欢某种老练与圆滑，就像内廷总管家康。

昨天晚上，他一夜都亢奋不已，到极乐世界爽了一次又一次。那种滋味反而使得他开始思考，为什么心情到现在还这么差。昨天晚上，他在女长狗面前夸口说，自己要到天上去游一番啦，还嘲笑那个使者真是个㞞蛋，吓得都软了。实际上，他恐怕比使者内心更㞞，更软。

不过女长狗倒是对这个主意非常感兴趣,对他无限崇拜呢!他已经给她改名为“萨芙亚”,这代表的是蓝宝石的意思。她那双眼睛,蓝得那么美,那么亮,他情不自禁地赐给了她这个名字。萨芙亚还说他对冒险的热爱就像对她的激情一样澎湃,可惜的是她却不能亲眼去看看他的英雄气概,她真是无比遗憾,无比难过。

东芝仲根头脑模模糊糊的,想不起来她到底都说了什么,自己竟然破天荒地答应了她,到时候会用一顶关得严严实实的车轿将她带到鹭池去。他唯一记得的是,他对她再三告诫,说绝不能混进随从里跟他一起去,而且到了那里后,为了别惹出什么麻烦,她只能远观,不能凑近了看。这些要求她当然都答应了,还开心地吻了他的脚,她幸福的眼泪挂在脸上,她用他的袍子,轻轻擦掉它们。

他心里充满了满足。他给她带来了多少快乐!原本她只不过是一个低贱的奴隶,要去干那些最下贱的活计,真是几辈子修来的福分,让她遇到了他,遇到这样一位高贵、慷慨、宽容的主人。每次一想到他,她都要幸福得晕过去,只要看他一眼,她的心都会“扑通扑通”跳个不停。如果他赐予她一句祝福的话,或者是怜惜的话时,她就像是飘飘欲仙,有一种升天的喜悦。她不求什么,只求能够看看他的影子,能与他呼吸同样的空气,这些对她来说已经是无上的荣耀了,她将永远快乐,永远幸福,他是她永远的源泉……

东芝仲根自己从来就没有向她说过类似这样的肉麻之语,但她既然这么狂热地崇拜和感激地说出来了,他也着实感到浑身舒畅。他自然也就爱怜地对她也说了一番绵绵的情话。等他回到了官邸,身体里的兴奋降低,冷静下来之后,不禁越来越意识到,这件事答应得实在是太过草率,根本就不能偷偷带她去参观这样重要的庆典哪!

就算是自己的妻子——美知子,都不适合跟他一起去。当然了,她自己本身也不会提出这样的要求的。这个女长狗只要在鹭池附近一露面,被人发现的话,后果将会很严重。虽然她也发过誓了,说死都不会泄露他们之间的关系,但万一发生个什么意外,她脸上的面具被人揭掉了,再被顺着雇来的马车这条线索追查,一直追查到他的话,那岂不是玩完了?

这件事实在是太荒唐了。

其实这件事也很容易,只要出尔反尔,不带那个女长狗去看热闹就行了,这不很简单吗?但他想拒绝履行这个承诺时,还是说不出口,还是做不出来,已经做下的决定,是不能轻易更改的。他的头脑里出现了一根鞭子,鞭打着他,驱赶着他继续往前走,他听到自己发出的声音,是一种很空洞机械的声音,他命令他的私人助理去找一顶马车轿子,还有几个好车夫。

这个私人助理最会察言观色,行事也一向谨慎周密,什么事都能办得稳稳妥妥。他详细地询问了行程的时间和细节上的种种安排,但并不去问乘客的身份和性别。总领事告诉他,到时候只管去其私人静修之地双岛湖接人,然后将车赶到挨着鹭池东侧的一个阁楼就可以了。不要带什么奴仆,车上乘客一下了轿,车夫们就得带着马车立即返回。

东芝还是有点混沌,都不知道自己为什么要这样安排,但又觉得似乎这样做才是最合适和最明智的。阁楼所在之地住着她的长狗同伴,与鹭池后面的飞行场地紧挨着。到时候,如果她穿上一套长狗的服装,即便不戴面具,也能观赏到他乘着飞机上天的表演,还不会引起别人的注意。

私人助理听明白后,鞠躬,退出了房间。房间里仅有东芝一人了,他忽然觉得无比轻松,好像一件天大的麻烦已经给解决掉了。

但是这个私人助理不仅仅是总领事的人,他还是幕府的公职人员,在幕府领取一份额外的薪水。所以这个消息——总领事的长狗情妇要来鹭池的消息,就这样到了使者长谷川敏郎的耳朵里。鹭池?当听到这个目的地时,敏郎几乎都不敢相信自己的耳朵。真的做到了,他,布里克曼,老天,他到底是怎么做到这一点的?

敏郎了解到了女长狗确切出行的时间后,赶快带着个人物品,并且调派了四个从幕府驻军中选出来的骑兵骑手,跟着自己飞奔过去。作为将军的特使,他在参加庆典仪式这样的活动时,身边都得有护卫陪同,以示自己的尊贵。

马拉轿子已经上路了。在马拉巴拉这个小村的最东边,敏郎上了这辆车门紧闭的车轿。身边的护卫停在远处,他只身上前。那几个车夫看到这位穿戴华丽、红黑色的盔甲熠熠生光的使者自后面赶来,都吓得立即停止前行,把马车推到了路边的草丛里,跪拜在地,垂头至地,要等这位高贵的使者先行走过。可是这位高贵的使者却没有先走,反而在他们面前停了下来。恐惧从他的身上流出去,压到了他们的脊梁上,他们内心的惊恐无以复加,那种感觉就和布里克曼曾经体验过的一样。

敏郎从他的高头大马上下来,抬着高高的头颅,不可一世,傲慢嚣张，更是气势威严。他警告他们，对于即将发生的事情，他们得变成聋子、哑巴、瞎子，三者合一，否则……车夫们浑身颤抖，有如筛糠。为首的车夫明白这件事情的可怕程度，向敏郎再三表示，他们已经是聋子、哑巴、瞎子了，他们什么都不知道，不清楚，脑子里一片空白。敏郎命令他们，沿路后退三十步。

车夫们如临大赦，匆匆跑开。敏郎将马拴在马车车辕杠上，取下了马鞍前面搭着的袋子，用戴着盔甲的指头轻轻敲了敲轿门。他还简短地说了一通话，为自己贸然耽误对方的时间而表示歉意，以此来安抚轿内人的情绪。他试图用力将门打开，但门死死紧闭，是从里面反锁的。他只好凑近了门上的木格子，低声叫道："快开门！你的朋友，布里克曼，要我捎件礼物给你！"

终于，里面的门闩被拨开了，门可以从外面打开了。敏郎向内一望，隐约看到清水坐在铺着衬垫的椅子上，身上穿着艳丽的绣花丝绸和服，正使劲往椅子的角落里缩，像一只怕光的夜间才出动的小动物。她的头发往后面绾起，插着长长的带着簪花的木簪，还有高高的漆色发饰，看上去有点像浮世绘中的艺伎的发型。她的脸是什么样的，却看不到，被一张白色椭圆形的面具遮住了，呈现出死板和冷酷的样子，唯一的亮点是面具上有一张涂得红红的小嘴，细长的眼缝中透出了深邃的幽蓝色的光，一对细细的眉毛像两条虫钉死在面具额头的位置上。

敏郎将手里的袋子扔进去，落在了清水的腿上，他故意弯了一下腰，嘲讽似的说："告诉布里克曼，使者希望他今天能有好运气，并且给我提醒提醒他，如果他搞砸了，我的刀一定会首先找到他的。"说完，他掉头关上门，翻身上马，示意护卫们再次跟上来。

那些跪在路边的车夫，自始至终都将脸深埋在草丛里，不敢往这边看一眼，直等马蹄声远去了，消失了，才战战兢兢地站起来，继续他们的行程。

佳得利的家仆们一大早就处于一种兴奋的快乐中。从波士顿派来了一队先遣团，有士兵和官员，已经率先到达了这里，先视察这里的筹备情况，确保万无一失。这些低贱的用人，长期在穷乡僻壤过着艰苦的生活，哪有机会受到关注，哪有机会看到这些达官贵人，哪有机会如此近距离地观看到一场据说是精彩得不能再精彩的表演。所以，幸福感都将他们包住了。

表演开始了。首先是一行列队走了过来。喇叭、大鼓、长笛、铃铛、铜锣，各自发出自己的叫喊，唱圣歌的神职人员在前面以歌声开路。然后，两名领主和那些穿着盛装的随从依次从阁楼东侧新修的通路上走过。沿途两旁站着一排排肃穆的步兵，他们高举长矛，一动不动。长矛上挂着源氏和山下两大家族细长的三角旌旗。这时候的天很蓝很蓝，阳光灿烂，白云悠悠淡淡，狭长得如一匹渐渐散开的白丝缎。

没错，今天将会是个永远无法忘记的日子。

透过屏风间的缝隙，能看到有秩有序的人群渐次走过。在这个别人看不到的角落里，布里克曼、佳得利、乔迪、凯尔索，四个人都死死地盯着外面。看到这壮观的场面，他们心头生出的不是兴奋，而是紧张，并逐渐增强。布里克曼意识到，肾上腺素还没有开始分泌，不到行动的时候，它是不会激发的，可是清水不来，他就绝不能行动。当他最后一次将大家聚拢商量时，他们就制订了一个计划，这个计划的关键是时间，是否成功，时间为证。等待和未知的不确定性，是最难受的，往常他就最不能忍受这个。如果能够出其不意，先下手为强，有利的局面自然能倒向他们这一方。但是人算不如天算，不管你的谋划再周密，再详细，仍然会有风险，甚至其比例是二百比一。除非是清水，只有她来到这里，这个比例才能被拉平。

“伟大的天母哇，快让她来这里吧！求您了，求求您了！我只求您这一次……”

这时，一个胳膊肘捅了捅他的腰，是佳得利。佳得利示意他看外面骑着马朝这边慢慢跑过来的五个人。为首那人，正是使者长谷川敏郎。他本来是可以帮助布里克曼的，但现在……不过，这样说他似乎也不大对。这个人说笨还真是笨，妄图从布里克曼嘴里掏出东西，但说机灵也够机灵，至少轻易就能给布里克曼搞到一份行路者的工作。当然了，如果没有他的支持，他们今天又岂能站在这里？这位使者，显然没有理会布里克曼让他远离现场的警告，或许是因为他担任着什么职责，在今天这个日子里，在这个重大的场合里，他还不得不露个面。对，要是事情发生之后，那帮坏蛋进行总体的推理研究时，发现将军身边的人没有一个在场，那可就会引发一连串的问题了。“对，是的……就像所有人一样，我也得靠一点运气。”

突然间，一阵喇叭声和行军鼓的声音从远处传来了。屏风的缝隙中，一个骑马的武士朝鹭池这边慢跑而来，口里发出一连串的大声命令，要士兵们在通道两边，按同等间隔依次站好。兵士们整好队列，摆出战斗姿势，左脚前伸，左拳抬到齐臀高度，右臂前伸，与肩平齐，并与长矛杆构成精确的直角，进行整体检阅。锣鼓和喇叭声愈渐扩大，愈来愈近了，布里克曼也能听到其他的乐器声了。

“清水啊清水，你在哪？快呀，快呀！真见鬼！”

从佳得利听到的种种谈话中来看，在第一场飞行前，会有一套套礼节和仪式，他们还有时间。但佳得利已经不行了，到底是为了稳定自己的紧张情绪，还是为了抑制心底的悲伤？又或者二者皆有吧，他已经将自己灌得两眼发直，说话不清了。布里克曼迫切地需要清水来管一管这个家伙。布里克曼把佳得利手里的瓶子夺走了，怒斥他如果再敢喝一滴，就用这个瓶子敲破他的脑袋。

也就在昨天晚上，当布里克曼冒着巨大的危险将那些小小的、不可思议的机械装置安到飞机上的时候，本该出谋划策的佳得利却将自己灌得躺到了桌子底下。这种在你最需要他的时候却把自己灌醉的合作伙伴，真是世间最大的无奈，一定是最靠不住的。虽然被铁大师抛弃这件事给了他重重的一击，但这家伙死性不改，这个教训还不够彻底，只要有一丁点希望，他就会在最后一刻返回，逃回到铁大师身边。布里克曼也叮嘱过乔迪和凯尔索，千万不能让他离开他们的视线。只要清水一到，她会令他的意志力变得坚强一些。雪先生之所以派她一起来这里，为的也就是这个原因。那个老家伙也真是又疯狂，又白痴，付出了这么多血泪，这么多汗水，到底为的是什么？就算能得到一百支石器时代的步枪，除了能帮助铁大师巩固他们在贸易中的地位外，什么用处都没有。

布里克曼想起了步枪，又想起了贮藏格，他在那里藏了一些手枪和手榴弹，都是情报队放在防水包裹里，扔进湖中的。贮藏格在一片凸起的地板下面，是一排顶部带合页的盒子，它与四周的木质装饰混合得天衣无缝，上面还铺着随处可见的榻榻米，每个房间都是这样装饰的。

布里克曼将其中一张垫子拉到了一旁，打开了中间那块活板门，往下掀起一床对折的被子，露出了下面的四把气动式连射手枪、一些备用弹匣和灌满气体的气瓶，除此之外，还有爆破手榴弹、烟幕弹、磷弹和防暴毒气弹。布里克曼和乔迪都没有见过那毒气弹，凯尔索说那玩意儿很厉害，它一旦爆发出气体，人只要吸一口，就会感觉自己被一头愤怒的公牛撞中了胸口。很显然，它能够袭击人体中控制呼吸系统的神经、肌肉或者其他什么东西，导致肺部和喉咙的肌肉收缩，引发呼吸困难、神经疼痛。那时候，人体就没法再干任何事情了。受困的时间长短，根据吸入的气体量来决定，一般是一个小时，或者更长时间。在开阔处还好，若是在狭小的空间内，气体爆散，受害者的吸入时间就会延长，身体受损将更为严重，最终将会一命呜呼。

烟幕弹是不会损伤你的肺的，但它的恐怖之处就在于，你在没注意到它出现的情况下，它就悄无声息地来了，伤害你之后就走了。别的榴弹你至少还能看着逃开，这东西令你防不胜防。所以，细心的情报队配送了五副防毒面罩，里面带有化学空气过滤剂，以免自伤。

喇叭声越来越大，击鼓声越来越重。

佳得利站在窗户边转身道："来了，来了，他们来了……"

说话的那一刻，书房的门也被拉开了。那两个曾经伺候他们洗浴的侍女，弯腰驼背，以一种古怪的姿势走了进来，摆动的双手停止了，她们齐齐朝佳得利的方向弯腰，“啊，你有……呃……重牙(重要)……卡人(客人)来啦！”她们结结巴巴的，说的话不清不楚。

之后，长谷川敏郎大步走进房间，佳得利、乔迪和凯尔索都跪了下去。

长谷川敏郎披盔戴甲，腰间插着武器，一见到他，佳得利、乔迪、凯尔索都屈膝跪在地上。

布里克曼也先是跪下，再把活板门往回一推，站起身来，“很高兴看到你顺道来访。”这句话真是自找麻烦，但他现在心慌意乱，讲话不经大脑。

使者的手，握紧了刀柄，他咬牙切齿地问道：“我听说计划有变了？”

“你指的是总领事的事？”

“不错。”

“怎么？难道有人取消了他的空中旅行？”

“这倒没有，旅行继续，他甚至还向人吹嘘过这趟旅行。”

“那他已经准备采取防备措施了？”

“都不是，布里克曼。我的主人想要什么，你心里自然很清楚。一定要在空中解决他，就像你给我演示过的那样。”

“当然，当然是这样，虽然这里的局势并非我所能控制，你尽管放心，到时候，他肯定会从飞机上掉下来的。”

“那么，你应该不介意，告诉我整个详细的过程吧？”

“这个嘛，我不能解释给你听，解释了，你也理解不了。不过，鉴于你的朋友们已经不让我再飞行了，我就不得不使用以黑光驱动的动力装置。怎么样？我告诉你，你们不会失望的，而且，我也没那个必要去解释为什么会把一个非常重要的客人弄掉了。”布里克曼微微耸肩，“这样对我们两个都有好处！”

“哦，布里克曼……”敏郎几乎说不出话来。

“我明白，”布里克曼说，“我理解你现在的感受，但要做成这件事，你还得先顺着我。”

两个人，两双眼睛，正死死地瞪着对方，火星子四射，气氛有些紧张。佳得利、乔迪和凯尔索还不敢抬头。两个寻道民觉得之前一定见过这个鬼子，却不知道他到底是谁，更不知道布里克曼怎么在这么关键的时候，要瞪这个人，实在是胆大至极。接下来会发生什么呢，谁也不知道。正在这气氛紧绷之时，外面传来了一阵轻轻的敲门声。

一个颤抖的声音自外传来，对使者说了一句日语。敏郎压低嗓音，发出一声命令。门滑开了，两个侍女跪在外面。一个戴面具的人出现在两人之间，她苗条的身躯，款款挪动，是清水，清水终于来了，布里克曼的心都快激动得跳出来了，清水缓缓走进了房间。

布里克曼强忍激动的情绪，以免使者看出些什么来，他问道：“怎么现在才来？谁拦了你吗？”

敏郎并没意识到布里克曼的话里有话，便替清水回答：“我想你会发现，送她来的车夫曾经半夜里将道让出来，给别人通过。”

清水倒是什么都没说。她上次见到使者时，他从头到脚都是黑衣黑裤黑面巾，裹得严实，无法辨认。不久前她也曾遇到过他，听起来他的声音有一点熟悉，但她根本不清楚，面前的这位大人物是谁，来这儿干什么。但见布里克曼是站着的，不是跪着的，她也就没有必要跪下行礼了。

门外跪着的两个侍女，忙着弓腰将清水的行李——一个布包和一个袋子，拖进来放好了。

敏郎又用日语下了一连串命令。一个侍女忙提起袋子，以膝盖触底，跪着行走到他的面前，双手呈上给他。敏郎又说了一句日语，两个侍女便匍匐行礼，倒退着走出房间，并将门拉上了。

布里克曼听到外面有“嘶嘶”衣服擦动的声音，又听到轻手轻脚的移动声，想必她们是穿上棉布袜子，沿着檐廊走远了。

这时，敏郎转身，将袋子扔给了他。

“喏，这是你向我要的叶子，现在给你了。我答应你的已经全部做到，那你答应我的，也必须得做到。”

布里克曼点点头：“很高兴能跟你合作。你现在最好离开这儿，从哪来，就回哪去。否则……”

敏郎立即打断他的话：“布里克曼，给我听好了，你的建议是我最不需要的东西。你现在应该很清楚，我不是那么好糊弄的人。”

布里克曼心里高兴，也不和他计较了，彬彬有礼地鞠了一躬。

“你也一样，小子。你也一样……”

山下和源氏两位大人坐在主观赏台的正中央，身边是他们各自的副官。手下的武士们将他们里三层外三层地围着，保护着，与那些普通的观众隔离开来。两个人的目光四下里扫射了一番，最后就聚集到了他们座位的下方。那里有一个座位，被屏障遮得严严实实，能够从四面八方阻挡任何突然的袭击。这是专门为将军设的座位。但现在将军并没有来，上面端然坐着的是总领事和将军的使者长谷川敏郎。四周由层层士兵把守，他们都是从驻守马拉巴拉的幕府驻军处调过来的。

山下右边的观赏台上，坐的全是从他领地来的官员和商人，左侧则是源氏家族那边来的同阶人群，两面都坐得满满当当。前方的场地上，正面并排停着八架飞马，后面停着四架，正好交错排列。每一架飞马都停在一辆滚轮发射车上。飞马的外壳覆盖着一层织物，闪着细碎的光芒。机翼和机身上，都画着那种“日之丸”的标志，像是一个血红色的圆盘，这代表了旭日东升之意，是尼桑国永远高高在上的象征。机尾上标有两种字符，一种是寻道民使用的数字编号，一种是与之对应的同样意思的日文字符。之所以有异族的编号，也是为了让最初的寻道民工人能很好地区别每一架飞机，鹭池的负责人志贺光是这样解释的。

志贺光坐在两位领主大人的身后，随时解答他们提出的种种问题。他告诉他们：前面的八架飞马都是配备了火箭筒的，它们的性能和能力一会儿就能看到；后面的四架飞马则是滑翔机，是最初培训时使用的。

每一架飞马的前面，都站着两名武士，一左一右，一个是飞行员，另一个是观察员。在高高的机尾下面，则并排站着四名地勤人员。机组人员一律都穿着白色制服，头上也裹着头巾，头巾恰好包到前额的位置上，则印着“日之丸”的标志，两边各有一个日本表意的文字。

这十二个飞行员中，有七个是来自源氏家族的，有五个是来自山下家族的，所以每个人都将各自家族的标志绣在了宽袖束腰外衣的显眼位置，即左前胸与后背。

按照惯例，在这种重大的表演活动之前，是要有一番检阅游行的。两位领主大人的骑兵和步兵敲锣打鼓，走在最前面。后面是一名高举着丰田将军幕府旗帜的掌旗官，一支幕府的特遣队紧紧跟随着他。他们带领着两大家族的人往前走。两大家族的人都将绣着自家标志的细长三角旌旗高高举起，排成整齐的队列，从飞马与主观赏台前的广场上走过。执掌丰田幕府旗帜的掌旗官和幕府军队只是照惯例象征性地露个面而已。一般这种总领事以官方身份出席的场合，就必须先搞这一套东西。现场的所有人从赖朝的飞鹤旌旗下经过时，都起身大声诵念效忠的宣誓之词，因为从理论上来说他们都必须要向将军效忠。

这一套检阅游行完毕后，两位领主大人的人马重新回到主观赏台的两侧，幕府的士兵则从源氏左侧一路排列到距离飞行场地围墙不太远的地方。墙的后面是被树林包围的空地，再过去一点，便是佳得利他们所在的阁楼了。

军队走过之后，跟在后面的就是级别不同、重要性也不一样的神道教人员，他们身后跟着一众副手，均手拿长笛、管钟或者锣鼓等乐器。等到士兵们全部退场，他们就开始全体向台上的权贵鞠躬致意，再走到两排飞马的最左边，开始唱诵祷词，点燃神香，挥舞香火，遍洒圣水，抛撒纸花环，以铁大师世界里最敬仰的天上众神的名义，向那些武士和飞马赐福祝愿。这些仪式详究起来，恐怕是祈求上苍保佑，感谢众神允许人类能飞到他们神圣的天空中巡游。

这一切烦琐而冗长的仪式结束之后，神职人员的任务完成了，就回到主观赏台前，像仪仗队一样，站成两排，朝台上的众贵宾鞠躬。之后，前排的人员转身，与后排的人员正面相对。这个仪仗表达的是，请两位领主大人在各自近身侍卫的陪同下，移步广场，视察机组人员和飞马。

布里克曼透过阁楼后面的屏风间狭小的缝隙，看到总领事和敏郎跟着众人离开了看台，志贺光和鹭池的两个副官也紧跟在他们身后。布里克曼拿出了变焦望远镜，对着远处调好了镜头，仔细观察，便能看清人群中的每一个人了。这多亏了情报队空投来的第三个包裹，这架望远镜就是从那儿取出来的。坐在最前面的那两个人应该就是两位领主大人了，但因为之前从来没打过照面，他也分不清谁是谁。

表演前的礼仪总算快要结束了。用不了几分钟，真正精彩的表演即将开始。布里克曼心情激动，将望远镜递给了佳得利，说："盯好了总领事，如果没有什么变故的话，那么他将是第一个升空的。"

"我可以看看这只神奇的眼睛吗？"清水对望远镜很感兴趣，央求说。

"当然可以啊！"布里克曼眼睛一挑，微微一笑，便蹲下来，取出藏在地板贮藏格里的武器。

乔迪事先已将房子都检查了一遍，确认这里面早就空无一人了。佳得利的那些家什，全都好奇地趴在墙头，睁大了眼睛，全神贯注地等待着墙外即将开始的表演。这会儿逃跑倒是个大好时机，没有一个人会发觉他们的，但没必要去冒这个险。现在的情形很适合用墨菲定律来处理：如果你担心事情会变坏，那它就更有可能会变坏；如果事情有变坏的可能，不管这种可能性有多小，它一定会发生。所以乔迪和凯尔索虽然带着手枪，却只是在房子周围悄悄地转来转去，监视着各个出入口，防止有人出其不意地闯过来，误了他们的好事。

布里克曼甩掉身上的宽宽松松的短衣，穿上了情报队空运来的无袖背心。背心功能齐备，有为气枪准备的枪套，有用来装弹药筒和备用弹夹的口袋，还有一些可以将榴弹固定在宽松的衣襟里的夹子，套上外套后，就什么都看不出来了。在右手肘的位置，还有一个口袋，是用来装防毒面罩的。身上的口袋和能挂能藏东西的地方都装满了各种武器，他真是武装到了牙齿，就像一架单兵作战的机器。

他在另外三件背心里也装了不少弹药，并且问佳得利："情况怎么样了？"

佳得利说："源氏已经结束了对飞机和飞行员的视察，在他旁边那个一定就是山下。后面的四架滑翔机已经转过了头，正要往厂房那边推。呃，现在，机组人员都退下来走向观赏台了。"

"很好，够咱们几个用的了。"

"他们现在开始推前面那一排飞机中的五架了。"

"往哪里推？"

"往主观赏台那里。等等。"佳的利突然停了下来，过了好一会儿，才又说："哦，原来是这样……他们把飞马推到观赏台前面，摆成了一个'V'字形，尾巴正好对着观众。"

"机组人员呢？"

"还是站在飞机的前面和后面。"

布里克曼继续往作战背心的口袋中装武器，一边问："那就是还有三架被留在了场地上……你能看得清楚飞机上的编号吗？"

“能。六，七，八。一号到五号，都停在观赏台前面了。”

“很好。”布里克曼也早就料到，精明的铁大师，哪会让他轻易完成计划？他抬眼一瞧，那望远镜已经在清水的手上了，他问：“你那个小情人现在在干吗呢？”

“他正把他的刀递给你的那位朋友——使者。嗯，他摘掉帽子和假发了，还有缠在他头上的头巾。”清水说着，将望远镜移到了源氏那边，又对准了山下。山下的脸把取景框都填满了。这一瞬间，她认出那双细长的眼睛，那张钢夹子般的嘴，心底顿生寒意，遍体冷飕飕的。就是这个人，这个天杀的轮子船主人，这个给她带来无数苦楚的仇人。就是他，当面用那酷刑折磨着她的八个同胞，让他们爬上轮桨，将他们碾碎、溺死。而这样做的原因仅仅只是想证明给她看，如果不服从他，将会有什么样的下场。

强烈的憎恨从心底喷发澎湃。那巨大轮子船桨叶上的死亡游戏，那两颗被割下来放在餐桌前的头颅，她不得不整天和它们待在一间屋子里。回忆如刀绞心痛，肠胃扭曲，恶心难耐，如此种种，就如发生在昨天一样历历在目。她咬牙切齿，曾经立下毒誓，定要为她的变种人同胞兄弟姐妹们报仇雪恨。今天就是她的机会，她将说到做到。很好……那个冷酷而残忍的魔鬼，还有他那些下贱的走狗，他们将会尝到，什么叫以牙还牙，以血还血。

“他现在坐到了飞马前面的座位上了。一个武士正往旁边的座位上爬。”

布里克曼接过望远镜，从镜中看到了总领事，又将镜头往左边移动，达到机尾。七号。他想起佳得利曾经跟他说过，铁大师信奉的众神中，有一位是专司好运的。他不知道“七”这个数字是否代表了某种特殊的含义，这个胖子如果因为这个选择了“七号”的话，他定然会得到一个大大的“出人意料的好运。”

接下来，鬼子们的安排就有了明确的结果。东芝打算让六号和八号飞马充当护卫机。三架飞机排成了一条斜线，被推回了厂房附近的起飞点，旁边跟着各自的两名飞行员和观察员。山下和源氏也正返回他们在观赏台的座位上去。

那使者呢？找到了……他正从源氏的军队中穿过去，走向幕府特遣队的方向，到了那里，又沿着队列前行，就快要到布里克曼的右方了。布里克曼顺着队伍的方向慢慢前移镜头，立即就看到了敏郎那匹装饰与众不同的马正停在前面，一个骑马的武士在旁边拉着它的缰绳。有一个武士扶着使者上了马。布里克曼明白了，真是一个贼得很的家伙，他显然是要准备随时开溜了，他知道接下来将会有怎样一种可怕的场面，逃走才能增加自己活下去的概率。

布里克曼装填完了战斗背心，将乔迪和凯尔索叫回到了书房，将背心递给了他们。两个人都将它穿在了宽袍束腰的外衣里面。佳得利也穿了一件，那是布里克曼亲自给他穿上的。

“我希望你知道怎么用这些武器……”布里克曼说。

“只要你知道，我就肯定知道。”

“那好，还有一件事得千万注意。”布里克曼取下一个毒气弹，将它的使用方法和功效后果讲给了佳得利和清水听，又告诉他们要怎样用防毒面具来保护自己。他将最后一个面罩递给清水，教她戴好了。

她对着过滤器说了几句话，瓮声瓮气，不甚清楚。布里克曼看到了她那双因为害怕而睁大了的眼睛。她说：“我感到自己快要被憋死了！”说着，她就一把将面罩扯了下来。

布里克曼按住了她的胳膊，他的手那么镇定，那么有力，安抚了她的情绪。他说：“别怕，没什么好怕的。你绝不会被闷死，只要深呼吸就行了。你也不用一直戴着它，只要看到我们几个人，随便是谁，做了这个手势，你就要立即戴上。否则，后果你是明白的！”他说着的同时，就做出了那个动作——右手从上到下，往脸上一抹，“一定得立即、迅速、马上就戴，知道了吗？”

清水不那么害怕了，点了点头。

“还有，取下来时，得看到我们都取下来了，你才能取下来。明白吗？”

“明白！”

“那好，变身时间到了。”布里克曼拿出一个帆布大手提袋，递给了清水，又将一件褪了色的寻道民蓝色制服铺在手提袋上，“把你的面具、长袍，还有现在穿着的所有衣服，都放进袋子里，放仔细了。你带了那套身体彩绘的颜料了吗？”

“带了，就在我进来时带着的那个衣服包里。里面还有你跟我要的别的东西。”

布里克曼点点头，转问佳得利：“你的那身兽皮衣服呢？”

“早就烧了！”

布里克曼看了他一眼：“好吧，相信你。你说过的那套身体彩绘颜料呢？”

“就在这里的橱柜里。”

“很好，快拿出来，我们需要那些东西。”布里克曼将敏郎还回来的那袋粉红色清洗叶放在制服上，“这些叶子也放进去，还有我们可能用得上的东西。”他给乔迪和凯尔索使了个眼色，两个人就会意地出去了。他便对清水和佳得利说：“我们三个要先出去看看周围的情况。给你们五分钟时间，将身上的颜色变回来，并穿好衣服，下面就该正式行动了。”说完，他也快步走出去，又突然将脑袋伸进房间，说：“还有，你们俩做事的时候，为什么不能和好呢？要知道，接下来我们会有很长、很艰辛的路要走，每走一步我们都会需要彼此互助互爱。”

他拉上门，走到了隔壁的房间。乔迪和凯尔索已经在里面等他了。这间屋子的窗户正好对着鹭池四合院的高墙。

凯尔索似乎在沉思着什么，说：“那个呆瓜带着那么多杀人的玩意儿到处跑，这恐怕不妥吧，谁知道他会不会把我们卖了？”

“是呀！”乔迪也小声附和，“我还以为我们要把这两个家伙当犯人一样带走呢！”

“以后他们会成为犯人的。”布里克曼说，“但现在，我们都得站在同一战线上，你们两个是帮我们闯过这一关的反叛分子，你们想回到大平原，他们俩，想回到他们的部落去。”

“你会跟他们一起走……”

布里克曼耸耸肩，说：“听着，到现在为止，他们已经相信事情是这样子的，这也会令我们的计划更容易实现，对吗？”

“我只是希望你知道自己在干什么。”凯尔索嘟囔着说。

“相信我，没错的。”布里克曼回答。

他走出阁楼，沿着后面的檐廊，下了台阶，走进院子。院内一块地开辟成了小菜园，菜园后是一片草地，边上有一排灌木丛和树林子，再往后就是一堵石墙了。这会儿，佳得利的家仆们也都趴在那里，抻着脖子往外看，他们的孩子有的甚至就骑到墙上去。

从今天一大早，他们就兴致勃勃地跑到这里看热闹了。虽然这飞行器早就不算什么稀罕物了，这几个月都看烦了。但今天看的不是东西，而是人。那些前来参观的大人物，平时是怎么都见不着的，如此盛况空前的表演，又岂能不令这些整天工作劳累、没有一点娱乐的人感到兴奋？此时，他们的注意力全都集中在那三架即将起飞的飞马上。布里克曼悄然走到盛满大粪的两只木桶边上，没有一个人注意到他。可是正当他要弯腰将木桶提起来时，一个光屁股的小孩子正好从前方跑过，那个肥胖又粗野的专司做饭的女人刚好转过身去捉小孩。她看到了布里克曼，感觉很意外，疑惑地瞪了他一眼。布里克曼顺势举起木桶，冲她一展，令她看清楚桶里的东西，假装要去倒的样子。

就在此时，一阵快速敲打的鼓声撩拨起了众人的心，胖女人再也不想关注布里克曼，赶快去捉那小孩子。

“嘶……啪……啪……嘭！”三架飞马发射车点火的声音传到这边来了。胖女人捉到了小孩，赶快将他举到墙上，自己也找了一个立足点，踮起脚尖，能够看得更清楚一些。

那边坐着的观众们发出了一阵激动的欢呼，眼看着总领事的飞马在两个护卫的伴随下，“嗖”的一声，弹射到了空中。

布里克曼趁机抓起了木桶，逃到了一边。他跑到了洗澡房内，脱掉显眼的棕色工装,换上一套借来的无袖连衣裙和一条裤子。这衣服是变种人的服装,他们一般是在厨房里打杂,或者做一些本来由寻道民做的工作。布里克曼再摸摸自己的腰部,确认腰上挂着的那些武器弹药从外面看是看不出来的。然后,他戴上一顶破烂不堪的宽檐稻草帽,往下按,盖住自己的耳朵,重新拿着木桶,来到一条新开辟的小路上。这条小路是从阁楼通向鹭池四合院后面的车间的。

鹭池此地名是年初在这里创建这个项目时才使用的。这是因为,飞行场地后面有一个大水池子。这个四合院倒是有数十年的历史了,最开始时作为源氏的骑兵兵营而建。后来全国长期处于和平时期,士兵们也都解甲归田了,这里就闲置下来,只有一个人带着家人在这儿看守。几十年的风吹雨打,已经将这儿的建筑物侵蚀得破破烂烂了。有些建筑勉强还能用的,也挪作他用。有个当地的地主租下这里,当作临时仓库,到了冬天又将这儿变成家畜的过冬房屋。

因这里地处偏僻安静的乡野,旁边便是一条东西方向的主干路道,还有一大片可供放牧的草场,当源氏派顾问四处寻找合适之地时,顾问一眼就看中了这个地方,很快就将其征用为飞马制造场。西北角那排破旧得似乎随时要倒塌的帐篷给变种人奴隶居住,又新修了两排木质单元宿舍,给寻道民居住。这个场地的负责人,守卫和监视寻道民和变种人工作的志贺光,则带着两个重要的副手以及各自的家人,住进了附近更好的住所——那位当地地主的家。地主也没有办法,只能另寻他处生活。就像过去那些靠当强盗起家的贵族一样,源氏领地上的每一寸土地,甚至是土地之下的东西,他都拥有绝对的所有权,有谁胆敢说不?

四合院有个不算完美的问题，就是面积太小了，所以工人和车间就只能分别安置在院墙内外。正因如此，两排宿舍之间留出了宽阔的过道，其尽头就是四合院后墙上的那道六英尺宽的拱门，以供出入。平时，布里克曼和佳得利上下班为了节省点时间，都会从那里直接通过。否则还得横穿四合院，从大门出去，再往左拐，才能来到那条通向马拉巴拉的大道。

但不知什么原因，有时候那道拱门处会有鬼子来值守。寻道民上下班从这儿经过时，会有人在这里点人数，但不会进行阻拦。布里克曼平时总是跟在佳得利身后，从来没有人盘诘过他，有时候他也一个人走捷径从这里穿过，同样没有遇到拦查。

想起那些在别的地方一个又一个不断出现的麻烦，这里的情况还真是好太多了。可能是因为在这里工作的人，会享有一些特权吧，就像那些被选去当行路者的变种人一样，已经取得了上面的信任，很少会有严加防范的。西蒙也曾经对乔迪和凯尔索说过，随便一个寻道民，只要脑子没毛病，能来这里干活，就是最大的幸运，他是不可能做那些把这种幸运毁掉的事的。布里克曼自然也一样，只是最终的原因不同而已。但很快，这伙“极少数”人的好运就要结束了。对于这些寻道兵来说，或许有点残忍，但布里克曼并不会心存歉意。他们不知道他的真实身份，先是瞧不起，拿他当变种人一样贱看，等意识到他比他们都要聪明，位阶比他们还要高几段的时候，就总是和他过不去，对他极尽恶毒地攻讦与谩骂。

布里克曼一手提着一只木桶穿过拱门，向四合院内迅速看了一圈。他背对北面的高墙，左手边是铁大师和其他有终身编制的鬼子的住所。他的前面，是厨房、洗衣房、洗澡房、衣被贮藏房等各种用途的木屋。里面的工作一律由变种人承担。他的右手边是一排帐篷，沿着墙歪歪立着，快要倒塌的样子，是过去为骑兵准备的，如今破败了，倒成了变种人的安身所在。往外再走一点，在西北角上，是倒粪便的地方。四合院里所有的大粪都会倒在这里，沤上一段日子，再用大粪车拉到附近的农田里当肥料。

沿着西墙边上，是两排简陋的木屋，对于寻道民来说，过去是住所，如今却成了囚室。一条宽十五码，铺着一层细碎沙砾的场地将他们与变种人隔绝开来。这场地上有四根受刑柱，用来绑缚那些因犯下过错而要被鞭笞的人，虽然可能不是什么大错。布里克曼曾经见过有人在这儿受刑的过程，得把犯错者捆绑在这柱子上一整天，令其深深地痛苦，重重地悔悟，以弥补犯下的过错。其实很多过错都仅仅是因为对某些铁大师没表现出足够的尊敬而已，为了这一点小小的过失，可怜的人们就要被罚双手抱头，跪在锐利的沙砾上，最少都是一两个小时。

警卫室也在西墙侧面，这是相当重要的建筑。无论是谁，只要第一次从南门进入四合院，发现这里是一大片开阔的、可以进行阅兵的场地后，第一眼看到的，就是这个警卫室。它端正地对着大门，在这片场地的另一端。阅兵场的东边，挨着墙有一家小酒馆，是给那些地位较低的人消费的。他们可以在不工作的时候，来这里看看妻子和朋友们，也有不少走街串巷的小商贩来这里兜售货物。西墙那边也有类似的房子，提供的是另外一种放松方式，只是碍于制度，布里克曼从来没有去过。但他听佳得利说过，那是妓馆，里面有五六个自愿提供收费性服务的女子。布里克曼很难理解所有与钱有关的交易，以及支撑起铁大师社会的商业活动这种概念，这对他来说是全新的概念。为什么你不得不辛勤地劳动工作，赚取一定数量的金钱，再将它交给你想和他交易的人？这是为什么呢？真是太古怪了啊！

酒馆和妓馆都不是布里克曼要关注的地方，他的目标是警卫室，但现在他还在四合院后墙的拱门旁边，还看不到它，也看不到大门和侧门。按照平时的规律，它们现在应该都是开着的。无论什么时候，警卫室里的三十个士兵总会有几个在门口放哨，同时会对那些过往的乡下女子指指点点，发出淫笑，或者和那些想把器皿卖给酒馆老板的小商贩讨价还价。

他不是随便提着两只装粪便的木桶的，这是他今天的重要道具。很多来到尼桑的变种人，终身从事的都是这种被寻道民称为“下贱屎壳郎”的活计。他身上藏着那么多的军火，自然不想引起任何守卫的怀疑，由于带着臭烘烘的粪便，就算被拦下来，也肯定只是被匆匆忙忙、敷衍了事地随便搜查一下就能通过了。因此，这两只木桶的作用很不小，承载着布里克曼计划中的大作用。更何况，这两只也并非随意提起的只装着粪便的木桶。前几天晚上，趁着鬼子们还没来太多人，他就弄了两块圆木板，装在了桶底，做成了一个活底。里面藏了不少好东西，有一枚威力强大的塑胶炸弹，还有两枚毒气弹，都用透明的塑料薄膜包得严严实实。他还为这两个包裹准备了一根由情报队提供的特殊雷管，如果引爆时有个不走运的家伙正好用马桶方便的话，那恐怕就算是倒了八辈子大霉了。

布里克曼也早就估计到，这个时候，大部分的铁大师要么在厂房远处飞机棚前面的场地上，要么坐在主观赏台上，四合院里要留的话,也都是那些最没地位的家伙。整个四合院里冷清了不少,只有一些干各种杂活的变种人偶尔走过。但是警卫室那里就不一样了,他很清楚今天将会有很多人站岗。想要顺利地逃走，他就得使用一切办法,抓住一切机会,成功地搞到三架飞机。哪怕为了除掉那危机的一点可能性,他也得这么干。他要在开始行动前,干掉那些距离他们最近的家伙,再用爆炸将其他人吸引过来,接着引爆第二颗炸弹,让来者纷纷完蛋。

他终于走近了臭气熏天的粪池,将两只木桶倒空了,又去石槽里冲洗干净。经过这一周的使用,木桶活底的颜色已和真桶没什么两样了,除非拿着它与普通的木桶进行重量比较,否则谁也分不出与别的桶有什么不同,更别说猜出其中的秘密了。

“是时候了,看我的吧……”布里克曼心想。

布里克曼提着空木桶穿过了沙砾区边上的小道，来到了寻道民宿舍前面,然后往左沿着阅兵场边缘往前走。果然,大门口那里有几个守卫正来回地走动,酒馆檐廊下也有几个。他们都穿上了干净漂亮的衣服,今天可是个大日子。这个年代的士兵们,对于各种可以娱乐的对象,以及该怎么娱乐,都十分热衷与通晓。

不难想象他们现在哄堂大笑的原因,还有戏谑的对象是什么。今天这么重大的日子,上面那些高官都在忙着享乐,这些值班的守卫自然也会趁机消遣消遣。他们可不像那些从将军宫殿里来的倒霉蛋,必须整齐地排着检阅队形从波士顿长途跋涉至此，却还得在上司的注视下，挺腰抬头，站成队列，集体观看那些更倒霉的傻蛋像拖着长尾的蜻蜓一样，在空荡荡的高空中危险地飞行。

警卫室后面高高的屋檐下，是隐蔽着四个空位的厕所。铁大师对这些生理上的麻烦，总是用很随意的方式解决。布里克曼在邮政系统干活的那段日子，就时不时地遇到一些男男女女在公开场合随处小便，有的还一边方便一边高兴地交谈哩！当然话又说回来，人的这些排泄物，本身就同马粪、牛粪之类的动物粪便一样，都是可以重复利用之物。所以，铁大师社会中也才有了公共厕所，还有马桶这些东西的存在。地位高一点的铁大师，都有自己的室内厕所，里面放的就不是木头马桶了，而是光滑的瓷器马桶。这种东西不仅外形高雅，光泽闪亮，而且冲洗之后，一点痕迹都不留，一点异味都没有。还好，这种奢侈品不是一般普通阶层的人能用得上的，否则布里克曼恐怕就没那么幸运了。

他在厕所门口问了几声，确信里面没有人之后，便走了进去，用干净的木桶将两边的木桶换掉，再将中间的两只里面的东西倒进换下来的木桶内，并冲洗干净，又提着两只木桶走了出来。正当他要大步走回去时，忽然听到身后传来了一声大喝，日语的大喝，意思是停下。所有的奴隶若是听到这句话，就得立即听从，回应。

布里克曼深感无奈，却也只能停下脚步，转过身来，两手各抓一只木桶，看到底发生了什么事。只见两个士兵正挟着一个呵呵傻笑的乡村女孩走过来，他们本来是要拐过警卫室的，但见到他，便又往这边来了。等他们靠近了，布里克曼已看出他们都没携带武器。他想起自己身上这些家伙，足以干死他们十次，但他是不可能这么做的。两个士兵来到他的跟前，女孩则站在他们后面。他们的脸上红彤彤的，眼睛里闪着兴奋的亮光，一看就知道是刚刚灌过清酒。

布里克曼乖乖地放下木桶，双膝下跪，低下头来。虽然他听不懂这两个鬼子叽里咕噜地说了些什么，又笑嘻嘻地和那个女孩说了些什么，但总之他意识到，这两个鬼子明显是要来作弄自己。

果然，这两个士兵围着他先绕了一圈，开始用手摸索着伸到了裤裆，把他们那光溜溜的玩意儿掏了出来，开始对着木桶撒尿。但这不算什么，真正的戏弄还在后头。当他们尿到一半时，突然就扭转方向，对着他的身上尿了起来。

我日！布里克曼心中恼恨，却又毫无办法，只能乖乖站着，忍受这种侮辱，继续扮演他这个逆来顺受的奴隶角色。“尿吧，尿吧，享受这最后的嬉闹吧，伙计。相信我，要不了多久，你们就会发现人生再也没有什么乐趣可言了……”布里克曼心想。

布里克曼的全身都被浇湿了，两个士兵的乐子也要够了，其实也没什么乐子。他们扬着头，走回到咯咯傻笑的乡村女孩身边。布里克曼这才站起身来，立住了，低着脑袋，等他们三人从警卫室的后面消失了，他才转身离开。

下一步行动继续进行。布里克曼回到寻道民宿舍旁边通往后墙拱门的那条过道上，他始终低着头，脸深藏在稻草帽檐之下。他生怕哪个关在宿舍里的寻道民从窗户里恰好看到自己，并认了出来。万一那个人警惕性比较高，说不定猜出他有什么不轨行为，一旦引发了守卫的注意，恐怕整个计划都要覆之车流。

第十六章

五架飞行器先后从各自的发射车上剥离，速度之快，令人咂舌。观赏台上的贵人们都情不自禁地鼓起掌来，其他的观众都齐声地欢呼起来。

飞马轰鸣着冲向天空，机尾后面拖着一条蓝色的彩色烟雾。当升到距离地面一千英尺时，五架飞马开始绕着场地上空盘旋，排成箭头状的编队，一齐往下俯冲，速度越来越快，忽地一个空翻，停止了下降之势。

接着，它们开始滚动着翻转上升，升到一定高度又反转一次，这个动作叫作"英麦曼回旋"，是纪念它的首创者英麦曼中尉而得名的。完成这个动作后，机头向上拉了一下，又俯冲下来，这是第二次俯冲。这回五架飞机的编队飞行虽算不上完美，却给人留下了深刻的印象。因为火箭筒的末端装了一种简单的制动装置——一排弯曲的金属板，形如双头犁铧，只是缩得很小，能够将燃烧过的废气向两旁或者下面排出，以此来降低飞机前冲之力，故而他们一直飞得很灵活。虽说这种装置很原始，却因能控制前进速度，使得编队飞行能够保持一个很好的状态。

就在这时，人群中突然爆发出了一阵惊叫。原来他们看到五架飞马在俯冲的过程中,后面的蓝色烟雾没有了。其实那倒不用担心,这是因为第一枚火箭燃烧完毕，该点燃第二枚了。众人的担忧不断增加,五架飞机则继续不停地飞速俯冲。不一会儿,第一架飞机的身下忽而冒出了细长的火焰,观众们又发出一阵惊呼,高悬的心终于放下了。紧接着,第二架、第三架、第四架、第五架！所有的机身下面,都冒出了长长的火焰。

围观的铁大师们发出了震耳欲聋的狂吼，来表达他们的钦佩和兴奋。

佳得利也听到了观众们的热烈呼声。他站在阁楼的后廊上,痴痴地注视着他亲手制造的飞马在空中潇洒地飞舞,挥动着烟尘彩带。清水走过来,站在他的旁边,她穿着白色制服,乌黑的头发垂下来,如瀑布般披在后背,阳光照射过来,头发闪着润泽的光芒。

铁大师可以禁止佳得利参加表演，却不能阻止他心中充满了巨大的成就感。是的,一切都是他造就的,这是他的成果,这是他的成功。他很高兴清水能目睹到他的成功。如果过去他在她心目中的地位,比他认为的要低的话,那么现在这样的成就总能证明他是多么有能力,多么有智慧了吧?他和她的目光相遇了。清水紧紧揽着他的胳膊,用眼神回答了他心中的疑问。若在过去,佳得利应该会给她一个更加热烈的拥抱,但如今她对他的态度总是有所保留。此刻在乔迪和凯尔索的面前,她对他就是这样的。

佳得利窥探到了铁大师头脑里的感觉，他知道自己制造的这种飞行器非常符合他们的审美观，就像每一位武士都希望找到一匹好的坐骑一样,这些机器是如此敏捷而优雅,它们穿越长空,发出那种

"呜呜"的轰鸣,就如奔驰的战马在战场上踏出的铁蹄,拥有某种神秘而庄严的魔力。

他们给予他的特殊待遇其实很少,甚至不值一提,何况那本来就是他应得的。他应该拥有更高的待遇,应该获得更大的权力,也应该被赋予更高的职责。今天的这一切本应是一个很好的开端,更好的还在后头呢！但是他错了,他真的没想到,这些目光短浅的白痴眼中只有自己,若是外族人取得了成就,不管他是多么才华横溢,永远都不会得到信任,不会得到公平的待遇。他们被自以为是蒙蔽了双眼,看不到更美好的未来。他,当然也是一个笨蛋,竟然听信了他们的甜言蜜语,认为将来他们会给自己更好的待遇,让他实现伟大的抱负。想不到这一个开始就露出了他们的本性,打碎了他造梦的金蛋。好吧,这并不是他的错。是他们先辜负了他。此处不留爷,自有留爷处。就算我是一只笨鹅,我也是一只会产金蛋的鹅,我将飞往别的地方去下更大的金蛋。

五辆飞马做了两个环绕飞行, 在中间夹杂着各种高难度表演的动作后,第二枚火箭也燃烧殆尽了。五个飞行员开始点燃了第三枚火箭,并以单机为单位做出种种如慢滚、快滚、翻滚停顿等动作,以螺旋形向更高处攀升。它们要获得足够高的高度,以便进行下一个在短时间内最难掌握的高难度特技动作——编队桶滚。

通常所说的翻滚,是指沿着机头到机尾的轴线旋转一圈,而滚桶滚就不是那么简单了,它指的是在做三百六十度翻滚的同时,还得沿着一个想象中的桶面做螺旋形推进。当然只要飞行员的能力强,素质高,也都能快速掌握这个基本的单机桶滚动作,但五架飞机的编队同时做这个动作，就需要五个人都有很强的协调意识、总体意识。

在这之前，关于庆典中是否做这套表演动作，乔迪和凯尔索与佳得利进行过多次的激烈讨论，甚至都差点动起手来了，最后好不容易说服了佳得利，可以将这个动作从表演程序中划掉。佳得利后来的想法也是，只要能够让表演圆满成功就行了，别要太花哨的花样。但没想到的是，他们的五个“高徒”执意要将这个动作加进去。而学生的社会地位又比教官还要高，教官也没有办法了，只能尽力教这几个一心想获取荣誉的学生，掌握好尺度，向上翻滚进行到一半时，得注意拉近彼此的距离，排列齐整了，就可以安然结束。后来的训练屡次都吓得人胆战心惊，但总算这几个学生天赋很高，也很努力，飞机没有撞在一块儿，但也差不多了。如果今天他们走运的话，应该会很好地完成这个动作。

五架飞机流畅地划过天空，重新集结排列成箭头状队形，就像五只飞向南方过冬的白色大雁。他们飞到了飞行场北边的水塘上空，处于山下大人那一群人的右侧，准备进行下一个特技动作：沿着主观赏台正前方天空中一只看不见的桶面做左侧螺旋形旋转。

在两千英尺的高度上，第四枚火箭开始燃烧了，他们降低右侧翼尖，朝下沿桶面飞行，继而左翼尖朝下，爬升到桶面的另一侧。箭头编队渐渐成了侧立姿态，并且向着领主大人们就座的位置前方飞来，正好达到了翻转的顶点。两位大人全神贯注地盯着这五架沿桶面飞速飞近的飞机。

是时候了！

这一刻，藏身于厂房西边，躲在一排灌木丛后的布里克曼，将这一情形看得一清二楚，他恰到好处地按下了情报队给的手持式无线电控制器上的头五个按钮。于是，五组不同波长的信号触发了相应的无线电控制的雷管。

“嘭！嘭……嘭……嘭！嘭！”

藏在五架编队飞机上的塑胶炸弹被引爆了！

五架飞机先后变成了五个火球！

山下大人和源大人看到这骤然的变故，吓得张口结舌，浑身僵硬，呆坐在座位上，一动也不敢动。

那纤弱的机翼和机身被爆炸力拉扯着撕碎了，接着就迅速被橙色的火焰吞没了。燃烧的碎片如火雨般纷纷扬扬、盘旋流转地从天空落下，落在挤满人的观赏台上，夹杂着那些飞行员和观察员的尸体残骸。人群中爆发出了惊呼声，吼叫声，一片混乱场面。

第一架飞机一完蛋，凯尔索就将手提袋和衣服包裹胡乱地塞到了佳得利和清水的手里，然后冲出房间，跑到檐廊上吼起来：“炸得好哇！再炸！再炸！炸！炸！炸！”

乔迪早已在院子西侧的洗澡房旁边准备好了。她取出了一枚毒气弹，拉掉保险套环，朝那些站在后墙脚根的家奴扔了过去。毒气弹顿时爆炸，一股浓烈的白烟爆散冲起，空气中很快就满是能破坏人体神经系统的毒气。

凯尔索也跟着佳得利和清水穿过院子，也跟着扔了第二枚毒气弹。

趴在墙头的那些家仆也像场地上所有人一样，被天空中飞马的爆炸吓傻了。不过，第一枚毒气弹的爆发还是激起了两个女仆的本能性保护反应。她们拉过孩子，转身要逃，却见前方又是一团白色的烟雾滚滚而来，主人也正跑过院子，身后跟着的那个红发奴隶正朝这边扔过来一个像石头一样的东西。

乔迪和凯尔索沿着通向厂房的过道往前跑，到处是女人们发出的警报，一阵又一阵的刺耳尖叫。但这已经没关系了。尖叫的不只是她们，还有很多人都在号叫。等听到叫声，离得最近的士兵跑过来查看究竟时，所有家仆都被毒气迷倒在地，什么都说不出来了。而这些士兵也很快发现，他们自己能呼吸的时间也不多了。

当布里克曼将要按下第一枚按钮，引爆正在表演特技飞行的飞马之时，那一架载着总领事东芝仲根的飞机刚好在波士顿上空转完了一圈，返回总领事官邸和围绕在官邸四周属于幕府的领地上方。他也正想在这儿兜上一圈，再回到鹭池。虽然他心中对人类进行飞行的看法依然根深蒂固，不曾改变，但很快，他就克服了最初的恐惧，开始享受在高空中飞行、俯瞰山川河流的感觉，并且近乎是迷恋了。他看到了另外一个他从来没有见过的世界。他的眼睛眯着，盯着飞机下方两个岛屿中比较大的那个。

呵！果然一切都变小了！但确实就是它，它就在下面，在那片树木掩映、岩石庭院包围的凉亭中。在那个美丽的地方，他与自己的秘密情人度过了人生中最欢愉、最难忘的时光。美丽的异族女子，珍稀的体毛，闪着幽亮的光泽，一股清爽的甜香……想到很快就能再见到她，他心中就情不自禁地兴奋，但他又想到了自己的命运，也许下一次见面时，就是他们的最后一次。因此，兴奋中又掺杂着痛苦。但他绝对没有想到，此时此刻，即将死亡的不是她，而是自己。

他乘坐的飞机与另两架僚机正排成“V”字形的编队，流畅无比、悄然潇洒地划过长空。当布里克曼将先前的五架表演飞机从高空“吹”落时，总领事的三架飞机正好转弯，向鹭池飞来。

那位长机飞行员一见有火球爆炸坠落，登时紧张起来，疯狂地向两架僚机挥手示意，要里面的飞行员注意前面的危险。他的双手悬空，任由飞机滑行，导致机翼差点就擦到了其他飞机。他徒劳地冲同伴大声喊叫，指点着前方的情况。燃烧的碎片纷纷落地，机尾拖出来的烟雾在天空中留下了长长的一道，五架坠毁的飞马，五道顺次的烟雾轨迹。两名僚机飞行员回应示意，他们已经明白目前的状况了。长机飞行员做了个手势，点燃了最后一枚火箭，带领大家返回场地这边。

长谷川敏郎正在驯服自己的那匹骏马，他处于观赏台左侧的位置，在源氏的骑兵和步兵队列之外。但是这匹一向听话的马早就被爆炸声吓坏了，竟是怎么都不肯向前移动一步。五架飞机的突然坠毁，也将他吓呆了，不过他很快就反应过来，自己没有必要害怕。发生这样的事故，要遭殃的是与幕府作对之人。但令他震惊的却是另外一件事：布里克曼下手如此果决，掌握着这样恐怖的力量。除此之外，他的脑子里只有一个念头，就是要稳定地坐在马鞍上。旁边观赏台上的观众和周边的军队都陷入了惊慌失措的混乱之中，他作为将军的使者，必须保持着某种镇定,以维护将军的威严。

由于上级们也都吓蒙了,没有什么命令传下来。军队长官和负责维持秩序的人,便冲着慌乱的人群和士兵们叫喊,要大家保持好秩序,冷静下来,注意看着天上的碎片,别被砸到了。这时,一个断了腿的飞行员的尸体自高空中盘旋落下,刚好砸到了使者那匹马身后几码远之处,发出沉重的钝响。马儿正以后腿支地,人立而起,吓得嘶鸣一声。使者忙拼命拉紧缰绳,用鞭子狠狠地抽打马脖。更危险的是,火箭上的一块金属薄片自高空斜铲过来,就像是被暴风雨刮掉的瓦片,但其锋利程度堪比刀剑斧头。它铲进了源氏手下那群正要往后撤退的士兵中,一下子就将其中一个步兵的脑袋削掉了,并且冲力未绝,还砍倒了七八个人,这才落到地上。四周的人群一见这恐怖和惨烈的情形,吓得四散奔逃、抱头鼠窜。

这个时候,清水、佳得利、乔迪、凯尔索正好跑到了四合院后面。他们在后墙与第一个车间之间的小路上停下来,稍微喘了口气。

乔迪和凯尔索通过一个口袋大小、配有插拔式耳机和喉头通话器的无线电通信器,与布里克曼联系道:"布里克曼!我们到后门了,一切都按计划进行,没有遇到问题。"

布里克曼的声音传到了他们的耳朵里:"很好,准备行动。我数三声,一……"

想不到这时候,三个准备去四合院巡逻的日本守卫看见了他们。三个鬼子正穿过拱门,踏上小路,跑了几码后,才对刚刚看到的那一幕反应过来:有四个寻道民正藏在后墙和车间之间。他们要干什么?三个鬼子立即转身,想回去看看,却刚好迎上了乔迪举起的手枪。凯尔索则背对着她,站在拱门旁边打掩护。

“二……”

“嗖！嗖！嗖！”三个鬼子全倒下了。

凯尔索示意清水和佳得利穿过小路,跟上乔迪,他则将一枚毒气弹从拱门扔进了四合院。

“三！”布里克曼按下按钮,引爆了装在警卫室后面那间厕所里的炸弹。

“啪！嘭！”冲击波将厕所的墙壁炸得粉碎,屋顶掀飞,绑在炸弹上的四枚毒气弹也都被炸成了粉末，毒烟与腾空的沙尘泥土混合在了一块儿,继而开始弥漫。它的杀伤力足以将那些吓傻了的幸存者和跑过来营救的人放倒在这片废墟中。

布里克曼之所以选择在警卫室引爆,原因主要有两点:第一,可以消灭从场地那边赶来的军队;第二,可以将车间和地勤人员吸引到四合院里来,这样停放在场地西侧的四架飞行器就没有人关注了。

场地东侧的军队以及主观赏台上的观众们,早就乱得不可开交。布里克曼知道自己必须在他们开始从慌乱中冷静、重新集结起来、研究事发的原因之前,再来一轮更大的混乱。但他得一直等到车间前面乱转的鬼子们进入设计好的圈套后,才能开始下一步行动。这群人包括五十个地勤人员,还有六十个车间人员,以及一二十个从火药厂调过来的包装女工，再就是他们的一些为了占个好位置而私溜进来的亲戚朋友什么的。

今天,他们不但看到了精彩的飞行特技表演,更看到了比表演更精彩、更令人震惊的场面。有些人已经开始从混乱中镇定下来了,他们穿过场地,朝主观赏台那边走,打算帮忙收拾残骸碎片。没想到的是,脚下的大地突然晃动起来,四合院内烟尘滚滚。看到这情况,除了有几个人吓得实在走不动了,其他人都纷纷往四合院冒烟的地方跑了过来。太好了,全都陷入网中了!布里克曼的期望基本达成。

当清水、佳得利、乔迪、凯尔索都赶到布里克曼身边时,他正在按下另一个按钮,将藏在墙内侧的六枚炸弹同时引爆。

“嗵!嗵!轰隆!”

左右两侧墙壁内爆出来的毁灭性气浪将鬼子们团团困在中间,与炸弹捆绑在一起的六枚燃烧弹也都化为一片惊天的火雨。不到几分钟,所有的木架、木质工作台,还有断裂的屋顶椽子都烧了起来。

“我日,”凯尔索气呼呼地骂道,“你们的逃跑计划应该弄得再周详点,我可不想一切结束后,他们秋后算账时,我还没逃开。”

乔迪忽往东北方向的天空一指,道:“有三架飞机过来了!你们看到了吗?”

“看到了,他们就是下一个目标,”布里克曼喊道,“走!”

说完,他一把抓过清水的包裹,要清水和佳得利蹲下来,跟着他往前跑去。他们从矮树丛中溜了出来,跳到那长满草的土堤后面,那儿有一条排水的土沟,其东边就是飞行场,西边则是一片小小的牧场。沟中还有水,他们若是从这里涉水而过的话,绝不会被人发现。那些见过他们的人要么是死了,要么就是被毒呆了,说不了话,谁也无法指认他们。

等他们逐渐靠近停在发射车上的四架飞机后,便停下脚步,趴在土堤上,偷偷向外瞧。四架飞机后面停了两辆手推车,车上装着发射车推进器和火箭筒。

布里克曼要凯尔索盯着火海边如无头苍蝇般“嗡嗡”乱转的鬼子们，说：“你试试看，能否从这儿将他们干掉？”

凯尔索大致估算了一下与他们的距离，说：“要是能到后面的那两辆推车那里的话，会更有把握一些。”

布里克曼拍了拍他的肩，凯尔索明白了，立即翻身过了土堤，跑上前去，寻找掩护。

“我觉得我们似乎被发现了。”佳得利说。

布里克曼探出身子，向左方看去。三架飞机已越来越近，它们的编队早已打乱。两架已经掉队，正沿着场地北侧缓缓降落。那里曾是布里克曼驾驶飞机从石墙上越过，又掉进水塘之地。而另外一架因为飞得比较高，这会儿还没遇到什么问题。

那一架应该就是总领事坐的飞机。没错……一定是它。

凯尔索站起身来，将两枚手雷中的一枚投向了那几个惊恐万状的鬼子，这时，高空中的两架飞机朝他们这边斜冲而来，拐了一个巨大的弯，又从他们背后绕走了。当时的高度只有五百英尺，飞机上的四名飞行人员肯定看到了蹲伏在水沟里的他们。

使者也看到两架飞机在飞过火焰满天的车间后，突然朝主观赏台这边俯冲过来。在它们下面，源氏手下的军队长官忙着调派士兵们穿过飞行场前去救火。敏郎则下令幕府军队原地不动，因为火烧的是源氏之物，若未受到帮助的请求，他并无必要去插手此事。

布里克曼两手紧紧握着无线电控制器，目光盯着远方的天空，突然用大拇指按下了六号、八号按钮。

“嗵！嘭！”

那两架在源氏军队上空，正交叉穿过他们行军路线的飞机“轰”的一声，爆碎崩炸了。由于两架飞机的高度很低，一架只有两百英尺，另一架仅有一百英尺，故而爆炸后，惯性使得飞机残骸就像同时发射的地对空导弹一样，在空中划过一条弧线，落在那些心惊胆战的士兵队伍中间。就连军队的长官也被一具烧焦的半裸尸体从马上撞到了地上。军队无人指引，顿时涣散，士兵们心中害怕，转头就跑，他们跑得远远的，到了飞行场东边的道路上才停歇下来，那里看起来似乎还安全一点。

长谷川敏郎见慌乱如瘟疫般扩散，幕府的军队也有些蠢蠢欲动，为了稳住局势，便大声命令驻军长官将自己的小股军队往后撤。根据条例的规定，在总领事没有离开之前，他也是不能离开的。因此，他不得不继续坐在这匹受惊的马上，牢牢握住缰绳。这马也不是没有见过世面，无数的检阅礼它都泰然自若，却从未见过今天这种火雨倾盆、世界末日的场面。它紧张得想要离开这里，不断转着圈子，试图挣脱束缚。它的双眼乱转，牙齿外龇，粗气喘喘，鼻子苦皱，时不时就咬牙切齿地咬着马嚼子。但敏郎将缰绳往上提，马的嘴到处是泡沫，响鼻连声不断。这时候，那最后一架飞机盘旋着进入了他的视线。

就是这一架了。敏郎心里着急。快呀，布里克曼，你等下辈子呢?

布里克曼将无线电控制器递给了清水。清水没有犹移，她用尽全身之力,以指尖按下了最后一个按钮。

当目睹了自己的僚机突然爆炸,四分五裂之后,那些最初的恐惧又从心底冒出来了。总领事的惊慌并非是毫无根据的——天上的众神一直在抑制着自己的愤怒,为的就是今天,就是这一刻,他们给那些自以为是却又愚蠢至极的人类,那些胆敢一而再、再而三冒犯神界的人类,进行了一次最强烈、最有效果的报复!

“这些制造飞马、冒犯天神的人类,应该得到应有的惩罚和教训。可是我呢?我只是一个无辜的乘客而已。总领事苦苦地祈求,好吧,也许他也有错,他唯一的错误就是不假思索地服从将军,那至高无上的将军的命令。可你看,现在倒好,他自己都处于极度的危险之中,天国投下的灼热的霹雳,不知什么时候,就会打在他的头上。

“哦,天照大神哪!请可怜可怜这个他自己根本不想上来的乘客吧!他只是被人强迫着才进入您的云之国度,神之天界的啊!如果一定要我为人类的过错而付出生命的代价的话,那也应该让我手执刀剑,光荣地在地上战斗而死!我不会畏惧那最后一刻的到来,但是现在,请让我回到大地上,让我的双腿能有个安放之处吧!”

领事冲着开飞机的武士大声喊道:“快,下去,下去,降下去!”他肥胖的身躯在座位上扭来扭去,焦躁至极。

他的声音被风吹散了,飞行员和飞机的中心部位,突然爆发出一团白色的火焰。一秒钟前还平稳飞行的飞马骤然倾斜。

总领事只觉天旋地转,右脸上一阵灼烧的痛,一个个水泡迅速胀大,眼前水汽腾腾,望出去什么都看不清楚。他背上的袍子也都燃起了熊熊火焰。他觉得自己就像掉进了一个天地合一的漩涡里面。

他拼命抓住座舱的边沿，试图稳定身体，但这些木质结构的零件转眼间就散了架，将他固定在座位上的安全带也滑到了肩膀上。他忽然觉得自己在高空中飘浮，下方是一片红色、棕色、橙色，犹如拼图般的火焰。世界不再旋转了，他也能够分得清哪是天，哪是地了。

气流快速从身边通过，几乎都喘不过气来，眼前的一切令他震惊得无以复加。他再也感觉不到身上那些尖锐的痛苦，各种恐惧也消失一空。他的教育知识水平还达不到解释这些的程度，他并不知道自己正从高空中以每秒三十二英尺的加速度自由落下，他也不知道下坠速度达到每小时一百二十英里这样恐怖的快时该怎么办。每小时一百二十英里，这样的速度所代表的含义，几乎没有语言能够形容。

当你处于两千英尺的高度时，你的四肢都向外伸展，你会觉得你似乎变成了一只鸟，就是那种优雅地划过一道弧线，轻轻落到你脚上的鸟。如果你知道飞翔的秘密，你会这样永远地飞下去，但这只是很短暂的一小会儿。很快，你就会下降到一千英尺，这时你将意识到，大地正以惊人的速度向你扑来，而你终将会以和鸟完全不一样的方式降落在地。

这一刻，山下和源氏正坐在自己的座位上，他们很安全，头顶上有天篷遮阳，身边有护卫保护。看着总领事像一个玩具，胳膊乱甩，双脚乱蹬，从高空径直落下，他们对此感到惊恐万分，却又产生出某种兴趣盎然之意。

“扑通！”

敏郎等待和筹划了很久的一刻终于来临了，却不像他想象的那么美妙。当总领事将地面撞击出一个六英寸深的大坑，如熟透了的西瓜般四分五裂时,他还是吓得颤抖不已,往后缩了缩身体。一切都结束了,终于结束了……他心头涌起了一阵激动不已的轻松感。他舒张了躯体,将那紧张得不断嚼牙的马拉了一下,马原地打了个转。他策马奔出那飞行场地,急得就像一个小偷。现场只留下了那余温尚存的尸体残骸,尸体四周还有更多的燃烧着的飞行器碎片往下掉落。

乔迪看着眼前的情形，觉得真是难以置信。她一瞥手上的电子表,这是体贴的情报队员们给他们的三件东西之一,以便他们在逃亡的路上联络。从布里克曼炸掉第一架飞机,他们从阁楼里逃出来到现在,还不过八分钟的时间,已经死伤了这么多人。她见旁边的佳得利正在用手背擦眼泪,脸上尤有泪痕。

布里克曼朝他们一挥手,示意大家冲出土堤,道:“搞定,快,弄飞机！”

四个人赶快爬到地面上,朝飞机所在的位置跑过去。他们与凯尔索在第十二号飞机机尾处会合了。凯尔索手里正握着端板——一种安全装置,是用来装在五枚火箭筒喷嘴上的,以防止意外点火,或者人工推动飞机时损坏火箭。这会儿,他面无血色,颤声道:“这架飞机没装火箭筒！”

布里克曼瞪着他,顿时如坠冰窟,惊道:“这不可能！”

“火箭盘是空的！你自己看！”

布里克曼只看了一眼,就觉胃部抽搐。是真的!

“天哪！该死！真他妈的！”

他一把抓住乔迪和佳得利的肩膀，叫道:“快，快去察看另外两架！我察第九号！”

天哪！发射车上的推进器都装上了，但火箭盘内却空空如也。四架飞机，全都如此。某些该死的自作聪明的鬼子在所有的火箭盘上都装上了端板，大概是为了让飞机看上去更美观一些吧。他回到凯尔索跟前，乔迪和佳得利也返回来了，他大怒着一拍大腿，骂道：“蠢蛋蠢蛋！他们总是要挡我们的路！该死的！”

“至少我们还有满满一车的火箭。”佳得利说。

“对。你还可以感谢摩城，火箭里都装满了火药！”布里克曼说，“掏空你们的口袋！”他先将自己身上的大多数榴弹和备用弹药全都拿了出来。佳得利也跟着拿了出来，将弹药都交给了乔迪和凯尔所。

“我们装弹，你俩掩护！”

“这不可能成功的！”凯尔索担忧地说。

“不管怎样，都他妈的试一试！不过每架飞机上也许只能装三个火箭筒，装不了五个了——”布里克曼说到这里，突然停住了。清水呢？清水没跟他们在一起。

清水意识到他们出了问题，需要更多时间来解决时，就悄然地从队伍中离开了。她不了解飞机的构造，但她很清楚自己拥有阻止敌人的能力，她能阻止场地另一侧的武士冲上来。她能感应到，这些敌人的士兵早就怒火中烧地跨上了马，他们眨眼间就能集结完毕，向这里冲杀过来。清水下定决心，绝不能让他们伤害到云武士。他和佳得利都不能出事，否则一切努力都会付之东流。除此之外，她还有一个自己的任务，她要为平原人的同胞兄弟姐妹们报仇雪恨。

布里克曼等人忽然发现，清水竟然往飞行场地的中央跑了过去。

“天，到底明不明白她是在干什么？”凯尔索叫了起来。

“她是在为我们争取时间。”布里克曼冷冷地说，然后转身朝有火箭筒的推车跑去。

“可是她什么武器都没带啊！”

“武器？”佳得利轻蔑地笑了一声，他的心底重新生出了那种熟悉而温暖的感觉，一种牵扯不尽的认同感，就像遇到了失散多年的老朋友一样，“好好睁大你的眼睛看看吧，沙穴人！接下来，你将会看到平原人真正无边的法力！”

最开始，当头五架做特技表演的飞机在天空中突然坠毁时，两位领主大人还以为那是因为其中一架出了意外，牵连到了其他四架，造成了一场惊天的意外事故，或者是那恶毒的天神故意制造的灾难。但是，当四合院里也发生了爆炸，而且连车间都被几场突如其来的爆炸摧枯拉朽地变成废墟之后，他们终于明确地意识到，鹭池是遭到了有组织、有预谋的恐怖袭击。

可问题是，这是谁搞出来的？两人根本来不及找出答案，另外两架飞机就在距离他们不远的地方被炸成了碎片，更糟糕的是，连总领事都被炸得从高空中砸了下来，自己给自己掘出了一座坟墓。这实在是太可怕，太令人气愤，太匪夷所思了。那些看不见的敌人到底在哪？山下大人同所有的铁大师一样，担心是天上的众神降下了怒火。可问题是，鹭池一向安全，从未遭过什么天打雷劈。因此，他能确定，只有这样一种可能:一切都是人为!

这时候,天上送来了第一个答案。原来那些护卫机中的一架,在爆炸后全力采取了紧急迫降措施,飞机残骸以很小的角度撞在地面,向前滑了半天,滑到主观赏台后才变成了碎片。这位飞机上的观察员全身的骨头都散架了,却没有当场毙命。他在生命的最后一刻,用尽全身的力气,对跪得离他最近的一个人说,他看到了五个穿着奴隶衣服的人,埋伏在剩下的那四架飞机旁。这件事情被迅速地报给了源大人,他和山下大人震惊至极,他们身边的副官们同样心惊肉跳。但这总比那种突如其来、毫无来由、魂不附体的恐惧好很多。他们混沌懵懂的脑袋开始冷静。两个人迅速达成一致了,认定这一切都是在鹭池干活的奴隶谋反所为。好啊,竟然敢做出这样愚蠢而恐怖的事,他们和其他所有的关联者终将会付出很惨、很高的代价。

源大人手下的人马在先前的撤退中陷入了一片混乱,这会儿他请求山下大人派些自己的骑兵武士先过去察看察看情况。正当山下大人要向军队下达命令时,却见一个身穿白色外衣的身影正穿过场地,向他们这边一步步走了过来。谁也不知道这个纤细的人独自走到这儿来干什么,但一个奴隶如何能在这种时刻露面?这本身就是一种无法容忍的挑衅。必须立即将他处死!立刻!

山下站起身来,用手里的漆木手杖指着那个胆敢以下犯上的奴隶,同时大声嘶吼,对身边的武士们下达命令。源大人也是一样的,恼羞成怒地对属下下令攻击。保护他们的武士,共有六十来人,现在只留下十个人保护两位主人,其他的人都被命令离开原先守护在天篷凉亭四周的岗位,去场地中心宰杀那个大胆的奴隶,然后向场地另一头冲去。

一些武士拔出长刀，刀锋霍霍，另一些武士抽出箭囊中的弓箭，搭箭上弦，慢速前进，小心翼翼地向爆炸之处挺近。

狡猾的山下又朝另外一批待命的骑兵发出了另外一个紧急命令，要他们先别管白衣人，迅速沿着场地北面的石墙，抄近路赶到四架飞机那儿进行保护。

就在他部署任务时，突然听到了一声极为怪异的尖锐嘶鸣之音，心头顿时一寒。

那是什么？

那是变种人召唤师发出的尖啸。

正在安装火箭筒的凯尔索也听到了这尖啸之声，他一慌，差点把手里的两枚火箭摔了下来，骂道："见鬼了，这是？"

"快点，别停！"布里克曼对着他大声叫道。他和佳得利已经在四架飞机底部的夹环上各装了两枚火箭，但两枚是不够的，布里克曼说过要装三枚，其实必需全部装满。虽然四架飞机可能都不用全部起飞，但现在能不能逃得掉还是未知数，不管怎么样，都得多做一手准备。

乔迪蹲伏在草叶丛生的土堤之后，看着前方，防止有人从这边偷袭他们。过了一会儿，她将手枪往枪套里一插，准备跑到推车后面去。没想到刚跑了几步，脚下就一阵颠簸，整个大地忽然剧烈地震颤起来了，她被甩到了一个车轮上。她抬头一看，几枚火箭也都被震得从发射车上掉下来了。她忙一跃而起，抱住了其中一个，趁它还没撞到地上就托住了它。到底发生了什么事?

此时的清水,正双脚分开,稳稳地站在场地中央,双臂高举,仿佛吸收天地之灵气,日月之精华。她的全身都摆成了一个大大的“X”的形状。她感到了那种力量,那是辟邪主的力量,从大地和苍天而来,源源不断,注入她的躯体之内。在主观赏台上挤来挤去的人群,都看到场地中央站着的那个奴隶,竟然全身仿佛笼罩了一层微小的光编织成的薄薄轻纱。忽然之间,她的双臂猛然放下了,十指指尖相互对接,双眼目光直穿两根大拇指合成的“V”字形,死死地盯着山下。

“轰隆隆!”又是一阵地动山摇。她面前的大地上,喷射出一股浓烈的烟雾,大地裂开,一道曲折的裂缝蜿蜒而来,迅速穿过场地,爬向主观赏台的正中央。翻滚的土地将冲过来的武士全都绊倒在地。仅仅一瞬间,这局部的地震地裂就将人满为患的主观赏台劈成了两半,支撑着的柱子全都断裂,一级级的台阶互相倾轧,倒塌陷落。

原本沿着场地北侧疾驰的骑兵武士们,看到这个情形,吓得一拉缰绳,愣怔当场,不知该如何是好。骑兵首领还有理智,拔出刀来,振臂一挥,掉转马头,呵斥着手下人马反应过来,向场地中的白衣人冲杀过去。

清水将左臂一抡,指向侧面的石墙,然后把伸开的五个指头轻轻往高处一扫,那石墙仿佛是沉睡了多年的灰褐色长蛇,听到她的召唤,终于惊醒,应声裂开了,上下起伏,接着轰然碎裂。石块一枚枚松脱出来,如同狂风卷起的落叶,纷纷扬扬,飞向高空。接着,她的右手也召唤出了阁楼后面的围墙,同样赶来助战。

岩石化作他的巨锤

苍鹰化作他的金箭

一个国度将在战火中再现

平原人将化作利剑

交给救星辟邪主

拯救诸族于危难

这天地异变将人吓得惊恐蒙呆，将马吓得手足无措。石块在飞行，距离越来越近，速度越来越快，数量越来越多。它们像天神降下的狂暴拳头，自两侧向山下剩余的军队砸去，向倒塌的主观赏台上砸去，向源大人手下那些逃到道路外准备重新整队的士兵砸去。

观赏台前面的场地上，那些吓呆了的武士晃着身子站起来，抖擞抖擞精神，继续不要命地往上冲。有些被石墙上飞来的石头砸倒了，有些还没有倒，只是受了伤。石块不断地疾飞而来，砸得人脑袋开花，手断腿折。但是这些武士，没有一个人后退畏缩。还有几个弓箭手没有被石头砸中，他们赶快弯弓搭箭，射向那个白衣女巫。他们距离她足够近了，他们见她长发飘扬，分散两边，就像是那惨白的脸上长出了一对黑色的翅膀。

清水无惧那些箭雨，她双手再次合拢，平平举到与臂齐高的位置，环绕在她周身的那些如云如雾之光顿时化成了楔形，其顶点就位于她指尖之上。

疾飞的箭雨一到她身边两尺处，就自动偏离了方向，绕过了她的身体，继续向后方射去。“嗖，嗖，嗖！”弓箭手又爆射出一轮箭雨。但毫无例外，这箭再一次被弹到了四面八方！一道无形的墙壁，正保护着这个女巫。石雨再次侵袭，武士们的数量减少了三分之二。他们不再用弓箭了，只能挥舞着弯刀，小心翼翼地向前推进，口中对上天呼号着，请求天照大神保佑他们。

清水将摊开的手掌翻转，掌心对准地面。两只手的大拇指相互一接触，十指便骤然张开。与此同时，她的口中再次发出尖厉的呼啸，比前一次更尖，更高，更令人胆寒。那些正在缓步向前推进的武士，蓦然发觉自己的双脚如同生了根一般，一步都挪不动了。但是，脚下的大地还在震颤，他们的躯体也在跟着颤抖，牙齿“咔嗒咔嗒”地重重相击。手指抽搐不停，都攥不住东西了，弯刀“当啷啷”掉落在地。胃里更是翻江倒海，心脏剧烈狂跳，脑袋似要爆裂。他们的基因结构上有致命的缺陷，他们的血管壁脆弱不堪，竟然开始爆发出血。血管裂开了，脸如死灰，手变成了灰紫色。主动脉终于爆开了，血从眼角、鼻子中流出来，大脑被血水覆盖，他们也被黑暗覆盖，沉入那无底的深渊。

但还未落到渊底之时，他们就都已变成了尸体。

山下大人早已威严不再，一身华丽的节日盛装，早就破碎不堪，血迹斑斑。他站在倒塌了的主观赏台边，惊愕无比、张口结舌地看着那个脸色苍白的人慢慢靠近，慢慢从倒下的武士身上一步步走来。就在那一瞬间，他忽然认出了这张曾经藏在面具下的脸。

是那个女长狗！总领事的女长狗！这个下贱的臭婊子！他曾经私下里观察过她的身体，那时候他觉得又是恶心，又是迷人。但是他根本想不到，这个他曾经极度不屑、残忍捉弄过的无名小卒，竟然敢蔑视他的权威，用复仇的火焰来报复他，给他的家族带来一场灭顶之灾，而且，他也快要被她毁灭了！他简直不敢相信，居然是她？可是现在，事实就在眼前。她就是罪魁祸首，她就是祸根！女人全都是祸根！

他拔出刀，将刀鞘扔到一边，扭头四顾，希望能得到援手。但整个家族成员，只有十一二个人从这场灾难中逃生，其余的仍在悲剧中挣扎。他朝大家怒吼，问谁愿跟他一起并肩迎敌。然后，他将刀移至前方，双手紧握刀柄，一瘸一拐地向清水冲了过去。但是，没有一个人愿意跟上来的。那就算了，就让他们见识见识，能够成为尼桑最强大的领主的人，究竟有怎样的英雄气概？

清水一动不动，一言不发，静静等待仇人渐渐靠近。她的胳膊前伸，十指合拢，指着山下的脸孔。领主走到距她几寸远的地方，停下脚步，双脚外撇，形如外八字，准备一刀斩下，给她致命一击。他的目光直刺她的双眼，她的眼睛便如阳光下的寒冰般透明。脚下的大地再次震颤。他腿上的肌肉抖抖瑟瑟。大脑催促他，得立即出手，否则就晚了。但是，他的双臂却不听使唤，连目光都没法从她眼中挪动半分。

清水慢慢将十指交叉，紧扣在一起。远处看到这一幕的人们，都是满腔怒火，但他们突然看到山下握刀的双手，竟反转了握刀的方向，缓缓抬起胳膊，将刀剑对准自己，正对腰部的位置。然后，就见那个白脸女巫——从目前发生的一切来看，她定然是个女巫，她弯曲的手臂，扣紧的双手，猛地指向了领主。

山下心里十分清楚，现在灌注他双臂、迫使弯刀插入他体内的力量并非自己的，但他真的无法去控制。悄无声息地支配着他的人，让他将刀拔出来时，他根本无力反抗。他再次将刀插入了身躯。又是一次！前两刀已经够厉害的了，他的脑子开始麻木，舌头开始僵硬，但当弯刀第三次猛地戳进肌肤，刺穿身体时，剧烈的疼痛瞬间爆发了，他的惨叫比垂死的野兽还要凄惨。

他的那些家族成员，那些没有勇气、意志薄弱的人，眼睁睁地看着他就这样第四次将刀子插入身体，并自后穿出，他们都不敢相信自己的眼睛。他口中发出尖叫，却站着没有倒下。第五刀再继续，他再也叫不出什么了，说出来的语言含混不清。他踉跄在血泊之中，嘴里呜咽着，尖声说着什么，就像是在祈求宽恕。

白衣女巫不为所动。

一刀，又是一刀。当第八刀插入身体之后，清水才令山下跪倒在自己的鲜血汇成的小河中。刀已直没至柄，他往前伏倒，双手仍紧握在刀柄上。

清水没有移动。山下那毫无生气的脸终于紧紧贴到了她脚下的草叶上，然后他的双手才慢慢松开。

清水胜利般地举起了双臂，“隆隆”的雷声响了起来，渐渐小了。那些来到了她前面，仍然能够站立的人都纷纷后退，转身狂奔，逃命去了。

布里克曼抓住了一匹乱跑的马的缰绳，跨到了马背上，骑到了清水的身后。

他的目光与她相接，却不禁一阵寒意涌上脊梁，他看到了她的眼睛。

如果真的如雪先生所说的那样，人的眼睛是心灵的窗口，那么潜伏在她心灵之房里的，一定是一个他过去从未见过的陌生人。

“与平原人为敌的，终将被如此毁灭……”清水冷冷地、不带一丝感情地说。

布里克曼一把将她拉上马。她的身躯如一粒干玉米壳般轻盈,她将双臂环抱在他的腰间。“抓紧了!”他说时,掉转马头,也握住她的手腕,策马狂奔,向飞机所在地冲了过去。

此时四架飞机已迎风而立,装备齐全,待命守候。佳得利早已登上了第一架。他伸手将清水拉到他前面的座位上。这个变种人的眼里闪现一层晶亮的光,有一种很想离开这里的感觉。布里克曼觉得很惊讶,他实在有点搞不明白,是什么改变了这个变种原来根深蒂固的想留在这儿的想法。但这会儿,他终于找到了答案:佳得利从来不是一个想处于下风的人,他希望自己永远高高在上,站在胜利者的那一方。

布里克曼对清水抛了个飞吻,然后拍了拍座舱外壁,说:“好了,出发吧!我们就在你的右后方!”佳得利随即发动了推进器,布里克曼忙让开距离,看着这架大鸟飞快地自草地上滑了出去。六秒钟后,佳得利一下子点燃了两枚火箭筒,平时都只会点第一枚,发射车顿时就被甩开了。

飞机以近乎直角的角度往上攀升。

凯尔索从布里克曼的肩后看着飞机,问道:“将他们俩安排在一起合适吗?”

“难道你想让她和你坐同一架?”

“本来是的,但是看到刚才发生的事情后,我一点都不想了。可……”

“别担心。和前面的那些飞机一样,这四架上也装了点东西,而且，控制器在我的手里。”

凯尔索哈哈一笑：“哦，这么说，我也得小心点喽？”

“嗨！别逗了！”乔迪叫道，“我怎么觉得有人想从后面偷袭咱们？”

布里克曼顺着她所指的方向看去，只听一阵马蹄声快速奔来，“对，咱们得加快速度！点上两枚火箭，像佳得利一样，快！”他猛地将乔迪和凯尔索朝离得最近的那架飞机一推，自己便朝另外一架跑了过去。凯尔索点着推进器的时候，乔迪的一条腿还挂在外面呢！布里克曼伸出手，刚一拉点火拉环，那骑着马冲来的武士已越过了灌木丛，迅速向他们逼近。

“嘶！啪！嘭！”飞机摇摇晃晃地向前冲。

快呀！快，快！

发射车的速度骤然加快了，却还是不足以将那个为首的骑手甩掉。火箭尾部喷出一道烟雾，那武士朝右边跑开，躲避烟雾，与机翼保持在同一条前进线上。他也开始弯弓搭箭，对准了上面的驾驶者，这么近的距离，他又岂能射偏？

摩城啊，一定是在暗中护佑着布里克曼，那一箭真的射偏了，它先射中了飞机上的一根云杉木支柱，穿过柱子，戳进了布里克曼的大腿。哎哟，克里斯托夫！

武士再也没有机会射第二箭了，他的手刚伸到背后要去拔第二支箭，就被布里克曼的气手枪自侧面瞄准了，“嗖嗖嗖”，三发子弹齐射而出，一下子将他从马背上射飞出去。

前面，凯尔索和乔迪已经高高地飞起来了，布里克曼这会儿终于明白了，佳得利为什么这么早就要点火，还一下子点了两枚火箭，因为场地前面堆满了石块和尸体。他咬紧牙关,忍着右腿上钻心的痛,点燃了一号和五号火箭,跟着他们转向西方,以一个极陡的角度,弹射到了高空中。

飞机徐徐爬升,布里克曼往下看去,下面是覆盖着森林的深红色丘陵,旁边就是哈德孙河。如果骷髅脸说的话属实的话,下面就应该有一片空地,形状与留在帐篷中的地图上标出来的记号是一样的,中间应该还有一个凹下去的白色正方形。不过,现在还有最后一件事情要做。

布里克曼降低左翼,下面有一群像蚂蚁一般大小的人正朝他们留下的那架飞机围了过去。这架飞机旁边是两辆装满火箭的推车,是布里克曼在乔迪、凯尔索、佳得利的帮助下完成布置的。而且,他们将剩下的全部榴弹都放在了飞机座舱内。是时候了！他拿出了控制器,选定了相应的号码,说了一声:“再见了,朋友们！”然后,他便按了下去。

两团光几乎同时喷射出来,先爆炸的是飞机上的塑胶炸弹和榴弹,然后才是两辆火箭推车。烟尘翻滚,熊熊膨胀,直冲天际,地下只有火焰烛烛,尸体遍布。那些小小的人影几乎都不再动了。

布里克曼朝远处看了一眼,整个鹭池基本上被毁得不成样子了,这次的袭击,一定会让那妄自尊大的铁大师们永远刻骨铭心地记忆。但是,这么做值不值得?究竟有多少人为此失去了生命?而他逃离后,还会有多少人受到牵连?不！他不想再想下去,那些逐渐涌起的自责得赶快清除,否则心里会更难受。再说了,这些事情,他不做,总会有人来做的。

别想太多……

他升到了三千英尺的高度，气温开始急剧下降。他禁不住有点寒冷，便加快速度，赶上了另外两架飞机，慢慢从它们中间穿过，带着它们乘着轻微的上升气流，往西边滑翔过去。大家都很高兴。清水冲他甜蜜地挥手，佳得利也佩服地竖起大拇指。乔迪和凯尔索则握起拳头，冲着空中砸了一下，这个手势是开拓兵们的常见手势，表达胜利的狂喜。

布里克曼本能地回应道："耶！"

真是幸运至极。每个人尽了自己最大的努力，但最终真正扭转乾坤的还是清水。布里克曼自己也算是幸运的了，若是箭头没有刺中支柱，那就会直接刺穿他的大腿。天母啊！那才真的叫疼呢！现在情况还好，血流得不多，他还死不了呢。等安全了，再将箭头弄出来。不管情况有多糟糕，也不会比那次佳得利从他胳膊中拔出弩箭更痛。

除了这最后被射中太过危险外，不管怎么说，今天的逃亡还算幸运，也算一个好的开始……

第十七章

换一个姿势看,清水使用异能进行的复仇行动,只能是一种浮在表面的胜利,她针对的是山下及其同伙。但源清盛并没有死,他被埋在一重重堆积起来的石堆中,被人发现时还活着,而且,并无大碍,只有点皮外伤。他能在这场前所未有的浩劫中活下来,真是一种奇迹。距离他才几英寸远的鹭池负责人志贺光,在突如其来的地震袭击看台时,就被活活压死了。

其实,能这么快地结束生命,对志贺光来说,不啻一种幸运。如果他能活下来,源大人一定会对他进行一番极其残酷的严刑拷打,将他折磨得不成人形。他地位低下,没有资格剖腹自杀,只会被冠以共犯的身份,被迫当众遭受人类所能想到的酷刑和侮辱的极限。

不过即使他死了,也难以抚平源大人的万丈怒火。他命令手下,将志贺光的尸体斩首,再大卸八块,全都挂在鹭池大门外的瓦梁上。志贺光的头颅被插在木桩尖端,木桩则钉在鹭池入口。关于他所犯罪行的布告,贴得到处都是。他那可怜的妻子,仅仅因为和他有婚姻关系而已,被残忍地命令,要求先杀死他们俩的孩子,而后再自行了断。他们的尸体与他的尸体都挂在一起。

在源大人看来,现在所发生的一切,罪责全都在鹭池的工作人员身上。如果他们能保持足够的警惕性，长狗和他们的变种人同伙又怎么可能导演这样一番前所未有的叛乱？他才不会认为他要负上什么责任，至于在这场袭击中，那将恐怖的攻击提升到顶点的魔法意味着什么，他也不会多想。

鹭池所有幸存下来的工作人员，不管是当天一直被禁锢在住所内的寻道民，还是当时正在洗涮做饭的变种人奴隶，都被集中在四合院内，四面都有重重重兵监视。甚至那些检阅特遣队的士兵，也遭到这样的罪责。在源大人眼中，他们和那些贱民没什么两样，要不是他们如此贪生怕死，又怎能放脱了那几个残暴的忤逆者？

所有人的手上脚上都被拴上了铁镣，押送人员手持藤鞭，赶着他们到大陆上，沿着波士顿方向排成一条纵队。队伍最前面是几个变种人，他们的主要工作是在道路两旁，每隔一千步就挖一个坑。每挖好一个坑，队伍就要停下来。这时候，这排纵队最前面的一人，就要从跟着队伍前行起，就在最前面的一辆装满木桩的车上的那一个，抽出一根桩子，插在坑里埋好了，然后自己的背贴上去，由人将自己绑好，直到动弹不了，慢慢等待死神的降临。

源大人舒舒服服地坐在马车里面，目睹了整个过程，这种惩罚残忍到极点，因为纵队将一直前行，按照顺序，他们中的每一个人都将成为下一个牺牲者，要备受折磨而悲惨地死去，后面的人也会目睹前面的人的痛苦，这对他们的心理将会造成多么大的伤害，使得这种痛苦痛上加痛，但他们并无选择，只能眼睁睁地看着自己必然的命运，向自己慢慢逼近。

这次的死亡之旅，从鹭池一直延续到波士顿。准备的木桩用完之后，还是不够，负责在大路南北两侧种地的变种人也逃不了干系，全都被聚拢在一起处死了，到了最后，连那些被迫挖坑的变种人，也得为自己挖一个死亡之坑。

一切结束后，源大人嗜血的欲望总算得到了满足，他的心情也稍微好了点。但是，到了吃晚餐的时候，看着自己家中剩下的主要成员，还有山下代表团里的幸存者，他再也快乐不起来，哀伤而压抑的气氛弥漫全场。

他的朋友——山下的尸体被装进了鹭池草草准备的棺材里，运到了他在港口的船上，但山下死后，种种后事将十分麻烦，难以解决。虽说最初是山下大人自己将飞机和飞机上的两个人送到马萨诸萨来的，而且还说服将军允许他们制造更多的飞机，可无论如何，事实明摆着，在他——源清盛的领地上出的事，因此要对领主大人的死负责的，绝对是他。

但这又显得很不公平，不过与山下这样势力过于强大的家族打交道时，又岂能奢望公平？他们肯定会要求赔偿各种物资，大量金钱，说不定还要你血债血偿。这肯定会为他的领地带来更沉重的负担，但若敢拒绝他们的要求，恐怕会更加麻烦。

另外，还有一个更加棘手的难题：总领事是在乘坐的飞机失事时毙命的。因为飞机是源清盛制造的，他也将负有完全的责任。而雪上加霜的是，这次的奴隶叛乱，完全是因为监管不力，这不仅仅是一次简单的逃跑事件，还有试图谋杀高层人物以及王公贵族的嫌疑。在当时那灾难性的场面，连主观赏台都被彻底毁坏了，甚至连专门为将军准备的检阅亭都坍塌了。试想，如果当时将军在场，万一遭到什么羞辱，或者有个三长两短……源氏简直不敢再想下去，这实在太可怕了，想想都让人心胆惧寒，他赶快将这个想法从脑海中驱逐出去。

他心情沉重地来到了自己的密室，守卫的武士增多了，是平时的三倍，他想不通为什么那些叛乱分子有那么大的能耐，因此为了防止遭遇不测，他要更加小心。床侧放着一封密信，打开一看，信里说总管大人有极其重要的任务要分配给他，已派了一位信使向他口头传达，信使已来到波士顿。他在信里敦促源氏，要尽快迎接信使，千万莫要耽搁了，且与信使会面的地方一定要安排得尽可能的隐秘，不许对任何人泄露信使的来头，信使口头布置任务时，更不得有任何随从在场。

源大人无论如何都猜不出来，信使会告诉他什么，他当然很想知道了。不管那是什么，只要是家康安排下来的，他绝对不敢怠慢。他按照信中指示的那样，毁掉了信件，又派出最信任的仆人前往信中所说之地，将信使带过来，从秘密楼梯进入密室。

家康的信使在半夜之时，被带到了源大人跟前。互相对了暗号之后，他出示了自己的内廷印章。当他揭下面罩之后，源清盛忽然觉得心头一震，此人看上去真像一具骷髅。

不错，这个人，就是审讯过布里克曼的那个小个子。现在，他的名字叫藤原，这当然不大可能是他的真名。

家康大人送来的信大致意思如下：鹭池发生的灾难事件已经上报给了内廷，而且是直接送到将军手里的。尊贵的陛下对自己没有卷入这件有可能威胁到他生命安全的事感到很庆幸，这倒和源清盛所想的一样。但将军深深地为东芝仲根的死感到痛心。他的死，不管是为公还是为私，都是一种巨大的损失。为公的话，作为尼桑的统治者，他失去了一位得力的干将。为私的话，他失去的是一位姐夫，一位亲人。源清盛担心的就是这件事情。攻击总领事和使者长谷川敏郎，就是攻击将军幕府本身。如果他身为领主，却没有能力镇压这些反叛分子，无法保障幕府官员的人身安全，无法保障他们顺利完成自己的使命，那么，幕府将会利用所有的合法手段来维护自己的利益。

信使藤原当然不必再详加说明那意味着什么。首先，对总领事的遗孀，自然是要好好赔偿的，而且总领事地位尊崇，又娶的是将军的姐姐，赔偿金额自然不会一般。此外，鹭池事件竟然造成了如此严重的损失，因此，将会被征收额外的赋税，商业许可证也会被吊销，资产也要被查封。还有那些与鹭池项目有关的高级职员，凡是当时活下来的，同样要被处死，而且幕府官员及驻军的人数会因为这次事件而大幅度增加，他们的给养费用也得捐出来。

他作为领主，如果拒绝履行这些裁决的话，他的领地就会被贴上“反幕府者的土地”这样的标签。这等于是等着将军以权力来占领他的领地。如果情况继续恶化的话，那后果更严重，他的家族恐怕会被除去贵族的封号，甚至要遭受比家臣还要苛刻的待遇。他可不愿意发生这样的事，更何况现在他是雪上加霜，山下家族一定会将领主之死归咎于他，不归咎于他又能归咎于谁呢？他们很可能在暗中采取报复手段。

这些微妙的局势变化和处理办法，这个信使看得很清楚，他也很有处理的经验，还有很高的谈判技巧。他说他的主人十分清楚，山下大人不幸罹难后，源氏家族和山下家族原来那种友好的关系将不复存在。家康总管大人倒是很希望能帮助源氏家族,因为不管怎样,源氏家族一直都是丰田家族的盟友。其实从某种意义上来说,两个家族其实都受到了山下家族的威胁。信使说,在机会成熟之时,两个家族能紧密地合作的话,便能消除甚至减少山下家族的威胁,而家康一定会尽力说服将军,从另外一个更为平淡仁慈的角度来看待这场重大事故,而对总领事的补偿,也不会那么严苛。

看来,这根本就是一个无法拒绝的提议。

源氏当然是需要帮助的,但他不傻,他自然能看出来,信使的来访其实只是一场重大的政治阴谋的冰山一角。家康果然是一只狡猾的老狐狸,他一直都在暗地里干着点什么。源氏详细地考虑一下现在对方给的条件,他只能对信使保证说,他为将军效劳之心从未改变,大家的希望他会努力去实现,可是他并不知道,自己应该做些什么。

骷髅脸——藤原,告诉了他该做的事。

山下大人带着他的武装护卫和一票手下来到波士顿时,乘坐的是三艘远洋帆船。这会儿,它们依然静静地泊在港湾里。鹭池事故中的幸存者们,包括几个与山下大人关系极为密切的人,在船上待了一夜。那些原本连码头都没出的船员原来很遗憾没去鹭池,现在却觉得真是幸运,否则的话,他们恐怕会和同伴一样,遭遇一场后怕的灾祸。

早晨,船长和船员相继醒来,却见一艘大型帆船来到这个港湾,并在北岸边抛锚停泊。船上飘扬着长谷川家族的旗帜。它一定是夜间悄然而至的。吃了早餐后,山下代表团中的几位临时负责人便开始商讨,他们下一步的行动计划,是该即刻起航呢,还是该再等待一段时间，等到后援——主要是军队——从陆地上赶过来增援，增补他们剩下没多少的人马。

山下大人的死讯也由快马送往萨拉库萨的领主府邸，但什么时候能到还不能确定，骑马者必须先经过丰田家族北部的领地。

平时领主与府邸间传递机密信件，靠的是信鸽，它们当然也来到了鹭池。山下一般无论走到哪里，都会随身带着几笼信鸽，便于及时传递紧急信件。但这一次地震摧毁了马车，等混乱结束，大家清理尸体时，车夫和看守信鸽的人的尸体也被发现了，他们的头骨都裂开了，应该是被那些飞来横石砸坏的。那些鸟儿倒没被砸死，但是笼子砸坏了，它们全都飞走了。

几位负责人的商议会议进行到一半时，一个船员带来了源大人的口信。源领主已经屈尊离开了府邸，这会儿到了码头附近，他请求能带着四位神职人员登船上来，送他的盟友最后一程。代表团中的两位资深官员赶紧上岸，前去迎接。

灵台上，布满了白色的丝绸，山下大人的灵柩就停放在此，棺盖是开着的，山下大人静静地躺在里面。源清盛按照传统礼节，悲恸欲绝地吊唁完故友，又对着山下的遗体痴痴地想了一个小时，这才问旁边的人，自己能否和他的故友生前最亲密的手下私下里谈谈。山下"生前最亲密的手下"中，有许多都已经死去，尸体正等着处理；有四个受了重伤，还有一个伤得估计连回家都回不了了，只剩下两个还能站着的。

源氏确定他们的谈话没有人偷听之后，才开门见山地提到，山下大人这次来，随身携带了"满满一箱子贵重的丝绸布料"，它原本是为了当作礼物献给源氏家族的众贵妇的。这箱布料是用极为独特的原料做成的，而且做工之精美细腻，无与伦比。他强调道："可……唉，实在是遗憾，山下没能活到将礼物亲手拿出来。"最后源氏请求道："那么，诸位随从，是否知道山下大人的这个打算，是否知道现在箱子在哪儿，能否帮助山下大人完成遗愿呢？"

真是上天保佑，源氏很幸运，这件事情，只有四个人知道，除了源氏自己和死去的山下领主大人之外，剩下的刚好就是能够站着的这两位。他们当然很清楚，布料下面的是什么东西。两人相互对视一眼，那位年纪较大的开口答复了源氏提出的问题：不错，他们确实听说过有这样一件礼物，但既然他们的领主大人没能活着将礼物亲自呈送上去，那么他们也不认为自己有资格代表主人，将此物呈献。至于这件礼物应该如何处理，也只能由山下大人的继承人来决定了。

源清盛自然好好赞扬了他们的谨慎稳重，但也指出，他们其实误会了他的本意。他并非想私下里强行接受这件礼物，他这次来，只是想建议各位，将这个箱子和里面的东西交给他们来保管，等到山下的继承人确定是否交付为止。他之所以要这么做，是因为今天一大早，他派到总领事住处的内线向他报告了一个非常糟糕的消息：将军已经知晓了帆船上的秘密，打算趁他们返航时，以慰问逝世领主的名义，拦截他们的船队。

两位随从听了这话，不觉一惊，相互对视一眼，目中十分警觉。

源氏关切地告诉他们：将军手下的人肯定会很容易地就找到一个神秘借口，要求代表将军搜查箱子中的贵重物品。他们若是不想惹祸上身，可以将箱子扔到海里，但这样一来的话，岂不是违背了主人的遗愿?

他们当然也可以自行安排,将箱子偷偷放在岸上的某个地方。但源氏又提醒说,箱子在护送到一半之时,很可能就会被丰田家族的人发现,到时候同样吃不了兜着走。他们的领主大人生前曾经将鹭池这个项目看作“编织梦幻之业”,这是他亲自说的,而他在这个项目上最主要的合伙人就是源氏,所以他们应该相信源氏,相信只有他才有资格看管箱子以及里面的物品,直到山下的继承者被确定下来。

源氏说出的话,句句在理,他强调的含义更是字字真切,两位随从便误以为山下大人生前,真的将自己的计划完完全全地告诉了源氏。两个人退到了房间一侧,小声地商量了一会儿,便回来跪在源氏跟前。源氏扶起二人,要他们坐下说话。两个人便恭敬地鞠躬,盘腿而坐。

那位年长的随从说,他们很感激源氏提醒船只可能会被拦截,也愿意将箱子交给源大人保管,但不知道大人是否意识到,要监管此箱,需要冒极大的风险。

源氏当仁不让地说,他早就做好了准备,来迎接这样的风险。山下大人为了将尼桑带进新时代,最终献出了自己的生命。而他源清盛,非常敬佩山下大人这样伟大的目标,所以即便同样付出生命的代价,他也要帮助山下大人实现这一崇高的理想。事实也很快会证明,能够继续山下大人光辉伟业的,是一位值得信赖的朋友,一位值得与之分享最隐秘、最深邃的秘密之人。

源氏字斟句酌,讲得头头是道,两位随从相信他非常清楚鹭池项目的真正目的——重获黑光。他们商量之后,确定了交出箱子的时间和地点：中午时分，在源氏名下一处偏僻的宅子里，那里远离熙熙攘攘的海港，可以避人耳目，他们要在白天进行搬运，这样显得正常，不会引人注意。到时候，源氏也会派一位官员前来，确保箱子顺利通过码头，不会遭海关人员的过分盘查。

到了约定之日，差不多时候了，一位车夫驾着一辆牛车，载着箱子，带着四名搬运工，踏上了前往指定地点的路程。两位随从带着四名骑马的武士在前面引路，车后跟着一辆牛车，上面坐着十二个士兵，穿着的却是平民的服装。三组人速度不一，间隔着一段距离，时而与路上其他车辆混杂，时而又紧密跟随。若是不仔细跟踪察看，又岂能看出牛车和骑马的人之间有何联系？这正是他们的目的。

到了指定位置，骑马的武士先将宅子四周侦查一番，确定无人埋伏之后，两位随从才命令载着箱子的牛车驶向宅子附近。后面跟随的牛车则停在路边，伪装成平民的士兵走下牛车，他们的武器都藏在车上的稻草堆下。在任何路人的眼中，他们都只不过是一些乡下人，因赶路太累，趁着车夫喂牛时下车休息一下，舒展腿脚而已。

交付之地是一座宅子，瓦屋顶，木石结构，修建于上个世纪中叶。这里久无人住，空荡荡的，四处积满尘土。源氏等人早已在此等候多时，他手下的两名副官迎上前来，将之前见过他们的两位随从引到源大人跟前，箱子也跟着搬上来了。两名副官又带着四个搬运工退了下去。实际上，这四个搬运工也都是由士兵假伴的。在鹭池那场惊天浩劫中，跟随山下前去护卫的士兵中，仅有四十多个活了下来，他们就是其中的四个。

这屋子里面是一座高台，从左至右贯通了两边墙壁。高台正中孤零零地放着一张稻草垫子。此时,源清盛大人正端坐其上。高台前面放着四张稻草垫,将地板都铺满了。源清盛将两个手下叫过来,示意他们揭开垫子。手下将垫子移开,下面便露出了一道活门,他们开启活门,便有一条台阶通往地下的秘密深窖。

源大人解释道,这里便是准备安置箱子的地方。等箱子放下来后,这道活门就会被卸掉,换成一块厚厚的木板,颜色与旁边的地板完全一样。然后这厚木板会严实合缝地关闭好,一直等到新的山下大人亲自前来开启。不过在这之前,他希望有机会能一饱眼福,亲眼看看这件他几乎要接手的贵重礼物,他十分虔诚地尊重它,因为它承载了山下大人对尼桑的梦想。

两名随从请源大人叫来他的两名副官。

四个男人将箱子抬了过来,移走了上面的丝绸布匹,里面是一个沉重的、包裹着亚麻布的大家伙,四人合力,好不容易将其抬出。随后,源氏命令其他闲杂人等离开了房间。两名随从这才打开了这大家伙的外层包装。一个奇怪的机械之物露了出来,这就是从天鹰战机上拆下来的引擎。天鹰战机乃是联邦篷车队配备的基本飞行器。引擎如今正安稳地躺在这个木板箱内,它配置的薄薄的木螺旋桨就安放在旁边。

源清盛心中有些吃惊,有些激动,忙凑上前去,仔细检查了一番,但并未触碰它一下。他问道:“这莫非就是为最初的那架飞马提供动力,据说已经早被销毁的奇异装置?”

随从说:“不错,就是它。”

源氏不得不称赞山下果然机智过人。山下拥有很多优秀的品质,其中最厉害的，就是他那丰富的想象力！当初，这个装置被焚毁之时，将军代表不也在场吗？难道烧毁的那个只是个假冒产品？将军的代表又岂是轻易能骗之人？山下到底用了什么手段，能在其眼皮子底下偷龙转凤？

源大人真不愧是老奸巨猾之人，山下的两个随从已经完全相信他了，他就这样像挤牙膏一样，一点点地将两个随从所知道的一切都挤了出来，并承认自己是同谋者。两名随从不知不觉便透露出山下宏大人是整个重获黑光计划的策划者，他们并不知道，帮助山下大人实现这个计划的长狗其实已经逃跑了。这一点，山下家族的人没有一个知道，源大人也不打算告诉他们了。

源大人反倒有了另外一个建议，他高兴地道："让我们一起举杯吧，为了你的主人，希望他的计划终究会实现！"

他轻轻地敲了敲叫唤人的小铃，副官就从外面进来了，端着一个食盘，盘内有一碟点心，还有一壶酒、三个杯子。副官放下食盘，为源氏和两名随从各倒了一杯清酒。

"为了山下，"源清盛举起杯子，提议道，"我们的黑光领主。"

"愿阻挡我们前进步伐的敌人全部灭亡！"两个随从也端起杯子，高高举起，齐声喊道。

他们没有任何怀疑，因为他们的酒也跟源大人一样，是从同一个杯子里倒出来的，他们毫不犹豫地跟着源大人一饮而尽。他们当然没有想到，自己所用的瓷酒杯的杯沿上，涂有一层无色无味的烈性毒药，能够让人体的运动神经迅速麻痹。他们顿时既无法动弹，又不能发出声音，但他们的神智却又是完全清醒的，能够意识到自己目前的所见所闻。

两个人的杯子“当啷”落地后，源氏手下的副官便迅速用绳子将他们捆了起来。他们目前的瘫痪只是暂时的，很快就能够活动，他们必须被控制住，这样就无法向其他人发出警报了，而且也不能让他们自尽。自尽是必然的，如果他们知道接下来要发生什么的话，他们一定要坚决地这么做。

但见高台后面的屏风被推开了，年轻的将军还有六位领主，以及他们的最高军事长官现身而出，原来他们一直就端坐在后面。源清盛忙恭敬地跪下，向赖朝谦恭致敬，帮他干活的两个副官也跟着跪拜行礼，并且还要强行迫使山下的两位无法动弹的随从跟着一起做。

这件事情做得十分巧妙，一切都是那位老狐狸总管大人家康策划安排的。他用了种种方式，在绝对保密的情况下，精心上演了这样一出好戏。此刻，坐在将军身边担任审判官和陪审团成员的，是尼桑的各大领主：珂尼卡、精工和三菱，他们三位的领地都在山下领地的南边，并与之接壤；另外几位领主，他们的领地在更南端，毗邻前面那几位的，他们分别是大发、达特桑和铃木。

珂尼卡家族本与山下家族是姻亲关系，而精工家族似乎长期以来与幕府的关系有些紧张。剩下的四位则都是站在幕府这边的人。若是以势力大小而论，珂尼卡和精工家族，明显超过了陪审团中的其他四位，精明的家康进行如此安排，显然是费了一番心思，显得极为老到。

接下来的裁决非常简单而快速，陪审团一致同意：山下家族犯下了叛逆的重罪，必须接受清算。届时，珂尼卡、精工和三菱三位大人愿意前去萨拉库萨，将贵族们决定的处理结果通报给山下家族，并且将山下家族犯罪的证据一并通知。另外，他们还会带上一份名单，上面会列出需要承担罪责之人的名字，凡是写着名字的，都得采取必要措施进行严肃处理：要么就是自杀以谢罪；要么就是去见将军，乞求他的宽恕。

这也不过是一个两难的选择，无论选的是哪一个，都难逃一死。如果他们拒绝这两个选项的话，整个家族将会面临着一场武装入侵，所有资产都会被没收，甚至严重到领地都无法被保住。

若在以前，将军幕府又岂敢对势力雄厚强大的山下家族采取这样严厉的惩罚措施？但现在山下家族的头领山下宏死了，罪证又确凿，珂尼卡家族和精工家族肯定只会持观望态度，不敢轻举妄动。山下家族没有了同盟，又怎敢硬碰硬，不服从将军的命令？

山下的那两位随从带来的伪装成搬运工和村民的武士原本一直在宅子外面静静守候，扮演好自己的角色，但当里面传出铃声，这边有人端着清酒进去之时，他们忽然发现死亡已经悄然来临。周围突袭他们的人同样是些乡下人，有的还带着女人和小孩，坐在三辆农车上，就停在他们旁边，正在闲聊着一些家长里短之事，或者拿出一些农产品来假装贩卖，这些人正是源氏的武士们装扮的。山下的武士还没来得及反抗，就被乱箭和刀剑当场射死、刺死了。

随即，山下的两位全身瘫痪的随从也被拖了出去，进行处决。赖朝盛赞了源氏在这次揭露山下谋逆之罪中所起到的作用，却半点都不提源氏与山下的同谋之事，更不说他支持总领事窝藏异族女子的事。这些现在不宜提，将来可以慢慢算账。原来还曾传闻说，源氏的次子与山下的一个女儿订了婚，现在这婚约自然而然就解除了。因为山下所有的直系亲属——他的父母、儿女，包括传说要嫁给源氏家的那个，还有他的妻子，都被静悄悄地处死了，就连襁褓中的孙子辈都没能幸免。

斩草除根，虽然很残忍，但绝对有必要。被废除的领主的遗孤长大之后，成了将领，继而带着他的部队前来复仇，将当初因一念之仁放过他的人打得落花流水之事，在尼桑的历史中不止一次地上演过。

赖朝是绝不可能犯下这种愚蠢的错误的。

现在，山下大人的直系血脉已经不在人世了，而在他生前，山下家族中能与之抗衡的竞争对手已经全部被清除掉了，所以目前可以从这个家族的旁系亲属中挑选出一位比较合适的成员——也就是比较听话的成员，来继承山下宏的领主之位。这就好比是一棵树，那些粗壮的枝丫能够抢到更多的阳光，继而长得更加枝繁叶茂，但往往就是这样的枝丫最容易被锯掉，因为它们挡住了本可以照射进主人家房屋的阳光，所以最后能够长得更安稳的反倒是那些看上去很弱小细瘦的枝丫。

对山下家族的惩罚会严酷地进行下去，但不至于会让这个家族从此断子绝孙。因为山下家族的贸易活动已经十分繁盛，甚至与整个尼桑的经济安危都紧密地联系在了一起。如果硬要逼着他们缴纳高额罚金的话，很可能会引发长期的不满情绪，对整个尼桑的经济将会造成重大的影响。

所以，惩罚得有一个尺度，严中有宽。但是，从今以后，山下家族就不能再垄断变种人的贸易了。他们的前盟友珂尼卡家族也可以建造轮子船，前往西方的各处海洋；精工家族则会成为奴隶贸易的接管者。山下家族可以将奴隶带到尼桑，但是贩卖过程必须通过精工家族来进行。这个主意当然是家康想出来的，通过这两步精妙的安排，丰田家族不但能够收买到珂尼卡和精工两大家族，让他们自此不再有二心，更削弱了山下家族的实力并要其为这一切埋单。

长谷川家族的旗帜在船头高高飘扬，这艘船实际上是将军的战船之一。它连夜带着赖朝和六位领主到了波士顿。贵族议事团对山下家族做出宣判之后，源大人悄悄命令港口外的岛屿要塞发射一枚炮弹。听到这个信号，另外五艘潜伏的战船迅速开进了港口，待确定了身份之后，五艘战船将长谷川家族的旗帜扯下，露出了旗帜后隐藏的真貌。

山下的三艘帆船上的人还没反应过来，源氏的军队就蜂拥而至，到了他们的甲板上。那些惊愕至极的船长终于明白了，如今政治形势早已风云突变，他们的主人家族完蛋了。丰田家族的六艘战船除了一艘撤退外，其他的都围拢了上来，山下的船只根本不可能突围到外面去。现在，摆在他们面前的只有两条路：要么就是奋战到底，但很显然，这样的结局几乎是注定的，只能战败后凿船自沉；要么就只能投降了。

至于山下家族的三艘帆船，每艘都派出了两名副船长举着休战旗来到码头，与丰田、源氏家族的代表和六名旁观的领主进行会谈。他们被告知，目前，山下家族已受到了犯下严重的谋逆大罪的指控，这些船只都将被没收。在下次涨潮前，如果他们能够投降，那么船上的人就会毫发无损地活着回去。反抗此时已经毫无意义，如果选择凿沉船只，只能白白地送掉性命，而且所有人都会像死去的山下大人一样，成为获罪者，甚至牵连到自己的亲属。

副船长们回到了自己的船只，将情况报告给了船长们。船长们商议之后，做出了他们的决定。一个小时后，船上山下家族的旗帜就被降下来了，恭恭敬敬地盖在了三位船长和他的高级副官的尸体上。事情就这样轻易地搞定了，没有费一兵一卒，一枪一弹。

山下大人竟会死在那个神秘的白衣女巫的手上，这是家康绝对没有想到的，不过就算他没有死，现在的结果恐怕也会是一样的。借着源清盛设下的网罗，别说是虾米泥鳅，就算是大梭鱼，恐怕都要被收进网内。

按理来说，源氏也完全可以被控以叛逆之罪，想不到还能逃过一劫。他此刻还胆战心惊，也规矩了很多，正想方设法重获将军青睐。他甚至在送将军上船时，直到已经上了跳板，还在大着胆子想提议让自己的儿子迎娶将军侄子辈的某位贵族之女。

将军倒是没有反对，说他会好好考虑考虑，但是他也提醒源氏，尊贵的美知子女士在这场浩劫中失去了她的丈夫，他还在等着源氏对他姐姐做出补偿。源清盛惊出一身冷汗，这句话显然暗含威胁之意，他本以为将军的船队驶出港口后，自己就能好好地松上一口气呢。

将军之所以对源氏既冷淡，又暧昧，是家康之前对他的建议。无论将军心里是怎么想的，出于政治需要，这场联姻都势在必行。赖朝未免感到一阵悲哀，他一直认为这个源清盛，虽然势力强大，但毫无骨气，更是背信弃义的墙头草，根本就靠不住。但是想想也罢，如果真的给源氏家族一个血管里流着丰田家族血液的孙子，说不定真的能巩固他对幕府的忠诚。

在返回阿隆基仑的将军宫殿的途中，赖朝不禁想起了敏郎，这位他最信任的使者，是他最先发现各种阴谋的苗头。当初劝说赖朝将制造飞马的许可权奖给源清盛的，是内廷总管家康。当源氏与山下勾结的阴谋渐渐浮出水面后，将军相信家康这个狡猾的老对手算是犯了一个严重的错误，他可以以这个错误为借口，解除家康的内廷职权。他甚至希望敏郎能够找到证据，证明此阴谋和家康有直接关系，但现在看来，他还是看错了。家康当时之所以要选源清盛来制造飞马，仅仅是因为他很清楚源氏是什么样的人，能干什么，不能干什么。他知道源氏的长处，也知道他的弱点，所以这是他早就策划好的，利用源氏，引山下出洞。到最后，他还能迫使源氏出卖山下。果然是一只相当狡猾又相当了不起的老狐狸，其心机至深，深谋远虑至妙，简直不减当年。赖朝也只能暗自庆幸，家康始终忠心耿耿，虽然他们彼此之间有些代沟，做事的方式不大一样，最终却殊途同归。因为他们的目的都是一样的：延续丰田幕府的至高权力。

使者长谷川敏郎并未参加这次秘密的审判。事实上，他根本不知道有过这次审判，更不知道将军和家康都来过波士顿，整个事件的保密程度就算他也没有资格知道。当大众都知道山下的三艘远洋帆船被查没时，使者正在赶往纽波罗的路上，随行的还有总领事悲恸欲绝的妻子和三个哭个不停的孩子。美知子女士想回到弟弟的将军宫殿里去,陪同她前往阿基隆基仑的江户,自然是使者必须承担的责任。她坐在马车上,后面跟着行李车,行李车上除了行李,还有一具棺椁,里面放着的是她丈夫的尸体,那具早就毁得谁都难以辨认出来的尸体。

其实,敏郎原本应该早就向将军报告,说自己的安排已经成功了。那个情报队员带着他要的犯人逃离了,总领事也按照原定的方式摔死了。可是他不知道该如何向将军解释,那个突然冒出来的女变种人导致的更严重的后果。那时候,东芝仲根一摔死在地上,他就匆匆离开了,后面发生的一切他都没有见到,只是事后听源氏手下的某位军官说了当时的情况。

那个女变种人清水若真是一个女巫,拥有超越自然的魔法,那他恐怕又要陷入一场危机之中了。他多么希望那天突如其来的地震只不过是大自然的巧合,还有那些天外飞石的故事,纯粹就是那些被惊乱吓坏了的人们的想象,全都是歇斯底里的故弄玄虚。

海上的行程虽然距离长,但却一帆风顺,速度更快,所以将军比敏郎和新寡妇姐姐美知子女士早一步回到了阿隆基仑。他热情地款待了姐姐,也表达了对姐姐丧偶的悲伤和同情,然后,他才传唤使者前来禀报鹭池的情况。

敏郎恭敬地走进将军的书房,不禁微微一惊,在场的并非只有将军,将军的叔父家康也在其身边,而且显然是将军主动邀请他来听取报告的。使者忙向两人施礼致敬,将军示意他坐下,他便小心地跪坐在地。过去他汇报时总管大人从不在场,这回还是第一次,他未免有些惴惴不安,就像面对着一只巨大的灰色蜘蛛。家康在这儿是什么原因?难道使者们的特权即将终止了吗?难道赖朝在和家康的钩心斗角、争夺内廷控制权的斗争中最终输了？

在这次最终汇报之前，敏郎早就好好考虑过，是打过腹稿的。他有条不紊地慢慢讲述着，赖朝和家康一言不发，细细聆听。敏郎在叙述中，尽量避免提到他在布里克曼和他的朋友们逃走，以及总领事失事这些事件中所扮演的角色，因为他并不确定将军到底想让家康了解多少内情。他甚至完全没敢透露，其实这两件事情都是赖朝一手策划的。

终于，他讲完了，继而噤口不语。那位骨瘦如柴的老总管慢悠悠地说道："你能如此保持警觉，很值得赞赏。但你也不用担心，其实你在这件事情中所起到的重要作用，我心里最清楚不过了，特别是你代表内廷与那个所谓的'情报队员'所做的交易。当然啦，我指的是真正的布里克曼，而并非冒充他的那个家伙，由于某些特殊原因，我们还没有查出他的真实身份。嗯，对了，我们对另外一件事情也很感兴趣。尊贵的陛下和我都想知道，你对那个……呃……女子的看法，也就是……"他小心地挑选着措辞，"那个把总领事迷惑得神魂颠倒的那个……"

敏郎忽然有种快要窒息和下陷的感觉，就好像被丢在了流沙上，眼前有些发黑。他以前不是没有遇到过这样的情况，不过每一次都能靠着机智和敏捷的反应逃过一劫。但这次，他觉得自己的舌头打了结，几乎说不出什么来："大人，我不是很明白您说的是……"

"这件事情，或许我可以解释一下。"赖朝说话了，他快速地翻动着放在他跟前的一沓纸，从中挑出了三份，上面密密麻麻都是字，"这里有一些当时目击者的记录，详细地描述了鹭池的灾难，其中有些内容与你带领马萨诸萨驻军离开后发生的事有关。"

敏郎赶快弯腰道:“我那么做的原因,已经向您解释过了。”

“是的,那是个英明的决定。我要说的是,我非常欣赏你处理此事的方式,这个结果比我们预想的还要好。”

家康也点点头:“不错,我也是这么认为的,非常好。”

赖朝仔细阅读了最上面一页的内容,然后放开,它又回到腿上的那摞纸张上面,“不过,我们十分不理解的是,这些目击者的陈述里,居然都提到了那位女长狗。我是不是能这样假设,她与那位曾经在湖心小屋里住着的女人,就是同一个人?”

“我不敢绝对肯定,陛下。但根据我的了解,住在湖心小屋的那个女人是戴着白面具的。”

“一个官妓。”

“我自己并未亲眼见过,不过我感觉,应该就是她。”

“你似乎不太确定。”赖朝说,“我姐夫藏匿的那个娼妓你是见过的,当时她确实是戴着白面具的。这一次,她也跟着逃掉了,而当初安排她转移到鹭池的,正好就是你。我觉得,她应该就是目击者描述的那个可怕的人,这恐怕是确信无疑的事,你不觉得吗?”

将军说着,拿起了他腿上的纸查阅起来,并指着一行行字迹念道:“……一声尖叫劈开了大地……石头如雨般从天空落下……光之墙将四面八方的箭头挡住……仅仅用手一指,十二个武士就被杀死……强迫山下大人一刀刀刺进自己的躯体,他杀死自己时,看起来还是活着的,甚至还能站起来……”

说到这里,他将几页纸张归拢在一起,递给总管,“你看看,从这么多细节来看,就算里面说的只有一半是真实的,也足以证明山下大人面对的，乃是一个具有超常能力之人。你能否解释一下，这是怎么回事？”

“对不起，陛下，在下无法解释这件事情。事后，有人将她称为女巫，说她召唤了大地魔法中最神秘的力量。可是您也知道，现在这个时代，这种说法是毫无根据和道理的。”

“不错，”赖朝说，“可是，如果这一切不是魔法的话，那又是什么呢？”

“我也说不上来，陛下。”敏郎弯腰道。

赖朝意味深长地瞧了使者一眼，又转对家康道：“山下几年前就听说过草猴子拥有魔法的传说，还曾经拿这个当笑话给我们讲，不是吗？”

“是的，”家康说，“不过他自己也从来不相信那些传说的。”

赖朝禁不住干笑几声，“他自己恰恰就中了招。”然后他又看着敏郎，“这些传说，他没有当真，没有注意，倒也是情有可原。但现在看来，对于一个处于他那样的位置，经历过那么多事情的人，本应该弄清楚这件事情的，他却没有去详加了解，最后才遭此厄运。比如说，总管大人最近已经发现了，并非所有变种人都生得丑陋，皮肤也并非全都是花里胡哨的颜色，头上也未必长包。他们当中有一部分人，天生就骨骼平直，与寻道民是一样的。我原先以为那情报队员要带走的两个人是长狗，可是我搞错了，其实，他们就是变种人！”说到这里，他突然气急败坏，一甩手，继续道：“真是怪了！没想到我们认为那个自称长狗的情报队员来到尼桑时，竟装扮成草猴子，而另外一方面，那两个我们一直以为是长狗，乘坐飞马来尼桑的家伙，竟然是草猴子！”

面对将军的震怒，敏郎根本不敢回答，头垂得低低的，只感到浑身冰冷。

“那你知不知道这场骗局？”家康不紧不慢地问道。这个老蜘蛛，正一点一点地收着他的大网。

敏郎赶快鞠躬回答道：“我知道，大人。在几周之前，我也刚刚发现了这个骗局，我之所以没说出来，是因为……”

“你觉得这件事情会将我也搞得晕头转向？”赖朝直接打断他，问道。

“不是的，陛下，那是因为——说与不说，都改变不了整个局势。山下大人确实在与源大人图谋重获黑光，而且，那些人如果无法回到联邦的话，我们恐怕要面临联邦的攻袭。”

“另外，我那亲爱的姐夫也确实和草猴子搞在了一起。你为了不想让我难堪，也为了保护我姐姐的名誉，所以，才没有告诉我实情……”

“确实是这样，陛下。”

“不错，我很赞赏你的这一做法，而且，美知子女士也一直对你盛赞不已，这恐怕也是一个原因吧。”

敏郎没有说话，心中缓缓沉静。

赖朝又对总管大人说：“这位使者向我们提供了这么多有价值的情报，现在，我还有个私人问题想同他谈谈，你是否还有别的事要说……”

家康摇摇头，先是慢慢站起，再无声倒退着离开了书房。这个过程中，敏郎都是直起腰后伏下身子，前额几乎贴到地板上，恭敬地等待总管大人以礼退下。之后，四周变得寂静无声，敏郎只听到屏风门被拉上,发出了轻微的滑动声。

此刻，这里除了将军和使者，就只有五个面无表情的贴身侍卫了。他们连一个基础语的单词都听不懂，更别说能了解其中的含义了。他们在这里,只是一件摆设、一件家具而已。因此,敏郎和将军算是面对面单独会谈。

赖朝示意使者,可以坐起来了。

敏郎双手放在膝盖上,背脊挺得如一杆枪。现在结局是好是坏还很难说,不管是哪一个,他都要小心应对。

将军长长地吁了一口气,意味深长地看着他,瞧了半天,像是很遗憾的样子,“我很理解你为什么要那么做。如果换了我……很可能也会这么做的。但是你这样做却导致了更大的危险,你知道我当初为什么要把家康安插在我身边的杂碎们清除掉，打造了一个直接向我汇报的新系统吗?

“把将军与他的使者联系在一起,这条纽带就是要彼此地绝对信任。你们是我的耳朵和眼睛。有些事情,眼睛本应该看得清清楚楚,就算一时看不明白了,但当真相显露出来时,眼睛也应该在错误信息还没传达到大脑的时候赶快纠正过来。但这些方面,你并没有做好,你自己应该很清楚。”

敏郎垂头不语。这种时候,无论怎样辩解都是没用的。

“我想你肯定能明白我的困境。如果我连自己的眼睛和耳朵传达的信息都不能相信的话,又岂能有安全感?那时候,世界处处是危机，步步是陷阱,四处都充满了奇怪的声音和潜伏的影子。”

“陛下,在这个国家里,您不必担心任何人,我对您以及您家族的衷心是从来没有改变过的，我能为您献出生命的决心也从未改变。我必须承认，我确实对您隐瞒了某些事情。因为对平原人不够了解，我自己也被误导了。对于我犯下的这些过错，我已无可辩解。我知道这些都是无法宽恕的罪过，怪只怪我自己太过自大了！”敏郎稍微迟疑了一下，又接着说：“我不想让自己在您面前显得太过愚昧。”

“傻子是可以被原谅的，但辜负了信任之人，绝不可饶恕。”

敏郎的心沉了下去，他此刻方知，原来自己大势已去。将军一直在跟他玩猫捉老鼠的游戏，老鼠再怎么努力，怎么精明，始终逃不出猫的爪心。他再次直立腰身，鞠了一躬，这次只鞠到了腰部，说：“陛下，我只是在力所能及的范围内，努力去实现您的目标。”

“你的确尽了最大的努力，”赖朝淡淡地说，“但问题是，你将最重要的信息隐瞒不报，从那一刻开始，我就再也无法相信你了，你说对不对？”

敏郎还能说什么呢？他只能直起腰，眼看地板，一动不动。

“但是，另外有一个人，她对你赋予了绝对的信任，而对于她，我从来都不会怀疑的，她甚至愿意用她的生命来为你做担保。”

敏郎一惊，又心潮起伏，抬起头，看着赖朝，直迎其目中之光。

“不错，她就是我的姐姐——美知子女士。而实际上，我相信是你让她到我面前替你担保的。”

使者睁大眼睛，牢牢地看着将军。现在鞠不鞠躬都没有什么分别了。

“你当然会觉得很奇怪，不过我告诉你，家康的有些手下也在调查东芝，很显然，他们很清楚你的一举一动……”

敏郎又紧张起来，等待着再次鞠躬行礼。

“我不知道实际情况是怎么样的，不过家康说了，你在调查东芝时，从我姐姐那里获得了很多很多的信息，特别是他和那个女长狗——不，应该说是女变种人之间的那些事。”

敏郎没有回答。

赖朝接着道：“而她已经向我表达了想要嫁给你的意思。”他微微抬起眼皮，这举动莫非是想得到肯定的答复？

但敏郎还是什么也没说。

“我知道你现在是怎么想的，我当然也很同意你的想法。”赖朝说，“她的确是太冲动了一些，不过你也知道，女人就是这样的。请……不要误会我的意思。你出身良好，品质优秀，自然是不用多说的。其实从你加入使者团的那一刻起，我就已经把你当作自家人了。只不过现在，我姐姐想让你名正言顺地做她的丈夫。”

“陛……陛下，”敏郎结结巴巴地说，“我……我从来没有想过……”

“亲爱的朋友，”赖朝没有让他再接下去，“我可从来不认为随便哪个人都能成为我的姐夫。听着，我是认真的，要知道，瞒报变种人身份之事，我可以不予追究。但因为你的傲慢自大，你还干过更为愚蠢的事情。”说着，他打开身后的漆木小橱柜，从中拿出一张叠得整整齐齐的纸，扔了过去，恰好落到两人之间的垫子上。

“要是你没有将这封信发出去就好了……”

敏郎一看那纸张的折叠方式以及纸上的水印，便知这是他写给精工大人南方领地军事指挥官的那封信，信中将浪人营地的所在地和进入方法都讲得清清楚楚。他来到阿里巴尼，给了一个店主一点钱,由店主负责将信寄出去的。

敏郎感到喉咙发干发涩,他说话的时候嗓音沙哑、艰难,他说:“我还杀死了中岛信郎和他的两个同伴。”

赖朝点头道:“这些家康都已经告诉我了。”他有些疲倦地摇摇头,“为什么?在所有的人之中,偏偏是你做了这种事,为什么?为什么?”

敏郎垂头丧气地叹道:“唉,都是因为我性格中的严重缺陷,我,不想让自己犯下任何一丁点错误。”他的头垂得低低的,其实这里面当然还有其他的原因,但现在已经没有说出来的必要了。

“这种行为之恶劣,真是难以形容。你知道你应该受到什么样的惩罚吗?你应该被判大刑,被剥皮、剖腹、活活煮死,是不是?”

“是的,陛下。”

“不仅仅这些,你将事情搞砸后,还带来了更严重的后果,使我不得不再次沦落到被家康左右的境地。这是绝对不可饶恕的。但现在,看在你我往日的君臣情谊上,也看在我姐姐的面子上,我不会让你这个罪该万死之人有那样严酷的死法,省得你到时候丢人现眼。明天早上,我不希望看到你露出一丝一毫的怯懦!”

敏郎匍匐拜倒,双手伏地,用这种卑微至极的礼仪谢主大恩。他亲吻着面前的垫子,嘴唇碰到了那封愚蠢而致命的信件。

等他好不容易起身端坐后,赖朝才问他:“谁将为你送行?”

“镰仓队长。”

“哦,是他,很好,他是个好领队,还有五朵金花一般的女儿呢……”

第十八章

敏郎回去后，先通知了警卫队长镰仓，请他在第二天太阳升起之后帮自己一个忙，镰仓自然答应了。随后，他回到了夏宫的住处，倒头就呼呼大睡了几个小时，直到被仆人叫醒。起床后，他按照礼仪，沐浴更衣，洗干净身体，又在小神龛前做了一番祷告，自后写了一封信给美知子女士，内容虽短，却意味深长。他将信交给了仆人，并给了仆人一个红包，确保信件能小心并安全地送到。最后，他披上外衣，前往圆石花园。

将军为了表示自己对使者的私人情谊，允许他来圆石花园檐廊里的特定区域举行剖腹仪式。敏郎裹了裹外衣，来到花园内，四处薄雾轻笼，黑蒙蒙的，他静静地沉思了两个小时。黑暗中，他几乎什么都看不见。不久，夜幕中的微光渐渐将黑暗稀释，薄雾也一点点地消散，周围之物的轮廓也慢慢显现，最后变得明亮清晰。

当死亡来临的那一刻，他将会再次被抛回到黑暗中，那种黑暗比他曾经见过的黑暗都要黑，都要暗。如果他的罪得不到宽恕，他就将进入那可怕的地狱，永世不得超生；如果他能够获得宽恕，那他的灵魂就能飞向照亮天照大神面容的天光之中。

太阳升得更高了，镰仓带着四个仆人出现了，仆人手里端着敏郎切腹时将用到的物品。使者起身，站在一旁，看着他们将那些符合礼仪程序的草席铺在地上，垫子的边沿还包着白色的丝绸。草垫上面又摆上了一张大大的白色软垫，切腹之人要跪在软垫上面。软垫前面是一个漆木盘子，上面放着一把锋利无比的尖短刃。

一切都准备好了，敏郎明白，时候到了。他脱掉外衣，递给了旁边的一个仆人，仆人接过外衣退下。使者拥抱了镰仓队长，感谢他能来做自己的介错人。然后他跪在白色软垫上，深呼吸了几次，使自己的思想完全集中在每一个动作上。按照仪式的要求，他绝不能露出哪怕最轻微的一点犹豫或者害怕的神色。因为作为一位真正的武士，死只是“轻于鸿毛”的一件事。每天他们睁开眼睛的时候，就要准备随时迎接死亡的到来。

镰仓跪在了指定的位置上，就在敏郎左后侧大约三英尺半的地方，他双手握着砍头的长刀。将军和几名内廷成员此时已经站在了花园两边，悄然注视着眼前的一切。敏郎也从这群人中瞥到了家康那张灰白、瘦削的脸，但眼睛仍然很有神。

总管在这个时候，自然心满意足，心情舒畅。他成功地动摇了将军对使者团的信任，也向将军证明了自己在重大事件的影响力上不减当年。很快，他掌管的内廷就会重新介入将军和使者团之间。这些使者，尽管是那么年轻，那么聪明，出身又纯正，就像他们的主人一样，但是，他们还是不太了解这个社会的人情世故。他的侄子赖朝，在带领尼桑安然进入新世纪之前，还需要更多的指导与调教。而他家康，就是侄子最好的老师，在以后的几年内，他会好好地指引侄子进步。

将军身上的担子艰重,前方的道路崎岖坎坷。他虽然拥有各种优秀的克服困难的品质,但他自己的道德标准太过死板,做大事者,必须能屈能伸,再挺拔强壮的树木,大风来袭时也要弯腰躲避,否则就可能被连根拔起。

敏郎拿起短刃尖刀,用一种欣赏的目光盯着它看了一会儿,刀锋如此锋利,插进去一定很快。随后他调整了握它的姿势,以便双手能反握住刀柄。然后,他将刀尖对准左腰,使劲一插,刀身整个都插入了体内。他完成了第一步,长吁一口气,又深深地吸了一口气,继续下一步动作。他握刀的手并未放松,似乎握得更紧了,刀刃渐进往右划动,缓慢而坚定,自左腰一直划到了右腰。

他的额头上沁出了一颗颗豆大的汗珠,但他的脸上没有露出一丝痛楚的表情,只是双眼死盯着面前的石块和鹅卵石,令观者感到不寒而栗。横着的这一刀完成后,他在末端将刀尖一转,又在身体上竖着划了短短的一刀。

使者的整个剖腹过程是如此干净利索,远超仪式既定的标准。他在之前早已和镰仓说过,在他的尖刀没有从身体里拔出来之前,请不要动手帮他。现在,剖腹自尽的仪式已经完成,他的双手上浸满了自己的鲜血,刀柄上被血液弄得滑溜溜的,他再也没有力气拔出短刃了。

镰仓知道是时候了,他一跃而起,双手握刀,高高举起。作为介错人,他的职责就是在剖腹者将死未死最痛苦的时候,给其来个痛快。他可以在一个事先约好的时刻出手,甚至在剖腹者刚要伸手去拿尖刀时,就可以动手,或者是剖腹者露出犹豫或害怕之色时,一刀斩断他的脑袋。这时,使者俯身向前,试图在做最后一次努力,将尖刃拔出来。镰仓不忍再等,落下时,刀也顺势将使者的首级砍了下来,免了他临死前挣扎的痛苦。

这一刀砍得很快,很漂亮,但镰仓心中并未感到一丝的欣慰。作为敏郎的剑术老师,他曾经费尽心血、花了大量的时间,给这位年轻人传授绝艺,平时还不断地给他出谋划策,望他有更好的前程。但现在,命运如鞭子抽打着镰仓,镰仓不得不为了让敏郎少受点罪,而给他重重的一刀,就这样结束了自己最有前途的学生的生命。

这一刀,也结束了他妻子的梦想,那是让使者成为自己的女婿的梦想。她曾经为此煞费苦心,盘算了那么多年,可今天全都成了梦幻泡影。镰仓不会将这个消息委婉地告诉她。就算她能理解他为什么必须完成这项任务,这项令人心碎的任务,她也永远不会原谅他亲手砍下敏郎的头颅。他的那五个爱慕敏郎的女儿,也一定不会理解他的苦衷。

镰仓低头看着这鲜血淋漓的头颅,上面的眼睛还是睁着的。他不禁想起了很多年前,在他展示出自己高超无比的剑术时,也正是这双眼睛,用多么惊奇、多么羡慕的目光看着自己。实在是太可惜了!镰仓将刀擦干净之后,插回了刀鞘,转过身子,慢慢走开。他的眼里充盈着伤心的泪水,但他用尽全力忍着,不让它流下来。这样无声的泪水足以表达他的哀伤。在近来的几个月里,他的家恐怕要天天响起那可悲的号啕悲泣。

骷髅脸没有骗布里克曼,那哈德孙河东岸附近,确实如地图上所标识的，有一块空地，中间还有凹下去的白色正方形标记。他们的飞机刚一着陆，就有一个特工走上前来，说了约定的暗号，佳得利也对答如流，双方确认了身份。布里克曼是最后一个到达的，他降落的时候尽量让飞机平稳落地，但停机时还是不免晃到那条伤腿，疼得他连声嗷叫。

在五人飞行时，凯尔索就发现了插在布里克曼驾驶座舱外面的那根带着羽毛的箭尾，并从布里克曼的手势中猜到他定是被刺伤了。等布里克曼的飞机一降落，刚停稳，凯尔索就拿出了他不知从什么地方找到的锯子，将那箭柄锯断了。布里克曼的脚终于能够挪动了。大家帮着将他抬下来，清水和佳得利将箭头拔了出来。伤口倒不是太深，没有弄断肌腱或者动脉，但是对于布里克曼来说，简直疼得要命。他不住地龇牙咧嘴。日本特工见了，答应给他弄些消炎止血的药和绷带。

布里克曼歪着身子，摇摇晃晃地站起来，尝试着往前挪动。他发现，只要不把全身的重量都压在右腿上，他还是能不用搀扶，一瘸一拐地行走的。可是，靠，真他妈的痛哪！

这片空地的四周，砍倒了许多树，有人从树上弄了些干枯的树叶子和枝丫，生了几堆篝火。日本佬之所以砍树，是为了在飞机旁边烧起火来，以浓烟迷惑别的飞机。他们一将行李从飞机上拿出来，日本佬就叫他们把稻秆和树枝堆在飞机旁，点起火来。若是高空有飞机飞过，也都看不清楚它们的飞机是否降落，或者是在哪降落的，而在地面上，这荒郊野外，有几缕烟柱燃起也不是什么大事，不会引人注意的。

趁着其他人搬运稻秆和树枝的时候，布里克曼咬紧牙关，坚持爬进每一架飞机后的座舱里，卸掉里面的无线电控制雷管，又扯掉伪装成撑木的炸弹，将它们全都装进手提袋内。

火堆架起后，五人都往后退，亲眼看着鬼子将三架飞机就这么点燃了。他们辛辛苦苦废了不知多少天，花了不知多少精力才造出来的这些东西，就这么刹那间灰飞烟灭，他们心中非常不好受。过了一会儿，飞机烧得差不多了，鬼子又将那些没烧干净的碎片全都投入火堆，继续烧个干净。

一辆封闭的牛车就是他们新的运载工具，他们坐上去后，继续下一段逃亡之旅。

但他们并没有立刻过了河，上了大船，而是被迫在一幢房子里住了两天，还好在里面能俯瞰哈德孙河，不至于那么无聊。他们现在所在的河东岸属于丰田家族的领地，而过了河，从河的西岸到凯尔索称之为大湖群的区域，都属于山下家族的领地。在哈德孙河上，纽约以北的河段，两大家族的船只都能任意行驶，但连接哈德孙河与伊利湖的运河系统，却只有山下家族的船只能够畅行无阻。

日本特工的基础语还算说得不赖，他告诉布里克曼，偏锋那边传来消息，说因为船只遇到机械故障，因此不能及时到达。他说："把锅把勇担心（不过不用担心）。"他们刚住进房子没多久，他就看到那艘船从这里顺流而下了，这样就表示，如果没有什么意外的话，"鲔天（后天）"傍晚，它就应该能返回阿里巴尼。

这几天的耽搁倒也不是没用。趁着这空闲时候，清水给四人精心画了逼真的身体彩绘，又帮佳得利变成了一个女人。她先给他穿女人的服装，给他戴上假发，穿好内衣，又用香甜的脂粉将他身上的古铜色肌肤遮盖起来，这样佳得利看起来就变成了一个女人。等再戴上白色的面具和手套，就再也没有人能看出他的真实身份，他就真正成了一个“官妓”了。而且最令人惊讶和欣喜的是，他还能听，还能讲铁大师的语言，更是很快学会了摆出那副傲慢的姿态，对于一名“官妓”来讲，这种姿态是正确且必不可少的。

由于在整个变装过程中，日本特工一直没有进来过，布里克曼决定试一试，这个易装术到底能不能行。他先让佳得利待在隔壁的房间，等鬼子照惯例出现时，布里克曼便迎上去同他交谈。过了几分钟，那鬼子听到隔壁房间里传来了一句尖声尖气的女子说话之音，那句日语说的是要人过去服侍她。鬼子又惊又奇，急忙冲过去一看，却见一个“官妓”穿着鲜艳的衣饰坐在那里。鬼子大吃一惊，对方却蛮横无理地命令他这样，命令他那样，吓得他连忙弯腰，喏声连连。到了后来，等布里克曼点破之后，他才反应过来。

还好，这个鬼子有些幽默感，并没有怪罪他们的戏弄。更令大家高兴的是，这说明他们的易装效果非常好，这样路上的安全级别就更高了。

布里克曼原本就是变种人身份，现在只要重新换个身份就行了。他的几套旧衣服、奴隶牌子以及“黄卡”都给了乔迪、凯尔索和清水。通行证和钱财都交给“三岛洋子”保管。他们的奴隶证书和通关文书上都标明了，他们是在费镇被这位“官妓”购买的，属于她的私人财产。众所周知，每年春季轮子船远征返航后，费镇都会有一场大型奴隶交易会，平时小规模的奴隶贩卖也会时常进行。这几个奴隶，正是在这样的奴隶交易中被“三岛洋子”买回去的。

在尼桑，奴隶是可以任意处置的财物，也是一种交易媒介，比携带现金安全得多，钱财带在身上还有可能会被偷了，或者被那些无业游民抢了。没有人会去偷、去抢一个奴隶的。有些聪明的商人就从中找到了商机，他们仔细研究劳力市场的季节性区域波动，将贱价买来的奴隶，运到劳动力稀缺之地，贵卖出去，赚取差价，获得高额利润。就是用这种方式，他们积累了大量的财富。这不愧是一种合理的赚钱方法，你想想看，冬天寒冷之时，既然缅因拿和纽斯卡舍的大片土地都不能耕种，为什么还要养着闲奴，还不如把他们运到气候温暖的弗吉尼那和卡罗里纳去，用他们充满力量的身体去开垦种植呢？

偏锋带着布里克曼和其他几位“变种人”登上了轮子船，将他们带到了下层黑黢黢的舱室内，并在船艏区给他们安置了住处。下层船舱本来就是用来装载要贩卖的奴隶的。佳得利连同马车轿子都被抬进了一间事先就订好的客舱内，当然是以“三岛洋子”的名义订的。从乘船开始，到大家在布法罗上岸，他无须与任何人打照面。

偏锋大大的块头，沉默寡言的性格，还是一点都没变。他和他们说话的时候，始终端着变种人监工的架子，对待他们的态度也很恶劣，与对待别的奴隶没什么两样。他额头上隆起的大包，更是与变种人并无二致。乔迪和凯尔索都认为他真的是变种人。布里克曼感觉到，清水似乎也跟他们一样，认为偏锋就是变种人，但也不能完全确定她心里的想法。谁知道是怎样，说不定平原人有自己的方法，能看出谁是真的变种人，谁是假扮的呢。

在清水的帮助下，布里克曼给乔迪和凯尔索各自假造了一个变种人的名字,还编了一段简短的履历,以防万一船上有人来问,可以从容回答。他自己用的当然是佳得利的身份——既然佳得利都能用布里克曼的,他为什么不能用佳得利的呢？一路上,都有平原人奴隶上上下下,行程不定,唯有他们几个要走完全程,直到布法罗。很多时候,就算甲板上到处都塞满了人,他们也都不必同别人交谈。事实上，绝大多数的变种人一来到水面上,就会变得阴郁、孤独、沉默,从来不交谈也实属正常。

布里克曼每天都会同大块头情报队员见面，但他从来不会和别人说他们之间的关系,他也没有告诉偏锋,他已经知道了情报队和骷髅脸所属的神秘特工组织之间的某种关系，他更不会说自己其实是其中的一分子。

在布里克曼进入情报队没多久时,就明白了:那些有经验的老特工是绝对不会去探听别人的任务的。没有经过里约劳伯指挥控制中心的允许,你绝对什么都不能问,什么都不能说。偏锋甚至也都没问过他和他的朋友们是如何赶到阿里巴尼的。关于布里克曼的事,他唯一想要知道并且已经知道的就是——布里克曼跟他说过的，关于从鹭池逃跑的计划。而他的任务就是安全地护送并监视他们到达布法罗,然后再从那里回到大平原去。此外的其他事情,他什么都不想知道,不听,不问。

路上当然有些无聊，除了能从船舱顶部装卸货物的小格子看一眼蓝天外,他们什么都看不到,面对的都是黑暗世界。布里克曼只能想办法凑近清水,与她一起消磨漫长的时间。乔迪和凯尔索也给自己找到了一个挺好的容身之处，在几码外的一堆货物间，成了他们小小的地盘。布里克曼认为，这次的航行肯定给这两个寻道民一种前所未有的体验。两个人过去都很看不上变种人，并视他们为宿敌，但现在他们自己的皮肤也被涂改得和变种人一样了，不单是这样，他们更要把变种人这个角色演得逼真，否则小命就有可能保不住了。

当皮肤涂上了奇异的颜色后，他们开始意识到这种状况充满了讽刺性的意味。他们开始思考自己过去那种对变种人的偏见是否正确。但是这种偏见是从生下来就被无情地灌输入脑，根深蒂固了那么多年的，要从中做出深刻的反思也很不容易。布里克曼就深深知道这一点。

最初，当他们得知变种人中真的有肤色纯净之人存在时，就已经吃惊不已，不敢相信了。后来，得知佳得利这样有能力，有智慧，位阶还在他们之上的人实际上也是变种人时，他们就感到头脑不够用，心中难安了。而当看到清水——清水强大的异能将他们彻底搞得头脑崩溃了。清水在对付铁大师时，所展示出来的可怕的力量，使得他们既头脑发蒙，又异常惶恐。所以他们一看到清水，就不知道该说什么，也有种莫名的恐惧，双方便陷入了某种尴尬的沉默中。布里克曼自然理解他们的这种感受，他第一次见到清水展现召唤师的法力时，同样也是这种不可思议的感觉。乔迪和凯尔索实在无法将那个在他们匆忙往飞机上装载火箭时，利用法力将铁大师全体逼入绝境，怀着一颗可怕的复仇之心，又充满无穷异能的女巫，同眼前这个偎依在布里克曼的胸膛里，年轻漂亮、瘦弱温柔的蓝眼睛女孩当成一个人。

他们不像布里克曼那样了解她，不知道她也会有一往情深的时候,更不知道她会用特别柔媚的热情回报他的拥抱。他们只看到了她变成杀人机器的那一个恐怖时刻,却不知道,那并非真实的她,她只不过是一条通道——辟邪主通过她,将自己的神力导入目前这个世界。

当那股强大无比的力量从清水身体流过后,她就变得筋疲力尽、虚弱无力了。好在上这艘条件极差的船之前,他们能够在屋子里好好地休息了一段时间,她的体力和精力也都恢复了一些,但还是像大病初愈时那样安静和绵软。

布里克曼轻轻揽着她的肩膀,将她往怀中抱近了一点,问道:"要回家了,高兴不高兴?"

清水靠着他的右肩,用额头擦擦他的脸颊,说:"只要能和你在一起,我就很开心了。"

"我才不信呢。那你部落的姐妹和兄弟们怎么办?雪先生怎么办?"

"我当然不会忘记他们,只不过这个时候,我很难想到他们的。跟你在一起时,我感觉整个世界,只有你和我。"

"嗯,"布里克曼呢喃道,"我也是一样。"

但现在还不能在一起。他们很快就得做出各自的决定……

"航程何时结束?"

"我只知道,到布法罗只需要一天半的时间,布法罗旁边有一个湖,也就是你们所说的'大河'。只要一过了那湖,就是平原人的地盘了,不过我们似乎还得走好长一段路才能回到家。"想到这里,他就忍不住按摩大腿上的伤口边缘。

清水微微直起身子，凝视着他的整张脸，说："我们降落时遇到的那个人，还有将我们带上船的那些人，你都认识吗？他们到底是谁啊？"

"一些朋友。"布里克曼回答。

"怎么可能？他们是铁大师啊！"

"哦？那又如何？"

"还有那个变种人，他一直都在监视我们，他绝对不是我们平原人。他难道也是朋友？"

布里克曼一把握住她两只柔软的小手，紧紧地握着，说："听着，不管他是谁，或者他们是谁，这些都没有关系！你只要相信，我是你唯一需要的朋友！"他的声音变低了，"我答应过雪先生，要将你们两个安全地带回去，为了这个目标，我不得不撒谎、骗人，甚至是杀人！"

"我也为你杀过人，"清水低声说，"而且杀了很多很多。你，为什么就不能告诉我真相？"

"不要问我真相是什么！我不明白这个词究竟有什么用！世界只不过是流沙上的海市蜃楼而已！但对于我来说，这个世界唯一的真实就是那种把我们俩连接起来的……力量、感情，或者——随便怎么说都好。也许，那就叫作'爱情'，或者还有别的我们都不知道的什么词来形容。但是我肯定地知道有一点是可以确定的，那就是它是永恒的，永远都不会改变。"

清水听到这里，深深地、探询般地看了他一眼，幽幽地叹息一声，宛如她其实早已知道了一些他不曾知道的事，然后说："你说得对，云武士。爱情的力量是不会被摧毁的，但这世界却很可能将你我改变……"

幸好这一趟旅程他们装扮的是变种人，而并非被俘的寻道民。因为每一次船只中途靠岸卸载货物或是上下客人时，偏锋都看到码头上有士兵把守，有军官在一个个地查问船长，船上是否载有长狗。还有好几次，渡口的官员同士兵一起登上轮子船，详查了货物名单和乘客名单，还到下层舱室内，将人和货物都巡视一番。

布里克曼他们的奴隶牌和“黄卡”派上了大用场，士兵们没有看出什么问题，他们提着灯笼将所有黑暗的角落都照了个遍，以防有偷渡者藏匿在什么地方。佳得利的房间自然也逃不过盘查，他们进到佳得利所在的客舱中，佳得利未免吃了一惊，事先并没有人通知过他会来搜查。但他很快就冷静下来，实际上他早就已经习惯于享受扮成“三岛洋子”这个角色后得到的特殊威仪，受到了船上人员的恭敬对待。他把这个角色演绎得堪称完美。面对盘查，他有板有眼地轻摇手中圆扇，傲慢地听着渡口官员彬彬有礼的询问，他回答的时候也倒是挺有礼貌的，但更重要的是谈吐之间，对答如流，颇有派头，那口音就和高高在上的贵族没有两样。那些军官又怎能想到藏在这副面具下面的美人竟会是一个彻头彻尾的“赝品”？他们连他的证件都没查看，就自行离去了。

在飞机着陆的接头地点迎接他们的那个鬼子说过，他们下船后，自然有人会在码头接应他们。一到码头，果然有人前来，甚至连骷髅脸提到过的要给他们的东西也都给齐全了。一个密闭的马车轿子被抬到船上，以便接娇贵的“三岛洋子”下船。布里克曼等人则被戴上铁镣，被两个朝鲜人驱赶着，通过了一个又一个官僚的审查，离开了这个码头。

刚开始，布里克曼等人并不知道这些朝鲜人是谁，更不知道他们一路上叽叽咯咯地说些什么。直到后来，布里克曼与佳得利会合后总算明白了，原来出钱雇用两个朝鲜人的是一个富有的奴隶交易商，正是偏锋曾经提到过的那个人，布里克曼想起那时候他正好在阿里巴尼渡口遇到偏锋。这就更进一步证实了，情报队员和鬼子之间存在的那点勾当。只是不知道联邦和铁大师之间的交易，如今到底走到哪一步了。

布里克曼、乔迪、凯尔索和清水，跟在佳得利所乘的马车轿子后面。那两个朝鲜人真是够讨厌的，为了显示自己高人一等，拿奴隶不当人，手里的藤条鞭子不时地要在他们身上轻轻一鞭，像驱赶一群驴马牲口一般，将他们赶着穿过一条条人来人往的街道，最终来到奴隶交易商那富丽堂皇的宅邸面前。当然只有佳得利受到邀请，能从前门进去，其他人被赶着到了宅邸的后院内，关进了一间窝棚中，门还从外面锁上了。

这样的窝棚共有好几个，都是为那些来往的变种人临时提供的落脚之处。窝棚直接搭在地上，仅有一个单斜面的棚顶，地上铺着些木板条，随意盖着些薄薄的稻草，并且早已脏得不成样子。棚里还放着两个桶，一个是马桶，一个是喝水桶——有人需要的话，也可以拿来洗东西。而离这个简陋肮脏的窝棚只有几步远的地方，就是豪华舒适的高楼大厦，像布里克曼曾经在桑塔纳地下大厦见识过的那样。

佳得利被带出码头时，从鬼子们一些猥亵的交谈中得知，那位奴隶交易商买下奴隶的同时也买下了他——准确地说来，就是轿子里戴面具的女士。一阵哄笑，一阵叽里咕噜的声音，佳得利又得知，那位绅士之所以不惜血本地要买这个有很多社会关系的高级女“艺人”，是想凭借她来挤入上流社会。

这天晚上，他的这位新主人并没有打算做什么事，以让自己花的大价钱获得应有的回报。佳得利总算松了一口气。但是到了第二天早上，他正暗自庆幸自己在大屋子里住得暖，吃得好，不用像其他人那样在外面受冻时，这里的舒服生活突然就结束了。一个曾经在码头上迎接过“三岛洋子”的朝鲜人走进他的卧室，命令他赶快收拾好随身携带的帆布手提袋，然后带着他通过一扇隐蔽的暗门，顺着延伸向下的狭窄楼梯来到了一间地下室里。

这里点着几盏灯笼，光线充足。清水正坐在那里等着佳得利。朝鲜人命令佳得利拿掉面具和假发，脱掉衣服，并且将这些伪装之物全都拿上楼去了。清水跪下来，在那个手提袋中翻找，拿出了一套身体彩绘的颜料。佳得利明白了，也顺从地跪在她的身边，问道：“这些颜料还够吗？”

“够了！”清水开始画了。她用轻巧的手指，在他背上画出那些熟悉的直线，又在其他的部位涂上了各种颜色。自从清水被部落长老会选定为佳得利的魂偶以来，他们互相涂画身体的事情已不知做过多少次了。佳得利终于完全接受了自己是平原人，永远是平原人的命运，同意将身体恢复为最初的模样，这是他彻底回归的最后一步。

清水轻轻地哼着那首他们俩从小就很熟悉的《穆卡尔火歌》，手上不停地往佳得利的皮肤上涂抹防水的染料。她柔声问道：“你会不会觉得难过？”

“不,这一切都是辟邪主的意志。”佳得利叹了一口气,“我最担心的,是咱们现在的处境。”

“你是害怕会再出什么事,我们将再也无法逃脱吗?”

佳得利耸耸肩膀:“如果命里注定,我们逃不了的话,我也只能认命了。但我最担心的是布里克曼,你没发现吗,一直都有不少铁大师在帮着他,可是他们凭什么要帮他?他什么都没跟我说?你呢?他跟你说了什么没有?”

清水越来越感觉到,随着佳得利身上的染料越敷越多,他说话的样子就越来越回归平原人了,云武士的那层皮跟着涂料增加而褪去了。清水说:“他只告诉我,我们一定要相信他。”

佳得利禁不住嘲讽般地冷笑一声:“他还会不会说点别的?总是这句话,老套的调调,又从来不肯说出个所以然来。”

“你不是能读到他的心吗?”

“可你跟他离得那么近,比过去离我还要近。你才能看出他的心,看进他的灵魂里。”

“不,只是偶尔……”

“那你看到了什么?”

清水用跪地的双膝挪步到他前面,开始对着他的脸颊涂抹颜色,说:“爱、死亡、背叛、新生……”

“那你会被带走,会离开我吗?”

她轻轻地从他脸颊骨头处至脖子,画了一条直线,“我不知道,能从石头里看到未来的是你,不是我。但我知道,不管将来命运如何,我的一部分,将会永远和你在一起的。”

“不,你不会的。”

清水端起佳得利的下巴,说:“如果你注定是辟邪主的剑,那你的力量一定不是来自我,而是源于你自己。”说着,她伸出一根手指,轻轻地摁在了他心房的位置上。

佳得利心头一震,暗道:“说起来容易,做起来难。哦,伟大的天母啊!为什么人生要这么艰难,快乐极少,痛苦极多呢?”

回归了变种人的身份后,佳得利穿上了变种人的衣服,系好了标牌,被清水带着,来到了窝棚内,与大伙待在了一起。这是他来到尼桑后,第一次以草猴子的面目示人。马桶里那些脏东西溢满出来,整个窝棚臭得要死。仅有的一点食物更是粗糙没味道,根本吃不下去。而最受不了的一点,就是这里根本没有清酒。

到了快傍晚的时候,偏锋来到了窝棚外。布里克曼从木板缝隙中看到他高大的身影,就凑了过去,隔着厚厚的木板,与他说话:“你怎么也下船来了?”

“机械又出故障了。机械师还在忙活,船上的其他人可以到岸上自由一会儿。”

“你难道是来跟我们说再见的?”

“不,我是来和你一起走的。”偏锋笑得几乎合不拢嘴,“想不到吧?”

布里克曼也笑了起来:“我看过不了多久,你就会怀念头上这些疙瘩包的。”

“开什么玩笑?我等这一天等好久了!”

“我当然相信。听着，既然你要跟我们一起回去，那我就得问你一件事。”

“嘿，可以，什么事？”

“这么说吧，我无意间发现你交了一些东方佬做好朋友。能不能把我也介绍给他们？”

偏锋乍听此言，脸上开心的笑容顿时收敛，变成一种狐狸般的狡黠的淡笑，“现在不行，伙计，我看还是等回到里约劳伯时，你自己去问老妈吧。”

“你觉得她会告诉我吗？”布里克曼想让卡尔斯托姆能说漏嘴，估计根本没这可能。

“我能说……”

“那么，你总得告诉我们，怎么离开这该死的地方吧？”

“这没问题。今晚，我们就会坐渔船离开，然后换乘两辆动力汽艇，横渡伊利湖，到对面一个叫长角的地方。”

“老妈会来把我们钩走？”

偏锋点点头：“不错，天亮之前，会有两架天驰机到那里。我们一个坐前面，一个坐货舱。要是半路没什么事，一直开下去的话，明天半夜前，你就能舒舒服服地钻进渊薮的被窝里去了。”

布里克曼忽然有些害怕起来，眉头一皱，说：“我答应过乔迪和凯尔索，他们会得到公正的对待的，你也知道，他们帮了我不少忙。”说着，他一顿，看着偏锋的脸色，“要是没有他们，我绝对没法逃出来。”

“那他们也没有什么好担心的了，”偏锋说，“联邦自有裁决。”他朝佳得利和清水那边望了望，说，“那两个草猴子怎么办？”

“这也是个麻烦。要是给他们看到天驰机的话……”

“听着,这飞机只能载你、我,还有两个飞行员。我们没必要把事情搞得那么复杂。我觉得你那两个朋友中,有一个是很喜欢喝逍遥水的。”

“另一个却不喝。”

“凡事有了第一次,就难保不会有第二次,伙计。就这么定了吧,到了那边之后,咱们搞点东西好好庆祝一番,你看这主意如何?”

“好吧。”

“咱们先喝点什么,说不定还能吸上点草。放倒了他们俩,咱们再把空军叫过来。”

“就按你说的办。”

偏锋皱皱鼻子:“兄弟,你这地方的味道太难闻了,是吗?”

“是呀!”

“你那条受伤的腿怎么样了?”

布里克曼耸耸肩膀:“总比没腿好一点吧!”

“好吧。”偏锋一只眼睛眨了眨,“回头见。”

布里克曼回到乔迪和凯尔索身边。清水和佳得利则盘腿坐在窝棚的另一头。

凯尔索若有所思地盯着木板缝隙后偏锋停留过的位置,说:“为什么我总觉得这家伙不靠谱呢?”

布里克曼在他旁边坐下,说:“怎么会?他跟咱是一伙的啊!”

“得了吧!”凯尔索乜斜着眼说,“他是联邦的探子。”

乔迪看了两人一眼,什么都没说。

“他还跟鬼子勾搭在一起……”

布里克曼点头道:“不错,我也没料到是这样。看来,在这个世界上,无论你跑多远,都无法逃出第一家族的掌心。”

凯尔索冷冷地点点头:“那他们知不知道,我们冒了多大的险来帮你逃跑?”

“一定会知道的。我已经郑重地告诉他这些事情了。”

“他怎么说?”

“‘联邦自有裁决。’……”

凯尔索眉毛一耸,看着乔迪。

天还没亮,偏锋带着他们去了河边,给他们分发了救生衣,并且上了一条渔船。大家坐了一会儿渔船后,又换乘了两艘动力艇。佳得利、清水和偏锋乘一艘,乔迪、凯尔索和布里克曼乘另外一艘。坐好之后,外置发动机启动了,后面喷出了汩汩水花,装着液体甲烷的推进器气缸隆隆而动,他们飞快地朝西方划去。布里克曼看了一眼船艉,蒙蒙的天色中,汽艇艉后掀起一道道白亮的浪花,翻滚跳跃,似绵延至天际。

一条如针一样细,又极长的湖岬,足有二十英里,一直探入湖的中央,显得古怪和诡异。这便是他们的目的地。他们坐的两艘汽艇上,都配有罗盘,但布里克曼一路上还是盯着前面五十码左右远的那艘汽艇尾巴上的蓝色小灯,以此来辨认方向。开了一段路程后,他将舵柄交给乔迪,来到船头,坐在凯尔索旁边。

“乔迪怎么样了?”

“她改主意了。”凯尔索用一种复杂的眼神看着他。

“什么意思？”

“她不想回去了。”

布里克曼假装漫不经心地扭了扭头，避免眼神接触到乔迪，问道：“噢，是吗？什么时候的事？”

“可能是从我们降落之后吧，我想。先是那些鬼子，后来又是你的朋友偏锋……”凯尔索无奈地耸耸肩膀。

布里克曼禁不住大笑起来，摇摇头，说：“难道她还以为就凭我们自己，就能做到这一切？那些炸药，那些武器，难道都是从天上掉下来的？简直是活见鬼！”

“她当然不是什么傻瓜，她也知道这里面的事情很复杂，但是，嗯……这些职员都是突然就冒出来的。而现在，你又要带我们回去，谁知道回去后等待我们的会是什么？咱们也别兜圈子了，这里面肯定有问题，对不对？我看她是吓坏了。”

布里克曼轻轻叹了口气，说：“你去掌舵吧。”

后面脚步声响起，乔迪来到船头。布里克曼转头。两人默默对视良久，并没说话。她转头凝视前方。前方很黑。

“凯尔索说，你不想回去了。”布里克曼终于打破沉默。

乔迪没有说话。

“怎么回事？”

还是没有吭声。

“乔迪，求你了，你到底怎么回事？说说吧。”

时间如流水般逝去。又过了好一会儿，她的目光才从远处收回，她一动不动，带着挑衅似的看着他，“戴夫也不想回去了，他没告诉你吗？”

两个人便都转过头去，看着凯尔索。凯尔索也看着他们，天光混沌，半明半暗，他看到了布里克曼脸上的疑惑，只能摊开手，耸耸肩，做出抱歉的动作。布里克曼点点头，别过脸去，看着船艏外的远方。乔迪同样如此。右前方的水面上，偏锋的汽艇正激扬起一绺绺耀白的水花。布里克曼心中暗想：不知道这个大块头情报员是怎么看待佳得利和清水的，他是否已经意识到，他们并非真的白痴？这一瞬间，布里克曼的神思又飘到了雪先生身上，他想起了雪先生在营地之时，教他如何思考，真正地思考，思考他们身处的这个世界，思考在万事万物中，他所处的位置。

这世界充满悲剧！他曾经向那么多的人许下了那么多的诺言，可是无论他要走哪条路，到头来，总会有人受到伤害。戚妹萝兹那张漂亮的脸又缓缓浮现在他的脑海间。他把心里的其他想法全都抹掉，集中全部心思，想与她进行对话。尽管之前，他曾设置了一道道壁垒，但她的声音还是穿透而来。他感觉自己又坐回了那辆前往大中央的列车中，被人押运着前去接受人生的审讯。

“大脑大脑，快努力试试吧！要不是为了萝兹，我们都不会陷入这场困境！”

一种极为清凉、极为舒畅的美妙之感，贯穿了整个头脑。他和萝兹，穿越了重重壁垒，终于来到了彼此面前。他和她在潜意识的房间内，用没有重量和形状，如幻如影的身体，紧紧拥抱在一起，相互融合，彼此观察，又彼此被观察。她的喃喃低语直接灌入了他的脑海，不用说一句话,一个词语,他都能完全听得见,完全明明白白。他终于知道,自己应该怎么做了。以前的那些迷茫和苦恼的海水悄然退去,随之露出的是宽大、平整、光滑的平静之礁石。

当思绪回到身体中时，他忽然发现乔迪正在身边摇晃着自己的肩膀。

“嗨！你怎么了？你没事吧？”乔迪担心地问。

“什么？哦,没事,没事。”

“你吓死我了！”

布里克曼做个鬼脸:“没事的,刚刚在想事情呢！”

“什么？”

“如果我告诉你，其实我跟你想法一模一样，你会不会大吃一惊？”

乔迪不相信地瞅着他:“你又在耍什么鬼把戏？”

“不,我是说真的。你们打算去哪？”

“怀俄明,”乔迪说,说得很郑重,“我们,呃……想试试,能不能回去找到马隆,还有……其他的伙伴。”

“这真是太好了。我也想一起去。”

乔迪急忙转身,匆匆回到凯尔索身边,告诉了他这个消息。

凯尔索一边招手叫布里克曼过去,一边提高嗓门,声音超过了马达嗡嗡的噪声:“那咱们该怎么做？”

“我们有五个人,对付他们三个,应该没问题的。”

“请你那位朋友清水帮忙如何？”

布里克曼摇摇头,说:“变种人的魔法可不是水龙头,说来就来,说关就关。那样做的风险实在太大,你们也看到鹭池里发生的事了,万一把天驰机也弄散架了,岂不是得不偿失?”

“那你的意思是?”

布里克曼伸手摸着帆布手提袋,说:“别问我为什么一直没有将它扔掉,或许这就是天注定的。里面有五张防毒面罩,还有……”他将手伸到束腰外衣内,掏出了一个灰色的筒罐,“一枚毒气弹。”

乔迪大叫一声,兴奋至极,禁不住用双手揽住了布里克曼的脖子,两个人就倒在船上,毒气弹落到了凯尔索手中。乔迪抱着布里克曼,对着他的脸颊和嘴唇,狠狠地猛亲了几下。凯尔索则高兴地举着毒气弹,举得高高的。

“乔迪!你的嘴唇都快结冰了!”布里克曼笑嘻嘻地说。

“你还不是一样!管他的!你这个家伙,真是太了不起了!”

“嘿嘿,这没什么的。这是我欠你们的,记得吗?”

长角的表面,全是连绵的沙丘,由狂风经年吹积而成,一丛丛的草叶星星点点地长在其上,实在不是一个适合人类居住之所。

偏锋指引着大伙,将汽艇停在了岸边,他测试了一下方位,说距离应到地点偏了大概四百码的距离。

随后,他抓着自己的汽艇把手,开始往沙滩上拉,乔迪和凯尔索也过去帮他的忙。布里克曼和佳得利、清水则将另外一艘拉了上来。在他们三人一起使劲的时候,布里克曼将接下来的计划快速简要地告诉了他们俩。每个人都从手提袋里拿了一张防毒面罩,藏在束腰外衣内,又尽量装得好像什么事都没发生过一样。

偏锋努力地辨认方向，终于找到了他要找的位置：一间很大的密室，顶盖上巧妙地铺着些鹅卵石和碎石块，跟周围的湖岸浑然一体，根本就没有人能看得出来。这倒不是临时设置点，而是一处长期的供给地，专门为那些出入尼桑的特工准备的。

汽艇的发动机关掉了，汽艇连同上面的所有东西都被拖进了密室。偏锋从里面拿出了一堆东西——一个手持对讲机、一个火炉、餐盒、一袋用来烧水的冰块、一套一次性的塑料杯，杯子里还各装了一个咖啡包，还有一瓶清酒。这清酒当然直接就给了佳得利。最后，他们将密室的盖子重新盖上，把散落四周的石子拿过来，撒回去，直到看不出破绽，才拿着东西和早餐走向沙丘。

他们发现沙滩边不远之处，有一片平缓的草地，上面的草叶被砍出了一条宽阔的通道，能够直达草地中心。偏锋放下火炉，将炉子点着了，又将冰块倒进餐盒，放在炉子上烧水，水开了，倒进咖啡。过不多久，他和另外几个寻道民就每人都有了一杯热乎乎的爪哇，又好喝，又能暖手。

偏锋已将变种人的伪装全部去掉了。他深深地吸嗅着咖啡的香味，似乎显得十分满足一样，轻轻地说："噢，没错。就是这味，真是棒极了。唉，我错过了多少好东西哪！"

"确实是呀！"凯尔索接了一句，心中却在想着沙滩下密室里的那些东西，离开这里之前，得抢上一些带走才行哪！

这时，偏锋转过身，望着佳得利和清水。他们正蜷缩在火炉边，佳得利爱不释手地把玩着清酒瓶，清水将双手放在炉火边搓手取暖。

偏锋笑道："这可是正宗货，好酒啊！不是吗？我没骗你吧！"

佳得利点点头，又喝了一大口。

“给你的朋友也试试看吧！”偏锋劝道，“味道不错！”他冲清水说，“喝了它，浑身暖洋洋的，比烤火快多了！”

清水点头，拿过佳得利送来的酒瓶，刚抿了一小口，就抚着咽喉，剧烈地咳嗽起来了。

“没事，没事！”偏锋连忙劝道，“第一次喝就是这样的。没事，继续喝吧。再喝第二口就会感觉好得多。”他见她再次将酒瓶举起，放在嘴边喝了一口，又是一口，“怎么样？我说得没错吧？只有真的试试，才能感到它的滋味。”

清水忽然放下瓶子，用另一只手捂着脸，痴痴地傻笑起来。她似乎已经晕了，连平衡都无法掌握了，径直向佳得利倒了过去。

偏锋忙伸手抓住瓶子，“当心！别洒了！”说着，他将瓶子夺了过来，又冲周围的人一举，“还有人想试试吗？”没有人响应。他便朝佳得利举起瓶子，“剩下的都是咱们的了！”他也小小地喝了一口，又晃晃瓶子，问两个变种人：“你们还想要吗？”

清水忙去抓瓶子，却没抓着，倒被佳得利抢了先。他将瓶子拿过来，对着嘴，一仰脑袋，咕噜咕噜地，就往嗓子眼里倒。

“嗨，嗨！慢点，别这么快！”偏锋急了，大叫道，“给蓝眼睛和我也留点！”

佳得利醉醺醺地向前倒了下去，清水从他手里抢过瓶子，又喝了一口，再次发出了痴痴的傻笑声，“天，这酒真是厉害，让大地都摇晃起来了！”

“不，不，不是的！”偏锋解释道，“不是酒的缘故，我们在水上待太长了，所以你才会觉得大地好像在摇晃，你喝多了，感觉不对路了。”

就这样，三分钟刚过去，两个变种人早就醉得不省人事了。

偏锋将瓶子里的最后一滴酒准确地滴到自己的嗓子眼里，心满意足地抬头瞧着布里克曼，道：“看到了吧？我早就跟你说过，这个方法准行。”然后他盖上瓶盖，“这些草猴子，喝不了这种东西的。”说着，他站起身来，拿出对讲机，说道：“我是农仔。天桶听到请回答，天桶听到请回答，你们那边情况怎么样了？完毕。”

对讲机里先是响起了一阵“咔嚓咔嚓”的静电噪声，然后一个声音逐渐清晰地冒出来：“收到，收到，农仔。天桶一号和天桶二号准备就绪。完毕。”

“收到，天桶，你们可以着陆。告诉老妈，我们会满载而归。”

“好的，农仔。我们已在靠近……”

第一个看到他们飞来的是乔迪。她激动地伸手，斜斜朝着湖边上空指去。布里克曼和凯尔索忙转头一看，只见两个小点迅速扩大而来，顿时变成了两架深灰色的天驰机。偏锋在他们后面，继续口令不断，引导着天驰机向这边飞来。

飞机先警觉地在他们头顶上绕了一圈，这才逆风自西边飞近，很快它们就开始降落。此时，西边的天空中仍是一片紫黑，但东边的地平线上已经镀上一层微微的金边。

两架体型硕大的天驰战机在草地中那条光滑的通道前面落下，向着他们滑行过来，到了他们前面不远处，终于停下来了。布里克曼对天驰机已经并不陌生了，他曾两次搭乘这样的飞机：第一次是同唐娜·鲁德奎斯特，自普韦布洛监控站起飞的；后来是去内布拉斯加，跟着一位情报队的飞行员乘坐的。

眼前的这架是第二代飞机，使用的材料也都是全新的，配有封闭式座舱和扩音器，里面处处充满了合理的人性化设计，在里面坐着会感到舒适无比。第一次看到这种机型时，布里克曼曾经大为惊讶，他觉得那些长期以来一直为联邦服役的天鹰机与之一比，简直就像是从旧石器时代来的一样，更别说佳得利制造的那种缠着织造物的飞马了，那仅仅只能算作小孩子的玩具。

是呀，你不得不佩服第一家族，他们永远都是最牛的，永远都比别人技高一筹……

虽然布里克曼早已和乔迪及凯尔索布下了行动步骤，可是当这样精妙的飞行器停在眼前时，他自己还是忍不住想上去看个清楚。他们三个一起跑过去，惊喜地看着这些大飞机。偏锋和两个醉醺醺的变种人则待在火边。

偏锋往餐盒里又丢了一些冰块。佳得利则正呼呼大睡，鼾声如雷。清水倒是睁着眼睛的，却脑瓜子糊涂，周身瘫软。她每次从地上挣扎站起，却支撑不了几秒钟，又软倒下去，就这么来回折腾，一次次都是徒劳无功。

两名飞行员摘掉了带着黑色面罩的头盔，放在前面的仪器控制板面上，然后打开前置合页式有机玻璃舱盖爬了出来。那个曾经将布里克曼带到内布拉斯加的飞行员不说话，而且很神秘，所以布里克曼一直不知道他叫什么名字。但这两个飞行员的衣服上，倒是挂着自己的铭牌——布莱克韦尔·B 和里奇·K，一看就知道，他们都是情报队的特工。

三个寻道民走上前去，和他们打声招呼。双方握手寒暄，但两名飞行员的目光显然都露着深深的敌意，那是因为他们脸上的变种人彩绘还没有抹掉。

“这是我们的保护色。”布里克曼解释道。

“挺好的，”布莱克韦尔·B说着，朝火炉旁的三个人觑了一眼，“我想过去看看，见识见识变种人。”

正在这时，旁边的乔迪叫起来了：“嗨，戴夫！快过来看这个配置，真是太厉害了！”她一直在观察这种新机器的座舱呢。

“我能不能坐坐驾驶位？”布里克曼有点小激动地问，“我想感受感受，可以吗？”

“当然可以，只管去吧！”

布里克曼爬进了离他最近的那架飞机的座舱内。这时候，凯尔索也正在和里奇·K握手致意，并向他介绍自己说：“凯尔索，七七级的……你呢？”

里奇·K长着一张圆圆的娃娃脸，笑呵呵地说：“我比你晚几届。”他将手抽回来，转身时，刚好看到偏锋朝他们这边走了过来，还招招手，向大伙打招呼。

“我给你们准备了些咖啡。”

“太好了，”里奇·K开心地说，“从离开大中央到现在，我连一滴水都没有喝过呢！”

布里克曼向乔迪和凯尔索使了个眼色，便关上了座舱盖。飞行员不但留下了头盔，黑皮手套也放在了头盔里面。他赶快戴上它，抬头便见乔迪和凯尔索正绕过他这架飞机的头部，向另外一架飞机走过去。

两名飞行员站在偏锋跟前。偏锋正给他们泡咖啡呢。他撕开咖啡包，将开水倒入两个杯子里，递给了他们，杯子中还有一根塑料小棍，是用来搅拌的。

布莱克韦尔搅拌着杯中的咖啡，同时看着清水和佳得利，说道："他们好像很开心的样子。"

"嘿，恐怕是这辈子最开心的一次了。"

里奇·K 将搅拌棍衔在嘴里一半，喝了一口热咖啡，说："咱们在这儿喝咖啡时，将他们留在那儿没事吧？"

"当然。"

"那两个寻道民呢？"

"更没问题了。哑火跟他们说，他们将会受到英雄般的接待。"偏锋说着，朝天驰机那边一瞧，差点就立足不稳，摔倒在地，"他妈的，这是怎么回事？"

两个飞行员听到他这么叫，也连忙转身一看，眼前的一幕令他们大惊失色。

只见停在前面的那架天驰机的座舱被关上了，里面充满了浓厚的白烟。两个人吓得赶快将咖啡杯扔到一边，兔子似的穿过草地，朝那边冲了过去。到了飞机跟前，他们隐约看到了里面座舱上坐着的人，正猛捶玻璃盖子，拼命想往外爬出来。

里奇·K 赶快抓住右舷舱盖的把手，使劲往上一拉，却拉不动，"见鬼！卡住了！快去另一边帮忙！"布来克韦尔·B 飞快地绕过机头，跑到另一边。

乔迪和凯尔索正好从另外一架飞机跟前绕过来。

“克里斯托夫啊！”乔迪也尖叫起来，“着火了！”

“别过来！”布莱克韦尔·B朝两人叫道。他拼命握着把手，对着那边说，“好了，里奇，我抓住了！使劲！起！”

玻璃盖子“哗”地一下，打开了，滚滚的烟雾翻涌而出，一个戴着面罩的人影自烟雾中缓缓而来。烟雾向两个飞行员冲了过来。里奇·K首当其冲，那烟雾钻入口鼻，他顿时又眩晕，又刺痛。等他意识到这是毒烟雾时，已经站不稳了，踉踉跄跄，后退几步，胸口和嗓子疼痛欲裂，他拼命地抓挠着。布里克曼轻轻从座舱内一跃而出，缴了他的武器。后面的布莱克韦尔·B也是一样，由已经戴上面罩的凯尔索负责对付。

偏锋刚才跟在两个飞行员后面一两码远，他看到两个飞行员被迷雾冲击后就意识到出了什么事情。他又惊又怒，赶快转身想跑，却没发现刚才一直晕晕乎乎的清水竟然戴着面罩，正站在他的后面。他伸手一推，想推开清水，没想到被蜷缩在地上的佳得利绊了一跤，跌得四仰八叉。

乔迪尖叫之后，迅速戴上面罩，悄悄蹲伏在飞机下面，见到偏锋跌倒又想站起来，便向他扑了过去，帮助清水钳制住他。迷雾已经悄然飘至，偏锋感到呼吸困难，痛苦难当。她们俩松开手，偏锋躺在地上滚来滚去，被肺部的灼痛和窒息折磨得不成样子。

布里克曼跛足走过去，帮助清水将偏锋拖到火炉旁，又去拖那两名飞行员。乔迪试图将佳得利搀扶起来，却没成功。

两个飞行员都拖过来了，与偏锋并排躺在一块儿。凯尔索掏出从布莱克韦尔·B身上抢来的重型气手枪，瞄准了其中一个的脑袋。

乔迪赶快上前移步，将手枪推到一边，“不，戴夫！别这么做！求你了！”她的声音因有面罩阻隔，听起来嗡嗡的。

“好吧！”凯尔索摘掉两名飞行员肩膀上的枪套，又去检查偏锋是否暗藏了什么武器。

答案是没有武器。他身上只有手持对讲机，除此之外，并无别物……

清水拾起空酒瓶，插进了偏锋的束腰外衣里，轻轻拍拍他的脑门，算是告别了。她提着帆布手提袋，走到飞机旁边，乔迪和凯尔索正扶着佳得利，一松手，佳得利又像烂泥般软倒在地了。

“把他交给我吧！”清水说。

“你怎么还能站得稳？”凯尔索觉得很神奇。

“你以为我喝得很多吗？”清水微微一笑。

布里克曼正在将另一架飞机掉头，乔迪和凯尔索便过去帮忙，让飞机的后置式推进器与烟雾滚涌的飞机左舷相对。然后布里克曼忍着脚痛，爬上前一架飞机，锁住了制动装置，按下了启动按钮，利用螺旋桨旋转产生的强劲气流，将后面那架飞机座舱内的毒气都吹干净了。

大概过了十分钟，毒烟基本上都消散了，他爬出驾驶舱，螺旋桨还在缓缓旋转，他问道：“现在，应该可以了，谁愿意先摘掉面罩，试试外面的新鲜空气啊？”

“佳得利！”清水一边说，一边将这个晕呆的变种人推了过去，“别担心，他什么都感觉不到。”

布里克曼摘掉佳得利的面罩，拍了拍他的脸，要他打起精神，然后冲他的耳朵大声喊叫:“吸气！深呼吸！”

佳得利用尽全力,深吸一口气,并没什么不适的反应。布里克曼点点头,将面罩取下来扔掉。其他几个人也都取下了各自的面罩。

“好了!出发!”布里克曼将佳得利往凯尔索那边一推,“将他弄进货舱。等他醒来时,去怀俄明的路我们恐怕已经飞了一半了。”

凯尔索还在想着另一件事:“沙滩里藏着的那些物资该怎么处理?”

布里克曼抓着帆布袋，和清水一块儿向后面的那架飞机走去，“算了吧,不要了,戴夫！我们真的没太多时间了！”

“你疯了吧?你知道吗?在找到马隆他们之前,我们还得在这个大冬天里待上很久,我们需要那些物资!拜托!给我们十五分钟时间,能拿多少算多少！”

“好吧,那就快一点。”

乔迪和凯尔索将佳得利塞进那狭小的货舱内,连舱门都没关,就拔腿冲向那片沙滩。而布里克曼则帮着清水钻进座舱内,待她端正地坐好后,又将帆布袋扔进去。弄完之后,他想了想,又走到凯尔索要开的飞机旁,钻进去半个身子,将发动机先启动起来。等发动机热了,他们拿着物资一回来,一上飞机,就能立即起飞。时间紧迫,能省就省,情报队现在肯定在密切地关注这边的情况,千万别冒任何风险。

凯尔索一到沙滩上,就高兴得“嗵”的一声,跳进这个密室里,简直是个阿拉丁藏宝洞哪！他抓到什么就是什么,一股脑儿地都放到旁边,什么医疗包、口粮袋子、工具包……这些丰富的物资足够他们挺过今年和明年两个冬天了。

乔迪跪在地上，将这些东西放到凯尔索找到的两个拉链袋内，并催促说："戴夫！已经过了十一分钟了！差不多了，快走吧！"

凯尔索还不满足，不停地往外扔包裹："袋子满了吗？"

"满了，满了！快走吧！不能再磨蹭了！我们得赶快离开！"

"好！你先去。他看到你便知道我随后就到！"

乔迪无奈，只能先将袋子拖了上去，再往下看看凯尔索，说："只有三分十九秒了！你再不走，我就不管你了！"

"看在克里斯托夫的面子上！给我最后一点时间，我马上就来！"凯尔索往贮藏室的顶盖上爬去。

乔迪发疯般地翻过沙丘，朝草地通道跑了过去。凯尔索见她跑了一段距离，便背对着她跪了下来，又随手拿了些包裹，塞到另一个拉链袋里。等看着乔迪自视线中消失后，他才伸手往束腰外衣里摸索，最后掏出了偏锋的那部手持式对讲机。

"请求救援，请求救援，请求救援。我是鼠夹，我是鼠夹。鼠夹呼唤老妈的中转站。有人听到了吗？请回答。完毕！"

静电噪声中，传来了一个声音："鼠夹，我是天桶三号。我们已经收到你的求援信号，一切正常。如需接通搜救组或者紧急状况处理组，请激活查找救援频道。完毕。"

凯尔索把鼓鼓囊囊的拉链袋往肩上扛起，从草地中跑了回来。

这时候，布里克曼与清水已经坐进座舱，并且关上了舱盖，戴好了头盔，系好了安全带，就等着出发了。凯尔索冲他们竖起一个手指，当然是大拇指，用顶呱呱表示了自己的赞许，然后将满载物资的袋子往货舱内一扔，落到了货舱内醉酒的佳得利身旁，“嘭”地关上舱门。

乔迪已经坐在飞机驾驶员的位子上了，也准备起飞。

“让开！”

乔迪咬了咬牙齿，换开座位，问道：“你他妈的都干吗去了？”

“我这不是来了吗？让我缓口气！”凯尔索启动了马达，迅速进行飞前检查，乔迪则大声念出仪表盘上的数据。

与此同时，布里克曼那边的飞机已经掉了头，正朝通道一端滑了过去。凯尔索也跟在后面，照葫芦画瓢，与他保持着一定的距离。他将布莱克韦尔·B留在座舱里的头盔戴上。飞机与飞机之间的呼叫频道并没关上，能够一直保持联系。

这时，布里克曼的声音从耳机内传来：“这里是大平原航空队。一号航班，准备起飞。你们那边情况如何？”

“一切就绪，”凯尔索说，“就让咱们飞上蓝天吧！”

布里克曼扭头看了清水一眼，怕她害怕，就轻轻一捏她的小手，笑着问：“害怕吗？”

“一点也不！”清水表情很镇定，微微一笑，有些难以捉摸，说，“其实我早就知道，有一天我们会一起飞翔。”

布里克曼将辅助机翼调为十五度偏转角，打开节流阀，松开制动装置。天驰机开始急速前冲，前轮一点地面，就迅速缩了回来，飞机一跃而起，掠过草地，飞到了水面上。一条金黄色的地平线在东方闪烁。布里克曼回头看见后面那架天驰机，也跟着自己，朝西方攀升。是的，这就是一种难以言喻，又真真切切的幸福啊！这么长时间以来，他第一次感到快乐和幸福就在自己的手里,就在自己的心里。

在布里克曼和凯尔索驾驶着两架天驰机离开长角中转站三十分钟后,又有两架一样的飞机从南面飞了过来,轻巧地掠过水面,它们没有盘旋就直接降落在三名被迷晕的情报员旁边。

第一个走下飞机的飞行员带着情报队专用的急救包,他快步来到三位中毒者跟前,打开急救包,从中拿出早已充好了解毒剂的注射器,给每个中毒者扎了一针。解毒剂进入他们体内,化解那些神经毒素,只需要半个小时,他们就能完全恢复正常。

偏锋、布莱克韦尔·B、里奇·K 三人渐渐能够活动了,他们被人搀扶着站起,又是咳嗽,又是呕吐,过了好半天,基本上就能自由行动,自由呼吸这新鲜的空气了。

“靠,真不敢相信,”偏锋重重地呼吸着,说,“那东西,还真是要人老命!”说着,他伸手往束腰外衣里摸,却掏出了一个空酒瓶子。他看看瓶子,心想:“嘀,实在是没想到!”便将瓶子“呼”地扔飞了。“小子,你以为你成功逃脱了吗?实际上,能够真正笑到最后的,永远是我们情报队。”

这时,另外一个飞行员回到了自己的飞机旁,拿起了对讲机,用超高频联系上了一架信号飞机,那飞机正在更高的空中不断盘旋。飞行员说:“天桶三号呼叫云蔽。请将信息转给老妈。哑火已带鼠夹及三个目标离开,时间是六点十五分,请给予确认。完毕。”

司令官卡尔斯托姆走出了中心通信室,准备前往白宫向总统司令亲自汇报最新的情况。到目前为止，一切进展都非常顺利。他们给布里克曼的帮助并不算多，他却能干得那么出色，而且还成功地令铁大师相信，联邦的力量强大得无人能及，甚至还能将佳得利和清水都带了回来。这个小子还真是厉害！还有一点，他做得也很不错，那就是他无意中还救出了情报队的同事鼠夹。

鼠夹，又有另外一个面目和名字——反叛分子凯尔索。

情报队不知道布里克曼将会干些什么，但好在还有凯尔索，他可以确保布里克曼不会一时意气，做出有损这盘棋局的事。而更妙的一步棋就是萝兹，可以借此给他施加压力，迫使他乖乖听话。布里克曼那几个人，因为急着要逃，都没想到过长角不仅存有食物和用品，还存储着大量的燃料。而这两架天驰机早就飞了数百英里了，如果没有燃油，他们恐怕连怀俄明的边都没见到，就不得不降落下来。

他们的降落之地，应该会是敌对部落的领地，但凯尔索——鼠夹会知道他们该往哪走。情报队会给他们找到机会，让他们识别出自己所在的位置。而那个时候，他们会发现自己已被一帮老朋友从四面围住了。届时，布里克曼帮不帮助都无所谓了，下一步的行动都将按部就班地进行下去……

铁大师，将火器引入变种人社会，让血腥的战争继续，直到一切都被毁灭，或是救世主出现……